# 荣如德译文集

II

上海译文出版社

萨克雷《名利场》（下）

# 名利场（下）

［英］萨克雷　著

# 第三十四章

## 詹姆斯·克劳利的烟斗

可怜的卜礼格斯小姐知道自己无依无靠，只是贵人身边的一个女伴，上次路遇时皮特·克劳利先生对她如此彬彬有礼，简小姐又这般平易近人，使她受宠若惊。当索思砀家的名片送到克劳利小姐那儿时，卜礼格斯有机会替伯爵小姐说句好话了。而伯爵夫人还特地给她也留了一张名片，这给她带来的欣喜更是非同小可。

“索思砀夫人给**你**留名片是什么意思，卜礼格斯小姐？我倒是纳闷儿，”一贯自诩为共和派的克劳利小姐问。她的女伴对此作出的反应是低首下心地表示：但愿一位高贵的夫人不嫌弃一个清寒的正派女人不致有什么失当之处。她把这张名片放进自己的工具盒跟最心爱的宝贝珍藏在一起。后来卜礼格斯小姐说到头天曾遇见克劳利先生带着和他订婚已久的表妹在散步。她夸那位小姐和顺娴静，没有架子，穿着相当朴素，简直毫不起眼，并且以女人特有的精细把简小姐的一身打扮从头到脚作了一番描述和评估。

克劳利小姐让卜礼格斯小姐絮絮叨叨说下去，并不过多打断后者的话头。随着病体的日渐康复，她很向往能有些社交活动。如果她想回到伦敦那些纸醉金迷的场所，再过旧日放荡的生活，给她治病的克里默先生是断乎不允许的。老小姐在布莱顿发现能一起谈谈的人真是太高兴了，非但第二天就寄去了致谢的短简，还邀请侄子皮特·克劳利去见见面。他应邀前往，索思砀夫人和她的女儿也一起去了。勋爵遗孀只字不提克劳利小姐的灵魂问题，而是颇为谨慎地谈谈天气、战争、拿破仑那个恶魔的倒台，谈得最多的是医生良莠不齐、江湖郎中害人不浅以及她在那段时间所推崇的波杰斯大夫如何高明。

在这次访谈中，皮特·克劳利使出了绝妙的一招，单从这一招便可看出，他在外交界要不是初露头角即被埋没了前程，本来有可能直上青云。索思砀勋爵夫人在谈话中没少骂那个科西嘉暴发户（这在当年是一种时尚），说他是个无恶不作的魔怪，既是懦夫又是暴君，压根儿不配活在世上，他的覆灭早已被预料到了，等等。这时，皮特·克劳利忽然为这个自称“被命运选中的人物”抱起不平来。他描述了缔结亚眠和约[1]期间的拿破仑，皮特·克劳利曾在巴黎见到过当时的第一执政，那时他还有幸结识大好人福克斯先生，这位政治家对拿破仑皇帝一向评价极高；尽管皮特与福克斯先生观点颇有分歧，却不能不对他深表钦佩。[2]他还无比愤慨地谈到联盟各国对这位废帝不讲信义，后者不计个人得失向联军投降后，却遭到极不体面的放逐，这种做法也太残忍了，而取代他的一帮狂热的天主教暴徒正在飞扬跋扈地称霸法国。

这番痛斥天主教旁门左道的话，挽救了皮特·克劳利在索思砀夫人心目中的形象；而他对福克斯和拿破仑的赞扬，又使自己在克劳利小姐的天平上砝码陡增。本书在老小姐登场之初就提到了她与那位已故政治家的友谊。作为一个地道的辉格派，克劳利小姐在战争期间始终持批评政府的立场。虽则可以肯定地说，皇帝的倒台并没有使老小姐忧愤难平，皇帝遭到虐待也不像会令她减寿或失眠，然而皮特盛赞她的两个偶像正合她意，这番简单明了的话大大博得了他姑姑的欢心。

“那么你认为怎么样，我亲爱的？”克劳利小姐问那位她一见就挺喜欢的年轻小姐；她看到漂亮而又文静的年轻女子总是这样，不过

---

① 亚眠和约，1802 年 3 月英法在法国北部索姆省省会亚眠缔结的条约，它结束了第二次反拿破仑同盟与法国的战争。但 1803 年 5 月战事又起。

② 福克斯，见第 133 页注③。亚眠和约签订后不久，福克斯与第一执政有过几次会晤，据考证“他对拿破仑的评价并没有提高”，甚至认为“这个年轻人有些得意忘形”。由此可见皮特的外交手腕确实不寻常。

必须承认，她的好感会像产生的时候一样迅速地冷却下来。

简小姐脸涨得通红，说自己不懂政治，这等事还是让比她聪明的人去操心吧；不过她妈妈无疑是正确的，而克劳利先生的话也很动听。伯爵夫人母女结束这次拜会告辞时，克劳利小姐希望“索思砀夫人能给一点面子，让简小姐在有空的时候常来走走，给一个有病的孤苦老婆子送些安慰”。勋爵夫人慨然允诺，于是宾主非常友好地分了手。

“别让索思砀夫人再来，皮特，”老小姐悄悄叮嘱侄儿。“她爱端架子，蠢得够呛，你母亲娘家的人全都一样，我向来受不了。不过你得带那个性情温柔、人又水灵的小简尽可能常来。”皮特答应照办。他没有把姑姑对索思砀夫人的看法告诉后者，相反伯爵夫人还以为自己端庄的风度给克劳利小姐留下了再好不过的印象。

于是可爱的简小姐成了克劳利小姐家的常客，不时陪她坐车出去兜风，有好多个晚上和她一起在家打发时间。对于简小姐来说，安慰一个女病人并非什么苦差使，没准儿还正中下怀，因为有了较多的机会免于恭听巴塞洛缪·艾恩斯牧师拿着腔调喋喋不休的说教，也可以摆脱聚在她妈妈周围的一帮马屁精，他们也标榜济世救人，无非投颐指气使的伯爵夫人之所好。简小姐生性温和善良，甚至弗金也不妒忌她，而软柿子卜礼格斯则觉得，有温良的简小姐在一旁时，自己可以少挨骂受气。克劳利小姐与伯爵小姐处得相当融洽。老小姐给她讲许许多多自己年轻时的故事，这跟过去她惯于跟目无神明的小蓓姬讲的大相径庭；因为简小姐天真无邪，在她面前毕竟不好意思口没遮拦地说话，而克劳利小姐的身份、教养不容许她不尊重如此纯洁的心灵。简小姐本人只有这位老小姐以及自己的父兄如此善待她，此外从未得到真正的关怀，所以她也以诚挚朴实的体贴和友谊来回报克劳利小姐的疼爱。

秋天的傍晚(那时瑞蓓卡在巴黎大出风头，多少寻欢作乐的胜利者中间就数她最得意；而我们亲爱的爱米莉亚，悲恸欲绝的爱米莉亚又在何方？真可怜！）克劳利小姐的客厅里还没点灯，简小姐常坐在那儿的暮色中给她唱一些简单的小曲和圣歌，却也悦耳动听。夕阳缓缓西沉，海边惊涛裂岸。每当歌声停下的时候，老小姐便醒过来要求再唱。卜礼格斯则坐在那儿作编织状，其实频频望着窗外渐趋朦胧的壮丽海景和愈来愈亮的天体星辰，不知流下多少欣悦的热泪，她的幸福和感动是谁也无法估量的。

与此同时，皮特坐在饭厅里，旁边放着一本有关谷物法的小册子或传教期刊，独自享用饭后提神的饮料，它对有无浪漫情怀的男士同样合适。他呷着马德拉白葡萄酒，头脑里浮想连翩，觉得自己挺不错，对简的爱也远胜于以往七年中的任何时候——他俩订婚七年来，皮特居然一点儿也不着急。喝过了马德拉酒，他会美美地打上一个盹儿。到了喝咖啡的时间，鲍尔斯先生会故意发出些声响走进来请他上楼，那时往往发现皮特先生在黑暗中埋头于他的小册子。

一天晚上，当鲍尔斯先生把蜡烛和咖啡送到楼上时，克劳利小姐对简说：

“我的宝贝，最好有人能陪我玩玩皮克游戏。可怜的卜礼格斯打牌还不如一头驴子，她实在太蠢了，”老小姐从不放过机会当着仆人的面责怪卜礼格斯；“要是能打一会儿牌，我大概会睡得好些。”

听了这话，简小姐的脸涨得通红，一直红到耳根乃至纤纤玉手的指尖。等鲍尔斯离开客厅，门完全关好以后，她才说：

“克劳利小姐，我会一点儿。以前我常陪可怜的好爸爸玩，所以会一点儿。”

“快过来亲亲我。马上来吻我，我亲爱的小乖乖，”克劳利小姐在一阵狂喜中大声嚷道。

当皮特先生手里拿着小册子来到楼上时，正赶上她们一老一少相亲相爱，其乐融融，这光景完全可以入画。可怜的简小姐脸上却要发整整一个晚上的烧呢！

在钦设克劳利镇的教区长住所里，有皮特·克劳利先生的至爱近亲，皮特先生玩弄的种种计谋休想瞒过他的那些亲戚。汉普郡和苏塞克斯郡互相紧挨着，比尤特太太在苏塞克斯郡里有朋友，克劳利小姐在布莱顿的别墅里有什么动静，他们都会向她通报，内容远远多于实际发生的情况。皮特待在那里的日子越来越多。他已连续几个月没有回到庄上，他那不像话的老子整天泡在对水朗姆酒里，跟不识羞的霍罗克斯一家鬼混。皮特取得的成功使牧师一家子大为恼怒，比尤特太太益发后悔（尽管嘴上不承认）自己的失着造成如此可怕的后果，大不该侮慢了卜礼格斯，大不该对鲍尔斯和弗金那样倨傲、吝啬，以致在克劳利小姐家中竟没有一个人就那里发生的事情向她传递信息。

“事儿都坏在你的锁骨上，”她始终一口咬定；“要不是你摔断了锁骨，我决不会离开她。是做妻子的责任心把我给坑了，是你作为一名牧师不该有的打猎恶癖把我给坑了，比尤特。”

“胡扯！这跟打猎有什么相干？分明是你把她吓坏了，玛撒，”牧师插话说。“你是个精明的女人，只可惜你的脾气太坏，太抠门儿，玛撒。”

“你的钱要不是我给你管着，要不是我‘抠门儿’，你早就进了班房门儿。”

“这倒不假，亲爱的，”教区长讪讪地说。“你确实是个精明人。可是你精明能干过了头，真是机关算尽。”

虔诚的教士倒挺想得开，会用一大杯红葡萄酒安慰自己。

“皮特·克劳利这个孱头在她眼里究竟有什么好？”他继续说。“那家伙的胆儿只有芥菜籽儿大。罗登虽然该死，到底是条汉子；我记得他常像抽陀螺那样鞭打皮特，哥儿俩绕着马棚一个逃一个追；皮特总是哭鼻子回家去告诉他妈——哈哈！我的两个儿子无论哪个用一只手都能把他打倒。吉姆说，在牛津直到现在提起皮特还管他叫克劳利小姐——真是个窝囊废。”

“我说，玛撒，”仅过片刻，牧师先生又开腔了。

“说啥？”玛撒问，她一会儿咬咬指甲，一会儿用手指在桌上弹出鼓点。

“我说，干吗不打发詹姆斯也到布莱顿去？兴许他有办法对付老小姐。他很快就可以拿到学位了。他总共才留过两级——跟我一样，——可是他有牛津这块招牌，是大学生。他认识那里的一些名门子弟。他是划船队的尾桨手。他长得一表人才。管它呢，我的太太，咱们放他到老东西那儿去。要是皮特敢放个屁，就让吉姆揍他一顿。哈哈哈！”

“吉姆当然可以去看望她，”牧师太太道，接着是一声长叹。“最好能把咱家的姑娘塞进她的家门，只要有一个进去就成。可是她哪个也受不了，因为她们不漂亮！”

做母亲的说这话的当口儿，那几位受到良好教育却很不幸的小姐在隔壁客厅里弹钢琴，可以听到她们正使劲用僵硬的手指苦练一首技法相当复杂的乐曲。这些姑娘成天修习音乐、地理、历史，或者缚上脊骨矫正板使腰背挺直，也够难为她们的。然而，清寒人家的女孩子，长得又矮又丑，加上脸色不好，纵然多才多艺，在名利场上又有何用？教区长的助理牧师或许愿娶她们中的一个，除此以外，比尤特太太想要脱手再也没辙了。这时，吉姆从马房回来，通过落地长窗走进饭厅，一支短烟斗插在他头上的油布帽里。他和父亲开始讨论圣莱杰大赛[①]的赌注赔率，教区长夫妇之间的谈话就此告终。

---

① 圣莱杰跑马大赛，1776 年由圣莱杰上校发起而得名，每年 9 月在约克郡的唐卡斯特举行，参赛的都是 3 岁小马。

比尤特太太对于派遣儿子詹姆斯出使之举并不寄予厚望，所以给他送行时心情颇有些无奈。这年轻人被告知所负的使命后，自己也觉得此行乐趣或好处都不大；不过想到老小姐大概会给他点儿什么像样的作为纪念，那么他可以在下学期开始时把催讨最紧的欠账先还去几笔。于是他从南安普敦上了邮车，当天傍晚平安抵达布莱顿，随身带去的除他的手提包和心爱的叭喇狗陶泽外，还有一只大篮子，里边装满了从农场和果菜园里采摘的食品，都是教区长一家子送给亲爱的克劳利小姐的。考虑到自己到达的第一夜去打扰有病的姑姑也许太晚了，他就在一家旅店住宿，到次日过了中午才去拜访克劳利小姐。

老小姐上次见到詹姆斯·克劳利时，他还是个光长个子、体形难看的大男孩，正处在麻烦的年龄：嗓音可能从超凡脱俗的最高声部转向不可思议的最低声部；脸上常常会长出一些有碍观瞻的东西来（据说罗兰德发明的“克你痘”能治此症）；男孩子偷偷用姐姐的剪刀刮脸，看见别的年轻女子会使他们不寒而栗；他们的大手和脚脖子会从已经太窄的衣服中露出一大截；正餐过后，女士们在昏暗的客厅里悄声私语，这样的大男孩到那里去，会把她们吓着的；而留在餐桌旁的男士们本想无所顾忌地聊聊，说说俏皮话互相逗趣，要是有这号个子不小、懂事不多的大男孩在场，就只能作罢；外出作客时，做爸爸的喝下第二杯后说：“杰克，你出去瞧瞧今晚会不会下雨，”那少年离开尚未结束的宴会，既觉得如释重负，又为人家还不承认他是男子汉而自尊心受到伤害。话说那时还是愣少年的詹姆斯，如今成了个像模像样的年轻人，受的是高等教育，由于进的是一所蹩脚学院，跟一帮“精英”混在一起，立过据借过债，留过级停过学，可算是已经得了道。

不管怎样，他到布莱顿向姑姑自我介绍的时候，俨然是个漂亮人物，而要博得好恶多变的老小姐的欢心，相貌俊美始终是极重要的一条。尽管詹姆斯显得有些局促不安，不止一次涨红了脸，仍无损于他所赢得的好感。克劳利小姐看到如此健康的反应，认为这青年纯洁无邪，心里着实欢喜。

"我这次来大概逗留两三天，"他说，"想跟大学里一个同学见见面，同时——也是为了问候您老人家，并且转达我父母对您的问候，他们都希望您身体健康。"

当仆人进来通报有客求见时，皮特正和克劳利小姐在同一间屋子里，他听到报出的竟是自己堂弟的名字，顿时不知所措。老小姐具有丰富的幽默感，见她大侄儿那样的正人君子居然也会慌了手脚，权当在看一出好戏。她把教区长全家大小一一问遍，可谓关怀备至，还说她正打算上他们那儿去一趟。她夸詹姆斯相貌出众，说他发育得很不错，比过去好多了，可惜他的姐妹们没有他漂亮。经过询问，做姑姑的知道了他在一家旅店落脚，说什么也不让他住在那儿，吩咐鲍尔斯先生立即把詹姆斯·克劳利先生的行李取来。

"听着，鲍尔斯，"老小姐十分周到地补上一句，"可别忘记把詹姆斯先生的账给付了。"

她向皮特投去幸灾乐祸的一瞥，差点儿没让那位外交家妒忌得背气。不管他怎样努力讨好姑姑，老小姐从未邀请他住到自己家里来，可是这个不知天高地厚的小子刚一露面便受到如此礼遇，居然一下子登堂入室。

"请问，先生，"鲍尔斯深深鞠了一躬，上前问道，"托马斯该上哪家旅馆取您的行李？"

"哦，该死！"年轻的詹姆斯猛吃一惊似地说。"我自己去吧！"

"到底是哪一家？"克劳利小姐问。

"汤姆·克立布的徽章客店[①]，"詹姆斯满脸通红回答说。

克劳利小姐听到这样的名称，大大地乐了起来。鲍尔斯一时忘形，也纵声狂笑，好在他一向深得东家信任，但笑到半道上戛然而止。外交家只是淡淡地一笑。

"我——我不知道有没有更好的，"詹姆斯低首垂目说道。"以前我没有到过这里；那家客店是车夫介绍我去的。"年纪轻轻，编假话的本领不小！实际情况是，头天在南安普敦邮车上，他遇见了"塔特伯里的宝贝疙瘩"，后者是来布莱顿与"罗廷丁的吹牛大王"打一场拳赛的；宝贝疙瘩的谈话把他迷住了，他便在这家冠有独特名称的客店里与那位拳击高手及其朋友们一起消磨了一个晚上。

"我——我还是自己去退房结账为好，"詹姆斯一再表示。"怎么能让您老人家破费呢？"他的理由冠冕堂皇。

做姑姑的见他精细懂事，越发笑得开心。

"鲍尔斯，你只管去退房结账，"她挥挥手说，"把账单给我带回来。"

可怜的老小姐哪里知道，她这么一说，可把人真的给逼急了！

"那里——那里有一条小狗，"詹姆斯万分不好意思地说。"还是我去把它带来为好。它爱咬听差的腿肚子。"

这番话引起了哄堂大笑，连卜礼格斯乃至在克劳利小姐姑侄会面过程中一直坐着默不作声的简小姐也都乐不可支。鲍尔斯什么也不说就走了出去。

克劳利小姐成心跟大侄儿过不去，一个劲儿地对牛津生恩宠有加。她对某人表示热乎和夸奖，一旦开了头就没有限度。老小姐只跟皮特说了一句他可以来吃饭；随后便一定要詹姆斯陪她去兜风，

① 汤姆·克立布，见第 83 页注①。1811 年汤姆·克立布击败莫利内后引退。许多酒馆、旅店用这位民间英雄的名字做字号。

姑侄俩坐在四轮马车的后座上，沿着海岸逛了好几个来回，简直是招摇过市，好不风光。这次出游她给牛津生的面子着实不小，不停地与之作礼节性的交谈。她背诵了一些意大利文和法文的诗句，对于可怜的小伙子来说则根本不知所云。她一再称詹姆斯是位高材生，确信他一定能得金质奖章，在数学荣誉学位考试中登上金榜第一名。

“哈哈！”詹姆斯笑道，他在那些恭维话的鼓励下胆子也大了。“您说数学金榜吗？那可是另一家铺子里的买卖。”

“什么是‘另一家铺子’，亲爱的孩子？”老太太莫名其妙。

“我是说剑桥大学。数学荣誉学位考试是剑桥举办的，不是牛津，”高材生说时现出十分在行的表情；本来他还打算教姑母更多的大学生切口，但这时海岸上忽然来了一辆二轮货郎车，由一匹呱呱叫的母马拉着，车上穿白色法兰绒上衣(钉着螺钿扣子)的是他的朋友塔特伯里的宝贝疙瘩和罗廷丁的吹牛大王，另外还有三位是他们的老相识。二轮车上的人一齐向坐在四轮车上的詹姆斯打招呼。这一插曲给正来劲儿的天真小伙子泼了一瓢冷水，在这次兜风余下的时间里怎么也没法再使他开口。

回到别墅，他发现已为他准备了一个房间，他的手提包也取来了。鲍尔斯先生领他到卧室去的时候，他本该注意到这位管家的神色严肃中透出困惑和同情。但他哪里有心思观察鲍尔斯先生的表情。他正为自己陷入如此可悲的窘境暗暗叫苦，这座别墅里有那么多的老婆子，叽里咕噜讲什么法国话和意大利话，还要跟他谈论诗歌。

“这局面要多糟有多糟，我的老天爷！”怕羞的小伙子真是叫天天不应；他最怕面对女人，即使最温顺的女人(包括卜礼格斯在内)一开始跟他说话，他便不知如何是好。反之，要是把他弄到艾弗利闸口去，他的满嘴俚语切口准保能压倒最肆无忌惮说粗话的船夫。

到了正餐时间，詹姆斯按规矩系上简直要把他勒死的白领巾，还得屈出胳膊让简小姐扶着带她下楼，而卜礼格斯和皮特先生搀扶着老小姐跟在后面，并且带上她的大包小包、披肩、靠垫等等。卜礼格斯吃饭的时间有一半都用于确保病人舒适以及为她的胖小狗切鸡肉。詹姆斯说话不多，但他却频频向所有的女士劝酒，并接受克劳利先生的挑战，把鲍尔斯先生奉命特地为他拿出来的一瓶香槟喝掉一大半。饭后女士们退去，留下堂兄弟俩，前外交官皮特变得挺能交际，也相当友好。他询问詹姆斯在大学里的学业情况，对未来的生活有什么打算，并衷心希望他前程似锦——总而言之，他的态度亲切而又诚恳。在红葡萄酒的作用下，詹姆斯的话多起来了，他向堂兄谈了自己的生活、前途、债务、学位预考不及格、与监考人发生争吵等情况，一边不断从自己面前的瓶子里倒酒，把红白两种葡萄酒花搭着喝，忙得不亦乐乎。

"姑姑最大的乐趣，"皮特先生说着给自己斟了一杯，"是让人们在她家里觉得自在，不受拘束。这里是自由的殿堂，你要使克劳利小姐高兴，最好的办法就是想怎么干就怎么干，喜欢什么就要什么。我知道，在乡下你们都笑我古板守旧。克劳利小姐倒是够开明的，跟任何潮流都合得来。她主张共和平等，鄙视一切等级名位。"

"你为什么打算跟一位伯爵小姐结婚？"詹姆斯问。

"我亲爱的老弟，别忘了简小姐出身名门可不是她的过错，"皮特以外交家的风度作出回答。"她是否贵族小姐自己作不了主。再说，我是个保守派，你明明知道。"

"哦，说到这一点，"吉姆认为，"什么也比不上血统重要；就这么档子事儿，真见鬼！我可不是什么激进派。我懂得什么是好种，什么是孬种。瞧那些划赛艇的；瞧那些比拳击的；哪怕以狗拿耗子为例——赢得比赛的是哪些人、哪些狗呢？还不都是名门子弟和良种狗！鲍尔斯老哥，再来一点红酒，这一瓶我马上让它露底儿。刚才我说什么来着？”

“你好像谈到了狗拿耗子，”皮特不紧不慢地提示，同时把酒瓶递给堂弟，以便后者让它“露底儿”。

“刚才我说到狗拿耗子，是吗？喂，皮特，你对赌输赢有没有兴趣？你想不想见识一下会拿耗子的狗？要是想的话，跟我到城堡街马房汤姆·科久罗伊店里去，我让你瞧瞧一条叭喇狗——咳！我跟你说这些干吗？”詹姆斯突然发现自己是在无的放矢，忍不住大笑起来。“你怎么会在乎什么狗拿耗子；我这全是白费蜡。我敢发誓你连狗和鸭子也分不清。”

“的确如此，”皮特更加和颜悦色地继续道；“顺便提一下，刚才你谈到了血统问题，认为贵族出身的人得天独厚。给你，这一瓶是刚拿来的。”

“血统是最重要的，”詹姆斯说着把红宝石颜色的液体连连往体内灌。“马也罢，狗也罢，人也罢，好赖全在血统，老兄，没有比这更关键的了。上学期，就在我被停学之前——不，我是说就在我出疹子前，哈哈！——我和基督堂学院的林伍德，就是辛克巴斯勋爵的儿子鲍勃·林伍德，一起在布莱内姆铃铛酒家喝啤酒，有个班伯里的船夫要跟我们俩中间随便哪个打一架，赌一碗潘趣酒。我不行。我的胳膊吊着绷带，连马也勒不住，因为刚刚两天前在牛津以南的埃丙登镇外，我那匹该死的母马自己跌倒，把我也摔了下来，当时我还以为胳膊摔断了呢。所以，老兄，我没法跟他过招，可是鲍勃二话不说就把外衣脱了——跟班伯里的船夫交手三分钟，才四个回合便把他轻松打败。嘎！那个船夫直挺挺倒了下去；老兄，怎么会这样的呢？血统，老兄，一切决定于血统。”

“你怎么不喝啊，詹姆斯？”前参赞在一旁鼓励。“我在牛津的时候，酒瓶子递来递去比现在你们这些年轻人好像要快些。”

“嗨，嗨！”詹姆斯把手指一直伸到鼻子前，冲他堂兄眏着一双醉眼，说，“别拿我开心，老伙计；少跟我来这一套。你想瞧我出洋相？门儿也没有！”接着他掉起拉丁文来，“In vino veritas(酒后吐真言)，老伙计，战神、酒神、太阳神 virorum(都很了不起)，对不？但愿姑姑会送几瓶给我老爸；这酒棒极了。”

“那你就向她要，”狡诈的外交官继续怂恿道，“至少现在你尽可以喝个痛快。记得诗人是怎么说的吗？

Nunc vino pellite curas,
Cras ingens iterabimus aequor. [①]”

这位摆出酒仙架势的前参赞，背诵上述诗句的表情很像在下议院发表演说，然后以非常夸张的动作举起酒杯，一仰脖子喝下……眼泪那么几滴酒。

在教区长家里，逢到饭后开一瓶红葡萄酒的时候，姑娘们每人只倒一杯醋栗酒喝，牧师太太喝一杯葡萄酒，詹姆斯通常喝两杯；他要是再伸手拿瓶子的话，做父亲的脸色会非常难看，所以小伙子一般都克制住自己，不再要了。退而求其次的办法有二：要么喝醋栗酒；要么溜到马棚里去跟车夫一起喝对水杜松子酒，抽烟斗。在牛津，酒的量并不限制，就是质太次；倘若量多质好，就像在姑母家这样，詹姆斯会显示自己是有鉴赏力的，用不着堂兄劝酒也准保让鲍尔斯先生拿来的第二瓶露底儿。

---

① 引自古罗马诗人贺拉斯(公元前 65—公元前 8)的《颂诗》第 1 卷第 7 首。大意是：且饮美酒舒愁怀，明日扬帆再出海。

到了喝咖啡的时间，该回到他十分怕见的女士们那儿去了，这位青年绅士那份挺可爱的直率也就荡然无存，他又显得拘谨、沉闷，一晚上只说“是”或“不”，间或皱眉瞅着简小姐，还碰翻了一杯咖啡。

他几乎不说话，却不时打哈欠，样子怪可怜的，使晚上本来恬淡安详的气氛显得别别扭扭，因为玩皮克游戏的克劳利小姐和简小姐以及做编结活的卜礼格斯小姐老觉得他直愣愣地盯着她们，在他带着几分醉意的目光下感到很不自在。

“这孩子好像很少说话，拘谨得很，爱脸红，”克劳利小姐对皮特先生说。

“他跟男人在一起比在女士们面前放得开些，”玩弄权术的高手毫无表情地回答；或许他对红葡萄酒没能使詹姆斯话多起来颇感失望。

翌日上午，詹姆斯很早就给母亲写信，把克劳利小姐如何接待他的情形作了极其令人振奋的报道。但是——呜呼！——他哪里知道这一天将会给他带来什么样的灾难，命中注定他的优遇期只是昙花一现。吉姆忘了他面见姑母的前夕在克立布的徽章客店里曾发生一件事——一件微不足道然而是致命的事。情况是这样的：吉姆的性格向来大方，而在觥筹交错之际尤其好客，那天夜晚他曾两三次请塔特布里和罗廷丁的两位拳击手以及他们的朋友喝对水杜松子酒——于是每杯八便士的这种饮料足足有十八杯记在詹姆斯·克劳利先生账上。倒不是多少个八便士的总价，而是喝掉的杜松子酒的数量使可怜的詹姆斯名誉扫地。他姑母的管家鲍尔斯先生，奉东家之命去付侄少爷的账。店主担心这份账单会遭到拒付，指天发誓说这笔酒账中的每一个子儿全都是贵府侄少爷本人喝掉的。鲍尔斯最终还是付了账，回去后把账单拿给弗金太太瞧；弗金太太发现杜松子酒能喝那么多，简直吓坏了，便把账单交给总账房卜礼格斯小姐；卜礼格斯小姐认为自己有责任向克劳利小姐提起此事。

詹姆斯即使喝上一打红葡萄酒，老小姐也会原谅他的。福克斯先生和谢立丹①先生就爱喝红葡萄酒。正派绅士爱喝红葡萄酒的不在少数。可是在一家不三不四的客店里跟一帮挥拳头的一起鬼混，喝掉十八杯杜松子酒——不啻犯下大罪，不可轻饶。偏偏一切都跟这位少爷作对：他到马房里去看望自己的狗陶泽，沾了一身“芳香”，正要带他这位朋友出去遛遛，恰巧遇上克劳利小姐和她那只老像得了哮喘病的布莱内姆小狗；要不是小狗尖叫着逃跑，请求卜礼格斯小姐庇护，陶泽不把它吃掉才怪呢，可是叭喇狗没心没肺的主人目睹这残暴的追杀场面，竟站着呵呵大笑。

同一天，倒霉的小伙子原先那份拘谨也不知到哪儿去了。吃饭的时候他嘻嘻哈哈非常活跃，还开了几句玩笑调侃皮特·克劳利。他喝了与头天一样多的酒，就这样稀里糊涂来到客厅里，开始讲一些精选的牛津轶事让女士们开开心。他描述了莫里内和荷兰人萨姆两人不同的拳击特点，并愿以多博少跟简小姐打赌闹着玩儿：他认为塔特伯里宝贝对罗廷丁吹牛大王这场比赛前者必胜；如果简小姐也认为后者必败，他就站在另一边。临了，他还建议跟堂兄皮特·克劳利较量一番，戴不戴拳击手套都可以。

“我说老兄，这是个够公平的建议，”他笑着拍拍皮特的肩膀说，“我父亲也力促我跟你这么干，是赢是赔他都跟我一人一半，哈哈！”说话的当口儿，这讨人喜欢的小伙子向可怜的卜礼格斯小姐意味深长地点点头，用大拇指朝肩后的皮特·克劳利指指戳戳，样子相当滑稽，颇为得意。

① 谢立丹(1751—1816)，英国剧作家，代表作为喜剧《造谣学校》。1780 年当选为下院议员，曾在议会中为法国大革命辩护。

皮特或许不太高兴，但总的说来并不沮丧。可怜的吉姆把他觉得可笑的全都抖了出来，当老小姐起身要走时，他手持蜡烛打着趔趄从屋子的另一头走过去，面带醉醺醺的谄笑想要和姑母吻别。嗣后他自己向大家告退回到楼上卧室里去，踌躇满志地确信他比父亲以及这个家族中所有其他成员处在更有利的地位得到姑母的钱。

既然已回到卧室里，按说他不会捅更大的娄子了吧。然而这个走背运的小伙子还是捅了。外面的月亮把银色的清辉洒在海面上，吉姆被如此浪漫的美景吸引到窗前，觉得一边抽烟一边观赏更有情趣。他认为只要略施小计，打开窗户探头出去在新鲜空气里吸烟斗，谁也不会闻到烟草味的。于是他就这么干了；但是可怜的吉姆过于兴奋，忘了门始终是开着的，结果微风徐徐往里吹拂，形成惬意的空气对流，烟雾向楼下飘去，把香味丝毫无损地送到克劳利小姐和卜礼格斯小姐那儿。

一斗烟抽完了；比尤特·克劳利一家永远不会知道，这斗烟抽掉了他们几万几千镑。弗金跑下楼去找鲍尔斯，后者正在用令人毛骨悚然的声调给他的下手朗读《火与煎盘》。弗金神色慌张地把这一可怕的秘密告诉他，鲍尔斯先生和他年轻的下手起初还以为有窃贼闯进别墅，八成这女人发现偷儿躲在克劳利小姐床下。不过，弄清楚是怎么回事以后，鲍尔斯先生顷刻间一步跨三级台阶奔上楼去，冲进不知就里的詹姆斯的房间，一边上气不接下气地惊呼：

“詹姆斯先生！看在上帝分上，先生，快把烟斗灭了。哦，詹姆斯先生，这娄子您可捅大了！”他满怀悲愤地说着把那惹祸的东西往窗外一扔。“这娄子您可捅大了，先生！主人受不了烟味儿。”

“她可以不抽嘿，”詹姆斯回答时居然发出一阵不合时宜的怪笑，自以为这事儿从头到底只是开了一个绝妙的玩笑。然而到早晨他

的感觉可就大不一样了。给鲍尔斯先生当下手的年轻听差负责擦詹姆斯先生的靴子，他端来热水让侄少爷刮胡子（詹姆斯急煎煎盼着胡子长得快些），同时递给还没起床的詹姆斯先生一封便简，那是卜礼格斯小姐的笔迹，内容如下：

亲爱的先生：

由于整幢房屋弥漫着难闻的烟草味，克劳利小姐一宿极其烦躁不安。克劳利小姐要我转达她的歉意，因为身体不适，她不能跟您话别了，她尤其后悔不该要您从酒店搬来住。她相信，您回到那里去度过余下那一段逗留布莱顿的时间，一定会感到舒服得多。

缺心眼的詹姆斯为博姑母欢心的一场争宠梦就此破灭。他曾经扬言要跟堂兄干一仗；其实自己在不知不觉中**已经**这样做了。他与皮特交过手分出了高下。

在这场争夺财产的赛跑中曾经一马当先的那位，其时又在何处？我们知道，蓓姬和罗登在滑铁卢战役后重又团聚，并于一八一五年冬在巴黎出尽风头，快乐逍遥。瑞蓓卡善于精打细算，可怜的焦斯买下两匹马付给她的那笔钱，足够维持他们小家庭的花销，至少一年可以应付裕如。“我打死马克尔上尉时用的手枪”也好，内有不少黄金瓶盖的旅行梳妆箱也好，紫貂皮大衣也好，都已没有必要变卖。蓓姬已把那件大衣为自己改制成一件披风，中校太太裹着它坐车逛布洛涅树林的风采，一路上赢得人人赞叹。英军开进法国北部城市康布雷后，蓓姬便来到她那兴高采烈的丈夫身边，他们夫妻重逢那一幕可惜你们没有看到。当时瑞蓓卡拆开缝线，把她打算逃离布鲁塞尔时藏在衣服衬垫内的那些怀表、首饰、钞票、支票等贵重物品统统抖了出来！塔夫托看得如醉如痴，罗登不断开怀大笑，他发誓说蓓姬这一手比他看过的任何一出戏更精彩。蓓姬绘声绘影地描述如何耍弄焦斯，令人捧腹，听得罗登都快乐疯了。他相信自己的太太，犹之乎法国军人相信拿破仑。

瑞蓓卡在巴黎取得了惊人的成功。法国女士无不承认她颇有魅力。她的法语说得无懈可击。她一下子便把她们的举止风度学到手，在优雅、生动方面毫不逊色。当然，她的丈夫相当愚蠢——英国人都是一路货，——但在巴黎，一个蠢丈夫总能反衬他太太的长处。他是富有钱财和机智的克劳利小姐的继承人，好多流亡英伦的法国贵族曾是这位老小姐家中的座上常客。如今他们便在自己宅内接待这位中校太太。在大革命后的艰难岁月里，克劳利曾按一位公爵夫人自己开的价买下她的一些花边和首饰，还请她吃过好几顿饭；这位贵妇人在给克劳利小姐的信中写道：

> 您何不来巴黎看看令侄和令侄媳，何不来看看您的挚友，亲爱的小姐？迷人的中校太太、她的调皮和美貌疯魔了整个巴黎。是的，我们从她身上看到了我们亲爱的朋友克劳利小姐的气质、风采和诙谐！昨天在杜伊勒里宫，国王[①]也注意到她了，而国王的弟弟[②]对她更是特别殷勤，大家妒忌得要命。昂古列姆公主[③]是帝王之女，与各国君主都有交往，她特地请人介绍认识了您亲爱的小辈和受到您眷顾的克劳利太太，并代表法国向她致谢，感谢您对我们这些不幸的流亡者所做的一切善

---

① 指1815年7月9日复辟的路易十八。

② 指阿尔图瓦伯爵，即后来继位的法国国王查理十世(1824—1830在位)。

③ 昂古列姆公主(1778—1851)，本名玛丽-泰雷兹，路易十六与王后玛丽-安托瓦内特之女。

举。当时有个无聊透顶的贝拉克尔斯夫人也在场，她那副咬牙切齿的样子您真该瞧一瞧！那个无聊女人长着鹰钩鼻，帽子上插几根羽毛，惯于探头探脑地东张西望，凡是有聚会的地方经常可以看到她这些“高”出众人之上的特征。克劳利太太应邀参加所有的社交活动，哪儿的舞会也少不了她——舞会她都去，可是并不跳舞；尽管如此，这个美人胎依然那么楚楚动人，总是给崇拜她的男士们簇拥着，而且不久就要做母亲了！她谈起您来就像谈起自己的恩人、慈母，哪怕铁石心肠的人听了也会热泪盈眶。她是多么爱您！我们大家也都那么爱我们仰慕和敬佩的克劳利小姐！

巴黎贵妇人的这封信，恐怕丝毫无助于蓓姬赢得她仰慕和敬佩的亲戚对她的好感。相反，老小姐获悉眼下瑞蓓卡如何春风得意，如何厚颜无耻地利用克劳利小姐的声望打入巴黎上流社会，不由得怒火万丈。她精神上受到极大的刺激，人气得发抖，以致无法用法文作复，就用本国语言向卜礼格斯口述一封愤激的回信，声明自己跟罗登·克劳利太太毫无关系，并要大家警惕她是个十分狡猾、极其危险的人物。但由于这位某公爵夫人在英国只待了二十年，英文一窍不通，仅在下一次遇见罗登·克劳利太太时告诉后者，说 chère Mees[①] 寄来一封很有意思的信，其中充满对克劳利太太的赞扬，于是瑞蓓卡开始认真指望老小姐总将回心转意。

在那段时间里，英国女人中数她最快活、最受崇拜；逢到她接待来客的晚上，她家简直像在举行小型的欧洲会议。普鲁士人、西班牙人、英国人、哥萨克——那个难忘的冬季，全世界的头面人物

① 法语“亲爱的”和发音不太准的英语“小姐”。

都云集巴黎；要是看到瑞蓓卡的小小沙龙中有那么多星章勋绶相映成辉，能不羡煞整整一条黯然失色的伦敦倍克街？一些战功卓著的将校骑马陪她坐车逛林园，或众星拱月般挤在歌剧院她的窄小包厢里。罗登高兴得不得了。巴黎还没有人向他讨债；他在最有名的咖啡馆或酒家天天有应酬；赌局到处都是，他的手气又好。塔夫托恐怕心绪不佳。塔夫托太太自作主张来到了巴黎；除了这层挂碍，如今围着蓓姬的椅子团团转的将军不下一二十位，她上一趟戏园子，尽可以从十几束鲜花中挑挑拣拣。贝拉克尔斯夫人和支撑英国上流社会的一些贤德蠢女人，眼瞅着蓓姬小人得志，一个个像受刑般痛苦难熬；蓓姬说过一些刻毒的玩笑话，如同芒刺扎入她们高洁的胸怀，老是在那里微微颤动。可是所有的男人都拥护她。她拿出大无畏的勇气来跟那些女道学家斗，而她们除英语外不能用任何语言说她的坏话。

就这样，跨一八一五到一八一六年的这个冬季，罗登·克劳利太太一直像在过节似地尽情欢乐，充分享受。她在上流社会的生活中如鱼得水，仿佛她的先人过去数百年来一直大富大贵。凭着自己的聪明才智和坚毅精神，在名利场上得以如此风光，亦属实至名归。一八一六年早春时节，加里尼亚尼的报纸[①]在其饶有趣味的一栏中刊出如下一则新闻：

> 三月二十六日，近卫骑兵团(绿)克劳利中校夫人喜获子嗣。

这条简讯被伦敦各报转载，卜礼格斯小姐在布莱顿读给用早餐的克劳利小姐听了。虽说消息本身并不出人意料，却导致克劳利家族的

① 指加里尼亚尼兄弟在巴黎出版的英文报纸《加里尼亚尼信使报》。

事务发生重大转折。老小姐的愤怒达于极点，她当即把大侄子皮特找来，并把索思砀夫人从不伦瑞克广场请来，要求两家把拖了这么久的婚事立刻给办了。她宣布打算在自己活着的时候让小两口每年有一千镑收入，她自己死后将把大部分财产传给她的大侄儿和她亲爱的侄媳简·克劳利夫人。沃克西专程前来办妥有关手续。婚礼上由索思砀勋爵把妹妹交给新郎，主持婚礼的是一位主教，而不是巴塞洛缪·艾恩斯牧师，致使这名野路子教士大失所望。

成亲以后，皮特本想按他们这等人家的惯例带新娘去作一次新婚旅行。但是老小姐对简小姐实在眷恋太深，直截了当承认自己离不开她的新宠。于是皮特夫妇便搬来与克劳利小姐一起住。全家上下——皮特、简、克劳利小姐、卜礼格斯、鲍尔斯、弗金——所有人的每一件事都由索思砀夫人从邻近的自己家中操纵（可怜的皮特苦不堪言，既要顺从姑母的怪脾气，又得在丈母娘面前赔小心，他认为最受委屈的就是自己）。这位勋爵夫人非要他们读她提供的小册子，吃她推荐的药，全无半点怜悯之心；她把克里默打发走，让罗杰斯取而代之；不久，克劳利小姐连最起码的一点点权威也给剥夺殆尽。可怜她变得如此胆小气短，乃至再也打不起精神来欺负卜礼格斯，只是一天比一天越来越心惊胆颤地乞怜于她的侄儿媳妇。那就歇着吧，你这善良而又自私、自负而又慷慨的老异教徒！我们再也不会见到你了。但愿简小姐能悉心善待你，用她温柔的手扶着你走出这纷乱扰攘的名利场。

# 第三十五章

## 孤儿寡母

卡特布拉山大战和滑铁卢大战的消息是同时到达伦敦的。《公报》最先发布这两大战役的结果，光荣的喜讯令全英伦为胜利而雀跃，也因忧虑而颤栗。细节详情接踵而至，捷报之后便是负伤和阵亡将士的名单。翻开《公报》读名单的那份恐怖，任何人都描写不出来！试想，有关佛兰德斯战役的重大消息传到全英伦的每一个村落、每一户人家，人们从头至尾读了各团的伤亡名单，知道他们的亲人是死是活，心情是何等兴奋、感激或悲痛、哀伤。只要不怕麻烦去翻一下当年的旧报，尽管时隔多年，而且只是从旁观者的角度，可还是能感受到紧张得喘不过气来的那份心跳。伤亡名单一天又一天连续见报；读完一天的只是停在半道上，好比看小说还得下期待续。当那些报纸一份接着一份刚刚从印刷机里印出来的时候，试想每天等着看报的人是什么心情？如果说仅仅两万英国人上战场的这一仗在我国会如此牵动人心的话，那么不妨想象一下，此前二十年间整个欧洲处于什么样的状态？前前后后打仗的人不是成千，不是上万，而是几百万；其中任何人每消灭一个敌人，也就对远方另一颗无辜的心造成永难平复的创伤。

著名的《公报》给欧斯本一家带来的消息，对两姐妹和她们的父亲是十分可怕的打击。姐妹俩并不强抑自己的悲伤，可是命运和不幸施加于一贯皱眉蹙额的老父身上的压力更为沉重。他力图使自己相信，这是那小子不遵父命自作自受。他不敢承认自己也被如此森严的天谴震慑了，没想到自己发出的诅咒竟然这么快就告应验。有时候他会蓦然间不寒而栗，仿佛他儿子死于非命果真是他一手造成的。本来重归于好还有机会。那小子的老婆也许会死去，或者他可能回家来说："父亲，我错了。"但现在没有希望了。他已站到不可逾越的鸿沟另一边，哀怨的眼神直盯着老子。老欧斯本记得过去儿子有一回发高热也是这样的眼神，当时人人都以为这孩子命在旦夕，他躺在床上不说一句话，只是悲戚戚、直愣愣盯着不知什么目标。仁慈的上帝啊！那时候做父亲的急得像热锅上的蚂蚁，紧紧跟在医生后面苦苦哀求；及至高热退去，病势转危为安，孩子开始康复，眼睛望着他，重又认得自己的父亲时，压在他心上的一块石头才算落地。然而现在已无药可救，父子和好也成了泡影；最受不了的是，再也没有知过认错的话语，来抚平做父亲的尊严受到伤害的无比愤恨，促使被狂怒毒化的血液在体内恢复平稳自然的循环。很难说究竟哪一种痛苦最伤放不下架子的人父之心：是他的儿子永远越出了他的宽恕所能达到的范围，还是他自己的尊严期待听到的求饶已成绝响？

然而，不管他心中有什么样的感受，这个倔老头儿就是什么也不跟别人说。他在女儿面前从不提到儿子的名字，但他吩咐大女儿让全家女眷女仆服丧，并说他希望男仆也穿深黑色的衣服。请客、娱乐自然统统取消。他跟未来的女婿不作任何磋商，虽然女儿的婚期已定，但只要看老欧斯本的脸色，布洛克先生便噤若寒蝉，也不敢以任何方式推动婚礼的各项准备。有时他和未婚妻她们在客厅里悄悄议论此事，那里老爷子从不进去。欧斯本先生经常待在自己书房里。房屋的前半部分全部关闭，等举哀结束以后再说。

大约在六月十八日之后三个星期，欧斯本先生的相识、老威廉·铎炳爵士来到拉塞尔广场他家拜访；爵士面色煞白，情绪非常激动，一定要面见欧斯本先生。他被引进屋以后说的头几句话，主人和客人自己都不知所云。接着他从一个信封里取出另一封信，上有很大的红色封蜡。

"第——团有一名军官今天到达伦敦，"高级市政官略带几分犹豫说道，“我儿子铎炳少校请他带来一封信。我儿子信中附有另一封信是给你的，欧斯本。”高级市政官把信放到桌上，老欧斯本直瞪着它，好一阵子一声不吭。他的眼神着实让来客害怕，后者带着歉疚的表情对悲不自胜的主人注视片刻，再也没说一句话，便匆匆离去。

信上的字迹熟悉得很，那是乔治冒冒失失的手笔。这正是六月十六日尚未拂晓时他向爱米莉亚告别前写的那封信。一大块红色封蜡上的印戳，乃是老欧斯本从《贵族源流概览》中僭用的纹章，还带有一条拉丁文铭言“战争中有和平”——纹章原为一个公爵家族所有，虚荣熏心的老商人竭力假想自己与他们是本家。写此信的那只手，再也不会握笔或举刀了。就是用来按在封蜡上的那个印戳子，也在乔治横卧战场时从他尸体上被偷走了。这事他父亲并不知道，老头儿只是坐在那里对着信发愣，一副吓呆的模样。刚才他走过来想要把信拆开，险些跌倒。

你有没有和自己的好朋友闹翻过？他在你们相亲相爱、无话不谈的时期写来的信，如今简直是在骂你，令你恶心。洋溢其中的友情已经死亡，面对那些信誓旦旦的表白追忆往昔，这样的伤逝实在无聊。那些书简无异于一块块墓碑竖立（说“横卧”更确切些）在爱的残骸旁，碑文全是谎言。对于人生这本大书，对于浮世众生孜孜营求的一切，它们做了阴郁、残酷的注解。这样的信我们大多数人收到或写出过不计其数，足够塞满几抽屉。那是我们保存着、可又怕去触动的隐私。老奥斯本哆嗦了好半天，才把死去的儿子写给他的信拆开。

可怜的孩子信中的话不多。他太自尊了，心中满怀深情也不肯形诸笔墨。他只说，在这大战前夕他要向父亲珍重道别，同时恳切地请求父亲善待他撇下的妻子（也许还有孩子）。他深表愧悔地承认，由于生活不检点，挥霍无度，母亲留下的那笔小小遗产已被他花去大半。他感谢父亲先前的慷慨大度，并且保证，无论自己倒在战场上还是得庆生还，他的行为都不会让乔治·欧斯本这个名字蒙羞。

他的英国脾性、他的傲气，也许还有几分不好意思，阻碍他说得更多。乔治写完了信，还在父亲的姓名上吻了一下——那是他父亲无法看见的。这封信从欧斯本先生手中跌落时，他想到自己对亲子的钟爱一无所获，对逆子实施报复也没有达到目的，只觉得一阵揪心的剧痛。他的儿子依然为父亲所爱，却依然得不到宽恕。

不过，大约两个月后，两位欧斯本小姐和她们的父亲一起去了教堂，她们注意到父亲没有坐在他做礼拜时通常坐的位子上，而是从对面的跪垫上仰望她们上方的墙壁。两位小姐于是也朝父亲哀伤的眼神注视的方向望去，只见墙上嵌有一块精美的浮雕石碑：画面上不列塔妮亚[①]对着一只骨灰瓮正在哭泣，一柄断剑和一只蹲伏的狮子表示这件作品是为纪念一位阵亡军人而献给教堂的。当年的雕塑家可以提供好多这类丧葬图案，现今你仍可在圣保罗教堂的墙上看到，像这样极度夸张并且具有异教色彩的象征性标志数以百计。本世纪最初的十五年间，对这些东西的需求持久不断。

在上述碑雕下面有那个熟悉、神气的欧斯本纹章，一块铭牌上镌刻着："纪念已故皇家步兵第——团上尉乔治·欧斯本先生，一八一五年六月十八日在光荣的滑铁卢大捷一仗中为国王陛下和祖国战死沙场，卒年二十八岁。Dulce et decorum est pro patria mori.[②]"

看到那块石碑，两姐妹神经受到的震荡太大，玛丽亚小姐甚至不得不离开教堂。参加礼拜的会众怀着敬意给两位全身黑服、泣不成声的小姐让路，他们觉得坐在阵亡军人纪念石碑对面的丧子老父着实可怜。

---

① 不列塔妮亚，英帝国的拟人化名称，它的象征性造型是一个戴头盔、持盾牌、执三叉戟的女人。

② 拉丁文，为国捐躯幸福而光荣（贺拉斯：《颂诗》第2卷第7首）。

“他能原谅乔治的妻子吗？”两姐妹在一阵悲伤过后私下这样交谈。欧斯本家的熟人大都知道他们父子决裂的原因在于乔治的婚姻，如今也在纷纷议论老欧斯本有没有可能与乔治的寡妻和解。在拉塞尔广场和伦敦市中心，都有好事者就这个问题进行预测，以此打赌。

如果说，两姐妹对于父亲可能承认爱米莉亚为欧斯本家媳妇感到不安，那么，当老爷子于秋末宣布他将出国时，这种忧虑一下子增长了起来。他没说去哪儿，但姐妹俩立刻明白他将前往比利时，她们还知道乔治的寡妻至今仍在布鲁塞尔。两位小姐经常从铎炳夫人和她的女儿那里得到消息，对于可怜的爱米莉亚的状况了解得相当详细。我们的铎炳上尉由于第——团内另一名少校阵亡而得到晋升；英勇的奥多德过去已在多次战斗中显示其镇定与胆略，是役亦有出色表现，如今已成为上校并获得最低级巴思爵士封号。

骁勇善战的第——团在前后两天的鏖战中都付出了惨重的代价，有许多人直到秋天还在布鲁塞尔养伤。大战后有好几个月，该城就像一座大得惊人的伤兵医院。随着这些士兵和军官开始康复，花园以及各种公共休憩娱乐场所也就挤满了伤残军人，年龄有大有小，他们刚从死神手中获救，便全身心投入赌博、游乐、玩女人，这也是浮世众生兴之所趋。老欧斯本没费多大劲就找到了几个属于第——团的。他一向十分熟悉他们的制服，对于团内人员的头衔晋升、职务变动非常关心，谈起该团的事来，提到该团的军官，总是历历如数家珍。在抵达布鲁塞尔以后的次日，他从公园对面的旅馆里出来，见一名士兵在公园的磨石长椅上歇息，军服上的标志正是第——团的。老欧斯本哆嗦着在这名康复中的伤兵身旁坐下。

“您是不是乔治·欧斯本连里的？”他问道，稍顿一下后又添了一句，“他是我的儿子，先生。”

那兵士并不是欧斯本上尉连里的，但他把没有受伤的那只手举到帽檐上，向问话的这位憔悴、颓丧的绅士恭恭敬敬行了个礼。

“整个军队里再也找不出比他更出色的军官，”兵士哀伤地说，并告诉老绅士，欧斯本上尉那个连现在由雷蒙德上尉任连长，该连有一名军士眼下还在城里，他的肩膀中弹刚刚伤愈不久。“您老如果有意，可以和他见面；您想了解有关第——团作战经过的任何情况，他都能告诉您。可是您老一定已经见到过铎炳少校，他是勇敢的欧斯本上尉最好的朋友。欧斯本上尉的太太也在此地，听大家说她的身体很不好。据说她精神失常已有一两个月了。不过这些事情不说您老也都知道，请原谅，”兵士临了还附加这么几句。

老欧斯本把一个畿尼放在兵士手心里，对他说：如果他把那名军士带到公园旅馆来，另外还可以得到一个畿尼。有了这项许诺，老绅士很快就见到了他很想会一会的那名军士。前面那个士兵离开旅馆后，把欧斯本上尉的父亲来此一事告诉了几个同伴，说老绅士出手如何大方。接下来他们一起去大吃大喝，直到把痛失爱子的老父给的两个畿尼赏钱花光为止。

那名军士也是伤愈不久，在他的陪同下，老欧斯本到滑铁卢和卡特布拉山两地作了一次旅行，当时曾有数以千计的英国人去那儿旅行。老绅士请军士作向导，两人坐欧斯本先生的马车走遍了两处战场。欧斯本先生见到了十六日第——团从行军路上投入战斗的出发点，见到他们击退法国骑兵的一处坡地，当时法军正穷追猛打大败而逃的比利时人。在某一个地方曾有一名法国军官为夺团旗与年轻的少尉搏斗，好几名护旗的军士已中弹身亡，当时正是欧斯本上尉奋不顾身砍倒了那个法国人。第二天第——团曾从这条大路撤退，十七日夜间他们就沿着这道土堤冒雨露营。再往前便是他们整整一天成功地守住的阵地，当时不得不频频重新编队迎击敌人骑兵的强攻，利用土堤作掩护，卧倒躲避法军的猛烈炮火。傍晚，敌人最后一次强攻被击退后，英军接到命令发起全线进攻，欧斯本上尉呐喊着挥舞军刀从山上冲下去，他就是在这个斜坡上中的弹，当即倒地死去。

“是铎炳少校把上尉的遗体送回布鲁塞尔埋葬的，”军士用低沉的语调说，“这些您老已经知道。”在军士给老绅士讲述这些故事的时候，当地的农民和小贩围着他俩不断大喊大叫，向他们兜售据称都是从战场上收集到的纪念品：十字章或小十字架、肩饰肩章、铠甲的碎片、鹰徽——五花八门，不一而足。

老欧斯本看过了儿子尽忠前留下英雄事迹的各处遗址，在与军士分手时给了他一笔丰厚的酬金。乔治的坟地此前他已经看过了。事实上，他一到布鲁塞尔立即坐车去了那里。乔治的遗体安卧在近郊幽雅清静的拉凯墓园；这地方他生前曾和朋友们一起去作过郊游，当时他信口戏称自己死后愿在此入土为安。这位青年军官由他的好友埋葬在花园一隅的非教会用地上，有一道矮篱把它和圣堂、钟楼、花圃、灌木丛隔开，葬在教会专用地的死者都是罗马天主教徒。老欧斯本感到屈辱：他的儿子、一位英国绅士、威名远扬的英国军队的一名上尉，竟没有资格葬在外国的教会专用地上。我们口口声声说要爱他人，关心他人，其实这样的关怀隐藏着多少假仁假义、这样的爱又是多么自私——谁能说得清？老欧斯本对自己错综复杂的感情没有静心思索的习惯，也从不考虑他的爱子之心和势利眼如何水火不容。他坚信自己做的每一件事都是正确的，认定自己在任何情况下都应该我行我素；一旦发现有什么挡他的道，逆他的意，他的仇恨就会像黄蜂的刺或毒蛇的牙恶狠狠指向对手。他认为自己的一切都值得骄傲，连他的仇恨也值得骄傲。一贯正确，一意孤行，从不犹豫——麻木不仁者不就是仗着这些伟大品德主宰世界的吗?

在滑铁卢之行的归途中，欧斯本先生的马车于日落时分快要近城门了，只见迎面驶来另一辆四轮敞篷车，车上坐着两女一男，另有一名军官骑马随行。欧斯本突然往后一仰，坐在他旁边的军士诧异地看了他一眼，其时自己正举手触帽向那位军官敬礼，而对方也还礼如仪。原来坐在那辆车上的是爱米莉亚，她旁边是瘸腿的年轻少尉，对面是她忠实的朋友奥多德太太。是的，正是爱米莉亚，然而老欧斯本认识的那个清秀水灵的姑娘怎么竟变成了这模样？！她的面容苍白、瘦削。她戴一顶寡妇帽，栗色秀发左右分开——可怜的孩子！她的目光呆滞，视而不见。当两辆马车交会时，她的眼睛直愣愣望着老欧斯本，却不知前面是谁。老欧斯本也没认出她来，及至看见铎炳在车旁骑马随行，方始明白她是何人。他恨爱米莉亚。在这次路遇以前，老头儿没料到自己竟如此恨她。等爱米莉亚坐的车过去后，老欧斯本朝军士转过脸来，目露凶光瞪着忍不住向他瞧了一眼的向导，仿佛在说："你竟敢这样瞅我？你这该死的东西！我恨她，知道不？！正是她毁了我的希望，丢尽了我的颜面。"

"告诉那个混蛋快赶路，"他发出一声诅咒，冲着驭者座上的听差嚷道。

仅过一会儿，欧斯本车后路面上传来马蹄声，铎炳骑马赶了上来。先前两车交会时，他在想别的事情，直到往前骑了一段路，才猛然想起刚才过去的是老欧斯本。于是他转过脸去观察爱米莉亚见到她的公公有无反应；然而可怜的姑娘压根儿不知道过去的是什么人。接着，天天陪她出来散散心的威廉掏出怀表一看，推说自己突然记起有个约会，所以先走了。爱米莉亚对此同样毫无反应，只是坐着漠视眼前稀松平常的景色，漠视远处的树林，漠视乔治随团开赴的方向。

"欧斯本先生！欧斯本先生！"铎炳连声喊着骑马上前，并且伸出一只手。老欧斯本没有作出愿意握手的任何表示，只是再次夹着一声咒骂催促车夫赶路。铎炳拉住车帮不放。"我需要跟您谈谈，"他说。"我是受人之托。"

“受那个女人之托？”老欧斯本凶巴巴地问道。

“不，”铎炳回答，“受你儿子之托。”

听了此话，老欧斯本身体往后一仰，靠在车座角落里。铎炳让车继续走，自己骑马紧随其后，如此穿过市区直抵欧斯本先生下榻的旅馆，路上一句话也不说。然后他跟着老欧斯本走进客房。过去乔治经常到这里来；这正是罗登·克劳利夫妇逗留布鲁塞尔期间住的那套房间。

“请问您有何赐教，铎炳上尉——哦，请原谅，我应该称您铎炳**少校**，既然那些真正的好汉死了，您自然可以乘虚而入了，不是吗？”欧斯本先生用讽刺的口吻说，有时候他就喜欢这样挖苦别人。

“那些真正的好汉确实死了，”铎炳接过话茬。“我想跟您谈谈有关这样一条好汉的事。”

“那就简短一些，先生，”对方说完又骂了一声，同时横眉冷对来客。

“我来此地的身份是他最亲密的朋友，”少校继续道，“也是他的遗嘱执行人。他是在投入战斗之前立下的遗嘱。您是否了解他剩下的钱多么可怜？是否了解他的寡妻处境有多么艰难？”

“我不认识他的什么寡妻，先生，”欧斯本说。“让她回到自己父亲那儿去。”

但铎炳拿定主意沉住气继续说下去，不理会对方的打岔。

“先生，您可知道欧斯本太太的近况？这次打击使她的精神完全崩溃了，差点儿要了她的命。她能不能康复还非常难说。不过，对她来说并不是毫无希望；我来就是想跟您谈这件事。她很快就要做母亲了。如果说乔治冒犯了您，难道您要把这罪名加到他的孩子头上去？还是您愿意看在乔治分上宽恕那个孩子？”

老欧斯本洋洋洒洒说了一大篇，无非是自吹和咒骂：自吹是为他的所作所为开脱，以免受到良心的责备；咒骂则是为了夸大乔治的忤逆不孝。按他的说法，全英国找不出第二个做父亲的能对大逆不道的儿子如此宽宏大量。可是做儿子的至死也没有说过一句认错的话。既然如此，那就由他去为自己的不孝和愚蠢承担后果。至于他——欧斯本先生——本人，一向说话算数。他发过誓决不跟那个女人说话，也不承认她是自己的儿媳妇。

“您可以这样告诉她，”老头儿临了还是骂不绝口；“我活着一天，就一天不会改变主意。”

此路不通，劝说无望。可怜的寡妇只能靠她那点微薄的收入或焦斯对她的接济过日子了。

“我即使把这些话转告她，她也不会在乎，”铎炳凄然忖道，因为自从祸从天降以来，这可怜的姑娘被她的不幸压得昏昏沉沉，一直神不守舍，好事坏事对她都无所谓。其实，就连友情和关怀对她也是无可无不可的样子。无论什么她都毫无异议地接受下来，然后又沉浸在她的哀伤之中。

在上面那次谈话之后，整整一年过去了。这一年的头几个月我们的小可怜爱米莉亚是在令人肠断的深切悲痛中度过的；笔者虽然一直在观察这颗温柔而又脆弱的心，并对它的某些感情活动加以描述，然而眼瞅着它在命运的残酷折磨下渗血，实在令人不忍细说。让我们悄悄绕过这连遭颠沛、心力交瘁的小可怜的床铺，轻轻关好昏暗的卧室房门，不要打扰她的绵绵哀思——那些善良的人就是这样做的，在她痛不欲生的头几个月里，他们悉心照料她，从不抛弃她，直至上苍给她送来安慰。这一天终于来到了——那份惊喜简直让你透不过气来——可怜的小寡妇把一个婴儿紧紧抱在怀里喂奶；那婴儿的眼睛活像已撒手人寰的乔治，这是个小天使一般招人疼爱的漂亮男孩。听到

他的第一声啼哭——那感觉甭提有多美妙！爱米莉亚俯身对着他又笑又哭，当小东西依偎在她怀里的时候，她胸中重又萌动祈祷的愿望，爱和希望开始复苏——她得救了。给她治病的医生曾经担心她有性命之忧或变成痴呆，一直殷切地期待出现这样的转机，现在他们终于可以宣布，这两种危险都已排除。看到她的眼睛再次闪亮，温柔地望着朋友们，那些经常守护在她身边的人，总算没有白熬漫长的几个月忧心忡忡的时光。

我们的朋友铎炳即是其中之一。是他把爱米送回到英国她的娘家，因为奥多德太太接到上校丈夫的紧急召唤，不得不离开一直由她照料的病人。看铎炳抱着那婴儿的模样，听爱米莉亚欣赏此情此景发自内心的欢笑，凡是稍有幽默感的人都能分享到他们的乐趣。威廉是孩子的教父，他给这个小小基督徒买杯子，买小勺，买糊糊船[①]，买珊瑚咬环，可没少费心机。

小家伙的母亲给他喂食、穿衣、换尿布，全身心投入对他的抚育。她辞退了所有的保姆，除了她自己，几乎不让任何人碰她的孩子。她偶尔让铎炳少校抱抱他的教子逗他玩儿，可算是她给少校最大最大的面子。凡此种种，这里无庸赘言。儿子是她的命根子。她活着就是为了尽做母亲的责任。她把这个纤弱、无知的小东西裹在母爱之中奉若神明。孩子从她怀里吮吸的是她的生命。夜晚以及没有旁人的时候，她会在内心深处感受到母爱的无比喜悦，那是在上帝神奇的眷顾下女人被赐予的本能，一种完全不可理喻、却远远高于理智的喜悦，一种只有女人心才能体会的盲目、美妙的痴情。观察、研究爱米莉亚的这些心理活动——这是威廉 · 铎炳的任务。如果说，爱情使他能猜透爱米心中几乎所有的感受，那么他也能看到，那里根本没有他

① 糊糊船，一种给婴儿喂半流质食物的船形盘子。

的位置，而且看得十分清楚，清楚得要命，哀哉！尽管明知如此，他还是乖乖地认命，并且乐于认命。

我想，爱米莉亚的父母大概完全明白少校的心思，也颇有意鼓励他；因为铎炳天天上他们家去，跟他们或爱米莉亚或忠厚的房东克拉普先生一家在一起，往往一待就是几个小时。他几乎每天都以这样那样的借口给每个人带去礼物，房东家有个小女孩也是爱米莉亚挺喜欢的，干脆管他叫小糖球少校。通常由这个小姑娘充当礼仪小姐向欧斯本太太通报少校来访。有一天，小糖球少校雇的街车来到富勒姆，小女孩见了不禁哈哈大笑，因为少校从车上搬下一匹木马、一面鼓、一支喇叭，还有其他好多做打仗游戏的玩具，对于才六个月大的小乔吉来说，玩这些东西为时实在过早。

“嘘！”爱米莉亚也许讨厌少校的皮靴嘎吱嘎吱的响声，因为孩子刚睡着。她向少校伸出一只手，可是威廉抱着一大堆玩具没法跟她握手，爱米抿着嘴直笑。

“到楼下去，小玛丽，”铎炳立即对小姑娘说，“我要跟欧斯本太太谈些事情。”

爱米莉亚带着几分惊异看了他一眼，然后把婴孩放在床上。

“我是来向你辞行的，爱米莉亚，”铎炳轻轻握住她纤细白净的小手说。

“辞行？你要去哪儿？”她面带微笑问道。

“你可以把信寄到我的代理人那儿去，”少校说；“他们会转给我的。我相信你会给我写信，不是吗？我要离开很长一段时间。”

“我会写信告诉你乔吉的事情，”爱米说。“亲爱的威廉，你一直对他和我这么好。你瞧，他不是像个小天使吗？”

孩子嫩红色的小手无意识地握住少校的手指，爱米莉亚满怀母亲纯净的欣悦举目望着他。即使最凶狠的目光也不可能更令他伤心，因为这和蔼的眼神剥夺了他的一切希望。他俯身面对孩子和母亲，半晌说不出一句话。他费了九牛二虎之力才迫使自己说了一句："愿上帝保佑你们。"

"愿上帝保佑你，"爱米莉亚说着抬起头来吻了他一下。

当威廉·铎炳靴声橐橐地向门那边走去时，她又说了一句：

"嘘！小心别吵醒乔吉！"

她没有听到街车离去时的辚辚声；她正全神贯注地瞅着在睡梦中微笑的孩子。

# 第三十六章

## 没有进款照样过得潇洒

在我们的名利场上，即便是最不善于观察的人，有时候总不免要思考一下自己的熟人日子是怎样过的；即便是最豁达大度的人，也不可能从不在意左邻右舍一年到头如何维持他们的开销。比方说，尽管对詹金斯一家我极其尊敬(因为每年总要叨扰他们两三餐)，可我不得不承认，这一家子坐着敞篷大马车出现在海德公园，跟班的一个个熊腰虎背，对我永远是个解不开的谜。我虽知道那车是租来的，并且他们对佣人一律只供膳宿不给工资，然而三名仆役一辆车少说也要花六百镑一年——何况隔三差五还要设华筵请客；两个男孩上的是伊顿公学；除了为女孩们延聘一名很贵的家庭女教师外，另有几位专科教员上门授课；秋天不是出国就是去伊斯特本或沃辛[1]旅游；一年一度的舞会由甘特美食店供应夜宵(附带提一下，詹金斯家的**一流**宴会大都由该店承办，我曾应邀出席一次这样的盛宴以免一个座位空着，故而对此十分了解，当时我立即看出，那些菜点的规格比招待较低档次客人的**大路货**饭局高出许多)。我要说的是，哪怕对于管闲事毫无兴趣的好好先生，也会不由自主地纳闷儿：詹金斯家哪得如此阔绰？那么，詹金斯究竟何许人也？我们都知道他是典签署长官，年俸一千二百镑。是不是他的太太有私房钱？瞎掰！弗林特小姐出身于白金汉郡的一个小地主家庭，兄弟姐妹连她共有十一人。娘家只有在圣诞节给她一只火鸡，而学校放假时她倒要供几个妹妹的膳宿；她的兄弟们到伦敦来，也得管吃管住。詹金斯是怎么保持收支平衡的？我想问的也是他的每一个朋友必定想知道的：他怎么能够长期不露馅，一直逍遥法外？去年他到法国的布洛涅去了，可居然还回来，此事令所有的人大惑不解。

这里的“我”泛指世人，也可以说是每一位可敬的读者经常接触的格伦迪太太[2]，其中谁都能举出若干熟人的家庭来，天知道他们的日子是怎么过的。我确信，我们人人喝过许多杯酒祝好客的主人身体健康，而心中怎么也猜不透，买那些酒的钱他是哪儿弄来的。

罗登·克劳利从巴黎回来后，住进了五月市柯曾街一栋舒适的小楼。三四年间，在受到他们款待的众多朋友中，恐怕人人都就这对夫妇的生活方式产生过上述疑问。前文提及，小说家无所不知，无所不晓。既然我能告诉大家，没有任何收入的克劳利夫妇多么优哉游哉，那么，我是否可以请求惯于从各种期刊上大段大段地摘录别人文章的报纸，**不要**转载下面翔实的报道和精确的数据？作为这些材料的发现者（还花了一些费用），对之我应当拥有可能从中获得的利益。[3]

“我的儿，”如果天赐我一个儿子，我会对他说，“通过深入调查以及与他本人的经常性接触，你会懂得，没有任何收入的人是怎样舒舒服服过日子的。不过最好不要与那些精于此道的绅士过从甚密，可以使用第二手材料，就像使用对数表那样，因为你若是要自己动手计算的话，相信我，那会耗费你大量的时间和精力。”

尽管没有任何收入，克劳利夫妇却能在巴黎过上两三年快乐逍遥的日子，有关这方面的情况，我只能作一些非常简单的叙述。也就是在那个时期，他离开了近卫骑兵团，卖掉了自己的头衔退出军界。当我们再次遇见他时，除了他的八字胡髭和名片上的中校头衔外，他的戎马生涯再也没有留下其他任何纪念。

笔者曾经提到，瑞蓓卡到达巴黎后，很快就在花都的社交界风光

---

① 伊斯特本，英格兰南部濒临英吉利海峡一城市；沃辛，英格兰南部一滨海城市。

② 格伦迪太太是英国剧作家托马斯·莫顿笔下一个不出场的角色。剧中其他人物动不动就问：“格伦迪太太会怎么说呢？”

③ 当时著作权得不到严格的保护，加里尼亚尼在欧洲大陆发行的英文报纸专事抄袭英国期刊上的文章，萨克雷对此极为不满。

十足地占据领导潮流的地位，并在王政复辟后最烜赫的一些法国贵族之家受到热情接待。当时在巴黎的英国达官贵人，也都围着她转，致使他们的太太把这朵突然冒出来的交际花恨得要命。她在圣日耳曼区[①]的沙龙里已站稳脚跟，那些张开双臂欢迎她的朝廷新贵府邸又是如此富丽堂皇，凡此种种有好几个月曾令克劳利太太心花怒放，恐怕还有点儿飘飘然。在那段春风得意的日子里，她也许不太瞧得起丈夫结交的那个圈子——大都是一些年轻的军人。

但是，陪太太出去应酬的中校，置身于公爵夫人等朝廷命妇中间，却感到无聊至极。那些老太太玩纸牌，为了区区五法郎的输赢会大叫大嚷，克劳利中校认为在这样的牌桌旁坐下来纯属瞎耽误工夫。由于不懂法语，她们谈话中的风趣之处他又欣赏不了。他一再表示：瑞蓓卡何苦每天晚上向一大帮子皇亲国戚行屈膝礼？不久，他便让太太一个人去参加那样的晚会，自己重又在合得来的朋友中间寻欢作乐。

我们说某一位有头有脸的人物根本没有进款，日子照样过得挺潇洒；其实这“没有进款”一语指的是一个谜，意思是说：不知道这位有头有脸的人物是怎么维持其日常开销的。我们这位中校朋友对于一切赌博都有十分浓厚的兴趣，无论纸牌、骰子还是台球杆，他没有不熟悉的。可想而知，他玩这些东西的功夫比偶一为之的人自然高明得多。想要在球桌上把球杆使出个模样来，犹之乎握铅笔、吹长笛或练击剑——起初你对其中任何一件都不可能运用自如，只有反复练习并且持之以恒，还得与天赋结合，方能驾轻就熟，得心应手。在台球这项游戏中，克劳利原先只是个出色的业余爱好者，如今已成为行家里手。如同一位伟大的将军，他的天才往往与危险同步增长。有时候整场比赛他的运气老是不佳，人家把赌注都押在他输球上。在关键时

---

① 圣日耳曼区，当时巴黎近郊的贵族住宅区。

刻，他会显示艺高胆大的本色，打出几杆惊人的好球，一下子扭转败局，取得最后胜利，令所有的人惊诧不置——确切些说是令所有不了解他有这一手的人惊诧不置。看惯这种场面的人，就不会那样轻率地下注赌一个人输球，因为没准儿此人后劲忒足，会突然间令人眼花缭乱地大显身手，把对手打得落花流水。

玩牌他也是一把好手。在晚上牌局刚开始时，他经常输钱，出牌稀里糊涂，蹩脚透顶，不知底细者每每不把他放在眼里。然而，接连几次小输之后，他才打起精神来，注意力开始集中；这时你会发现克劳利的牌打得与刚才判若两人，并且确信夜犹未央他将把对手杀得片甲不留。事实上，能自夸曾经赢过他的人简直绝无仅有。

由于他在赌道上无往而不利，无怪乎眼红者和败北者提起此事有时会说些相当难听的话。关于威灵顿公爵从不打败仗这一点，法国人总说只是一连串惊人的巧合才使他成为常胜的福将；他们居然认为威灵顿在滑铁卢耍了诡计，否则赢不了最后性命攸关的那一墩牌。同样，在嗜赌的英国军人圈子里有一种影影绰绰的说法，认为不能排除作弊的可能性，否则无法解释为何克劳利中校老是连战连胜。

尽管巴黎的弗拉斯卡蒂沙龙[①]彼时已经开张，然而赌风日炽，公开的赌场太少，适应不了那股迅速蔓延的狂热势头，于是私人家中也呼幺喝六地赌起来。在克劳利家颇具情趣的小型晚会上，通常也举行这种预兆不祥的娱乐活动，令娇小而贤惠的克劳利太太极不痛快。提起丈夫沉湎于掷骰子赌博，她那无比深刻的忧伤便溢于言表；不管什么人上他们家，她都会抱怨诉苦。她恳求年轻人千万千万别去碰骰子筒。有一回，步兵团的小伙子格林，输了一大笔钱；据佣人告诉那位

---

① 坐落在黎塞留路的弗拉斯卡蒂沙龙（原为咖啡馆）是巴黎最豪华的赌场，至1837年才关闭。

倒霉的少爷，瑞蓓卡哭了整整一夜，甚至向她的丈夫下跪，求他把格林欠下的赌账一笔勾销，把格林所立确认欠债的字据付之一炬。可是罗登怎么能这样做呢？轻骑团的布拉克斯通和汉诺威骑兵团的佩因特伯爵赢他自己的钱也有那么多。格林什么时候方便，就什么时候还；但欠债当然要还；烧毁笔据完全是小孩子冒傻气。

另一些军官——主要是年轻人，因为喜欢聚集在克劳利太太周围的大都年纪较轻——参加她家的派对回去时往往哭丧着脸，他们或多或少在她家致命的牌桌上输了钱。克劳利家开始有了坏名声。老手们告诫缺乏经验者要提防危险。占领巴黎的部队之一第——团的奥多德上校，就曾这样告诫该团的斯普尼中尉。有一回，这位步兵上校和他的太太在“巴黎咖啡馆”用餐，他们跟也在那里吃饭的克劳利中校夫妇发生了一场激烈的争吵，闹得不可开交。双方的太太都参与了这场冲突。奥多德太太就在克劳利太太的鼻子前面打了一个响亮的榧子，称后者的丈夫是个“不折不扣的骗子”。克劳利中校要求跟最低级巴思爵士、奥多德上校决斗，并且把那一对手枪拿出来作准备(其中一支就是当初他打死马克尔上尉的凶器)。总司令闻讯后，派人把克劳利叫去，跟他作了一次谈话，决斗才没有举行。要不是瑞蓓卡跪在塔夫托将军面前求他帮忙，克劳利本来是会被遣送回英国去的。此后他有好几个星期没跟军人在一起赌钱。

虽说罗登精通赌术不容置疑，而且所向披靡，但是瑞蓓卡经过反复思考，看清楚他们的地位终究不稳固；尽管他们几乎什么账也不付，然而他们这么点儿小小的本钱难保不会在某一天化为乌有。

“亲爱的，”她对罗登说，“赌博有助于增加你的收入，但赌博本身毕竟不是固定收入。总有一天那些人不愿再玩了，那咱们怎么办？”

罗登心中默认她说得有理，事实上他也注意到了，那几位绅士上他家玩了几个晚上，吃过几餐宵夜以后，确实不想再跟他赌钱，瑞蓓卡的魅力也难以使他们频频自投罗网。

克劳利夫妇在巴黎的生活固然优哉游哉，但说到底那只是无所事事的闲混；瑞蓓卡认为还是应该到他们自己的国家去安排罗登的前程。她必须为丈夫在国内或殖民地谋一份差事，决定一俟扫清障碍便回英国。作为第一步，她先让克劳利卖掉军衔离开近卫团，只领半薪。在这以前他已经不再担任塔夫托将军的副官。瑞蓓卡逢人便说将军的坏话，嘲笑他的假发(他一到巴黎便戴上它遮秃)、他的紧身腰带和他的假牙，被挖苦得最凶的是：他妄图征服所有女人的心，自作多情地以为他靠近的每一个女人都痴恋着他。近来塔夫托将军移情于浓眉重垂的布伦特太太——军需官布伦特的妻子，向她送鲜花、首饰，在餐馆里请她吃饭，把自己在歌剧院的包厢给她享用。可怜塔夫托太太的愁眉并不比以前稍得舒展，漫长的夜晚她依然不得不和女儿们一起待在家里，明知将军身上喷了香水、捻着八字胡髭出门，肯定是陪布伦特太太看戏去了。当然，蓓姬身边有一打崇拜者取代将军的位子，凭她的一张利嘴足以把将军的新欢奚落得无地自容。但是，笔者已经说过，她渐渐厌倦了这种闲得无聊的社交生活。歌剧院的包厢和餐馆里的宴请已使她腻烦；花束又不能留着防荒，她也不能指着一些小件首饰、花边手帕和羊皮手套过日子。她感觉到声色犬马的空虚无聊，想望着能得到一些真正的实惠。

就在这个当口儿，来自英国的消息很快在中校的巴黎债主中间传开，并使他们大为高兴。他那位有钱的姑母、准备把巨额财产遗留给他的克劳利小姐快要死了；中校必须赶回去和她见上一面。克劳利太太和她的孩子留下等中校来接。中校动身前往加来[1]并且安抵该地。

① 加来，法国北部临多佛尔海峡一港市。

人们原以为他要渡海到多佛尔[1]，谁知他竟搭驿车去了敦刻尔克[2]，再从那里折向他早就心向往之的布鲁塞尔。其实，他在伦敦欠下的债比巴黎更多；他宁可到这个不太大、又比较安静的比利时城市去，而不愿待在喧嚣的英法两国首都中的任何一处。

姑母死了。克劳利太太给自己和儿子小罗登按最严格的规矩定制了丧服。中校忙于办理遗产继承事宜。他们现在要的是旅馆的二楼客房，不必像过去在布鲁塞尔时那样将就住在底层与二楼之间的夹层斗室之中。瑞蓓卡要重新布置房间，和旅馆老板商谈了壁挂更新的事，在地毯问题上还有过一番不伤和气的争执，最后双方就一桩桩、一件件全面达成协议——只是账单未付。重新装饰期间，瑞蓓卡先坐旅馆提供的一辆车到别处去暂住，同车的有她的孩子和一名法国保姆，殷勤的旅馆老板和老板娘站在大门口满脸堆笑热情相送。塔夫托将军听说她离开了巴黎，顿时火冒三丈；布伦特太太则因将军火冒三丈而冲他火冒三丈。斯普尼中尉像是被一刀扎进了心窝。旅馆老板提前把最好的客房重新装修布置停当，等候迷人的少奶奶和她的丈夫回来。他把克劳利太太郑重其事交给他保管的几只箱子仔细捆扎，小心藏好。不过，后来这些箱子被打开时，里边却没有发现什么特别值钱的东西。

但是，克劳利太太在去比京与丈夫会合之前，却只身作了一次英国之行，把小儿子留在欧洲大陆，由那个法国保姆照料。

瑞蓓卡和小罗登分别，对母子双方都没有造成太多痛苦。说实在的，从那位小少爷出生以来，做母亲的并没有见过他多少回。瑞蓓卡紧跟法国母亲们一种可爱的时尚，把孩子送到巴黎郊区一个村子里去由别人奶养，小罗登出生后的最初几个月是在一户人口众多的家庭里

---

① 多佛尔，英格兰东南部一港市，与法国加来仅相隔三十余公里。
② 敦刻尔克，法国北部一港市，在加来之东。

度过的，他有好些个穿木屐的奶哥哥，倒也快活。他父亲常骑马到那儿去看他，见儿了面色红润，浑身稀脏，在花匠的妻子（他的奶妈）照料下做泥饼玩儿得开心，一边声音洪亮地大叫大嚷，做了老子的罗登不由得心花怒放。

瑞蓓卡不大乐意去看自己的嗣子。比如有一回，她的一件浅灰中略泛紫红色的新长袍就让儿子给弄脏了。小罗登宁可接受奶妈的抚爱，而不领母亲的情，当他最后离开那个笑口常开、差不多是他亲娘的奶妈时，大哭大叫了好几个小时。后来他母亲答应他第二天就能回到奶妈这儿来，小家伙才得安生。奶妈自己恐怕也觉得难舍难分，她也被告知孩子很快就要送来仍由她抚养，所以有一段时间一直望眼欲穿地盼着小罗登回来。

在稍后一个时期，有一批胆大妄为的英国冒险家闯入欧洲大陆，在各国首都欺诈行骗。其实，我们的这一对朋友可以说是其中的先驱者。在一八一七到一八一八年的那段十分好过的日子里，对英国人的财富和信誉还极为尊敬。我听人说，当时他们还没有学会在做交易的时候讨价还价，哪像现在这样以不屈不挠的侃价本领著称于世。欧洲的大都市还没有让我国那些无赖的勾当长驱直入。现如今，几乎在每一个法国或意大利的城市，你都能见到我们某些高贵的同胞，摆出英国佬到处炫耀的大模大样和傲慢架势，赖旅店主人的账，用空头支票诈骗轻信的银行家，从车马店老板那里抢走马车，从金匠那里掠夺首饰，玩纸牌把天真的旅客钱包掏空，连公共图书馆的书籍也难幸免；然而，三十年前只要是一位坐自备马车旅行的英国绅士，所到之处哪儿都乐意让你赊账，那些爷们绝少骗人，只有受骗的份儿。

克劳利一家走后过了几个星期，他们在巴黎期间所住的旅馆老板才发现自己损失惨重，那还是因为向克劳利太太提供服饰的马拉布太太多次来要数目不大的账，还有王宫大厦金球首饰行的迪德洛先生也来过不下五六次，打听那位买了他几块怀表和几只镯子的漂亮太太回来没有。说来令人难以置信，但这却是事实：甚至那个穷花匠的妻子，奶养了那位太太的孩子，除了最初六个月，以后再也没有拿到过一文钱，尽管她以奶汁和母爱哺育了胃口大、身体棒的小罗登。真的是这样，连奶妈的钱也没付——克劳利夫妇实在贵忙得紧，哪儿记得他们还欠她这么一笔微不足道的费用。至于旅馆老板，他在有生之年可把整个英国骂得狗血喷头。他向所有的旅客打听是否认识一个姓克劳利的中校大爷——他的太太身材娇小，脑瓜子极灵。

“哦，先生！”老板会补上一句。“他们可把我坑苦了！”

听他诉说蒙受重大损失的前后始末，真令人感到悲哀。

瑞蓓卡这次伦敦之行的目的，是想去跟她丈夫的一大批债主达成某种妥协，建议每一镑欠款向他们偿付九便士或一先令，让罗登回到自己的祖国。她在进行这场简直比登天还难的谈判过程中究竟采取了哪些手段，笔者不便细说。但是，她向债主们摊牌，她受权付给他们的那笔钱，是她丈夫能凑到的全部资金；她说服他们相信，克劳利中校宁可永远侨居大陆，也不愿背着一身债回到这个国家来定居；她还向债主们证明，她丈夫不可能从其他途径筹款，也就是说，他们休想得到比她受权建议的还债比率更大的份额。最后，她终于使中校的债主一致同意接受她的条件，于是她仅用一千五百镑现金便把超过一万五千镑的债务一笔勾销。

在这笔交易中，克劳利太太没有聘用律师。事情简单明了，诚如她指出的那样，要还是不要——你们瞧着办吧。她让债主的代理人自己去权衡得失。代表红狮广场戴维兹先生的刘易斯和代表科西特街马内西先生的莫斯（那是中校的两户主要债主），对于中校太太办事如此痛快漂亮大加赞赏，认为没有哪位专业律师能胜过她。

瑞蓓卡十分谦虚地接受他们的祝贺，为了款待对手的代理人，她吩咐送一瓶雪利酒和一大块蛋糕到她办理此事期间下榻的三流小客栈。她热情地与代理人们一一握别后，径直返回大陆，与丈夫和儿子会合，向中校报告他已无债一身轻的喜讯。至于儿子，他母亲不在时那个法国保姆热内维埃弗小姐根本不管他，因为那女子跟加来驻军的一名士兵打得火热，她和那个军人在一起便会把自己的职责忘得一干二净。有一回，热内维埃弗让孩子待在加来海边的沙滩上，自己走开后把他丢了，小罗登险些给淹死。

就这样，克劳利中校和太太来到了伦敦；在五月市柯曾街自己家里，他们才显山露水——也就是拿出想要靠上述办法过日子的人所必须掌握的真本领来。

# 第三十七章
## 前一章的继续

首先，也是极其重要的一件事，笔者必须交代一下没有进款怎么会有房子住。租那些一栋栋独立的小楼有两种方式：一种是未经装修不带家具的，如果你能在吉罗斯先生的装潢公司或班廷斯先生的家具公司里赊账，你可以完全按照自己的爱好进行豪华的装修和布置；另一种是装修后带家具出租的，对于大多数住户来说比较方便，可以省去许多麻烦。所以，克劳利夫妇选择租赁这样的房子。

在鲍尔斯先生当上公园路克劳利小姐公馆的管家并执掌酒窖之前，老小姐曾雇用一位雷格尔斯先生司此职——这位管家出生在钦设克劳利镇的世袭庄园里，事实上是那里一名花匠的小儿子。凭着良好的品行、俊秀的相貌、漂亮的小腿和稳重的举止，雷格尔斯由一名擦刀叉的厨下小厮升为马车跟班，再由马车跟班调到备膳室。他给克劳利小姐当了若干年管家，有相当高的工资，外快又丰厚，攒钱的机会着实不少，这时他宣布要跟克劳利小姐以前的厨娘缔结良缘，后者靠一台挤压脱水机给人家洗衣物以及在附近开一爿小店卖蔬菜维持着体面的生计。其实，婚礼在若干年前已经举行过了，但一直不公开，而克劳利小姐第一次获悉雷格尔斯先生已婚，还是因为厨房里经常有一个七岁的男孩和一个八岁的女孩，这事引起了卜礼格斯小姐的注意。

于是雷格尔斯辞去管家之职，自己去经营小店卖蔬菜。他往铺子的货架上增添了牛奶和奶油、鸡蛋和来自乡下的猪肉；别的管家辞职后往往开酒馆卖烈性饮料，他却满足于经销再寻常不过的农产品。他与附近一带的管家们关系挺好，他和雷格尔斯太太常在铺子后面一间洁净的客厅里招待他们，所以不少同行都采购他的牛奶、奶油和鸡蛋，使他的利润年年递增。一年又一年，他不声不响地聚财，终于有了机会。五月市柯曾街二〇一号一座整洁的小楼，最适合单身汉居住，可敬的屋主人弗雷德里克·迪尤西斯出国去了，房子连同一流做工、富丽又实用的家具，被公开拍卖。你道买下房屋租赁权和全套家具的人是谁？正是查尔斯·雷格尔斯！诚然，一部分钱是他向一名管家同行借来的，利息相当高，但大部分是他自己的钱。雷格尔斯太太睡在罩着丝绸帐的雕花红木床上，对面是巨大的穿衣镜，衣柜能把她、雷格尔斯以及一家人等统统装进去——难怪她颇感自豪。

他们自然不打算长住这样奢华的房子。雷格尔斯买下它的租赁权，就为了转租出去。所以，找到承租人后，雷格尔斯立即重新遁入生鲜食品店。但偶尔走出铺子，来到柯曾街，从外面欣赏这宗他拥有自主权的房产，瞅着雕花的铜门环和窗台上的天竺葵——对他来说乃是一件赏心乐事。房客雇用的听差不时靠在门前小院栅栏旁闲着，见了他会恭恭敬敬地打招呼；房客的厨娘总在他店里买蔬菜鲜货，称呼他房东先生，凡是房客家有什么事，正餐吃些什么，只要雷格尔斯想知道，没有办不到的。

他是个好人——做人行事得体，日子过得顺心。房屋每年给他带来的收入相当可观，于是他决定把两个孩子送进好学校。既然不考虑费用多少，儿子小查尔斯给送到甘蔗草堂绥希泰尔博士的寄宿学校，女儿玛蒂尔达则被送往克雷芬区劳伦泰努姆大楼佩科弗小姐的女子学校。

雷格尔斯认为自己能有今天，全赖克劳利一家的提拔，所以对这个家族感恩戴德。他的后店堂内有一幅女东家的剪影，还有老小姐手绘的一幅水墨画，画面上是克劳利庄的门房小屋。他在柯曾街小楼内增添的唯一装饰品便是汉普郡钦设克劳利镇印制的一帧版画，画的是沃尔坡尔·克劳利准男爵坐在一辆六匹马拉的金色古轿车上打湖畔经过，湖上游着好多天鹅，画舫中看得见穿圈环裙的仕女和戴假发、插彩旗的乐师们。雷格尔斯的确认为别处再也没有这样的宫殿和显赫的门第了。

事有凑巧，当克劳利夫妇返回伦敦时，柯曾街上雷格尔斯的小楼正好在召租。中校对这栋房子及其主人完全了解；房东与克劳利家族一直保持着联系，逢到克劳利小姐要款待朋友，雷格尔斯常去给鲍尔斯先生帮忙。老雷格尔斯非但把房子赁给中校，有时后者设宴请客，还充任他的管家，而雷格尔斯太太则在楼下厨房里忙乎，她做的菜肴即使克劳利小姐品尝起来也没的说。

就这样，克劳利没花分文却有房子住。尽管雷格尔斯得纳税缴租，他向管家同行贷的款得支付利息，他投保的寿险要按期缴款，两个孩子在学校里得交各种费用，他自己一家的吃喝都要花钱——有一个时期还得管克劳利中校家里的伙食；尽管可怜的倒霉蛋给这档子事儿折腾得倾家荡产，两个孩子从学校里被赶出来，他自己被关进债务监狱——可还是得有人给没有进款的爷们垫账。所以，不幸的雷格尔斯成了为克劳利中校弥补缺口的冤大头。

真不知有多少人家被克劳利一路的大骗子弄得穷愁潦倒，彻底破产，有多少大贵人像强盗一般对待向他们供货的小商贩，为了区区小数，甚至只是为了几个先令，不惜欺蒙他们可怜的老仆。有时我们从报上读到品德高尚的某贵人去了大陆，或者另一位品德高尚的贵人家财被扣押，这位或那位贵人的债务高达六七百万，他们的丑行败露甚至反倒显得相当光荣，我们不禁对受害者损失之巨大肃然起敬。然而，一名穷理发匠给听差们假发上洒粉却拿不到钱；或者一名可怜的木匠垫本制作亭台装饰蒙受亏损，就因为某贵夫人要举行室外午餐会；或者一名裁缝托庇于总管的照顾，好不容易揽到一宗生意，东家贵人赏脸，亲自向他定制一批仆役的号衣，可怜的裁缝典押了所有值钱的东西，不够还拉了亏空，才把号衣做成——这些手艺人吃了哑巴亏，有谁怜悯他们？每当大户人家轰然倾覆之时，这些给压在下面的可怜虫根本无人注意，正如某些老话所说的那样：有的人在自己下地狱之前，总是先把好多旁人打发到那儿去。

原先与克劳利小姐公馆里有供货关系和账目往来的商贩工匠等人，凡是愿意为中校家效劳的，罗登夫妇无不慷慨允诺予以惠顾。屠廷有个洗衣妇，每星期六用手推车送来洗好的衣物，同时周复一周地送来账单，那份百折不回的韧劲儿委实令人惊讶。雷格尔斯先生自己还得供应蔬菜食品。中校家佣人们在“战运亨通”酒馆所喝黑啤欠下的账，在啤酒史上堪称一奇。而每一名仆人大部分工钱也被东家拖欠着，因此只得继续留在宅内。事实上这户人家什么账也不付。开锁的铜匠、配窗玻璃的工人、马车出租商和赶车的把式、供应羊腿的肉铺主人、送烤羊腿所需煤块的、烤肉的厨子、吃肉的仆人——都拿不到钱。我这才明白，没有进款的人原来经常用这样的办法过着舒服的日子。

在小地方干这等事不可能不被察觉。在那里，我们知道邻居每天取多少牛奶，他家正餐将要吃牛羊肉还是禽类，都逃不过我们的耳目。柯曾街二〇〇号和二〇二号的住户很可能了解他们之间那所房子里发生的事情，因为仆人们通过小院的栅栏交流信息；但克劳利夫妇及其朋友们对于二〇〇号和二〇二号的情况毫无兴趣。你要是来到二〇一号，那里的男女主人会衷心欢迎你，亲切的微笑、精致的便饭、热情的握手自然不在话下，仿佛他们每年有三四千进款乃是无可争议的事实。他们就是过着这样的日子，并不是真有那么多钱，而是像有这等收入的人那样买这买那和使用劳务。如果说他们不付羊肉款，但有羊肉吃；如果说他们家里的酒都是宕账，别人何从知道？任何人家餐桌上的红葡萄酒都比不上好客的罗登家香醇，席间的气氛也比不上他家欢快，菜肴的精美和侍膳的地道更不必说。他家的客厅小巧玲珑，那是再雅致不过的清幽沙龙，由瑞蓓卡用巴黎带来的无数小玩意儿布置起来，格调极其高雅。每当她坐到钢琴前面，心情舒畅地一展歌喉时，客人疑是置身于一个温馨之家的小小天堂，并且心想：虽说她丈夫有点儿粗蠢，但女主人着实可爱，在他们家吃饭比世上任何地方都愉快。

瑞蓓卡既聪明又风趣，健谈而又麻利，很快便在伦敦某一阶层中出了名。你可以看到气派很大的马车在她家门前停下，从车内走出的往往是很有地位的人物。你可以看到在公园里她的车四周总是围着一群膏粱子弟。挤在歌剧院第三层一个小包厢内的面孔像走马灯似的不断更换。但必须承认，女士们与她却保持着距离，她们的门户对于我们这位娇小的冒险家关得很严。

当然，关于时髦女士的风尚习俗，笔者所知只是道听途说。除了女士们饭后到楼上去谈的那些话，男士没法了解得更多，她们那个神秘世界男士根本不得其门而入。有时只得通过盘根究底的询问，方始对那些秘密略知一二。每一个经常去佩尔美尔街出入伦敦各俱乐部的人，必须同样锲而不舍，或通过自身的观察体验，或通过与一起打台球、啖羊腿的熟人交谈，才得了解伦敦上流社会的一些情况。有些男士（诸如罗登·克劳利，其底细前已述及），在不明真相或并非常去公园的人眼里，简直不知有多大身价，他们只看到这些大人物结交的都是最出风头的公子哥儿。与此相类似，有些女士可以称之为男人们的宝贝，她们受到男人们的一致欢迎，却无例外地遭到他们妻子的白眼或轻慢。法伊尔布雷斯太太便是这类女士中的一位——你在海德公园每天可以看到这位太太垂着一绺绺美丽的金色鬈发，周围簇拥着大英帝国来头最大、名气最响的花花公子。罗克伍德太太也属此类，热中于报道上流社会生活的报纸，不厌其详地刊登她家请客的消息，赴宴者多为大使级外交官及其他达官贵人。另外还可以举出好多位女士，因为她们与本书无关而从略。

不谙社交界内幕的寻常百姓，或对富贵气派心向往之的乡下人，在公共场所看到这些女士大出风头，远远地羡慕她们好不风光，这并不奇怪。但是，了解内情的人可以告诉他们，那些被人羡慕的女士想要在“上流社会”立足，并不比萨默塞特郡某个土里土气的地主婆有更多机会，虽则后者从《晨邮报》上经常读到她们活得多么潇洒。久居伦敦的人对这些可悲的内情并不陌生。他们听到过，不知多少表面上享荣华受富贵的女士被无情地逐出“上流社会”。她们为挤进这个圈子所作的疯狂努力，她们甘心忍受的种种屈辱，会令研究人类或研究女人的专家困惑不解。排除万难往上爬应该是个好主题，值得任何一位卓然大家潜心经营，只要他拥有撰写这样一部历史所需的才智、闲暇和笔力。

自从克劳利太太回到英吉利海峡北岸以后，她在国外认识的少数几位女同胞，非但不登她家之门，而且在大庭广众间相遇时连正眼也不给她一个。这些身价很高的贵妇人一下子竟把她给忘了，实在耐人寻味，而对于瑞蓓卡来说无疑不是一件痛快事。当贝拉克尔斯夫人在歌剧院休息厅里碰见瑞蓓卡时，赶紧把自己的女儿们拉到身边来，生怕她们一碰到蓓姬就会受到污染似的。勋爵夫人倒退两步，用自己的身体护住女儿们，狠狠地瞪着那个身材娇小的冤家对头。然而要瞪得蓓姬窘态毕露谈何容易，除非用威仪凛然的目光加以逼视。虽说贝拉克尔斯老夫人冷若冰霜，可她那双黯淡无神的眼睛杀伤力太差。德拉莫尔夫人在布鲁塞尔与蓓姬同车兜风少说也有十多回，如今在海德公园遇到克劳利太太的敞篷马车时竟视而不见，完全没认出她以前的朋友。甚至银行家布伦金索普的太太在教堂里见了她也不理不睬。现在蓓姬每周都上教堂做礼拜，看她和罗登拿着两本烫金大开本祈祷书一起走进教堂，然后极其虔诚地参加整个仪式，着实发人深省。

起初，罗登耳闻目睹别人如此侮慢他的妻子，感到非常气愤，常常会横眉怒目，现出一脸凶相。他甚至说，哪个混账女人对他的太太无礼，他就要跟对方的丈夫或兄弟决斗；还是蓓姬劝之再三，绝对不准他胡来，才得阻止他的行为越轨。

“你不能开枪把我射进上流社会去，”她风趣地说。“别忘了，亲爱的，我原先不过是个家庭教师；而你这个可怜的老傻瓜，欠了一屁股的债，除了赌钱还干下五花八门的缺德事，名声要多坏有多坏。要不了太久，咱们的朋友要多少有多少。眼下你可得做个乖孩子，老师怎么教你的每一件事，你都得听从。还记得不，咱们刚听说你姑姑几乎把什么都留给皮特和他的老婆，那时候你咆哮如雷，跳得多厉害？要不是我教你忍着点儿，你会把消息告诉全巴黎的人，那么你这会儿该在什么地方？——在圣佩拉日债务监狱里，而不是在伦敦的漂亮住宅里享清福。当时你怒气冲天，非杀了你哥哥不解恨，你这个该隐[1]。倘若你老是火冒万丈，能有什么好？无论你怎样愤怒，咱们还是没法把你姑姑的钱要过来。与其像愚蠢的比尤特一家子那样跟你哥哥家作对，咱们不如跟你的兄嫂做朋友。等你老爸死后，克劳利庄可以成为你我过冬的好去处。万一咱俩落泊潦倒，你可以管马厩，当侍膳长切肉分鸡，我可以去给简小姐的孩子当家教。潦倒！没门儿！不等到那一天，我一定要为你谋个好差使；要不，皮特和他的小男孩没准儿会死去，咱俩就是罗登爵士和爵士夫人了。留得青山在，不怕没柴烧。亲爱的，我还打算帮你混出个人样儿来呢。是谁把你的两匹马卖了好价钱？是谁替你还清了债务？”

罗登不得不承认，所有这一切全仗他的妻子，往后他也一定万事

---

① 该隐，《圣经》中人类始祖亚当与夏娃之子，因杀死其弟，他的名字成为一切谋杀自己兄弟者的同义语。见《旧约·创世记》第4章。

听从太太指点。

的确，克劳利小姐撒手人寰之时，她所有的亲属为之勾心斗角的钱财，最后留给了皮特。一心指望得到两万的比尤特·克劳利，发现老姐姐只留给他五千镑，失望之余竟大发雷霆，破口大骂他的大侄子泄愤。从此两家争吵不断，终于导致断绝往来。而另一方面，罗登·克劳利虽然仅仅得到一百镑，他的行为却令其兄大为惊诧，更使其嫂深感欣慰，因为后者本来就倾向于跟她夫君家族的全体成员和睦相处。罗登从巴黎给胞兄写了一封情词恳切、落落大方、面对现实的信。信中说他自知由于婚姻问题失去了姑姑的宠爱，尽管他并不讳言自己遭到姑姑如此狠心的对待颇感失望，但他高兴的是钱仍留在克劳利家族的他们这一支内，因而他衷心恭喜胞兄有此洪福。他向嫂子热情问候，希望嫂子能善待她的弟媳；信末由罗登太太亲笔写了给她大伯子的几句附言。她也和丈夫一样向皮特·克劳利先生表示祝贺。当初她在庄上给他的两个小妹妹当家教，自己还是个无依无靠的孤女，她永远不会忘记昔日克劳利先生对她的照顾，而她自己至今仍关心那两个小姑娘的健康成长。她祝愿大伯的婚后生活幸福美满，请求后者允许她向简小姐致意(关于这位伯爵小姐的贤德美名她已如雷贯耳)，并且希望有朝一日能把自己的小男孩带给他们瞧瞧，同时还得拜托他们对小罗登多多关照。

皮特·克劳利收到此信后的反应非常客气——比以前克劳利小姐收到同样由瑞蓓卡构思、罗登笔录的几封信反应宽容得多。至于简小姐，她见信后深受感动，期盼丈夫立刻把姑姑的遗产分成相等的两份，一份寄往巴黎给他的胞弟。

然而，皮特不同意给他的弟弟一张三万镑的支票，这使伯爵小姐感到意外。但皮特表示自己将向罗登提供一笔丰厚的资助，如果罗登来到英国并且愿意接受的话。他在回信中感谢弟媳对他本人以及对简小姐的夸奖，同时慨然允诺一有机会便为她的小罗登助一臂之力。

这样一来，兄弟俩几乎已经达成和解。瑞蓓卡来到伦敦时，皮特夫妇并不在城里。她多次坐车打公园路那座老房子的门前经过，想看看他们是否已经入主克劳利小姐的公馆。但新主人没有露面；她仅从雷格尔斯那儿打听到他们的一些动向：克劳利小姐的仆人均已被辞退并领到相当可观的遣散费；皮特先生仅来过伦敦一次，在公园路宅内住了不多几天，和律师们一起办了些事，把克劳利小姐的法文小说藏书统统卖给邦德街的一个书商。蓓姬盼望皮特夫妇早日到来以便新亲相认，个中自有道理。

“简小姐来了以后，”罗登太太忖道，“她将是我进入伦敦上流社会的引路人。至于那些女人嘛！只要她们发现男人们爱跟我在一起，就会来邀请我的。”

对于这等地位的女士来说，一个女伴就像一辆轻便四轮车或一束鲜花那样不可或缺。这些娇滴滴的生命体，总是雇用一名其貌不扬至极的女性朋友，以后便与之形影不离，没有女伴的慰藉和同情就活不下去——那份依恋之深永远使我感动。看到那样一名缺不得的女性，身穿退了色泽的长袍，坐在歌剧院包厢里她亲爱的朋友背后，或缩在马车的后座，任何时候都有益于我的身心健康和道德修养；这和深得享乐三昧的古埃及人宴饮时观赏骷髅助兴一样，不失为一种有趣的提示，它以具有讽刺意味的奇特方式提醒人们自己身在名利场。就拿法伊尔布雷斯太太来说，这位美人儿可算得曾经沧桑、皮厚心黑、没羞没臊的了，她父亲是让她干的丑事给活活气死的；还有可爱而又胆大的曼垂普太太，她骑马越过障碍的本领不输任何英国男士，在公园里总是亲自驾驭两匹灰色马拉的车，而她的母亲至今仍在巴思摆摊做小买卖——可是你猜怎么着？就连这样两位天不怕地不怕的女士，要是没有女伴陪着，居然不敢出门面对世人。她们身边须有一个可倚可傍的伴儿，犹如小鸟依人！你若在大庭广众间看到她们，那么十拿九稳可发现一名服装寒酸、绸衣重新染色的女伴坐在她们背后不起眼的近处。

“罗登，”蓓姬说；一天晚上，时间已经很晚，一群绅士围着劈啪作响的炉火坐在她家客厅里（他们在别处玩乐兴犹未尽，便来此品尝她的冷饮和咖啡——在伦敦堪称最佳）。“我想要一条牧羊犬。”

“一条什么？”罗登从牌桌上抬头问道。

“一条牧羊犬！”年轻的索思砀勋爵接过话茬。“我亲爱的克劳利太太，这太奇怪了！您干吗不要一头丹麦狗？我知道有一条丹麦狗，个儿就像驼豹[1]那么大，真的。它差不多拉得动您的四轮车。或者养一条波斯猎狗，不是更好吗？（对不起，该我出牌了。）再不然，可以养一只小哈巴狗，它可以装在斯泰因勋爵的一只鼻烟盒里。贝兹沃特地方有人养了这么一只小狗，它的鼻子——（我记下一张K，现在我出牌）——很像衣钩，会有人把帽子挂上去。”

“我记下一墩牌，”罗登一本正经地说。通常他总是全神贯注于打牌，不大参加谈话，除非谈的是赛马和打赌。

“您要一条牧羊犬干什么？”爱说笑的小个子索思砀继续跟女主人闲聊。

“我指的是精神上的牧羊犬，”蓓姬笑道，一边举目望着斯泰因勋爵。

“这又是什么鬼名堂？”勋爵问。

“一条保护我不给狼吃掉的狗，”瑞蓓卡继续说。“我需要一个女伴。”

---

① 驼豹，长颈鹿的旧名，因其头与颈似骆驼，身体的花斑像豹。

"亲爱的、无辜的小羊羔，您确实需要，"那位侯爵说时下巴突出，一双小眼珠子斜睨着瑞蓓卡，那副龇牙咧嘴的德性令人作呕。

显赫的斯泰因勋爵站在壁炉旁呷咖啡。火焰伴随着劈啪声漾出融融暖流。壁炉架周围形状质地各异的烛台里点着二十来支蜡烛，烛台有镀金的，铜的，瓷的。瑞蓓卡坐在一张面料花花绿绿的沙发上，烛光把她的身段映衬得格外美妙。她身上一件嫩红色的连衣裙，娇艳如露华正浓的玫瑰；她那敢欺春雪的粉臂玉肩，虚覆着薄薄的纱巾，依然在朦胧中闪亮。她的秀发卷曲成一绺一绺，披垂在脖子周围；她的一只小巧的脚从绸裙窸窣作声的褶裥中略略探出——那是世间最美的纤足，套着最细洁的丝袜，穿着最精致的便鞋。

烛光把斯泰因勋爵围着一圈红发的秃顶照得锃亮。他长着两道浓眉，一双布满血丝的小眼睛眨巴个不停，周边有数不清的皱纹。他的下巴松垂，发笑时两颗白色的龅牙往外突出，亮闪闪地煞是可怕。那天他曾进宫与王室成员一起进餐，所以还挂着嘉德勋绶。勋爵身材很矮，宽胸部罗圈腿，但颇为他的一双脚和脚脖子长得细巧感到自豪，而且老是抚摩他那吊着嘉德勋绶的膝盖。

"难道靠牧人保护羊羔还不够？"他说。

"牧人只顾打牌、上俱乐部，"蓓姬回答时笑了起来。

"天哪，真是个堕落的柯立冬[①]！"勋爵感叹道。"就长着一张吹芦笛的嘴！"

"三加二一共五点，"罗登在牌桌旁说。

"听听这默里柏[②]说的，"高贵的侯爵嘟哝道。"他也忙着干畜牧

---

① 柯立冬，古希腊诗人忒奥克里托斯和古罗马诗人维吉尔所作田园诗中的牧羊人。

② 默里柏，维吉尔田园诗中又一牧羊人。

活儿呢！这不，他在给一只南丘羊剪毛[1]。多可怜的绵羊，不是吗？嘍，好白的羊毛！”

瑞蓓卡的眼睛射出逗趣中夹着嘲弄的闪光。

“我的勋爵大人，”她说，“您不也是那个骑士团里的吗？”[2]

的确，他脖子上有一条挂勋章的领圈，那是西班牙亲王们复位后送给他的。

斯泰因勋爵早年以好勇斗狠和赌运亨通名声在外。他曾与福克斯先生连续两天两夜舍命豪赌。英国一些最显赫的贵人都输过钱给他；据说，他的侯爵头衔也是赌台上赢来的，但他讨厌别人提起昔日那些荒唐行径。

瑞蓓卡看到他浓眉紧皱，面有愠色，便从沙发上站起来，接过他手中的咖啡杯，还行了个不太深的屈膝礼。

“是啊，”她说，“我需要一条看家狗。不过它见了**您**决不会乱叫。”说完她走到另一间客厅里，在钢琴前坐下，开始唱一些法国小曲，那呖呖莺声很快就把眉额舒展的侯爵吸引到那里去，可以看到他正合着音乐的节拍向蓓姬点头哈腰。

与此同时，罗登和他的朋友索思砀继续玩他们的牌，直到玩够才歇手。中校是赢家；虽则他时常赢钱，而且数额不小，然而这样的夜晚每星期有好几回，总是他的太太跟客人谈天说地，独领风骚，他只有默默坐在一边的份儿，给排除在圈外，对于谈话圈内的玩笑、暗示和隐喻一句也听不懂——对此，这位前重骑兵军官已感到腻味。

“克劳利太太的丈夫近来好吗？”斯泰因勋爵遇见他时往往这样

---

① 南丘，音译为索思砀，英格兰南部一丘陵地带名，那里出产一种无角短毛肉用羊，称为南丘羊。侯爵这句话影射罗登正在掏空索思砀的钱包。

② 指当时奥地利、西班牙的最高勋位、最高勋章金羊毛骑士团和金羊毛勋章。

跟他打招呼。

这也难怪，如今他在生活中扮演的角色确实如此。他不再是克劳利中校。他只是克劳利太太的丈夫。

如果说这段时间内始终没提到小罗登，那是因为他给藏在顶楼上一间屋子里，或者他自己爬到楼下厨房里找伴儿去了。他母亲几乎完全不管他。法国保姆还在克劳利家的时候，孩子整天和她在一起；那个法国女人走后，小家伙晚上不耐孤寂就哭，幸好有一名叫多丽的女仆可怜他，把他从冷冷清清的育儿室抱到同在顶楼的自己卧室床上哄他入睡。

有时从歌剧院听戏回来，瑞蓓卡、斯泰因勋爵和另外一两个人在客厅里喝茶，可以听到小罗登在楼上大叫。

“那是我的小天使在想念他的保姆，”她若无其事地说，也没打算上去瞧瞧孩子。

“您还是别去瞧他，那样只会搅得自己心神不宁，”斯泰因勋爵冷嘲热讽地说。

“没什么了不起！”做母亲的答道，但脸上略有些红，“他哭一阵子以后就睡着了，”于是他们继续谈论当晚的歌剧。

不过，中校还是溜出去瞧了一下他的宗祧继承人，发现好心的多丽在哄孩子，才又回到客厅里。中校的梳妆室也在顶层。他时常悄悄上那儿去看儿子。每天上午他刮胡子的时候，也就是他们会面的时刻。小罗登坐在父亲旁边一只箱子上，百看不厌地观赏刮胡子的过程。这爷儿俩可算得交情深厚。老子把从餐后甜食中截留下来的果品给他带来，藏在一只肩章盒子里；儿子会到那里去找，发现了好东西就高兴地笑起来，但不是放声大笑，因为妈妈在下面睡觉，可不敢吵醒她。瑞蓓卡总是很晚才就寝，难得在中午以前起床。

中校给儿子买了好多图画书。育儿室里塞满了各种玩具，墙上的画片都是做父亲的亲手贴上去的，而且是他用现钱买来的。逢到罗登太太不用丈夫陪同去公园兜风，他会在育儿室里陪儿子待上好几个小时。小罗登骑在他胸脯上，不时扯着他的八字大胡髭，就像勒马缰绳似的；爷儿俩又蹦又跳，闹上好半天也不觉累。

顶楼的天花板很低。有一回，孩子还不满五足岁，父亲举着他使劲往上抛。可怜小家伙的颅顶重重地撞在天花板上，吓得老罗登险些没接住孩子把他掉在地上。小罗登拉长了脸正欲大放悲声——说实在的，那一下撞得着实不轻，他完全有理由大哭一场。但他刚要扯开嗓门，父亲赶紧要他噤声。

“看在上帝分上，罗迪，别吵醒妈妈，”他恳求儿子帮忙。

孩子怪可怜地直愣愣瞅着父亲，咬住嘴唇，攥紧拳头，硬是没有哭一声。老罗登把这件事告诉俱乐部里的朋友、过去的同僚军官以及伦敦的每一个熟人。

“信不信由你，哥们，”他逢人便说，“我那个小子真有种——了不起！我把他的脑袋猛地撞上去，差点儿捅穿了天花板，千真万确！可他愣是没哭出来，就怕吵醒他妈。”

做母亲的有时——大约每星期有那么一两回——也上孩子住的顶楼去瞧瞧。她犹如《时装杂志》上的画中人翩然而至——身穿最漂亮的新衣服，指上戴着的手套、脚上裹着的靴子无不纤巧精美。她浑身上下珠光宝气，各种披巾、花边琳琅满目。她的帽子款式不断更新，上面总是点缀着盛开的鲜花，或插着卷曲的鸵鸟羽毛，柔软、洁白，像茶花那样雍容华贵。正在吃饭或用彩色蜡笔画士兵的小罗登，举目望着妈妈；她便赏脸冲儿子点点头。她离开育儿室后，一股玫瑰的芬芳或别的什么神奇的异香，会在屋里缭绕良久。在儿子眼睛里，她不是凡人，比父亲高出许多，比世间的一切高出许多——只合远远地当作神明崇拜，当作天仙欣赏。跟那位贵妇人一起坐车出门，更是

一项神圣的宗教仪式。小罗登坐在后座，不敢说话，睁大眼睛瞅着他对面那位打扮得花枝招展的公主殿下。骑着骏马的绅士纷纷过来笑吟吟地与她交谈。看到这些人，她的眼睛熠熠生辉。当他们过去时，她照例挥手作别，那姿势优美得很。小罗登跟她外出，总要换上一身红色的新衣裳。要是待在家里，他穿那件棕色亚麻布旧上装也就可以了。有时妈妈不在家，他趁女仆多丽为她整理床铺的当口儿，走到妈妈房间里去。对他来说，这里是童话中的仙境——满屋子瑰丽辉煌，令他目不暇接。衣柜里挂着那么多好看的长袍——有粉红的、天蓝的、花花绿绿的。这里有一只首饰匣子，匣子的搭扣是银质的；梳妆台上竖着一只神秘的铜手，上面套着近百枚饱孕光华的戒指。这里有一架堪称工艺奇迹的穿衣镜，小罗登从镜内只看到自己一脸困惑的脑袋和多丽的映象(已变得奇形怪状，像是在天花板上飘浮)——她把床上的枕头一个个拍松，又变得鼓鼓的。哦，你这个少见多怪的小家伙，给撂在一边，真可怜！在小孩的嘴上和心里，妈妈都是替代上帝的名字；然而这里的一个孩子崇拜的却是一块顽石！

罗登·克劳利固然是个无赖，可这位退伍中校身上倒还有些人味儿，心中多少保留着一点感情，还能爱一个孩子和一个女人。彼时他心底里十分钟爱小罗登，却逃不过瑞蓓卡的眼睛，尽管后者并不向丈夫挑明。这事没有令瑞蓓卡着恼，她决不会如此不明事理，只是越发瞧不起她的丈夫。中校不知怎的羞于承认自己的慈父情怀，生怕被太太识破——只有单独跟儿子在一起的时候才宣泄这种感情。

通常他上午带儿子外出，先去养马场，然后上公园。矮小的索思砀勋爵可算是少有的好好先生，他可以把帽子从自己头上摘下来送给别人，他在生活中所做的主要事情，就是买各种小玩意儿，准备以后送人。他给小罗登买了一匹小马，据赠送者称，它比大老鼠大不了多少；小罗登的大个子父亲很乐意扶儿子骑上这匹设得兰矮种小黑马，自己在他旁边步行去公园。经过骑士桥，看到自己以前住过的军营和昔日骑兵近卫团的同僚，他觉得挺有意思；回想自己做单身汉的日子，他开始有那么一点儿后悔。骑兵们也很高兴和旧时的同团军官见面，逗他的儿子玩玩。克劳利中校发现，在军官食堂和老战友一起吃饭是件非常愉快的事情。

“是我该死，跟她相比我是大老粗一个——这我知道。对她来说，我这个人可有可无，”他往往会这样说。这话他说对了；他对于自己的太太确实是可有可无的。

瑞蓓卡喜欢她的丈夫，从不冲他发火，对他相当体贴。她甚至绝少流露对罗登的轻视；丈夫缺心眼，很可能更合她意。罗登是她的高级听差兼大管家。他为太太跑腿；服从她的命令从不提问；陪太太坐车在公园环行道上兜风从无怨言；把太太送到歌剧院的包厢里，演出时他上自己的俱乐部找些消遣，到时候不早不晚回去接太太。他但愿太太能增加一点点对儿子的疼爱；然而甚至在这个问题上他也采取息事宁人的态度。

“算了吧，她是那么聪明，这不明摆着吗？”他会这样给自己解心宽。“我肚子里没多少墨水，这也是明摆着的。”

前面已经说过，玩纸牌、打台球赢钱并不需要了不起的智慧，而罗登也无意于掌握别的本领。

女伴来了以后，罗登的家务负担得以大大减轻。妻子鼓励他外出吃饭，上歌剧院也不再要他接送。

“亲爱的，今晚别待在家里发愣，”她有时会说。“今晚要来的人有几个只会惹你心烦。我本不想请他们来，可你知道，这样做都是为你好。再说，现在我有了一条牧羊犬，不必害怕家里只有我一个人。”

“来了个当牧羊犬的女伴！蓓姬·夏普有女伴了！这难道不滑稽

吗？”克劳利太太自思自量。这个想法大大激发了她的幽默感。

一个星期日的上午，罗登·克劳利陪同骑着小马的儿子照例在公园散步时，经过中校的一个老相识、近卫团的克林克下士身旁，后者正和朋友——一位老先生——在交谈。老先生手里抱着一个男孩，年龄跟小罗登差不多。那男孩抓住下士佩戴的滑铁卢奖章，欣喜地端详着。

“你好吗，克林克？”中校先打招呼。

“早上好，中校先生，”克林克答道。“这位小少爷跟小中校差不多年纪，先生，”下士继续说。

“他父亲也参加过滑铁卢大战，”抱着那男孩的老先生说。“你说对不对，乔吉？”

“对，”乔吉说。他和骑马的小家伙互相尽量显得老成地注视着对方——孩子们往往如此。

“是步兵团的，”克林克的神态和口气颇有居高临下之势。

“他是第——团的一位上尉，”老先生也煞有介事地说。“乔治·欧斯本上尉，您大概和他认识，先生。他是在抗击那个科西嘉暴君的战斗中英勇献身的，先生。”

克劳利中校的脸刷地涨得通红。

“我跟他很熟，先生，”他说；“我也认识他太太，先生——他那位亲爱的太太好吗？”

“她是小女，先生，”老先生说着把男孩放下，郑重其事地掏出一张名片递给中校。名片上印着：“塞德立先生，黑金刚石与无灰煤公司独家代理商，联系地址：泰晤士街煤码头及富勒姆道安妮-玛丽西路圣阿黛莱德别墅。”

小乔吉走到近处瞧那匹设得兰小马。

“你想骑一会吗？”小罗登从鞍座上问他。

“是的，”乔吉说。

中校一直有些好奇地瞅着他，见状便把那孩子举起来，让他坐在马背上小罗登后面。

“抓住他，乔吉，”他说，“抱住你的小朋友的腰——他叫罗登。”

两个孩子都笑了起来。

“在这个夏日的公园里，恐怕找不出比他们更漂亮的一对了，先生，”善于逢迎的下士说。

于是，中校、下士和老塞德立先生带着他的伞在骑马的两个孩子一侧边走边谈。

# 第三十八章
## 日子过得紧巴巴的一家人

小乔治·欧斯本想必从骑士桥骑马前往富勒姆，那么我们就在那个郊区稍作逗留，了解一下留在那里的一些朋友的近况。自从滑铁卢战役给爱米莉亚带来偌大一场灾难之后，现在她怎样了？过得好不好？她家门口经常可见铎炳少校雇的街车，这位少校近况如何？波格利沃拉的收税官有什么消息没有？有关后者的事情简述如下：

我们的朋友、可敬的胖子约瑟·塞德立，从布鲁塞尔出逃以后不久，便回到印度去了。也许他的假期已满，也许因为几乎在滑铁卢大捷的同时，他却仓皇逃难，现在他怕遇见任何曾经目睹当时他那副狼狈相的熟人。不管怎样，拿破仑在圣赫勒拿住下以后，紧接着焦斯就返回孟加拉继续履职，他还在该岛见过这位昔日的皇帝。[1]听塞德立先生在船上侃侃而谈，人家以为这不是他和那个科西嘉人的第一次会面，因为并非军人的胖绅士在圣约翰山已经跟这位法国统帅较量过了。焦斯知道有关著名战役的故事不计其数；他熟悉每一个团的阵地位置和伤亡人数。他并不否认那些胜仗中有他的功劳——因为他和军队在一起，曾给威灵顿公爵送过急报。他描述在滑铁卢大战那天的每一时刻，公爵做了什么事，说了什么话，表现出对公爵大人的思想行为了如指掌，显然那天他自始至终一直在这位缔造胜利的伟人身边。不过，作为一个非军人，有关那次战役已经公布的文献中并没有提到他的名字。很可能他已逐步使自己相信，当时他确实与军队在一起。至少有一点是肯定的：他在加尔各答曾名噪一时，而此后在他逗留孟加拉期间，一直被称做“滑铁卢的塞德立”。

焦斯为买那两匹卡脖子的马所立的欠款单据，后来已由他和他的代理人如数付清。别人从未听他提起那笔交易，没有人说得清那两匹马后来的下落，也没有人知道他怎样摆脱了它们以及他的比利时听差伊西多尔。反正一八一五年秋天某个时候，在法国北部城市瓦朗西纳，伊西多尔曾卖掉一匹灰色马，很像焦斯骑过的那一匹。

焦斯吩咐他在伦敦的代理人每年给他在富勒姆的父母一百二十镑。老两口主要靠这笔钱度日。塞德立先生在破产后那个时期所做的买卖，根本不可能挣回老绅士失去的财产。他尝试着当过酒商、煤商、彩票代售商等等，等等。每次干一种新的行当，他便向亲友寄广告，定制新的铜牌挂在门前，到处大事宣传这回定能时来运转，重振家业。但运气再也没有回来眷顾这位年迈力衰的失败者。他的朋友对于从他那里买的煤和酒质次价高，已感到不耐烦，一个接着一个不愿再跟他打交道。他一大早步履蹒跚往市中心而去，世上只有他的老妻以为他依旧在那儿干什么正经买卖。傍晚，他拖着沉重的脚步慢慢往回走；晚上，他常去设在一家酒馆里的小小俱乐部，在那里就国家的财政大计发表宏论。听他侈谈千百万巨资、贴水、贴现、罗特希尔德②和巴林③兄弟有何动作等等，真不知该做何感想。塞德立谈论的金额之大，使俱乐部里的绅士们对这位老先生肃然起敬。附带提一下，该俱乐部的成员有一名药师、一名殡葬承办商、一名木器商兼营造商、一名堂区执事(他只能偷偷到酒馆里来)，还有我们的老相识克拉普先生。

“想当年我也是风光过的，先生，”他从不放过机会告诉光顾那地方的每一个人。“我儿子目前在孟加拉管区④拉姆甘吉任首席行政长官，一个月的薪水有四千卢比。我女儿只要愿意就可成为上校太太。

---

① 拿破仑第二次退位后，被放逐到南大西洋的英国属地圣赫勒拿岛。当时来往于英国和印度之间的海船必须绕过好望角，途中在该岛港口停靠。

② 罗特希尔德家族是欧洲著名的银行世家，19 世纪最有影响的财阀集团之一。

③ 亚历山大 · 巴林(1774—1848)，英国银行家、外交家。

④ 当时的英属印度共分马德拉斯、孟买和孟加拉三个管区。

要是我开一张两千镑的票据要我的首席行政长官儿子明天付款，先生，他的代理人亨利·亚历山大肯定立刻予以兑现，先生。不过塞德立家族向来自爱自重。”

亲爱的读者，很难说你我不会在某一天陷入这样的境遇。我们的朋友中落到这般地步的难道还少吗？我们可能会走背运；我们可能精力不济；我们在人生舞台上的位置可能被身手较好而年纪较轻的演员取代——一旦风水倒转，你我就会穷愁潦倒。那时候，熟人远远看见了你，会穿过马路躲到街对面去；还可能更糟，那就是握手时只向你伸出两个指头，在同情的幌子下居高临下使你难堪——你明明知道，等你转过身去，你的朋友便会发出这样的感慨：“可怜的倒霉蛋，他干了多么荒唐的蠢事！那家伙白白错过了多好的机会！”

其实，一辆自备马车和一年三千镑进款的得与失，不见得就是上帝的最高赏赐或世界末日。江湖骗子有发迹的，也有败露的。小丑跳梁，袍笏登场；无赖得志，青云直上——但也可能反过来，总之，和我们中间最有才华、最正直的人一样，有幸有不幸。既然如此，我说兄弟，名利场的富贵荣华又值得几何？很可能……不过，我离题太远了。

塞德立太太如果是个精力充沛的女人，丈夫破产后她也许不甘心无所作为，可能会租下一所大房子，招房客、包伙食。落难的塞德立先生完全可以胜任包饭房东太太的丈夫这份差使，做一个夫君亲王[①]、挂名老板、不做主的主人，切切肉、分分菜，甘心给占据首席破交椅的太太管管家、当配角。我见过一些有禀赋、有教养的人，一度前程似锦，壮志凌云，年轻时经常大宴乡绅，养着不少骑猎专用的

① 身份低于妻子的女王丈夫。如英国女王、荷兰女王的丈夫一般都有亲王头衔。

好马，到后来乖乖地给小气碎嘴的老婆子切羊腿，在他们无聊的餐桌上还装作主人模样。但是，我已说过，塞德立太太缺乏足够的勇气像《泰晤士报》的招租广告上常可读到的那样，“欢迎少数经过挑选的房客加入一个音乐氛围很浓的欢乐家庭”。命运把她抛到荒滩上，她甘于在那里搁浅。可见这老两口已无戏可唱。

我并不认为他们有多么痛苦。也许可以说，他们在面子问题上落难后比得意时更敏感些。塞德立太太往往下楼去，在底层整洁的厨房里和克拉普太太一起待上好半天，在房东太太眼里，她始终保持着相当身价。那名爱尔兰女仆蓓蒂·弗拉纳根爱变换帽子的款式和缎带的颜色；她往往自作主张，也不勤快；厨房里的蜡烛浪费得厉害；她用茶叶和糖也是大手大脚，等等，等等。凡此种种，塞德立太太都很在意并觉得可笑，正像过去爱管家下人等的事情一样——当初老宅内男仆有桑波、一名车夫、一名马夫和一名跑腿小厮，女管家则带领着一帮女佣人，有关昔日的光景老太太每天不知要提到多少回。除了蓓蒂·弗拉纳根，似乎整整一条街上所有的打杂女工也都要她关心。她知道其他小屋的每一户房客付多少或欠多少并不昂贵的租金。看到那个女戏子卢日蒙太太带着来历不明的家属打一旁走过，她就闪开些。当药师的老婆佩斯勒太太坐在丈夫出诊用的单套轻便车上经过，她便把头抬高些。为了买一便士塞德立先生爱吃的大头菜，她会跟卖蔬菜的聊上不少时间；她注意送牛奶的和面包师的儿子是不是做手脚；她上肉铺买一块羊腰肉，老板接待塞德立太太的工夫足够他卖出几百头牛。星期天作肉食配菜的土豆，她会一一点数；每逢这样的日子，白天她穿上最好的衣服去教堂两回，晚上还要读布莱尔[①]的布道书。

① 休·布莱尔(1718—1800)，英国圣公会教士，1770—1801 年间先后出版五卷布道讲演集。

那天也是星期日，老塞德立照例带小外孙乔吉到附近的公园去瞅瞅当兵的，或上坎辛顿花园喂鸭子玩儿，平日则因“有事”不能享受这份天伦之乐。乔吉爱瞧红军装。外公告诉他说，他爸爸是个有名的军人；老外公曾向好多胸前佩戴滑铁卢奖章的军士之类郑重其事地介绍，这孩子是第——团欧斯本上尉的儿子，他父亲是在光荣的六月十八日光荣牺牲的。他有过几次请那些军士喝一杯黑啤酒，这且不说。在最初几次星期日散步中，他还有惯坏小乔吉的倾向，乱塞苹果和姜饼给外孙吃，损害了孩子的健康——直至爱米莉亚宣布乔吉再也不跟外公出门，后来还是老绅士以他的人格庄严地保证，决不给孩子买糕饼、棒糖等小摊上的货色。

塞德立太太和爱米莉亚之间为了小孩的事存在着某种隔阂，母女俩都有些暗暗妒忌对方。那还是在小乔吉出生不久的一天晚上，爱米莉亚坐在小客厅里做针线活，几乎没有发觉老太太什么时候走出屋子，突然听见原先已经睡着的孩子哭了起来，她本能地跑到楼上育儿室去——竟发现塞德立太太正偷偷摸摸在给婴儿灌达菲万灵露[①]。爱米莉亚可算得凡人中性情最温柔、最和顺的了，可是看见别人擅越她做母亲的职权，也会气得浑身哆嗦。她平时脸色苍白，现在陡然涨红，直红到跟她是个十二三岁小姑娘时相仿佛。她把孩子从她母亲怀里夺过来，再抓起药瓶；老太太气呼呼地瞪着她，握住那柄小茶匙怒不可遏。

爱米莉亚把瓶子往壁炉里扔得粉碎。

“我可不愿让孩子中毒，妈妈，”爱米喊道，同时双手搂住孩子使劲摇晃，愤怒的眼睛直瞪着自己的母亲。

“中毒，爱米莉亚？！”老太太说；“你就这样跟我说话？”

---

① 托马斯 · 达菲医生（死于 1680 年）配制的一种酏剂。

“除了佩斯勒先生给他配来的，别的什么药我都不让他吃。佩斯勒先生说达菲万灵露是毒药。”

“好极了；这么说，你认为我是个杀人凶手喽，”塞德立太太接过话茬。“你就这样跟你的母亲说话。我是倒了大霉，才落到这个地步；我有过自备马车，到如今只能用两条腿走路。可我原先还不知道自己是个杀人凶手，多谢指点。”

“妈妈，”可怜的爱米莉亚说，她的眼泪随时都会掉下来，“您别揪住我的一两句话不放，我——我不是这个意思——我并不是说您存心害这可爱的孩子；只不过——”

“哦，不，我的宝贝——你只不过说我是个杀人凶手；既然这样，还是把我关进监狱为好。不过，你小时候我可没有给你吃过毒药，而是让你受最好的教育，凡是能请到的老师，不管花多少钱也要请他们来教你。不错，我带过五个孩子，三个没有养大。我最疼的一个孩子小时候害哮吼[①]、出牙时胀痛、出麻疹、闹百日咳，一直由我日夜照看；我们花了大把大把的钱请外国老师来家里教她，后来又送进平克顿女校进一步调教——如今她竟说我是杀人凶手。我是个小姑娘的时候，哪有她这样的福分，可我懂得尊敬父母，但愿多活些日子，总希望多少有点儿用处，哪儿能整天关在自己屋子里，没精打采地端名门闺秀的架子。啊，欧斯本太太！**您**可千万别用自己的胸膛去暖和一条毒蛇，这是**我的**肺腑之言。”

“妈妈，妈妈！”不知所措的爱米莉亚急得直嚷，她怀里的孩子也扯开嗓子拚命哭叫。

“说我是杀人凶手！跪下来祈求上帝清洗你那颗忘恩负义的黑心吧，爱米莉亚，也许上帝会像我这样宽恕你。”说完，塞德立太太昂

---

① 哮吼，儿科疾病，一种痉挛性喉头炎，有咳嗽及呼吸困难等症状。

首走出小客厅，嘴里再次嘀咕着毒药二字，以此作为她这篇慈悲祝福辞的结束语。

直到塞德立太太离开人世，她和女儿之间的这道裂痕始终未能完全弥合。这次龃龉给了老太太一件妙处说不尽的法宝，她以女人特有的本领变着法儿、不依不饶地加以利用。例如，此后有好几个星期，她几乎不跟爱米莉亚说话。她警告佣人别去碰孩子，否则欧斯本太太会生气的。她要女儿去瞧瞧，在天天为乔吉调制的粥状糊类食品中有没有毒药，免得疑神疑鬼。每当街坊问起孩子的健康状况时，她便酸溜溜地要人家去问欧斯本太太，并且说：她可不敢打听孩子好还是不好，她绝不去碰那孩子一指头，尽管那是她的心肝宝贝、亲外孙，因为她不懂怎么带孩子，一不留神还会杀了他。逢到佩斯勒先生来问诊时，老太太对他极尽冷嘲热讽之能事，简直不屑一顾，致使那位医生竟称，他有幸上西斯尔伍德勋爵府中出诊，就连勋爵夫人的架子也没有老塞德立太太那么大，尽管他从未收过后者分文诊费。

就爱米这方面而言，她很可能也有妒意；其实，哪个母亲不妒忌代她照管孩子的人，生怕别人抢占自己在孩子心中第一号亲人的位置？反正有一点是肯定的：现在任何人照管孩子，她都会感到不自在，于是她再也不让克拉普太太或爱尔兰女仆给孩子穿衣换尿布之类，恰似小床上方挂着她丈夫的一帧小型瓷画像，她也从不让她们擦洗。当初这可怜的姑娘出嫁时告别了那张小床，如今她又回到娘家睡这张小床；这一住就是无声无息的好多个年头，在漫长的岁月里虽然没少流眼泪，但她还是幸福的。

这间小屋凝聚着爱米莉亚的全部心血，珍藏着她所有的宝贝。她在这里抚育自己的儿子，在这里本着持之以恒的爱心护理一次又一次的小儿疾病。从某种意义上说，死去的乔治在儿子身上获得了再生，只是比过去更好，仿佛已从天国归来。那孩子的音调、眼神、动作在无数细微的特征上酷似其父，以致每当母亲把他紧紧抱在怀里时，她那颗寡妇的心就会颤动不已。孩子时常问她为什么流泪，爱米莉亚并不讳言因为他太像父亲。她经常跟儿子谈他死去的父亲，向天真好奇的孩子诉说自己多么爱乔治，以前即使对乔治本人或自己少女时代最信得过的挚友，也远远没有如此倾心相告。在自己的父母面前她从来不提此事，羞于向他们袒露自己的情怀。很可能小乔治不会比他们更理解她；但她无保留地信任孩子的耳朵；而且只向他吐露自己心灵的秘密。这个女子的喜悦本身实际上近乎悲哀，至少这种喜悦是那么纤柔，只能表现为眼泪。她的情感太荏弱，太腼腆，恐怕不应该形诸笔墨。佩斯勒大夫如今已是一位当红的妇科名医，在曼彻斯特广场拥有一所住宅，有一辆豪华的深绿色马车，不久还可望被册封为爵士；他告诉我，在孩子断奶时，她的忧伤之状即使残忍如希律王①见了，心中也会老大不忍。好多年前，佩斯勒先生心肠软得简直不知如何是好，当时以及后来很长一个时期，他妻子一直对欧斯本太太忌妒得要命。

医生太太可能有充分的理由吃醋。爱米莉亚的熟人圈子并不大，其中大多数女人也有这种感觉，她们见男人对她都这么激赏，就是气不忿儿。几乎所有接近过她的男人都喜欢她，不过要是问究竟为什么，他们无疑都说不出个所以然来。她不是那么锋芒毕露，谈不上机智俏皮，算不得聪明过人，相貌也未必特别出众。可是无论她走到哪里，总会使每一个男人心旌摇动，同样也会使所有的女人瞧不起她，信不过她。依我看，她的可爱之处大概主要在于她的可怜——这是一

---

① 耶稣降生时，犹太王希律听说伯利恒城里诞生了一个未来的犹太王，大为不安，派人寻找那个婴儿无着，便下令把伯利恒城内两岁以下的男孩杀光。见《新约 · 马太福音》第 2 章。《圣经》中有两个希律王，另一个是他的儿子。

种温驯、柔婉的顺从，似乎在呼吁她遇到的每一个男人予以同情和保护。我们已经知道，在第——团，尽管她在那里只跟乔治的少数同僚交谈过，可是如有必要，军官食堂里所有血气方刚的年轻人都会一跃而起，拔刀出鞘，为保护她舍身拚杀。同样，寄寓在富勒姆狭小的住所，虽然她交往的圈子不大，可还是令每一个男人欣赏她，喜欢她。这个安详娴静的小寡妇，每次在当地一些商人家门前经过，或上他们的店铺买些零星杂货，他们总是恭恭敬敬地招呼、接待她；即使身价大如曼戈太太或她的儿媳玛丽小姐，恐怕也不会受到更高的礼遇。顺便提一下，曼戈太太乃是十字托钵修会街上大商行“曼戈和普兰顿公司”的老板娘，在富勒姆松林道拥有一幢豪华的别墅，光临她家夏季早餐会的常有公爵、伯爵等贵客，她坐车往来于教区各地时，有身穿簇新黄色号衣的跟班护送，那两匹枣红马哪怕在肯辛顿皇家养马场也挑不出来；她的儿子现在是大商行的首脑，所以卡斯尔莫尔迪伯爵的女儿玛丽小姐才下嫁到曼戈家来。

且不说佩斯勒医生，就连他的年轻助手林顿先生也公开表示自己随时愿为欧斯本太太效犬马之劳。这位长相不俗的年轻绅士多半给女仆和小商人看病，每天都可以看到他在诊所里读《泰晤士报》，塞德立太太对他比对佩斯勒先生客气些；如果乔吉有什么不舒服，他一天会上门来两三回为小家伙瞧病，而且压根儿不想收费。他会从诊所的抽屉里找出一些咳嗽糖、败火通便的罗望子果之类送给小乔吉，精心配制一些香甜可口的糖浆和药水，孩子十分乐意服用。在乔吉出麻疹那个难忘而可怕的一周内，他和佩斯勒先生曾守在孩子床前熬过两个通宵；当时瞧着孩子母亲的恐怖神情，你会以为世上从来没有人得过这种病呢。他们为别的病家出过这么多力吗？松林道的拉尔夫·普兰塔金涅特、格温多琳和君妮弗·曼戈两姐妹害过同样的儿科病症，那两位行医的是不是也为他们熬过夜呢？小乔吉出麻疹还传染给了房东的女儿小玛丽·克拉普，难道他们也通宵守在她床边？如果尊重事实，就只能说：没有。那两位行医的睡得挺安稳，至少在小玛丽出麻疹期间没熬过夜，他们说她的症状很轻，几乎可以不治而愈，仅仅配了一两瓶药水给她送去，到了病孩逐渐康复时，就在药水中加些金鸡纳皮，总之一切都是做做样子，根本不当回事儿。

再拿住在街对面的小个儿法国人来说吧。这位有骑士[1]头衔的旧贵族，在附近几所学校里教法语，夜晚常可听到他在家里拉一把像害哮喘的破小提琴，荒腔走调地演奏一些老掉了牙的加沃特舞曲和小步舞曲。这个假发上洒粉的老头儿总是彬彬有礼，每一个星期天都要上汉默斯米思的修道院礼拜堂；他在思想、品行、举止等一切方面完全不像他那些野蛮的大胡子同胞，后者走过巴黎的英国大使馆时，至今仍然叼着雪茄冲你横眉怒目，一直在诅咒两面三刀的英国佬。且说这位上了年纪的德塔隆卢日骑士，一提起欧斯本太太，他先要嗅一撮鼻烟，然后做一个优美的手势抖去沾在衣服上的烟末星子，再把手指头撮合在一起放到嘴边亲一下，吹一口气放开指头，用法语发出一声赞叹："啊！伊人只应天上有！"他发誓说，每当爱米莉亚在布朗普顿的小巷里走过，花儿就会在她脚下盛开。老骑士管小乔吉叫丘比特，总要向他询问他妈妈维纳斯近来可好，并告诉听傻了眼的爱尔兰女仆蓓蒂·弗拉纳根：乔吉的妈妈是侍候爱情女皇的美惠三女神[2]之一。

爱米莉亚不费吹灰之力在无意间赢得普遍的赞誉，这样的例子不胜枚举。她和家里人做礼拜在本区的一所非圣公会教堂，该堂的助理牧师比尼先生文质彬彬，性情温和，上这位寡妇家走访得很勤，经常把小乔吉抱到膝上轻轻颠摇，还愿意教他拉丁文，惹得替他管家的姐

---

① 在法国，骑士是比男爵低一级的贵族头衔。
② 美惠三女神，希腊神话中妩媚、优雅、美丽三位女神的总称。

姐无名火起。

“她身上什么优点也没有，贝尔比，”那位老处女说。“她上这儿来喝茶那一回，整个晚上没说一句话。她不过是个没精打采的可怜虫，我相信她压根儿不懂得什么是感情。你们这些老爷们儿着迷的不就是她那张俏脸蛋儿嘛！格立茨小姐有五千镑，还可能继承其他财产，性格也鲜明得多，依我看要胜过那可怜虫一千倍。我知道，要是格立茨小姐长得好看些，你准觉得她十全十美。”

很可能比尼小姐的话极有道理。漂亮的脸蛋确实能唤起那些混账男人的同情心。一个女人也许聪颖、纯洁如智慧女神，但要是其貌不扬，我们甚至不屑一顾。有了一双明眸，再蠢再笨也可以不计较。即使语言无味，只要出自两爿樱唇和一副甜润的嗓子，照样悦耳动听。所以，女士们凭着她们一贯正确的是非观念论定，一个女人如果长得漂亮，那就必蠢无疑。哦，女士们，女士们！你们中有些人倒是既丑又蠢的。

关于本书主要人物之一的生活，笔者所能奉告的都是些身边琐事。贤明的读者无疑已经洞察，在她的故事里边找不到异象奇迹；如果有一本日记把她从儿子出生以后这七年中所发生的事一一记录下来，恐怕找不出几件比前页所述孩子出麻疹一节更值得一提。对了，有件事曾令她万分诧异：某一天，前面提到的助理牧师比尼先生，请求她把欧斯本这个姓氏换成比尼。当时爱米莉亚满脸绯红，眼睛和声音里都饱含着泪水，她先说比尼先生过于抬举她，接着为牧师先生对她和她那可怜的孩子如此关怀深表感激，但又说，除了她失去的丈夫，她绝对无法考虑与其他任何人结合。

四月二十五日和六月十八日，分别是爱米莉亚出嫁和丧夫的日子，这两天她总是一直待在自己屋里纪念逝去的爱人。至于平日夜晚，孩子在她床边的摇篮里安睡，她孤衾思夫的时间更是无法计算。

白天她还有事可做：她得教小乔治读和写，还教儿子学点儿画。她也看书，为的是可以把书中的故事讲给儿子听。在周围外部事物的影响下，孩子的眼界渐渐开阔，思想逐步拓展，她也随之尽自己的绵力教孩子认识谁是世间万物的创造者。每天夜晚和清晨，母子俩都在一起向我们的天父祈祷：母亲用她整个心灵恭顺地祝告；孩子跟着咬舌照念。他们每次都祈求上帝赐福给他亲爱的爸爸，仿佛乔治还活着，和他们一起在这间屋子里似的。母子俩这种诚惶诚恐的感情交流，想必能使目睹或记得自己也曾身历其境的每一个人为之动容直至心颤。

她每天要花很多时间干这干那：给这位小少爷梳洗穿衣；在吃早点以及在外公出门“办事”之前让孩子先作一会儿晨跑；别出心裁地给他做一些最好看的衣服，为此目的这位节俭的寡母只好把自己作新妇时所有的衣服全拿出来，每一小块可用的料子都加以重新剪裁，改动拼接——因为欧斯本太太自己总是穿黑衣裙，戴一顶系黑色丝带的草帽(这副打扮令她母亲非常生气，老太太倒是喜欢衣着光鲜，特别在落泊以后)。其余的时间她便在自己的父母面前克尽孝道。她曾硬着头皮学会玩克立别集[①]，如果晚上老绅士不上俱乐部，便陪父亲打牌解闷。爱米莉亚还为他唱歌，如果他想听的话，那倒是个好兆头，因为乐声照例会把他送入甜蜜的睡乡。她为父亲誊清为数颇多的备忘录、信件、设想和计划，老绅士正是通过她抄写的广告信通知他的大部分旧相识，他成了黑金刚石和无灰煤公司的代理人，可以向朋友们和广大客户提供优质煤，价格为每乔尔钧[②]——。他仅仅在广告信中花哨地签上自己的名字，颤颤巍巍地用一手办事员的书法填写地址。有一封这样的信通过考克斯和格林伍德先生转寄到了第——团的

① 克立别集，一种 2—4 人玩的纸牌游戏，用小钉插在有孔的记分板上记分。
② 乔尔钧(chaldron)，英国旧时主要用于煤的计量单位，约合 1 300 升。

铎炳少校那里，但彼时少校在印度马德拉斯，不需要购煤。然而他认得出信上的笔迹。天哪！他愿意付出任何代价，只要把写这些字的那只手握在他自己手中！以后又来了第二封广告信，告知少校说，约翰·塞德立公司在葡萄牙的波尔图、法国的波尔多和西非的圣玛丽岛设有代理行，可向公司的朋友们和广大客户提供最负盛名的极品波尔图葡萄酒、雪利酒和红酒，价格公道，量多优惠。铎炳闻风而动，拚命向总督、司令、法官、各团军官以及他在管区内认识的每一个人游说，把大量订单寄回英国向塞德立公司订购酒类，使塞德立先生和克拉普先生(即该公司全体股东)惊诧失措。这突如其来的好运气竟促使可怜的老塞德立打算在市中心盖一栋楼，招一大帮雇员，造自己的码头，让代理商遍布全世界。但是，此后再也没有订单寄来。老绅士原先在品酒方面有其独到之处，现在这种鉴赏力已然消失。军官食堂里诅咒铎炳少校的骂声不绝于耳，因为那里进了这么多劣酒，他是罪魁祸首。他只得回收一大批酒，拿到别处去公开甩卖，自己承受大笔亏损。

至于焦斯，他此时已被提升到加尔各答税务署任职；邮局给他送来一大堆这样的售酒广告，内附他老子的便简一纸，做父亲的说这宗生意事关重大，现在就指着儿子大力帮忙，并且给他寄来精选的佳酿若干(详见提货清单)，要他照账单如数付款。焦斯见函暴跳如雷，认为自己身为税务署官员，他的父亲竟要他兜售酒类，真是丢人现眼。于是他断然拒付账单，还给老绅士写了一封很不客气的信，要他别再添乱。拒付的账单退回后，塞德立公司只得用马德拉斯那笔生意的利润再加爱米的一小部分积蓄填补缺口。

爱米莉亚除了每年五十镑的抚恤金，另有一笔五百镑的款子，据她丈夫的遗嘱执行人称，那是欧斯本去世时留在代理人那里的存款余额。作为小乔吉的监护人，铎炳建议把这笔钱拿出来交给一家印度代理处生八厘年息。塞德立先生以为少校自己怀有不可告人的目的，强烈反对这个计划。他去找代理人当面声明此款不得动用，不料大吃一惊地获悉，代理人手中根本没有这笔钱，而已故的上尉遗留的全部财产不超过一百镑，老绅士所说的五百镑肯定是另外一笔款子，具体细节只有铎炳少校知道。老塞德立越发确信其中有诈，便向少校追问。他声称自己是女儿的第一亲属，声色俱厉地要求提供已故欧斯本上尉的账目清单。铎炳又是嗫嚅，又是脸红，语无伦次，不知所云，更使对方认准他是个骗子。老绅士用庄重的口吻向那名军官指出一个他称之为铁一般的事实，直截了当地说他相信铎炳少校非法侵吞他已故女婿的钱财。

铎炳听他说出这样的话，实在受不了，要不是指责他的人年纪这么大，又那么可怜，在他们谈话的斯劳特咖啡馆一处雅座内，两人之间很可能会发生一场激烈的争吵。

“到楼上去，先生，”少校结结巴巴地说。“我坚持要您跟我到楼上去，我会让您明白，受损的一方究竟是谁：是可怜的乔治，还是我？”

他把老绅士拉到楼上自己落脚的客房里，从抽屉内取出欧斯本的账目以及乔治出具的厚厚一沓子借据——应当为后者说句公道话，他总是主动写了借据交给对方。

“他在离开英国之前还清了所有的欠债，”铎炳补充说，“但他倒下时所剩的钱全部加在一起还不足一百镑。是我和他另外几个军官朋友一起拿出自己的积蓄，才凑够这一小笔钱，而您竟血口喷人，说我们想欺骗孤儿寡母。”

塞德立羞愧难当，哑口无言。不过，威廉·铎炳向老绅士撒了个弥天大谎：那五百镑其实全是他一人所出；另外他还安葬了他的朋友，负担了可怜的爱米莉亚遭此不幸后在布鲁塞尔的一切开支以及回国的全部盘缠。

关于这些费用老欧斯本从来不曾劳神考虑过，爱米莉亚的其他任何亲属乃至爱米莉亚自己也没有想过。她信任铎炳少校如同信任自己的账房。尽管少校经手花的钱往往是一笔糊涂账，她也从不过问；至于她欠少校的债是个什么数目，她头脑里根本没有这么回事儿。

她遵守自己的诺言，每年给远在马德拉斯的少校写两三封信，内容都是关于小乔吉的。铎炳把这些信视为无价之宝。爱米莉亚每次来信，他一定及时作复，而从不主动写信。但他经常不断地给他的教子和爱米莉亚寄赠各种各样的纪念品。例如他定购并寄去的围巾有整整一匣，还有一副象牙雕刻的象棋则来自中国，堪称精美绝伦。兵卒分别是绿色和白色的小人儿，手持真正的剑和盾；马的造型为骑士；车是驮在象背上的城堡。佩斯勒先生说："松林道曼戈太太的一副棋子儿也没有这样细巧。"小乔吉得到这副象棋后欢天喜地爱不释手，他用印刷体字母写了生平第一封信，感谢教父送给他这份礼物。铎炳曾寄来外国的蜜饯和泡菜，这位小少爷把放在碗柜里的泡菜偷偷尝了一些，差点儿没把他呛死。他相信一定是自己偷吃得到报应，这东西辣得要命。爱米把这个小故事写信告诉少校，笔调诙谐有致，铎炳感到欣慰的是她在逐渐振作起来，现在有时也能开开心了。他寄去两条披肩：一条白色的给爱米；一条黑色带棕榈叶图案的给她母亲。另外两条冬季用的红围脖是给塞德立先生和小乔治的。据塞德立太太了解，那围脖每一条至少值五十畿尼。她去布朗普顿的教堂就裹上少校送给她的礼物，很有气派，一些女友纷纷向她表示赞赏和祝贺。爱米的白披肩与她素朴的黑衣裙也十分匹配。

"偏偏爱米对他没有半点儿意思，真要命！"塞德立太太向克拉普太太以及布朗普顿的朋友们都这么说。"焦斯从来不寄这么贵重的礼物给我们，什么都舍不得，我认定他就是抠门儿。少校对爱米真是爱得连命都不要了；可是只要我在爱米面前提一个字儿，她就会涨红了脸哭起来，然后到楼上去望着那小瓷像发呆。我对那小瓷像简直烦透了。真不知道老天为什么要让我们认识可恶的欧斯本一家子，有了几个臭钱就那么神气！”

小乔治的孩提时代就是在这些凡人琐事的环境中度过的。这男孩在成长过程中显得体质孱弱，娇气很重，浮躁有余而刚烈不足，对待贤淑的母亲简直飞扬跋扈，尽管自己深深地依恋着她。在他周围那个小天地里，其余的人也都是他的臣民。孩子渐渐长大，大人们见他如此唯我独尊而且处处酷似其父，越来越感到诧异。他什么都爱刨根问底，好奇的孩子大都如此。他的观察力相当敏锐，提问也常在点子上，他的老外公认为这一切简直神了，在酒馆里翻来覆去讲他的小外孙懂得那么多，真是个天才，这些故事整个俱乐部的成员都听腻了。乔吉对外婆采取的是一种不跟她一般见识的冷淡态度。乔吉的亲人屈指可数，他们相信这孩子举世无双。他继承了父亲自命不凡的性格，很可能觉得他们的看法没错。

他快满六周岁时，铎炳开始频繁地写信给他。少校期待着获悉乔吉要上学念书了，希望他在学校里做个优等生；也许他需要一位好的家庭教师？到了他该开始学习的时候，他的教父兼监护人委婉地指出，孩子受教育的费用对他收入微薄的母亲将是沉重的负担，表示自己愿意支付这笔费用，希望能得到同意。总之，少校处处为爱米莉亚和她的孩子着想，并指示他的代理人必须保证乔吉得到图画书、蜡笔盒、文具箱等学习和娱乐用品。在乔吉六周岁生日前三天，有位绅士坐一辆单套轻便马车，由一名跟班陪着来到塞德立先生家要见乔治·欧斯本少爷；那是水渠街军服店的伍尔西先生，遵照铎炳少校的吩咐来给小少爷量尺寸做一身料子套装。当年他曾有幸给上尉先生——小少爷的父亲——做过不少衣服。

铎炳小姐（无非是按她们的少校哥哥的意愿行事）有时也坐自备大马车来访，邀请爱米莉亚和小乔吉一起去兜风，如果他们母子有兴的话。小姐们这般赏脸，如此客气；令爱米莉亚浑身不自在。但她总是柔顺地忍受下来，因为她生就一副委曲求全的性格，何况坐华丽的马车那种气派会给小乔吉带来极大的欢欣。铎炳小姐偶尔请欧斯本太太让孩子去她们那儿玩上一天，乔吉每次都很高兴前往丹麦山庄她们家那座漂亮的花园住宅，那儿的温室里有成熟的葡萄，篱形棚架上结着桃子。

一天，铎炳小姐专诚前来告诉爱米莉亚一件事，她们相信她听了一定很高兴——事关她们亲爱的威廉，这是一条特大新闻。

“什么事？是不是他要回来了？”爱米莉亚问，眼睛里闪耀着喜悦的光芒。

哦，不，才不是那么回事。但她们有充分的理由相信，亲爱的威廉快要结婚了，是跟爱米莉亚一位很要好的朋友的亲戚——格露维娜·奥多德小姐，也就是迈克尔·奥多德爵士的妹妹。这位小姐已动身去马德拉斯，要在兄嫂家中住一阵儿；大家都说她才貌双全，不可多得。

爱米莉亚“哦”了一声。这的确是个好消息、大喜讯。但据她推测，格露维娜不大可能像爱米莉亚的老朋友、心地极其善良的奥多德夫人。不过——不过她的确非常高兴。然后，在一阵莫名其妙的冲动下，她把乔吉抱起来异常温柔地亲了几下。当她放下孩子的时候，眼睛是湿漉漉的。这次兜风她几乎一言不发——不过她感到非常高兴，真的很高兴。

# 第三十九章
## 尽是些不像话的事情

现在我要回过头来，对汉普郡的我们几位老相识作一次短暂的访问。他们那位有钱的亲戚在遗嘱中规定的财产分配方案，使他们所抱的希望彻底化为泡影。比尤特·克劳利原来指望从老姐姐那儿得到两三万，不料仅到手五千镑，这对他是一个沉重的打击。他用这笔钱还去自己的和儿子吉姆在大学里的债务后，已所剩无几，还得分给四个貌不出众的女儿作陪嫁。比尤特太太始终不明白，至少从来不承认，她自己的专横行为给丈夫帮了多大的倒忙。她指天发誓，声称凡是自己能做的一切她都做了。她可没有奉承拍马的本领，不像他们那位道貌岸然的大侄子皮特·克劳利，难道这是她的错？既然伪君子靠不光彩的手段发了不义之财，但愿他遭到一切应得的报应。

“至少钱还在家族内，”她说得冠冕堂皇，颇具雅量。“皮特怎么也花不了的，亲爱的，你尽管放心，因为全英国找不出比他更抠门儿的小器鬼，他和自己的混账兄弟、挥金如土的罗登一样可恶，只不过路子不同罢了。”

比尤特太太经受了愤怒和失望的第一阵冲击之后，开始尽其所能面对既成事实，最大限度地厉行节约，紧缩开支。她教导女儿们如何安贫乐道，还发明了无数种藏拙遮羞、免于寒碜的妙法。她以值得称道的精神劲头十足地带着她们参加邻近地区的舞会，经常出入各种公开场合；更有甚者，她在教区长住所照样热情好客地款待朋友，而且次数大大多于亲爱的克劳利小姐的遗产归属尘埃落定之前。从她的外表谁也无法料想这一家子的希望落了空；看她在大庭广众间频频露面，谁也猜不出她在家里如何勒紧裤带省吃俭用。她的女儿穿戴比过去任何时候更为光鲜。温彻斯特[①]和南安普敦有什么聚会，她们必去无疑，甚至削尖了脑袋去参加考斯[②]赛马划船大会期间在那里举行的舞会和游乐活动；她们的车套的是拉犁的马，地里路上忙个不停，如此直至人们几乎开始相信四姐妹个个从姑母那儿继承了一笔可观的遗产，无怪乎这一家子在公开场合提到那位姑母的名字总是充满感激和敬意。据我所知，名利场上最常见的蒙人手段便是这一种。应当指出的是，玩弄这一手的人往往沾沾自喜于弄虚作假，认为自己德艺高超，值得赞誉，因为他们有能耐使外界摸不透其家底。

比尤特太太当然自命为英国最贤能的女人之一，外人只消看一眼她的幸福家庭，一定大有裨益。这一家人是那么可爱、那么有教养，淳朴可风，其乐融融！玛莎画得一笔好花草，郡里半数义卖会上有她的作品。爱玛是本郡真正的夜莺，她写的诗也是《汉普郡电讯报》诗人园地栏的光荣。芬妮和玛蒂尔达[③]表演二重唱时，妈妈弹钢琴伴奏，另外两姐妹互相搂着腰坐在一旁听得出神。没人看见私下里妈妈怎样严厉督促女儿连续几个小时勤学苦练。总之，比尤特太太如今是含笑面对多舛的命运，做出可敬可佩的榜样来支撑门面。

凡是一位值得尊崇的好母亲所能做的，比尤特太太都做了。她邀请南安普敦的帆船手、温彻斯特大教堂的教士以及那里兵营中的军官来作客。在巡回法庭开庭期内，她力图把一些青年律师钓上钩；她还鼓励吉姆把和他一起陪同亲王殿下出猎的朋友们带回家来。做母亲的为谋自己骨肉的福祉真是无所不用其极！

这样一个女人与她的大伯子、庄院内那位不像话的准男爵之间显然毫无共同之处。比尤特和他的兄长皮特爵士已彻底决裂；事实上现

---

① 温彻斯特，英格兰南部一城市，位于汉普郡，曾为英国王室与国会所在地。

② 考斯，英格兰南部怀特岛北部一市镇。

③ 牧师夫妇有 4 个女儿，前文提到名字的两个是玛莎和露薏莎，这里却没有露薏莎的名字。作者在这些细节上有些马虎。

在全郡人都与皮特爵士断绝往来，他败坏了整个汉普郡的风气。随着年龄的增长，他对体面人士的厌恶也变本加厉；自从皮特先生与简小姐成婚后来拜访尽到礼数之日起，克劳利庄迄今还没有开门迎来过一辆体面人家的马车。

父子翁媳之间那次觌面搅成不堪回首的一团糟，这家人想起来就不寒而栗。面如土色的皮特先生请求太太永远不要提及此事；要不是比尤特太太对于庄上的每一件事仍然无所不晓，皮特爵士接见儿子和儿媳的经过情形，是不可能为人所知的，因为此外别无消息渠道。

他们那辆齐齐整整、干干净净的马车沿着林荫道前进时，皮特先生痛心疾首地发现，树木——他的树——之间开着好大好大的口子，原来是老爵士胡作非为，擅自滥砍滥伐造成的。整个林苑呈现一派荒凉、颓败的景象。车道失修，整洁的马车不时陷入路上的坑坑洼洼，激起泥浆飞溅。廊前供车辆掉头的大平台以及入口处的台阶都已变黑生苔。昔日赏心悦目的花圃而今蔓草丛生，把花都缠死了。宅第正面几乎所有的屋子都用窗板遮住；大厅的正门是拉了好半天的铃以后才拔去插销打开的；当管家霍罗克斯终于把克劳利庄的继承人和他的新娘让进其先人传下的厅堂时，只见一个帽子上缀有缎带结子的人影一溜烟跑上黑漆橡木楼梯去了。管家带路把他们引进皮特爵士的所谓“藏书室”；皮特先生和简小姐一路走近那间屋子时，闻到的烟草味越来越强烈。

“皮特爵士身体不是很好，”霍罗克斯带着歉意暗示；他的老东家腰痛病又犯了。

藏书室正对着庭前的步行道和林苑。皮特爵士打开一扇窗户，正从那儿冲着马车夫和皮特先生的听差大叫大嚷，后者似乎想要把车上的行李卸下。

“别搬动那些箱子，什么也别卸下来，”他握着烟斗指指点点高声喊道。“这不过是一次礼节性拜访，上午来上午走，塔克，你真不开窍。天哪，右边那一匹的马蹄上怎么有好几道伤口？难道换马的客店里就没人给它抹点儿油膏什么的？你好，皮特。你好，亲爱的。来瞧瞧我这个老头儿，是吗？嚄，上帝啊，你的脸蛋儿还挺好看的！你可不像那个马脸老巫婆——你的妈妈。过来亲亲老皮特，对，这才是乖孩子。”

老公公胡子拉碴，烟味刺鼻，被他抱住了亲热的儿媳有多么尴尬，可想而知。但是简小姐想起她哥哥索思砀留有八字胡髭，平时也抽雪茄，总算顺着准男爵把这局面对付下来了，仪态上还过得去。

“皮特胖了，”准男爵表示了他的好感后说。“他是不是向你念好长好长的布道演说，亲爱的？《诗篇》第一百篇，晚间圣歌，是不是，皮特？霍罗克斯，去给简小姐倒一杯白葡萄酒，再拿一块蛋糕来，你这大呆鸟！别傻站在那儿干瞪眼，像头肥猪等着挨刀似的。我不想请你留下住几天，那样你会觉得怪无聊的，而且我跟皮特待在一起也闷得慌。现在我已经是个老人，喜欢按自己的习惯过日子，时不时抽一斗烟，晚上玩玩巴加门。”

“我会玩巴加门，先生，”简小姐笑道。“以前我陪先父和克劳利小姐也玩过，是不是，克劳利先生？”

“简小姐会玩您十分喜欢的那种游戏，先生，”皮特话是这么说，口气却很傲慢。

“不过她还是不必留下来。行了，行了，回马德伯里去给凌瑟太太一个面子吧；要不，就上教区长家让比尤特请你吃饭。他见到你一定满心欢喜。知道吗：那老婆子的钱落到你手里，他对你感激不尽。哈哈！等我死了以后，这笔钱中的一部分得用来整修这宅子。”

“我注意到，先生，”皮特提高调门说，“您手下的人都快把树木砍光了。”

“是啊，是啊，天气很好，正合这个节令，”皮特爵士答非所问，好像突然间成了聋子。“不过，我是越来越老了，皮特。你要不了多久也该五十了，上帝保佑你。可他保养得很好，你说是不是，漂亮的简小姐？这全靠信上帝，不贪杯，重道德。瞧我，我都快八十了——嘿嘿！”他笑了起来，并且嗅一撮鼻烟，乜斜着眼睛瞅瞅儿媳，还在她手上拧了一把。

皮特先生再次把话题转到树木上来；但准男爵一下子又聋了。

“我都老得不成样子了，这一年腰又痛得要命。我在世上的日子已经不多；不过，你来我很高兴，我的少奶奶。我喜欢你的脸，简小姐。宾基家都是高颧骨，难看死了；你一点也不像他们。亲爱的，我要给你一些好东西，进宫的时候可以戴上。”

他两脚在地上拖着走到屋子另一端的柜子那儿，从里边取出一只旧的小盒子，盒内有几件多少还值些钱的首饰。

“拿着，”他说，“亲爱的；这本来是我母亲的，后来又属于我的第一位太太。里边有很漂亮的珍珠首饰，我一直没给那个五金商的女儿——我的第二位太太。就是不给。你拿去吧，快藏起来，”他说着赶紧把盒子塞到儿媳妇手中，啪的一声关上柜门，这时霍罗克斯已端着盘子送点心进来。

皮特先生和简小姐向老爷子告辞离去后，帽上有缎带结子的那位问道：

“你把什么给了皮特的老婆？”

那是管家的女儿霍罗克斯小姐——全郡的人都在戳她和皮特爵士的脊梁骨，如今她在克劳利庄上几乎已经大权独揽。

这位缎带女的青云直上在克劳利家族乃至整个汉普郡引起震骇。缎带女在储蓄银行马德伯里分行开了账户。她驾着一辆四轮小马车上教堂，那车是给克劳利庄上的仆人用的，现在被缎带女一人独占。好多仆人已在她擅权统治下被解雇。还留在庄上的苏格兰园艺师，一向以他惨淡经营的篱形棚架和温室为荣；从他承包的花木果园中收获的产品卖到南安普敦去，收入着实不错。一个阳光明媚的上午，他发现缎带女在吃南面棚架上结出的桃子，规劝缎带女不要侵犯他的劳动成果，不料竟挨了巴掌。园艺师和他的苏格兰妻子、女儿，可以说是克劳利庄上仅有的正派人，也不得不带上家什杂物举家外迁。从此，好端端的果园变得满目凄凉，花圃里长的尽是蔓草。可怜的克劳利夫人生前心爱的玫瑰园，成了一片令人痛心的荒地。冷冷清清的下房里只剩两三名佣人在那儿瑟瑟发抖。马房和管理处都空关着，眼看快坍塌成为废墟。皮特爵士不与外界交往，夜夜和他的管家(现在已称大总管)以及不识羞耻的缎带女在一起痛饮鬼混。缎带女跟当年赶板车上马德伯里、见了掌柜的叫“先生”那个时代已今非昔比。或许是没脸见人，也可能讨厌周围的邻居，反正钦设克劳利镇的这个老荒唐鬼现今几乎从不迈出他的林苑大门一步。他跟自己的代理人经常吵架，对佃户拚命榨取——这些都是以通信方式干的，所以白天他都花在处理往来信件上。律师和庄园管事们有事找他，非通过缎带女不可。女管家的房间俯临宅院的后门，缎带女就在那里让求见的人从后门进去。长此以往，准男爵本来就不妙的财政状况眼见得日益混乱，成了个十足的烂摊子。

有关父亲老迈昏聩的丑闻，不断有人向皮特·克劳利先生报告，不难想象这位模范正人君子是何等震惊。他天天提心吊胆，生怕听到那个缎带女被宣布为他的第二位继母。自从第一次、也是最后一次省亲之后，在皮特先生重礼节、讲规矩的家庭里再也没有提到过他的父亲。这是他们的家丑，全家人都避而不谈此事。索思砀伯爵夫人不断通过邮车把一本本惊世骇俗的宗教小册子扔进克劳利庄院的门房——那些小册子里恶有恶报的故事能吓得你毛发直立。教区长住所里的比尤特太太，每天夜晚遥望窗外，看庄前的老榆树上空是否被映红，宅院有没有起火。克劳利家的老友、翟·沃普肖特爵士和哈·法德尔斯顿爵士，不愿与皮特爵士一起坐在季度巡回法庭的法官席上；老荒唐在南安普敦的大街上向他们伸出肮脏的手时，还遭到他们的白眼。可是他反正什么都无所谓，两手往兜里一插，爬上他的驷马高车，照例仰天大笑。他看到了索思砀夫人的宗教小册子仰天大笑，与人谈起自己的两个儿子时仰天大笑，面对世人的鄙视仰天大笑，甚至在缎带女恼火的时候——这种情况并不少见——还是仰天大笑。

霍罗克斯小姐当上了克劳利庄上的女管家，对那儿所有的仆人管头管脚，作威作福。佣人们奉指示对她必须使用敬称，尊一声“您哪”。有一名一心想向上爬的小丫头总是称她“夫人”，却从未受到这位女管家的责备。

“听我说，赫丝特，有的夫人比我强，有的还不如我呢，”这便是霍罗克斯小姐对于恭维者的回答。

除了自己的父亲，她对所有的人拥有至高无上的权威；不过，即使对老子也相当傲慢，要他在“一位未来的准男爵夫人”面前别忘了尊卑。生活中她果真在排练这一尊贵的角色，不仅自己得意非凡，也令老皮特爵士乐不可支，或对她的拿腔作势吃吃暗笑，或对她死活要学上流社会气派的德性前仰后合笑上半天。老头儿对天起誓说，瞧她扮演贵妇人等于上剧场看戏，并且要缎带女穿上他的原配夫人进宫朝觐的盛装，然后赌咒声称那身打扮与她极其相称（霍罗克斯小姐本人完全同意），甚至扬言要立刻用驷马高车把她送进宫去。她翻遍了两位已故准男爵夫人的衣柜，按自己的口味和身材把她们遗留下来的服装重新剪裁改制。她还想把她们的珠宝首饰据为己有，但老爵士把那些东西锁在自己书房的柜子里，她无论怎样花言巧语也没能哄老头儿交出钥匙。信不信由你，反正这是事实：在她离开克劳利庄后过了一段时间，还发现一本属于这位女士的习字簿，表明她私下里花过极大的功夫苦练书法，特别想写好自己的名字：克劳利夫人；蓓琦·霍罗克斯小姐；伊丽莎白·克劳利夫人，等等。

教区长家的规矩人虽然绝不跨进克劳利庄的宅子一步，而且对它的主人、那个混账透顶的老东西避之唯恐不及，但他们一直洞若观火地了解那里发生的一切，天天盼着大崩溃来临，这也是霍罗克斯小姐翘首以待的事情。但命运之神起了妒意，偏偏不让她如愿以偿，按说如此纯真无邪的爱情和冰清玉洁的操守赢得这份奖赏也是当之无愧的。

过去，蓓姬·夏普常在客厅里的钢琴上弹奏方阵舞曲，此后这件乐器几乎没有任何人碰过。一天，准男爵偶然发现，被他戏称为“夫人阁下”的缎带女，一本正经地坐在根本没有音准可言的旧钢琴前，声嘶力竭地摹仿她听到过的雅乐妙音。那个曲意逢迎的小丫头站在她的上司旁边，不断点头做出听得如醉如痴的样子，还连声赞叹：“上帝啊，真是太美了，您哪！”——活像上流社会客厅里拍高级马屁的老手。

此情此景照例引起老爵士的哈哈大笑。他在一个晚上把这事向霍罗克斯讲了有十来遍，着实惹恼了霍罗克斯小姐。他边讲边把桌子当钢琴砰砰猛捶，还学着缎带女的唱法乱吼一气。老头儿正经八百地说，这样美妙的嗓子应当好好调教，并表示愿为她延聘歌唱老师；对于这项建议她不觉得有任何可笑之处。那天晚上老爵士兴致极高，和他的管家朋友一起喝下大量对水朗姆酒，直到深夜那位忠实的朋友兼义仆才把东家送回卧室就寝。

半小时后，庄上忽然大起忙头，乱作一团。荒凉孤寂的老宅楼内从一个窗户到另一个窗户纷纷亮起了灯火，而宅第主人平常只用其中两三间屋子。不一会，一名小厮骑上一匹小马驰往马德伯里去请医

生。又过了一小时(据此我们可以断定，卓越的比尤特·克劳利太太一直和大宅院保持着十分密切的联系)，这位太太头套防雨兜，脚趿木屐，和比尤特·克劳利牧师以及他们的儿子詹姆斯·克劳利一起，从教区长住所步行穿越林苑，经洞开的正门进入宅第。他们走过厅堂和橡木小饭厅，桌上有三只酒杯和一只朗姆酒的空瓶，显然皮特爵士曾在此饮酒作乐。牧师一家三人从小饭厅进入皮特爵士的书房，发现该死的缎带女霍罗克斯小姐发疯似地从一串钥匙中找合适的，试图打开柜门和写字台的抽屉。当小个子比尤特太太的眼睛从黑色防雨兜底下向她射出明晃晃的两道光时，她吓得尖叫一声，把一串钥匙掉在地上。

“你们瞧那儿，詹姆斯，克劳利先生，”比尤特太太指着那个黑眼睛贱人慌了手脚的身影喊道。

“是他给我的；是他给我的！”缎带女急忙辩解。

“还说是给你的，你这娼妇！”比尤特太太高声怒骂。“你都看见了，克劳利先生，这个下贱的女人是在偷你兄长的财物时给我们当场逮住的；她必须上绞架，我一直就是这么说的。”

蓓琦·霍罗克斯吓得魂飞魄散，立刻双膝跪倒在地哭了起来。但是，一位地地道道的正派女人见敌方落败求饶，只会打心底里产生一种胜利的满足感，却不会轻易放过对手——大凡了解正派女人的，都明白这一点。

“詹姆斯，打铃叫人，”比尤特太太说。“不停地打，直到有人出来。”

凄凉的老宅内留下的三四名仆人，听到持续不断的铃声，马上就来了。

“把这个女人关起来，别让她跑了，”牧师太太说。“她是在偷盗皮特爵士的财物时被我们抓住的。克劳利先生，你写一份拘留她的经过说明；贝多斯，天一亮你就赶一辆板车把她押往南安普敦监狱。”

“亲爱的，”身为治安法官的教区长插话道，“她只是——”

“手铐在哪儿？”比尤特太太跺着木屐继续发号施令。“过去这儿一直备有手铐。这娼妇的混账父亲哪儿去了？”

“东西真的是他给我的，”可怜的蓓琦还在辩解；“赫丝特，你不是知道的吗？你明明看见是皮特爵士给我的，那是很久以前的事了——在马德伯里庙会的第二天；可不是我向他要的。如果你们认为东西不是我的，你们可以拿去。”

说到这儿，失风的女贼从兜里掏出一副很大的水钻扣子，她对这副鞋搭扣垂涎已久，刚刚从书房的一架书柜里把东西弄到手。

“天哪，蓓琦，你怎么能这样睁着眼睛说瞎话呢？”不久前还拍她马屁的小丫头赫丝特说。“你也得瞧瞧是在什么人面前撒谎：这是大贤大德的克劳利太太，还有牧师先生！”她边说边行一个屈膝礼。“太太，您尽可以去搜我所有的箱子，这是我的钥匙。我虽然生在穷人家，长在贫民习艺所，可我没做过亏心事，不像**她**那样捞了许许多多好衣裳。您要是搜出我偷了什么东西，哪怕是一小块花边或一只丝袜，就罚我永世不得进教堂。”

“把你的钥匙交出来，你这死不要脸的贱货，”戴防雨兜的小个子贤德太太恶狠狠地说。

“这儿有蜡烛，太太，您要是愿意，我可以给您带路到她的房间里去，您哪。女管家屋里有一只柜子，她在那儿藏了好多好多东西，您哪，”名叫赫丝特的小丫头特别卖劲，说话间不知行了多少屈膝礼。

“你给我闭嘴。这贱货的房间在哪儿，我十分清楚。布朗太太，麻烦你陪我走一趟；贝多斯，你得看住这女人，”比尤特太太说着拿起烛台。“克劳利先生，你最好上楼去瞧瞧，是不是有人在谋杀你可怜的哥哥。”戴防雨兜的女士在布朗太太陪同下往女管家的屋子走去——牧师太太所言不虚，她确实熟悉路径，深知内情。

比尤特走到楼上，发现从马德伯里请来的医生和吓得半死的霍罗克斯正俯身面对坐在椅子上的庄院主人。他们在试图给皮特·克劳利爵士放血。

第二天清晨，一名专差出发去给皮特·克劳利先生报信。派他前往的是接过总指挥权的教区长太太，她通宵守在准男爵身边。老头儿算是又活过来了；他不能说话，但是看样子认得出人。比尤特太太坚持守在他的床边。这位小个子女人始终没有露出一点儿想睡的倦意，她那双咄咄逼人的黑眼睛连一秒钟也未曾合上，而医生却在扶手椅上打呼噜。霍罗克斯不顾一切地努力想夺回自己的职权，由他来伺候东家，但比尤特太太骂他是个混账的老酒鬼，不准他再在宅内露面，否则会把他流放到海外去服苦役，和他的贱货女儿一样没有好下场。

慑于她的威势，霍罗克斯溜到楼下橡木小饭厅去。在那里，詹姆斯先生试了一下桌上的瓶子，发现是空的，便命霍罗克斯先生再去拿一瓶朗姆酒来。管家取酒回来时带了几只干净杯子，于是教区长和他的儿子坐下来对酌，命令霍罗克斯立刻把掌管的钥匙交出来，今后不得再待在此地。

霍罗克斯在这种情势下只得乖乖地交出钥匙，和他的女儿一起趁黑夜悄悄溜之大吉，从而结束了他们在克劳利庄院弄权的局面。

# 第四十章
## 蓓姬获得夫家承认

克劳利家族的长房长子获悉老家发生的变故后，及时赶回来，从此可以说在克劳利庄即了位。年迈的准男爵虽然又活了好多个月，但他的神志和语言功能始终未能完全恢复正常，所以领地归他的长子经营管理。皮特接下的是个烂摊子。老爵士总是不断地买进这个，典押那个，有二十来个人为他办事，可他和每一个都闹翻；他也跟所有的佃户争吵不休，对簿公庭。他跟律师们打官司，跟他持有股份的矿业公司和船埠打官司，跟他有生意往来的每一个人打官司。解开这一团团乱麻，全面清理债务，即使对于曾经出使蓬佩尼克尔的外交官也不算大材小用，这一任务正需要他办起事来那种有条不紊的作风和锲而不舍的精神。于是他十分努力地投身于这项工作。他的一家人自然迁居到钦设克劳利镇，不消说，索思砀夫人也来了。这位伯爵夫人就在教区长的鼻子底下着手进行该教区的改宗[①]大业，还把她的那一帮非正统教士带来，气得比尤特太太发昏章第十一。老皮特爵士还没有就出让钦设克劳利镇教士俸禄继承权一事做成交易；伯爵夫人计划把圣职授予权控制在自己手中，一俟这个职位出缺，立即推荐她所赏识的一个年轻人任教区长——在这个问题上，讲究策略的皮特先生不置可否。

比尤特太太设想中处置蓓琦·霍罗克斯小姐的办法并未付诸实施；缎带女没有蹲进南安普敦的班房。她父亲曾向皮特爵士承包名为“克劳利纹章”的一家乡村酒店，他们父女离开宅第后便去经营该店。这位前管家还用类似的方式得到那里一小块地，从而在选区内有了投票权。教区长也拥有一票，这两票加上另外四票组成了选派钦设克劳利镇两名议员的代表团。

教区长家和庄上的女眷相互间表面上不失礼数，至少在小一辈之间还维持着这种局面。至于比尤特太太和索思砀夫人，她们每次相遇都要发生冲突，渐渐地也就不再见面了。教区长家的小姐们来庄上看望堂兄堂嫂和两个堂妹时，伯爵夫人待在自己房间里不露面。皮特先生很可能不太赞成他的岳母逢到这种场合采取回避的做法。他一贯相信宾基家是极有头脑、影响极大的名门望族，长期以来对他那位贵为伯爵夫人的姨妈可谓高山仰止，但有时候也觉得老太太对他指挥过多。能得到长辈的指点是件好事；然而到了四十六岁还被当作毛孩子看待，就不免令人恼火。不过，简小姐凡事唯母命是从。她只顾在心底里爱她的孩子，幸亏索思砀夫人忙得不可开交，需要跟独立教会的牧师们开会磋商，需要跟在非洲、亚洲、澳洲等地的传教士通信，这些事占去可敬的伯爵夫人大量时间，她能花在外孙女小玛蒂尔达和外孙皮特·克劳利小少爷身上的工夫也就所剩无几了。小皮特体质很弱；全靠使用大量甘汞[2]，索思砀夫人才得以保住他这条小命。

老皮特爵士现已退居到过去克劳利夫人在那里如油干灯灭的几间屋子里去了，由一心向上爬的丫头赫丝特殷勤侍奉，悉心照料。其实，出高价若能雇人忠心耿耿、持之以恒地护理老弱病残，这比任何亲情、孝心和信义都强。受雇的看护会把枕头、靠垫拍松、抚平，用竹芋粉调制糊状营养品，夜里频频起来，忍受病人的抱怨和唠叨；她们见户外阳光明媚也不想出去，睡觉只是在扶手椅上凑合着打个盹儿，吃饭老是独自一人；晚上漫长的时间她们枯守着留心炉火的余烬和锅内煮给病人喝的汤汁，一份周刊要看整整一星期，《法律的庄严呼声》或《人的完整义务》便是她们一年的读物——而我们却往往跟

① 索思砀夫人的宗教信仰几经变迁，但至少在那一段时间内是与英国国教（英国圣公会）唱对台戏的。

② 甘汞，即氯化亚汞，旧称“轻粉”，当时用作缓泻药。

她们发生争执，无非因为有亲戚一周一次来看她们时在衣物篮里夹带进了一丁点儿杜松子酒。试想，女士们，什么样的深情经受得住长年累月伺候照料自己所爱之人？而一名看护收取十英镑就得干一个季度，可我们还觉得她要价太高。赫丝特小姐不分昼夜照看准男爵，工资只有此数的一半，他的儿子克劳利先生也老是嘀嘀咕咕发牢骚。

逢到风和日丽的好天气，老绅士坐在轮椅上被推到露天平台上去晒晒太阳。这辆轮椅车就是克劳利小姐在布莱顿经常乘坐的，后来从那儿和索思砀夫人的好些东西一起运到钦设克劳利镇来。简小姐总是陪老人散步；老人显然也特别喜欢他的儿媳。他看见简小姐到他屋里来，每次都冲着儿媳连连点头微笑；简小姐离去的时候，他就咿咿唔唔不知说些什么，显然在表示不满。她走出去关上房门后，老人便抽抽搭搭地哭起来——为此，在女主人面前一直显得格外温顺恭敬的赫丝特，顿时换了一副嘴脸，态度也变了。她冲着准男爵横眉竖眼，扬起拳头尖声喝道："闭嘴，你这老笨蛋！"——然后把他的轮椅从他爱瞧的炉火旁推开，于是他哭得更伤心了。过了七十多年要滑头、打官司、自私自利、算计别人、纵酒好色的生活之后，到如今变成了一个哭鼻子的老白痴，可叹他上床下床要人抱，手脚要人洗，吃饭要人喂，就像个娃娃。

终于到了某一天，看护这份差使也到了头。那天早晨，皮特·克劳利先生在书房里查阅总管和管事的账本，听见有人敲门，进来的是赫丝特。她行了一个屈膝礼说：

"皮特爵士，我来向您禀报，皮特爵士今天一清早去世了，皮特爵士。我正在为他烤面包片，皮特爵士，让他就着燕麦粥一起吃，皮特爵士，这是他每天上午六点整的早餐，皮特爵士，当时——我好像听到了哼哼声，皮特爵士——接着——接着——接着——"她又行了一个屈膝礼。

为什么皮特苍白的脸涨得通红？是不是因为他终于成了皮特爵士，议院里有他的席位，将来还可能获得进一步的荣誉？

“现在我可以用现钱清理庄园的债务了，”他思量着，并且迅速估计田产抵押到什么程度，整顿庄园要花多少钱。在这以前，他不想动用来自姑姑那儿的钱，生怕皮特爵士还能康复——那样的话，这笔钱岂不是白花了？

老宅和教区长住所的窗帘沉沉下垂；教堂敲响了丧钟，圣坛用黑布遮了起来；比尤特·克劳利没有去参加赛马大会，但法德尔斯顿家的饭局他还是照赴不误，在那儿边喝红酒边议论他死去的老兄和刚刚承袭爵位的大侄子。其时已嫁给马德伯里一家马具铺老板的蓓琦小姐，哭得相当伤心。家庭医生特地骑马来表示慰问并关心伯爵夫人和准男爵夫人的健康。在马德伯里和“克劳利纹章”酒店，老爵士之死成了人们的中心话题；酒店主人前不久已跟教区长和好，据说牧师先生有时也跨进“克劳利纹章”的店堂去尝尝霍罗克斯先生的淡啤酒。

“要不要我给您的弟弟写封信去？还是您自己写？”简夫人问她的丈夫皮特爵士。

“当然由我来写，”皮特爵士说，“并且邀请他来参加葬礼，这样才于礼无亏。”

“还有——还有——罗登太太，”简夫人胆怯地说。

“简！”索思砀夫人道。“你怎么竟会产生这样的念头？”

“当然应该邀请罗登太太，”皮特爵士断然说。

“除非我不在这宅子里！”索思砀夫人宣称。

“请伯爵夫人别忘了我是这一家之主，”皮特爵士反唇相稽。“简夫人，有劳您给罗登·克劳利太太写一封信，请她前来奔丧。”

“简，我不准你在纸上落笔！”伯爵夫人厉声喝道。

“我相信我是这一家之主，”皮特爵士重申；“尽管对于可能导致您离开这所宅子的任何情况我会深表遗憾，可我仍然必须按我认为恰当的方式治家，请您原谅。”

索思砀夫人霍地站起来，吩咐给她的车套马，那一派神圣不可侵犯的威仪直追扮演麦克佩斯夫人的西登斯太太[①]。既然她的女婿和女儿对她下逐客令，她要把这份痛心的感觉藏起来到别处去一个人细细体味，并祈求上帝促使他们迷途知返。

“我们并不是赶您走，妈妈，”胆小的简夫人哀求道。

“你们邀请这样的人，那是任何一位识体统、有身份的女基督徒根本不愿遇见的。我要求明天一早把我的马车备好。”

“简，有劳您把我口述的词句抄录下来，”皮特爵士立起身来说，他摆出君临一切的姿态，极像展览会上一幅绅士的肖像画。“开头写‘一八二二年九月十四日于钦设克劳利镇——我亲爱的胞弟——’”

麦克佩斯夫人本来还在等待女婿作出软化或犹豫的表示，可是听他说得如此绝情，老太太脸色煞白泛青，于是重又站起来从藏书室里走出来。简夫人望着丈夫，似乎想跟出去安慰她的妈妈，但皮特不准妻子移动一步。

“她不会走的，”皮特说。“她把布莱顿的别墅租了出去，最近半年的分红也被她花掉了。伯爵夫人去住客店岂不惹人耻笑。很久以来，我一直在等机会采取这——这一决定性的步骤，亲爱的，你必须明白一家无二主这个道理。好了，现在我们继续写信，我口述你照录：‘我亲爱的胞弟，我有责任向全家报告一个不幸的消息，应该说对此我早有思想准备……’”

① 萨拉·西登斯(1755—1831)，本姓坎布尔，英国著名悲剧女演员。1812 年 6 月 29 日，她在那场轰动一时的告别演出中扮演的就是麦克佩斯夫人。

总之，既然王国已经到手，而且，皮特凭着运气几乎囊括了令其他亲戚垂涎三尺的全部财产（他认为自己受之无愧），于是决定客客气气对待他的亲属，重振克劳利庄的家业。想到自己要当这个家的首脑，他颇为得意。他相信自己才智过人，地位优越，很快能在郡内拥有巨大的影响力，他打算运用这种影响为胞弟谋个职位，让他的几个堂妹也能够体面地各得其所。想到寄托着他们全部希望的遗产如今却归他所有，皮特也许略有些内疚。即位三四天以来，他的神态变了，计划也定了下来。他决意实行正大光明的治家方针，把索思砀夫人赶下台；跟他有血缘关系的亲戚，他都要与之尽可能友好地和睦相处。

他就这样口述了致他弟弟罗登的信——这是一封语气庄重、措辞精当的书信，结构缜密的长句包含着十分深刻的思想，心地纯良的小秘书一边照录不误，一边对她丈夫佩服得五体投地。

“他进了下议院，定是一位了不起的演说家，”她心想（有关这一点以及索思砀夫人的专横作风，皮特有时在床上向她露过一点口风）。“我丈夫多么聪明，多么善良，真是个天才！以前我觉得他有点儿冷冰冰，其实他很善良，一个难得的天才！”

事实上，这封信的每字每句皮特·克劳利早就打好腹稿。他表面上像外交官那样不动声色，等到认为可以形诸笔墨时，已经过深思熟虑，斟酌再三，无怪乎他的太太惊诧不置。

此信四缘围上一道很宽的黑边并用黑色封蜡缄口，由皮特·克劳利爵士发往伦敦给他的中校弟弟。罗登·克劳利接信后并不感到怎么高兴。

“到那等乏味的地方去干吗？”罗登忖道。“吃完晚饭跟皮特单独待在一起我可受不了。再说，这一来一回用的马得花掉咱们二十镑。”

如同遇到任何疑难时一样，他把这封信和一杯巧克力一起送到楼上蓓姬卧室里去——每天上午他都要亲手为太太做这样的饮料。

他把早餐和信连盘子放到梳妆台上。蓓姬正在对镜梳理她的浅棕色头发；她把套着黑边封皮的信拿起来读了以后，一下子从椅子上跳起来欢呼："万岁！"并且绕着自己的脑袋不断舞动那封信。

"万岁？！"罗登莫名其妙地望着这个欢蹦乱跳的娇小身躯，只见她的法兰绒晨袍和披散的棕发满屋子盘旋飞转。"老头儿什么也没留给咱们。我成年的时候已经得到了我的那一份。"

"你始终处在未成年期，你这个傻瓜蛋，"蓓姬笑道。"你马上跑去找布律努瓦太太，因为我需要做丧服。你的帽子上得围一道黑纱，你还要一件黑背心——你好像一件也没有。要她明天把需要的一切送到家里来，咱们星期四可以动身。"

"你真的要去？"罗登问。

"我当然要去。我还要让简夫人明年为我进宫当引见人。我要你哥哥在国会里给你一个席位，你这不开窍的榆木脑袋。我要你和他投斯泰因勋爵的票，我亲爱的傻老公；我还要你出任爱尔兰事务大臣或者西印度群岛的总督，或当司库，或当领事，反正起码也得是这样的官儿。"

"驿马可要花一大笔钱呢，"罗登咕哝了一句。

"咱们可以搭索思砀的车，他是丧家的亲戚，应该去参加葬礼。不过，我想咱们应该坐邮车去。那会给他们一个好印象。这样看起来更显得俭朴——"

"罗迪自然也去喽？"中校问。

"决不；何必多花一个座位的钱？他已经大了，不能再挤在你和我中间。让他留下待在自己屋子里，卜礼格斯可以给他做件黑外套。你去照我说的办。你最好告诉你的听差斯巴克斯，就说老皮特爵士已经去世，等丧事料理完毕，你可以到手一笔十分可观的遗产。他会把这话传给雷格尔斯；可怜的雷格尔斯不是老钉着你要账吗？这个消息一定可以让他大大放心。”说完，蓓姬开始啜饮她的巧克力。

晚上，斯泰因勋爵照例来到柯曾街二〇一号，发现蓓姬和她的女伴（原来不是别人，正是我们的老朋友卜礼格斯）正忙着撕的撕，扯的扯，剪的剪，把所能找到的各种黑色衣料布块全翻出来作服丧举哀之用。

“卜礼格斯小姐和我沉浸在悲痛和哀思之中，勋爵大人，”瑞蓓卡说，“因为罗登的爸爸也就是我的公公皮特·克劳利爵士去世了。整整一个上午我们伤心得直扯自己的头发，这会儿又在扯我们的旧衣服。”

“哦！瑞蓓卡，你怎么能这样——”卜礼格斯没有别的话可说，只得两眼往上一翻。

“哦！瑞蓓卡，你怎么能这样——”勋爵犹如鹦鹉学舌。“如此说来，那老浑蛋死了，是不是？他要是好自为之的话，本来也许能当一名上院议员。皮特先生差点儿已经把他弄进上议院，偏偏那老浑蛋总是在错误的时刻倒戈变节[①]。他是一个不折不扣的酒坛子！”

“本来此刻我已成了酒坛子的遗孀，”瑞蓓卡说。“卜礼格斯小姐，当时你们在门外偷看，瞧见皮特爵士向我跪下，还记得吗？”

我们的老朋友卜礼格斯小姐回忆起此事，顿时脸红得厉害，所以当斯泰因勋爵要她下楼去沏杯茶的时候，她很高兴有机会脱身。

卜礼格斯正是瑞蓓卡养着维护她名节的一条看家狗。克劳利小姐

① 这里的“皮特先生”指1783—1801年以及1804—1806年两度出任英国首相的威廉·皮特，即“小皮特”。参阅第92页注⑩。

给她留下了一笔小小的年金。她自己倒是愿意留在皮特·克劳利家与简小姐相处，后者待她以及所有的人都挺好；但索思砀夫人只让可怜的卜礼格斯待满维持体面所需的一段时间，便把她打发走了，皮特先生也不反对丈母娘这一弄权之举；仅仅因为一个女人忠诚地陪伴克劳利小姐二十年，死去的姑母对她便如此慷慨无度，皮特先生认为自己蒙受了很大损失。鲍尔斯和弗金同样得到遗赠，结果也被辞退。他俩结了婚，并且按照干他们这一行的通例办起了一家寄宿舍。

卜礼格斯曾尝试到乡下和自己的亲戚同住，但是没有成功，因为她已经在上等人圈子里待惯了。克劳利小姐的亲戚为争夺老小姐的遗产勾心斗角；而卜礼格斯住到某乡镇的小商人家中，他们环绕着她一年四十镑的进款吵得更凶，也更露骨。卜礼格斯的弟弟是个卖帽子杂货的激进派，他指责姐姐有了几个钱摆贵族臭架子，其实是因为她没有把自己的一部分资金投入弟弟的铺子。本来她挺愿意这么做，但他们的妹妹是个独立教派制鞋商的妻子，与帽子杂货铺的老板不和，因为后者上的是另一座教堂。妹妹在姐姐面前说她们的兄弟已濒于破产的边缘，从而一度把卜礼格斯控制在自己一边。对国教持异议的制鞋商要卜礼格斯小姐把他的儿子送去上大学以求出人头地。夹在两家中间的卜礼格斯被他们刮走了很大一部分积蓄，最后在两家人的咒骂声中还是逃往伦敦，决定重新谋一份仰人鼻息的差使，因为不依赖他人的自由生活可把她折腾够了。她在报上刊出广告，称“身世清白、作风正派、知书达理之某女士曾在上流社会工作多年、欲谋……”云云，一面在半月街鲍尔斯先生的寄宿舍落脚，一面期待求职广告产生效果。

她就是这样遇上了瑞蓓卡。一天，卜礼格斯小姐走不少路上市中心《泰晤士报》社去第六次刊登广告，刚刚拖着疲惫不堪的脚步回到鲍尔斯先生家门口，罗登太太乘坐漂亮的小型马车正好打半月街经过。自己驾车的瑞蓓卡，一眼便认出了那位作风正派、知书达理的女士；诚如我们所知，瑞蓓卡在待人接物方面功夫十分到家，加之过去与卜礼格斯相处得挺不错，所以当即在门外台阶前勒住了马，把缰绳交给马夫，自己跳下车去握住卜礼格斯的双手，这时后者还没从巧遇故知的惊讶中缓过神来呢。

两人刚进入走廊，卜礼格斯立即伤心地哭了起来，蓓姬则放声大笑并且吻着身世清白的女士。她们一个哭、一个笑从走廊进入鲍尔斯太太的前厅，那里挂着红色波纹厚布帘和一面圆镜子，一只用链子拴住的老鹰标本从镜子上方雄视着窗上一块牌子的背面，牌子上写的是："吉屋出租"。

卜礼格斯诉说了自己的全部境遇，不时夹着无缘无故的抽噎和惊叹，大凡像她这样性格软弱的妇女在街上偶遇故人都会如此。虽说人们天天碰见别人，然而有些人总爱大惊小怪，像发现什么奇迹似的；女人在街头相遇，哪怕彼此根本没有好感，也会抽抽搭搭地追悔她们上次吵架的往事。一言以蔽之，卜礼格斯一五一十道出了她的境遇，蓓姬则讲述了自己的经历，而且照例显得那么憨直、率真。

鲍尔斯太太，即过去的弗金太太，从走廊里窃听前厅内的一阵阵抽泣和格格的笑声，面露不悦之色。她向来不喜欢蓓姬。自从鲍尔斯夫妇在伦敦立业以来，经常去雷格尔斯家看望老朋友，他们听后者谈到罗登中校一家过着那种生活，大不以为然。"我信不过他，老兄，"鲍尔斯曾经这样对雷格尔斯说。所以鲍尔斯太太见罗登太太从前厅里走出来，只行了个爱理不理的屈膝礼；蓓姬一定要跟这位退休的上房女仆握握手，后者无奈向她伸出的一只手毫无热情可言，简直像五根冰冷的细香肠。蓓姬赶着马车驰往毕卡第利大街，一面还向卜礼格斯小姐频频点头，脸上露出再亲切不过的微笑；卜礼格斯站在窗口召租牌下点头作答，目送她去远。不一会儿，中校太太的车已经折上公园的环行道，骑马跟在她后面小跑的花花公子不下半打之数。

蓓姬发现卜礼格斯目下处境不太顺遂，又了解到她从克劳利小姐那儿得到一笔还算可以的遗赠，不难料想这位有教养的女士对于薪水问题并不十分在意。于是蓓姬立刻设计了一套为她提供安身之所的方案。蓓姬需要的正是那样一名女伴，所以她邀请卜礼格斯当晚到柯曾街吃饭并瞧瞧她的心肝宝贝小罗登。

鲍尔斯太太告诫她的这位房客切勿贸然深入虎穴。

“记住我的话，到了那里将来您会后悔的，卜礼格斯小姐，否则我就不姓鲍尔斯。”

卜礼格斯表示一定十分小心谨慎。在随后的一周内，她搬到罗登太太那儿去住了下来；不到半年工夫，她的年金押了六百镑统统借给罗登·克劳利——这便是她所说的小心谨慎的结果。

# 第四十一章
## 蓓姬故地重游

丧服已准备就绪，克劳利中校夫妇把行期通知了皮特·克劳利爵士，在颇有些年月的“飞人号”邮车里占了两个座位，大约九年前瑞蓓卡随已故的准男爵作走向社会的第一次旅行时就是乘的这辆车。邮车是从一家客栈的院子里始发的；当时因为老爵士不肯给街车夫小费，蓓姬的行李被扔在沟里；途中有个剑桥大学的小伙子巴结她，把自己的大衣给她裹在身上——这一切她记得太清楚了！

罗登坐在车厢外面，很想自己来当驭者；但他在服孝，不能这么做。他坐在驭者旁边，一路上不断谈着马匹和道路的状况，谁是驿店的老板，拉邮车的马又由什么人承包提供——少年时代他和皮特上的是伊顿公学，这条路线的班车不知乘过多少回。

到了马德伯里，已经有一辆双套马车在迎候他们，赶车的也是一身黑服。

“还是这辆破车，罗登，”中校夫妇坐上去后，瑞蓓卡说。“座位的面料都蛀成这样了。对，为了这块污渍，皮特爵士曾经——嚄！我看见五金商道森家也都拉上了窗板①——为了这块污渍，皮特爵士曾经大闹了一场。当时我们为你的姑姑特地从南安普敦去弄来的樱桃白兰地，有一瓶让皮特爵士打破了。啊，时间过得真快！瞧，小屋门前那个壮实的大姑娘站在她母亲旁边，莫非就是波莉·托尔博伊斯？我记得她在花园里拔野草的样子还是个脏兮兮的小不点儿呢。”

“这妞儿长得不赖，”罗登说着举起两个手指头碰一下帽子上的黑纱，向农家小屋门前跟他打招呼的人还礼。蓓姬又是鞠躬，又是问好，一路向她认出的熟人殷殷致意。这样的互相招呼致意使她高兴得难以用言语形容。看这架势，她不再被当作攀高枝的女混混儿，而是名正言顺地重返故里。倒是罗登有点儿局促不安，觉得脸上无光。多少天真无邪的儿时回忆在他脑海中闪过！多少悔恨、惶惑和羞愧在他心中隐隐作痛！

“你的两个妹妹现在该长成大小姐了，”瑞蓓卡说，这恐怕是她离开那两个女孩以来头一回想起她们。

“不知道。真的说不上来，”中校答道。“哈啰！原来是洛克老妈妈。你好吗，洛克太太？还记得我吗？罗登少爷，认出来没有？这些老婆子可真长寿；我小时候她大概已经有一百岁了。”

他们来到洛克太太把守的大门前，她把吱吱嘎嘎的老铁门打开，瑞蓓卡坚持跟老太太握了握手，然后马车从顶端有鸽与蛇族徽的两根长了苔藓的柱子中间通过。

“老爷子把树都砍光了，”罗登看着车道两旁说，此后半晌没有作声。

蓓姬亦然如此。他俩都有点儿激动，都在想逝去的岁月。罗登在想伊顿公学，想他还记得的生母——一个娴静、拘谨的女人，想他热爱的亡姐，想小时候揍皮特的情形，也想留在家里的小罗迪。瑞蓓卡想的是自己少女时代那些不堪回首的隐私，自己就是从刚才那道铁门开始踏上社会的；她也想到平克顿小姐、焦斯和爱米莉亚。

石径和露天平台都已刮洗干净。彩绘的大报丧板已高悬在正门上方。马车在熟悉的台阶前停下，两名身材高大、神态庄重的黑衣仆人一左一右打开正门。中校夫妇互相挎着胳膊走进古老的厅堂，罗登涨红了脸，蓓姬则有点儿苍白。当他们来到皮特爵士夫妇在那儿迎接他们的橡木小饭厅时，蓓姬在丈夫臂上拧了一把。皮特爵士和简夫人均

---

① 五金商道森是已故的皮特爵士第二位夫人的娘家。为贵族女婿举哀也算是道森家的面子。

穿黑服，索思砀夫人戴一顶用小玻璃珠和羽毛装饰起来的黑色大帽子，它在伯爵夫人头上犹如专业送殡人的托盘[①]随柩车一起晃动。

皮特爵士的判断没错，老太太没有拂袖而去。伯爵夫人退而求其次：和女婿以及叛逆的女儿在一起时，她保持石雕般庄严的缄默；在育儿室内，则攒眉蹙额虎着脸把小孩吓得半死。罗登夫妇回家来，她只是略微点了点头(其实只是插在帽子上的羽毛晃了一下)，算是向这浪荡的一对儿表示欢迎。

说实在的，他们对来自这方面的冷脸子并不怎么在意。此时此刻，伯爵夫人在他们心目中只是个次要角色；他们最关心的是成了一家之长的哥哥和嫂子会如何接待他们。

皮特稍稍红着脸走上前来跟弟弟握手，对瑞蓓卡除握手外还深深鞠了一躬。但简夫人把小婶子的两只手都握住，并且和她热烈亲吻。这次拥抱居然令娇小的女冒险家热泪盈眶——我们知道，她脸上绝少出现这样的表情。对方朴实的善意和信任使瑞蓓卡既高兴又感动；罗登在嫂子一片诚意的鼓励下胆子也大了，他捻捻八字胡髭，在得到简夫人的允许后再行亲吻礼，此举把后者的脸染成一片绯红。

“这小娘们真不赖，我是说简夫人，”等他们又可以说悄悄话的时候，他把自己的看法告诉太太。“皮特也胖了，他把丧事办得很体面。”

“他反正办得起，”瑞蓓卡说，并对丈夫接着发表的意见表示赞同，即：皮特的丈母娘是个讨厌的老妖婆；两个妹妹已出挑得相当水灵。

两位年轻的小姐也是接到家里的通知从学校里请了假回来奔丧的。看来，皮特·克劳利为了维持家族门第的尊严，认为有必要让尽

---

① 盛放死者生前获得的勋章、奖章之类。

可能多的人穿上黑服聚集到老家来。宅内全体男女仆役、济贫院的老妪们(已故的皮特爵士曾把她们的大部分救济金克扣下来)、堂区执事一家、庄上和教区长住所两处身份特殊的老家人，全部服丧；再加上殡葬承办人带来的至少二十名下手，臂袖和帽子上也都佩着黑纱——所有这一切在隆重的殡殓葬礼过程中构成相当壮观的场面。不过，他们在本剧中都是龙套，既没有台词，也派不到戏份儿，所以无须占太多篇幅。

在两位小姑子面前，瑞蓓卡并不试图忘掉自己曾是她们的家庭教师这一身份，反而大大方方地频频回首往事，而且十分认真地询问她们的学业，说自己每天都要想起她们好多回，渴望知道她们幸福顺遂。别人确实以为，自从离开了自己的学生，她始终对她们魂牵梦萦，无微不至地关怀着她们的命运。简·克劳利夫人和她的两个小姑子便是这样想的。

“八年来她几乎没有变样，”露梓小姐在帮忙准备正餐时对薇奥丽特小姐说。

“像她那种头发颜色的女人，看上去总是特别年轻，”另一位应道。

“她的头发颜色比原先深多了；可能是染过的，”露梓小姐继续说。“她还丰满了一些，也更好看了，”露梓小姐自己的体型有大大发福的趋势。

“至少她不端架子，没忘记她当过咱俩的家教，”薇奥丽特小姐这话的意思，无非暗示凡是当过家庭教师的都应有自知之明。然而她浑然忘却自己不光是沃尔坡尔·克劳利爵士的孙女儿，也是马德伯里一名五金商道森先生的外孙女，所以在她的纹章上有一只煤斗。如这般本意善良而又同样健忘的，名利场上大有人在。

“听教区长家的姑娘们说，她母亲是歌剧院的跳舞女郎，这话恐怕靠不住——”

“一个人的出身好坏由不得自己，”露梓发表的见解十分开明。“我同意咱们大哥的立场，既然她是这个家族里的人，咱们当然不能不理她。我认为比尤特婶婶不该说三道四；她自己想把凯特[1]嫁给年轻的酒商胡珀，推说要定购葡萄酒，非要他到教区长家去作客不可。”

“不知索思砀夫人会不会离开此地，她瞅着罗登太太的时候，那架势可够吓人的，”另一位说。

“我巴不得她走。我讨厌读《芬奇利公地的洗衣妇》，”前一位克劳利小姐声称。

姐妹俩如此交谈着下楼去与全家人一起用餐，其时开饭的钟声仍按老规矩敲响。两位小姐尽量避开一条长长的走廊，灵柩就停放在走廊尽头一间关着的屋子里，有两个人守灵，周围的灯火昼夜长明。

在吃饭之前，简夫人先带领瑞蓓卡去看为她准备的房间。这里以及宅院的其余各处，都显示出自从皮特当家以来，与过去相比在整洁与舒适方面大有改观。简夫人见罗登太太几件简朴的行李已到，并且分别放在卧室和隔壁的更衣室内，便帮她脱下素净的黑色帽子和外套，然后问小婶子还有没有别的事需要她帮忙的。

“我特别想做的一件事，”瑞蓓卡说，“就是到育儿室去瞧瞧您的一双可爱的儿女。”

妯娌俩非常亲切地彼此看了一眼，便手拉着手一起往育儿室走去。蓓姬对不满四周岁的玛蒂尔达赞不绝口，说她是世上最招人疼爱的小宝贝；关于那个面色苍白、脑袋大、眼皮沉的两岁男孩，则认为

[1] 这是作者为教区长夫妇四个女儿取的第六个名字，不知所指何人。读者不必深究这些无关宏旨的小节，也许作者故意留下若干“破绽”，以此提醒人们辩证地看待艺术真实与生活真实的关系。

从身材、智力和审美的角度看，他是个完美的奇迹。

“但愿妈妈不要坚持给他吃那么多药，”简夫人发出一声长叹。“我常常这样想：要是别吃那些药，对我们大家都有好处。”

接下来简夫人和她的新朋友就小孩生病的问题作了一次推心置腹的谈话，根据我的理解，所有的母亲以及大多数女人对这类事情兴趣非常浓厚。数十年前，笔者还是个好奇的小男孩，正餐后和女士们一起照例得离开饭厅。我清楚地记得她们谈的主要是各人的疾病。此后我曾直接问过两三位女士，从中得到的印象是：时代没有变。谓予不信，读者女士们今晚吃过甜食离开餐桌后不妨做一回有心人，听听你们聚集在客厅里讳莫如深地谈的是些什么话题。

却说蓓姬与简夫人在半小时内便成了知己至交，到晚上爵士夫人已告诉丈夫，说她认为今天初次谋面的小婶子是个善良、诚恳、直率、热情的少妇。精力充沛的小妇人轻而易举地赢得伯爵小姐的好感之后，进而着手与威严的索思砀夫人修好。瑞蓓卡刚一发现老太太身边没有别人，立刻在育儿问题上向她发动攻势，说自己的小男孩一条命是甘汞救活的，千真万确是靠大量服用甘汞救活的，当时巴黎所有的名医对她的爱子都已感到绝望。她提到自己做礼拜去的是五月市一所独立派教堂，那里的劳伦斯·格里尔斯牧师是位了不起的贤者，她经常听这位牧师谈起索思砀夫人；瑞蓓卡表示，经历了种种磨难和不幸之后，自己的观念发生了很大的变化，但愿过去迷恋红尘的生活和少不更事的谬误不致阻碍她对未来进行**较严肃的**思考。她述及昔日多蒙克劳利先生的谆谆教诲才对宗教问题有所认识，同时好像不经意地提到以前读过的一本书《芬奇利公地的洗衣妇》，从中获益匪浅，接着还问起此书富有才华的作者埃米丽伯爵小姐在南非的开普敦近来可好——对了，现在应该称为埃米丽·霍恩布洛尔夫人，她丈夫极有希望成为卡夫拉里亚的主教。

但她临了的一招更绝，并且稳稳地赢得索思砀夫人的好感。葬礼过后，她仍伤心不已，觉得身体很不舒服，便向伯爵夫人请教良方。后者除了向她提供医药上的忠告外，夜里还裹着睡袍（此刻她比任何时候更像麦克佩斯夫人）偷偷来到蓓姬的房间里，送去了一包自己认为最精彩的宗教小册子，还有伯爵夫人亲自按秘方配制的一种药，她请罗登太太一定要吃下去。

蓓姬先把小册子收下，并怀着极大的兴趣当即开始翻阅，一边谈这些书的内容，谈她的灵魂能否得救，希望以此吸引住老太太的注意力，那么她的肉体就能免于服药。但在宗教话题已告枯竭之后，麦克佩斯夫人还是不肯离开蓓姬的房间，非要看她喝下这服夜饮妙药不可；可怜的罗登太太只得硬着头皮做出感激不尽的样子，在不依不饶的老太太监视下吞下这杯汤药，伯爵夫人这才祝她晚安后离去。

罗登太太药也喝了，祝福也接受了，却不受用，中校进来时发现她的表情委实难画难描。尽管这一回倒楣的是自己，蓓姬还是以其掩藏不住的幽默天性描述了事情的经过，告诉丈夫索思砀夫人怎样使她蒙受无妄之灾。罗登听了以后爆发出来的笑声照例是那么惊天动地。罗登夫妇回到伦敦以后，斯泰因勋爵和索思砀夫人的儿子在五月市克劳利家听了这个故事，也笑得前俯后仰。蓓姬把这场戏从头至尾为他们重演了一遍。她头戴睡帽，身穿睡袍，正经八百地发表长长一大篇布道演说，论述她要冒牌病人服用的药疗效多么神奇。那份严肃认真的表情演得惟妙惟肖，入木三分，仿佛老太太本人用发自她那罗马式鼻子的瓮声瓮气在说话。

“给我们表演一回《索思砀夫人送汤药》吧！”在五月市柯曾街蓓姬的小客厅里，客人们往往嚷着要欣赏女主人的保留节目。索思砀伯爵夫人有生以来还是第一次让人开心。

皮特爵士还记得昔日瑞蓓卡对他本人总是恭而敬之，所以现在他对这位弟妹也相当客气。他弟弟的这门亲事虽然失于检点，罗登却比过去好多了——这从中校的行为举止大有改观可以看得很清楚——皮特自己难道不认为正是他们的婚姻给他带来了好运吗？狡猾的外交官心中承认这一事实并在暗笑，他完全明白自己是最没有理由大吵大嚷反对他们结合的，何况瑞蓓卡本人的言行表现使他满意的心情有增无减。

瑞蓓卡敬重皮特，过去就深得他的欢心；如今这份敬意又翻了一番，让他的口才有机会发挥得淋漓尽致，连他本人都感到惊讶。当瑞蓓卡向他指出这点时，一向看重自己善于辞令的皮特越发得意非凡。在嫂子面前，瑞蓓卡作了令人信服的表白：是比尤特·克劳利太太一手撮合了这桩婚姻，而后来又百般加以诋毁；比尤特太太一心想独吞克劳利小姐的财产，千方百计使罗登失去姑母的欢心——正是她的贪婪导致她捏造种种事实对瑞蓓卡进行中伤。

“她达到了使我们一贫如洗的目的，”瑞蓓卡说这番话的时候，那种随遇而安的温顺之状简直像天使；“可毕竟是她给了我一个好丈夫，一个世上绝无仅有的好丈夫，我怎么会恨她呢？再说，她自己的希望也落了空，她想赖以实现一大堆计划的财产没捞到——这难道不是她的贪婪理该遭到的报应？至于说到贫穷，”她显得有些激动，“亲爱的简夫人，我们才不在乎呢！我从小就过惯了穷日子，我常常感谢上苍，因为克劳利小姐的钱能用于再现名门望族的辉煌，而我能成为这个古老世家的一员是我的福分和荣耀。我确信皮特爵士会把这笔钱用得比罗登更好，而且好得多。”

这些话由无比忠诚的妻子向皮特爵士原原本本作了汇报，从而加深了他对瑞蓓卡的好印象，竟至在葬礼后第三天一家人吃饭时，皮特·克劳利爵士在餐桌主席上一边切鸡，一边直呼其名问罗登太太：

“呃哼，**瑞蓓卡**，要不要给您一只翅膀？”——这句话令小妇人的眼睛欣喜地闪闪发光。

举行葬礼仪式以前，一方面，瑞蓓卡在实现其构想和希望，皮特·克劳利在料理丧事并为他未来的飞黄腾达作种种准备，简夫人忙于在她母亲容许的限度内照看好一双儿女；另一方面，日出日落周而复始，宅院钟楼照例按时打钟召唤人们用餐和祈祷，钦设克劳利庄已故主人的遗体停放在他身前所住的房间里，由专门雇来的职业守灵人昼夜守护。一两名妇女加上殡葬承办人的三四名下手，都是南安普敦所能提供的最佳人选，个个全身黑服，轻手轻脚，神情悲戚，他们轮流负责守灵，不当班时便把管家妇的房间权充碰头地点，在那儿偷偷玩纸牌、喝啤酒。

家族成员和宅内的仆人都避开那个阴森的地点，一位贵胄的遗骸就在那里等待最后被送往家族的地下墓穴。没有人悼念他，唯一的例外就是那个可怜的女人，她满心指望成为皮特爵士的妻子和遗孀，就在她距离目标仅一步之遥的当口儿，却丢尽了脸面从几乎已经到手的庄院逃之夭夭。已故的准男爵有一条心爱的老猎犬，在老头儿成了痴呆的那个时期常与他做伴。除了以上的一女一犬，死者没有一个会追思他的朋友，事实上他自己一辈子从未作过任何努力交一个朋友。我们当中最优秀、最善良的人物，离开人世后若有机会故地重游，发现尚存于世的人那么快便敛悲止哀，我想他或她在感情上恐怕会受到伤害（当然，其前提是名利场上的感情多多少少也存在于我们都将前往的另一个世界）。如同我们当中最优秀、最善良的人物一样，皮特爵士也就这样被忘却了——所不同者只是忘却得更快，大概相差那么几个星期吧。

谁要是愿意，都可以跟在柩车后面到墓地去，反正大限尽时人人都将殊途同归，或风光，或凄凉。家属乘坐挂黑布帘的马车，用手帕捂住鼻子，等着抹去眼泪(可眼泪就是出不来)；殡葬承办人及其手下个个形容悲戚；经过挑选的佃户为了讨好新地主而来送殡；邻近地区几户贵族的马车以三英里的时速缓缓行进，车内虽空无一人，却能渲染沉痛的气氛；教区牧师在墓前致词无非是老一套的“我们亲爱的兄弟已经离去”。只要死者还在地面上，我们就得煞有介事地搬演一出出装点门面的戏文，环绕着尸体大事铺张，追求排场：入殓时仪式隆重；柩内铺的是丝绒；棺钉还是镀金的；最后竖上一块石碑，铭文尽是谎话。比尤特的副手、一位牛津毕业的倜傥青年，和皮特·克劳利爵士一起为死去的准男爵合拟了一条适当的拉丁文碑铭。这位助理牧师发表了一篇四平八稳的布道演说，劝活着的人切莫过于悲痛，并用极其得体的言辞告诉他们，人人都将在某一天应召越过那道阴森的神秘之门，此门接纳了他们逝去的兄弟的遗骸之后刚刚关上。

然后，佃户们重又骑上马背，或留在“克劳利纹章”酒店里喝一杯提提神。贵族邻家的马车夫们在克劳利庄的下房吃过了午饭，便驱车各奔东西。殡葬承办人的手下收起了绳索、柩衣、丝绒、鸵鸟羽毛等丧事道具，爬上高高的运柩空车返回南安普敦。拉车的马一出宅院的铁门，在大路上开始加快步伐，那些人脸上的肌肉便松弛下来，表情随之恢复自然。还可以看到他们三三两两像几个黑点洒在小酒店门口，他们面前杯中的啤酒在太阳下闪着金光。

皮特爵士中风后坐的轮椅被推到园中的工具房去了；起初，那条老猎犬有时还仰天发出几声哀号，此外，在准男爵皮特·克劳利统治达六十年的宅院内，再也听不到其他任何伤逝之音。

领地内有的是飞鸟，而对于一位有志在政界一显身手的英国绅士来说，打山鹑乃是一门必修课，所以皮特·克劳利爵士在丁忧告一段落后，偶尔也出去走走，戴上围着一条黑纱的白帽子参加那项娱乐活动。他瞧着如今归他所有的那些留茬地和芜菁地，心中着实高兴。有时他心平气和得出奇，出门连枪也不带，只拿一根毫无杀气的竹杖，让他的大个子弟弟和猎场看守们在他身旁向山鹑开火。皮特拥有的钱财和领地，给弟弟留下的印象十分深刻。不名一文的中校现在对一家之长的老兄必恭必敬，百般奉承，再也不鄙视“窝囊废皮特”。新庄主谈起有关种植和排水的一些构想时，罗登总是洗耳恭听，在养马和畜牧方面也能出一点主意，还上马德伯里去看过一匹母马，他认为此马适合简夫人骑，并愿加以训练调教，等等。向来桀骜不驯的重骑兵野性全敛，变得俯首帖耳，乖乖地做一个让人放心的弟弟。卜礼格斯小姐从伦敦经常向他报告有关小罗登的情况。留在那里的儿子自己也会问好了。

“我过得挺好，”他在信中写道。“我希望您身体健康。我希望妈妈身体健康。小马驹很好。葛雷带我骑马上公园。我已经能骑着它慢跑。我碰见了和我一块儿骑过马的那个小男孩。马儿慢跑的时候，他吓得哭了起来。我不哭。”

罗登把信念给兄嫂听，简夫人听了特别高兴。准男爵许诺负担侄儿上学的费用；他那心地善良的妻子给了瑞蓓卡一张钞票，请她代购一件礼物送给小罗迪。

过了一天又一天，宅院里的女眷悠悠然居家度日，间或也有一些不太激烈的娱乐点缀她们的生活，乡下大户人家的太太小姐有这样的消遣也就满足了。到了用餐和祈祷的时候有人打钟。每天上午吃过早点，两位小姐由瑞蓓卡指导她们练习钢琴。然后她们穿上厚底鞋在林苑或矮树丛中散步，或者越过栅栏到林子里去，给农家的病人发放索思砀夫人推荐的药和小册子。伯爵夫人还亲自乘一匹小马拉的轻便车外出，那时瑞蓓卡往往坐在老太太旁边全神贯注地恭听她的谠言正论。晚上，罗登太太为全家人唱亨德尔和海顿的歌曲，空下来便去编织一件很大的毛线活，仿佛她生来就是干这一行的，这种生活方式大有一直延续到她以耄耋之年寿终正寝之势，那时她将遗留下大量有息无期的政府债券和后人对她的绵绵追思。总之，没有任何迹象表明她怀着满腹心事，正在策划实施极其缜密的计谋，而贫穷和债主一直守候在林苑门外，专等她重新走出这片世外桃源，就会饿虎扑羊一般向她袭来。

“做一位乡绅太太并不太难，”瑞蓓卡如是想。“要是一年有五千镑收入，我可以做个贤妻良母，整天泡在育儿室里，或者数棚架上结了多少杏子。我可以在温室里浇水，掐去天竺葵上的枯叶。我也会向那些老婆子询问她们的风湿病好些没有，花两三个先令的代价吩咐熬一大锅热汤施舍给穷人，这对于一年五千镑进款来说，只是九牛一毛。我可以穿上前年流行的时装，坐车到十英里以外去赴邻居的宴会。我可以在教堂里的家族专座上听布道时不让自己睡着；或者放下帽子上的面纱躲在帷幕后面打个盹儿——只要练上一段时间定能做到。我可以付清每一份账单，只要有钱。此地那些神气活现的主儿无非仗着手里有钱，并不是他们有什么魔法。他们居高临下，用怜悯的目光俯视我们这些不幸的穷光蛋。他们赏给我们的孩子一张五镑的钞票，便自以为乐善好施，而我们没钱就该让人瞧不起。”

没准儿瑞蓓卡的想法也有她的道理，她与正派女人之间的差别也许仅仅是一个有没有金钱和财产的问题——谁说得清？如果把物质诱惑的因素考虑进去，恐怕很难讲某甲的品德一定比某乙好。富贵荣华即便不一定能使人诚实，至少能使人顾全颜面。一位高级市政官刚刚赴宴吃过海龟汤，回家途中决不会跨下自备马车去偷一条羊腿；但要是让他饿上些日子，你不妨瞧瞧他会不会乘人不备把一长条面包塞进襟怀。蓓姬把世人是非好赖的差别与境遇机会的不同如此挂起钩来加以衡量评估，自己也就心安理得了。

七年前，她曾在这些熟悉的故地两度春秋。如今，她又到昔日爰去的田野和树林、池塘和果园、老宅的各间屋子一一重游。当初她在这里的时候还年轻，或者相对而言还比较嫩，因为她已经忘了自己是否真正年轻过。但她记得七年前自己有些什么样的思想和感情，并把它们与见过了世面、和大人物在一起生活过、地位比当年的家庭教师不知高出多少的她今日所思所感作了对比。

“我之所以能从低三下四的状态中挣脱出来，是因为我有头脑，”蓓姬忖道，“而世上其余的人几乎全是笨蛋。现在我不能走回头路，不能再跟过去在父亲画室里见惯的那班人厮混在一起。如今上我家门的是戴星章、佩勋绶的大贵人，而不是兜里只有些许板烟丝的穷画家。我的丈夫是贵族出身的绅士，我跟一位伯爵千金是妯娌，而几年前就在这个宅院内，我的地位比佣人高不了多少。当我只是一个穷画师的女儿时，不得不用花言巧语哄得拐角后面的杂货铺老板答应赊给我们一点儿食糖和茶叶；然而，如今我真正拥有的又比昔日多到哪儿去呢？倘若我嫁给对我怀着一片痴情的弗兰西斯，我也不可能比现在更穷。老天哪！我宁可不要我在社会上的地位，宁可不要所有的高亲，但愿能把这一切换成一笔三厘年息的公债，能过上小康日子就够了。”由此可见，蓓姬也感到浮生若梦，世事茫茫，很想有那么一个安全的避风港下锚停泊。

她兴许有过这样的想法：如果走一条笔直的路，做一个循规蹈矩、安分守己的小人物，恐怕也能得到她如此迂回曲折、苦心孤诣挣来的那点儿福分，纵有区别也相差无几。但是，正如钦设克劳利庄上的两位小姐总是避开停放她们父亲尸体的房间一样，即便蓓姬曾作如是想，她也会绕过这种思绪，不去细细品味。她对之采取的态度是回避和鄙视，或者可以说她已上了进得退不得的另一条路。窃以为，一个人的道德观念中最最于事无补的要算悔恨自责。如有这样的念头萌生，加以扼杀是再容易不过的；而某些人倒也干脆，他们从不反躬自省，请问何悔之有？我们干了见不得人的勾当一旦败露，想到要出丑受罚，于是心情沉重，悔不当初；然而，自知错了而感到痛苦的人，名利场上能有几许？

却说瑞蓓卡在钦设克劳利镇逗留期间，使出浑身解数，多多益善地结交那些“为富不仁”的主儿。简夫人和她的丈夫给蓓姬送行之时，向她表示了最热情的良好祝愿。皮特夫妇高兴地企盼着冈特街的宅邸修缮并装潢一新之时，他们又可相会在伦敦。索思砀夫人为瑞蓓卡准备了一包药备用，并托她捎封信给劳伦斯·格里尔斯牧师，恳请后者拯救带去此信的罪人免遭地狱之火熬炼。皮特用驷马高车把罗登夫妇送到马德伯里，而他们的行李已经先由一辆板车发出，还带去不少猎获的野味。

“您又将看到您可爱的儿子，真是太幸福了！”简夫人在与小婶子分手时说。

“是啊，太幸福了！”瑞蓓卡说着把一双绿眼睛往上一翻。她终于能从此地脱身，简直心花怒放，可是又老大不乐意离去。钦设克劳利镇这地方实在教人闷得慌，然而这里的空气却比她长期呼吸的那种空气来得纯净。这里的人个个乏味得要命，但自有其独特的可亲之处。

“这都是长期吃三厘年息造成的影响，”蓓姬暗暗对自己说，这话倒是切中要害的。

不管怎样，当邮车驶入毕卡第利大道时，伦敦耀眼的灯光毕竟让人瞧着高兴，而卜礼格斯在柯曾街已把炉火烧旺，小罗登也没上床，准备迎接爸爸妈妈回来。

# 第四十二章

## 说说欧斯本家的事情

对于我们那位可敬的朋友、拉塞尔广场的老欧斯本先生，我们可以说久违了。自从上次我们见过他以后，他可算不得最最幸福的人。这段时间内发生的一些事情，并没有使他的脾气变好，在不少情况下他没能一意孤行。老绅士自以为合情合理的愿望遭到抵制，这向来被他目为大逆不道，加上痛风、衰老、孤独以及不如意事常八九合在一起的精神负担，使他倍感恼怒。他有一头粗硬的黑发，在丧子以后不久便开始变白；他的脸却渐渐变红；每当他往自己杯子里斟红葡萄酒的时候，他的手哆嗦得越来越厉害。他设在市中心的办事处里那些雇员，简直都快被他逼疯了；而他家里的人日子也不好过。前面曾经提及瑞蓓卡虔诚地祈求得到三厘年息的债券，然而她是否愿意放弃那种大起大落、充满刺激的生活，把内囊空虚的家底换成老欧斯本的钱财以及笼罩在他周围的愁云惨雾，我表示怀疑。他曾向斯沃尔茨小姐求婚，但遭到女财神周围一帮人的奚落和拒绝，那些人把她嫁给了一位年轻的苏格兰贵胄。其实，老欧斯本只想娶个出身低微的女人，然后肆无忌惮地加以奴役，偏偏一直没有物色到合他口味的人选，只得在家里对没有出嫁的一个女儿逞威风。简·欧斯本小姐拥有一辆好马拉的好车，在餐桌上坐的是主妇的席位，餐具都是精美绝伦的银器。她有自己的支票簿；在外步行时有一名腰圆膀粗的跟班随从；到商店购物再大的金额都可以挂在账上；老板伙计鞠躬迎送，恭敬备至；凡是一位巨额财产的女继承人享有的一切权利她都不缺。然而她过的日子却一言难尽。跟这位如今已届中年的苦命小姐相比，即便由育婴堂养大的孤女、扫马路的女孩子、下房里最可怜的洗碗丫头也算是有福气的了。

哈尔克与布洛克银公司的弗雷德里克 · 布洛克先生，娶了玛丽亚 · 欧斯本，但此事颇费周折，而且布洛克先生这方面还迭出烦言。由于乔治阵亡，又被其父从遗嘱中排除出去，弗雷德里克坚持要老丈人把一半家财作为玛丽亚的嫁妆，否则就“吹灯”（这是弗雷德里克 · 布洛克先生的原话），他也确实在很长一段时间内拒绝交割。欧斯本则认为弗雷德已同意带两万嫁妆娶他的女儿在前，因而不肯承担额外的义务。

“弗雷德要么就这样把人娶走，”他说，“要么滚他的蛋！”

因乔治被剥夺继承权而胃口大增的弗雷德，认为老奸巨猾的买卖人把他当猴耍，一度摆开准备踢翻牌桌的架势。接着，欧斯本从哈尔克与布洛克公司撤走了他的账户，拿着一根马鞭子走到证券交易所去，不点名地扬言要用它抽某个无赖的背脊，表现出他一贯的凶横作风。

简 · 欧斯本在这场家庭纠纷期间则用安慰的口气向她的妹妹玛丽亚指出：

“我一直提醒你，玛丽亚，他爱的是你的钱，而不是你。”

“至少他选择了**我**和我的钱；他没有选择**你**和你的钱，”玛丽亚把脸子往上一甩反唇相讥。

不过，裂痕还是得到了弥合，没有发展成决裂。弗雷德的父亲以及银公司里的大股东们劝他还是先娶下玛丽亚再说，两万就两万，一万现付，一万在欧斯本先生死后交割，这样还可指望将来再分遗产。于是弗雷德只得“打退堂鼓”（也是他本人的原话），并派老哈尔克出面去找欧斯本议和。弗雷德称都是他父亲从中作梗，怎么也不同意就这样成亲，而他本人坚决主张维持原议。欧斯本先生虎着脸勉强接受了女婿的道歉。他也有自己的一把算盘：哈尔克与布洛克是市中心的金融世家，与西城“有头有脸的人物”过从甚密。有没有资格说如下的话，老欧斯本还是相当看重的：

“先生，小婿布洛克是哈尔克与布洛克银公司的，先生。”或者“哦，先生，那是小女的表亲曼戈太太，也就是卡斯尔莫尔迪伯爵阁下的千金玛丽小姐，先生。”

他在想象中已经看到自己家里高朋满座，尽是这等“有头有脸的人物”。于是他原谅了小布洛克，允许举行婚礼。

这是一次蔚为壮观的盛会。仪式在汉诺威广场的圣乔治教堂举行，而男家有不少亲戚住在附近一带，所以婚宴就摆在男家。西城的头面人物收到请柬者太半，其中不少人在贵宾簿上签了名。到场的有曼戈先生和太太即玛丽伯爵小姐；两位可爱的曼戈小姐格温多琳和君妮弗还是女傧相；新郎的另一位表亲、重骑兵近卫团的布律代尔上校（明辛路布律代尔兄弟银行的长房长子）和尊敬的布律代尔太太；勒万特勋爵的公子乔治·包特勒及其太太即曼戈小姐；卡斯尔托迪子爵；詹姆斯·麦克穆尔少爷及其太太（也就是斯沃尔茨小姐）；此外还有一大批贵人名流，他们与金融中心伦巴第街结了姻亲，也为商贾云集的康希尔平添不少贵族色彩。

这对新人在巴克利广场附近有一栋房屋，在卢罕普顿另有一所小小的别墅，那里是不少银行家休憩消闲的去处。弗雷德本家有不少女士认为他结这门亲亏了，其实她们的祖父是在孤儿院里长大的，她们自己也是通过丈夫才与英国的名门望族沾上边的。玛丽亚的娘家只是平头百姓，为了弥补这一缺陷，她便端起架子来以显示其高贵，每逢设宴招待宾客，拟名单发请柬时也不得不格外小心，认为跟自己的父亲和姐姐还是尽可能少见面为妙。

不过，老欧斯本手中还有好几万家财归属未定，玛丽亚如若与老子断绝往来，那就太荒唐了。弗雷德·布洛克决计不允许她干这等蠢事。但她毕竟还年轻，不善于掩饰自己的感情，只邀请她爸爸和姐姐来参加三流宴会，对他们的接待也很冷淡，自己总是尽量避免到拉塞尔广场去，并且轻率地劝她父亲从那个俗不可耐的地方搬走——总之，这个心浮气躁的冒失鬼成事不足，败事有余，已危及她继承遗产的前景，弗雷德里克的外交手腕怎么也收拾不了她撂下的烂摊子。

一天，欧斯本和他的大女儿从弗雷德里克家吃过晚饭出来。

“玛丽亚·布洛克太太觉得拉塞尔广场让她丢脸跌份了，”老绅士登上马车后说，一边乒乒乓乓把玻璃窗拉起来。“她请自己的父亲和姐姐吃的是正席剩下的货色——我敢担保她叫做 ontry① 的菜已经上过昨天的餐桌，否则我就不得好死！把我放在不入流的买卖人一起敷衍了事，把公侯王孙、位高爵显的大贵人藏着掖着自己受用。哼，什么贵人，狗屁！我是个普普通通的英国商人，这不假；可我能把那些穷狗成百上千条统统买下来。什么公侯王孙，呸！有一回在她家的 swarrey② 上，我看见一个什么勋爵在跟一个拉琴的穷小子攀谈，我对这路货向来连正眼也不给一个。布洛克太太、布洛克先生不肯赏脸来拉塞尔广场，是不是？嘀，我用脑袋担保，我的酒比他们的更好，我付的钱更多，我的银餐具气派更大，我请客的菜肴管教谁也没在他们的餐桌上见到过！有什么了不起？不过是些鬼头鬼脑、狗眼看人低的马屁精。詹姆斯，快赶车；我急着要回到拉塞尔广场去，哈哈！”他发出一阵狂笑，往后仰靠在车厢角落里。历数自己有哪些地方比别人强——这是老绅士经常用来安慰自己的办法。

简·欧斯本小姐听父亲如此评论玛丽亚的所作所为，实在也找不出为她妹妹辩护的理由。庆祝弗雷德里克·布洛克太太的头生子弄璋之喜时，老欧斯本被邀请参加弗雷德里克·奥古斯塔斯·霍沃德·斯

① 法语 entrée 被读别的近似发音，指在主菜之间或烤肉之前上桌的菜肴。
② 法语 soirée 的近似发音，意为“晚会”。

坦利·德弗瑞·布洛克[1]的洗礼并给外孙当教父，做外公的拒绝出席仪式，但给婴儿送去了一只金杯，杯子里还有二十个畿尼是赏给奶妈的。

“我敢担保，所有你们那些公侯勋爵、高亲贵戚的礼物加在一起也值不了这么多，”他说。

如此价值连城的重礼给布洛克家带来了极大的满足。玛丽亚认为父亲非常非常喜欢她，弗雷德里克则预言对自己的头生子来说好戏还在后头呢。

玛丽亚·布洛克太太的名字不时出现在《晨邮报》的《名流雅集》栏内，不难想象简·欧斯本小姐在拉塞尔广场的孤寂氛围中读到这些报道心里有多么难受。有一次这个栏目中还对她妹妹由芙瑞德丽卡·布洛克夫人引见进宫朝觐时的服饰详加描述。我们已经说过，简小姐自己的生活中绝无这等风光。这日子委实不好过。隆冬的早晨，她得摸黑起来给紧绷着脸的老父准备早餐，要是八点半他的早茶还没煮好，他会把全家上下统统赶出宅门。简小姐保持沉默坐在他对面，听架在炉火近旁的茶水壶咝咝作声，在父亲一边看报，一边按老习惯喝茶吃松饼的时候，做女儿的始终战战兢兢，提心吊胆。九点半，老欧斯本站起身来到市中心去。从此刻一直到晚餐时分，她差不多完全无所事事，只得到厨下瞧瞧，冲仆人们责骂几句；坐车出门，在她光顾的商店里受到敬若神明的接待；把她和父亲的名片留在他们的商界朋友中一些备受尊敬然而死气沉沉的大户人家；或者独自待在很大的客厅里等候别人来访，靠近炉火坐在沙发上做一件永远完不了工的编

---

① 从给一个婴儿取如此冗长的全名可见当时势利风气之一斑：弗雷德里克·奥古斯塔斯是约克公爵的名字；霍沃德是诺福克公爵的名字；斯坦利是德比伯爵的名字……作者讽刺的矛头直指布尔沃-利顿 1829 年出版的一本小说。

织活，旁边那座雕有伊菲革涅献身故事的大钟滴答滴答的走时声和当当的报时声，在空落落的屋子里听来阴惨惨响得出奇。壁炉架上方有一面大镜子，客厅另一端另有一台穿衣镜与它遥遥相对，把两镜之间套着棕色布罩的枝形吊灯映成两盏、四盏、八盏……直至这些棕色布罩在无穷尽的景深中渐渐隐没，而欧斯本小姐的这间客厅则处在无数同样的客厅中央。她偶尔揭去大钢琴的西班牙皮套子，弹几个和弦试试音，那凄切的琴声近似哀乐，在宅内激起悲凉的回响。乔治的画像已经消失，给挪到顶楼上堆放杂物的一间屋子里去了；尽管这里并没有把他遗忘，父女俩时常本能地意识到他们都在想他，但是始终只字不提曾为他们所爱的这个勇敢的儿子和兄弟。

五点钟，欧斯本先生回到家里，和大女儿一起默默地共进晚餐（沉默偶尔也被打破，那是老头儿觉得饭菜不合他口味破口大骂的时候），每月两次，有些与老欧斯本年龄、身份相仿的朋友来跟他们一起吃饭。这群和主人同样乏味的常客有：布鲁姆斯伯里广场的戛尔普大夫老两口；倍得福路的律师弗罗泽老先生，这位大人物由于业务上的原因跟“西城显贵”关系密切；从孟买驻军退伍的利弗莫尔上校老夫妇，他们住在上倍得福；高级律师托非老先生和托非太太；倍得福广场的托马斯·考芬老爵士和爵士夫人有时也大驾光临，那时欧斯本先生会拿出茶色的精品葡萄酒来款待他们。

这些以及与此类似的人物，到拉塞尔广场来吃了爱摆阔的老商人的宴请，也要还席，排场同样不甘落后。他们往往在酒后上楼一本正经地玩几盘惠斯特，十点半坐各自的马车散去。向来为我们这些穷鬼所羡慕的许多富人，通常自得其乐地过着上述那种生活。简·欧斯本接待的男宾几乎没有六十岁以下的，而他们那个圈子里的唯一单身汉就是妇科名医司默克先生。

也不能说这种单调的日子如一潭死水从不起一丝涟漪；事实上，

在可怜的简生活中有一个秘密，她父亲一想起此事，脸就会铁青，气不打一处来，这不是仅仅归因于他的脾气、虚荣心以及无节制的饮食所能解释的。这一秘密与沃特小姐的表弟思弥先生有关，他后来成为一位非常著名的肖像画家，还入选皇家艺术院。但有一个时期，他能给有钱人家的小姐授课教绘画，已经蛮不错了。如今思弥先生已忘了拉塞尔广场在什么地方，然而一八一八年欧斯本小姐向他学画那阵子，他是挺乐意上那儿去的。

思弥曾受业于弗里斯街的夏普，后者是个放荡不羁、穷愁潦倒、但颇有才气的画家；思弥本人由他的表姐沃特小姐介绍给简·欧斯本。这位老大不小的待字姑娘有过好几次不成功的恋爱经历，至今依旧名花无主。思弥对简小姐倾心爱慕，可以相信她对这位画家同样颇有好感。他们心心相印的情愫并不瞒过沃特小姐。我不知道师生画画的时候，沃特小姐是否经常故意离开房间，让他们有机会山盟海誓，免得当着第三者的面不便互诉衷肠；我也不知道沃特小姐是否指望，她的表弟若能娶得富商之女，将来会分一部分财产犒劳撮合有功的表姐。但有一点是确定无疑的：欧斯本先生对此事不知怎的有所风闻，突然从市中心回来，手执竹杖闯进客厅，发现画家、学生以及女伴一下子都吓得面无人色。他把绘画教师赶出家门，还扬言要打断他身上的每一根骨头。半小时后，他又解雇了沃特小姐，把她的箱子从楼梯上踢下去，把她的帽盒之类踹破踩烂，还冲着载她仓皇离去的街车扬扬拳头。

简·欧斯本有好几天一直待在自己的卧室里，不出房门一步。此后她就不得再有女伴。父亲恶狠狠地声称，倘若女儿未经他同意擅敢嫁人，那就休想从他那儿得到一个先令；由于他需要一个女人为他管家，实际上压根儿不愿女儿嫁人。就这样，简·欧斯本不得不放弃与爱神有任何瓜葛的一切设想。只要父亲活着，她就无法改变前面描述的那种生活方式，只能乖乖地做个老姑娘。与此同时，她的妹妹一个接着一个生男育女，取的名字也一年比一年好听；姐妹俩之间的关系却变得愈来愈疏远。

“简和我并不在同一个生活圈子里打转转，”布洛克太太如是说。“当然，我仍然把她当姐姐看待。”

当一位女士说她仍旧把姐姐当姐姐看待的时候，这意味着什么呢？这意味着——

笔者曾提到两位铎炳小姐和她们的父亲住在环境幽雅的丹麦山庄，那儿美丽的葡萄温室和桃树让小乔治·欧斯本大为高兴。铎炳小姐们经常到布朗普顿去看望我们亲爱的爱米莉亚，有时也上拉塞尔广场拜访她们的老相识欧斯本小姐。我想多半是她们那位远在印度的少校哥哥要她们关心乔治·欧斯本太太，而她们的爸爸又十分看重这个儿子；爱米莉亚有个小男孩，少校是他的教父兼监护人，少校至今仍希望孩子的爷爷能回心转意，看在死去的儿子份上认下自己的孙子。铎炳小姐们每次拜访欧斯本小姐，都要一五一十地向简介绍爱米莉亚的近况：她和父母一起过得怎样，他们的生活如何清苦；小姐们就是弄不明白，她这么个毫不起眼的丫头片子，在男人们眼里究竟有什么可取之处；尤其不可理解的是，偏偏她们的少校哥哥和风流倜傥的欧斯本上尉也都喜欢她；至今她还是跟从前一样忸忸怩怩、窝窝囊囊；不过，那小男孩倒是极其可爱，他那份十足的公子哥儿气派，还真没见过——其实，女人看到小孩心里总是热乎乎的，哪怕最不近人情的老处女对小孩也特别和气。

有一回，拗不过两位铎炳小姐的再三恳求，爱米莉亚让小乔治跟她们到丹麦山庄去玩了一天，她自己把这一天的部分时间用于给远在印度的少校写信。她为刚刚从两位铎炳小姐那儿听到的喜讯向少校表示祝贺，并且祈求上帝赐福于少校和他所挑选的未婚妻。在爱米莉亚遭难的时候，少校为她做了数不胜数的好事，每一件都是友谊地久天长的明证，为此她感激不尽。她向少校报告了关于小乔吉的最新消息： 当天他跟少校的两位妹妹到乡下玩儿去了。她在信中好几个地方加了着重号，落款自己署名为“您的朋友爱米莉亚·欧斯本谨上”。她忘了向奥多德夫人问候——这在以前是从未有过的，也没有提到格露维娜的名字，只用斜体字母称之为少校的未婚妻，并且为她祝福。但有关这门亲事的消息使她摆脱了过去在对待少校的态度上一直保持的那份拘谨。她很高兴，因为现在可以承认和回味自己对铎炳怀有多么温暖、多么感激的情意。至于对格露维娜有没有醋意，即便绝无恶意的天使向她暗示这一点，她也会觉得荒唐可笑。天哪，她怎么可能吃格露维娜的醋？！

当天晚上，威廉·铎炳爵士的老车夫赶着一辆小马车把兴高采烈的小乔治送回家时，小少爷的脖子上套着一块精美的金链子挂表。他说是一个不好看的老阿姨给的，那位阿姨一个劲儿地亲他，还淌了许多眼泪。可是他不喜欢那阿姨。他只喜欢他的妈妈。他忒爱吃葡萄。爱米莉亚听了这话，猛地往后一缩，顿时警觉起来。一种可怕的预感潜入了她胆怯的胸臆： 孩子父亲的亲属已见到了小乔吉。

简·欧斯本小姐从丹麦山庄回到家里给父亲张罗晚餐。老绅士在市中心做成了一笔好买卖，心境比较好，居然关切地注意到女儿的情绪非常激动。

“怎么回事，欧斯本小姐？”难为他如此垂询。

简小姐忍不住哭了起来。

“哦，先生，”她说，“我见到了小乔治。他好看极了，一点儿不比天使差，而且活像他爸爸！”

坐在她对面的老欧斯本没说一句话，但是脸红得厉害，全身肢体开始颤抖。

# 第四十三章

## 在这一章里要请读者绕过好望角

读者想必会感到惊异，笔者要请你们远涉重洋，前往万里以外的英属印度马德拉斯管区崩得尔贡吉军事基地，由英勇的上校、迈克尔·奥多德爵士率领的第——团就驻扎在该处，那儿我们有不少性格豪放的老朋友。这位胖上校并不怎么见老，时间对待像他这样胃口好、脾气好而又不过度用脑的男人通常都比较仁慈。上校午餐时刀叉用得相当卖力，到了晚餐桌上使起那几件兵器来，照样生龙活虎。两餐后他都要抽一袋水烟，尽管太太在一旁数落他，他却悠悠然照抽不误，当年滑铁卢大战时，他在法军炮火下也是这般从容自若。说到爵士夫人，岁月和炎热并没有销蚀这位爱尔兰阀阅之后充沛的精力和健谈的本领。马德拉斯和布鲁塞尔一样，对于我们的这位老朋友都像自己的家；无论在驻地的营房里还是在野营的帐篷下；她总是如鱼得水。行军中可以看到她高坐在象背上走在全团前列，大有王者气概，景象着实壮观。这庞然大物曾驮着她深入丛林参加猎虎；土著王公曾接待她和格露维娜进入女眷的深闺，并向她们献上披巾和珠宝，可惜她不得不违心地加以谢绝。她所到之处，手持任何武器的哨兵都会向她致敬，而她也郑重其事地举手触帽还礼。奥多德夫人在马德拉斯管区是数得着的名流女士——她和史密斯夫人即法官麦诺斯·史密斯爵士的妻子那场争吵，在马德拉斯至今仍有人记得，当时上校夫人当着法官夫人的面打了个榧子，并且说她决不走在一个起码文官的老婆后头。虽说事情已过去二十五年，人们直到现在还记得奥多德夫人在总督府跳吉格舞的情景，当时两名副官、一名马德拉斯的骑兵少校、两名文职官员都跳得精疲力竭败下阵来，后来还是第——团的副团长铎炳少校、最低级巴思爵士劝之再三，lassata nondum satiata recessit[①]，到餐厅里去吃夜宵。

佩吉·奥多德果真依然故我：以助人为乐，无害人之心；脾性火爆急躁，喜欢发号施令；管束迈克尔像个专制的家长，在团里的女眷中间是防范风化事件的老大姐。她以慈母心肠对待所有的小伙子，生病时照看他们，患难中卫护他们，无怪乎佩吉夫人如此深得人心。但是，低级军官和上尉的太太们(少校还是单身)老是挤对她，说格露维娜端着好大的架子，说佩吉本人专横跋扈。柯克太太周围聚集着一小群年轻的会众，佩吉总是嘲笑他们，致使那些听柯克太太布道的人纷纷作鸟兽散。上校夫人指出，一个军人的妻子不该僭分当牧师，柯克太太不如去给丈夫补衣服好得多，如果团里的官兵要听布道，她可以推荐世上最精彩的——她那教长叔叔的布道讲演。团里的斯塔布尔中尉跟军医的妻子勾勾搭搭，佩吉毫不客气地加以制止，并扬言道，除非斯塔布尔马上斩断情丝，请病假去好望角，否则就要中尉偿还向她借的钱(这个年轻人花钱还是那样大手大脚)。另一方面，她让坡斯基太太留宿她家并加以保护。一天夜晚，坡斯基灌下了第二瓶白兰地大发酒疯，挥舞着空酒瓶追打老婆，坡斯基太太不堪忍受丈夫的虐待，从屋里逃出来。此后，佩吉竟然治好了坡斯基的震颤性谵妄症，帮助这名军官戒掉酗酒的恶习——要不然，同男人身上所有的坏习惯一样，这种痼疾已使他越陷越深，不克自拔。一言以蔽之，倒楣时她会带来最有效的安慰，走运时她是最招人嫌的朋友。她永远认为自己比谁都高明，向来坚定不移地自行其是。

撇开其他奇思异想不谈，她还拿定主意要把小姑子格露维娜嫁给

① 拉丁文：她才退了下来，虽已疲惫不堪，然而意犹未尽。引自古罗马诗人玉外纳(约60—约140)的《讽刺诗》第6首。应当指出，玉外纳的原句用于形容淫乱的梅萨利纳皇后(公元22—48，罗马皇帝克劳狄一世第三个妻子)以普通妓女的身份度过一夜后离开罗马妓院时的情状。萨克雷也许正是通过这种极不相称的比喻加大反差，从而达到强烈的喜剧效果。

我们的老朋友铎炳。奥多德太太知道少校前程远大，十分器重他的品行以及他在军队里的好名声。格露维娜是位非常漂亮的小姐，黑头发、蓝眼睛，皮肤白里透红；既能骑马，又会弹琴，一阕奏鸣曲堪与爱尔兰考克郡任何名门闺秀媲美；似乎命中注定确保铎炳终身幸福的人选非她莫属——比少校历来情有独钟的那个小可怜儿、软弱好欺的爱米莉亚强多了。

“你只要瞅瞅格露维娜走进房门的姿态，”奥多德太太说，“把她跟凡事逆来顺受的欧斯本太太比较一下。她肯定配得上你，少校。你这个人不爱声张，需要有个人替你说话。虽然她并非出身于马洛尼或莫洛伊那样高贵的名门，可我要告诉你，她也是一个古老家族的后代，会给任何一位娶了她的贵族增光添彩。”

不过应当指出，在格露维娜下决心以柔情蜜意征服铎炳少校之前，她在别人身上已多次施展过这样的本领。她在都柏林待过一个社交季节，而在考克、基拉尼和梅娄待了多久——又有谁知道？她跟家乡各兵站无配偶的军官以及所有可予考虑的单身乡绅都有过眉来眼去的交往。她在爱尔兰先后有十来次与人订婚，还不算在巴思的那个负心汉牧师。她坐东印度公司的“拉姆昌德号”邮轮前往马德拉斯，一路上跟船长和大副不断地眉目传情；在管区首府跟留在那里的兄嫂待过一个社交季节，由少校在军事基地指挥第——团。人人都对她十分欣赏，人人都跟她跳舞，但是有资格向她求婚的却无一人作此表示。有一两名稚气未脱的低级军官和一两名嘴上无毛的文职官员为伊消得人憔悴，却被她认为不符合要求加以拒绝，而其他比格露维娜年轻的姑娘一个个先于她出嫁了。生活中有些女人的命运就是这样，其中还不乏相当漂亮的女人。她们会极其大方地坠入情网，她们跟当地半数军官一起骑过马，散过步，可是将届不惑之年依然小姑居处。格露维娜坚持说，要不是她嫂子跟法官太太发生那场不凑巧的争吵，她在马德拉斯早已如愿以偿——那儿有一位恰特尼先生虽然上了年纪，却主管着一个文职部门，当时正要向她求婚(后来恰特尼先生娶了道尔比小姐，她才十三岁，还在上学，刚刚从欧洲来)。

奥多德夫人和格露维娜每天不知要吵嘴多少回，几乎任何事情都能成为导火线。要不是米克·奥多德有着不亚于天使的好脾气，这样两个女人整天在他耳边聒噪，非把他逼疯不可。尽管如此，姑嫂俩在这一点上却意见一致：格露维娜必须嫁给铎炳少校，而且不达目的决不让少校过安生日子。格露维娜并不因有过四五十次失败的记录而气馁，照样毅然向少校发起强攻。她不断地唱爱尔兰歌曲给铎炳听。她锲而不舍、热情洋溢地问：“你来不来凉棚？”很难想象任何一个不是泥塑木雕的男人能无动于中。她不惮其烦地盘究：“你的青春是否曾蒙上阴影？”[①]她最爱听少校讲战斗中遇险的故事，又像苔丝德蒙娜听奥赛罗的叙述那样激动得直哭。前已述及，我们亲爱的老朋友、憨厚的铎炳在无人时往往吹长笛自娱；格露维娜知道后，一定要跟他一起合练二重奏，每当这老大不小的一对儿开始作此高雅消遣时，奥多德夫人总是站起身来赶紧从房间里走出去。格露维娜硬要少校每天早晨陪她骑马。整个基地的人都见到他们同出同归。格露维娜经常往少校的住所写信向他借书，把自己认为精彩的地方，或荡气回肠的段落，或诙谐幽默的细节，用铅笔在书上做了许多记号。她向少校借马，借佣人，借匙勺，借轿子——难怪人们议论纷纷，都说他俩好事已近；难怪少校在英国的妹妹以为她们快有一位新嫂子了。

与此同时，身陷重围、遭到这般猛攻的铎炳，居然不动声色，像个没事人似的，实在太可气了。团里的小伙子都为格露维娜向他公开

---

① 爱尔兰诗人托马斯·穆尔(1779—1852)的抒情诗集《爱尔兰歌曲集》中有两首歌曲，开头分别为：一、“我为你搭了凉棚，你来不来？”；二、“你的青春是否曾蒙上阴影？”

示爱而调侃少校，他却一笑置之。

“瞎掰！”他说。“人家不过是把我当托泽太太的钢琴那样练练指法罢了，有道是‘拳不离手，曲不离口’嘛，而整个基地最凑手的一架钢琴就算我了。跟格露维娜这样可爱的小姐比起来，我已经是个糟老头儿了。”

他照旧陪格露维娜骑马，照旧遵命把乐谱和诗句抄在她的纪念册里，照旧乖乖地陪她下棋。在印度有些军官就是用这类简单的办法来消磨余暇的；而另一些不喜欢待在家里的人则去打野猪，猎田鹬，或赌钱，抽雪茄，喝对水白兰地。至于迈克尔·奥多德爵士，尽管他的夫人和妹妹都催促上校去找少校逼他摊牌，不能这样没心没肺地无端折磨一个可怜的女孩子，然而这名老军人断然拒绝插手她们的密谋。

“说真格的，少校又不是小孩，自己知道挑谁选谁，”迈克尔爵士道；“要是他喜欢你，就会向你求婚。”

或者，他故意把话锋一转，使这件事听起来像在打哈哈，说铎炳成家还太年轻，所以写信给家里要他妈妈做主。其实还不止于此：他私下与少校接触时，曾用打趣的口吻警告他的副手：

“我说铎炳老弟，你可得留点儿神，那些女人的鬼点子多得很。我那口子刚收到从欧洲寄来的整整一箱新衣裳，里边有一件粉红缎子长袍是格露维娜的；铎炳，要是女人或缎子衣服让你动心的话，那你就死定了。”

但事实上美貌和绮罗都征服不了他。我们这位至诚的朋友头脑里只有一个理想的女人，她可一点儿不像身穿粉红缎子长袍的格露维娜·奥多德小姐。那是个娴静的黑衣小寡妇，大大的眼睛，栗色的头发，很少开口，除非别人跟她说话，声音跟格露维娜小姐的嗓门儿也大相径庭。那是个温柔的年轻母亲，怀抱着一个婴儿，抬头含笑要少校瞧瞧她的小宝贝。那是个粉面桃腮的姑娘，唱着歌儿飘然飞进拉塞尔广场的客厅，或挎着乔治·欧斯本的胳膊，幸福而又可爱。唯有这样一个形象日日夜夜萦绕在少校脑际，占据着他的心房。很可能爱米莉亚本人与她在少校脑海中的形象并不相似。铎炳的妹妹在英国有一本时装画册，威廉悄悄取走了其中一张画片，把它贴在自己的轻便文具柜盖板上，以为从画片上看到了欧斯本太太的几分神韵。其实，据笔者亲眼所见，我可以担保，画片上只是个穿高腰长袍的女人，一张再愚蠢不过的玩偶脸正冲着身上的衣服傻笑。铎炳先生多情的想象中那个爱米莉亚，八成儿不比他视为珍宝的那张荒唐的画片更像真正的她。然而，恋爱中的男人哪一个不是这样闭目塞听的？再说，如果他看到并承认那是自己的幻觉，难道会因此而感到宽慰吗？铎炳正处在这样的魔法控制下。他没有向朋友、熟人喋喋不休地诉说自己的感受，也没有为之失魂落魄，废寝忘食。自从我们上次见过他以来，他的鬓发已染上薄薄的一层霜；而在另一位的栗色柔发中同样可以看到添了数茎银丝。但是，铎炳的感情丝毫未改，也没有变老；他的爱就像保存在一个人记忆中的童年印象，常忆常新。

我们已经提到过，与少校通信的欧洲亲友——两位铎炳小姐和爱米莉亚——从英国给他写些什么。欧斯本太太为少校即将与奥多德小姐成婚向他表示十分热烈而诚挚的祝贺。

“承蒙令妹刚刚来看望我，”爱米莉亚在信中写道，“并且告诉我一件**大喜事**，为此请接受我**最真诚的祝贺**。我听说您即将和一位小姐缔结良缘，但愿她在各方面都配得上那位仁厚和善良的化身。作为一个苦命的寡妇，我所能奉献的唯有祈祷和真诚的祝愿，祝**你们幸福顺遂**！乔吉要我把他的爱捎给**他亲爱的教父**，还希望您别忘了他。我告诉他说，您将要**跟另一个人结成一对**，我相信那个人一定完全有权得到**您全部的爱**。虽然婚姻无疑应该是最牢固、最神圣的结合，超过**所有其他的关系**，不过我相信，一向深承眷注和垂爱的孤儿寡母，将永远**占有您心中的一个角落。**”前已提及的这封信通篇都是这样的内容，写信人似乎竭力要在字里行间表达自己衷心的喜悦。

此信与奥多德夫人从伦敦定购的那一箱新衣由同一艘船送抵目的地。毫无疑问，铎炳拆开此信必定先于这班邮船给他带来的其他信件。他读信以后，在他的心目中，格露维娜和她的粉红色缎子以及属于她的一切东西，顿时变得无比可恶。少校诅咒女人们的多嘴多舌，简直把全体女性一网打尽。那天所有的事情都令他恼火——冒着烈日酷暑进行队列操练真让人受不了，讨厌极了！老天爷！一个有理性的人难道就该这样浪费自己的一生，日复一日地检查斜挂的弹带，没完没了地操练那班笨蛋？在军官食堂里，小伙子们的闲聊也格外让人心烦。自己是奔四十的人了，史密斯中尉打了多少只田鹬，或者布朗少尉的母马能表演哪些特技，跟他有什么相干？饭桌上的说笑打趣甚至使他觉得丢人现眼。助理军医耍贫嘴和低级军官们的满口粗话，他这把年纪都不好意思听了，可是秃顶红脸的老奥多德居然还开怀大笑。似这等油嘴滑舌的胡侃，这老家伙都听了三十年——铎炳自己也听了有十五年。走出喧闹、无聊的军官食堂，又掉进团里女眷的口舌是非中去！这教人怎么受得了，怎能不脸红？

“哦，爱米莉亚，爱米莉亚，”他暗暗叫苦，“我对你此心唯天可表，而你却埋怨我！就因为你我不能心心相印，我才在此地熬这种讨厌透顶的无聊日子。我那么多年的一片真情，你就这样来回报我，竟然恭喜我跟那个爱尔兰花痴女结婚，好哇！”

可怜的威廉满腹委屈，憋着一肚子苦水，从来没有像现在这样凄凉、孤单。他真想就此结束虚浮空幻的人生，一了百了——在他看来，一切奋斗都毫无意义，不可能带来满足；前景是那么黯淡和令人沮丧。当天夜里，他躺在床上一宿未曾入睡，只想回家。爱米莉亚的信在他心上留下一片空白。忠诚、深情、矢志不渝的等待，都不能使她那颗冰冷的心融化。

“她根本不想看到我爱她，”铎炳在床上辗转反侧，然后索性对她说起话来：“仁慈的上帝啊，爱米莉亚！你可知道，这世上我只爱你一个人？可你对我就像一块石头。你遭到不幸后，悲伤过度生了一场大病，我服侍你已记不清有多少个月；后来总算得到康复，你面带微笑对我说一声‘再见’，没等我走出去关好房门，你已经把我给忘了。”

在廊外过夜的几名土著佣人，见平时冷静、沉着的少校现在这样激动、沮丧，都感到莫名其妙。“要是此刻她看到我这模样，会可怜我吗？”他把爱米莉亚所有给他的信都拿出来一一重读。有些信纯粹是事务性的，仅仅涉及一笔数额不大的钱，铎炳使她相信那是乔治生前留给她的；有些是简短的请帖——凡是爱米莉亚写给他的，哪怕只是一张纸片儿，他都保存着。这些信写得都很客气，然而让人感到的是冷漠、自私，不给人一点希望！

倘若有个知疼着热的人在他身旁，能理解这颗沉默寡言、豁达大度的心是何等难能可贵，没准儿爱米莉亚的统治即将告终，威廉老兄的爱会流入一条较通人情的渠道。但在这里跟他接近的只有乌黑的头发卷成条状的格露维娜，这个花枝招展的女子不见得倾心爱慕少校，而是一心要让少校对她着迷——这也是一项徒劳和无望的任务，至少从可怜的姑娘拥有的手段看来可以这么说。她把头发卷成条状，在少校面前显露她的肩膀，似乎在说：“你见过这么黑的鬈发和这样俊的脸蛋吗？”她冲铎炳笑的时候，要让少校看到她的一口牙颗颗完好；偏偏铎炳对这些妙处从不在意。就在那一箱新衣运抵后不久，也可能正是为了一展丰采，奥多德夫人和皇家第——团的女眷举办了一个舞会，招待属于东印度公司的部队军官和基地的文职官员。格露维娜穿上那件艳光四射的粉红色长袍，少校虽然也去了，但只是无精打采地从这间屋子走到那间屋子，甚至没注意到她的粉红色盛装。格露维娜气得要命，故意和基地的青年低级军官逐一共舞，好几回打他身旁飞旋而过；对她这样的表演少校没有半点儿妒意；当骑兵队的班格尔斯上尉搀扶着她去吃宵夜时，少校也不发火。耍手段没法挑动他吃醋，穿新装、露肩膀打动不了他的心——格露维娜再也没招了。

这两人每一个都是活生生的例证，足见浮世虚妄，人生空幻；他们每人苦苦追求的，偏偏都得不到。格露维娜为这次失败气得哭了。她抽抽搭搭地承认，在少校身上她下的功夫超过她在任何别人身上所下的。

“他非把我的心揉碎不可，佩吉，”在姑嫂俩不吵架的时候，格露维娜向上校夫人哭诉道，“我的长袍肯定每一件都得改小——瞧我这样一天天瘦下去，都变成一具骷髅了。”

但是，她肥也罢，瘦也罢；笑也罢，哭也罢；骑在马背上也罢，坐在琴凳上也罢——在少校眼里反正都一样。上校吧哒吧哒抽着烟听完这番哭诉，建议格露丽下次从伦敦定购的一箱新衣里得有几件黑长袍，并且讲了一个神秘的故事：爱尔兰有位女士，在她嫁人之前就失去了丈夫，结果悲不自胜伤心而死。

少校继续让格露维娜受可望而不可即之苦，既不向她求婚，也没有坠入情网的任何迹象——就在这个当口儿，又有一艘船从欧洲送来了邮件，其中有寄给这个没心肝男人的几封信。那是少校的家信，上面的邮戳却比前一批邮件上的更早。铎炳少校认出其中一封是他一个妹妹的笔迹；她给哥哥的信写完一页后总是把纸横过来再写，不留一点空白，读起来十分费劲；她把所能收集到的坏消息统统放在一起，以同胞妹妹的资格不客气地责备他，给他讲大道理——“最最亲爱的威廉”每次读完一封这样的万金家书，总要不痛快一整天。正因为如此，说实在的，最最亲爱的威廉并不急于拆开铎炳小姐来信的封蜡，

准备挑个黄道吉日，等到有了合适的心情再干此事。另外，大约半月前他给家里写过一封信，责怪妹妹不该把那些捕风捉影的故事告诉欧斯本太太；同时，少校也给爱米莉亚写了回信，教她不要听信谣言，并表示自己“目前没有改变单身状态的打算”。

收到第二批信件以后过了两三天，少校在奥多德夫人家里很开心地玩了一晚上，格露维娜甚至觉得，她为铎炳唱《两河汇合》、《游吟少年》[①]等几首歌的时候，少校比平日听得较为注意(这照例是她的幻觉，事实上要说少校在听格露维娜唱歌，也可以说在听外面月光下胡狼的嗥叫)；铎炳和她下了一盘象棋(奥多德夫人晚间心爱的消遣是和军医玩克立别集纸牌游戏)，然后在他通常离开晚会的时间向上校一家告辞，回到自己的住所。

妹妹的信还在桌上责怪少校不该置之不理。他拿起信来，为自己至今尚未拆阅感到有点儿内疚，准备受一个小时的洋罪拜读他那位妹妹潦草难认的大札……

大约在少校离开上校家一小时后——迈克尔爵士已酣然入睡；格露维娜照例用数不清的小小卷发纸把她的黑发一条条一串串固定起来；奥多德夫人也已在楼下双人卧室里上了床，把蚊帐放下来罩住她丰满的玉体——这时，团长宅院大门口的卫兵，看见铎炳少校在月光下神色紧张、脚步飞快地往宅院这边跑来，他从岗哨旁边经过，直接走到上校的卧室窗外。

“奥多德上校！”铎炳拚命喊叫。

“天哪，是少校！”格露维娜说着，也把她夹了许多卷发纸的脑袋从窗户里探出去。

“什么事，铎炳老弟？”上校问，他估计是基地失火了，或者司令

---

① 歌词也来自托马斯·穆尔的《爱尔兰歌曲集》中的诗。

部下达了开拔令。

“我——要请假离开此地。我必须回英国去——有十分紧急的私事，”铎炳说。

“上帝啊，准是出什么事了！”格露维娜想到这里，她头上所有的卷发纸一下子都颤动起来。

“我要离开——马上就走——今晚动身，”铎炳还在叫喊。

这时上校已经下床，走到外面跟他交谈。

少校刚刚从铎炳小姐写得密密麻麻的信笺上读到一段附言，内容如下：

昨天我驱车去看望你的老**相识**欧斯本太太。你也知道，自从她家破产以后，一直住在那个鬼地方。从他们那破棚子(没准儿还不如呢)门上的一块**铜牌**看来，塞德立先生眼下在做煤炭生意。那小男孩——你的教子——当然可爱，尽管有点儿早熟，将来恐怕很任性，目中无人。不过，我们照你的意思对他另眼相看，让他跟自己的姑姑见了面。欧斯本小姐挺喜欢他。说不定，他的祖父——不是外祖父，那个破产商人都成老糊涂了，而是拉塞尔广场的欧斯本先生——会听从劝说回心转意，认下你朋友的孩子，认下**他那任性和迷路的儿子**的儿子。爱米莉亚也不会舍不得放弃孩子。这位寡妇已**不再哭丧着脸，**她快要嫁给一位教士、布朗普顿的堂区牧师之一比尼先生。这是一门穷亲。但欧斯本太太不年轻了，我见她头上已经有好多白发；她现在心情非常好。你的小教子在咱们家拚命地吃。妈妈问你好，我也问你好。

爱你的

安·铎炳

# 第四十四章
## 从伦敦到汉普郡

我们的老朋友克劳利家在大冈特街的宅邸，仍在正门上方挂着悼念皮特·克劳利爵士去世的报丧牌；但这块纹章徽记本身却是一件非常漂亮而又显眼的装饰物，而整个宅邸已经焕然一新，在已故的准男爵当家期间还从未呈现过这般辉煌。砖墙发了黑的外层已被刮去，换上了一张红艳艳、镶白条的笑脸；衔在狮子口中的古铜门环，金灿灿开了光；栅栏也重新上了漆。汉普郡克劳利庄的林荫道最后一次送走老皮特·克劳利爵士以后，树上的黄叶还没有来得及换上碧绿的新装，而大冈特街上最阴惨破败的一栋房子，倒已变成那一带最令人赏心悦目的建筑了。

在这座宅邸附近，时常可以看见一个小妇人，她坐的马车同样小巧玲珑；还有一个年事已高的妇女，看样子是位老小姐，带一个小男孩，也每天上这儿来。那是卜礼格斯小姐和小罗登，交给卜礼格斯的任务是察看皮特爵士公馆的室内装修，监督雇来缝制窗帘、布幔的女工，清理所有的抽屉和柜子(里边塞满了尘封的破烂和不值钱的杂物，那是两代三位克劳利夫人积累起来的)，给壁橱和贮藏室里的瓷器、玻璃器皿等有价值的物件登记造册。

罗登·克劳利太太是负责这次大规模修葺的总指挥，由皮特爵士授予全权，凡家具陈设的购置、出售、交换、报废，均可便宜行事；这份可以充分发挥她的审美观和想象力的差事，她干得着实开心。房屋大修的决定是在皮特爵士来伦敦跟他的律师会面的十一月份作出的，当时他在柯曾街弟弟和弟媳家中住了将近一星期，受到他们的热情接待。

原先他已在一家旅馆下榻；但蓓姬听说准男爵来到伦敦，立刻独自前去欢迎他，一小时后便用车把皮特爵士接到柯曾街。面对这位殷勤好客的小妇人，别人往往感到盛情难却，她给人的印象是那么坦诚恳切、蔼然可亲。当皮特答应住到她家去时，蓓姬在一阵感激的冲动下抓住大伯子的手。

“谢谢您，”她说时把这只手握得紧紧的，还谛视着准男爵的眼睛，瞅得他面红耳赤；“真不知道罗登会高兴成什么样子呢！”

她忙着吩咐佣人把行李拿到楼上为皮特爵士准备的卧房里去，还笑呵呵地从自己屋里搬来一斗子煤。

皮特爵士屋里已经炉火熊熊。顺便提一下，这间屋子原是卜礼格斯小姐住的，她已被打发到顶楼去和女仆多丽睡在一起。

“我就知道一定能把您接过来，”瑞蓓卡喜形于色地说，的确，能接待这样一位贵客，她感到由衷的高兴。

在皮特逗留期间，蓓姬曾有一两次让罗登托故在外面吃饭，晚上只有准男爵和她以及卜礼格斯在家共度愉快的时光。蓓姬下厨房亲自为皮特做几样精致的小菜。

“这道萨尔米[①]不错吧？”她说；“是我特地给您做的。我还能做比这更好吃的；只要您常来我家。”

“您把每一件事都做得头头是道，”准男爵的应答颇有骑士风度。“萨尔米的确好极了。”

“要知道，穷人的妻子可不能饭来张口，茶来伸手，”瑞蓓卡话虽这么说，口气还是乐呵呵的。

皮特爵士表示坚信，她完全可以当皇帝的妻子，并认为持家有方乃是妇道中极其可贵可爱的一条。准男爵说到这里，不无懊恼地联想起家里的简夫人：有一回太太坚持要做一种馅儿饼在晚餐时请他品

---

① 萨尔米，法语 salmis 的音译，菜肴名，指串烤至半熟再加调料炖酥的野味。

尝——那馅儿饼难吃得要命。

斯泰因勋爵有一座别墅名叫“枕流居”，这道萨尔米就是用那一带的野鸡做的。另外，蓓姬还拿出一瓶白葡萄酒款待大伯子，据这个娇小的编故事能手说，酒是罗登捡的便宜货从法国带回来的——其实那是斯泰因侯爵收藏的名酒中一瓶正宗“隐修白庐”，它往准男爵孱弱的体内注入一股火流，把他苍白的面颊染成绯红色。

等准男爵喝完这瓶“很平和的水酒”，瑞蓓卡把一只手递给皮特，带他到楼上客厅里，让他舒舒服服坐在靠近壁炉的沙发上，自己坐在他旁边，和颜悦色而又津津有味地听大伯子侃侃而谈，同时为她那宝贝儿子的一件衬衫缲边。每当罗登太太需要显得特别温顺贤惠的时候，这件小衬衫便从她的针线活盒子里拿出来。其实，等不到衬衫完工，小罗登早就穿不上了。

就这样，瑞蓓卡既听皮特说，自己也跟他谈，唱歌给他听，哄得他心醉神迷，服侍得周到熨帖，使他每日在格雷律师学院同律师会面后一天比一天乐于回到柯曾街暖融融的炉火旁边来。那些吃法律饭的也沾光不少，因为皮特发表他的见解总是洋洋洒洒，滔滔不绝。当他离开伦敦时，还真有点儿黯然神伤。他坐上邮车后，瑞蓓卡从自己车上向他送飞吻、挥手绢的姿态，端的说不尽千种风情！有一回她还把手绢按在自己眼睛上。邮车启程时，皮特把海豹皮帽子往下拉，遮住自己的眼睛，然后倚在座位靠背上自思自量：瑞蓓卡何等敬重他，而他自然当之无愧；罗登真是个冥顽不灵的笨蛋，对于妻子的诸般好处，他连一半也赏识不了；跟八面玲珑的小蓓姬相比，皮特觉得自己的太太既不长于辞令，头脑也不灵敏。很可能，这些想法都是蓓姬自己提示的，但她的手法极其隐蔽，十分巧妙，你很难发现自己在何时何地从哪一句话得到的暗示。他们分手之前曾经约定，伦敦的宅邸将在下一个社交季节开始前装修竣工，而圣诞节兄弟两家将在乡下重聚。

“我满心指望你能从他那儿弄到一点儿钱，”在准男爵走后，把脸拉得长长的罗登对太太说。“我真想多少付一些钱给老雷格尔斯，要是我说假话，让我不得好死！你要明白，咱们把老头儿的钱包全都掏空，这也太损了。再说，这样也许会给咱们带来麻烦，没准儿他会把房子收回去赁给别人。”

“告诉他，”蓓姬说，“只要等皮特爵士的事儿办妥了，每一笔账都会付清的；你另外再给他一点儿钱抵账。这是皮特留下给孩子的一张支票，”她从包里取出支票递给丈夫，他哥哥交给弟媳的这笔钱，算是对克劳利家二房嗣子表示做大伯的一点心意。

事实上，罗登希望妻子探路的那个问题，蓓姬已经摸过底了——她以极其婉转的方式试推了一下，发现门关得严严实实。她才露一点口风提到手头拮据，皮特·克劳利爵士立刻警觉起来。他开口就说了长长一大篇，表白自己在资金问题上也有许多难处：佃户拖欠租子；父亲撂下了一个烂摊子，给老爷子料理丧事又花了一大笔钱；他想偿还所有以不动产作抵押的欠款，而他在银行和代理人那儿都已经透支了。临了皮特·克劳利总算没让弟妇一无所得，那就是给她的儿子数额非常有限的一笔款子。

皮特知道弟弟的家境有何等窘迫。像他这样一位头脑冷静、见多识广的外交官，不可能看不出罗登一家生计无着，而房子不能白住，马车也不能白乘，都有必要的花销。他十分清楚，本来他弟弟十拿九稳可以到手的钱财，现在归他所有，或者说被他攫为已有了；他心中想必多少有些内疚，良心提醒他应当还他们一点公道，确切地说是对那些落得一场空的亲戚做些补偿。作为一个讲道理、顾体面、有头脑的人，从不忘记做祷告，对基督教义十分熟悉，表面上一辈子循规蹈矩，他不可能不意识到弟弟有权得到他的资助，从道义上说他欠了弟弟的债。

《泰晤士报》不时会刊登一些奇特的声明，财政大臣宣布收到某甲五十英镑，或收到某乙十英镑，那是消除内疚的悔过费，用以抵充某甲或某乙应缴的税款，悔过人请求大臣阁下通过报刊声明已收到此款。但是，财政大臣也好，读者也好，无疑每次都洞若观火：某甲和某乙所付的悔过费，只是他们实际应缴金额的很小一部分；寄来二十镑的那个人，极有可能应该再付几百镑或几千镑才对。至少我看到某甲或某乙这类欺世盗名的悔过做法时有此感觉。皮特·克劳利沾了弟弟这么多便宜以后，打算拿出一些钱来给他算是忏悔——或者算是发善心；我敢肯定，与他欠罗登的那笔本金相比，这些钱只是微不足道的一点儿利息。然而就连这么点儿利息也不是人人都愿意付的。把自己的钱给别人——几乎所有神志清醒的人都不愿做这样的牺牲。如果有谁给了别人五英镑，一定觉得自己做了件值得称道的大好事——不这样想的人恐怕很难找到。挥霍者把钱给人并非乐善好施，而是觉得大手大脚花钱本身有趣。他不愿放弃任何一种乐趣：歌剧院的前排座位、昂贵的骏马、奢侈的宴席乃至给穷人五英镑的那份乐趣。撙节者如果是个好人，有头脑，明事理，不欠别人一文钱，通常会躲开乞丐，雇街车先讲价钱，或者拒绝穷亲戚的请求。这两种人比较起来究竟谁更自私——我说不准。只不过钱在两种人眼里价值不一样。

总而言之，皮特·克劳利打算为他的弟弟做点儿什么；可是再一想，这事以后再说吧。

至于说到蓓姬，她倒不是指望别人大发慈悲的那种女人，因此对于皮特·克劳利为她所做的一切十分满意。她已经得到一家之长的认可。即便皮特什么也不给她，将来也会为她办成几件事。如果说她没有得到大伯子的钱，她却得到了和钱具有同等价值的赊欠许可。雷格尔斯看到兄弟俩和睦友好，又拿到一张虽然数额很小的支票，还得到许诺说很快就要付给他一笔数额大得多的钱，老房东也比较放心了。卜礼格斯小姐一笔小小的本金被瑞蓓卡借用了，可是蓓姬在圣诞节前向她支付利息的时候显得非常轻松，好像金库都快胀破似的。她告诉卜礼格斯小姐一个绝密消息：她特地跟素有理财能手之称的皮特爵士商量了一下，卜礼格斯小姐余下的那点儿钱该怎样投资获利最丰；皮特爵士考虑再三之后，想出了一个最安全、也是最合算的办法；皮特爵士特别关心她，因为她是已故的克劳利小姐的好友，也是整个家族的好友，所以在离开伦敦之前早已给了答复。他建议卜礼格斯把钱准备好，一俟出现最有利的时机，立刻购进皮特爵士看好的股票。可怜的卜礼格斯小姐得到皮特爵士如此关照，简直感激涕零。她说，人家是主动为她着想，因为她自己决计不会想到把买了公债的死钱盘活；正因为人家对她体贴入微，这份好意益发难能可贵。于是她答应立即去见她的代理人，把她那一小笔资金准备好，以便见机行事。

对于瑞蓓卡在这件事上出的力以及慷慨的恩人罗登中校的一番美意，可敬的卜礼格斯小姐没齿难忘，于是走出去花掉她半年利息的一大半，买了一件黑丝绒外套给小罗登；附带提一下，那男孩现在长得相当大，这类童装对他几乎已不适宜，按个头和年龄应该考虑让他穿成人款式的上装和长裤了。

他长得眉清目秀，蓝眼睛，亚麻色头发呈波浪形，体格强健，但心肠挺软，器量也大，谁要是对他好，他就对谁特别有感情，其中包括：小马驹；送马给他的索思砀勋爵（每当小罗登看见这位善良的年轻贵族，就会红光满面，神采奕奕）；饲养那匹马的马夫；厨娘莫莉，晚上老是讲鬼故事给他听，还常常从正餐中截留些好东西给他吃；卜礼格斯，尽管小家伙经常拿她开心，把她捉弄得啼笑皆非；特别是他的父亲，而老罗登疼爱自己的儿子也委实令人啧啧称奇。在他长到八岁左右时，他所爱的对象可以说到此为止了，就这么一些。母亲一度被他疑是仙女下凡，但这一梦幻般美丽的形象已经消失。在将近两年时间内，瑞蓓卡几乎没跟儿子说什么话。她不喜欢这孩子。那时小罗登又是出疹子，又是害百日咳。有一天，他被正在为斯泰因勋爵唱歌的母亲美妙的声音所吸引，从顶楼沿着扶梯摸下来，站在楼道里；冷不防客厅门倏地打开，他刚刚听得如醉如痴，转眼间成了被当场拿获的小奸细。

他母亲走出来，狠狠地给了他两个嘴巴子。他听见侯爵从客厅里发出哈哈大笑(蓓姬如此直截了当地发脾气，把侯爵给逗乐了)，赶紧逃到楼下厨房里他的朋友那儿去放声大哭。

“我不是觉得疼才哭，”小罗登抽抽搭搭地说，“只是——只是——”他哽咽得厉害，一边泪如雨下，使他没法把想说的意思说出来。其实孩子的心灵受到的创伤远甚于皮肉之苦。“为什么我不可以听她唱歌？为什么她从不唱给我听？为什么只唱给那个大牙秃子听？”他在抽噎的间隙中好不容易发出这些悲愤的抗议。

厨娘瞅瞅上房女佣，上房女佣寓意深长地瞅瞅听差。每户人家的厨房犹如可怕的宗教裁判所，那里的法官无所不知，执法如山；这一回他们一致谴责瑞蓓卡，认为她做得太过分了。

发生这件事以后，母亲的反感发展成了憎恨：意识到家里有这个孩子，对她来说是一种痛苦，是无言的责备。她一看见孩子就有气。同样，恐惧、困惑和反抗也在孩子的心中萌生。两个嘴巴子从那天起把母子俩分开了。

斯泰因勋爵也打心眼里讨厌那男孩。两人不凑巧相遇时，刻薄的勋爵总是故意向孩子行鞠躬礼或挖苦他几句，要不就干脆恶狠狠地瞪着他。罗迪往往也冲他瞪眼睛，扬起两个小拳头回敬他。罗迪认定他是自己的仇敌，在所有上他们家来的人中间，这位先生最惹他恼火。

一天，听差发现他握着两个小拳头，瞄准斯泰因勋爵脱在过道里的帽子，作准备攻击状。听差把这一趣闻说给斯泰因勋爵的车夫听；车夫又告诉斯泰因勋爵的跟班，此事进而在勋爵府全体仆人中间传开。过后不久，克劳利中校夫妇到勋爵府作客，开大门的司阍、前厅里号衣五花八门的仆人、穿白背心站在每一处楼梯拐角上通报来宾姓氏头衔的司仪，都已知晓或自以为知晓罗登太太的隐私。一名给她端来饮料并站在她椅子背后的佣人，已跟站在他旁边的一名穿彩衣的大个子侍者议论过这位太太的名声。仁慈的上帝啊！下人的裁判太可畏了！你看到一位女士在陈设富丽的沙龙里参加某个盛大的晚会，她在忠实的崇拜者包围圈内左右流盼，服饰无可挑剔，秀发仔细卷过，浓妆艳抹，笑容可掬，春风得意。殊不知一名假发洒粉、小腿粗壮的侍者，盘子里托着冰淇淋，恭而敬之走到她面前——此人竟是发人隐私的行家，而跟在他后面端薄脆饼的那名笨家伙，更是造谣中伤的老手（谣言与真相同样致命）。尊敬的女士，您的隐私今晚就将被这些家伙在小酒店里向他们圈子里的人传播。詹姆斯将抽着烟斗、呷着啤酒向查尔斯把你说得一塌糊涂。在名利场上，某些人实在应该雇用哑巴当仆人——还得是不会写字的哑巴。要是你并不清白，那就发抖吧。侍立在你椅子后面的那个家伙，也许是一名密探，他的毛绒裤兜里藏着一条细麻绳，随时可以送你上西天。如果你是清白的，请处处注意自己的言行举止，失于检点跟干了亏心事一样，其后果是灾难性的。

“瑞蓓卡究竟是不是清白的？”

下房秘密法庭作出的裁决认定她不清白。

然而，说来令人汗颜，要是他们相信她是清白的，她就不可能继续赊账。雷格尔斯细细想来并在事后承认，正因为看到斯泰因侯爵的马车深更半夜亮着灯停在她家门外，老房东才“相信账收得回来”，这甚至比瑞蓓卡的种种花招和如簧之舌更让人放心。

就这样，也许是清白的瑞蓓卡，处心积虑、百折不回地朝着所谓“上流社会的一席之地”这个目标挺进，而仆人们则在戳她的脊梁骨。此等事就好比家里的女仆早晨发现一只蜘蛛在门边角落里织网，瞅着它辛辛苦苦地往上爬，最后看腻了，便举起扫帚把蛛网连同织网的巧匠一起掸掉。

圣诞节前一两天，蓓姬和丈夫、儿子一起动身前往钦设克劳利镇他们的祖居。按蓓姬的意愿是想把儿子留在伦敦，但她没有这样做，因为简夫人再三请求把孩子带去，另外，罗登也为妻子眼里根本没有儿子而表现出愤愤不平、似要造反的迹象。

“他是全英格兰最好的孩子，”做父亲的话里有埋怨她的口气，“看来你对他还不如对你的小狗更关心，蓓姬。罗迪不会给你添多少麻烦的：到了乡下他可以待在育儿室里，又不是整天在你眼前；路上让他跟我一起坐在车厢外面。”

“是你自己要坐车顶，因为你要抽你的臭雪茄，”罗登太太抢白他。

“不过我记得以前你挺喜欢闻那股味儿，”丈夫也不甘示弱。

蓓姬笑了；她总是那么随和，几乎从来不发火。

“那是在我巴结你的时候，傻老公，”她说。“你带罗迪坐在外面，还可以给他也抽一支，要是你乐意的话。”

罗登没有按太太所说的办法在这次冬日的旅途中给儿子暖身，而是和卜礼格斯一起在出发前用好几条羊毛围巾把孩子裹起来。清晨，天还没有亮，在“白马酒窖”客店的灯光下，罗迪少爷被举到邮车顶上；他从高处非常欣喜地观赏曙色初露，第一次到他父亲仍称之为“家里”的地方去旅行。对于罗迪来说，这是一次有无穷乐趣的旅行，路上遇到的一切事物，他都觉得新奇；罗迪提了与旅途有关的许多问题，他父亲一一作答，告诉他右首那栋白色的大房子里住的是谁，那片林苑属于什么人。他母亲带着一名女仆以及皮裘、披风、香水瓶坐在车厢内，简直如临大敌，别人还以为她此前从未坐过驿站马车，更不可能想到在大约十年前的一次旅程中，她乘的就是这辆车，当时她从车厢里被打发到外面去，以便腾出座位让付钱的乘客坐。

到了马德伯里，小罗登给叫醒过来，换到他伯父派来接他们的车上去，这时天又黑了。过不多久，前面一道很大的铁门豁然洞开，他坐起来好奇地从车窗里望出去，只见一株株椴树的白色树干从车旁掠过，直至马车终于在宅第前面停下。厅堂的窗户灯火明亮，一派圣诞节前喜气洋洋的景象。厅堂大门打开，巨大的老式壁炉生得正旺，黑白相间拼成象棋棋盘图案的石板地上已铺好一张地毯。

“这正是过去铺在内眷凉廊里的那张土耳其地毯，”瑞蓓卡心想，接着她就跟简夫人互相亲吻。

她郑重其事地跟皮特爵士也行了同样的见面礼；但罗登刚抽过烟，回避了跟他嫂子的接触。简夫人的一双儿女走到他们的堂哥哥面前，玛蒂尔达先伸过手去，并且吻了罗迪；作为宗祧继承人的皮特·宾基·索思砀[①]站在较远处打量着他，犹如一只小狗打量一只大狗。

然后贤德的女主人带领客人到为他们拾掇得整洁妥帖的卧房去，那几间屋子已由炉火烤得暖融融的。接着是两位年轻的小姐来敲罗登太太的门，借口问有没有事需要她们效劳，实际上很想瞧瞧她帽盒和衣箱里的东西，那些服饰颜色虽然是黑色的，却代表着伦敦最新的款式。她们告诉瑞蓓卡，庄院里的局面已大有改观，索思砀夫人终于走了，皮特一掌实权便在郡里占据他应有的地位。随后，开饭的钟声响

---

① 孩子与父亲、祖父同名，仍叫皮特；宾基是母亲娘家的姓氏；索思砀是外公、舅舅的爵位封号。后两者用作孩子的第二、第三个名字。当然，要不是外公家门第显赫，大概不会这样命名。

了，全家在餐桌上聚首，小罗登的座位给安排在他伯母、和蔼的女主人旁边；皮特爵士对坐在他自己右首的弟媳异常殷勤。小罗登胃口很好，也表现得很懂礼貌。

食事已毕，皮特爵士念了谢恩祷告，这家的嗣子小皮特才被引进饭厅安置在准男爵左首一把高椅子上，而他的姐姐则坐到母亲身边，那儿已为她准备好一小杯葡萄酒。

“我喜欢在这儿吃饭，”小罗登望着他伯母和善的脸说。

“为什么？”简夫人亲切地问。

“在家时我总是到厨房里去吃饭，”小罗登答道，“要不就跟卜礼格斯小姐一块儿吃。”

不过此刻蓓姬正忙于跟准男爵应酬，向男主人说了好多恭维话表示自己的欣悦和钦佩，赞叹小皮特·宾基是最漂亮、最聪明、最富有贵族气质的小宝贝，跟他的父亲又那么相像，所以她自己的亲骨肉在琳琅满目的巨大餐桌另一端说些什么，她压根儿没有听见。

罗登二世因为是客人，这又是他来到此地的第一个晚上，故而获准和大人一起待到喝罢饭后茶；这时，一本烫金的大书放到桌上摆在皮特爵士面前，宅内的全体仆人鱼贯进入饭厅，由皮特爵士读一篇晚祷。可怜的小罗迪还是生平第一遭身历这样的仪式，过去连听也没有听说过。

准男爵继位当家以来，在短短几个月内已使宅第面貌大大变样，蓓姬在大伯子陪同下到各处参观时，极口称赞整治工作做得无比出色，给人美轮美奂、心旷神怡的感觉。小罗登由孩子作他的向导，在他看来，这地方简直是一座瑰丽神奇的宫殿。这里有好几条长廊，有庄重典雅的卧房，各处分别陈列着画像、图画、古代的瓷器和盔甲。哪间屋子是爷爷临终时住的，哪间是停放爷爷灵柩的，孩子们打门外走过时表情都很恐怖。“爷爷是谁？”罗迪问。于是孩子们告诉他，爷爷已经很老很老了，只能由别人把他放在带轮子的坐椅上推来推去；有一天他们还带他去看了爷爷坐的轮椅，自从老绅士由柩车送往教堂——就是尖顶耸立在林苑里的椴树上空的那座教堂以后，这轮椅一直放在棚屋里腐烂生锈。

皮特和罗登兄弟俩有好几个上午在一起过得很有意思，他们一一察看全仗皮特爵士的精明才干取得成效的各项改进措施。他们或步行，或骑马，边看边谈，倒也互不生嫌。皮特不惮其烦地告诉弟弟，实施这些变更耗资多么巨大，外界总以为他拥有地产，又有公债利息收入，殊不知他往往连筹措二十镑一笔款子也不免捉襟见肘。

“就拿这新修的门房来说，”皮特用竹杖指着那儿，口气十分无奈地说，“这笔费用只能等一月份拿到公债利息才能付清，我想在这以前付账，简直比登天还难。”

“我可以借给你，皮特，你不用拖到一月份，”罗登沮丧地接过话茬。哥儿俩走进经过翻修的门房看了一下。洛克太太多少年来总算有了关得严实的门扉、玻璃齐全的窗户和雨天不漏的屋顶；门前石墙上的族徽也是不久前新凿的。

# 第四十五章
## 从汉普郡到伦敦

皮特·克劳利爵士在钦设克劳利庄上所做的事情，不仅仅是修补篱笆和翻建东倒西歪的门房。以他的明智识见，理所当然地已经着手重振受到损害的家声，整顿由于老子不顾颜面、理财无方而被败坏了的门风，堵住了窟窿，弥合了裂缝。父亲死后不久，他就当选为代表本选区的国会议员；另外，作为地方治安法官、郡里数得着的要人、一个古老家族的代表，他认为自己有责任在汉普郡出头露面，向郡里的慈善事业慷慨解囊，勤于拜访郡里所有的知名人士——总之，千方百计先要在汉普郡、然后在国内取得凭其盖世才华当之无愧的地位。他指示简夫人必须敦睦与法德尔斯顿家、沃普肖特家以及其他准男爵名门邻族的世交。如今那些人家的马车又经常可以在克劳利庄的林荫道上看到；他们不时来庄上吃饭，那里的庖厨手艺出色，可以看得出简夫人绝少从中插手；皮特夫妇也风雨无阻、远近不论地频频外出赴宴。虽然皮特生性冷峻，加之身体单薄，胃纳不佳，并不热中于羊羔美酒、寻欢作乐，但他认为好客和随俗对处于他这样地位的人来说势在必行；每当他因席后饮酒闲聊坐得太久而头疼时，就觉得自己是个克尽厥责的殉道者。他与最优秀的乡绅们一起议论收成、谷物法和政治。他大力鼓吹禁止偷猎，坚决主张保护野禽野兽以免无猎可打（过去他在这些问题上的观点有可悲的自由思想倾向）。他自己并不打猎，也不喜欢这项运动；他爱好书斋生活，一向斯文惯了，但他认为郡内应当继续培育优良种马，认为必须关心使狐狸得以繁殖，如果他的朋友哈德尔斯顿·法德尔斯顿爵士喜欢带领人马在克劳利的领地上与他的猎狐狗会合（旧时历来都是这样做的），那么，他将十分荣幸地在那儿欢迎他们。还有一个情况都快把索思砀夫人气疯了：皮特爵士的宗教观点一天比一天向正统趋同；他不再向公众讲道，停止参加独立教派的礼拜会，经常上圣公会教堂，到温彻斯特拜访主教和所有的圣职人员；当尊敬的屈伦珀会吏总①邀他一起玩惠斯特时，他并无异议。索思砀夫人势必认为，她的姑爷居然容许并参与如此罪孽深重的娱乐，这个人彻底完了，做岳母的心痛如绞。更有甚者，在全家从温彻斯特大教堂听了神迹清唱剧回来以后，准男爵竟对两个异母妹妹宣布，明年他很可能将带她们去参加“郡里贵族的舞会”。不消说得，两位小姐听到她们的兄长大发善心，简直把他敬若神明。简夫人照例恪遵夫命，八成她自己也巴不得能去。老伯爵夫人写了一封信，把她女儿迷恋红尘的行为描述得如堕深渊，寄往南非知照《芬奇利公地的洗衣妇》的作者。恰好这段时间老夫人在布莱顿的别墅没有人住，于是她便回到那个海滨胜地去，而小辈们也并不因她离去而如丧考妣。同样，瑞蓓卡第二次以家族成员的身份来到克劳利庄上，也没有因那位带药箱的老太太不在而特别懊丧，不过她寄了一封圣诞贺信到布莱顿去，信中先恭恭敬敬地问伯爵夫人还记不记得她，接着提到上一次在克劳利庄曾亲聆夫人的教诲获益匪浅，然后为自己在病中多蒙夫人垂怜亲送汤药深表谢忱，临了说克劳利庄上的一物一景无不令她感念人去留芳的良师益友。

皮特·克劳利之所以会更新自己的形象，受到大多数人的欢迎，大半可归因于他接受了柯曾街那个擅长玩弄权术的小妇人的劝告。

“您就在准男爵这个头衔上止步，甘心于仅仅当一位乡绅？”瑞蓓卡对他说，当时他在弟弟和弟媳家里作客。“不，皮特·克劳利爵士，我对您还是比较了解的。我了解您的才干和抱负。您以为自己不显山，不露水；但这两者您都瞒不过我。我把您论麦芽的那本小册子

① 会吏总，英国圣公会教职，地位仅次于主教的牧师。

给斯泰因勋爵看了。他原先就知道有这么回事，还说全体内阁官员一致认为那是论述这个题目最见功力的一篇著作。内阁对您相当重视，我知道您想得到什么。您想在国会里崭露头角；大家都说您是英国最出色的演说家。您在牛津时的演说至今还有人记得。您想成为代表整个郡的议员，有您自己的一票和您的选区作后盾，郡里就没有您做不成的事情。您想成为钦设克劳利镇的克劳利男爵，这个目标一定要在您的有生之年实现。这一切我都看到了。我对您的心思了如指掌，皮特爵士。有时我这样想：如果我的丈夫像拥有您的姓氏一样拥有您的智慧，我大概不至于配不上他；然而——然而——现在我是您的亲戚，”她笑着补上这么一句。“我是个可怜的小人物，一个不名一文的穷亲戚，可我却有那么点儿小小的影响。没准儿耗子还能助狮子一臂之力——这样的事儿很难预料。”

她这一席话使皮特·克劳利既惊讶又佩服。

“知我者，这个女人也！”他对自己说。“我让简读论麦芽的小册子，她连三页也读不了。对于我的雄才大略和鸿鹄之志，她一点概念都没有。这么说，我在牛津时的讲演他们还记得？这帮浑蛋！如今我代表着自己的选区，而且可能代表整个郡坐在国会里，他们想起我来了！哼！去年在一次只有男贵族参加的朝觐会上，斯泰因勋爵假装没看见我；现在他们终于开始认识到皮特·克劳利是个人物。没错儿，我还是那个被这帮浑蛋撂在一边的那个我，过去所缺少的只是机会，往后我要让他们知道，我不但会写，同样也会说，会做。盖世英雄如果手无寸铁，焉有用武之地？现今我握有宝剑，皮特·克劳利决不会永远没没无闻的。”

正是由于这个缘故，这位有的是花花肠子的外交官，才变得那么热情友好，那么关心慈善事业，才如此趋奉教长、教士，如此乐于请客和赴宴，逢到赶集的日子跟庄户人这般亲切交谈，对郡里的事情这般挂在心上。也是由于这个缘故，那年的圣诞节才过得热热闹闹、开开心心，在克劳利庄上可已经有年月没见到这番景象了。

圣诞那天，整个家族欢聚一堂。教区长全家都来吃饭。瑞蓓卡在比尤特太太面前态度落落大方、客客气气，好像后者从来不曾与她作对。她对牧师家可爱的姑娘们深表关注，惊叹她们这些年来在音乐方面大有长进，并且坚持要她们再表演一首二重唱——那是一大摞歌谱中的一曲，尽管吉姆老大不乐意，可还是给硬逼着夹在胳肢窝里从教区长住所把它们带来了。比尤特太太为情势所迫，不得不在跟那个女冒险家接触中做到表面上过得去——当然，事后在和自己的女儿谈起皮特爵士把他的弟媳奉为上宾这等荒唐事的时候，她那张嘴饶不了人。但吉姆吃饭时坐在瑞蓓卡旁边，却认为她“十分了得”。至于对小罗登的看法，全家众口一词都说这男孩长得挺不错。他们已预见到这孩子可能是未来的准男爵，横在他与这一爵位之间的唯一障碍只是那个面色苍白、体弱多病的小皮特·宾基。

孩子们之间相处得非常友好。皮特·宾基的年龄、个儿都太小，罗迪没法跟他一起玩儿；玛蒂尔达又是个女孩儿，对于一位快满八岁，衣着眼看就要换上成人款式的少爷来说，自然不是合适的伙伴。罗迪一下子就成了他们仨的头儿——有时蒙他不弃愿意跟堂弟、堂妹一起玩儿，玛蒂尔达和小皮特忙不迭地唯他之命是从。罗迪在乡下快乐非凡，开心极了。他非常喜欢到菜园子里去，对花圃也还有点儿兴趣，但在获准参观鸽棚、养禽场和马房以后，简直对那些地方着了迷。他不要堂姑姑吻他，不过有时可以接受简夫人的拥抱。晚餐后男士留在饭厅里喝红酒，女眷们退到客厅里去，这时罗迪喜欢坐在简夫人一旁，不喜欢坐在他母亲身边。原因是瑞蓓卡看见这儿好像时兴作一些亲热的表示，于是一天晚上就把小罗登叫到身边，自己弯下腰去，当着全体女眷的面吻了他。

小罗登受此一吻，直愣愣地望着母亲，满面通红，浑身哆嗦——每当他激动得厉害时总是这样。

“在家里你从来不亲我，妈妈，”他这句话使大家为之愕然，个个默不作声，蓓姬的目光是怎么也和蔼不起来了。

罗登对嫂子颇有好感，因为简夫人善待他的儿子。妯娌俩这一回可不像上次那样亲密无间。中校太太上次来到乡下时，一心要讨好女主人。但是听小罗迪先后两次说了那样的话，简夫人不免有几分寒心。再说，皮特爵士对弟媳也过于殷勤了些。

但罗迪更爱和男人而不是和女人待在一起，像他这样年龄和个头的孩子觉得应该如此；中校要到马房去抽雪茄，罗迪从不厌倦陪他父亲前往；教区长的儿子吉姆，有时也和他堂兄一起抽雪茄或找别的乐子。他和准男爵的猎场看守十分要好，是对养狗的共同爱好把他俩紧紧拴在一起。一天，詹姆斯先生、中校和猎场看守霍恩去打野鸡，把小罗登也带去。在另一个极有意思的早晨，这四位老少爷们到谷仓去打耗子取乐，小罗登从没见过比这更好玩的游戏。他们把谷仓内几条排水的管道一头堵死，从开着口的另一头把一些白鼬放进去；然后举着棍棒站在一旁静候，一条急不可耐的小猎犬(詹姆斯先生给它取名叫“钳子”)，兴奋得都快喘不过气来，它仅用三条腿作支撑一动不动地谛听大耗子在下面吱吱叫的微弱声音。那些耗子被白鼬逼急了，不顾一切地铤而走险，蹿到地面上来。小猎犬干掉了一只，猎场看守打死了另一只，罗登因为过于激动，慌乱中没打着他的那只耗子，却差点儿把一只白鼬打死。

但是，最伟大的日子要数哈德尔斯顿·法德尔斯顿爵士的猎犬在克劳利庄的草坪上集合那一天。

对于小罗登说来，这场面太壮观了。上午十点半，哈德尔斯顿·法德尔斯顿爵士的猎犬头目汤姆·穆蒂，骑马小跑来到林荫道上，他率领着密密麻麻集成一团的纯种猎犬，——犬群由猎犬头目的两个叫做“司鞭”的副手殿后，那是两名身轻如燕、一脸凶相的小厮，身穿大红外套，骑着精瘦的良种马，他们以令人叫绝的技巧挥动沉重的长鞭；任何一条猎犬擅自离群，或者当兔子从它们鼻子底下跳过去的时候，它们要是敢投上一瞥，哪怕只是眨巴一下眼睛，鞭梢立即会抽到它们皮肤最薄、最敏感的部位。

随后来到的是汤姆·穆蒂的儿子杰克，这少年体重约七十磅，身高只有四英尺，而且再也长不大了。他胯下一匹瘦骨嶙峋的高头大马，被一副百宝袋似的大鞍子覆盖了半个身子。此乃哈德尔斯顿·法德尔斯顿爵士心爱的宝马，名叫诺布。别的马由其他马童骑着陆续抵达，等候各自即将到来的主人。

汤姆·穆蒂骑马直抵厅堂门前，在那里迎候的管家向他敬酒，但他谢绝了。他率领所有的猎犬退到草坪有遮蔽的一角，那些狗就在草地上打滚嬉戏或互相凶猛地对吠，不时会发展成一场恶斗，但很快就被汤姆·穆蒂无与伦无的叱喝或鞭梢痛彻心肺的抽击所制服。

许多年轻的绅士纷纷来到，他们的良种坐骑套着齐膝的护腿以防泥水。绅士们进屋去喝樱桃白兰地，向女眷们表示一下敬意，有几位比较腼腆或心在狩猎而无醉翁之意，便脱去溅了许多泥巴的靴子，换到打猎骑的马上，绕着草坪先小跑一圈热热身。然后他们聚集在草坪一角的犬群周围，与汤姆·穆蒂闲聊：谈到上一回行猎的轶事，谈到名叫“哭鼻子”和“金刚钻”的猎犬有哪些本领，也谈到猎场的地势以及狐狸越来越少等等。

哈德尔斯顿爵士骑一匹善越障碍的矮脚赛马不久也来到宅前，他一向说话不多，走进厅堂与女士们稍事寒暄后，便退出来进入正题。猎犬被带到厅堂门前，小罗登下台阶走到犬群里，猎犬向他表示的亲热使他兴奋中不免有些害怕；它们摇着尾巴拍打他，还为了争宠而吵得不可开交，汤姆·穆蒂的詈骂和鞭子好不容易才控制住局面。

其时，哈德尔斯顿爵士肥硕的身躯费力地骑到诺布背上。

“汤姆，咱们先试试索斯特树林吧，”准男爵说。“有个庄稼人曼格尔告诉我，那片树林里有两只狐狸。”

汤姆吹响号角出发，后面跟着猎犬群、两名司鞭、从温彻斯特来的年轻绅士们、附近一带的庄户人以及从教区里招来的步行劳工，这一天他们就跟大过节似的。哈德尔斯顿爵士和克劳利中校殿后，整个行列浩浩荡荡从林荫道渐渐去远直至消失。

比尤特·克劳利牧师不好意思在侄子家门前的集合点露面，不过汤姆·穆蒂记得，四十年前他还是一名身材修长的神学院学生时，就爱骑特别烈性的马跃过很宽很宽的溪流，腾越刚刚扎好的篱笆。恰好在哈德尔斯顿爵士经过教区长住所的巷子时，这位牧师骑着一匹强壮的黑马“碰巧”从那里出来，便加入了准男爵的队伍。猎犬和骑者都看不见了，小罗登还站在台阶上，沉浸在惊异和欢乐的心情之中。

在乡下度过的这个难忘的圣诞节期间，虽说小罗登不太喜欢他的伯父老是那么冷冰冰地令人生畏，不是关在书房里埋头于法律事务，就是跟管事和佃户们打交道，然而除他以外，小罗登却赢得了不少朋友，包括他的伯母和没有出嫁的姑姑、宅内比他还小的两个孩子，还有教区长家的吉姆——皮特爵士正鼓励吉姆向庄上两位小姐之一求爱，并且明白无误地表示，一俟他那猎狐迷老子的职位出缺，吉姆将被推荐为他的继任人。吉姆自己已放弃猎狐的爱好，仅限于射野鸭或田鹬之类的小打小闹，或者在圣诞节期间不声不响玩一回打耗子的小把戏。度假期满返回大学以后，他要争取好歹通过考试，不致再次不及格。他已摒弃穿绿上衣、系红领巾之类俗气的打扮，准备适应未来的变化。皮特爵士打算通过这种经济实惠的办法向他的亲戚还债。

还在圣诞节庆结束之前，准男爵终于痛下决心又签了张支票给他的弟弟，金额是整整一百镑。此举事先曾令皮特爵士经历残酷的思想斗争，事后使他得意非凡，觉得自己的慷慨大度在世上堪称数一数二。罗登父子离开钦设克劳利镇时颇有些依依不舍。不过，蓓姬与简夫人以及两位小姐分手却比较爽快；然后这位女冒险家回伦敦去继续干本章开头我们发现她正忙着的那些事情[1]。在她的关注下，大冈特街的克劳利宅邸已彻底恢复青春，可以迎接皮特爵士携眷来住。于是，准男爵来到伦敦履行他在国会中的职责，并准备在全国范围内担当起与其雄才大略相称的重任。

在他出席的第一届会期内，这位城府极深的新任议员把所有的计划一概藏而不露，除了代表马德伯里递交一份请愿书外，始终没有开过口。但他总是准时到会，从不缺席，把议院的成规旧例一一看在眼里，烂熟于胸。在家里他孜孜不倦地阅读蓝皮书[2]，时常熬到夜深还在苦心钻研，从而引起了简夫人的忧虑和困惑，担心他会把身体弄垮。他结识了各部大臣和本党的领袖人物，决心在最近几年之内就成为他们中的一员。

简夫人的温良贤淑使瑞蓓卡打心眼里瞧不起她，以致这小妇人发现要加以掩饰都相当困难。简夫人那种类型的善良和单纯，我们的蓓姬瞅着就有气，有时候不可能不露声色，不可能不让对方察觉自己对她的鄙视。反过来，有她在场，简夫人也觉得不自在。她的丈夫经常同蓓姬谈话。他俩交流的内容似乎彼此都心照不宣；皮特跟她谈的问题从来就不曾想过同自己的妻子商量。诚然，简夫人不懂得他们在谈些什么，但在一旁当哑巴的滋味委实不好受，更加难受的是自己无话

[1] 指前一章即第 44 章开始部分所述修葺装潢大冈特街旧宅的工程。现在的第 44 及第 45 两章可能是作者因篇幅较长而一分为二的。

[2] 蓝皮书，英国议会公开发表的文件或文件汇编。

可说，却不得不恭听罗登太太指手画脚地对每一件事说三道四，提到每一个人都有现成的评语，没有一句俏皮话不是恰到好处。试想，坐在自己家里的壁炉旁无人理睬，眼瞅着所有的男人都聚在你的对手周围——这日子怎么过？

在乡下，简夫人给偎在她膝旁的孩子们（其中也有非常喜欢她的小罗登）讲故事，有时蓓姬走到屋里来，她那双绿眼睛现出轻蔑和嗤笑的表情，可怜的简夫人会在这种鄙夷的目光下默不作声。她那点儿简单的想象力，就像童话里的小仙人遇上魔高一丈的鬼怪，吓得四散而逃。她没法重新集中注意力，尽管瑞蓓卡带着微乎其微的讽刺口吻请她把那个引人入胜的故事继续讲下去。蓓姬与安分守己的思想和单纯质朴的乐趣向来格格不入，对之根本不屑一顾；她讨厌别人有这样的思想和乐趣；她嫌憎孩子，也嫌憎喜欢孩子的人。

"我对淡而无味的营养食品没有兴趣，"她对斯泰因勋爵说；蓓姬往往在他面前用漫画手法描绘、调侃简夫人的为人之道。

"邪魔不是也讨厌圣水吗？"勋爵行一个鞠躬礼，扮了个鬼脸应道，然后纵声狂笑。

所以这妯娌俩见面的时候并不很多，除非小婶子需要从嫂子那儿得到什么才去找她。表面上她们亲热得很，彼此不住口地称"亲爱的"，其实处处互相疏远。可是另一方面，皮特爵士虽然日理万机，却每天都要抽时间去看他的弟媳。

皮特爵士第一次出席下议院议长的宴会那天，找了个机会让他的弟媳瞧瞧他的一身打扮——那是他在驻蓬普尼克尔使团当参赞时穿的老派外交官套装。

蓓姬就那袭衣服向他说了不少恭维话；他走出家门之前曾向自己的妻子儿女展示过，他们都赞不绝口，现在蓓姬也表现出几乎相同的崇敬之情。她说，只有地地道道的血统贵族穿这种宫廷礼服才能穿出品位来；这种半长裤只有穿在古系世家的精英身上才般配。皮特得意地瞅瞅自己的两条腿，自以为风度翩翩，令人倾倒；其实，这双腿既不够对称，又谈不上丰满，比在他身边晃来荡去的那把细长的佩剑好不了多少。

皮特走后，蓓姬画了一幅讽刺其体型的漫画，斯泰因勋爵来了就给他瞧。勋爵看后大为欣赏，认为画得惟妙惟肖，便把那张素描带走。他曾在中校太太家里巧遇皮特 · 克劳利爵士，对新继位的准男爵、新议员极其客气。皮特也颇感惊异，因为他的弟媳竟受到这位显赫的上院议员如此器重，而蓓姬谈笑自若，妙趣横生，参加聚会的其他男宾都听得眉飞色舞。斯泰因勋爵断定准男爵的仕途才刚刚开始，勋爵急于想听他发表演说。由于他们是街坊(大冈特街通往冈特广场，而尽人皆知冈特府占去了广场的一边)，勋爵表示希望，等斯泰因夫人一到伦敦，她一定很高兴认识克劳利夫人。他每隔一两天就留一张名片在这家邻居门厅里；在邻家的上一代生前，他可从来不予理睬，尽管他们两家相互住得这么近差不多已有一个世纪了。

一些头脑灵活的聪明人正热中于玩弄权术，在这类贵人的雅集中，罗登一天比一天感到孤独。蓓姬比以前更多地让他到俱乐部里去跟单身朋友们在外面吃饭；他爱什么时候回家就什么时候回家，爱什么时候出门就什么时候出门，没有人提任何问题。他曾多次带小罗登步行到冈特街，在那儿跟简夫人和她的儿女一起打发时间；而皮特爵士在往返于家里到议院的路上，总要去和瑞蓓卡见面。

退役的中校在兄嫂家里可以一连待上好几个小时，绝少开口说话，几乎什么也不想，什么也不干。若是有事情要他做，比如去打听一下马匹或仆人的情况，或者把烤羊肉切一下给孩子们当晚餐，他倒是很乐意照办。他已经被收拾得不动脑子、唯命是从。力大无比的参孙成了大利拉的俘虏，还给剃去了头发。[1]十年前天不怕地不怕的一条烈性汉子，让人给降伏了，变成一位迟钝、顺从、开始发福的中年绅士。

而可怜的简夫人心里明白，她的丈夫已入瑞蓓卡彀中，不过她和罗登太太每次见面，照旧左一个“亲爱的”，右一个“亲爱的”，好不热乎。

---

① 故事见于《旧约 · 士师记》第16章。参阅本书第222页注⑥。

# 第四十六章
## 苦熬与磨难

与此同时，在布朗普顿的我们那些朋友也按自己的方式过他们的圣诞节，可是过得并不怎么快活。

乔治·欧斯本的遗孀一年的收入大约一百镑，她照例把四分之三交给父母充作自己和小乔吉的日常开支。加上焦斯接济的一百二十镑，这个四口之家雇一名爱尔兰女佣(她也给克拉普夫妇干活)，虽然说不上宽裕，但一年到头的日子还是过得去的。经历了早先那些风浪和失望之后，他们总算不必看别人的脸子生活，也还能请朋友来喝杯茶吃些点心什么的。塞德立先生对他过去的雇员克拉普先生一家仍然保持着“瘦死的骆驼比马大”的优势地位。老克拉普还记得当年到拉塞尔广场去吃过老板丰盛的筵席，曾经诚惶诚恐地坐在椅子边上“为塞德立太太，为爱米小姐，为在印度的约瑟先生”的健康干杯。岁月使那些往事在这个诚实可靠的办事员记忆中更增添了光彩。他每次从厨房兼饭间到楼上客厅里去跟塞德立先生一起喝茶或对水杜松子酒，总忘不了说：

“真够难为您的，这可不是当年您喝惯的饮料，先生。”

喝酒前，他照例认认真真、恭恭敬敬地祝太太小姐健康，就像在他们家业的全盛时期一样。他认为爱米莉亚小姐弹奏的仙乐妙音只应天上有，她本人更是十全十美的闺秀楷模。即使在俱乐部里，他也从不先于塞德立就座，也决不允许任何俱乐部成员说他老东家的坏话。他亲眼见过伦敦有头有脸的风云人物也要跟塞德立先生握手。

“我认识他可有年月了，”他说，“想当年，哪天都可以看到罗特希尔德[①]跟他一起在证券交易所；罗特希尔德能有今天，还不全仗了他？”

克拉普凭着绝佳的名声和一手好书法，在老东家落难后很快就另有他就：老塞德立原先拥有股份的一家商行的另一位合伙人，很愿意录用克拉普先生，并且开给他一份相当不错的薪金。

“像我这样的小鱼小虾，掉进哪一只水桶都照样能游，”他常这样说。总而言之，在塞德立的有钱朋友一个接着一个与他断绝往来的情况下，这名过去的穷雇员却始终对他忠心耿耿。

爱米莉亚必须尽量节省和精打细算，才能用她收入中留下的那一小部分钱，让她的宝贝儿子在衣着方面不愧为乔治·欧斯本的儿子，供他上学。这个寡妇克服了重重疑虑和犹豫，熬过了无限惶惑和隐忧，才下决心把小乔治送进一所小学念书。她天天晚上苦学语法和地理，自己弄懂了好教儿子。她甚至硬着头皮死啃拉丁文的变格变位，热切地希望能辅导乔吉学好这种古文。整个白天都得和儿子分离，把他送到一个没有亲人的环境中去，担心他遭到校长的笞责和同学的欺负——对于那个柔弱胆小、生性多愁的母亲来说，就跟再一次给孩子断奶差不多。小乔吉倒是欢天喜地要到学校里去。他渴望换个环境。做母亲的自己舍不得孩子离开，乔吉如此高兴，着实伤了她的心。她觉得儿子该不大情愿才对；但随即她又深深地责备自己太自私，居然忍心让自己的儿子不高兴。

这所学校的校长是痴心崇拜爱米莉亚的牧师比尼先生的朋友。小乔吉学习成绩非常出色，他拿回家去的奖品、奖状不计其数。他每晚都没完没了地给母亲讲他同学的故事：莱昂斯是个好伙伴；司尼芬就爱向老师告密；学校里吃的肉都是斯蒂尔的爸爸供应的；戈尔丁的妈妈每星期六坐马车来把儿子从学校里领回家；尼特的裤腿上有带子扣住脚板；——说到这儿，他会问妈妈：“我也可以有这样的裤子

---

① 见第 542 页注②。

吗？”——“大公牛”真了不起，都说他甚至能胜过助教沃德先生；其实“大公牛”也只有《罗马史简编》一个强项。

日子一长，爱米莉亚也像乔吉一样熟悉那所学校里的每一个学生。晚上不是辅导他做习题，就是埋头准备功课，仿佛明天上午是她自己要应付老师提问似的。有一回，乔吉跟史密斯少爷打了一架，回到家里时一只眼睛周围都发了青。他在母亲和外公面前吹嘘自己如何不畏强敌，英勇奋战，听得老绅士欣喜异常；其实，在这次斗殴中他表现得相当差劲，而且吃了大败仗。但爱米莉亚至今不能原谅那个史密斯，虽然现今他在莱斯特广场附近一家药房当一名安分守己的药师。

这位娴静的寡妇就在这些琐事中过日子，默默操劳，悉心关怀，她头上的几茎银丝记录着时光的流逝，一道依稀可辨的皱纹悄悄地刻上了她清秀的前额。看到岁月留下的这些印痕，她往往淡然一笑。

“这又算得了什么？”她问道，“我反正是个老太婆了。”

爱米莉亚的全部希望就是看到自己的儿子成为名扬四海的伟人，并认为这是他当之无愧的荣耀。她保存着儿子的习字簿、画图和作文，把它们当做天才创造的奇迹给她生活圈子里的熟人瞧。她把其中若干件郑重其事地交给铎炳小姐，请她转交小乔吉的姑姑，让欧斯本小姐给欧斯本先生瞧瞧，管教那老头儿后悔不该对已不在世间的那个人如此狠心绝情。她已把丈夫所有的过失和缺点随同遗体一起葬入坟墓；她只记得那个牺牲了一切和她结婚的爱人；只记得在她丈夫奔赴战场那天的凌晨，她曾偎在这位高尚、勇敢、英俊的军官怀里。为国王光荣献身的英雄留下了一个男孩安抚她，给她带来慰藉；如今，英雄的亡灵遥见如此举世无双的金童，一定会含笑九泉的。

笔者已经表过，小乔吉的祖父、老欧斯本先生坐在拉塞尔广场的扶手椅里，一天比一天变得暴躁易怒；他的女儿虽有好车好马，伦敦一半慈善团体的赞助人名单上有她，其实却是个孤独、不幸、饱受折磨的老小姐。她一而再、再而三地思念自己的侄儿、她见过一面的那个漂亮男孩。她渴望能坐她的华丽马车前往孩子的住处；在她独自去公园兜风的时候，日复一日地留神顾盼，但愿能遇上自己兄弟的儿子。她那位银行家太太的妹妹，偶尔光临拉塞尔广场的老家来瞧瞧自己出阁前的伙伴。她带来两个体质娇弱的孩子(由一名庄重古板的保姆照看)，吃吃地笑着，拿腔拿调地告诉姐姐：自己跟哪些贵人往来应酬；她的小弗雷德里克跟克劳德·洛利波普勋爵的长相何其相似乃尔；有一回在罗亨普敦坐游览驴车的时候，她的小宝贝玛丽亚如何受到男爵夫人的青睐。她要姐姐劝说爸爸为那一双可爱的外孙儿女作出某种安排。她决定让弗雷德里克进近卫团；就算将来他能继承家业，可是她可爱的女儿靠什么为生呢？而布洛克先生为了要买地，处处勒紧裤带，什么钱也舍不得花。

“我就指望你了，亲爱的，”布洛克太太说，“咱爸的遗产中我的那份当然得由当家的掌管，这你也明白。可怜卡斯尔托迪勋爵的羊痫风已病入膏肓，亲爱的萝达·麦克穆尔只等亲爱的勋爵一死，就把卡斯尔托迪领地的全部不动产解除束缚，那时小麦克达夫就将成为卡斯尔托迪子爵。明辛路的两位布律代尔先生已经在各自的遗嘱中为范妮·布律代尔的儿子指定了财产赠与的条款。我的小心肝弗雷德里克必须有一份可观的家产，才能娶贵族小姐为妻；你无论如何得求爸爸把他的账户重新挪回伦巴第街我们那儿去，好不好，亲爱的？你想想，老丈人的银行账户不在姑爷那儿，反而落到外人斯坦比和罗蒂手里，这也太令人难堪了。”

她这番话既有炫耀富贵的用意，又在赤裸裸地追求实利；说完以后，弗雷德里克·布洛克太太亲了一下她的姐姐(后者有一种与牡蛎接触的感觉)，带着一双穿戴齐整、衣领全都上浆的儿女，一边吃吃地傻笑，一边回到华丽的马车上去。

这位在上流社会领导潮流的阔太太，每次回娘家只会给自己帮倒忙。她父亲存入斯坦比和罗蒂银行的钱越来越多。阔太太摆的谱儿也越来越叫人受不了。可怜的寡妇在布朗普顿简陋的小屋内与儿子相依为命，殊不知有人已把贪婪的目光瞄准她守护着的宝藏。

在简·欧斯本告诉父亲已见到他的孙子的那天晚上，老头儿在女儿面前没说一句话，但也没有发怒——在回自己卧室之前跟她道晚安的口气还挺温和。老欧斯本肯定仔细考虑过女儿说的话，还向铎炳家打听过简小姐上那儿去的事。过了两个星期，老头儿问她：过去她常佩带在身的一块金链子法国小怀表哪儿去了？

“那是我用自己的钱买的，先生，”她惊恐万分地答道。

“你去另外定购一块跟它同样的；如果能弄到的话，就要一块更好的，”老爷子说完，重又缄口不语。

近来铎炳小姐又曾几次请求爱米莉亚让乔吉上她们那儿去。他的姑姑很喜欢他；她们暗示可能他的爷爷有跟孙子和解的意向。爱米莉亚自然不能拒绝对孩子大有好处的机会。这是不言而喻的；但她接受这样的邀请心情非常沉重，而且满怀疑虑。孩子不在身边的时候，她总是忐忑不安；看见乔吉回来，她那股高兴劲儿就像庆幸孩子虎口脱险似的。乔吉带回来的钱和玩具引起了她的惶恐和妒忌。她每次总要问儿子有没有见到什么男士。

“只有威廉老爵士，他带我坐四轮马车兜风去了；还有铎炳先生，下午他骑一匹漂亮的枣红马来到丹麦山庄，身上的外套是绿色的，领巾是粉红的，手里拿着头上包金的短鞭[①]，他说要带我去参观

① 这里突然冒出的“铎炳先生”只能是铎炳少校的兄弟，从他的打扮看，还是一个花花公子。原书初版本曾提到铎炳的父母有 14 个孩子，但后来被作者删去了。

伦敦塔，还要带我一起去打狐狸，那是有萨里郡猎狗参加的。”

后来，乔吉终于见到一位眉毛很浓的老先生，他戴一顶宽边礼帽，身上挂着一大串印戳子。那天他到丹麦山庄的时候，乔吉正跨着灰色小马驹，由车夫拉住调教索让他绕草坪练习骑行。

“他盯着我瞧了好半天。他哆嗦得厉害。吃完饭以后，我朗诵了‘我的名字叫诺瓦尔’①。我的姑姑哭了起来。她动不动就哭。”

以上便是那天晚上乔吉回家向母亲报告的情况。

于是爱米莉亚知道乔吉见到了他的爷爷；接着她开始焦急地等待对方提出建议，她相信拉塞尔广场那边必有一个说法。几天以后，果然有了说法。欧斯本先生正式提出要那个孩子，并准备让他继承老绅士本来打算传给他父亲的财产。老公公愿意给乔治·欧斯本太太一笔终身年金，足够她体面地过不愁温饱的日子。老欧斯本先生风闻乔治·欧斯本太太有再醮之意，即便如此，他也不抽回那笔年金。但有一点必须言明在先：孩子将完全跟他爷爷一起住在拉塞尔广场或欧斯本先生选定的其他任何地方；他可以每隔一段时间到乔治·欧斯本太太的住所去看他母亲。通过信件形式提出的建议由欧斯本先生的律师送到爱米莉亚家中并且读给她听，那天正好她母亲不在家，她父亲则按老规矩到市中心去了。

她一辈子总共只有两三回发怒，而其中一回就让欧斯本先生的律师有幸看到了。坡先生读完后把信交给她，她霍地站起来，浑身发抖，满面通红，把那张纸撕得粉碎，再扔在地上踩了几脚。

---

① 苏格兰剧作家约翰·霍姆(1722—1808)写过一出诗体悲剧《达格拉斯》。其中某些段落常被选为儿童联欢会上的朗诵材料。此处提到的一段开头四行如下：

> 我的名字叫诺瓦尔；在格兰翩山
> 我的父亲牧羊为生；他省吃俭用，
> 一心一意只想扩大他的羊群，
> 把独生子留在家中。

“‘要我重新嫁人！要我收下钱，好夺走我的孩子！竟敢提出这样的条件来侮辱我！告诉欧斯本先生，这信太可耻了，先生。对于这样卑鄙的条件我只能置之不理。您走好吧，先生，’——她像一位悲剧王后似地行了一礼，把我从屋里打发出来，”律师事后这样追述会面的经过。

她的父母对她那天的激动情绪毫无察觉，她也从未把会见的事告诉他们。对此一无所知的塞德立太太，自己正心事重重，而且事关一家人的切身利益。爱米莉亚的老父照例忙于倒买倒卖。他的酒公司、煤公司连连垮台的情况，前面已经说过。但是，他仍然煞有介事而又不知疲倦地在市中心转来转去，不久脑筋又动到另一个发财计划上；此事他经过反复思量，不顾克拉普先生的再三规劝，还是一头扎了进去而不能自拔，甚至不敢把情况告诉他的老伙计。至于在女人面前不谈钱的事——这是塞德立先生的金科玉律，所以她们完全被蒙在鼓里，不知祸之将临，直至运交华盖的老绅士不得不渐渐吐露真情。

首先是这个小户人家每周要付的账单开始出现拖欠现象。塞德立先生神色沮丧地对妻子说是印度的汇款未到。在这以前塞德立太太付账向来非常及时，现在只得去向铺子老板要求延缓一些日子；有几个做买卖的听了很是恼火，其实这样的事他们从另一些不守信用的顾客那儿经常碰到。爱米预付他们孤儿寡母的生活费总是和颜悦色，从不问长问短，全家四口就靠这笔钱勉强苦撑着。头六个月好歹总算对付过去了。老塞德立依旧死抱住一种观念不放：他的股票一定会上涨，那时也就万事大吉了。

但是半年过去了，家里指着填补缺口的六十英镑自然不见踪影，生活在困境中越陷越深。塞德立太太的身体和勇气已大不如前，她要么一声不吭，要么到厨房里去在克拉普太太面前大哭一场。卖肉的脸子特别难看，杂货铺老板凶得要命；小乔吉有几回抱怨饭菜不好，爱米莉亚自己虽然有一片面包就可以了，却不能不认为她的儿子受了委屈，于是就自掏腰包给他买些吃的，以免损害孩子的健康。

后来父母终于告诉了她，或者向她说了一通谁也听不明白的原因，身陷困境的人进行解释往往如此。一天，爱米莉亚领到了自己的钱，准备交给家里；她自己花的钱有一本账，这次因为要给乔吉定制一套新衣服，所以提出想把她领到的利息留下一部分。

这时她才被告知：焦斯给家里的钱还没有汇到。她母亲说：这个家实在没法再当，爱米莉亚早该看到种种难处，可是她除了乔吉，什么也不关心。听了这话，爱米莉亚隔着桌子把所有的钱都递了过去，没对母亲说一句话，就回到自己屋里哭得像个泪人儿似的。那天她还大大地伤心了一番，因为她不得不去把定制衣服的协议取消，可怜她一心想用这身漂亮的衣服作为圣诞礼物送给儿子，还跟她的朋友、一家小成衣铺的女裁缝就款式和做法商量过好多次呢。

最困难的是她必须把这件事向儿子讲清楚；结果小乔吉大哭大闹。圣诞节人人都有新衣穿，别人会耻笑他的。他太想要新衣服了。母亲明明答应要给他的。可怜的寡妇能给他的唯有亲吻。她扑簌簌地掉着眼泪精心织补儿子的旧衣服。后来她又在自己的一些穿戴饰物中翻寻，看有没有什么东西可以卖掉，以换取乔吉盼望已久的新衣。她找出了一条印度披巾，那是铎炳寄来送给她的。她记起以前曾和她母亲一起去过拉德盖特山一家卖印度货的漂亮商店，女士们的这类用品可以在那儿买卖、交易、寄售。她想到这个主意后，顿时两颊涨红，眼睛闪亮，早晨吻过了乔吉，喜形于色地目送他去上学。孩子从她的神情中感觉到一定有好消息。

爱米莉亚把披巾用一方头巾(这也是好心的少校所赠)包起来藏在斗篷里，面红耳赤、心急如焚地前往拉德盖特山，沿着公园的围墙一路小跑，穿过广场和十字路口更是疾步快奔；好多男人见她打自己身旁匆匆而过，禁不住要瞅瞅她那涨红的俏脸庞。她盘算着卖披巾所得的钱该怎么个花法：除了那套衣服，她要买乔吉向往已久的几本书，还得付他半年的学费；她想给父亲买一件斗篷换掉老爷子所穿的那件旧大衣。她对少校这件礼物的价值没有估计错。那种织物极其精美细密；商店的老板给了她二十个畿尼买下这条披巾，店里还可以赚不少钱呢。

她拿了这一大笔钱，又惊异又兴奋，赶紧直奔圣保罗教堂陵园路，到那儿的达顿书店去买《家长好帮手》和《森得福和默尔顿》[①]，然后带着一包书坐街车兴冲冲回家。她用工整娟秀的书法在扉页上题写："乔治·欧斯本　　妈妈满怀深情给他的圣诞礼物"。这几本书连同上面字迹清丽的题签一直保存至今。

她刚走出自己的房间，打算把书放在乔吉桌上，好让他放学回家就看见；在过道里她遇上了自己的母亲。薄薄的七本烫金封面的精美小书引起了老太太的注意。

"那是什么？"她问。

"给乔吉的几本书，"爱米莉亚答道。"我——我答应给他买的圣诞礼物。"

"书？！"老太太发出愤怒的惊呼。"家里连面包都快吃不上了，你还买书！为了让你和你的小少爷什么也不缺，为了不让你父亲蹲班房，我卖掉了所有的细软，还把那条印度披巾也从肩上摘下来变卖，一直卖到我的那一套银匙子——就为了免受卖肉、卖菜、卖杂货的窝囊气，为了让克拉普先生能拿到他应得的房租——说实在的，他决不

---

① 《家长好帮手》，英国女作家玛丽亚·埃治沃思（1767—1849）所写的一套儿童教育故事汇编的总称（1796—1801）；《森得福和默尔顿》，英国作家托马斯·戴（1748—1789）所写的儿童系列小说集（1783—1789）。

是一个狠心的房东，从不得罪人，何况他也得养家糊口。哦，爱米莉亚！你只知道惯你的孩子，给他买书，就是舍不得跟他分开——你太伤我的心了！哦，爱米莉亚！但愿上帝赐给你的孩子比我的孩子孝顺！焦斯把这么大年纪的父亲撂下不管；再说你的乔吉，他像个富家子弟那样上学，脖子上挂着金链子金表，而且他完全可以不愁衣食，还有花不完的钱；可你的老父、我那亲爱的老头儿兜里连一个先——先令也没有。”

歇斯底里的哭泣中断了塞德立太太的怨言。牢骚和哀号在这座小房子的每一间屋里激起回响。住在那儿的另外几个女人把这次对话的每一个字都听得清清楚楚。

“哦，妈妈，妈妈！”可怜的爱米莉亚也哭了。“你什么也不告诉我；我——我答应给他这些书。今天上午我——只是把我的披巾卖了。这些钱你拿去——全都拿去，”她用颤抖的手掏出一枚枚银币、一个个金镑——把它们全都塞到母亲手里，结果因为两只手盛不下而掉到地板上，又纷纷从楼梯上滚下去。

然后她回到自己房间里，废然倒下，陷入绝望和无以复加的悲苦之中。现在她明白了：由于她的自私，孩子成了受害者。要不是她从中作梗，小乔吉可以得到财富、身价、深造，可以接替他父亲的位置，而已故的乔治也是为了她才被剥夺本该得到的一切。只要她一句话，她父亲就可重新获得温饱，孩子将从此平步青云。哦，认识这样残酷的事实——叫她那颗柔弱而又受到伤害的心灵如何承受得了？！

# 第四十七章
## 冈 特 府

众所周知，斯泰因勋爵的伦敦府邸坐落在大冈特街的起点冈特广场，已故的皮特·克劳利爵士生前第一次见到瑞蓓卡就是在那条街上。隔着栅栏透过黑幽幽的树木的间隙向广场花园中张望，可以看见几个寒酸的家庭女教师带领面无血色的学生在那儿走来走去，环绕着一小块保养不善的草地转悠。草地中央矗立着曾在明登[①]打过仗的冈特勋爵塑像——套着有三根小辫的假发，但身上的打扮却像一位罗马皇帝。冈特府几乎占据了方形广场的整整一侧，其余三侧的一座座宅子大都如美人迟暮，风光不再——高大的独立楼房已经发黑，窗框是石青色的，有的在不太深的红砖背景前还比较醒目。看来现在那些窄小而又不方便的窗户里边不会十分明亮。旧时那些人家听差的号衣多半镶有饰条，专司照明引路的小厮通常将火把伸进铁制熄烛器[②]内把它弄灭；昔日大张绮筵、宾至如归的盛况已和华服听差、引路小厮一起如风流云散，虽然熄烛器仍插在台阶上方的灯旁。门上钉铜牌的风气也渗透到广场来了：某某大夫医寓；狄德尔塞克斯银行西城分行；英欧重新联合会[③]，等等。这里的景象相当凄凉；斯泰因勋爵巍峨的宫殿也好不到哪儿去。我从外面看到的只是高大绵长的围墙；大门口有一些做工粗糙的圆柱，一名年老的司阍间或探头向门外张望，他那肥胖的紫糖脸神情阴郁；围墙挡不住视线的唯有顶楼和卧室的窗户，还有如今难得冒烟的烟囱。现在这一代的斯泰因勋爵住在那不勒斯，与冈特广场的围墙这等令人沮丧的画面比起来，他更喜欢海湾、卡普里岛和维苏威火山的景色。

沿新冈特街走几十码，快要折入冈特马房的地方，有一扇不起眼的小小后门，看上去跟任何别的马房门没什么不同。但曾有不少闷罐子似的小马车在那扇门前停下，我的消息来自汤姆·依夫斯，此人无所不知，是他带我去看了那个地方。

“亲王和珀蒂塔[④]曾经从这扇门里进进出出，老弟，”他不止一次对我说；“玛丽安娜·克拉克跟——公爵[⑤]也进去过。这门通往斯泰因勋爵著名的密室——一间全部用象牙和白色缎子布置起来，另一间用的是乌木和黑丝绒；还有一间小宴会厅完全仿照庞贝古城萨卢斯特[⑥]府邸餐厅的风格，由科斯威[⑦]作画；专用的小厨房里每一只锅子都是银的，所有的烤叉都是金的。埃加利泰·奥尔良公爵[⑧]和斯泰因公爵一起玩昂伯尔[⑨]赢了一位大人物[⑩]十万镑那天晚上，公爵就在那儿烤过山鹑。这笔钱一半资助了法国大革命，一半买下了斯泰因勋爵的侯爵头衔和嘉德勋位，余下的——”但笔者并不打算交代余下的钱派了什么用场，尽管每个人的每件事汤姆·依夫斯全知道，他准备把每一先令的去处报出明细账来，而且远远不止于此。

除了他的伦敦宫殿，侯爵在全英各地拥有多处城堡和宫邸，有关的介绍可以在旅行指南中找到，如：香农河岸的强弩城堡和森

---

① 明登，德国西部一城市。1756—1763 的七年战争中，英国站在普鲁士一边，曾在明登附近击败法、奥军队。

② 这是一种中空的圆锥形器具，往往安装在长柄上，用以罩住蜡烛或火炬使之熄灭。

③ 主张英国与欧洲大陆各国的天主教会重新联合的宗教团体。

④ 亲王指威尔士亲王(英国王储)，即后来的乔治四世；珀蒂塔系莎剧《冬天的故事》中的女主人公，此处指因扮演这个角色饮誉剧坛并使王储为之倾倒的名优玛丽·罗宾逊(1758—1800)。

⑤ 指威尔士亲王之弟约克公爵及其情妇。

⑥ 萨卢斯特(公元前 86—公元前 34？)，古罗马历史学家及政治家，历任财务官、护民官等职。

⑦ 理查德·科斯威(1740—1821)，威尔士亲王赏识的宫廷画家。

⑧ 埃加利泰(法语“平等”的音译)·奥尔良公爵(1747—1793)，法国国王路易-菲立普之父，以同情和支持法国大革命著称，故而于 1792 年宣布放弃爵位并改名“埃加利泰”，但仍于次年因被怀疑叛国而上了断头台。

⑨ 昂伯尔，一种用 40 张纸牌玩的三人游戏，起源于西班牙。

⑩ 指威尔士亲王。

林；卡马森郡的冈特城堡，理查二世曾被囚禁在那里；约克郡的冈特里山庄，我听说那里供客人早餐时用的银茶壶就有两百把之多，与之配套的器具也都极尽富丽之能事；汉普郡的枕流居，就更不在话下了，那是斯泰因勋爵的一个农场，也是一所简朴的避器别墅，可是勋爵死后，那里的家具陈设公开拍卖，见到的人无不啧啧称羡，当时情景我们都还记得（经手此事的一位著名拍卖师，现在也已作古了）。

斯泰因侯爵夫人出身名门——古老的凯尔来昂家族，即卡米洛侯爵府；他们从自己的始祖、受尊敬的占卜师皈依基督教时起，一直保持着信仰旧教的传统。他们的世系可以上溯到布鲁特王抵达英伦三岛之前。彭德拉贡是该家族长子的头衔。其余的男丁分别取名亚瑟、尤瑟、卡拉多克，究竟从什么时候起始已无从查考。在多次效忠于旧教的密谋中，有不少人掉了脑袋。伊丽莎白斫下了与她同时代的亚瑟的头颅，后者是腓力与马利①的心腹，曾在苏格兰女王与她的吉斯家族舅舅们②之间传书递简。亚瑟的小儿子是大公手下的一名军官，在有名的圣巴托罗缪之夜③立过大功。马利·斯图亚特遭幽囚期间，卡米洛家族始终不断密谋恢复她的王位。在无敌舰队④扬威海上的时代，该家族曾斥巨资装备一支抗击西班牙人的军队；由于庇护天主教士、拒不参加国教礼拜以及顽固地站在旧教立场上干的种种蠢事，又一再

① 腓力二世（1527—1598），西班牙国王（1556—1598 年在位）；马利一世，即马利·都铎（1516—1558），英国女王（1553—1558 年在位），即位后恢复天主教，残酷迫害新教徒，1554 年与腓力二世结婚，史称“血腥的马利”。

② 苏格兰女王即马利·斯图亚特（1542—1587），出生后数日就因父死而即位，1567 年被废，逃往英格兰，被伊丽莎白一世囚禁并于 1587 年被处决。她的母亲出身于主张迫害新教徒的法国贵族吉斯家。

③ 亨利·吉斯大公（1550—1588），法国将军，以疯狂迫害胡格诺教派（新教）遗臭于世。1572 年 8 月 24 日圣巴托罗缪节前夜，天主教徒们在巴黎血腥屠杀新教徒，史称“圣巴托罗缪惨案”。

④ 指 1588 年西班牙国王腓力二世为远征英国而组成的舰队。

遭到伊丽莎白课以罚锾和没收财产的处分，经济实力元气大伤。到了詹姆斯一世朝内，该家族出了个不肖子孙，在这位伟大的神学家君主的宏论影响下，一度放弃了原来的信仰；而这一暂时的变节行为在一定程度上恢复了家族的财力。但是到了查理一世①朝内，下一位卡米洛伯爵恢复了家族源远流长的信仰，于是他们又继续为信仰而战斗，只要斯图亚特王朝的苗裔一脉尚存，起来发难或鼓动叛乱，他们就不惜为之毁家纾难。

玛丽·凯尔来昂小姐是在巴黎一座修道院里长大并受教育的。玛丽·安托瓦内特王妃②是她的教母。她在风华正茂的时候嫁给——有人说是卖给了——冈特勋爵，因为彼时后者在巴黎菲利普·奥尔良公爵的数次宴会上赢了她的兄长好几笔巨款。冈特伯爵与灰衣火枪团的马尔什伯爵那次有名的决斗，被舆论认为起因于那名军官(他为王后当过侍从，其后仍一直受宠)欲娶美丽的玛丽·凯尔来昂小姐为妻。马尔什伯爵在决斗中受伤后尚未康复，玛丽小姐便嫁与冈特伯爵并且住进冈特府，有一个时期还给瑰丽的威尔士亲王宫锦上添花呢。福克斯为她祝酒。莫里斯和谢里丹作曲填词赞颂她。马尔姆斯伯里以最优美的姿势向她鞠躬行礼；沃尔坡尔称她风度迷人；德文希尔公爵夫人差点儿还吃她的醋。但她自从进入那个圈子，被那里纵情狂欢的氛围吓坏了，在有了两个儿子以后便息影回归清心寡欲的生活。斯泰因勋爵爱好声色犬马，而他那位夫人却胆怯、沉默、迷信、郁悒，无怪乎他们结婚后外界难得能见到两人在一起的双双俪影。

前面提到过的汤姆·依夫斯本人与此书并无关系，但他熟知伦敦

① 查理一世(1600—1649)，英国国王(1625—1649 年在位)，斯图亚特王朝的末代君主，因对抗国会、压迫清教徒引起内战，战败后被国会处死。

② 玛丽·安托瓦内特(1755—1793)，法国王储(后来的路易十六)之妻。大革命中被处决。

所有的大人物，了解每个家庭的轶事和隐私。关于斯泰因勋爵夫人，他还告诉我另一些秘闻，也许是真，也许不实。

“那个女人在自己宅第内忍受的屈辱，”汤姆说过不止一次，“实在太可怕了。斯坦因勋爵竟要她跟这样一些女人同桌吃饭：克雷肯伯里夫人；契本汉姆夫人；法国秘书克律什卡塞的太太。我是宁死也不会让依夫斯太太去跟那些女人交往的，”汤姆·依夫斯话虽如此，但为了结识她们，他恐怕不惜牺牲自己妻子的名声；要是那些女士中任何一人向他行个礼或请他吃顿饭，他还求之不得呢。“总而言之，她不得不与一些**顶尖儿的贵人姘头**为伍。其实，她的身价不比波旁王室低；跟她相比，斯泰因家族只配当听差，无非是暴发户罢了（说到底，他们并不是老冈特家的嫡系，只是从那儿不明不白分出来的一个旁支）。不过，话又得说回来，”请读者务必记住，说话的始终是汤姆·依夫斯，“斯泰因侯爵夫人，论身份、地位在英国都属最高贵的女人，会无缘无故对她丈夫这样低首下心？咳！告诉你，其中有**难言之隐**。我告诉你，当初流亡到英国来的马尔什神父，曾经和皮伊塞、滕坦尼亚克一起受雇从事基布隆冒险[1]；此人就是一七八六年跟斯泰因决斗的那个灰衣火枪团上校。这样，他和侯爵夫人又见面了；直到上校神父在布列塔尼被打死，斯泰因勋爵夫人才开始过极端虔诚的生活而且至今不变。她每天都关在屋子里向自己的忏悔神父告解，每天上午到西班牙广场去做晨祷，我在那儿观察她来着——不，我是偶尔路过那儿——我敢肯定她心中必定藏着秘密。人们不会长期这样忧忧郁郁、一脸愁苦，除非心中有追悔不已的隐情，”汤姆·依夫斯摆出一副深谙世故的样子晃动着脑袋添上一句；“我敢肯定，要不是勋爵

① 基布隆是法国西北部布列塔尼地区的一个半岛。1795 年，一批法国亡命者依靠英国舰队的帮助在那里登陆，企图向大革命的拥护者反攻倒算，结果以失败告终。

手里握着她的什么把柄，像在她头上悬着一把剑，那女人对他决不会这样俯首帖耳。”

如果依夫斯的情报可靠的话，这个女人尽管地位很高，私底下却不得不经常忍辱含垢，在平静的表情下掩藏许多说不出的苦楚。你我这些没有上过名人录的难兄难弟，大可欣然告慰自己，须知那些比你我富贵得多的人其实可怜得很，达摩克利斯虽然坐的是软缎锦墩，人家用金银餐具侍奉款待他，可是头上始终悬着一把利剑[①]——这把剑或者是催讨欠债的执达吏，或者是遗传的疾病，或者是深藏的家丑，它无时无刻不从绣帏后面虎视眈眈，总有一天会掉下来命中要害。

把穷人的处境与达官贵人的处境加以比较（仍据依夫斯先生的说法），还有令穷人感到宽慰的地方。既然你我少有或没有财产可遗留或继承，你我跟自己的父亲或儿子倒能相安无事；反顾斯泰因勋爵那样的大贵人，其继承者必然会因自己未能执掌大权而心怀不满，对把持着宝座不放的主儿侧目而视。

“所有的豪门都逃不出一条规律，”惯于冷嘲的依夫斯老兄如是说，“老子和长子总是冤家对头。王储照例跟在位的过不去，或者迫不及待地想继位。莎士比亚到底通晓世故人情，我的好老弟，所以他描写海尔王子试戴他父亲的王冠[②]，其实写出了天下一切当然继承人的普遍心态。附带说一下，冈特家声称他们就是海尔王子的后代，其实他们跟冈特的约翰[③]毫不相干，正像你们跟冈特的约翰毫不相干一样。倘若你

---

① 古代希腊、罗马传说中的叙拉古暴君狄奥尼修斯，为了惩治羡慕他的谄臣达摩克利斯，设宴款待达，并用一根马鬃拴住一把利剑悬在达的头顶上方。

② 海尔王子，即英王亨利四世之子亨利王子（1387—1422），后来的亨利五世（1413—1422 年在位）。见莎士比亚的历史剧《亨利四世》下集第 4 幕第 4 场。

③ 冈特的约翰，即兰开斯特公爵（1340—1399），亨利四世之父。亨利四世是兰开斯特王朝的第一代君主。

是公爵爵位和每天一千镑收入的继承人，难道你不想早日到手？笑话！正因为每一个大人物都曾这样看待自己的父亲，他必然明白自己的儿子对他也会产生同样的想法；所以他们之间的关系只能是相互猜忌，彼此敌视。

“长子看待他的弟弟心情也是这样。我的好老弟，你应该知道，每一个长子都把家里的次子一直到幼子都看成自己的天敌，认为他们剥夺本该归他所有的现成家财。我常听巴耶塞特勋爵[①]的长子乔治·麦克塔克说，要是他可以按自己的意愿行事的话，他一旦承袭爵位，就学土耳其苏丹的做法，立刻把他所有的弟弟统统砍掉脑袋，血洗整个领地。其实所有的长子想法也都大同小异。我告诉你，他们骨子里一个个都是土耳其人。呸！老弟，他们深谙世故，精明得很。”

这时正巧有位大人物走过来，汤姆·依夫斯赶紧脱帽迎上前去，又是鞠躬，又是微笑——这些都表明他也世故得很，当然，那是汤姆·依夫斯式的世故。他已把所有的财产悉数存本取息，一个先令也不留，从此坐享年金。汤姆·依夫斯不必对他的侄辈怀恨在心，对于比自己地位高的人也无须抱有其他任何想法，只是经常心存一种宽宏大度的愿望——上他们家去吃饭。

侯爵夫人作为一个母亲，对她的孩子自然怀有深情；但在她与正常的母爱之间却横着一道残酷的障碍，那就是不同的宗教信仰。她对儿子的爱本身，只能使这位胆小而又虔诚的贵妇更加害怕，更加痛苦。把母子隔开的鸿沟是命中注定而又不可逾越的。她无法把自己手无缚鸡之力的双臂伸到沟那边去，也无法把她的孩子拉到这边来，尽管她的信仰告诉她，沟那边不安全。儿子还小的时候，斯泰因勋爵作

---

① 这是作者或作者让依夫斯杜撰的封号，因为巴耶塞特是土耳其苏丹(1389—1402 年在位)。

为一个饱学之士兼诡辩爱好者，在乡下庄园里最喜欢的饭后消遣，就是让孩子的老师、牧师屈雷尔先生(如今已是伊林市的主教大人)和勋爵夫人的忏悔神父莫尔在一起品酒谈心，辩论新教旧教孰是孰非。他自己在一旁看牛津大战圣阿舍尔[①]，一会儿欢呼："棒极了，拉蒂默[②]！"一会儿喝彩："说得好，罗耀拉[③]！"勋爵向莫尔神父许愿，要是后者改宗圣公会，一定让他当主教。另一方面，勋爵又信誓旦旦地表示要运用自己的全部影响让屈雷尔戴上红衣主教的帽子，只要他皈依天主教。两位教士都不甘示弱。虽然慈母希望她心爱的小儿子能复归她的教会成为一个天主教徒，但虔诚的侯爵夫人面临着可怕的失望；这失望似乎是对她与异端结婚之罪所施的惩罚。

每一位经常查阅贵族人名录的读者都知道，冈特勋爵娶了高贵的贝拉克尔斯伯爵之女布兰琪·西斯尔伍德小姐，这部可信的历史前面曾提到过她。冈特府的一侧厢屋让这对夫妻使用，因为一家之主意欲君临整个冈特府，只要他当一天家，就要一天独揽大权。不过他的长子与妻子不和，很少住在家里，而且借了好多太子账——反正除了父亲给的那点十分有限的数目外，他尽自己所需举债，以遗产继承权作抵押。侯爵清楚地知道他儿子负债的金额，可以说一个先令也不差。在他撒手人寰以后，他被发现拥有他长子出具的大量借据，那都是侯爵生前买下来遗赠给次子的孩子的。

有一件事令冈特勋爵十分沮丧，却使他的天敌父亲暗暗称愿，那就是冈特夫人无所出，于是家里向在维也纳当外交官并热中于跳华尔

---

① 牛津大学神学院是英国圣公会正统信仰的中心；圣阿舍尔是法国北部城市亚眠郊外一村庄，波旁王朝复辟后在那里建立了一所天主教耶稣会神学院。

② 休·拉蒂默(1485—1555)，英格兰宗教改革领袖，由当时正统的天主教改宗新教，被女王马利·都铎火刑处死。此处指屈雷尔牧师。

③ 罗耀拉是耶稣会的创始人。此处指莫尔神父。

兹的次子乔治·冈特勋爵表示，希望他回去跟可敬的琼小姐、约翰·琼斯的独生女缔结良缘——她父亲是引线街琼斯、布朗与罗宾逊银行的大股东，并已受册封为第一代赫尔维林男爵。这门亲事结出的果实有好几个子女，不过他们的事迹与本书无关。

他俩的婚姻起初堪称幸福美满。乔治·冈特勋爵不仅能阅读，文笔也还可以。他的法语说得相当流利，在欧洲跳华尔兹的高手中亦属数一数二。凭着这些才具，加上他在国内的身价地位，这位勋爵无疑会在外交界官运亨通，飞黄腾达。他的夫人出入各国宫廷，周旋于王公贵族中间简直如鱼得水；她的财力使她随丈夫出使到欧陆各大都会时尽可按奢华的规格接待宾客。人们纷纷议论他将被任命为公使，而旅行家俱乐部里甚至有人愿意打赌说他不久就将出任大使。正在这个当口儿，不提防有这位外交秘书行为出格的风声传来。在他的上司举行的一次外交盛宴上，他突然跳出来宣称有人在鹅肝酱里下了毒药。他到一家大酒店去赴巴伐利亚公使施普林格博克-霍亨劳芬伯爵举办的舞会时，居然剃了个光头，身穿嘉布遣会①托钵修士那种带尖顶风帽的会服。这又不是假面舞会，尽管有人想用这种说法文过饰非。

“这事儿太蹊跷，”人们窃窃私议。“他跟他外公一个样。那是这一家的遗传病。”

他的妻子携子女返回英国，在冈特府定居。乔治勋爵辞去了他在欧洲大陆的外交官职务前往巴西——这消息刊登在《公报》上。但是人们了解的情况并非如此。乔治勋爵没有从那次所谓的巴西之行归来；他未曾死在巴西；他也不住在巴西；他压根儿没去过巴西。他并不在任何地方，他完全消失了。

① 嘉布遣会，天主教方济各会的一支。

“巴西是圣约翰的丛林，”好事者面带意味深长的冷笑散布缺德的流言。“里约热内卢是一座围在四面墙内的小屋；乔治·冈特衔命出使该国首都，那里的看守还向他授勋——给疯子穿的约束衣。”

在名利场上，留者送给逝者的往往就是这样的墓志铭。

每周两到三次，可怜的母亲总是大清早就带着沉重的负罪感去看望不幸的病人。有时他冲母亲笑(听这笑声比听他号哭更令人心酸)；有时母亲发现这位在维也纳会议期间潇洒倜傥的外交官拖着一件玩具走来走去，或者抱着看守的玩偶娃娃当小孩哄。有时他认得母亲，也认得陪同母亲来的告解教士莫尔神父，在更多的情况下他忘了母亲，也忘了妻子、儿女、情爱、雄心和前程。但他却记得自己进餐的时间，假若酒里对了太多的水淡而无味，他也会哭鼻子。

这是一种神秘的血液污染在作祟，它是由可怜的母亲从她自己源远流长的祖上带来的。在她父系家族中，这种恶性病魔曾发作过几次，事情远在斯泰因夫人犯下她的罪过之前，至于她以持斋、眼泪和忏悔来赎罪自然比这更晚。当时家族的颜面犹如法老的头生子遭到当头一击①。这座古老巍峨的门第是由堂皇的冠冕和镂雕的纹章装饰起来的，从此却被厄运打上了黑色的烙印。

失踪的乔治勋爵的孩子其时却在天真烂漫地成长，浑然不知厄运也在他们头顶上方盘旋。起初他们还谈起自己的父亲，商量如何防范他回来。渐渐地他们提到这个活着的死人次数越来越少，后来干脆无人再提。然而，不幸的老祖母心里明白，他们将要继承的不光是他们父亲的名位，也包括他的耻辱，一念及此她便不寒而栗。先人遭受的诅咒迟早会落到他们身上；在这一天来到之前，老太太只能揣着一颗

---

① 法老(埃及王)百般虐待希伯来人，又阻挠他们离开埃及。于是，“耶和华把埃及地所有的长子，就是从坐宝座的法老直到被掳囚在监里之人的长子，以及一切头生的牲畜，尽都杀了。”见《旧约·出埃及记》第12章第29节。

冰凉的心静观其变。

不祥的预感也如影随形地缠住斯泰因勋爵不放。他试图把这个徘徊床畔的可怕幽灵淹没在葡萄美酒的红海里，有时在喧闹的人群和胡天胡帝的狂欢中果然能摆脱它的尾随。但只要剩下他一个人的时候，幽灵又必定悄然回来，而且一年比一年变得越来越肆无忌惮。

“我已经摄走了你的儿子，”幽灵说，“为什么不能把你也带走？我可以在某一天把你关进监狱，就像囚禁你的儿子乔治那样。明天只要我在你的头上拍一下，你所有的荣华富贵、醇酒妇人、法国庖厨、帮闲亲朋、高楼骏马——都将化为乌有，换成一间牢房、一名看守和一张稿荐。”

这时勋爵会向对他进行恫吓的幽灵表示极度的轻蔑，因为他有一手绝招可以不让他的对手得逞。

可想而知，在冈特府雕镂精美的高大正门里边，在冠冕已然熏黑、图案如同密码的纹章族徽背后，尽管财大势盛，金碧辉煌，却不见得福如东海。那里的筵席是全伦敦最豪华的，但除了勋爵的座上客，谁也不会从中获得多少快乐。如果他不是这样一位显贵，很可能这里是一派门前冷落车马稀的景象。然而名利场上有一条不成文的定规，叫做“为尊者讳”。有一位法国女士说过：“勋爵的人品是明摆着的，针砭这样一位人物必须三思而行，慎之又慎。”某些吹毛求疵的批评者和拘泥小节的道学家也许在戳斯泰因勋爵的脊梁骨；但要是勋爵邀请他们赴宴，他们定会欣然前往。

“斯泰因勋爵的行为也太不检点了，”司林斯通夫人说，“可是人人都上他家去，当然我得多留点儿神，不能让我的几个女孩子沾上了邪气。”

“我深感勋爵的知遇之恩，”伊林市的主教屈雷尔博士说，“全仗他的提拔我才有今天，”他心里在想，大主教已是风烛残年，屈雷尔太太和屈雷尔小姐宁可不上教堂，也不愿错过勋爵府的一次聚会。

“他的道德观念一塌糊涂，”年轻的索思砀勋爵对他的妹妹说，后者从她妈妈那儿听到有关冈特府的一些恐怖传闻后，对兄长婉言规劝；“可是管它呢，反正他家有欧洲最好的干葡萄酒。”

至于皮特·克劳利准男爵又持什么态度呢？这位品行堪称模范、主持过布道会的皮特爵士，连一闪念的工夫也未曾考虑过不去冈特府这件事。

“你在那儿会见到像伊林市主教和司林斯通伯爵夫人那样的一些人物，你完全可以放心，简，”准男爵对妻子说，“没人会说**我们**的闲话。斯泰因勋爵的身份地位非同寻常，像我们这一档次的人，需要仰仗他的地方多着呢。他是郡里的治安长官，亲爱的，这可是一个很受尊敬的头衔。再说，早年乔治·冈特和我私交很深；我们一起在蓬佩尼克尔当参赞的时候，他还是我的副手。”

总而言之，凡是受到邀请的，人人都会去巴结这位大人物。同样，你——读者——会去，我——作者——也会去，除非我们没有被邀请。

# 第四十八章

## 读者将被引入上流社会的精英圈子

蓓姬对丈夫家族的首脑热诚相待、多方关照的一片苦心，终于得到极其丰厚的回报：这当然不是物质酬劳，可是那个小妇人对它企盼的热切程度却甚于较为具体的实惠。虽说她并不想过安分守己的生活，至少她希望享有正派女人的好名声，而我们知道，上流社会的女人要实现这一梦寐以求的目标，非得帽子上插羽毛、身穿曳地长裙，经人引见进宫朝觐君主不可。经过那次隆重的接见，她们就被打上正派女人的印记。御前大臣发给她们一张恪守妇道的证书。被怀疑可能传播疾病的货物或邮件，在检疫时要送入高温室消毒，再喷洒芳香醋杀菌，然后可以宣布已经净化；同样，许多名声不太好的女人本来或许会伤风败俗，经过朝觐的净化冶炼，出炉后也就白璧无瑕了。

毫无疑问，贝拉克尔斯夫人、塔夫托夫人、乡下的比尤特·克劳利太太以及跟罗登·克劳利太太打过交道的其他女士，只要想到那个可恶的女冒险家向君主行屈膝礼，一定会大声疾呼："呸，不要脸！"也一定会说，要是亲爱善良的夏洛特王后活着的话，她决计不让这样一个品行极端恶劣的女人踏进她圣洁的接见厅。但是，考虑到罗登·克劳利太太是在欧洲第一君子驾前接受面试，并且取得名声考试的合格证书，如果再对她的品德有任何怀疑，那可是赤裸裸的不忠了。就我个人而言，我在回顾历史上那位伟人的时候，充满诚惶诚恐的敬爱之情。啊，既然英伦最有教养的精英众口一词把位居至尊的君主敬称为"王国第一君子"，可见面圣淑女在名利场上被看得多么崇高和尊贵。亲爱的M①，哦，我少时的朋友，你是否记得，二十五年前一个幸福的晚上，德鲁里街剧院正在上演《伪君子》，舞台监督是埃立斯顿，由道敦和里斯顿担纲主演，当时有两个男孩得到他们忠君爱国的师长同意，走出受教的斯劳特学校，登上德鲁里街剧院的舞台，和拥挤在那儿的人群一起向国王致敬[2]。**国王**？没错，他去看戏了。皇家禁卫军仪仗卫士守卫在王室包厢前面；斯泰因侯爵(侍妆总管)等朝廷要员在他所坐的椅子后面，**他**坐在那里，面色红润，体态肥胖，胸前挂满勋章，一头浓密的假发卷成条状。我们引吭高歌《天佑吾王》，气势恢宏的音乐声震屋宇。人们热烈欢呼，挥舞手帕。女士们激动得哭了；母亲们紧紧搂住孩子；有人当场晕厥。正厅后座的观众被挤得都快窒息了[3]，欢声雷动的剧场里可以听到呼痛的尖叫。狂热的群众——当时在场的他的臣民——确实表现出他们几乎愿意为他去死。是的，我们看到了他。命运不能剥夺我们这种体验。别人有看到过拿破仑的。活着的人中间还有少数看到过腓特烈大帝、约翰生博士、玛丽·安托瓦内特等等。如果我们向自己的孩子夸耀，说我们见到过乔治国王，见到过大好人乔治、了不起的乔治、伟大的乔治，那也在情理之中，并非吹牛。

却说罗登·克劳利太太一生中一个大喜的日子来临了，这位天使获准进入她朝思暮想的宫廷天堂，由她的嫂子为之引见。在指定的那天，皮特爵士和他的夫人坐上能容纳全家人的大马车(这是最近定造的一辆新车，以备准男爵就任郡长之用)，来到柯曾街那栋小楼前，令雷格尔斯大开眼界——他从自己的蔬菜铺子里望过去，只见车厢里边有好些艳丽夺目的羽毛，穿上新号衣的跟班胸前都捧着大束大束的

---

① 据考证，M 可能指萨克雷在查特豪斯公学和剑桥大学时代的同学乔治·穆迪。

② 1823 年 12 月 1 日，英王乔治四世驾临德鲁里街剧院观看艾萨克·毕克斯塔夫的话剧《伪君子》。威廉·道敦(1764—1851)与约翰·里斯顿(1776—1846)均为该剧院著名演员。

③ 英国剧场正厅前后座一般以栏杆为界。后座观众纷纷涌到栏杆前，因而造成极度拥挤的局面。

鲜花。

皮特爵士穿一身笔挺的制服，从车上下来向二〇一号内走进去，腰间佩着军刀。小罗登把脸贴在饭间窗玻璃上，笑嘻嘻地拚命冲车厢里的伯母点头。不一会，皮特爵士又从屋里出来，跟他一起出来的一位女士帽上插着华丽的羽饰，肩上裹着白色的披巾，自己用手提着织花锦缎长裙的裙裾，姿势十分优美。她跨进车厢的风度俨然是位一辈子出入宫禁的朝廷命妇，只见她向站在门口的跟班和皮特爵士嫣然一笑；准男爵也在她之后登上马车。

罗登身穿近卫骑兵团的制服最后一个从屋里出来，那身旧制服显得非常寒酸，而且也太紧了。原定由他殿后，就是说他得坐街车去觐见国君；但是他那好心的嫂子坚持一家人不分两起走。反正车厢够大的，妯娌俩又不占太多地方，她们都把曳地裙的长裾提起来搁在自己腿上——最后，这兄弟妯娌四人和和睦睦同车共济一起出发。他们的马车很快就汇入朝觐者的车流，沿着毕卡第利大街和圣詹姆斯街驶向古老的砖砌王宫，不伦瑞克之星[①]已经在那儿准备接见他的贵族臣僚。

蓓姬终于得偿宿愿，强烈地意识到自己也有今天，因而心花怒放，真想从车窗里伸出手去给外面的百姓祝福。嗟乎！连我们的蓓姬也未能免俗。有些人引为骄傲的往往是在别人眼里并不突出的长处。比如：考穆斯坚信他是英国最伟大的悲剧演员；著名小说家布朗渴望外界把他看做交际场中的老手，而不是一位天才；大律师罗宾逊对于自己在威斯敏斯特国会大厅里的雄辩奇才毫不在乎，却认为自己是无与伦比的越野及障碍赛马高手。与此相类似，蓓姬一生追求的目标是做一个或被认为是一个受尊敬的女人；为了跻身上流社会，她锲而

① 指英王乔治四世。据说他出席隆重的仪式往往在胸前佩戴一枚名叫“不伦瑞克之星”的钻石搭扣。

不舍，百折不回，所取得的成功也着实令人吃惊。前面提到过，有时候她相信自己已经是一位贵妇人，甚至忘了家中箱柜里一个子儿也没有，而讨债人却在门前徘徊，对赊账的铺子掌柜还得巧言周旋——总之脚下并没有稳当的实地。此刻她坐在宽敞的新造大马车里进宫去，仪态庄重，志得意满，故意摆出一副从容自若、气度不凡的架势，旁边的简夫人看得笑了起来。蓓姬步入皇家宫室的时候，头昂得那么高，雍容华贵不亚于一位皇后——若是她，一旦登上皇后的宝座，我毫不怀疑她定能把这个角色演得无懈可击。

笔者有充分的依据断言，罗登·克劳利太太觐见国王时的服装，极尽雅致、华美之能事。我们并非没有见过进宫朝觐的淑女。我们中有的人自己身佩勋绶星章，参加过圣詹姆斯宫的接见会；有的人靴子上沾满泥巴，在佩尔梅尔街闲逛，向马车里张望，见过她们帽子上插着羽毛，随大人物进宫去的打扮。不管自身贫富贵贱，也不管是怎样看到的，反正在接见日的下午两点左右，当制服上饰有穗条滚边的近卫骑兵军乐队，坐在富有弹性的乐凳——奶黄色骏马——上，吹响凯旋进行曲的时候，我再说一遍，我们都可能看到过盛装朝觐的淑女，其中颇有几位实在不是这午后时分令人赏心悦目的美妙景观。一位富态的伯爵夫人，年已六旬还袒胸露肩，浓妆艳抹，皱纹纵横的脸直到深垂的眼袋底下都让胭脂给染红了，头套上的钻石光华闪烁——此情此景也许发人深省，却不可能叫人瞧着觉得舒服。到了驻颜乏术的份儿上，她看上去就像清晨时分圣詹姆斯街的光亮，那会儿一半路灯已经熄灭，另一半正有气无力地眨巴着眼睛，好比破晓前行将匿迹隐去的幽灵。像伯爵夫人的马车经过时我们瞥见的那等天姿国色，只合在夜阑人静时出门露面。目下正值冬季，我们有时可以在下午看到的一钩月牙有多么苍白，太阳从另一边把她瞅得黯然失色；月亮女神尚且如此，那么，当阳光射入车窗，把岁月刻在卡斯尔莫尔迪老夫人脸上的沟沟堑堑照得一清二楚、尽显无遗的时候，她怎么还能昂首直视，招摇过市呢？王室接见的仪式应当安排在十一月，或者无论哪一个大雾天都行；要不，咱们这个名利场中那些上了年纪的宝眷命妇，就该乘坐遮蔽严实的肩舆，到有檐棚的甬道下轿，还得托庇于合适的灯光方可屈膝面君。

不过，我们可爱的瑞蓓卡却无须什么特殊的照明条件帮衬她的美貌。她的容颜肤色经得起任何阳光的照射。尽管她的衣着放到今天来看，出入名利场的任何一位女士都会声称她从未见过比这更愚蠢、更荒唐的服装；然而二十五年前，这样的穿戴打扮在蓓姬自己和当时的公众眼里，其漂亮程度决不下于当令本季最有名的美人身上最灿烂夺目的时装。其实，今天被叹为观止的衣装奇迹，过不了十几二十年，也将和此前所有的时髦玩意儿一样，成为蝶见也愁的明日黄花。

好了，笔者离题已经太远。且说在值得大书特书的蓓姬进宫朝觐那天，她的装束被公认为足以令人心醉神迷。就连娇小贤良的简夫人瞧着她的小婶子，也不得不承认这一点，自叹在审美品位方面不如罗登太太远矣。

殊不知罗登太太在那一身穿戴打扮上伤了多少脑筋，花了多少心血，费了多少才思。瑞蓓卡的审美品位，与欧洲第一流的时装设计师相比毫不逊色；而她的心灵手巧更是简夫人难以想象的。后者很快就注意到了，蓓姬的曳地长裙的裙裾料子是精美绝伦的凸纹织锦，领子和袖口的花边也细巧臻于极致。

蓓姬告诉她，凸纹织锦是一段很久以前剩下的零料，花边则是碰巧捡的便宜货。这些东西她一直搁着没用，不知有多少年了。

“我亲爱的克劳利太太，做这样一件衣服，得花很可观的一笔钱哪，”简夫人瞅瞅自己身上远没有那么漂亮的花边，再仔细瞧瞧罗登太太的朝服料子、古色古香的凸纹织锦的质地，本想说自己可做不起如此讲究的衣裳，但话到嘴边好不容易才及时缄口，生怕小婶子听了觉得刺耳。

然而，简夫人倘若了解全部真相的话，即使她这样温良贤淑的好性情，恐怕也很难沉得住气。事实是：罗登太太在为皮特爵士整理大冈特街老宅的时候，在旧衣柜里发现了这种花边和锦缎，那是宅第以前的女主人的遗物；瑞蓓卡把它们偷偷带回家去装饰她自己的玉体了。卜礼格斯看见她拿了这些东西，什么也不问，也没告诉任何人；但我相信，老小姐在这件事上完全同情蓓姬，而且别的好多正派女人也会持同样的态度。

再说珠宝钻石——

“你是从什么鬼地方弄来的这些玩意儿，蓓姬？”她丈夫问道。罗登发现太太的两耳和脖子上珠光宝气，只觉得琳琅满目，眼花缭乱，可有些首饰他以前从没见过。

蓓姬略有些脸红，向她丈夫谛视有好几秒钟。皮特爵士也有些脸红，故意把视线移向窗外。实际情况是：这些珠宝中有很小一部分是皮特爵士送给弟媳的，即用以固定她脖子上那串珍珠项链的一枚钻石搭扣，这搭扣很漂亮；不过此事准男爵在自己夫人面前略而不提。

蓓姬先看看她的丈夫，再看看皮特爵士，胆大妄为的眼神有点幸灾乐祸的意味，似乎在说：“要不要我把这事儿给抖搂出来？”

“猜猜看！”她对丈夫说。“你呀，真是个榆木脑袋！”她继续在故弄玄虚，“你说我是打哪儿弄来的？除了这个小搭扣是我的一个好朋友很久以前送给我的以外，其余的一切全都是我从修道院街向波洛纽斯先生租来的。你别以为进宫时戴的珠宝钻石都属于朝觐者本人，就像简夫人现在佩戴的这些美玉宝石一样，而且我确信它们比我身上的任何一件东西更漂亮。”

“那都是家传的首饰，”皮特爵士说这话时又显得很不自在。

就在他们这样聊家常的时候，马车沿着街道辚辚向前，直抵圣詹姆斯宫大门前，他们才鱼贯下车；而国君已在宫内王座上准备接受朝觐。

看得罗登眼花缭乱的珠宝，根本没有回到修道院街波洛纽斯先生那儿去，那位绅士也从来不要求归还。这几件首饰回到了它们的小小秘藏处——那是好多好多年前爱米莉亚·塞德立给她的一只古董匣子，蓓姬在里边保存着一些有用和可能还值几个钱的东西，她丈夫对之却一无所知。一无所知或知之甚少——这是某些做丈夫的天性使然。那么，瞒这瞒那难道不是很多女人与生俱来的本性吗？哦，女士们哪！你们中多少人把裁缝的账单藏起来不让丈夫知道？你们中多少人拥有不止一件长袍、不止一只镯子，却不敢让人看见，或者战战兢兢穿戴在身上？而且一边战战兢兢，一边还含笑哄骗你身边的丈夫，反正他分不清哪件是新的丝绒长袍，哪件是旧的；也分不清哪只手镯是新的，哪只是去年的；他对于那条看上去破破烂烂的黄色镂空纱巾竟值四十畿尼毫无概念，所以根本不知道巴比诺太太每星期都写信来催讨这笔货款！

罗登就是这样，他浑然不知那副饱孕光华的钻石耳环或太太细皮白肉的胸前那枚辉煌耀眼的钻石搭扣是哪来的。但斯泰因勋爵却知道它们是哪来的，也知道是谁付的钱。作为侍妆总管、朝廷重臣、英国王位一名卓越的卫士，其时他正在宫廷内当班，佩戴着星章、勋绶等所有的荣誉标志到场，给了那个小妇人特别关照。

勋爵面带微笑俯身到她耳边，引用了《夺发记》中描写贝琳达那件珍宝的两行惜乎已成滥调的好诗：

她雪白的胸前佩挂着一个闪亮的十字架，

犹太教徒会吻它，不信教者会膜拜它。[1]

“可我希望您不属于任何旁门左道，”小妇人仰脸说。

周围好多女士在窃窃私议，周围好多绅士在交头接耳，他们都看到了这位显贵对这个女冒险家如何青眼有加。

至于瑞蓓卡·克劳利(娘家姓夏普)面圣的细节，却非我这支秃笔所擅敢妄加铺叙的。一想到非如椽之笔不能当此重任，我就觉得头晕目眩，赶紧闭上眼睛。忠君识体的大节，使笔者甚至不敢让想象的目光过于敏锐、冒昧地在神圣的接见厅内乱转，还是向至尊的国王深深鞠上几躬，满怀崇敬的心情不声不响地赶紧离去为宜。

可以这么说：自从那次面圣以后，全伦敦找不出比蓓姬更加忠心可鉴的臣民了。“王上”、“陛下”整天挂在她嘴上，还被她誉为世上最有魅力的男人。她到考尔纳吉[2]画廊去要了一幅国王的肖像，那是这门艺术创造出来的作品中能以赊账方式弄到的最好一件。在她选定的那幅名画上，这位所有君主中最好的君主上身穿皮领外套，下身穿半长裤和丝袜，头上套着棕色拳曲的假发，坐在沙发上傻笑。她还定了一帧国王的微型肖像嵌在挂件里戴在自己脖子上。她没完没了地对熟人们讲国王如何彬彬有礼、风度翩翩，人家都有点儿听腻了。没准儿这小妇人还以为自己能扮演类似曼特农[3]或蓬巴杜[4]的角色呢。谁知道？

然而，自从她进宫朝觐以后，最有趣的消遣莫过于听她就道德问题发表的谠言正论。她原有几个女友，无庸讳言，她们在名利场上的

---

① 《夺发记》(1712)，或译《鬈发遭劫记》，英国启蒙运动时期古典主义诗人亚历山大·蒲柏(1688—1744)所写的一首讽刺长诗，贝琳达是其中的女主人公。

② 考尔纳吉，著名的艺术品经纪人，在佩尔美尔街开设画廊。

③ 曼特农侯爵夫人(1635—1719)，法国国王路易十四的非正式续弦。

④ 蓬巴杜侯爵夫人(1721—1764)，法国国王路易十五的情妇。

名声不算太好。如今蓓姬可以说已成了正派女人，再也不想跟这些不清不白的旧交继续来往，当克雷肯伯里夫人从歌剧院包厢里向她点头打招呼时，蓓姬假装没看见；在公园环形道上遇见沃辛顿·怀特太太时，蓓姬打一旁绕了过去。

“亲爱的，自己的身份地位必须让对方知道，”她说。“不能跟不清不白的人搅在一起。我打心眼里可怜克雷肯伯里夫人；沃辛顿·怀特太太也可能是个脾气很好的女人。你可以去跟她们一起吃饭，要是你想找人打牌的话。但我不能去，也不愿去；劳你驾告诉史密斯，要是她俩中无论哪个来访的话，就说我不在家。”

有关蓓姬那天的穿戴装束——羽饰、花边、珠宝等等，报纸一一作了详细报道。克雷肯伯里夫人读了那一段描写，心中甚是不快，便跟自己的一帮追随者訾议那个女人如何翘尾巴，如何端臭架子。比尤特·克劳利太太和她的女儿们在乡下看到一份伦敦出版的《晨邮报》，也按捺不住她们的一腔义愤。

“要是你有浅棕色的头发、绿色的眼睛和一个在钢丝绳上跳舞的法国母亲，”比尤特太太冲她的长女说（偏偏那位大小姐肤色黝黑，身材矮小，还长着一个朝天鼻子），“你照样也能浑身珠光宝气，你堂嫂简夫人还能不为你进宫朝觐做引见人？可你仅仅是个良家女子，我可怜的宝贝。你拥有的只是英国最优秀的血统，你的嫁妆只是良好的教养和虔诚的信仰。我自己也是一位准男爵的弟媳，我可从来不曾想过进宫面君这样的事，别人也不会这样想，如果贤德的夏洛特王后还活着的话。”

尊敬的教区长太太就这样给自己解心宽，她的女儿则不断长吁短叹；母女们在一起把贵族人名录翻了整整一个晚上。

那次朝觐大典之后过了不多几天，已经博得贤名的蓓姬又获得另一份殊荣。斯泰因勋爵夫人的马车来到罗登·克劳利先生寓所门前，一名跟班把门敲得震天价响，大有把它砸倒下来之势，其实只是递了两张名片进去：一张是斯泰因侯爵夫人的；另一张是冈特伯爵夫人的。如果这两张硬纸片有美丽的图画，或者绕了一百码比利时马林的名产花边(价值两百畿尼)，蓓姬也不可能把它们看得更加珍贵。蓓姬通常把来访者的名片放在客厅桌上一只瓷碗里，我敢向你担保那两张名片一定摆在最显著的地位。上帝啊！天哪！仅仅在几个月以前，这个小妇人拿到可怜的沃辛顿·怀特太太和克雷肯伯里夫人的名片已经够开心的了，她一度也颇以此为荣，可见我们这位朋友该有多傻——上帝啊！天哪！我要说的是，那两张朝廷命妇的新名片刚加入进来，遭冷落的另外两张立即灰溜溜地给压在一沓子的最底下，这也未免太快了。斯泰因！贝拉克尔斯，赫尔维林的琼斯！卡米洛的凯尔来昂！我相信蓓姬和卜礼格斯在贵族人名录里找到那些显赫的姓氏后，必定把各该家族谱系的所有支脉上下左右都查了个遍。

大约两小时后，斯泰因勋爵来访。他按自己的老习惯四下环顾，各处瞧瞧，发现自己夫人和儿媳的名片在蓓姬的一手牌中已经被列为王牌，便淡然一笑；每当这个玩世不恭的老油子观察到凡人的弱点以任何一种幼稚的形态表现出来时，嘴角总会泛起这样一丝似笑非笑的表情。稍过了一会儿，蓓姬才从楼上来到他面前。如果这个小美人儿知道勋爵要来，总是把自己收拾得齐楚端整，头发纹丝儿不乱，手绢、围裙、披巾、纹皮家常便鞋等女用小物件一应俱全，然后保持某种自然、优雅的姿势坐在楼上，随时准备迎接客人。如果勋爵不期而至，她当然得飞也似的回到自己屋里去，对镜匆匆检查一下仪容，然后重新下楼接待这位显贵。

她发现勋爵正似笑非笑地瞧着瓷碗里的名片。她的弱点暴露了，不免有些脸红。

“谢谢您，”瑞蓓卡用法语称他先生，“府上的侯爵夫人和伯爵夫人来过了。多承您的关照！我没能早一点来，让您久等了——我在厨房里做布丁。”

“我知道。车到门前时，我从天井栅栏外面看见你了，”老勋爵说。

“什么也躲不过您的眼睛，”蓓姬答道。

“有些事我看得见，但并不像你说的那样，”他挺随和地说。“你是个人小鬼大的撒谎老手！我听见你在楼上自己屋里，我敢肯定你在往自己脸上补点儿妆；你该把你用的胭脂送些给我家的冈特夫人，她的脸色实在太难看了。后来我听见卧室门打开，你就下来了。”

“您大驾光临寒舍，我想尽可能显得精神些，这难道也有罪？”罗登太太撒娇道，一边用手绢在面颊上搓揉，仿佛要表明她根本没搽胭脂，那上面纯属羞涩泛起的天然红晕。这究竟是怎么回事，谁说得准？我知道有一种胭脂不会被手绢擦掉；还有一种即使脸上淌眼泪也没问题。

“是啊，”老勋爵说着把他妻子的名片拿在手中摆弄，“你是一心要成为上流社会的贵妇人。你把我这可怜的老头儿逼得好苦，死活要我把你引进上流社会。你在那儿维持不了太久，你这小傻瓜。你没有钱。”

“您得给我们找份差事，”蓓姬插言道，“越快越好。”

“你没有钱，你想跟那些有钱人较劲儿，这明明是打肿脸充胖子。女人全都一个样。人人使劲想得到的东西，根本不值得拚命去争。信不信由你！昨天我跟王上一起吃饭来着，我们吃的只是羊颈子炖萝卜。山珍海味往往不及菜根香。你会有机会去冈特府的。我知道，你一天不进那儿的门，你就一天不让我这老头儿过安生日子。其实那儿还不及此地一半舒适。你去了准保会憋出病来。我可受够了。

你以为我妻子笑口常开？告诉你，她一天到晚像麦克佩斯夫人。你以为我的两房儿媳和蔼可亲？她们比李尔王的两个恶女儿好不到哪儿去。我有一间卧室，可是我不敢在里边睡觉。那儿的床就像圣彼得大教堂祭坛上方的龛室，墙上的画像令我害怕。我在更衣室里有一张小铜床，上面铺一条鬃毛垫子，我就在那儿睡，简直像个修道的隐士。妙不妙？你将被邀请下星期去冈特府吃饭。不过要提防女人，”末了那句话他是用法语说的，“你得多留点儿神，千万要顶住！那些女人会欺你初来乍到！”斯泰因勋爵一向寡言少语，这番话可算长篇大论了，而且那天他在别处已经为蓓姬说过话。

卜礼格斯坐在隔壁房间里做针凿，听到侯爵把女人说得如此不堪，不禁抬起头来发出一声长叹。

“你要是不把那条该死的牧羊犬撵走，”斯泰因勋爵扭过头去冲蓓姬怒目而视，“我非把它毒死不可。”

“我总是从自己盘子里分些吃的出来喂狗，”瑞蓓卡狡黠地笑道。她知道勋爵讨厌卜礼格斯，认为后者碍事，因为他想跟漂亮的中校太太单独待一会儿。瞧着勋爵发他的无名之火，罗登太太暗暗乐了一阵后，总算对她的崇拜者发了善心；于是把卜礼格斯叫来，先对她说一通天气真好等等，接着便请她带小罗迪出去散散步。

“我不能把她撵走，”蓓姬稍事停顿后，万般无奈地说，眼睛里还噙满泪水，说完就扭过脸去。

“你是不是欠她的工钱？”勋爵猜想。

“比这更糟，”蓓姬答道，眼睛仍瞧着地上。“我把她的钱都花光了。”

“把她的钱花光了？——那你干吗还不撵她走？”老贵族问。

“那种事只有男人干得出来，”蓓姬痛心地回答说。“女人可不像你们那么坏。去年我们落到山穷水尽的地步时，她把全部积蓄都交给了我们。她决不会离开我们，除非我们彻底破产——这一天看来也不远了，——或者我把欠她的钱全部还清。”

“天打雷劈的，总共欠她多少钱？”勋爵咬牙切齿地迸出一句。

蓓姬一想，对他来说左右只是九牛一毛，便说了一个数目，这不是她欠卜礼格斯小姐的金额，而是那个数目的将近两倍。

斯泰因勋爵听了以后，发出另一句简短有力的忿詈，瑞蓓卡随之把头垂得更低，并且伤心地哭了起来。

“我不得不这样做。除此以外我一点办法也没有。我不敢告诉我的丈夫，要是我把实情告诉他，他非杀了我不可。这事我一直瞒着所有的人，除了您——那也是给您逼急了才说的。啊，我该怎么办呢，斯泰因勋爵。我的命真苦，太苦了！”

斯泰因一言不发，只是一会儿用手指在桌上弹出鼓点，一会儿咬自己的指甲。最后他把帽子往头上一扣，很快从屋子里走了出去。

瑞蓓卡保持着一副可怜相没有动弹，直至临街的门砰的一声在勋爵背后给关上，接着他的马车起动离开柯曾街，这小妇人才站起来，闪现在她那双绿眼睛里的表情奇特至极：洋洋得意之中透出几分恶作剧的淘气。她坐着做那件永远完不了的编织活时，曾有几次突然纵声大笑。后来她坐到钢琴旁，在键盘上随意弹出一串热烈欢快的曲调，引得窗外的过路人驻足谛听从她指尖流出的动人妙音。

当晚，小妇人收到两封从冈特府送来的信：其一是斯泰因勋爵和夫人下周五在冈特府宴客的请柬；其二是一张灰色纸条，由斯泰因勋爵签字，指定到伦巴第街琼斯、布朗与罗宾逊银行提款。

夜里罗登曾听见蓓姬两次笑出声来。据她解释，她只是想到要去冈特府面对那里的勋爵夫人们，她就乐不可支。实际上她是在考虑一大堆其他的事情。要不要把欠老卜礼格斯的钱还了，然后把她辞退？

要不要给雷格尔斯一个惊喜，把他的账全部付清？她靠在枕头上把所有这些问题一一想了个遍，第二天上午，趁罗登照例上俱乐部去打发时间的当儿，克劳利太太衣着朴素、垂下面幂雇了一辆街车前往市中心，到琼斯、布朗与罗宾逊银行门外下车。进门后，她向坐在柜内的一名职员出示那张灰色票据；对方问她要怎么个付法。

她斯斯文文地说要一百五十镑小票面纸币，其余的统统打一张本票。然后她步行穿过圣保罗教堂陵园路，在那儿给卜礼格斯买了一件最贵、最体面的黑绸长袍，回到家里把它送给头脑简单的老小姐，同时附上一个吻和不少好话。

完了以后罗登太太走到雷格尔斯家去，亲切地问了他家孩子们的近况，并且付给他五十镑抵账。接下来她又去找平日租车的老板，也付给他数额差不多的一笔钱。

“但愿你能记住这回教训，斯培文，”她说，“上回就因为我**自己的**车没备好，我家大哥皮特爵士只得让我们四个人全挤在他的一辆车里去见王上。到下一个王室接见日，可千万不能再发生这样的事。”

蓓姬暗示的是发生在上次进宫那天的一点“小摩擦”。其结果是中校差点儿不得不雇一辆街车去见君主，那就太丢人现眼了。

这方方面面的事项一一打点完毕以后，蓓姬到楼上去瞧瞧前面曾经提到好多年前爱米莉亚送给她的那只匣子，那儿藏着一些有用和值钱的东西；她把琼斯、布朗与罗宾逊银行那名职员交给她的一张本票放进自己的私房宝库。

# 第四十九章

## 请大家品尝三道菜和一道甜食

平时斯泰因勋爵只在自己屋里喝巧克力当早餐，难得去打扰他的夫人和儿媳，也很少跟她们见面，除了每周固定的会客日，或者偶尔在门厅内不期而遇，或者勋爵在歌剧院从自己的正厅包厢看到她们在楼座包厢里。而那天上午，冈特府的女眷和孩子们聚集在早餐桌旁喝茶、吃烤面包片的时候，斯泰因勋爵居然也出现在他们中间。于是，围绕着瑞蓓卡的问题爆发了一场唇枪舌剑的大战。

“斯泰因夫人，”勋爵说，“下周五的晚宴您打算邀请哪些客人，我想看一下名单；同时我想请您写一张请柬给克劳利中校和克劳利太太。”

“请柬是布兰琪写的，”斯泰因夫人忐忑不安地说，“这事归冈特夫人管。”

“我不会给那个人写请柬，”身材颇高大、架子也不小的冈特夫人说时昂首举目片时，说完后重又低首垂目。对于冒犯斯泰因勋爵的人来说，跟他四目对视较劲儿的滋味可不好受。

“让孩子们都出去。走！”勋爵拉绳打铃说。孩子们一向都怕他，便退了出去；他们的母亲也想跟着走。“不，”勋爵说，“您留下。斯泰因夫人，我再说一遍：劳您的驾坐到书桌旁去写一份请柬，请他们下周五来吃饭，行不？”

“勋爵大人，我不会到场的，”冈特夫人说；“我要到娘家去。”

“那就太好了，你最好一直待在娘家。在贝拉克尔斯家，你和讨债的执达吏一定能合得来，免得我不断借钱给你的娘家人，我也不必瞧你那副哭丧脸。你是什么东西？这儿轮得着你发号施令吗？你没有钱，也没有头脑。你嫁到这儿来是生孩子的，可你一个也没有生养。

冈特对你已经厌倦了；乔治的老婆是这个家里唯一不希望你死的人。要是你死了，冈特还会再娶。”

“这样活着还不如死了干净，”冈特夫人答道，眼睛里充满泪水和愤怒。

“嘎！多么洁身自好的烈女！我的妻子是一位节操完美的圣者，谁都知道她一辈子从没有任何过失；连她也不反对接待我的年轻朋友克劳利太太。斯泰因夫人知道，仅仅根据外表作出判断，即使最贤德的女人也难保没人说她的坏话；造谣中伤往往就是针对最清白的女人。请问冈特夫人，要不要我给你讲几个小故事，是关于你妈妈贝拉克尔斯夫人的？”

“要打要骂随您的便，先生，再残酷的折磨也由着您，”冈特夫人说。

看自己的妻子和儿媳精神上受折磨，总是能让勋爵心情舒畅。

“亲爱的布兰琪，”他说，“我是个绅士，从不触碰女人，除非出于礼节上的需要。我只想纠正你性格上一些小毛病。你们女人太高傲，不够温顺，这实在可悲；要是莫尔神父在这儿，我相信他也会这样对斯泰因夫人说的。你们不该端架子；你们应该柔顺、谦恭才是，我最尊敬的老夫人、少夫人。也许斯泰因夫人并不了解，这位遭到恶意诽谤的克劳利太太，为人朴实，性情随和，完全清白无辜——甚至比勋爵夫人更清白。她丈夫的名声不好，但也不比贝拉克尔斯更坏。令尊大人赌钱的次数不算太多，可欠下的赌账不得了；他把你仅有的一笔遗产也骗了去，你嫁过来，我还得养一个叫化子。克劳利太太出身并不太好；可也不像咱家范妮有那么臭名远扬的祖先、第一位琼斯。”

“先生，我带过来的嫁妆——”乔治夫人失声惊呼。

“你用这笔钱换取了一份不确定的继承权，”侯爵刻毒地指出。

“如果冈特死去，你丈夫可以承袭他的名位；将来还可以传给你的儿子，没准儿还有别的什么——谁能预料？为今之计，女士们，在外人面前你们尽可以端架子、扮圣女，但**在我面前**不准拿腔作势。至于克劳利太太，她是无可指责的，我甚至不愿暗示这位白璧无瑕的女士需要别人卫护她的名声，否则反倒会贬低我自己，或者辱没了她。请你们拿出最大的热忱来接待她，凡是我请到这座府第里来的客人，你们都不得怠慢。这哪里是一座府第？”他突然发出一阵狂笑。“谁是这府第的主人？这到底是什么地方？这座圣洁的殿堂是属于我的。哪怕我把新门监狱的犯人和精神病院的疯子全都请到这儿来，天打雷劈的，他们也必须受到欢迎。”

每当冈特府的内眷稍有不服从命令的迹象露头，斯泰因勋爵就会飨之以这般激昂慷慨的一顿训斥。其后，羞愧难当的女人们除了俯首听命以外，别无他法。冈特夫人写了勋爵所要的请柬，和斯泰因夫人婆媳俩一起忍辱含垢坐了马车亲自前往，硬着头皮把名片留给罗登太太，而那个冰清玉洁的小妇人收到名片后却高兴得什么似的。

在伦敦，有些人家为了从这样两位贵妇人那儿获此殊荣，甚至不惜牺牲一年的进款。例如弗雷德里克·布洛克太太就愿意从五月市一直膝行到伦巴第街，只要斯泰因夫人和冈特夫人会等在市中心把她搀扶起来，对她说：“下周五到我们家来吃便饭”——这并非冈特府那种高朋满座、胜友如云的隆重宴请和盛大舞会；而是不为外界所知的神秘雅集，非等闲之辈所能涉足，应邀参加这样的小叙，不啻是一种礼遇、一份荣幸乃至一次祝福。

庄矜、清白、美丽的冈特夫人在名利场上占有极高的地位。斯泰因勋爵如此厚待他的儿媳，令每一个目睹他这份关怀的人赞叹不已，即便最爱挑剔的人也同意他是一位无可指摘的绅士，承认勋爵至少有一颗高贵的心。

冈特府的婆媳几个，为了反击她们共同的敌人，便向贝拉克尔斯夫人搬兵。冈特夫人派了一辆车到希尔街去接她的母亲，因为娘家所有的马车都被执达吏扣住了，据说勋爵夫人所有的珠宝和服饰全让那些心狠手辣的高利贷债主截获了。贝拉克尔斯宅邸也已落入他们之手，连同不少价值连城的古玩、摆设、名画——有凡·戴克[①]的精品、雷诺兹[②]的杰作、劳伦斯[③]的肖像画(三十年前被誉为真正的天才作品，其实底气不足，媚俗有余)；还有卡诺瓦[④]那件无与伦比的《山林仙女之舞》——贝拉克尔斯夫人年轻时曾亲自为之当模特儿。可叹当年论财富、名位、美貌无不光芒四射的贝拉克尔斯夫人，如今成了齿危发秃的老妪，犹如昔日雍容华贵的长袍沦为一块抹布。也是在那个时候，勋爵出现在劳伦斯笔下的形象是西斯尔伍德义勇骑兵队的戎装上校，在贝拉克尔斯宅邸前挥舞他的马刀；目下他只是个骨瘦如柴的干瘪老头，身穿太肥的大氅，头戴布鲁图假发[⑤]，上午多半在格雷律师学院附近转悠，晚饭一个人在俱乐部里吃。如今他并不喜欢和斯泰因勋爵一起进餐。年轻时他俩在各种寻欢作乐的竞赛中，通常是贝拉克尔斯获胜。但斯泰因的耐力较好，终于后来居上。现在的侯爵与一七八五年时年轻的冈特勋爵相比，权势要大十倍；贝拉克尔斯则年迈力衰，财破势败，早已退出角逐。他向斯泰因借了太多钱，所以不好意思经常与老伙计见面。斯泰因勋爵想要找点儿乐子的时候，往往用挖苦的口气问冈特夫人：她父亲怎么不来看她？

---

① 凡·戴克(1599—1641)，佛兰德斯画家，英王查理一世的宫廷画师(1632—1641)。

② 乔舒亚·雷诺兹(1723—1792)，英国肖像画家，创建英国皇家艺术院(1768)并任院长。

③ 托马斯·劳伦斯(1769—1830)，英国肖像画家，曾任皇家艺术院院长。

④ 安东尼奥·卡诺瓦(1757—1822)，意大利雕塑家。

⑤ 布鲁图(公元前85—公元前42)，罗马贵族派政治家，刺杀恺撒的主谋。法国共和派因尊崇布鲁图，常戴一种草草剪短的假发，称为布鲁图假发。后世也称类似的发型为布鲁图发式。

“他已经四个月没上这儿来了，”斯泰因勋爵说。“我只要查一下支票簿的存根，就知道贝拉克尔斯什么时候来过。我说斯泰因夫人，冈特夫人，我的一个亲家公把我当银行家，而我自己的账户又在另一个亲家公银行里——亲家之间办事到底方便。”

蓓姬第一次在伦敦上流社会正式亮相，还有幸接触到另外一些有头有脸的人物，笔者就不一一赘述了。其中有彼得沃雷丁亲王及王妃殿下，这位亲王的腰身束得紧紧的，宽阔的胸脯颇有大将风度，上面熠熠生辉的是他的勋章，脖子上还挂着金羊毛勋位的红项圈。他拥有的羊群多得不可胜数。

“瞧他的脸。我想他的祖先必定是一只羊，”蓓姬向斯泰因勋爵说悄悄话。

果然，殿下的面相又长又白，表情庄重，加上套着那只项圈，确有几分像脖子上系铃的可敬的带头羊。

赴宴的还有约翰·保罗·杰弗逊·琼斯先生，他在美国大使馆挂个空名，主要是《纽约鼓动家报》的特派记者，在席间闲谈的空隙中以讨好的口气问斯泰因勋爵：他亲爱的朋友乔治·冈特是不是喜欢巴西咖啡？——他和乔治在那不勒斯过从甚密，两人曾一起攀登维苏威火山。琼斯先生为这次宴会写了一篇详细的报道及时刊登在《鼓动家报》上。他提到了所有宾客的名字和封号，对重点人物还介绍简历。他用大量词藻描写女士们的外表、筵席的排场、仆从的身材和服装；酒菜的数量、琳琅满目的酒柜、金银餐具的价值在他笔下被夸大了许多。他估计，这样的席面主人少说也得为每位客人付出十五至十八美元。琼斯先生仗着与他亲爱的朋友、已故的勋爵交情不一般，直到不久以前还经常写介绍信，打发自己所要关照的人去找现在的斯泰因侯爵。琼斯先生最生气的是，有个名不见经传的年轻贵族、索思砀伯爵，在大家鱼贯进入餐厅的时候，竟抢在他的前头。

“当时我正跨步上前，把我的手伸给一位非常讨人喜欢和伶牙俐齿的社交明星——风姿绰约无出其右的罗登·克劳利太太，”他在那篇专稿中写道，“一名年轻的贵族蓦地插到我和那位女士中间，生生地把她从我身边抢走，连一声招呼也不打。我只得跟这位女士的丈夫克劳利中校走在后面，他是个红脸膛的胖军人，在滑铁卢战役中立过战功，看来他在那儿的运气比他的某些红军装同胞在新奥尔良的运气好。”①

克劳利中校来到这般高雅的人群中，脸红得厉害，简直就像一个十六岁的男孩不期而遇他姐姐的女同学们那样不知所措。前面曾经谈到，不善辞令的罗登在他一生的任何时期都没有跟女士们打过太多交道。和俱乐部或军官食堂的男人们厮混在一起时，他的自我感觉相当良好；不论骑马、打赌还是抽烟、玩台球，面对其中最胆大包天的照样毫无惧色。诚然，他也结交过女性朋友；但那是二十年前的事了，何况她们又不是什么名媛贵妇，恰似一出喜剧中所演的那样——年轻的马洛当着哈德卡斯尔小姐的面窘得无地自容之前，他和另一些女人相处倒也无拘无束，洒脱得很②。如今的世道就是这样：尽管名利场中成千上万我们的年轻男子天天见到那一类女人，她们每晚出入赌场舞厅，她们的存在明明是尽人皆知的事实；然而，社会上动辄以道德

① 新奥尔良是美国南方路易斯安那州最大的港市，位于墨西哥湾北岸。欧洲反拿破仑联军对法国实行封锁，但美国与法国海上贸易往来不断。由此英国与美国在大西洋上经常发生武装冲突。1815年初（滑铁卢大战前几个月），英军曾向新奥尔良发动攻击，但被美方击退，伤亡不轻。

② 英国作家、小说《威克菲牧师传》的作者哥尔斯密（1730—1774），写过一出讽刺喜剧《屈尊择婿》（又译《屈身求爱》）。马洛是个腼腆的青年，在名门闺秀面前非常怕羞，但在女仆面前却肆无忌惮。哈德卡斯尔小姐为了征服这个年轻人，乔装成一名女仆，引出许多笑话。萨克雷援引这一情节的用意，在于指出某些男人（如年轻时的罗登）只能跟地位低于自己的姑娘谈情说爱。

规范训人的礼教卫士，硬是装聋作哑，视而不见。一言以蔽之，克劳利中校行年虽已四十有五，可是命中注定除了他的模范太太以外，罗登一生接触的良家妇女还不足半打。如果不把瑞蓓卡和他好心的嫂子计算在内（简夫人温良的性格深得他的敬爱），老实的中校几乎见了所有的名媛贵妇都害怕。他初次赴冈特府之宴，除了说天气很热外，别人没有听他开过口。说实在的，蓓姬宁可让他待在家里，然而道德规范要求她的丈夫不离蓓姬左右，以便在她初登大雅之堂时保护这个怯生生、心慌慌的可怜弱女子。

她刚一出现，斯泰因勋爵便迎上前去，握住她的手表示热诚欢迎，并把她介绍给斯泰因夫人以及两个儿媳。婆媳仨神态庄重地一一行了屈膝礼，侯爵夫人还向初次登门的蓓姬伸出一只手，但这只手冰凉冰凉，毫无生命迹象，跟大理石没什么两样。

不过蓓姬极其恭敬地握住这只手，她行的屈膝礼姿态之优美，即便最高明的舞蹈教师能把动作做到这个份儿上，也值得击节称赏。她在斯泰因夫人面前表现得低首下心，说勋爵大人是她父亲最早的朋友和恩人，她自己从小就懂得尊崇和敬仰斯泰因家族。当初斯泰因勋爵确实买过已故的夏普两幅画，感恩的孤女对于这一善举铭记在心，永志不忘。

接着轮到贝拉克尔斯夫人与蓓姬相互见面，中校太太同样必恭必敬地向她行礼如仪。那位高贵的伯爵夫人还礼时却一脸不高兴，架子大得很。

“十年前在布鲁塞尔，我曾有缘认识夫人阁下，”蓓姬施展她最能赢得好感的招数说道。“在里士满公爵夫人的舞会上，我十分荣幸地得遇贝拉克尔斯夫人，那是在滑铁卢大战的前夜。我还记得您和令嫒布兰琪小姐坐在车上等马，车停在旅馆的院子里。我希望您的珠宝毫厘无损。”

在一旁听到这话的人，当即彼此交换眼色。原来那些著名的珠宝首饰已被法院查封，对此蓓姬自然一无所知。罗登·克劳利把索思砀勋爵拉到窗口去，不一会可以听到后者颇有些失态的大笑声，原来罗登把贝拉克尔斯夫人求马心切，向克劳利太太认输讨饶的故事告诉了他。

“看来我没有必要怕这个女人，”蓓姬心想。

确实如此。贝拉克尔斯夫人和自己的女儿面面相觑，两人都憋着一肚子气，可又满心恐慌。然后贝拉克尔斯夫人退到一张桌旁，专心致志地看起画来。

等到来自多瑙河畔的贵宾光临后，谈话改用法语继续进行；令贝拉克尔斯夫人母女等更加沮丧的是，她们发现克劳利太太通晓法语的程度高出她们一大截，发音也比她们纯正得多。一八一六至一八一七年随军队驻留法国期间，蓓姬曾遇见另一些匈牙利名流显要。于是她非常关切地问了她几位朋友的近况。外国贵宾以为她定是一位了不起的贵妇；当他们在主人陪同下步入餐厅时，亲王和王妃分别向斯泰因侯爵夫人和斯泰因勋爵询问：那位法语说得这么地道的娇小女士是谁？

宾主终于陆续走进已经摆好筵席的宴会厅，行列的配对和顺序事后均由那位挂名的美国外交官作了描述。笔者在章题上曾许诺读者将一起参与这顿美餐，现在就请大家按各自的爱好随意享用吧。

但是蓓姬知道，餐后在客厅里形成清一色的女士聚会时，才将开始真正的较量。果然，这个小妇人发现自己置身其中的氛围，使她充分认识到，斯泰因勋爵告诫她要提防那些地位比她高的女人——此话完全正确。据说，最恨爱尔兰人的正是爱尔兰人；同样，折磨女人手段最毒辣的也是女人。可怜的小蓓姬只身与清一色的女士们同处一室，当她走到聚集着那些贵妇人的壁炉前时，她们纷纷转移到桌旁去观赏放在那儿的一些图画；当蓓姬跟着来到桌旁看画时，她们又一个接着一个回到壁炉前去。她尝试着跟一个孩子说话（在公开场合她通常表现得非常喜欢儿童），不料乔治·冈特小少爷却被他妈妈叫过去；临了，这个异己分子遭到的残酷冷遇，连斯泰因夫人看在眼里都于心不忍，只得走过去跟这个给撂在一边的小妇人聊几句。

“斯泰因勋爵说您唱歌弹琴都很出色，”侯爵夫人说着，她那毫无血色的面颊泛起一抹微红。“克劳利太太，我希望您能唱给我听听，我将不胜感激。”

“只要能使斯泰因勋爵或您高兴，我无不从命，”瑞蓓卡此刻说这话倒是出于真心感激，于是她坐到钢琴前面开始弹唱。

她唱了几首莫扎特的宗教歌曲，那是斯泰因夫人早年所喜爱的。歌声宛转柔美，原先侯爵夫人绕着钢琴转悠，不知如何是好；后来索性在一旁坐下，直听得潸然泪下。虽然，成心作对的女士们在客厅另一端故意大声交谈，咭咭呱呱说个不停；但斯泰因夫人听不见她们的聒噪。她又变成了一个孩子，仿佛在不毛的荒漠度过四十年凄凉岁月之后，又回到修道院的花园里。教堂的管风琴当年高奏入云的正是这曲调。在早年那段幸福的时光，所有的修女中她最爱那位弹管风琴的嬷嬷，正是风琴师嬷嬷教会了她这几首歌曲。她又是当年的小姑娘，她一生中短短一个时期的好日子，像一朵昙花重新绽放片刻，直至她被刺耳的开门声吓了一跳——伴随着斯泰因勋爵洪亮的笑声，男士们兴高采烈地走了进来。

他一看便知刚才自己不在时这里发生了什么事情，这一回他对妻子相当感激。勋爵走过去跟她说话，还称呼侯爵夫人的教名，致使她苍白的脸上再次泛起微红。

“我妻子说您唱起歌来像天使，”斯泰因侯爵对蓓姬说。不过天使分善恶两种[①]，据说每一种都有自己独特的吸引力。

且不管这天晚上的前半部分过得怎样，在余下的时间里蓓姬打了个大胜仗。她的歌声珠圆玉润，把男士们都吸引过来围在钢琴四周。恨她入骨的女士们反倒完全被冷落了。保罗·杰弗逊·琼斯先生以为自己给冈特夫人留下了一个极好的印象，因为这名特派记者走到她面前，盛赞她那位可爱的朋友堪与第一流的歌唱家媲美。

---

① “恶天使”即恶魔。

## 第五十章
### 一件大俗不雅之事

我写这个博人一笑的故事不管是受了哪位缪斯女神的点拨，现在她该从翱翔其间的凌霄宝殿下凡，屈尊降临布朗普顿区约翰·塞德立一家屋檐很低的寓所，描述一下发生在那里的事情了。在这简陋的住处，也有焦虑、猜疑和苦恼。由于租金一拖再拖，克拉普太太在厨房里悄悄向丈夫发牢骚，要那个老好人起来造反，向他的老朋友、昔日的老板、现在的房客摊牌。塞德立太太如今不到楼下房东家走动了，更不用说在克拉普太太面前摆老东家的谱儿。试想，你要是欠了一位女士四十镑，而她又不断旁敲侧击提及这笔账，你还能冲她端什么臭架子？那个爱尔兰女佣人乐呵呵、知尊卑的态度倒是丝毫没有改变；可是塞德立太太总觉得她越来越放肆，于是也越看越不顺眼。做贼心虚导致草木皆兵。在老太太听来，那丫头不论说什么，回答什么，都像在含沙射影地吓唬她，奚落她。克拉普小姐现已出挑成一个大姑娘了，处处觉得不称心的老太太偏说这小蹄子钝皮老脸，尽招人嫌，真不知爱米莉亚怎么会喜欢她，两个人在爱米莉亚屋里一待就是好半天，还经常一起出去散步。塞德立太太百思不得其解。这个从前性格开朗、宽厚随和的女人，已在贫困的苦水中泡得生趣全无。她不念爱米莉亚一贯对她恪尽孝道；女儿虽竭力善待或帮助母亲，她总是百般挑剔，抱怨女儿一味把自己的孩子奉为至宝，置父母于不顾。自从焦斯舅舅停止寄钱回来，小乔吉一家的日子委实不好过，他们三代四口几乎要挨饿了。

爱米莉亚左思右想，绞尽脑汁，看能不能增加一家人赖以度日的那点儿微薄的收入。她能不能授课？或者画人家插名片的扇形架？做刺绣之类的手工活？她发现比她能干的女人辛辛苦苦一天只挣两便士。她买了两幅金边细料纸板，倾全力在上面作画：其一画的是一个穿红背心的牧童，他那粉红色的脸在铅笔风景前微笑；其二画的是一个牧女正在过一座小桥，跟在她身旁的一只小狗明暗线条处理得挺细致。美术品陈列室和布朗普顿画具店的业主(爱米莉亚在此买屏风纸板时，幻想等自己画好后老板会重新回购)，一边审视这两件蹩脚美术品，一边几乎掩饰不住鄙夷的嗤笑。他斜睨着在店堂里等回音的爱米莉亚，把两幅画套回牛皮纸封袋，用带子系好后递还给可怜的寡妇和克拉普小姐——这姑娘一生中从未见过这样好看的东西，坚信老板至少会出两个畿尼收购这两幅画屏。

她们又到伦敦市中心别的店铺去碰过运气，不过希望的火苗越来越微弱。一家说："本店不收。"另一家凶巴巴地说："走开。"三先令六便士就这样打了水漂。两幅画屏最后退居克拉普小姐的卧室，她仍坚持认为它们非常可爱。

爱米莉亚考虑了很久，措辞也经过再三推敲，然后用最工整的字体写了一块小小的广告牌："某女士略有余暇，愿教授数名小女孩英语、法语、地理、历史和音乐。愿洽谈者请通过布朗先生转告爱·欧。"她把广告牌交给画具店老板，后者同意把它搁在柜台上，结果牌子上积了不少尘垢和蝇屎。爱米莉亚面带愁容多次在门前经过，希望布朗先生有消息告诉她；但老板始终没有叫她进去。有时她进店去买些零星用品，那儿还是音信全无。天真而又可怜的欧斯本太太，你是那么柔弱，而世事维艰，生活无情，想杀开一条血路谈何容易？

她心事重重，忧伤一天天加深；她那双惊恐的眼睛时常凝视着自己的儿子，小乔吉哪儿能理解这眼神的由来。夜里她会突然从床上一跃而起，蹑手蹑脚到儿子屋里张望，见他睡得正香，没有被人偷走，这才放心。她现在睡眠的时间很少。不可终日的忧思和恐惧死死缠住她不放。在万籁俱寂的长夜，她以泪洗面，默默祈祷；她力图排遣的一个念头每次都悄悄溜回她的脑海，那就是：她应当让孩子离开，她是横在儿子与锦绣前程之间的唯一障碍。可是她做不到，她不能，至少现在不能。以后再说。哦！这事思量起来太痛苦，实在让人受不了。

另一个念头在她脑际闪现，并使她为之面红耳赤：她可以把自己的年金留给父母，助理牧师愿意娶她，她和小乔吉就能有一个家。但是乔治的画像以及那份最珍贵的纪念，将永远指责她。羞耻之心和对逝者的爱，不准她作出这样的牺牲。她像害怕亵渎神圣似地不敢迈这一步。上述种种思绪在她纯洁而温柔的胸怀中始终浮游不定，生不了根。

笔者仅用三言两语一笔带过的思想斗争，在可怜的爱米莉亚心中却持续了好几个星期。在这期间，她从不把心事向任何人透露，事实上也不可能有这样一个知心人听她倾吐衷曲，因为她不允许自己考虑投降的可能性，虽然在思想斗争的对手面前她已心劳日拙，难以招架。全家受苦受穷；父母衣食不周，人前抬不起头来；孩子不该受委屈过这样的日子——这些明明白白的事实，接连不断地向她发动无声的攻势，而且只进不退。可怜的寡妇在这座小小的要塞里拚命卫护她仅有的一份爱和唯一的宝贝，然而外围的碉堡已一个接着一个落入敌手。

斗争开始时，她曾写过一封哀婉动人的信给远在加尔各答的哥哥，恳求他不要停止对父母的资助，并用朴实而悲怆的语言述说他们凄凉、不幸的老境。她并不了解真相。事实上焦斯的钱还是照常在寄，但都给市中心一名放高利贷的商人拿去了；老塞德立为了实现他的发财梦想，竟把儿子每年两次的汇款预先卖给人家。爱米急煎煎地计算此信寄到加尔各答再得到答复需要多少时日。她在记事本上记下了自己寄信的日期。她没有把自己的窘况和焦虑写信到马德拉斯去告诉儿子的监护人、忠厚善良的少校。自从她写了恭喜少校即将结婚的那封信以后，一直没有再跟铎炳通过信。爱米莉亚心灰意冷地认为，那唯一对她如此眷顾的朋友，也变得离她越来越远了。

一天，家里的局面发展到了无法收拾的地步：债主苦苦催逼；母亲号啕大哭；父亲沮丧至极；一家人互相躲着，彼此回避；每个人都是满腹委屈，暗自怨天尤人。就在这种情势下，一间屋子里偶然只剩下父亲和女儿两个人。爱米莉亚想安慰一下塞德立先生，便把自己所做的事告诉老父：她已经写信给约瑟，过三四个月会有回信的。约瑟虽然不太顾家，但是一向慷慨。如果他知道父母的景况如此窘迫，决不会拒绝提供帮助。

于是老绅士向女儿道出了全部实情：他的儿子一直在照常寄钱，是老子自己昏了头把钱亏折一空。他早不敢说。当他声音发颤、可怜巴巴地做这番自白的时候，觉得爱米莉亚惨白的脸色和恐慌的表情是在责怪他不该隐瞒真相。

"啊！"他说时嘴唇在哆嗦，脸侧向一边。"现在你知道你的老父亲有多卑鄙了吧！"

"哦，爸爸！不是这样的，"爱米莉亚急忙说，同时扑过去搂住他的脖子，接连亲了他好多次。"你永远是个好人，永远有一颗善良的心。你是出于好心才这样做的。这不是钱的问题——这是——哦，上帝啊！我的上帝！怜悯我吧，请赐给我力量承受这样的考验，"她又在父亲脸上狂吻了一阵，然后走了出去。

父亲仍然不明白她这些话的意思，也弄不懂可怜的女儿离开时为何这样痛苦。这是因为她已被彻底打败。判决书交到了她手里。孩子必须离开她——到别人那里去——然后把她忘掉。她的心肝宝贝——她的欢乐、希望、偶像——她全部的爱——几乎是她的上帝！她必须放弃自己的儿子；然后——然后她就去见乔治，和他一起从冥冥遥空中守护他们的孩子，等待乔吉到天国与他们团聚。

她戴上帽子，系好帽带——而她并不意识到自己在干什么——然后走出家门，踽踽独行于小乔吉放学回家常走的狭街小巷，她也惯于这样一路迎上去，以便早一点见到宝贝儿子。时值五月，那天放学较早。树木纷纷披上新绿，晴空中艳阳高照。乔吉唱着歌向母亲跑来，红红的脸透着健康，手里用带子提着一捆书。这便是他。爱米莉亚张开双臂把他搂在怀里。不，这事不可能发生。他们娘儿俩不能分开。

“妈，你怎么啦？”乔吉问；“你的脸色不好。”

“没什么，我的孩子，”母亲说着俯下身去吻他。

那天晚上，爱米莉亚让儿子给她读撒母耳的故事：他母亲哈拿等孩子断了奶，把他领到祭司以利面前事奉耶和华。[①]乔吉读到哈拿祷颂耶和华的那首赞歌，其中称道耶和华使人贫穷，也使人富足；使人卑微，也使人高贵；耶和华从灰尘里抬举贫寒人；一个人的强大并不在于他自身的力量，云云。接着乔吉又读到，撒母耳的母亲每年为他作一件小外袍，献年祭的时候带来给他。[②]然后，爱米莉亚用深入浅出的方式给乔吉讲解这段动人的故事。哈拿尽管如此钟爱她的儿子，却把他奉献给耶和华，因为哈拿许过愿。哈拿远离儿子，坐在家里做小外袍的时候，谅必一直在思念儿子；她深信撒母耳决不会忘记母亲；一年一年过得很快，每当她又能见到儿子的时候，一定欢天喜地，而撒母耳也渐渐长大，既聪明又善良。

她作这篇小小的经义浅释，语气温和而又庄重，也没有淌眼泪；及至说到母子相会，突然语不成声，她那颗慈母的心终于满极而溢。

---

① 见《旧约·撒母耳记(上)》第1章。
② 见《旧约·撒母耳记(上)》第2章。

她把儿子紧紧抱在怀里左右摇摆，顿时悲从中来，圣洁的清泪无声无息地洒落在孩子的脸上。

主意既定，这位寡妇便按她认为正确的步骤行动起来，以便尽快把事情推向她预想的结局。一天，拉塞尔广场的欧斯本小姐收到爱米莉亚的一封信（爱米莉亚已有十年未曾写过这个地名和门牌号码，当她书写信封的时候，少女时代的往事一下子又袭上心头）。欧斯本小姐读信后激动得脸都红了。她看看紧皱双眉坐在餐桌另一端老位子上的父亲。

爱米莉亚在信中实事求是地坦陈促使她改变主意的原因。她父亲遇到了新的不幸，陷入山穷水尽的绝境。她自己的收入实在有限，供养父母尚且勉强，遑论为乔吉提供他应该拥有的各种条件。尽管与儿子分离对她来说十分痛苦，但为孩子着想，她愿在上帝的保佑下忍痛割爱。她知道，乔吉将去的人家会在力所能及的范围内使他幸福。她根据自己的看法介绍了孩子的脾性：急躁易怒，受不了别人对他管头管脚或态度生硬；但只要好言好语加以爱抚，他很容易受感动。末了，她提出的条件是要得到书面保证：她随时可以和孩子见面，没有次数的限制；否则她决不愿意让孩子离开。

“什么？高傲太太的傲气维持不下去了，是吗？”听女儿用兴奋得发颤的语调读完信以后，老欧斯本开言道。“面子到底拗不过肚子，不是吗？哈哈！我就知道她会这样。”

他试图保持不苟言笑的威仪，照例看他的报——但是根本看不进去。他用报纸遮住自己的脸暗暗发笑，不出声地骂了一句。最后他还是扔下报纸，习惯地绷着脸瞪了女儿一眼，从饭厅走到隔壁他的书房里去，但很快又从那儿回来，手里拿着一把钥匙。他把钥匙扔给欧斯本小姐。

“把我书房楼上那间屋子收拾一下，也就是原先他的房间，”他说。

“是，先生，”他女儿打了个寒战应道。

他们说的是乔治生前的卧室。那间屋子已有十年以上没打开过。里边还有他的衣服、文件、手帕、马鞭、帽子、钓竿以及运动器具。一本一八一四年的陆军军官名册(封面上写着乔治的名字)、一本小词典(他写东西的时候通常要用)和他母亲给的一本《圣经》，仍放在壁炉架上，旁边还有一副靴刺和一座积了十年尘垢的墨水台(墨水早已干涸)。啊！从里边的墨水还能蘸写的时候算起，多少岁月已经流逝，多少人物已经作古！依旧摊在桌上的吸墨水纸板印着乔治的字迹。

欧斯本小姐带佣人们刚走进这间屋子，真是百感交集。她在小床上坐下时，面色煞白。

“这可是大喜讯，大小姐，谢天谢地！”女管家说。“过去的好日子又要回来了，大小姐。那位小少爷真是好福气，大小姐。不过，五月市有些人会不乐意的，大小姐，”说着，她拔去窗子的插销，把外面的空气放进房间里来。

“你最好给那个女人送些钱去，”欧斯本先生出门前对女儿说。“让她要什么有什么。派人给她送一百镑去。”

“明天我上她那儿去一趟，您说好不好？”欧斯本小姐问。

“你自己瞧着办吧。记住，她不得到这儿来。绝对不行，天打雷——，哪怕把全伦敦的钱堆在我面前也不行。不过眼下得让她手头有钱花。你多注点儿意，必须把事情办利索。”如此叮嘱过后，欧斯本先生跟女儿分了手，沿着走惯的老路步行前往市中心。

“爸爸，这儿有一些钱，”当晚爱米莉亚一边说，一边吻着老父亲，把一张一百镑的本票放到他手里。“对了，妈妈，乔吉有什么不对的地方，您跟他就别太较真了。他在咱们这儿不会待很久的。”此外她还能说什么呢？然后她不声不响地到自己屋里去了。让我们关好房门，让她在里边静心祈祷，独抒悲怀吧。爱和痛苦到了这个份儿上，笔者还是少说为妙。

欧斯本小姐第二天来跟爱米莉亚见了面，这是头天她派人送钱来时所附的短简中预先说好的。她们这次会晤相当友好。可怜的寡妇对欧斯本小姐稍作观察，听她说几句话，便得到一个印象：至少对眼前这个女人不必担心她会在小乔吉心中占据第一号亲人的位置。她比较敏感，心地也不坏，但相当冷漠。倘若爱米莉亚的对手相貌好看些，年纪轻一些，待人亲切些，心肠热一些，做母亲的很可能日子更加难过。欧斯本小姐这方面则较多地回忆起过去的时光，她目睹爱米莉亚陷入这般境地，不能不感到震惊。这个可怜的母亲被打败了，只得放下武器，俯首称臣。那天她们商定了双方在投降书上签字的前提条件。

次日乔吉没去上学，爱米莉亚让他和姑姑单独见面，自己回到卧室去。她在尝试适应母子分离的状态，好比与世无争的格雷郡主[①]在斧子落下来结束她柔弱的生命之前，可怜她还要试试斧刃是否锋利。在谈判、访问等各项准备工作循序进行之际，日子一天天过去。爱米莉亚把此事告诉乔吉可谓慎之又慎；这寡妇满以为他闻讯会大哭大闹。不料他开心得很，并没有其他反应；可怜的女人怏怏然掉头走开。乔吉当天便到学校里去向同学夸耀此事，告诉他们：不久他就

① 简·格雷郡主(1537—1554)，英王亨利七世的曾孙女，被爱德华六世指定为王位继承人。17岁时即位仅9天，就被马利一世（“血腥的马利”）砍头处死。史称“九日女王”。

要去跟爷爷一起住了，那是他父亲的父亲，而不是有时到学校接送他的那个外公；他会有很多很多钱，有自己的车，还有一匹小马驹；他将来要换一所好得多的学校，等他有了好多钱，他要买名牌的铅笔盒，卖馅饼的女人那儿的账他也会付清的。他母亲的看法完全正确：这孩子活脱儿是他父亲的翻版。

为我们亲爱的爱米莉亚着想，笔者实在不忍再絮絮叨叨地记叙乔吉离家前最后几天的流水账。

终于到了那一天，马车停在门前，一个个不大的包裹里的物品虽不贵重，却意味着爱心和纪念，均已早早地准备好并且放在过道里——乔吉穿着一身新的套装，那还是以前裁缝上门来给他量身定做的。天刚麻麻亮他就起床穿好新衣裳。他母亲一宿没有合眼，躺在隔壁默默哀伤，把儿子屋里的动静听得一清二楚。几天前她便着手为事情的结局作准备：凡是孩子用得着的各种东西她都买好了，各留有一份小小的储备；她在乔吉的书和内衣上一一做了标记；还跟儿子谈过好几次，让他对即将到来的变化思想上有所准备——她也真够痴心的，总以为儿子一时适应不了。

他才不在乎变化呢！倒是巴不得能换个环境。他已无数次兴冲冲宣布，等搬到爷爷那儿去以后打算干些什么，可怜的寡母早该明白他心里根本没有什么割舍不下。他说会经常骑他的小马驹来看望妈妈，会用马车来接他妈妈一起到公园去兜风，将来妈妈要什么有什么。做母亲的只得满足于接受这些自私的承诺，好歹总是儿子的孝心，所以努力使自己相信儿子是多么爱她。儿子应当爱母亲。所有的孩子都一样，总是有那么一点儿喜新厌旧，还有那么一点儿——不，这不算自私，只是任性。她的孩子应当享受人生的乐趣，应当有远大的志向。倒是她自己出于私心和溺爱，过去一直阻挠儿子获得他的正当权利，不让他过好日子。

我简直想象不出，还有什么能比一个天生胆小的女人自卑自责更令人感动。只要一有什么差池，总是她的过错，而不是男人的过错；她把所有的不是统统揽到自己身上，变着法儿谋求为她没有犯过的错误受罚，坚持为真正该受指责的人开脱！伤害女人的恰恰是得到女人钟爱最多的男人。女人生来就集怯弱和专横于一身。越是在她们面前低首下心的男人，越是饱受她们的虐待。

且说可怜的爱米莉亚总是把苦水往自己肚子里咽，默默地为儿子的离去作各种安排，独自在准备迎接这一结局的过程中度过了好多凄凉的时刻。乔吉站在一旁看母亲忙这忙那，完全无动于中。慈母的热泪洒在儿子的箱子、盒子里；乔吉心爱的书上重要的段落都由母亲一一做了标记；旧的玩具、纪念品和爱物都为他悉心保存好，齐齐整整、仔仔细细包扎起来——所有这些事情乔吉一概视而不见。孩子笑容满面地行将离去，做母亲的却是柔肠寸断。天哪！看到名利场上为人母者对孩子的爱得不到任何回报，实在太可怜了。

短短的几天工夫已经过去；爱米莉亚一生中这件有决定性意义的大事终于安排就绪。没有天使降临进行干预。孩子已献上祭坛，一切听天由命。寡母从此形单影只。

乔吉倒是常来看望母亲。他骑着小马驹，马车夫跟在他后头，乐得老外公塞德立先生沿着街巷走在他旁边也觉得脸上有光。爱米莉亚虽能见到乔吉，但那已不再是她的孩子。乔吉还骑马到那所没有名气的学校去看他过去的小朋友，向他们炫耀一朝发迹、到处生辉的新形象。才几天工夫，他便学会摆出一副带几分专横的派头和盛气凌人的架势。做母亲的认为，他天生就是颐指气使的料，就像以前他的父亲那样。

这段时间天气很好。如果白天儿子没来看她，爱米莉亚便在傍晚时分走很远的路到城里去——是的，一直步行到拉塞尔广场，在欧斯本家对面挨着花园栅栏的石头上坐下。待在那儿很惬意，挺凉快。她抬头可以看到透出灯烛光的客厅窗户，到了九点钟左右，她又仰望楼上乔吉的卧室。她知道乔吉睡在那间屋子——是儿子告诉她的。等到烛光熄灭，她就在外面怀着一颗无怨无悔的心向苍天祈祷，然后低头垂目、不声不响步行回家。走了这么多路是够累的，她也许能睡得好些；很可能她会梦见乔吉。

某一个星期日，她走到拉塞尔广场离欧斯本家有一段距离的地方（从那儿她也看得见），这时各教堂钟声齐鸣，乔吉和他姑姑一起出门准备上教堂。一个小要饭的走上前来乞讨，为姑侄俩拿着祈祷书的一名跟班准备把他轰走；但乔吉加以阻止，给了那乞丐钱。愿上帝赐福于这慷慨的孩子！爱米绕过广场走到乞丐面前，也给了他一个铜币。安息日的钟声响彻四方，她跟随姑侄俩来到育婴堂旁边，走进那里的教堂。她找了一个座位，从那儿看得见乔吉的头正好在纪念他父亲的碑雕下端。几百名儿童清纯的声音高唱颂歌礼赞仁慈的天父；小乔吉的心灵在庄严的赞美诗歌声中欣悦地颤动。他母亲有一小会儿没法望见他的脸，因为眼睛给一层迷雾罩住了，模模糊糊看不清楚。

# 第五十一章

## 不知读者能否猜破的词谜剧

自从蓓姬在斯泰因勋爵家的一些名流雅集上露面以后，这位贤能妇人要求进入上流社会的权利已得到承认，伦敦城一些最高贵的门限很快向她敞开了——那些人家是可敬的读者和区区连想也不敢想迈进去的。亲爱的弟兄们，咱们还是在那些高不可攀的门限前颤抖吧。我想象那儿的门卫谅必手执烧红的银戟专捅一切不得入内之人。据说，报社派去的记者，坐在门厅里登录应邀进去赴宴的大人物的姓名，过不多久就会死去。因为贵人的气势烜赫，炙手可热，把记者活活给烤糊了，犹如冒失的塞墨勒在全副盛装的宙斯面前被闪电劈死一般[①]——只能怨轻率的飞蛾太不安分，擅敢越出圈定的活动范围，结果毁了自己。像泰伯恩、贝尔格莱维亚之类高级住宅区的居民，应当把上述神话引以为鉴，也许还应当多想想蓓姬的故事。啊，女士们！你们不妨请教一下瑟里弗牧师先生：贝尔格莱维亚是不是鸣的锣？泰伯恩是不是响的钹？[②]这些无非是浮华虚荣罢了。即便名噪一时，终将风流云散。有朝一日(感谢上帝，那将是我们身后之事)，海德公园也会像古代巴比伦郊外的园林胜景一样湮没无闻，贝尔格莱夫广场也会变得像倍克街那样荒凉，或像旷野里的达莫[③]那样成为一片废墟。

女士们，你们可知道伟大的皮特在倍克街住过？当年赫丝特女伯爵[④]在那幢如今风光不再的公馆里大宴宾客，你们的姥姥、奶奶要是能弄到一份请柬，无论什么样的代价都在所不惜呢。我在那里吃过饭——没错，正是在下、区区、不才。我让那些作古的大人物的幽灵充塞其间。当我们这些今人坐在那儿从容品尝红葡萄酒的时候，逝者的鬼魂们进来围着晦冥的桌子坐下。历经惊涛骇浪的舵手[⑤]把好几大杯子虚乌有的红酒一饮而尽；邓达斯的亡灵连一丁点儿残酒的幻影也不留；艾丁顿坐在那儿，又是欠身又是假笑，令人毛骨悚然，可是每当酒瓶悄无声息地传递过来时，他却丝毫不落人后；斯考特从浓眉下眯着眼睛欣赏陈年佳酿面上那层膜——当然也是虚妄的；威尔伯福斯仰面望着天花板，似乎在纳闷儿，他每次举到自己口边的酒杯都是斟得满满的，怎么放到桌上都是空的？[⑥]要知道这天花板昨天还在他们头顶上方，当代的一些大人物都抬头瞅它来着。如今那栋房子成了带家具出租的公寓。是的，赫丝特女伯爵一度在倍克街住过，现已长眠于大漠旷野。金雷克[⑦]在那儿见到了她——不是在倍克街，而是在人迹罕至的另一个地方。

凡此种种，无疑都是过眼烟云；然而谁不承认拥有那么一点儿毕竟受用？我倒想知道，有哪位头脑正常的人仅仅因为烤牛肉不能万古流传就不爱吃？烤牛肉也是身外之物，但我祝愿本书的每一位读者——哪怕有五十万人之多——毕生都能吃到美味可口的烤牛肉。诸位请坐，不必拘礼，希望你们胃口好；有肥的，有瘦的，这是卤汁浇

---

① 塞墨勒，希腊神话中的大地女神，主神宙斯的情妇。她要求看一眼宙斯，宙斯在雷鸣电闪中盛装现身，把塞墨勒劈死了。

② 《新约·哥林多前书》第 13 章第 1 节保罗致哥林多人书中云："我若能说万人的方言并天使的话语，却没有爱，我就成了鸣的锣、响的钹一般。"后世遂把好听的空话乃至一切华而不实的事物比作鸣的锣、响的钹。

③ 达莫，今称帕尔米拉，所罗门王建于叙利亚沙漠北缘绿洲中的名城(见《旧约·列王纪上》第 9 章第 18 节)，公元前 273 年毁于罗马人之手。现在那里只是一个保留着古城遗址废墟的村落。

④ 赫丝特·斯坦霍普(1776—1839)，英国政治家、科学家查尔斯·斯坦霍普伯爵之女。1803—1806 年曾为其首相舅舅小皮特看管老倍克街上的私邸。1810 年前往中东，在达莫遗址附近与当地的游牧部落共同生活。

⑤ 指首相小皮特。

⑥ 亨利·邓达斯(1742—1811)、亨利·艾丁顿(1757—1844)、约翰·斯考特(1751—1838)、威廉·威尔伯福斯(1759—1833)，均为小皮特同时代政治家，也是与他志同道合的朋友。

⑦ 英国克里米亚战争史家亚历山大·威廉·金雷克(1809—1891)曾在他所写的《约森》(1844)一书中记述与赫丝特女伯爵会晤的经过。

头，这是辣椒配菜，请随意，别客气。我说琼斯老弟，再来一杯葡萄酒怎么样？这是最好最嫩的里脊肉，要不要来一点儿？来吧，让我们开怀大啖，把没有永恒价值的浮世美味吃个够，并为此感谢上苍。既然如此，我们何不以同样的态度跟蓓姬一起出入上流社会，尽享荣华富贵？那些锦衣玉食、视听之娱，同尘世一切享受一样，不也都是过眼烟云吗？

瑞蓓卡在斯泰因勋爵的晚会上亮相的结果是：第二天彼得沃雷丁亲王殿下在俱乐部里遇见克劳利中校，立即走过来与他交谈；在海德公园的环形马路上看到克劳利太太，亲王殿下摘了帽子向她亲切致意。紧接着，瑞蓓卡和她的丈夫就被邀请到黎凡特府参加一次雅集（由于府第尊贵的主人短期离开英国，亲王殿下在那里暂住）。散席后，她为范围很小的客人们唱了几首歌。斯泰因侯爵也在，他像慈父一般关注自己提携的后辈在社交界取得成功。

蓓姬在黎凡特府结识了欧洲拔尖儿的绅士、外交官雅博蒂埃公爵——当时是最虔信基督的国王[①]派驻英国的大使，后来任那位君主的外交大臣。当这些煊赫一时的大名从我笔下写出来时，我得承认自己简直神气极了。可以想见，亲爱的蓓姬周旋在何等身价的贵人圈子里。她成了法国大使馆的常客。要是没有迷人的罗登·克劳利太太参加，那儿的聚会总像缺了点儿什么似的。

大使馆的两位参赞，特律菲尼（出身于佩里戈家族）与尚比尼亚克先生，愣是让可爱的中校太太迷得神魂颠倒。凡是离开英伦的法国人，几乎个个都会在那儿撂下半打被拆散的家庭，在皮夹里带走五六颗破碎的心。按照他们民族的惯例，两位参赞一致宣称自己与罗登太

① 这是教皇于 15 世纪授予法国国王的封号。

太关系十分密切。

但笔者对这种说法的可靠性持怀疑态度。尚比尼亚克酷爱打牌，每次参加晚会总要跟中校玩上好多局，其时蓓姬则在另一间屋子里为斯泰因勋爵唱歌。至于特律菲尼，众所周知他连旅行家俱乐部的门也不敢踏进去，因为他还欠那儿好几名侍者的钱；要不是使馆里还有饭吃，这位可敬的青年绅士非挨饿不可。因此，我不相信蓓姬会对他们中的任何一人青眼有加。这两个年轻人顶多给她跑跑腿，买几副手套，送几束鲜花，举债预订歌剧院的包厢请她看戏，千方百计讨她的欢心，仅此而已。再者，他俩的英语只能说令人神往的简单词句，作为蓓姬自娱和取悦斯泰因勋爵的一种经常性消遣，她会当面模仿两位参赞中的某一人，恭维对方的英语水平大有进步——说这话时那副正经八百的神态，总是让她的靠山、性好揶揄的老侯爵忍俊不禁。特律菲尼特地送了一条披巾给卜礼格斯，以此买通蓓姬的心腹，请她转交一封信；不料老实巴交的老小姐竟当众把它交给收信人，凡是读了这封信的人，无不觉得滑稽至极。斯泰因勋爵读了此信；反正除不闻不问的罗登以外，人人都读了。五月市柯曾街小楼里发生的事，也没有必要每一件都告诉他。

过不多久，蓓姬在这里不但招待外国“精英”（这是我们高贵的上流社会惯用语），也招待一些英国人中的精英。我使用这个词儿，并不是指德行最高超的，也不是指最不道德的；既不指最聪明的，也不指最愚笨的；既非富可敌国，亦非世家贵胄。总之，“精英”一语意味着无庸置疑、不成问题的人——诸如伟大的菲茨-威利斯夫人（她是奥尔梅克堂[1]德高望重的赞助人）；响当当的斯劳博尔夫人；了不起的

① 奥尔梅克堂，坐落在伦敦国王街的贵族聚会场所，始建于1764年。19世纪前期，那里经常举行名流云集的盛大舞会。后称威利斯堂。另有奥尔梅克俱乐部位于圣詹姆斯街，过去是著名的赌场。

格丽泽尔·麦克佩斯夫人(她是格劳里的葛雷勋爵的女儿)即属此类。如果菲茨-威利斯伯爵夫人(她出身于国王街的名门望族，见德布雷特与伯克的《贵族谱系大全》)有意提携某人，那么，不管此人是男是女，肯定靠得住，不必再问什么。倒不是菲茨-威利斯夫人有什么出众之处；恰恰相反，她已五十七岁，早过了黄金年华，说不上貌美，算不得豪富，也没有娱悦他人的特长。然而无论哪方面的人都众口一词同意她是“精英”。她家的座上客也属于精英。很可能是出于对斯泰因夫人的旧恶(想当年风华正茂时，她，乔治娜·弗雷德丽卡，威尔士亲王的宠臣波登谢里伯爵之女，曾指望自己戴上侯爵夫人的冠冕)，所以这位伟大的名流领袖特别抬举罗登·克劳利太太，在自己主持的一次聚会上向她行了个极其引人注目的屈膝礼。现在，菲茨-威利斯夫人非但鼓励自己的儿子圣基茨(年轻勋爵的职位还是在斯泰因勋爵的关照下谋得的)上克劳利太太家走动，并且邀请她到自己公馆去，在餐桌上曾两次故意当众与她亲切交谈。这一重大事件当晚便在全伦敦传开。本来对克劳利太太啧有烦言的那些人，顿时缄了口。生就一张巧嘴的韦纳姆律师、斯泰因勋爵的得力助手，到处盛赞蓓姬；原先犹豫不决的人一下子跨出决定性的一步向她表示友好；小汤姆·托迪曾经告诫索思砀不要上这样一个名声不好的女人家里去，现在反倒希望别人给他引见引见。总而言之，瑞蓓卡已获准进入“精英”圈子。啊，可敬的读者，亲爱的弟兄们，不要过早地羡慕可怜的蓓姬——据说，似这般旖旎风光早谢易逝。不时可以听到传闻，称即使跻身最里层的精英，也并不比徘徊圈外的可怜虫幸福。蓓姬虽然钻进了上流社会的核心，面对面见到过伟大的乔治四世，此后她承认那里无非也是徒有虚名而已。

记叙她这段大红大紫的经历，笔者应当适可而止。正如我不能描述共济会的秘密一样(尽管我认定那是个骗局)，门外汉还是不要去毫发毕现地刻画上流社会，不管是臧是否，自己的见解最好留在自己心中。

在嗣后的岁月中，蓓姬常说起自己一生中的这一个社交季节，那时她活跃在伦敦顶尖儿的阔人圈子里。成功使她兴奋，但随后就令她厌倦。起初，最有趣的事情莫过于想办法弄到最时新、最漂亮的穿戴服饰(附带提一下，对于经济条件十分有限的罗登·克劳利太太说来，这可是件相当麻烦而又需要高度想象力的活儿)；坐车去赴有许多大人物在那儿欢迎她的高雅饭局；离开高雅的饭局再赴高雅的聚会，到会的往往是和她一起吃饭或昨晚她见过而且明天又将碰到的人——年轻的男士仪表挑不出半点儿毛病，领结齐整，靴子锃亮，手套雪白；上了年纪的绅士比较富态，礼服上钉着铜钮扣，气度高贵，彬彬有礼，谈吐则缺乏风趣；窈窕淑女往往金发垂肩，羞人答答，爱穿粉色服装；她们的妈妈雍容华贵，端庄大方，一身珠光宝气。人们用英语交谈，而不是像小说中那样说蹩脚的法语。内容无非是彼此的住宅、某人的名声、各家的私事，跟平时议论东家长、西家短没什么两样。蓓姬过去的相识有的憎恨她，有的羡慕她；可怜她自己却在想象中哈欠连连。

“我真想跳出这个圈子，”她暗暗对自己说。“我宁愿做一名教士的妻子，在主日学校里教书；或者嫁一名军士，随团在大篷车里颠晃；或者——哦，哪怕穿上缀满发光金属片的戏装，在庙会上的帐篷前跳舞也要开心得多。”

“你干起来一定非常精彩，”斯泰因勋爵笑道。蓓姬有时也把自己的倦意和烦恼直率地告诉这位大人物，他听了觉得很逗。

“罗登可以成为一名出色的——那个叫什么来着？——就是杂耍班子里报幕的司仪——身穿制服，足登大靴子，一面走圆场，一面把鞭子挥得噼啪响。罗登高大魁梧，虎背熊腰，很有军人气概。我记得，”蓓姬以冥想的口吻继续说，“小时候父亲带我到碧溪庙会去看过一场杂耍；回家后我自己做了一副高跷，在画室里踩高跷跳舞，父亲的学生瞧着个个拍手称奇。”

“我倒很想瞧瞧，”斯泰因勋爵说。

“我也很想马上露一手，”蓓姬接过话茬。“也好让布林基夫人开开眼界，管保格丽泽尔·麦克佩斯夫人目瞪口呆！嘘！请安静！帕斯塔[①]要开始唱歌了！”

那些贵族雅集往往邀请专业的男女优伶参加，蓓姬照例对他们礼遇有加；见他们默默地坐在角落里，蓓姬总要走过去，故意当着众人的面满脸堆笑和他们握手。她说自己也是个艺人，这话倒是一点儿不假；她坦言自己的出身时那份真诚和谦恭之状，令旁观者或恼怒，或为之动容，或觉得有趣，那就因人而异了。

“那个女人脸皮真厚，”甲说，“瞧她那副满不在乎的德性！其实她要是有自知之明，就该安安分分坐着感谢上帝还有人跟她说话！”

“她倒是挺老实的，性情也很随和！”乙说。

“真是个花样百出的小精灵！”丙说。

很可能他们说得都对，但蓓姬依然自行其是，结果把那些专业艺人笼络得心甘情愿地在她家的晚会上唱歌（即使嗓子不舒服也不好意思推辞），还免费给她授课。

是的，她有时在柯曾街二〇一号的小楼里举行晚会。逢到这样的日子，风灯擦得锃亮的数十辆马车会把街道堵得水泄不通，二〇〇号的人家都烦死了，因为震天价的敲门声吵得他们不得安宁，二〇二号的住户也眼红得睡不着觉。随车而来的跟班一个个身材高大，蓓姬家小小的过道哪里容纳得下，只得把他们安置到附近几家

① 朱迪塔·帕斯塔（1798—1865），娘家姓内格利，意大利歌剧演员（戏剧女高音）。

小酒馆去喝啤酒，有事就让小厮把他们从那儿叫来。伦敦几十位最时髦的王孙公子，在狭窄的楼梯上摩肩接踵，彼此笑问：“你怎么也来了？”许多白璧无瑕、品位高雅的女士端坐在小客厅听专业歌唱家表演——那些名伶演唱时还是沿袭他们的一贯作风，仿佛成心要把窗玻璃都震落下来。第二天在《晨邮报》的《名流雅集》栏里会出现如下一段报道：

> 昨日克劳利中校夫妇在五月市他们家中设宴招待嘉宾。在座的有彼得沃雷丁亲王与王妃殿下、土耳其大使巴普什帕夏（由使馆的译员基博布贝伊陪同）、斯泰因侯爵、索思砀伯爵、皮特·克劳利爵士偕夫人简·克劳利、瓦格先生等。席散后克劳利太太还主持了一个游艺晚会，参加者有司蒂尔顿公爵夫人（遗孀）[1]、格律耶尔公爵、切希尔侯爵夫人、亚历山德罗·斯特拉基诺侯爵、德布黎伯爵、沙普促格男爵、托斯蒂骑士、司林斯顿伯爵夫人、麦克亚当夫人、麦克佩斯少将偕夫人格丽泽尔暨两位小姐、佩丁顿子爵、霍勒斯·福吉爵士、贝德温·桑兹少爷、博巴契·贝豪德。

这份名单还没完，下面有十来行小号字体的篇幅读者可以随心所欲自己去填。

我们的瑞蓓卡在与大人物交往中，同样表现出她与地位较低者接触时显示的一个突出特点——坦诚。有一次，在一座豪华的宅第作客，瑞蓓卡（很可能有点儿卖弄的嫌疑）正与一位著名的法国男高音歌唱家用法语交谈，这时格丽泽尔·麦克佩斯夫人扭过头去皱眉瞅着那

---

① 用以区别于她的儿媳，因为婆媳二人都是公爵夫人。

一对儿。

“您的法语说得棒极了，”格丽泽尔夫人道；她自己说起法语来总是带着浓重的爱丁堡口音，相当刺耳。

“我再说不好就没法交代了，”蓓姬眼睛朝下谦虚地答道，“我在一所学校里教过法语，我的母亲是法国人。”

格丽泽尔夫人被她恭顺的态度所征服，从此对这个小妇人不再那么反感。她总是哀叹如今世风日下，全然不分尊卑，不管什么低三下四之辈都被允许进入他们不配涉足的上流社会。不过，格丽泽尔夫人承认，至少这个女人行为还算得体，从不忘记自己的身份。格丽泽尔夫人是一个很好的女人，对待穷人心地不坏；她愚蠢、方正、轻信，自以为高出你我一头——这怨不得她。她的祖先的衣裾已被人跪着吻了不知几个世纪！据说，这一家族的伟大祖先成为苏格兰国王时，先王邓肯的遗臣争相拥吻新国君的格子呢朝服——那还是一千年以前的事情①。

斯泰因夫人自从听过蓓姬弹唱宗教歌曲以后，成了她的俘虏，也许还对她不无好感。冈特府的两位少奶奶也只得屈服。她们曾有一两次挑唆别人跟蓓姬作对，但是失败了。天生一张利嘴的斯坦宁顿夫人曾经与她交锋，结果被无畏的小蓓姬杀得片甲不留。几度遭到攻击之后，蓓姬便练就一手绝招：装出一副安详、天真的样子，其实却是绵里藏针。她可以在这张再天真不过、再自然不过的面具下说再恶毒不过的话，完了以后又像没事人似地为她的失言表示歉意，结果反而让所有的人都知道攻击者挨了她怎样一番奚落。

以机智、俏皮著称的瓦格先生，是斯泰因勋爵的帮闲、食客，他

① 1040 年，麦克佩斯弑君篡位取代邓肯一世（1034—1040 年在位）成为苏格兰国王（1040—1057 年在位）。莎士比亚的著名悲剧《麦克佩斯》演绎的正是这一史实。萨克雷在这里辛辣地讽刺了一味崇奉古老家族的势利时尚。

在两位少奶奶的怂恿下向蓓姬发难。一天晚上，这位能言善辩的清客，先向两位幕后操纵者使了个眼色，意思是“你们马上就有好戏看了”，接着开始袭击不知就里、正在专心吃饭的蓓姬。小妇人虽然遭到突然袭击，却绝非手无寸铁；她立刻接受挑战，瞅准来犯者的要害予以迎头痛击，羞得瓦格脸上热辣辣地好不狼狈；然后她自己面不改色心不跳，依然笑吟吟地继续喝她的汤。瓦格的大恩公除了经常管饭，有时还借点儿钱给他；瓦格则为勋爵干些拉选票、造舆论之类的活儿。当时斯泰因勋爵冲那个倒霉蛋瞪了怒不可遏的一眼，吓得他直想钻到桌子底下去大哭一场。他用求饶的目光望着席间没跟他说过一句话的勋爵，再瞧瞧两位少奶奶——她们自然与他撇清干系。临了还是蓓姬看他可怜，试着跟他聊聊。此后他有六个星期没被邀请吃饭。勋爵有个心腹叫菲什的，自然是瓦格一力巴结的目标；菲什奉命告诉瓦格，要是他再敢说一句冒犯克劳利太太的话，或者拿她开愚蠢的玩笑，那么，勋爵会把瓦格立下的每一张借据交给自己的律师，强制他变卖财产抵债，决不轻饶。瓦格在菲什面前痛哭流涕，恳求他亲爱的朋友代为说情。他写了一首诗赞美瑞·克太太，发表在他自己主编的最新一期《冒失鬼杂志》上。在两人相遇的聚会上，瓦格照例请求蓓姬多多关照。在俱乐部里，他总是拚命讨好罗登。过了一段时间，他才获准回到冈特府。蓓姬见到他时一直很客气，笑口常开，从不生气。

韦纳姆先生是辅弼勋爵的首席亲信(议院里、餐桌上都有他的席位)，他的行为和想法就比瓦格先生理智多了。韦纳姆先生自己是个铁杆托利党人，父亲是英格兰北部一个小本经营的煤商。不管侯爵的这位副手如何切齿痛恨一切暴发户，他对侯爵的新宠却从不流露出丝毫敌意。他让克劳利太太无时无刻不受到令人肉麻的关怀和神秘兮兮的敬重，这比另一些人露骨的敌视态度更使蓓姬坐立不安。

克劳利夫妇款待满楼贵宾的钱是哪儿来的？这个谜当时曾引起不少议论，使柯曾街上的这类节庆平添一些够刺激的调料。有人断言皮特·克劳利爵士有一笔数目可观的补贴给他的弟弟；如果真是这样，蓓姬对于准男爵的控制力可谓大矣，而且皮特的性格老来也发生了巨变。另一派则暗示，蓓姬惯于向她丈夫所有的朋友求助：她今天去找某甲，哭哭啼啼诉说家中一切财产都贴了封条；明天跪在某乙面前，声称除非还清某一笔欠款，否则全家要么去蹲班房，要么自杀。据说，索思砀勋爵就被此类声泪俱下的表演诓走了好几百镑。第——重骑兵团的青年军官菲尔特姆，是泰勒和菲尔特姆制帽及军服承造公司的小开，自从在克劳利夫妇的引见下挤进上流社会以后，据说也成了向蓓姬输血的冤大头之一。外界传说她假托能为一些头脑简单的主儿谋得政府部门的肥缺，以此从他们那里搂钱。关于我们这位清白无辜的好朋友，反正什么样的传闻都有。有一点可以肯定：倘若人们所说她用乞求、借贷或欺骗的手段弄到每一笔钱都是事实，那么她已积累起不小的资本，一辈子都用不着要花招、使手腕了，然而——笔者又忘了后话不该提前交代。

其实，只要精打细算，调度得法，撙节现金，几乎什么都挂在账上——那么，在资金十分有限的情况下，也能让人家看到大排场，至少可维持一个短时期。据我所知，蓓姬请客的事虽然谈得沸沸扬扬，可是说到底毕竟不是三日一小宴，五日一大宴，她在这上头花的钱比日常点蜡烛的费用多不到哪儿去。枕流居和克劳利庄为她提供数量充足的野味和水果。斯泰因勋爵的酒窖由她随意支配，冈特府的名厨在她家的小厨房内主持烹调，或者勋爵干脆吩咐从自己的厨房里做好了珍馐佳肴送过去。我认为，像蓓姬的同时代人指责她那样败坏一个老实人的名声太可耻了；我奉劝公众切勿听信那些诋毁她的谣言，连十分之一也信不得。要是每一个欠下债务而又无力偿还的人都得被逐出社交界；要是我们去窥探每一个人的隐私，调查他们的收入，对他们花钱的方式不以为然便不理人家；——那么，名利场岂不要变成一片荒漠，谁还愿意在这满目凄凉的鬼地方待下去！照这样下去，亲爱的读者，人人都将跟自己周围的同类为敌，文明带来的好处将不复存在。我们会争吵不休，彼此责骂，互不往来。我们的家又要变为洞穴；我们又要回到衣不蔽体的蛮荒时代，反正无所谓羞耻，什么也不用顾忌。房租将一路下跌。再也没人设宴请客。城里的店铺都将关门大吉，老板非破产不可。葡萄酒、蜡烛、食品、胭脂、衬裙、珠宝、假发、路易十四时代风格的装饰品、古代瓷器、当坐骑的和拉车的好马——总而言之，要是人们死抱住愚蠢的偏见不放，跟他们讨厌和非议的人老死不相往来，那么，一切生活乐趣将丧失殆尽。反之，只要稍有仁爱之心，互相宽容一些，日子还是相当好过的。我们怎么骂某一个人都可以，哪怕咒他是早该上绞架的天字第一号大浑蛋也行——难道我们就真的想把他绞死吗？不，我们跟他见面时照样握手。只要他家的庖厨出色，我们会原谅他并且上他家去吃饭；我们也希望他以同样的态度对待我们。只有这样，商业才会繁荣，文明才能进步，和平才得维持；每周有新的应酬就需要穿新衣服；上一年收获的拉斐特葡萄[①]，也能给可敬的种植园主带来丰厚的回报。

本书所叙述的那个年代，在位的虽是伟大的乔治四世，女士们还穿灯笼袖长袍，头发用很大的铲形玳瑁梳簪住，不像如今这样时兴直筒袖和俏丽的束发环；不过，据我所知，当时和现在上流社会的风气并没有实质性的差异，娱乐的方式也非常相似。我们在门外隔着警察的肩膀围观那些艳丽夺目的淑女进宫觐见君主或步入舞会

① 法国西南部的梅多克地区盛产葡萄，最好的梅多克红酒以葡萄种植园的名字作为品牌，拉斐特即为其中的佼佼者。

大厅时，觉得她们一个个美若天仙，沉浸在非我辈凡夫俗子所能企及的幸福之中。正是为了让这些意犹未尽的门外汉得以望梅止渴，笔者才絮絮叨叨地讲述我们的好朋友蓓姬奋斗的历程、胜利的喜悦和失望的苦涩，凡是有才干的人闯荡世界尝遍的人生百味，她都有体会。

当时，词谜剧这种有趣的消遣刚从法国传入，在我国相当流行，因为它使我们许多天生丽质的女士有机会一展她们迷人的丰姿，又让为数较少的聪明人能显示其过人的才智。蓓姬想必自恃才貌双全，所以怂恿斯泰因勋爵在冈特府举办这样一场游艺晚会，其中包括几个小戏。下面笔者就不揣冒昧，向读者介绍一下这种十分精彩的娱乐活动，同时也要怀着悲凉的心情声明，这将是笔者有幸请读者一起去观赏的最后几次高雅消遣中的一次了。

冈特府的画廊气派豪华，它的一部分被布置成词谜剧场。还在乔治三世朝内这画廊就派过这样的用场，那儿至今保存着一幅冈特侯爵的肖像画：洒了粉的头发按所谓的罗马式样系着一个粉红色的缎带结，他在艾狄森先生的悲剧《卡托》中扮演同名主人公，当初观看此剧的有王储威尔士亲王殿下、奥斯纳堡主教大人、威廉·亨利亲王殿下——彼时他们和主演者一样都还是孩子。此后一直搁置在顶楼上的旧道具、旧布景，有几件从那儿给搬了出来，经过翻新后用于这次演出。

主持游艺会的贝德温·桑兹少爷，到过许多东方国家，那阵儿正是风流倜傥的时髦人物。一位东方旅行家当时可非等闲之辈，作为探险家的贝德温，曾在荒漠旷野中帐篷下度过好几个月，出版过一本四开大书，自然是位重要人物。他那本游记中有几幅插图，画上桑兹身穿不同的东方服装；他仿效《英雄艾文荷》中的骑士布里安·德布瓦—吉尔伯，到哪儿都带着一名相貌极其丑陋的黑人随从。贝德温、他的东方装束和黑人随从，在冈特府大受欢迎，被视若至宝。

第一出词谜剧由贝德温·桑兹率先登场。他扮演头上插着巨大羽饰的一名土耳其将官，侧卧在长躺椅上，做着吸水烟的样子（怕女士们受不了这烟雾，其实点燃的只是一种芳香熏剂）。从戏中的装束看，当时还有禁卫军①，塔尔布什②尚未取代古老而威严的清真教头饰。这名土耳其大官伸懒腰，打哈欠，显得百无聊赖。于是他双手拍了几下，只见一名黑人扈从出场——裸露的胳膊上套着好多臂镯，腰间佩着弯刀，还有其他种种东方饰物，总之是个丑八怪式的傻大个儿。他向位居要职的主人行了个弯腰额手礼。

在场的观众无不感染到一阵既恐怖又亢奋的强烈刺激。女士们交头接耳窃窃私议。那名黑奴是贝德温·桑兹用三打黑樱桃酒向一个埃及帕夏（大官）换来的。他曾把不知多少宫女缝在麻袋里沉入尼罗河中。

“让奴隶贩子进来，”好色的土耳其官吏做了一个手势。黑人扈从把奴隶贩子带进来见主人；贩子又带着一个蒙面的女人。当他揭去女人的面纱时，全场掌声雷动。原来她是温克沃思太太（出嫁前为押沙龙小姐），一位明眸秀发的佳人。她身穿华丽的东方服装；编成辫子的乌发与满头珠翠相映成辉；覆盖衣裳的钱币金光闪闪。淫邪的异教官吏显然对她的美貌着了迷。女奴跪下哀求官吏放她返回高加索山乡自己的家园，那里她的所爱还在悲叹伊人杳然。可是冷酷的官吏丝毫不为所动，在听她提到高加索意中人时甚至发出狞笑。女奴双手掩面，倒地作绝望状，姿态楚楚动人。看来她已濒临绝境，这时——这时宫内的都太监来了。

---

① 土耳其苏丹的御林军，1826 年因谋反失败被撤编。

② 红色圆塔状无缘帽，帽顶中央有缨。

都太监带来了苏丹的手谕。官吏接旨后把那封可怕的诏书顶在自己头上。他吓得魂飞魄散，而都太监(这角色由桑兹的黑奴兼演，不过换了一身服装)却是一脸幸灾乐祸的表情。“饶命啊！饶命！”官吏大声呼号；而都太监却狞笑着掏出——一条丝绦结的缳。就在他准备用它行刑时，幕落了下来。官吏从幕后喊道：“以上是前两个音节。”下面即将登场的罗登·克劳利太太，走到温克沃思太太跟前，称赞她台风绝佳，服装极美。

词谜剧的下半部分开演了。场景仍在东方。官吏换了装坐在女奴身旁。从姿势看两人已经和好。都太监变成了一名驯顺的黑奴。旷野里旭日初升，土耳其人把他们的脸朝向东方匍匐礼拜。由于手边没有骆驼，便由乐队以欢快的节拍演奏《驼队来了》权代。舞台上出现一个埃及人的大脑袋。这是一颗音乐脑袋，它唱起瓦格先生创作的一首滑稽歌曲，令东方旅行家们大为惊讶。旅人们开始像莫扎特歌剧《魔笛》中的捕鸟人帕帕盖诺和摩尔王那样跳舞。大脑袋吼道：“这是后两个音节。”①

接着是最后一幕。这一回台上的布景是希腊营帐。一个高大健壮的汉子躺在帐内一张榻上。他的头盔和盾牌挂在头顶上方。现在用不着这些东西了。特洛伊城已经被攻克。伊菲革涅亚也上了祭坛。卡珊德拉成了俘虏，给关在外面过道里。人之王(由克劳利中校扮演，他对于特洛伊城遭洗劫或卡珊德拉就擒之事浑然不知)正在阿耳戈斯他的寝帐中安睡。一盏灯把他硕大的影子投在帐幕上摇曳不定；特洛伊

---

① 第一出词谜剧的谜底是 Agamemnon(特洛伊战争中希腊军队的统帅、迈锡尼国王阿伽门农)。四个音节分成两段藏在两幕戏的谜面中。第一幕中的土耳其官吏扣 Aga(奥斯曼帝国时代对大官的尊称)；第二幕扣 Memnon(公元前十五至十四世纪的埃及国王阿孟霍特普三世［希腊人称他“门农”］在底比斯的一座雕像，传说其头部在日出时会发出悠扬的乐声)。最后一幕演的是阿伽门农被妻子克吕泰涅斯特拉及其情人埃癸斯托斯谋杀的故事。

的剑和盾在灯光映照下闪亮。乐队奏的是莫扎特歌剧《唐·璜》中石像进来前那段阴森可怖的音乐。[①]

面色苍白的埃癸斯托斯蹑手蹑脚走上台来，从帐幕后面心怀叵测地窥视熟睡的统帅。哦，那张脸多么邪恶！他举起匕首，准备刺向榻上的人，后者翻了个身，敞开宽阔的胸膛，仿佛等着他下手。但他不能袭击睡梦中的头领。克吕泰涅斯特拉像幽灵似地迅速潜入寝帐——她裸露雪白的双臂，脸上没有一丝儿血色，眼睛里露出的笑意是那么阴险，令观众不寒而栗。

场内起了一阵近似震颤的反应。

“老天爷！”有人情不自禁地说，“那不是罗登·克劳利太太吗？！”

她做了一个极表轻蔑的动作夺过埃癸斯托斯手中的匕首，向榻前走去。可以看到被她高高举起的匕首在灯光中刷地一闪——灯就灭了，接着是一声呻吟，一切都沉入黑暗。

这一片漆黑和刚才的一幕够吓人的。瑞蓓卡的角色演得如此可怕而又逼真，堪称入木三分，把观众全都镇住了，一时间鸦雀无声。然后场内所有的灯一下子重又亮起来，每一个人都开始大声喝彩。

“棒极了！棒极了！”老斯泰因破锣似的粗嗓门儿压倒了其他一切声音。“见鬼！她还真干得出来的，”他又透过牙缝轻轻说了一句。

演员们在全场观众的掌声中走到台前谢幕，人们一再呼唤导演和克吕泰涅斯特拉出场。**阿伽门农**绷着古典时代的束腰，不愿多出头露面，而是和埃癸斯托斯以及这出小戏的其他角色一起站在背景前。贝

---

① 唐·璜勾引了骑士的女儿，杀死她父亲，还嘲弄骑士的石像，邀请它赴宴。不料石像果真应邀而至。

德温·桑兹先生把女奴和克吕泰涅斯特拉的扮演者领到台前。一位大人物坚持要跟令人倾倒的克吕泰涅斯特拉见见面。

“哈哈！这一刀捅得真痛快。这样可以嫁给别人了，对不？哈哈！”这位王室成员殿下的评语倒是深中肯綮。

“罗登·克劳利太太把这个角色演绝了，”为他们作介绍的斯泰因勋爵在一旁说。

蓓姬笑了，笑得那么开心而又调皮，同时行了个优美绝伦的屈膝礼。

仆人们托着盘子端来好多冷饮凉品。演员们纷纷消失在后台，准备演第二出词谜剧。

三个音节组成的词谜分别由三段小戏按如下的方式加以呈示：

第一个音节。最低级的巴思爵士罗登·克劳利中校，头戴宽檐帽，身穿肥大的斗篷，一只手拄着拐杖，另一只手提着从马厩里借来的风灯，一路叫唤着走过场，似在提醒居民时间很晚了。楼下窗户里可以看见两个沿路推销货物的商贩，他们显然在玩克立别集，一边呵欠连连。一个杂役模样的人走进去（林伍德少爷把这个角色演得惟妙惟肖），为他们脱去靴子；紧接着上场的是一名女仆（由索思砀勋爵阁下反串）。她拿着两个烛台和一只暖床器，到楼上的客房把被褥熨热。这时两个商贩上来对她动手动脚，女仆用暖床器当武器把他们赶开。她下场后，商贩戴上睡帽，放下窗帘。杂役再次上场，把楼下那间屋子的百叶窗关好，还可以听到他从里边把门上的插销插好、扣上链条的声音。这时灯光全灭。音乐奏的是《睡吧，睡吧，亲爱的》①。一个声音从幕后宣布：“以上是第一个音节。”

---

① 这是流行于1830年前后的一首法国情歌，作曲者是德博普兰。

第二个音节。全场的灯火一下子重又点亮。乐队在演奏《巴黎的约翰》①中的一支老歌《啊，出门远行真快乐》。布景没有更换。门外上下两层之间的招牌上画着斯泰因家族的纹章。楼下那间屋子里有个男子拿着长长一条纸(账单)给另一个男子看，后者扬拳作抗议状，意谓这简直是抢劫。

"马夫，把我的车准备好，"门口又有一人喊道。他摸摸由索思砀勋爵扮演的女仆的下巴颏儿，后者对他的离去似乎依依不舍，就像卡吕普索送别另一位大名鼎鼎的旅行家奥德修斯那样。②林伍德少爷扮演的杂役端着一只木箱走过场，木箱里有几把银壶，他吆喝"谁要啤酒？"的声调神态极其幽默、自然，全场观众报以热烈的掌声，还有人把一束鲜花抛给他。啪哒！啪哒！啪哒！———鞭子的响声自远而近。店主、女仆、杂役一齐向门口跑去。就在贵客临门的当口儿，幕落了下来。看不见的导演大声宣布："以上是第二个音节。"

"我猜这一定是 Hotel(旅馆)，"近卫骑兵团的格立格上尉说；上尉的聪明才智引起哄堂大笑③。不过他已经十分接近谜底了。

呈示第三个音节的一场戏开幕之前，乐队奏起了几首航海歌曲的旋律集锦，其中包括《当斯锚地》、《别刮了，北风凶神》、《称雄吧，不列颠》、《在比斯开湾，哦！》——看来事情将发生在海上。钟声响处，幕拉开了。一个声音发布消息："诸位，开船了！"人们互相道别。他们忐忑不安地指着由一幅深色幕布象征的满天乌云，连连摇头

---

①《巴黎的约翰》(或《巴黎的让》)，是法国作曲家布瓦尔迪厄(1775—1834)谱写的一部歌剧。

② 奥德修斯从特洛伊回国途中，登上卡吕普索居住的海岛。卡吕普索想与他结为夫妇，但奥不为所动。10 年后(一说 7 年后)，卡奉主神宙斯之命放他回国。

③ 导演宣布每段小戏只扣谜底词的一个音节，而格立格上尉所猜的 Hotel 却有两个音节。

表示忧虑。一位神经兮兮的女士(由索思砀勋爵阁下反串)抱着一只小狗，带着好几只箱包，和她的丈夫一起坐下，同时紧紧抓住缆绳。显然，那是在一艘海船上。

船长(由最低级巴思爵士克劳利中校扮演)头戴三角帽，手持望远镜登场。他用一只手按住帽子作远眺状；他的外套衣裾随风飘扬。他刚腾出手来想举起望远镜，帽子便被吹走了，顿时赢得满堂彩声。风势开始转强。音乐逐渐趋于高扬，表现呼啸声越来越响。船员们打着趔趄走过场，仿佛船身在剧烈颠晃。客舱侍者(林伍德少爷扮演)踉踉跄跄走来，手里拿着六只盆盂。他很快把一只盆儿放在神经兮兮的女士的先生旁边；女士踢了她的狗一脚，那畜生可怜巴巴地开始哀叫；女士用手绢按在自己脸上，急匆匆像是往舱里跑。音乐发展到风狂雨暴、惊心动魄的最高潮，第三个音节呈示完毕。①

当时有一出很短的法国舞剧《夜莺》，由蒙特絮和诺布雷主演，很有名气。瓦格先生是写诗的老手，他为这出舞剧美妙动听的曲调填了词，把它改编成歌剧搬上英国舞台②。剧中人都穿法国古装，身材矮小的索思砀勋爵这回化装成一位老太太，拄着一根地地道道的弯柄拐杖，在台上蹒跚而行，表演相当精彩。

舞台上用硬纸板画就一座雅致可爱的小屋，靠墙的格子棚架上爬满了玫瑰花和常春藤。可以听到花腔的颤音像一股清泉从代表屋内的台后汩汩流出。

---

① 第二出词谜剧的谜底词是 nightingale(夜莺)。第一幕扣第一个音节 night(夜晚)；第二幕扣第二个音节 in，但舞台上表现的是 inn(客店)，拼法虽不同，读音却一样；第三幕扣最后一个音节 gale(大风)。

② 据同时代人回忆，《夜莺》本来就是勒布伦作曲的一部法国歌剧，十九世纪二十年代经常在巴黎歌剧院上演。其中穿插的芭蕾舞场景确由这里提到的两位女舞蹈家演过。

“菲罗墨拉，菲罗墨拉①，”老太太呼唤着。

菲罗墨拉从里面出来。

台下掌声又起——那是罗登·克劳利太太，假发上洒着粉，脸上贴着名为美人痣的小块黑绸，她扮演的女侯爵可算得娇小妩媚，倾国倾城。

她一边哼唱，一边跳跳蹦蹦笑着登场，天真烂漫之状使台上洋溢着青春的活力。她行了个屈膝礼。

“孩子，”妈妈说，“你怎么整天嘻嘻哈哈，唱个不停？”

于是菲罗墨拉唱起了——

**我阳台上的玫瑰**

我阳台上有一丛玫瑰，向早晨的空气里散发清芬，
　　整个冬季她的叶瓣落尽，只盼春天早日降临；
若问她的气息缘何馨香，她的面颊缘何嫣红，
　　只因朝阳已经升起，鸟儿开始歌唱。

绿树成荫时，夜莺在林中啼啭，
　　叶落枝秃、朔风如刀时，只有一片沉寂；
妈妈，若问夜莺的歌声缘何动听，
　　只因阳光明媚，枝繁叶茂，满目葱茏。

这就叫各得其所，妈妈：鸟儿有了好嗓子；
　　盛开的玫瑰给染红了腮帮，妈妈；

① 希腊神话中雅典王潘狄翁的两个女儿普洛克涅和菲罗墨拉被神变为燕子和夜莺。后世诗歌中常称夜莺为菲罗墨拉。

而阳光照进了我的心房，妈妈，使之激动、雀跃，

告诉你，妈妈，所以我满面春风，只想歌唱。

被歌者叫做妈妈、蔼然可亲的那位，虽系着老太太的软帽，仍掩藏不住自己的络腮胡子；女儿每唱完一节，做妈妈的似乎急煎煎地要显示其母爱，就把扮演女儿的纯情玉人紧紧搂在怀里。每一阵亲热都会引起观众的共鸣，赢得热烈的喝彩和哄堂大笑。一曲甫罢，乐队奏起一段表现百鸟啁啾争鸣的尾声，这时全场一致要求“再来一个！”；掌声和鲜花无休止地飞向当晚的夜莺。斯泰因勋爵的喝彩声比谁都响。夜莺，也就是蓓姬，瞅着勋爵抛给她的花束，把它贴在自己心口，那滑稽的表情比诸喜剧大师亦不稍逊。斯泰因勋爵欣喜若狂。来宾的热情与主人的兴奋不相上下。在第一出词谜剧中一出场就引起全场骚动的那名黑眼睛美丽女奴哪儿去了？她的娇艳胜过蓓姬一倍，然而蓓姬的光芒使她黯然失色。人们交口称誉，把她跟斯蒂芬斯、卡拉多里、隆齐·德贝尼斯[①]相比，结果一致认为(这意见恐怕很有道理)，克劳利太太如果下海演戏，那些名伶没有一个能超过她。那是她登峰造极的一次成功：她的嗓音震颤自如，圆润嘹亮，穿透暴风雨般的彩声，插上胜利和喜悦的翅膀高高翱翔。演出之后还有舞会，蓓姬成了焦点人物，大伙都趋之若鹜。那位王室贵人发誓说，她的表演完美无缺，一而再、再而三地跟她交谈。蒙受如此垂青的小蓓姬，心里甭说有多么自豪和欢喜；荣华富贵在向她招手。斯泰因勋爵像一名随从到处跟在她后头，除了对她，几乎不和别人说话，极尽恭维、殷勤之能事。她仍穿着女

---

① 凯瑟琳·斯蒂芬斯(1794—1882)，后来成为埃塞克斯伯爵夫人；卡拉多里-艾伦(1800—1865)；隆齐·德贝尼斯(1800—1853)；均为当时能歌善演的优伶。

侯爵的戏装，和法国大使馆的参赞特律菲尼先生一起跳小步舞；而大使本人、雅博蒂埃公爵则恪守古代宫廷传统，声称克劳利太太完全有资格成为维斯特里[①]的高足，或者在凡尔赛宫的舞会上一显身手。要不是为尊严、痛风以及无比强烈的责任感所囿，公爵大人自己也很想跟她潇洒共舞；但他当众表示，就凭罗登太太的谈吐和舞姿，她以大使夫人的身份出现在欧洲任何一国的宫中都能胜任愉快。直到有人告诉他，罗登太太有一半法国血统，公爵大人方始得到满意的解答。

“除了我的法兰西同胞，那一曲小步舞没人能跳得如此庄重典雅，”大使说。

接下来瑞蓓卡又和彼得沃雷丁亲王的表弟、参赞克林根什波尔先生跳了一支华尔兹。兴高采烈的亲王可不像他的同行法国大使那么矜持；他一定要与可爱的克劳利太太共舞一曲。两人在舞池中翩跹飞旋，珠宝从亲王的靴子流苏和轻骑兵军服上纷纷散落，直至殿下上气不接下气始罢。帕普什帕夏本人也有意与她婆娑一番，可惜这种消遣为他本国教义礼俗所不容。人们围着她狂热地鼓掌，简直把她当作诺布雷或塔尧尼[②]那样的明星。所有的人都如醉如痴，蓓姬也飘飘然，这是不言而喻的。她打斯坦宁顿夫人身边经过时投向后者的那一瞥充满了轻蔑。在冈特夫人以及后者的小婶子、既惊讶又沮丧的乔治·冈特夫人面前，她摆出一副居高临下的架势——总之，凡是她心目中的对手，蓓姬要把她们一个个碾得粉碎。至于晚会开始时一度备受欢迎的那位长头发、大眼睛的温克沃思夫人，她到哪儿去了？可怜她已落荒而逃。她也许在扯自己的秀发，也许已哭肿了自己的明眸；然而对

① 奥居斯特·维斯特里(1760—1842)，当时最伟大的舞蹈家，也是一位芭蕾舞名师。他执掌巴黎歌剧院的大权达36年之久。

② 玛丽亚·塔尧尼(1804—1884)，意大利芭蕾舞蹈家。1827年在巴黎首次登台即引起轰动。她后来成为瓦赞伯爵夫人。

此谁也不感兴趣，没有人会表示同情。

蓓姬最重大的胜利在晚宴时刻来临。她被安排在一桌特设贵宾席上，与前面提到的那位王室大贵人殿下以及另几位特别尊贵的客人坐在一起。那一桌的餐具都是金的。她只要喜欢，可以命人把珍珠溶化在香槟中——俨如埃及艳后克娄巴特拉再世。彼得沃雷丁亲王愿意放弃他军装上一半钻石饰物，换取那双绿眼睛的嫣然一笑。雅博蒂埃在写给本国政府的述职报告中特别提到了她。其他几桌上使用银餐具的女宾，注意到了斯泰因勋爵老是在向她献殷勤，一致认为勋爵如此悍然不顾体统是对一切命妇淑女的莫大侮辱。如果尖酸刻薄的闲话能置人于死地，那么，斯坦宁顿夫人这张嘴定然结果了蓓姬的性命。

天大地大的面子却让罗登·克劳利感到害怕。社交场上的辉煌胜利，似乎把他与太太之间的距离拉得比以往任何时候都远。他痛心地认识到，蓓姬比他高明的程度不可以道里计。

到了宾客告辞的时候，一群年轻人送蓓姬出来，外面有人吆喝给克劳利太太备车；提着风灯成链状站在冈特府高大的正门外照明的仆役，一路把话往外传，他们祝贺走出大门的每一位客人今晚尽兴而归。

罗登·克劳利太太的车经一迭连声的吆喝给叫了过来，进入灯火通明的大院子，停在有檐棚遮蔽的弯道门口。罗登扶太太坐好了，车自离去。韦纳姆先生向罗登建议一起步行回家，并且敬了中校一支雪茄。

门外好多照明仆役中的一人让他们在风灯上点燃了雪茄，罗登和他的朋友韦纳姆一路走去。这时人丛中闪出两条身影跟在他们后面；两位绅士沿着冈特街走了不过几十步，一名尾随者上来拍拍罗登的肩膀，说："对不起，中校，我有一件十分重要的事想跟您谈谈。"就在他说这话的当口儿，中校的朋友打了一声很响的唿哨，停在冈特府

大门外的好多马车中有一辆街车接到信号立即辚辚驶来——作为斯泰因勋爵亲信的韦纳姆先生，向前跑了几步，转过身来拦住克劳利中校的去路。

勇敢的中校立刻明白自己面临的是什么样的局面。他已落入执达吏之手。他倒退几步，正好撞在先前拍他肩膀的那人身上。

“我们仨对付您一个——想逃走是没有用的，”他背后的那个人说。

“是你，莫斯，对不？”中校问；看来他认出了跟自己说话的人。“得付多少钱？”

“小事儿一桩，”来自法院路科西特街的莫斯先生悄然道；他是米德尔塞克斯郡[1]司法长官的副手。“奈森先生控告您欠他一百六十六镑六先令八便士。”

“韦纳姆，看在上帝分上，借一百镑给我，”可怜的罗登说。“我家里有七十镑。”

“我连十镑也凑不出来，”可怜的韦纳姆答道。“晚安，我亲爱的朋友。”

“晚安，”罗登嗒然若丧地说。

韦纳姆走了。罗登·克劳利抽完雪茄时，街车已驶离公馆区，穿过石牌楼进入市中心。

---

① 英国东南部旧郡，现已撤销。当时其辖区包括现在伦敦的西北部。

# 第五十二章

## 斯泰因勋爵显示出他最可爱的一面

斯泰因勋爵一旦发起善心来，做任何事都不会半途而废，而他对克劳利一家的眷注，在其有选择的善举中也是可圈可点的。勋爵大人还把他的德泽扩大到小罗登身上，向他的父母指出有必要把孩子送进一所公学①，因为在小罗登这样的年龄，让他参与竞争，学一点拉丁文的基础知识，练练拳击，经常与同学交往，将对他大有裨益。中校提出异议，说他没那么多钱把儿子送进一所名牌公学；蓓姬则说，卜礼格斯是他绝好的老师，在她的辅导下，小罗登的英语、拉丁文法入门等课程的成绩相当出色（这倒不假）。然而，所有这些异议都拗不过斯泰因侯爵乐善好施的决心。这位勋爵大人是一所有悠久历史、以白衣兄弟会②命名的公学校董。古时候那是一座西多会③修道院，与它毗邻的斯密思菲尔德当年还是一片演武场。一些顽固不化的宗教异端分子常被带到那里，便于就近执行火刑。护教者④亨利八世后来查封修道院并没收其田产，绞死或杖毙跟不上改革步伐的某些修士。最后，有一巨贾买下了那里的房产田地，加上其他富豪捐赠的土地和资金，他创办了一所著名的福利院救助老人和儿童。这个修道院式的古老慈善机构附设的一所走读学校逐渐形成规模，那里至今保持着中世纪的服装和习俗；所有的西多会修士都在为它的长久昌盛而祈祷。

这所著名学校的校董有几位是英国最有权势的贵族、主教和高官；后来由于学生有了非常舒适的住宿、膳食和受教育条件，继而又可在大学里获得优厚的奖学金，将来稳享教士的俸禄，许多贵族子弟小小年纪便被送去研习教职，故而想要被该校录取可不是一件容易的事。按照这所学校创办之初的宗旨，担任教会职务的家长或世俗人家，凡家境贫寒而又注重操守者，方可送其子弟入学。但是，许多有权势的校董，随心所欲地扩大布施范围，不分良莠贤愚，把什么样的人都作为他们示恩的对象。既不用付学费，而且将来生计有着，职业可靠，这样的好事儿何乐而不为？某些大富之家捡这份儿便宜完全不怕招人耻笑。于是，非但大人物的亲戚如此，连大人物自己一有机会也把他们的子弟送去。主教大人们或把自己的亲戚，或把属下教士的子弟送往这所学校；权贵们则觍着脸把他们心腹下人的孩子安置到那里去——其结果是，进入该校的学生家庭背景十分驳杂，构成了一个五光十色的少年社会。

虽然罗登·克劳利除了《赛马日历》什么书也不读，虽然他对学生时代的回忆总是跟早年在伊顿公学受到的笞责联系在一起，可是他和所有的英国绅士一样，对古典式教育怀有真诚而得体的敬意。想到自己的儿子一生不愁温饱，可能还有机会获得进一步深造的奖学金，他自然高兴。尽管小罗登是他仅有的安慰和伙伴，有关爷儿俩之间千丝万缕的感情纽带他在太太面前几乎绝口不提，因为瑞蓓卡对他们的儿子态度一贯极其冷淡；尽管如此，罗登仍然立即同意让儿子入学，为了小家伙的前程忍痛割爱。不过，直到必须让小罗登离去之时，他才真正明白自己对儿子爱得有多深。儿子走了以后，老子的忧郁和沮丧实际上超过他愿意承认的程度——比孩子本人忧伤得多。小罗登来到一个新天地，找到不少与自己同龄的伙伴，倒觉得挺开心。当中校结结巴巴、语无伦次地企图表达自己在孩子离去后的苦闷心情时，蓓姬有几回纵声大笑。可怜的父亲觉得自己最珍视的欢乐和最亲密的朋

① 英国的“公学”是一种收费的贵族化私立寄宿学校，单收男生。如伊顿、哈罗等名牌公学实际上是进入牛津、剑桥等名牌大学之前的预备学校。

② 白衣兄弟会，中世纪天主教的一个修道会，以修士着白衣得名。

③ 西多会，天主教的一个修士会，因 1098 年成立于法国东部城市第戎附近的西多而得名。

④ “护教者”是教皇利奥十世于 1521 年授予英王亨利八世的尊号，后被撤销。但是英国国会于 1544 年议决予以恢复，此后一直是英国国君的尊号。

友从他身边被夺走了。他不时若有所思地望着自己卧室里一张空着的小床——小罗登往往就睡在那里。每天早晨他都怅然若失，想一个人在公园里走走散散心，可是无时无刻不意识到身边缺了点儿什么。在小罗登离开前，他浑然不知自己竟孤独到这般田地。谁喜欢他的儿子，他就跟谁好；他经常上好性情的嫂子简夫人那儿去，一连好几个小时跟她谈小罗登天赋哪些美德，长得多么好看，具有说不完的种种优点。

前文已经表过，小罗登的伯母非常喜欢这个侄子，简夫人的小女儿在她堂兄要去寄宿时掉了好多眼泪。老罗登很感激她们母女的深情厚谊。只有当着她们的面，并在她们的同情和鼓励之下，这名赳赳武夫最美好、最高尚的感情才通过毫无矫饰的父爱宣泄无遗。他无法向自己的妻子表白这份心意，也恰恰是这份心意使他赢得了简夫人的好感，也赢得嫂子由衷的尊敬。妯娌俩现在尽可能规避见面。蓓姬刻毒地嗤笑简心肠太软，容易动情；而另一方面，看到小婶子种种寡情的所作所为，简夫人仁爱娴淑的性格则不能不深表反感。

这一点在罗登夫妇之间造成的隔阂之深，恐怕罗登自己都没有认识到。蓓姬根本不在乎丈夫与她疏远。老实说，她没有离不开罗登或其他任何人的感觉。她把丈夫仅仅看作为她跑腿的奴仆。不管罗登多么沮丧或郁闷，蓓姬一概视而不见，或者干脆嗤之以鼻。她只顾自己往上爬，忙于寻欢作乐，在交际场中一路挺进；她应当在那里占有一席显著的地位，这倒是事实。

小罗登进寄宿学校总得带一副简单的行装，那还是厚道的卜礼格斯给准备的。他走的时候，莫莉在过道里泣不成声，尽管这名善良而忠诚的女仆已有很长时间没拿到一文钱工资。克劳利太太不让丈夫用她的车送孩子去学校。把马往闹市中赶——简直闻所未闻！干吗不雇一辆街车？孩子走的时候，蓓姬甚至不跟他吻别；小罗登也无意与母亲拥抱，但他吻了卜礼格斯(通常他不好意思在老小姐面前做亲昵状)，并且安慰后者，说他每星期六可以回家来，那时他们又能见面了。当街车驶往市中心的当儿，蓓姬驱车朝公园方向而去。她沿着蛇塘一路跟十几个花花公子咭咭呱呱有说有笑；其时罗登爷儿俩正进入白衣兄弟会公学古老的校门。中校把儿子留在学校里，一个人怏怏归去；这个被人踩在脚底下的可怜虫，打从他自己离开育儿室以来，心中也许还未曾有过比此时更悲凉、更纯正的感情。

他一路步行回家，心情十分凄怆，这天只有他和卜礼格斯两人吃饭。罗登待她挺好，感激她善待、照顾小罗登。他为自己借了卜礼格斯的钱和充当欺骗老小姐的帮凶而深感内疚。他们在一起就小罗登的事谈了好半天，因为蓓姬只回家来穿戴整齐后又出去赴饭局了。然后他怀着一种失落感到大冈特街去跟简夫人一起喝茶，告诉嫂子：小罗登走的时候像个男子汉；以后他在学校里要穿长袍短裤；近卫团老战友杰克·布莱克波尔的儿子已答应照拂小罗登，保证不欺侮他。

不出一个星期，小布莱克波尔已把小罗登调教成自己的书僮，要他擦皮鞋，烤面包片，向他传授拉丁文法的秘诀，还揍了他三四回，但并不太厉害。小罗登生就一张老实巴交的脸，所以颇有人缘。他挨的揍大体上还算适度，这对他无疑是有益的。至于低班生为高班生当书僮，干擦皮鞋、烤面包片之类的杂活，难道不是被视为每一位英国小绅士受教育的必由之路吗?

笔者不想就第二代的问题和罗登少爷的学校生活发太多的议论，否则本书的篇幅会完全失去控制。没过多久，中校便去看望儿子，发现小家伙身体不错，也挺开心，穿着小黑袍、小短裤居然挤眉弄眼的有说有笑。

做父亲的明智地塞给小罗登的主子布莱克波尔一个金镑，从而确保那位小绅士对待他的书僮手下留情。小罗登的靠山是权重一时的斯泰因勋爵；伯父是代表一郡的国会议员；父亲又是一名中校、最低级巴思爵士，他的名字曾好几次出现在《晨邮报》的《名流雅集》栏上——对于有这样背景的学生，校方八成不会等闲视之。他有很多零花钱，请同学们吃紫莓蛋糕时手面阔绰得很。星期六他一般都可以回家，而这一天他父亲总是像大过节似的。只要有空，老罗登会带他去看戏；否则就派听差送他上戏园子。星期日，小罗登照例和卜礼格斯、简夫人和堂弟堂妹一起上教堂。老罗登最爱听儿子讲在学校里打架、低班生给高班生当书僮的故事。很快，老子已经和儿子一样熟知所有的老师和学生中那些小霸王的名字。他邀请小罗登的一个好朋友去看戏，散戏后请他们又是吃点心和牡蛎，又是喝啤酒，差点儿没把两个孩子的肚皮给撑破。小罗登把拉丁文法课本拿给父亲看，告诉他眼下教到什么地方。

“好好用功，我的孩子，”老罗登摆出一副很在行的样子，正经八百地对他说，“学好经典课比什么都重要！这是根本的根本！”

蓓姬对丈夫的鄙视与日俱增。

“你爱干什么就干什么，爱在哪儿吃饭都可以，你尽管到锯屑飞扬的马戏班去喝姜汁啤酒，或者去跟简夫人一起唱圣经诗篇——可是甭指望**我**为孩子操心。我为你谋利益操的心已经够多了，因为你自己没能耐。要不是我为你谋划，我倒很想知道今天你会落到什么田地，社会上哪有你的立足之地？”

事实上，在蓓姬去参加的那些聚会上，没人对可怜的老罗登感兴趣。现在已经常有人索性单邀蓓姬一人，不再连带邀他。蓓姬谈论那些达官贵人的口气，仿佛整个五月市乃是她的世袭领地；逢到王室举哀，她总是一身黑服。

安置好小罗登以后，斯泰因勋爵继续像慈父一般关注这户可怜的贫寒之家。他认为，要是把卜礼格斯小姐打发走，他们的开支可以大大节省，而蓓姬一向聪明能干，还怕当不好自己这个家？前面一章曾经述及，勋爵慷慨解囊给了瑞蓓卡一笔钱，让她还掉欠卜礼格斯小姐的那点儿债，可是后者至今仍住在柯曾街克劳利家。勋爵由此得出一个令他皱眉的结论：克劳利太太把出手大方的靠山交给她的那笔钱派了别的用场。尽管如此，斯泰因勋爵并没有冒冒失失把自己的这层怀疑向蓓姬说穿，因为讨论钱的问题可能伤害她的自尊心，而她可能有千百条难以启齿的理由把勋爵大人慨然提供的那笔款子挪作他用。但是勋爵决心摸清事实真相，所以采取极其谨慎和细致的方式进行必要的调查。

首先，他抓住第一个机会便着手盘问卜礼格斯小姐。这件事并不难办，只消略加诱导，就能促使这个老实人打开她的话匣子，把满腹心事和盘托出。一天，罗登太太驱车兜风去了（勋爵的心腹佣人菲什先生轻而易举地从养马房打听到这一情况，因为克劳利夫妇把他们的车和马托那里代管代养，说得更确切些，是车行老板备有一辆车，养着几匹马供克劳利先生和克劳利太太使用）——勋爵乘机来到柯曾街，向卜礼格斯要了一杯咖啡，推说有一些关于小罗登在学校里的好消息要告诉她，不出五分钟便从她口中套出：罗登太太送给她一件黑绸长袍，为此卜礼格斯小姐感激涕零——此外什么也没有给她。

听了这番大实话，勋爵暗暗发笑。实际情况是：我们亲爱的朋友瑞蓓卡曾向他绘声绘影地讲述，卜礼格斯收下还给她的一千一百二十五镑如何欢天喜地，又用这笔钱买了什么有价证券；而蓓姬则为不得不付出偌大一笔款子觉得有多心疼，云云。

“没准儿，”这可爱的女人心中兴许在打这样的主意，“他还能再加一点儿给我，谁知道？”

不过，勋爵并没有向这个多的是花花肠子的小妇人表示这样的意愿——很可能他认为自己的手笔已经够大了。

此后勋爵向卜礼格斯小姐垂询她个人的经济状况，后者坦诚相告：克劳利小姐曾给她一笔遗赠；其中一部分让她的亲戚拿走了；另一部分由克劳利中校替她作了投资，既安全可靠，又有高收益——多蒙罗登先生和罗登太太向皮特爵士说了情，准男爵答应一有机会就为她把余下的款项作最划算的处置。勋爵问，中校已为她投资了多少钱；卜礼格斯当即如实告诉勋爵，金额为六百多镑。

卜礼格斯话刚出口，立刻后悔自己过于心直口快，并请求勋爵不要把她说的情况告诉克劳利先生。中校完全是一片好心。万一克劳利先生动了气，把钱退回来，她投资到其他任何地方也不可能得到这么好的收益。斯泰因勋爵笑呵呵地许诺决不把他们的谈话泄露出去；他向卜礼格斯告辞的时候，笑得更加爽朗。

“这小妇人真是个十足的鬼精灵！”他忖道。“她的戏演得多么逼真，算盘打得实在高明！前几天她花言巧语差点儿又从我这儿诓走了一笔钱。我这辈子算得上见多识广的了，可她把我认识的女人全都甩得老远。跟她相比，那些女人简直都是娃娃。我自己也成了乳臭小儿，像个傻瓜被她玩得团团转——一个不折不扣的老傻瓜。她撒谎的本领盖世无双。”

通过这一说明蓓姬绝顶聪明的例证，勋爵对她的钦佩又上升到一个难以估量的高度。要手腕弄钱算不了什么；可是差点儿弄到她所需款项的两倍，却不把钱还给人家——这一招太绝了！再拿克劳利来说——勋爵认为克劳利并不像他看上去和给人的印象那么窝囊。他在这件事情上扮演的角色也恰到好处。旁人从他的面貌举止决计不会怀疑他与此事有什么牵连。然而正是他在幕后导演，让老婆登台，钱无疑也是他花掉的。我们知道，勋爵在这一点上所持的看法是错误的；

但这种观点却在很大程度上影响了他对待克劳利中校的态度。以前勋爵对他至少还装出一点尊敬的样子，从此却连这样的表面文章也不做了。克劳利太太的这座靠山从未想到过，瑞蓓卡居然会攒私房钱。说白了也不奇怪，斯泰因勋爵在他饱经沧桑的一生中对人类的弱点有充分的认识，也了解不少其他女人的丈夫，很可能他凭这方面的经验来判断克劳利中校其人。勋爵这辈子收买过那么多的男人，自以为这一个做丈夫的在他眼里同样一看一个准，应该说情有可原。

勋爵一有机会与蓓姬单独见面，便就此事薄责了她几句，还半开玩笑地夸她的脑袋瓜子真灵，有办法弄到比她所需更多的钱。蓓姬只是稍稍愣了一下。撒谎并不是这个可人儿的一贯作风，除非万不得已；但在这类特殊情况下，她撒起谎来却能面不改色心不跳。顷刻间，另一个入情入理、活灵活现的精彩故事她已信手拈来端给自己的靠山。以前她告诉勋爵的那一番话全是瞎掰，纯属胡编乱造——这一点她承认。然而，是谁要她这么说的?

“唶，我的勋爵大人！”她叹道。“您不知道，我是有口难开，有泪只得往肚子里咽。您只看到我有说有笑、开开心心的一面——当身边没有保护人的时候，我不得不忍受什么样的苦楚，您几乎一无所知。是丈夫通过威胁和极其野蛮的手段强迫我欺骗您并且把钱弄到手的。也是他料到您会问起钱派了什么用场，逼着我这样蒙混搪塞。钱给他拿去了。他对我说他已把钱还给卜礼格斯小姐；我既没有必要、也不敢对他表示怀疑。请您宽恕一个走投无路的男人出此下策，也请您怜悯一个运乖命苦的女人违心犯错。”当时她声泪俱下，纵使确实陷于绝境的贤德妇人也绝不可能显得更为凄楚悲怆，令人为之动容。

他们坐在克劳利太太驾驭的马车上长谈，绕着摄政王林苑兜了一圈又一圈。谈话的细节没有必要在此复述，反正其结果是：蓓姬一回到家中，便笑容可掬地飞奔到亲爱的卜礼格斯跟前，说有好消息要告诉她。斯泰因勋爵这件事办得非常漂亮，极其大方。他一直在为别人着想，千方百计帮助人家。现在小罗登住到学校里去了，蓓姬已不再需要一位朋友做帮手。当然，她难以表达自己有多么舍不得卜礼格斯；但是她的经济条件要求她处处能省则省。不过，她慷慨的恩人可以为亲爱的卜礼格斯提供一个好去处，那里的待遇比柯曾街的寓所优越多了——想到这一层，蓓姬的忧伤总算有所缓和。眼下冈特里山庄的管家皮尔金顿太太年迈体衰，又有风湿病，掌管偌大一座宅邸她已无法胜任，必须物色继任的人选。那是一份难得的美差。斯泰因勋爵全家去冈特里山庄不会多于两年一次。在其余的时间内，管家便是这座豪华宅邸的无冕之王：一日四餐；有郡里的牧师和知名人士去拜访她；她是冈特里事实上的女主人。皮尔金顿太太的两位前任管家都嫁给了冈特里教区的教区长，但皮尔金顿太太不能，因为她是现任教区长的长辈。那份差事暂时还没为卜礼格斯敲定，不过老小姐可以先去拜访一下皮尔金顿太太，再决定是否愿意接替她的位置。

卜礼格斯喜出望外的感激之情，真不知该用什么样的言语来形容。她提出的唯一条件是让小罗登到山庄去看看她。蓓姬答应了这一要求——她什么都可以允诺。中校回家时，蓓姬赶紧跑去把可喜的消息告诉丈夫。罗登很高兴，高兴得都想跳起来；自从把可怜的卜礼格斯那笔钱骗来花掉后一直压在他良心上的重负，现在总算卸去了。好歹老小姐的安置问题有了着落，可是——可是罗登心中还是七上八下，总觉得这里头有点儿不对劲。他把斯泰因勋爵的设想告诉索思砀，年轻的伯爵听了以后，凝神瞅着克劳利，那表情令中校大惑不解。

罗登把斯泰因勋爵的又一次善举告诉简夫人，不料她也现出奇怪而又惊慌的神色；皮特爵士的反应同样如此。

“瑞蓓卡是个聪明人，而且——性格活泼，没有女伴陪着不能让她四出应酬，”皮特夫妇都说。“不论她上哪儿，罗登，你得和她一起去；**一定得**有人时刻待在她身边——可以把克劳利庄上两个姑娘中的一个招来陪她，尽管给她当保镖两个姑娘都不够稳重。”

蓓姬必须有人陪着。但与此同时，又显然不能让老实的卜礼格斯失去安度晚年的良机，所以老小姐还是收拾行装登上了旅程。就这样，罗登的两个外围岗哨已落入敌人之手。

皮特爵士曾去规劝他的弟媳，要她重新考虑辞退卜礼格斯这件事并且顾及敏感的家族名声。蓓姬向大伯子指出，为了她那可怜的丈夫，不能没有斯泰因勋爵这座靠山；他们如果剥夺卜礼格斯得到的这份美差，也实在于心不忍。但是，无论蓓姬怎样解释——花言巧语满脸堆笑也罢，一把眼泪一把鼻涕也罢——一概不管用，皮特爵士认为都不是充分的理由。准男爵与他一度大为赏识的蓓姬几乎吵了一架。他谈到了家族的荣誉，谈到克劳利家清白的名声还从未被玷污过，甚至用愤激的语气指责蓓姬不该接待那几个行为放荡的法国花花公子，而斯泰因勋爵的马车又老是停在她家门口，每天有好几个小时跟她泡在一起，招来多少闲言碎语。皮特爵士以家族首脑的身份请求蓓姬多加检点。社会上已经在以轻薄的口吻议论她。虽然斯泰因勋爵确系位居要津、才智超群的显贵，但他的殷勤垂青却会使任何女人蒙羞。大伯子恳求、吁请、责令弟媳在与那位贵族交往中处处留神。

凡是皮特提出的要求，蓓姬无不一口答应，然而斯泰因勋爵还是照旧经常上她家去，于是皮特爵士越发怒火中烧。简夫人对于她的丈夫终于发现瑞蓓卡并非十全十美的稀世珍宝这一节，究竟感到愤慨还是高兴？我说不准。斯泰因勋爵继续到蓓姬家去，皮特自己却不再上柯曾街，简夫人打算断绝与那位显贵来往；侯爵夫人寄来请柬邀她参加那次词谜晚会，简夫人本想谢绝，但是皮特爵士认为必须接受邀请，因为亲王殿下要去。

虽然皮特爵士参加了那个晚会，却早早离开了冈特府，简夫人也巴不得尽快回家。蓓姬几乎没跟他们交谈，对嫂子几乎不理不睬。皮特爵士声言蓓姬的行为太不成体统，严词痛斥当时的舞台表演和奇装异服，认为这一切对于英国妇女极不适宜。词谜剧演完以后，他把弟弟罗登训了一通，怪他不该自己粉墨登场，更不该放任妻子如此出乖露丑。

罗登说，蓓姬再也不会参与这类娱乐活动。其实，也许是兄嫂一再提醒的结果，他已经多长了好些心眼，变得非常爱家，堪称模范丈夫。他俱乐部也不去，台球也不打，整天待在家里。他带蓓姬出去兜风；蓓姬上哪儿应酬，他都尽心尽力陪着。斯泰因勋爵无论什么时候来访，一定能遇见中校。如果蓓姬打算单独外出，或接到只邀她本人不邀她丈夫的请柬，罗登坚决要她加以回绝，而且这位绅士的态度大有不容违拗之势。应该为小蓓姬说句公道话，如果罗登拿出丈夫气概来，她还是很欣赏的。罗登有时候心绪不佳，她却从来不会。家里来了朋友也罢，没有客人也罢，蓓姬在丈夫面前始终笑吟吟的，注意让他过得既愉快又舒服。他们仿佛又回到了新婚燕尔的那段日子：心情舒畅，相互体贴，笑口常开，彼此信任，休戚与共。

“在马车上有你在我身边，”蓓姬说，“比一旁坐着个老蠢材卜礼格斯有意思多了！咱们一直这样过下去吧，亲爱的罗登。只要咱们有钱，那该多好哇！咱们不是永远可以过幸福日子吗？”

饭后罗登就在椅子上打个盹儿，看不见他对面的那张脸此刻横眉怒目，凶相毕露，而且由于太重心计而形容疲惫；但只要罗登一醒，她马上笑逐颜开，显得那么诚挚可亲。妻子高高兴兴地给他一个吻。罗登思量着，自己怎么可能对她起疑？不，他从来没有起过疑心；所有那些影影绰绰的不安、无中生有的猜忌，纯粹是发莫名其妙的醋劲儿。蓓姬爱他，一贯爱他。至于她成了社交界的明星，这又不是她的过错；她生来就该在那里大放异彩。像她这样能说、能唱、能干任何事情的女人，哪儿找得出第二个来？罗登认为她唯一的不足之处就是对儿子的爱少了些。然而这母子俩的隔阂是永远无法消弭的了。

就在罗登被种种疑虑和惶惑搅得心烦意乱的当儿，发生了前一章结尾处所写的那件事：倒霉的中校在离家相当远的地方给抓了起来。

# 第五十三章

## 弄出班房与祸起萧墙

当时我们的朋友罗登坐上的那辆车，驶往科西特街莫斯先生的“宾馆”。接着，中校就被“请”进那所好客的阴森大院。当辚辚而至的街车在法院路上激起回响时，那儿色彩悦目的屋顶上空已见晨光熹微。一名睡眼惺忪的犹太小厮——他的红发恰似天际的朝霞——让这一行人等走进大院，罗登由一路陪他到此的主人引入底层的屋子，莫斯先生挺客气地问他要不要喝一杯热饮料先解解乏。

有些人一旦离开舒适的安乐窝和可心的美娇妻，身陷债务人拘留所，其沮丧之状自不待言。克劳利中校却并没有那样意气消沉；说实话，他先前已经在莫斯先生的宾馆里住过几回。迄今为止，写书的一直认为这些鸡毛蒜皮的琐事不值一提；但读者可以相信，在没有固定进款的主儿生活中，这是家常便饭。

中校第一回上莫斯先生这儿来作客时，还是光棍一条；当初他靠姑姑慷慨解囊得以获释。第二回落网时，全仗小蓓姬以其天一般大的勇气、海一样深的情义向索思砀勋爵借到一笔钱，鼓其如簧之舌说服她丈夫的债主(其实就是赊给她披巾、丝绒长袍、花边手帕以及一些小玩意装饰品的店铺老板)先收下部分欠款，余额由罗登出具保证书约期偿付。在两次抓、两次放的过程中，双方都表现得极其漂亮得体，因而可以说莫斯和中校相处得十分融洽。

“中校，您睡过的床和用过的被褥之类都还在老地方，我保证您住得舒服，”莫斯先生道。“您尽管放心，被褥我们经常晾晒，而且只给上等人用。前天晚上第五十重骑兵团的上尉菲米许少爷还睡过，他的妈妈让他关了两星期后才把他弄出去，说是罚他吃些苦头也好。可是，老天可以作证，我对您说实话，他却把我的香槟给整惨了！他每天在这儿举行晚会，来的全是俱乐部和西城顶尖儿的公子哥儿——拉格上尉，住在圣玛丽教堂的德尤西斯少爷，还有另外几位时髦人物，我敢说他们品尝好酒个个在行。我楼上住着一位神学博士，咖啡厅里有五位绅士，五点半莫斯太太供应客饭，饭后可以玩会儿纸牌，还有音乐——到时候您要是能光临的话，我们将不胜荣幸。”

“我需要什么，会打铃的，”罗登说了一句，然后平静地到他的卧室里去。

上面提到过，他已是轻车熟路，在命运的捉弄下遭到些许挫折，不会一下子失魂落魄。如果是神经比较脆弱的人，刚被逮住就要求给自己的太太送一封信去。

“深更半夜何必去搅扰她的休息？”罗登这样想。“反正她不知道我是不是在我自己的房间里。我有充裕的时间给她写信，还是让她先好好睡一觉，我也需要睡一觉。不就是一百七十个英镑吗？要是连这区区之数也摆不平的话，那真是见鬼了。”中校不愿让小罗登知道父亲在这么一个奇怪的地方；他怀着对儿子的思念，钻进菲米许上尉前不久睡过的被窝，入了梦乡。他醒来已是上午十点钟，红发小厮带着相当自豪的表情给他送来一只漂亮的银质梳妆盒，供他刮脸之用。诚然，莫斯先生府上是有些不太干净，但是气度不凡。餐具柜上放着脏兮兮的托盘和常备在那儿的冰酒桶；满是污垢的巨大描金檐板上挂着暗黄色缎子的帷帘，遮住临科西特街的铁窗；尘封的金色大画框里的作品多半为狩猎和宗教题材，每一幅都出自大师的手笔，经过多次转手易主，价格已令人咋舌。给中校送来的早餐也放在同样不干不净、但很奢华的器皿之中。莫斯小姐是个头上插满卷发纸的黑眼睛姑娘，她带着一把茶壶进来，笑问中校睡得可好，并且送来一份《晨邮报》，上面有昨晚在冈特府参加游乐会的所有大人物的名字。这条新闻用生花妙笔报道了精彩纷呈的节目，称才貌双全的罗登·克劳利太太饰演的角色令人叹为观止，云云。

莫斯小姐毫不拘礼地坐在早餐桌子的边沿上，露出下垂的袜子和一只白色变灰、塌了后跟的缎鞋。克劳利中校跟她闲聊一会之后，要了纸笔和墨水；当被问到要几张纸时，他说一张够了，于是莫斯小姐把一张纸夹在拇指和食指中间递给他。这个黑眼睛姑娘曾把好多张纸拿到这里来，也曾有好多可怜的人乱涂乱抹匆忙写下一行行求助的文字，在那间伤心的屋子里走来走去，盼着信使带来回音。那些可怜的人总是派人送信而从不邮寄。诸位恐怕都收到过这样的信，上面的封口还是湿的，同时会被告知送信人正等在过道里。

罗登相信自己的求援信得到响应是不成问题的，他写道：

亲爱的蓓姬：

我希望你睡了一个好觉。别怕，今天我没给你送卡非。昨夜我一边抽雪加一边回家，路上朋到一点意外。我让科西特街的莫斯给爪住了——这信我就是在他金必灰黄的客厅里写的，两年前也是这个时候他把我爪了起来。莫斯小姐给我送茶进来——她长得很胖，她的袜子还跟过去一样掉到脚跟上。

这一回是奈森告的状——欠账一百五十镑，加上诉松费用大约一百七十镑。请把我的小文具桂送来，还要几件衣服。我还穿着跳午鞋，打着白领结(跟莫斯小姐的袜子差不了多少)。我有七十镑放在文具桂里。收到此信后，你马上去见奈森，建议先付给他七十五镑，整数请他宽限几天，我另立借据给他。就说我可以买他的酒抵充找头，咱们请客反正要用雪利酒；可是那儿的画咱们不能要，太贵了。

他要是不干，你就把我的表加上你的几件东西(只要是你舍得的)，送到当铺里去。这笔钱说什么也得在今晚奏齐。这件事不能丹搁，因为明天是星期日。这儿的床被不太正洁，而且我担心会牵扯到别的事情上去。我高兴的是这个星期六罗迪不回家。愿上帝保佑你。草此

你的罗·克

附言　　赶快来！

这信用干糨糊片湿润后封了口，交给一名信差(莫斯先生的宾馆门前随时都有这样的人待命跑腿)。罗登目送他出发后，自己走到院子里去点了一支雪茄，相当悠闲地抽起来，尽管头顶上方有栅栏，因为莫斯先生的院落像个笼子与外界隔绝，以免寄宿在此的绅士们忽发奇想打算从好客的主人家里逃走。

他估计，顶多过三个小时，蓓姬就能来把他从班房里弄出去。这段时间他打发得相当潇洒：抽抽烟，看看报，还到咖啡厅里去跟凑巧也在那儿的一个熟人沃尔克上尉一起打牌，六便士一局的消遣玩了好几个钟头，双方互有胜负。

可是白天已经过去了，还不见信差回来，也没有蓓姬的踪影。莫斯先生的客饭在规定的五点半准时开出。寄宿在这所房子里的绅士，只要付得起酒菜账的，便到上述金碧辉煌的前客厅用餐，那间屋子与克劳利先生的下榻处相通。莫斯小姐(父亲管她叫赫姆小姐)已经把上午插了一头的卷发纸卸去，莫斯太太做了一道出色的羊腿炖萝卜请客人们品尝，不过中校却没有胃口。当被问到是否愿意开瓶香槟请大伙喝一杯时，他表示同意，于是莫斯太太和赫姆小姐举杯祝他健康，莫斯先生还恭恭敬敬地与他碰杯。

但是，宴饮正进行到一半，门铃响了。那个红发男孩——他是莫斯先生的儿子——站起来，拿了钥匙去应门。不一会，他进来告诉中校，信差带回一只包袋、一只轻便文具柜和一封信；小莫斯把信交给

中校。

“不必拘礼，中校，请自便，”莫斯太太说着把手一挥。

罗登拆信的时候心情紧张，手有点儿哆嗦。这是一封非常美丽的信，浅绿色的封蜡，粉红的信笺，而且香气四溢。克劳利太太在信中写道：

我可怜的小心肝[①]：

我连一眨眼的工夫也没有入睡，老惦记着我那可恶的丑老公不知出了什么事。到早晨只得派人去把布伦奇先生（我在发烧）请来，才算睡着。他给我吃了镇静药，叮嘱菲内特无论如何不要打扰我的睡眠。所以，我可怜的老公派来的信差（菲内特说那人样子非常可疑，而且有一股杜松子酒味），在过道里待了好几个小时等我的铃声。我读了你这封可怜而又可爱、错别字一大堆的信以后有多么着急，你该想象得出来。

虽然我身体不舒服，我还是立刻吩咐备车。菲内特做的巧克力我一滴也喝不下——实话告诉你，就因为不是我的丑老公给我送来的，我愣是喝不下。我刚穿好衣服，立刻快马加鞭直奔奈森的铺子。我见到了他——我淌下了眼泪——我痛哭流涕——我跪倒在他可恶的脚下。什么都打动不了这个铁石心肠的恶棍。他说一定要还清全部欠款，否则就让我可怜的丑老公吃官司。我在回家的路上暗下决心，准备硬着头皮上我娘舅家去拜访[②]（我的每一件首饰都可以由你处置，不过这些东西总共也值不了一百镑，因为你也知道，有些东西已经在那位亲爱的娘舅家里了）。

① 信中排成楷体的词句原文是法文。

② 西方人把向当铺抵押贷款和借高利贷说成“把东西留在叔叔（或舅舅）家”，与旧时我国吴语方言暗合。

回到柯曾街发现侯爵和那个保加利亚羊脸老怪物在那儿等我，他们是来恭维我昨晚演出成功的。接着，佩丁顿也来了，他说话照例慢慢吞吞，口齿不清，不断掠着自己的头发；过后又来了尚比尼亚克和他们的顶头上司法国天使。每个人都说上一大堆好听的奉承话，可怜我给折腾得苦不堪言，一心只想摆脱他们，无时无刻不在思念我那可怜的囚犯老公。

他们走后，我跪倒在侯爵面前，告诉他我们愿意拿出所有的东西作抵押，恳求他借给我两百镑。他气鼓鼓地责怪我太见外了，拿东西作抵押简直荒唐；他说愿意去想想办法，看能不能借给我这笔钱。末了他也走了，答应明天上午把钱给我送来。那时我会把钱带给我可怜的丑老公，再附上他爱妻的一个吻。

蓓姬

这信是我在床上写的。哎哟，我头疼得要命，可是心疼得更厉害！

罗登看完此信，脸涨得通红，神情十分可怕，聚在一起吃客饭的人一眼便料到信差给他带来了坏消息。他原先力图排除的种种疑团，又回到他头脑里集结。蓓姬居然不能出去卖掉她的首饰搭救丈夫。丈夫身陷囹圄，妻子却跟三朋四友谈笑风生，听他们肉麻当有趣的恭维话。是谁把他关进了班房？当时韦纳姆和他一起步行来着。莫非这是个？……但他简直没法顺着自己生出的疑心往下想。他匆匆离开前客厅，跑到自己屋里，打开轻便文具柜，草草写下几行字，也不知是给皮特爵士还是简夫人的，要信差即刻前往大冈特街给他们送去，叮嘱信差雇一辆街车，并答应如果能在一小时内回来，就赏他一个畿尼。

罗登在便简中哀求亲爱的兄嫂看在上帝分上，看在他钟爱的儿子分上，为了维护他的名誉，快来把他从目前的患难中解救出去。他给关在班房里；他需要一百镑方能获释——他恳请兄嫂快来。

派出信差之后，他回到饭堂里，又要了些酒。别人觉得他有些异样，谈笑过于活跃，很不自然。有时他纵声狂笑，似在嘲弄自己吓成这样，然后继续喝酒，如是者有一小时左右——这段时间内他始终在谛听马车是否回来了，不知信差带回什么消息，因为这将决定他的命运。

一小时过去了，门口响起车轮的辘辘声。门僮拿了钥匙走出去。到拘留所大门口下车的是一位女士。

“我要见克劳利中校，”她的声音颤抖得厉害。

显得老于此道的小莫斯放她进来后把大门锁上，再用钥匙打开里面的一道门，喊了一声：“中校，有人来看您，”并把她引进罗登所住的后客厅。

罗登从大伙正在开怀畅饮的饭堂来到后厅，一道刺目的光亮跟在他后头射了进来，只见那位女士站在屋里，依然焦急万分。

“罗登，是我，”她怯生生地说，不过竭力想让自己的声音显得精神些。“我是简。”

见到了嫂子，听到她和婉的声音，罗登深受感动。他抢步上前去和嫂子拥抱，喘吁吁地嗫嚅着不知说了些什么感激的话，后来干脆伏在嫂子肩上抽抽搭搭哭了起来。简夫人不明白他为何如此激动。

莫斯先生的账很快就结清了，这也许令他有点失望，因为这位绅士估计中校来此作客至少要待过星期天。简夫人眼神里洋溢着喜悦，笑容可掬地把罗登带出拘留所，两人坐上她赶来解救中校时雇的那辆街车回家去。

“你的信送到时，皮特参加议院里的一个宴会去了，”她说，“所以，亲爱的罗登，我一个人来看你，”说着，她亲切地把一只手放到罗登手中。皮特外出赴宴也许反倒是罗登·克劳利的福分。他向嫂子千恩万谢，那份感激涕零的热忱，使面慈心软的简夫人感动之余几乎有些吃惊。

“哦，”罗登还是那么直来直去地说，“您——您不知道，自从我了解您那么喜欢小罗迪，我已经改变了很多。我——我想重新开始生活。您瞧，我要——我要——做个——”他没有把话说完，但简夫人全都明白。

那天晚上中校告辞后，简夫人坐在自己的小男孩床畔，虔诚地为罗登祈祷，这个干过许多坏事的浪子如今已心力交瘁，怪可怜的。

罗登辞别嫂子，匆匆步行回家。此刻已是晚上九点钟。他跑步穿越名利场的大街小巷和空地广场，上气不接下气地终于来到自己家门对面。他抬头一看，不由得倒退几步靠在栅栏上，止不住浑身哆嗦。客厅的窗户灯火通明。她明明说身体不舒服，信是在床上写的。罗登在那儿站立片时，屋里的灯光照在他苍白的脸上。

他取出钥匙开门进屋。从楼上传来阵阵笑声。他身上还是昨夜被抓时参加舞会的装束。罗登沿着扶梯悄悄登楼，然后在楼梯顶上倚栏站住。整幢房子其余各处毫无动静——佣人都给打发走了。罗登听到的笑声都来自客厅里面——笑声和歌声混成一片。蓓姬正在唱昨晚那支歌中的一个片段；一条粗哑的破嗓子在喝彩——那是斯泰因勋爵的声音。

罗登推门而入。一张小桌子上已摆好晚餐——银器和酒瓶交相辉映。斯泰因俯身面向坐在沙发上的蓓姬。那个坏女人浓妆艳抹，穿戴齐楚，臂上的腕镯和手上的指环灿烂夺目，斯泰因给的钻石首饰在她胸前光芒四射。老侯爵握着蓓姬的一只手，正欲弯下腰去吻它；这时蓓姬瞥见了罗登煞白的脸，立刻发出一声轻微的尖叫直跳起来。紧接着，她试图面带笑容迎接她的丈夫，但笑得颇为尴尬。斯泰因随即站起身来，暗暗咬牙切齿，目露凶光，脸色十分难看。他也勉强笑着伸出一只手走过来。

“您回来了？怎么样，您好吗，克劳利？”他说时嘴角的神经急剧抽动，还想冲着不期而至的中校强颜欢笑。

蓓姬从罗登的脸色看出事态严重，赶紧跑到丈夫面前。

“我是清白的，罗登，”她说；“我向上帝起誓，我是清白的。”她死死抓住罗登的外衣和双手，而她自己的手像被蛇盘绕似的套满了镯子，还有好些戒指等饰物。“我是清白的。您快说我是清白的，”末了一句是向斯泰因勋爵发出的呼吁。

斯泰因却以为自己中了圈套，所以对这一夫一妻同样怒不可遏。

“你还清白？！见你的鬼去吧！”他大声骂道。“你还清白？！你浑身上下哪一件首饰不是我付的钱？我给了你几千镑，都让这个家伙给花掉了，这是他出卖你的代价。清白，去你妈的——！你就像你那舞女母亲、流氓丈夫一样清白。你们休想用对付别人的那一套来吓唬我。闪开，先生，让我过去；”斯泰因勋爵拿起帽子，一双喷射怒火的眼睛恶狠狠地逼视着他的敌人，径直向对方走过去；他确信罗登一定会给他让路，对此他连一秒钟也不曾犹豫过。

但是罗登·克劳利一跃而起，揪住斯泰因的领巾，直至侯爵在他手下弯成一张弓，扭绞着身躯，险些被勒死。

“你撒谎，狗东西！”罗登说。“你在撒谎，你这胆小鬼、王八蛋！”说着，他张开五指扇了这权贵两巴掌，然后把流血的侯爵往地板上一扔。瑞蓓卡还没来得及干预，这一切已经发生了。她站在罗登前边，浑身打战。她就欣赏自己的丈夫这般威武雄壮、趾高气扬。

“过来，”罗登说。她立刻向丈夫靠拢。“把那些东西拿掉。”她哆嗦着开始从胳膊上取下镯子，从颤颤巍巍的手上取下指环，把这一切都捧在手中，战战兢兢望着她的丈夫。“把东西扔下，”罗登说。她当即照办。罗登把钻石项链从蓓姬胸前扯下来扔给斯泰因勋爵。项链割破了他秃头的脑门。从此斯泰因额上一直到死都带有这道疤痕。

“到楼上去，”罗登对妻子说。

“别杀了我，罗登，”蓓姬求他。

罗登哈哈大笑，笑得令人毛骨悚然。

“那人说给了你多少多少，我要瞧瞧究竟有没有这回事。他给了你没有？”

“没有，”瑞蓓卡道，“我是说……”

“把你的钥匙给我，”罗登说。然后他俩一起走出客厅。

瑞蓓卡把所有的钥匙全交给丈夫，只除了一枚；她希望罗登不会察觉。那是昔日爱米莉亚给她的一只小匣子上的钥匙，蓓姬把匣子藏在一个秘密的地方。但是罗登把箱柜衣橱一一打开，把里边五花八门的物件满屋子乱扔，最后还是发现了那只匣子。蓓姬被迫把它打开。里边放着一些文件、多年前的情书、各种小玩意儿和女人的纪念品。匣内一只皮夹里有一些银行本票。其中几张已有十年历史，唯独一张却还簇新——那是斯泰因勋爵给她的一千镑本票。

“这确实是他给你的？”罗登问。

“是的，”瑞蓓卡答道。

“我今天就派人给他送回去，”罗登说（因为这次大搜查持续了好几个小时，新的一天已经来临），“我要把欠卜礼格斯的钱还清——她对小罗迪那么好；另外某些债务我也要还掉。余下的我会派人送还给你的，你只要让我知道该送到哪儿就可以了。我从这么多钱中间给自己留下一百镑你该没有意见吧，蓓姬？过去我总是和你有福共享的。”

“我是清白的，”蓓姬说。但是罗登再也没说什么，就离开了她。

丈夫把她撇下，她该作何感想？罗登离她而去已有几个小时，阳光照进了房间，瑞蓓卡仍独自坐在床沿上。所有的抽屉统统拉了出来，东西散落一地——有衣服和鸟羽、披巾和装饰用的小玩意儿——当初添置它们是为了争面子、出风头，一旦从时髦的宝座上给打翻在地，还不是成了一堆垃圾？她的头发披散在肩上，她的长袍在罗登把钻石项链从里边攥出来的部位给撕破了。她听见丈夫在撇下她几分钟后从楼梯上下去，接着门在罗登背后砰的一声给关上了。蓓姬知道罗登再也不会回来。他已永远离去。他会不会自杀？——蓓姬思量着这个问题，但认为他在遇到斯泰因勋爵之前不会。蓓姬把自己不算太短的前半生和其中所有的倒霉事件一一从头追忆。唉，现在看来，一切是多么乏味，多么可怜、凄凉而又无谓！她要不要也吞服鸦片酊一了百了？这样一来，所有的期望、计谋、债务和成功岂不统统就此完结？那名法国女佣走进太太卧室时，发现她正处于这种状态——坐在她破灭的幻想留下的废墟堆中央，两手握在一起，眼睛里没有泪水。这名女佣是与蓓姬串通一气的，由斯泰因支付工钱。

“我的天主啊，太太，出什么事了？”她问道。

究竟出了什么事？她是否清白无辜？她说自己是清白的；然而从这张嘴里说出来的话哪些是真——谁分得清？那颗邪恶的心有没有可能这一回是纯洁的？反正她的谎言、私心、阴谋、诡计全都破了产。她的聪明才智又有何用？女佣放下窗帘，带着几分恳求和讨好的口气劝太太上床去躺下。然后她下楼去收拾撒了一地的首饰——自从瑞蓓卡遵照丈夫的命令把它们扔下以及斯泰因勋爵走了以后，这些珠宝一直散落在客厅地板上。

# 第五十四章

## 大战后的星期日

如果把每天比作一本书，大冈特街上皮特 · 克劳利爵士的公馆刚刚开卷，罗登（他的一身晚礼服已超过一昼夜未曾更换）就打正在擦洗台阶的女仆身边经过（把她吓了一大跳），走进他兄长的书房。简夫人已经起床，她穿着晨袍在楼上育儿室内监督两个孩子的梳洗是否合格，衣着是否齐整，然后听一双儿女跟着她做晨祷有没有念错词句。每天早晨她们娘儿仨总是先自己在一起做祷告，过后再参加由皮特爵士主持、合府上下人人都得到场的隆重仪式。罗登在书房里坐下，他前面准男爵的桌上井井有条地放着蓝皮书、信件、仔细做了摘要的议案、排列对称的宗教小册子、上锁的账本、文具匣、公文箱、《圣经》、《评论季刊》、《宫廷指南》——一切都像军容整齐的队伍等着接受长官检阅。

一部家用布道集，皮特爵士惯于在星期日上午把其中某一篇向全家人宣讲，此刻早已备好在书房桌上，只等他作出富有见地的选择。布道书旁边则是略有些潮而且折叠齐整的《观察家报》[①]，那是皮特爵士个人专用的。只有他的贴身侍从有机会先浏览一遍，再把它放在主人桌上。那天早晨，他把报纸送进书房之前，已读到上面一篇花团锦簇的报道《冈特府的盛大节日》，文中列举了所有要人的名字，他们应斯泰因勋爵之邀请前往参加晚会欢迎亲王殿下驾临。这位侍从在女管家屋里喝早茶，吃烤热的黄油面包片时，就那次盛会向管家和她的侄女发表了一通看法，并对罗登 · 克劳利夫妇哪来的钱过这样阔绰的生活感到大惑不解，然后把报纸放在蒸气上方再次稍加濡湿后重新折好，使之拿到一家之主手中跟刚送来时一样簇新，好像没有打开过。

可怜的罗登拿起报纸，试图边读边等兄长来临。但是映入他眼帘的铅字跟一片空白毫无差别，他什么也没有读进去。政府新闻和任免事项(作为社会活动家的皮特爵士必须翻阅浏览，否则他决不会让星期日出版的周报进他家的门)，戏剧评论，“巴尔金的屠夫”大战“塔特伯里宝贝”的拳击赛事(胜者可赢得一百英镑)，冈特府纪事则对名声在外的词谜剧演出作了措辞谨慎、然而还是充满赞誉的报道(处于中心地位的是克劳利太太)——所有这一切仿佛都罩在一重雾中从罗登眼前掠过。

书房里一座黑色大理石台钟刚刚尖声敲响九点，皮特爵士立刻准时出现。他神清气爽，仪容整饬；微黄的脸上胡子刮得干干净净，衬衫领子没有丝毫皱痕；头发虽稀，却也梳理上油；他系着浆硬的领结，身穿灰色法兰绒晨袍，一边修指甲，一边步态庄重地下楼来——总之处处显出一位真正老派英国绅士的气概，堪称一丝不苟、中规中矩的典范。看到可怜的罗登在他书房里，衣服皱巴巴，两眼充血，头发蓬乱，准男爵吓了一跳。他以为弟弟喝醉了，可能整夜在外面纵酒胡闹。

“仁慈的上帝啊，罗登！”他说时一脸的茫然。“你怎么一大早就上这儿来？为什么你不待在自己家里？”

“待在自己家里！”罗登发出一阵狂笑。“别害怕，皮特。我没喝醉。把门关上。我有话跟你说。”

皮特关好书房门，走到办公桌旁，在另一把扶手椅上坐下——这椅子放在那儿为了接待管事、代理人或要见准男爵密谈财务事宜的来访者。他坐下后比任何时候更加全神贯注地修自己的指甲。

“皮特，这下我完了，”中校顿了一下后说，“我全完了。”

---

①《观察家报》，1792 年创刊，逢周日出版。

“我一直说早晚会落到这一步的，”准男爵一开口就大动肝火，同时用修得十分光洁的指甲弹出节拍来。“我不知告诫过你多少回。我再也帮不了你。我的钱每一个先令都派好了用场。就连昨晚简带给你的一百镑，我原先也已答应明天上午要给我的律师；眼下我正为这个缺口急得团团转呢。我并不是说对你撒手不管。但是，要把你的债全部还清根本没有希望，那等于要我偿还全部国债。简直是发疯，有这样的想法绝对是发疯。你必须面对现实。对于家族而言，这是件痛苦的事情；可是别人都这样。就拿拉格兰勋爵的儿子乔治·凯特利来说，上星期就上了破产法庭，结果给解除了债务，我看拉格兰勋爵连一个先令也不会替他支付……”

“我不是要钱，”罗登打断了他的话。“我来找你不是为自己。无论发生什么，都不用为我担心……”

“那究竟是怎么回事？”皮特问时已或多或少放下了心。

“是为了孩子，”罗登的声音有些沙哑。“我要你保证，我走了以后你会关照他的。你亲爱的太太、我的好嫂子待他一直很好；小罗迪爱她也胜过爱自己的……妈的，这些就别提了！听我说，皮特……你也知道，姑姑的钱本来是要传给我的。我从小就没有被当作非长子对待，总是由着我大把大把花钱，整天游手好闲。要不是这样，我可能成为完全不同的人。我在军队里就干得不坏。钱是怎样从我手中给夺走的，谁成了得利的渔翁，你心里明白。”

“我作出了那么多的牺牲，也没有少帮过你，我认为现在你再提出这样的指责已经毫无意义，”皮特爵士说。“你的婚姻是你自己的事，与我无干。”

“那是过去的事了，”罗登说。“那是过去的事了。”这话从他口中说出时伴随着无比痛苦的呻吟，使他的兄长吃惊不小。

“我的上帝啊！她死了吗？”皮特爵士急忙问，那种慌张和同情的语气绝非做作。

“我倒是希望我自己死了！”罗登答道。“要不是为了小罗登，今天凌晨我早就抹了自己的脖子，也早就把那个该死的恶棍一刀给捅了。”

皮特爵士一下子全明白了，也猜得到罗登想要结果斯泰因勋爵性命。中校语无伦次、断断续续地把经过情形简单告诉了他的兄长。

“这完全是那个老贼和她一起预先设计好的，”他说。“执达吏埋伏在门外，我刚走出冈特府就给抓走了。我写信给她要钱，她说自己病倒在床上，答应我第二天想办法。可是我回到家里，却发现她一身珠光宝气，就她跟那个老贼俩在屋里。”接着他气急败坏地叙述了自己跟斯泰因勋爵之间发生的冲突。他认为这类事情只有一种解决办法。他准备跟兄长商谈之后就去为那次不可避免的决斗作必要的安排。“事情的结局对我可能是致命的，”说到这里，罗登已语不成声，“再说，孩子又没有母亲，我只能把他托付给你和简……皮特，只要你能向我保证好好待他，那我就放心了。”

做哥哥的听了以后非常激动，他握住罗登的手，那份真诚在他身上可是难得看到的。罗登抹了抹自己的两道浓眉。

“谢谢你，哥哥，”他说。“我知道你说话算数。”

“我以名誉向你保证，”准男爵说。就这样，几乎不再需要别的话语，他们二人之间已经达成协议。

于是罗登从兜里取出他在蓓姬的匣子里发现的那个皮夹子；再从皮夹里掏出一沓子本票。

“这儿有六百镑，”他说，“你没料到我有那么多钱吧？我要把卜礼格斯借给我们的钱还给她——她待孩子向来很好——这老小姐怪可怜的，我拿了她的钱一直问心有愧。这儿还有一些——我只留下几镑给自己——其余的还给蓓姬做生活费。”说着，他取出另外几张本票交给兄长；但他的手在哆嗦，因为过于激动而把皮夹跌落在地，那张一千镑的本票也随之掉了出来，这是倒运的蓓姬获得的最后一份奖赏。

皮特俯下身去把它们捡起来，他看到上面偌大的金额都惊呆了。

“不是那一张，”罗登说。“我只想一枪干掉给她这笔钱的那个人。”他已经想好了：把枪子儿包在那张本票里，用它干掉斯泰因——这样的复仇方式倒是挺解恨的。

这次谈话结束后，兄弟俩再次握手分别。简夫人听说中校来了，她凭着女人的本能感觉到这是不祥的预兆，所以在隔壁饭厅里等她的丈夫。饭厅的门正好开着，看到兄弟二人走出书房，简夫人自然也就从饭厅里出来。她向罗登伸出一只手，说欢迎他来共进早餐；其实，看到罗登这般憔悴，胡子也没刮，再看自己丈夫阴沉的脸色，她不难料到这哥儿俩的心思都不在早餐上。罗登嗫嚅着推说有个约会，紧紧握住嫂子怯生生向他伸出的那只小手。简夫人忧心忡忡的眼神从他脸上看到的只有不幸。但他再也没说一句话就走了。皮特爵士也没有向她作任何解释。两个孩子走过来给父亲请安，他照例不太热情地吻了他们。母亲把一双儿女拉到自己身边，一左一右扶着他们跪下做祷告，祈祷文由皮特爵士诵念，佣人们也都到场听经，他们穿着节日的服装或号衣，端坐在饭厅另一边的椅子上，布道者与听经者之间一把茶壶里的水已煮沸，发出咝咝的响声。由于罗登的到来耽搁了时间，那天的早饭开得特别晚，所以当教堂钟声敲响的时候，大家正坐着用餐。简夫人说她身体不爽，去不了教堂；事实上刚才举行家人祈祷式的时候，她想的也完全是别的事情。

此时罗登·克劳利离开大冈特街直奔冈特府，把大门上铸成蛇发女怪脑袋形状的青铜大门环砰砰敲响，惊动了那座府邸的门房。应门

的身穿银红色背心，一张紫糖脸，活像个西勒诺斯[1]。那人看到中校不整饬的仪容，也吓了一跳，所以挡住来者的路，生怕他强行闯入。但是克劳利中校仅仅取出一张名片，特别叮嘱门房把它交给斯泰因勋爵时，要他注意写在名片上的地址，并且说一点钟以后克劳利中校整天都在圣詹姆斯街的摄政王俱乐部——不在家里。吩咐完毕，中校大模大样地走了；紫糖脸的胖门房惊讶地目送他离去。星期日穿戴齐整的人们很早就走出家门，他们见了中校也大为诧异；同样对他瞠目而视的还有慈善学校的孩子，今天他们的脸都洗得锃光闪亮；懒靠在门口的蔬菜杂货铺老板；在明媚的阳光下关上窗板的酒店掌柜，因为教堂礼拜即将开始，不得售酒。罗登雇街车时，车站上的闲人还就他这副模样跟他打趣。中校要车把式把他送到骑士桥兵营去。

他到达目的地时，所有的教堂钟声齐鸣，响彻全城。要是中校从车窗里朝外望去，他会看到他的老相识爱米莉亚正走在从布朗普顿前往拉塞尔广场的路上。学生们列队上教堂；这里地处近郊，洗刷得亮闪闪的便道和车外的马路上，星期日出来找乐子的人们熙来攘往。但是中校哪有心思去看这些景象。到了骑士桥，罗登快步直奔自己的老朋友、老同僚麦克默多上尉的宿舍；令他高兴的是后者正好在自己屋里。

麦克默多上尉是一名参加过滑铁卢大战的资深军官，在团里人缘极好，他没能晋升到高级军阶的唯一原因是没钱。此刻他正心平气和地在床上享受午前的这份悠闲。昨天他参加一个晚会玩了个痛快，那是勋爵少爷乔治·辛克巴尔斯上尉在布朗普顿广场家中设夜宵招待团里的一些年轻人，同时请了芭蕾舞团的一批女演员。不论年龄大小，

---

① 西勒诺斯，希腊神话中酒神的养父，身材矮壮，秃顶扁鼻，长有一对马耳，还有尾巴。

地位高低，老麦克跟谁都合得来；将军、养狗迷、跳舞女郎、拳击手——各色人等无不与他一拍即合。总之，这一夜他够辛苦的；今儿又不值班，所以在床上休养生息。

他的房间里挂满了拳击、狩猎、舞蹈主题的图画，大都是团里的同僚退役结婚、开始安居乐业之前送给他的。他已年近半百，其中二十四年是在军队中度过的，所以他的收藏几乎成了一座别具一格的博物馆。他是英格兰的一名神枪手，而且在他这样的大个子中间也是最出色的骑手之一；克劳利退伍前，他俩一直是老对手。现在长话短说，麦克默多先生正躺在床上阅读《贝尔生活杂志》中一篇报道，该文谈的正是前面提及的塔特伯里宝贝与巴尔金的屠夫之间那场拳赛。这位可敬、好斗的老兵，短发斑白的小脑袋上戴着一顶丝绸睡帽，一张红脸，一个红鼻子，唇上蓄有染色的八字大胡髭。

罗登向上尉说明自己需要一位朋友帮忙，麦克默多立刻明白对方召唤他去尽什么样的友情义务。他为熟人干这样的事有好几十回，而且总是干净利落，不留后患。已故的总司令殿下①在这个问题上十分钦佩麦克默多；对于碰到麻烦的绅士们来说，上尉是公认的保护神。

“到底为了什么事，我的克劳利老弟？”老军人问。“嗨，别又是赌钱惹的祸吧，就像打死马克尔上尉那回一样？”

“这回是——是为我老婆，”克劳利回答道，同时涨红了脸，眼睛朝下。

麦克默多上尉吹了一声口哨。

“我早就说过她会把你给甩了，”他刚开始说——的确，在团里和一些俱乐部里，曾有人就克劳利中校的婚姻前途是吉是凶打过赌，因

① 指弗雷德里克·奥古斯塔斯·约克公爵(1763—1827)，因第一代约克公爵是王子，故称殿下。1789 和 1809 年先后两次与人决斗。第二次决斗后曾被迫暂离总司令职务。

为同僚和外界对他老婆的品德评价实在不怎么样；但是看到罗登一听此话的反应简直杀气腾腾，麦克默多觉得这一观点还是不要继续发挥为妙。

“是不是没有别的解决办法了，老弟？”接着上尉以严肃的口气问。“也许还只是有点儿可疑，这并不奇怪，或者——或者那个叫什么来着？比方说，有没有情书？能不能不事声张，悄悄了结？如果有可能的话，这等事最好还是别张扬出去。”上尉嘴上这么说，心中暗暗在想：“嗬，你到今天才把她看透！”他回忆起大伙在军官食堂的餐桌旁议论过上百次，克劳利太太早已声名狼藉。

“除了一条出路，没有别的解决办法，”罗登答道，“我和那人必须有一个上西天，麦克，你明白我的意思不？我是给挤出局的；他们把我送进了班房；我发现他们单独在一起。我对男的说他在撒谎，他是个胆小鬼，还把他打翻在地揍了一顿。”

“那是他活该，”麦克默多说。“他是谁？”

罗登回答说是斯泰因勋爵。

“妈的！一个侯爵！据说他——不，不，据说你——”

“你他妈的吞吞吐吐到底想说什么？”罗登吼道；“你是不是听到过有人怀疑我老婆，可是你却不告诉我，麦克？”

“哪个背后无人说，哪个背后不说人，老弟，”上尉回答。“要是我把道听途说的闲言碎语都告诉你，这有屁用？”

“该死的，这太不够朋友了，麦克，”罗登十分沮丧地说着，双手掩面，再也控制不住自己的情绪。

看到中校这模样，他对面那个饱经风霜的老伙计也为之动容，皱起眉头说：

“你得挺住，老弟；管他是不是大人物，咱们都请他吃枪子儿，妈的。至于女人嘛，全都一个样。”

"你不知道我待她有多好，"罗登哽咽着说，口齿不太清楚。"我像个听差似地围着她转，天打雷劈的！我把所有的一切都给了她。就因为娶了她，我成了个穷光蛋。我可以对天起誓，为了让她得到想要的东西，我把自己的表都当了。可她——她一直在攒私房钱，甚至舍不得花一百镑把我从班房里弄出来。"

于是他满怀悲愤、气急败坏地把事情的来龙去脉告诉麦克默多，想听听他怎么说。上尉以前从未见过他激动到这种程度。他抓住故事中偶然露头的只言片语，觉得有几点还不太清楚。

"也许她真是清白的也难说，"他认为。"她说自己是清白的。斯泰因跟她单独待在家里，不是以前也有过不知多少次吗？"

"也许是这样，"罗登黯然回答；"可这笔钱看来总不大像是清白的。"说着，他把从蓓姬皮夹子里发现的那张一千英镑的本票给上尉瞧。"这是那老东西给她的，麦克；她瞒着我藏了起来。家里明明有钱，而我给关进了班房，她却见死不救。"

上尉不得不承认，私藏这笔钱确实是件见不得人的丑事。

在他们商量这件事的过程中，罗登打发麦克的勤务兵去柯曾街，叫那儿的佣人把中校急需的衣服装在一只手提包内交给勤务兵。那人走后，罗登和他的助手费了很大的劲，好多地方还靠约翰生的词典帮忙，在一起磋商写了一封信，它将由决斗助手给斯泰因勋爵送去。麦克默多上尉有幸代表罗登·克劳利中校造访并通知斯泰因勋爵，他受中校全权委托为双方会晤作出安排，他确信这也是勋爵阁下的要求，而发生在今日凌晨的事件已使这次会晤不可避免。麦克默多极有礼貌地请斯泰因勋爵指定一位朋友，以便上尉与之接洽具体事宜，希望这次会晤尽早举行。

上尉在附言中表示，他手头现有金额很大的本票一张，克劳利中校有理由认为这笔钱的所有权属于斯泰因勋爵。他急欲代表中校将票据交还本主。

这封信刚刚拟就，上尉的勤务兵也从柯曾街克劳利中校家回来交差了，但是没有带回派他去取的手提包。只见他一脸无奈的样子，显得十分尴尬。

“他们不给，”勤务兵说；“宅子里吵翻了天，什么都乱作一团。房东已经去把房子收回。佣人们在客厅里喝酒胡闹。他们说——他们说您，中校，带着银餐具跑了——”他顿了一下后才说；“一名佣人已经不干了。您的听差辛普森闹得忒凶，而且醉得厉害；他说屋里一件东西也不许出门，直到欠他的工钱付清为止。”

五月市中校家里似乎爆发了一场小小的革命，这消息固然令人惊讶，但也给两位军官的谈话平添了些许可乐的成分，要不然像刚才那样也太憋气了。想不到罗登竟会倒霉一至于此，这一对战友反倒笑了起来。

“我高兴的是小家伙不在家里，”罗登一边咬着指甲，一边说。“我让他到骑术学校去学骑马那阵儿，你记得不，麦克？他还骑过一匹尥蹶子的马，真了不起！可不是吗？”

“这倒不假，老弟，他很了不起！”性情随和的上尉说。

此时此刻，小罗登正坐在白衣修士会学校的礼拜堂内，一共有五十名像他一样穿长袍的男孩；他想的不是坛上布道的内容，而是下周六可以回家了，那时他父亲一定会给他零花钱，八成还会带他去看戏。

“他简直棒极了，那孩子，”做父亲的继续说，他依然沉浸在对儿子的激赏中。“我说，麦克，万一我有个好歹——万一是我倒下——我希望你——希望你去看看他，代我去看他；就说我非常非常爱他，等等。另外——真见鬼！老伙计，你把这副金袖扣给他；我所有的东西全在这儿了。”

他用一双污黑的手遮住自己的脸，眼泪从指缝间往外涌，在手背上留下一道道白色的沟痕。麦克默多先生也摘下头上的丝绸睡帽，用它当手帕揉自己的眼睛。

“你下去关照一声，给我们准备早餐，”上尉打起精神大声吩咐勤务兵。“你想吃什么，克劳利？来一点辣味腰花和腌鲱鱼，怎么样？对了，克雷，你拿几件我的衣服出来给中校替换；咱俩一直差不多是同样的尺寸，我的罗登老弟。如今你我骑马谁也不能像刚进骑兵团时那样身手矫捷了。”说完以后，麦克默多让中校更衣，自己转身面壁继续翻阅《贝尔生活杂志》。等他的朋友梳洗更衣完毕先去军官食堂，然后上尉起床，着手自己的穿戴盥洗。

麦克默多上尉今天格外仔细打扮自己，因为他得去见斯泰因勋爵。他的胡髭给抹了发蜡，修饰得闪闪发亮；上浆的领结又硬又挺；暗黄色的背心很有风度。当上尉比克劳利稍晚几步走进军官食堂用早餐时，那里所有的年轻军官都向麦克喝彩，问他是不是要趁今天星期日当新郎。

# 第五十五章
## 续叙前两章余波

昨夜发生的事情，给了天不怕地不怕的蓓姬当头一棒，震得她晕头转向，迷迷糊糊，直至柯曾街上的教堂敲响午后礼拜的钟声，她才起床，拉绳打铃，召唤数小时前从她屋里出去的法国女仆。

罗登·克劳利太太打了好多次铃，始终无人应声；最后一次她用力过猛，把铃绳都扯了下来，可那位菲内特小姐始终没有露面；太太火冒三丈，手里拿着一截铃绳，披头散发走到楼梯口，声嘶力竭地又接连呼叫再三，还是不见她的贴身女仆的踪影。

其实，女仆离开小楼已有好几个钟头，我们称这种不辞而别的做法为法国式的。菲内特小姐捡起了散落在客厅里的珠宝首饰，再到楼上自己屋里把她自己的箱箧整理打包，快步出门去雇了一辆街车，自己把箱子搬到楼下；不过，即使她向别的佣人求助，八成也会遭到拒绝，因为那些人都打心眼里恨她。她没有向他们中任何人道一声再见，就此从柯曾街溜之大吉。

在菲内特眼里，这栋小楼已经没戏可唱。她便坐上街车扬长而去，据我所知，她的同胞中地位较高的，遇上类似的情况也会这样做；但她比别人门槛更精，运气更好，不光带走自己的东西，还顺手牵走女主人的某些财物（姑且不论这位太太是否拥有真正属于自己的财产）——除去前面提到过的那些首饰和菲内特小姐觊觎已久的几件漂亮衣服，除去四只路易十四时代风格的镀金烛台、六本页边烫金的纪念册、若干纪念品、几本美女画册、一把镶金涂釉的鼻烟壶（此物一度属于路易十五的情妇杜巴里夫人）、一架小巧精美的墨水台和一本螺钿面的吸墨纸夹（蓓姬在粉红色花笺上写美妙的短简时少不得这些物件），另外，已经摆到桌上、但被罗登打断的那次小酌所用全部银餐具也随菲内特小姐一起从柯曾街小楼里不翼而飞。其他盆碟器皿因为携带不便被她放弃了，火钳、壁炉架上方的镜子和一架红木小钢琴，无疑由于同样的原因也没有带走。

过后，一位体貌与她十分相像的女士在巴黎埃尔德街开设了一家时装店，日子过得相当体面，并且一直受到斯泰因勋爵的关照。此人谈起英国来，总说那是世上最不守信义的国家，并把自己的财物如何被该岛国土著穷凶极恶地偷盗一空的事告诉她的艺徒们。毫无疑问，正是因为同情她的不幸遭遇，斯泰因侯爵夫人才如此善待这位圣阿马兰特太太。我们祝愿她生意兴隆，财源茂盛，只要她取之有道！她再也不会出现在名利场上我们要经过的那些地方。

听到楼下有响动而且人声嘈杂，克劳利太太正为那些放肆的佣人屡叫不应而怒不可遏，于是穿上晨袍，威风凛凛地下楼前往发出喧闹声的客厅。

一张脸黑不溜秋的厨娘，大模大样地坐在用鲜艳的印度印花布作面料的沙发上，正向她身旁的雷格尔斯太太敬黑樱桃酒。经常出去为蓓姬送信的一名小厮，号衣上钉着塔糖钮扣[1]，平日总爱在女主人的轻便小马车旁欢蹦乱跳，此刻竟用手指在捞盆子里的奶油。听差正在向形容悲戚、忧心忡忡的雷格尔斯说话。尽管门开着，仅在数尺以外的蓓姬大喊大叫五六遍，她的仆人却没有一个听命于她。

“您再喝一小口，来吧，雷格尔斯太太。”

正在厨娘劝酒的当口儿，蓓姬乘着白色晨袍扬起的一阵风闯了进去。

“辛普森！屈罗特！”女主人大发雷霆。“你们明明听到我在叫

① 在普遍使用砂糖以前，食糖制成圆锥形的塔状条块出售，像石碱那样敲碎使用。一些圆锥形的物件，如帽子、钮扣之类，亦称塔糖帽、塔糖扣子等等。

唤，竟敢待在这儿按兵不动？你们竟敢大模大样坐在我的沙发上？我的上房使女哪儿去了？”

小厮一时给吓坏了，赶紧把手指从口中抽出来，但厨娘却拿起雷格尔斯太太已不能再喝的黑樱桃酒，从镀金小杯上沿谛视着蓓姬，把杯中物徐徐喝干。看来，黑樱桃酒给这名混账透顶的反叛者壮了胆。

“你的沙发？呸！”厨娘太太道。“我坐的是雷格尔斯太太的沙发。您尽管坐着，雷格尔斯太太，甭怕，您哪。我坐的是雷格尔斯先生和雷格尔斯太太的沙发，这是他们用自己清清白白的积蓄花了大价钱买的。我寻思着，要是我在这儿一直坐到付清我的工钱为止，那一定得坐上很久很久，雷格尔斯太太；不过我会一直坐下去的——哈哈！”说着，她又给自己斟上一杯酒，现出更加令人作呕的讽刺表情喝了下去。

“屈罗特！辛普森！把这个醉鬼婆娘撵出去，”克劳利太太尖声吩咐。

“我不干，”听差屈罗特说；“要撵你自己动手。只要付给我们工钱，你可以把我也撵走。那时不用撵，我们走得比谁都快。”

“你们到这儿来莫非一个个成心要把我气死？”蓓姬暴跳如雷；“等克劳利中校回来后，我——”

听她说到这里，佣人们顿时爆发出粗俗的哄堂大笑。然而雷格尔斯没有跟大家一起笑，他始终愁眉紧锁，哭丧着脸。

“他不回来了，”屈罗特又说。“他派人来取自己的东西，我不让取走，虽然雷格尔斯先生本想让来人带走；我信不过，他哪像什么中校，还不是跟我彼此彼此。他跑了；我猜想你也会跟着他开溜。你们是一对骗子搭档，就这么回事儿。你休想虚张声势吓唬人，我不吃这一套。欠我们的工钱你得付清，事情很简单。把工钱付给我们。”

屈罗特先生脸涨得通红，说话结结巴巴，显而易见，他也是靠酒精的刺激作用才借得这份胆量。

“雷格尔斯先生，”蓓姬在悲愤交加中说，“难道您就听任这个醉汉辱骂我？”

“别吵吵，屈罗特，快闭嘴，”小厮辛普森插言道。他看到女主人走投无路的可怜相，心中老大不忍，故而及时阻止了听差的过激反应——后者听到自己被说成醉汉，正欲发作。

“哦，太太，”雷格尔斯说，“我怎么也不曾料想会看到今天这个局面。打从小时候起，我就对克劳利家族满怀敬意。我为克劳利小姐当了三十年的总管；我做梦也想不到，这个家族中有人会坑我——是的，把我坑得倾家荡产——”可怜的人说时两眼噙着泪水。“您到底是不是打算付账？你们在这栋楼里住了四年。你们用的家什、锅碗、床单哪一件不是我的？光是牛奶、黄油的账你们就欠下我二百镑。煎蛋卷非得用刚生下的鸡蛋不可，还要用奶油喂您的小狗。”

“可是她就不管自己的亲骨肉吃什么，”厨娘插嘴道。“要是没有我，那孩子早就饿死不知多少回了。”

“现今他成了个无家可归的孩子，厨娘，”屈罗特先生说着发出一阵醉醺醺的笑声。

老好人雷格尔斯继续如泣如诉地历数自己蒙受的不幸。他说的全是事实。蓓姬和她的丈夫把他给坑苦了。下星期雷格尔斯有好几张单据到期，可是他哪有钱付给人家？他的财产将被强制拍卖抵债，自己将给撵出铺子，赶出家门，就因为他信得过克劳利家族。眼看他老泪纵横，听到他哀哀数说，蓓姬反倒火气更大。

“看来你们抱成一团成心跟我作对，”她满腹委屈地说。“你们究竟要我怎样？今天是星期日，我没法付给你们。明天再来，我会把所有的账统统付给你们。我以为克劳利中校已经跟你们清了账。这事想必他要到明天再办。我以人格担保说的是真话：今儿一大早他走的时候皮夹里有一千五百镑。他什么也没给我留下。你们得找他算账。给我帽子和披巾，让我出去找他。今天早晨我跟他拌了几句嘴。谅来你们都已经知道。我向你们保证，欠你们的钱都会付清的。他已经得到一份好差事。让我出去找他吧。”

听她说得这么有鼻子有眼儿，雷格尔斯和其余的人都惊诧不置地面面相觑，瑞蓓卡便乘机离开客厅。她上楼去更衣，这一回可没有法国女仆侍候她；然后走到罗登房间里，见那儿已打点好一只箱子和一只旅行包，还有一张字条上用铅笔写着：如有人来取，就把箱包交来人带走。接着，蓓姬来到法国女仆所住的顶楼；那儿已人去楼空，所有的抽屉都底儿朝天。这时她才想起掉在客厅里地上的首饰，可以肯定那个女人早逃跑了。

“上帝啊！世上有比我更倒霉的吗？”她自言自语，“眼看就要达到目的了，一下子前功尽弃。是不是一切都已经太晚了？不，还有一个机会。”

她穿戴好了，走出家门时并没有遇到阻拦，也没有人跟着她。这时是下午四点钟。她快步穿过大街小巷(她连雇车的钱也没有)，一口气直走到大冈特街皮特·克劳利爵士家门前。简·克劳利夫人在家吗？她上教堂去了？蓓姬并不感到失望。皮特爵士在书房里，但他吩咐过不得打扰他。蓓姬必须见他。她一下子就打穿号衣的门卫身边溜过去，径直来到皮特爵士的屋子里，准男爵颇感意外，连手上的报纸也没来得及放下。

皮特爵士一下子涨红了脸，吓得往后退缩，一时骇然不知所措。

“别这样瞪着我，”瑞蓓卡说。“我没有做错什么，皮特，亲爱的皮特；您曾经是我的朋友。我敢在上帝面前发誓，我是无辜的。可别人以为都是我的错。桩桩件件都跟我过不去。天哪！偏偏在这个节骨眼上！我所有的希望眼看就要圆满实现，幸福已经在向我们招手。”

“这么说，我在报上看到的消息是真的？”皮特问。报上有一段文字正令他大为惊异。

“是真的，是斯泰因勋爵星期五告诉我的，就在要命的舞会那天晚上。在这以前，人家向他许诺已经有半年，说是可以让他安插一个人。昨天，殖民部大臣马特先生告诉他，一切都办妥了。不料会冒出来债务拘留这件倒霉事儿，接着又发生那次可怕的冲突。我唯一的过错就是为谋罗登的前程花了太多心血。以前我也无数次单独接待过斯泰因勋爵。我承认我有私房钱，这事一直完全瞒着罗登。他这人花钱向来不用脑子，这您不是不知道，我怎么敢什么都告诉他呢？”就这样，她把一个听起来头头是道的故事往困惑不解的大伯子耳朵里灌进去。

按她的说法，事情是这样的。蓓姬十分痛快、但是深感懊悔地承认，自己已经注意到斯泰因勋爵对她有意思(听她提及这一点，皮特脸也红了)，由于她对自己的节操很有把握，便决定利用这位显贵的好感为她和她的家族造福。

“我想为您在上议院谋一个席位，皮特，”她说(她的大伯子脸又红了)。“我们谈过这个问题，您有才华，斯泰因勋爵有影响力，要不是这次可怕的飞来横祸粉碎了我们的一切希望，此事本来可以说十拿九稳。然而，我承认，我的目标首先是拯救我亲爱的丈夫——不管他待我有多坏，不管他怎样无端怀疑我，我始终爱他；我要把他从贫困潦倒的威胁中拯救出来，我们不能老是在这样的阴影笼罩下讨生活。我看得出斯泰因勋爵对我有感情，”她说时眼睛瞧着地上。“我承认我在力所能及的范围内尽量使他喜欢我，但没有越出一个正派女人应当遵守的规矩，否则也会失去他对我的尊重。直到星期五上午，有消息传来，说是考文垂岛①的总督去世了。勋爵马上为我亲爱的丈夫敲定了这项任命。我们打算给他一个惊喜——让他自己从今天的报上看到这条新闻。甚至在发生了这次糟糕透顶的债务拘留之后，勋爵还跟我开玩笑说，等我最亲爱的罗登蹲在很不舒服的班——在执达吏家中从报上读到了他的这项任命，一切烦恼都会烟消云散。斯泰因勋爵还慷慨地表示他会筹措到必要的款项，所以我在一定程度上也受了影响，没有立即设法营救我的丈夫。后来——后来他回到了家里。他的疑心和醋劲儿大大发作起来——结果在勋爵和我那狠心肠的罗登之间闹出了这样可怕的一幕。哦，上帝啊，接下来还会出什么事呢？皮特，亲爱的皮特！可怜可怜我，您给我们调停一下吧！”说着，她双膝跪下，涕泪交流地抓住皮特的手热烈亲吻。

从教堂回来的简夫人，听说罗登太太在跟皮特爵士密谈，就直接跑进她丈夫的书房，正好撞见这一幕。

“我真没法相信，这个女人居然还有脸跨进我们的家门，”简夫人一边说，一边气得浑身发抖，脸色煞白。早餐后，简夫人立即差遣自己的一名女仆去柯曾街打听消息。经过与雷格尔斯以及罗登·克劳利家的佣人取得联系，派去的女仆回来把一切都向夫人作了禀报。柯曾街那边的人除了有关此事所知道的以外，还添油加醋编了好多别的故事。“克劳利太太居然敢走进一户规矩人家？”

皮特爵士见妻子竟会发这么大的火，一时吓得目瞪口呆。蓓姬继续保持下跪的姿势，死死抓住皮特爵士的手。

“告诉她，她并不了解个中原委。告诉她，我是清白的，亲爱的皮特，”蓓姬苦苦哀求。

① 这是一个虚构的海外殖民地岛名。考文垂是英国本土中部一城市。

“说真的，亲爱的，我认为您对克劳利太太的态度有失公允，”皮特爵士说（听到这话，瑞蓓卡大大松了口气）。“事实上，我相信她是——”

“是什么？”简夫人厉声问，她说话时清越的声音在震颤，心怦怦直跳。“是一个坏女人，一个没心肝的母亲，一个不忠的妻子！她从没爱过自己的儿子，那可爱的小男孩经常跑到这儿来告诉我，母亲对待他有多么狠心。她每到一户人家，总是给那里带去不幸，总是用她的花言巧语、虚情假意离间人家最神圣的关系。她欺骗所有的人，同样也欺骗自己的丈夫。她爱慕虚荣，贪图富贵，满脑袋十恶不赦的坏主意，她的心要多黑有多黑。我触碰到她就禁不住打战。我想方设法不让我的孩子见到她。我——”

“简夫人！”皮特爵士霍地站起来喝道。“这样的语言简直——”

“作为一个妻子，我对您历来是真诚和忠实的，皮特爵士，”简夫人毫无惧色地继续说；“我始终恪守结婚时向上帝立下的誓言，我一向恭谨、柔顺，尽到了做妻子的责任。但是正当的恭谨也有限度，我声明，我不能容忍这个女人再到我家来；要是她进来，我就带我的孩子离开。她不配跟基督徒坐在一起。您——您必须在她和我之间作出抉择，”说完，简夫人很快走出书房，她被自己的果敢震惊得哆嗦不已，让瑞蓓卡和皮特爵士着实感到诧异。

那么，蓓姬是否受到了伤害？才不呢！对她来说倒是正中下怀。

“这都是因为您把那件钻石搭扣给了我，”她对皮特爵士说，同时伸出手去与大伯子握别。在她离去之前，准男爵答应出去找弟弟，尽力劝说他与妻子言归于好。不难想见，简夫人正从楼上梳妆室窗户里边向外注视着。

罗登来到军官食堂里，团里的一些年轻人请他共进早餐，他也不多谦让，便和他们一起分享这些青年绅士正在品尝的辣味烤鸡腿和苏打水。随后大家聊起了符合他们年龄和时尚的话题：关于将在巴特西举行的射鸽比赛，就罗斯和奥斯波尔迪斯顿谁胜谁负互相打赌；关于法国歌剧院的阿黎安内小姐被何人抛弃以及她又怎样从豹子卡尔那儿得到安慰；关于“屠夫”和“宝贝”之间的拳赛会不会是一场骗局。十七岁的小伙子坦迪曼为蓄两撇八字胡髭费尽了心计，他看过那场比赛，谈起拳斗和对阵双方的状态时用的都是专家行话。是他驾车把屠夫送到赛场的，而且头天整整一宿他俩都在一起。要不是有人做了手脚，他一定会赢得这场比赛。是拳击场那帮老滑头串通一气使的坏，坦迪曼可不愿付输掉的赌注：不，没门儿，他才不做这样的冤大头！这名年轻的掌旗官，一年前还在伊顿公学经常挨笞责，如今已成为一个十分在行的拳击迷，不过直到现在仍然爱吃太妃糖。

他们高谈阔论，内容无非舞蹈演员、拳击比赛、酒食宴饮和轻佻女人，直至麦克默多从楼上下来加入小伙子们的神侃。看来这老兵根本不考虑在小伙子们面前对自己的言行稍加检点，照样口没遮拦；他讲的那些秘闻轶事，比诸在场最肆无忌惮的浪荡公子所能炫耀的毫不逊色；无论他自己的灰白头发还是他们稚气未脱的面容，都挡不住他那张嘴。老麦克是个有名的讲故事好手。他对有身份的淑女没有太大的兴趣；换句话说，别人请他吃饭多半是到相好那里去，而不是上母亲家。恐怕没有谁的生活比他档次更低的了；但他却能随遇而安，过着与世无争的日子，不事铺张招摇，倒也自得其乐。

麦克吃完这顿相当丰盛的早餐，其他人的食事大都也结束了。瓦里纳斯勋爵少爷抽起用海泡石做的大烟斗，休格斯上尉吸的是雪茄，那个精力过剩的小鬼坦迪曼把他的小狗夹在两腿之间，劲头十足地在跟德西斯上尉掷硬币赌输赢(这家伙无时无刻不参与某种赌博),麦克和罗登一起步行前往俱乐部,关于他们心中惦着的那件事当然没有露过一点口风。相反,他俩挺轻松地跟大伙一起闲聊;得散心时且散心,何必去煞人家的风景?吃喝玩乐、狂欢胡闹总是与名利场上其他种种事情并存同在的。当罗登和他的朋友经过圣詹姆斯街走进他们的俱乐部时,人们正纷纷从教堂里涌出来。

通常站在俱乐部正面大窗户里边看街景、做鬼脸的老会员和上了年纪的花花公子,还没有到达他们的岗位;阅报室里只有寥寥数人。其中一位罗登并不认识;另一位和罗登玩惠斯特赢了一小笔钱还没有到手,罗登自然不想和他照面;第三位坐在桌旁看《忠君报》[1](一份以报道丑闻和忠于教会、忠于国王著称的周报),他举目好奇地瞅着克劳利,说:

"克劳利,恭喜您。"

"您指的是什么?"中校问。

"《观察家报》和《忠君报》上都登了,"史密斯先生道。

"什么?"罗登顿时满面通红。他以为斯泰因勋爵的丑闻已经上了报。他拿起报纸来读,手在发抖。史密斯面带微笑瞧着他,不知他为何这样紧张。

中校进来之前,史密斯先生和布朗先生(就是罗登与他还有玩惠斯特的宕账未清的那位)正在谈论此事。

"这正是一场及时雨,"史密斯说。"我料想克劳利已经身无分文了。"

"是啊,好风透雨大家受惠,"布朗先生说。"他还欠我二十五镑,总得付了钱才能走。"

---

① 这份报纸的名称是虚构的。但据考证可能指的是瓦格·霍克主编的《约翰牛报》。

“年薪多少？”史密斯问。

“两三千吧，”另一位回答。“不过那儿的气候跟地狱里差不多，恐怕他们欢喜不了很久。李弗西治上任一年半以后死了；我听说他的前任连一个半月也没熬满。”

“有人说他的哥哥长袖善舞。我总觉得那人相当乏味，”史密斯指出。“不过他一定很有影响。中校这份差事想必是他给谋来的。”

“他？！”布朗从鼻子里发出一声冷笑。“瞎扯。是斯泰因勋爵安排的。”

“此话怎讲？”

“要不怎么说‘家有贤妻是丈夫的福气’呢？”布朗神秘兮兮地答道，然后继续看他的报纸。

罗登从《忠君报》上读到如下一则惊人消息：

**考文垂岛总督一职出缺**

皇家海军舰只“黄杰克号”（舰长庄德斯①）从考文垂岛带来了信件和报纸。该岛热病肆虐，总督托马斯·李弗西治爵士因染此症，于斯旺普敦②不幸逝世。这片欣欣向荣的殖民地深感总督阁下病故是该岛的一大损失。有消息说，总督一职已建议由在滑铁卢一役中战功卓著的罗登·克劳利中校、最低级巴思爵士继任。我们需要的人不仅必须是一致公认的勇者，还必须具备行政管理才能，方可统辖我国各殖民地的事务。我们相信，殖民部挑中赴考文垂岛补缺的这位绅士，无疑是他即将担任的职位的合适人选。

---

① “黄杰克”是“黄热病”的别称。庄德斯与英语中“黄疸病”一词的发音很相似。作者虚构的舰名和舰长姓氏寓意十分明显。

② 考文垂岛的这个首府地名意为“沼泽镇”。

“考文垂岛！那岛在什么地方？是谁向政府推荐了你？老弟，你一定得把我带去当你的秘书，”麦克默多上尉笑道。

正当克劳利和他的朋友坐着对这条消息大惑不解的时候，俱乐部的侍者给中校送来一张韦纳姆先生的名片，说他要见克劳利中校。

中校拿得准他是斯泰因勋爵派来的密使，便和他的上尉副官一起出去会见这位先生。

“您好吗，克劳利？见到您很高兴，”韦纳姆先生面带和蔼的微笑说着，十分真诚地紧紧握住中校的手。

“我猜想您是受——”

“完全正确，”韦纳姆先生说。

“那么请允许我介绍一下，这位是我的朋友麦克默多上尉，近卫骑兵团(绿)的。”

“幸会了，麦克默多上尉，”韦纳姆先生一边说，一边像对待当事人一样笑容可掬地跟他的同伴握手。麦克伸出戴着鹿皮手套的一个指头，他的脖子上系着浆得硬邦邦的领结，冷冰冰地略一点头算是行礼。大概他原以为斯泰因勋爵至少会派一名上校来，不料跟他打交道的竟是老百姓一个，所以颇为不满。

“麦克默多可以代表我，他了解我的意图，”克劳利说；“我最好还是回避，由你们二位洽谈。”

“当然，”麦克默多说。

“完全没有必要，我亲爱的中校，”韦纳姆先生道；“我恰恰是要求见您本人，不过麦克默多上尉在场我当然也极表欢迎。其实，上尉先生，我希望我们的谈话会取得十分圆满的结果，看来我的朋友克劳利中校所预料的却完全是另一回事。”

麦克默多上尉从鼻子里发出哼的一声，没说什么。他暗自思量，这些非军人真不是玩意儿，就会耍嘴皮子，什么都要他们从中调停。

尽管无人说请，韦纳姆先生自己在一把椅子上坐下，并从兜里掏出一张报纸，接着往下说：

“中校，今天报上那条好消息您看到没有？政府得到了一名极可宝贵的公仆，而您如果接受这个建议（我相信您会的），则可以得到一个再好不过的职位。年薪三千，气候宜人，官邸漂亮，在殖民地一切您说了算，将来还稳稳可以步步高升。我向您表示衷心的祝贺。二位，想必你们知道，我的中校朋友多亏什么人的关照才得到这份美差吧？”

“天打雷劈的，我怎么知道，”上尉说。

但中校的脸一下子变得红极了。

“多亏了一位极其慷慨、极其仁慈、也是极其了不起的大人物——我尊贵的朋友斯泰因侯爵。”

“我才不要他的关照，我要他下地狱见鬼去！”罗登出声吼叫。

“您在生我那位贵人朋友的气，”韦纳姆先生心平气和地继续说；“那么，在合情合理和不抱成见的前提下，请告诉我：为什么？”

“这还用问？”罗登莫名其妙。

“这还用问？见鬼！”上尉用手杖在地上捶了一下说。

“谁说不是呢？真见鬼！”韦纳姆先生毫不动气，依然笑容满面；“不过我还是得请您本着通情达理的态度，按照社交界的常例来看问题，瞧瞧您是不是有所误会。您出门一段时间后回家来，发现了什么？发现斯泰因勋爵在柯曾街府上跟克劳利太太在一起吃宵夜。这一点有什么值得大惊小怪的？他是府上的常客，同样的情况以前不是也有过好多好多回吗？请相信我是站在一个重名誉的正人君子立场上提出自己的看法，”说到这儿，他像在议会里发言那样一只手按在自己的背心上，“我认为您的猜疑是骇人听闻的，完全没有根据，而且是对一位忠厚长者的侮辱——他做了举不胜举的好事，足以证明他对您历来关怀备至，——同时，您的猜疑也侮辱了一位白璧无瑕、完全无辜的女士。”

“您的意思是说——克劳利搞错了？”麦克默多问。

“我相信克劳利太太是无辜的，正像我妻子韦纳姆太太是无辜的一样，”韦纳姆先生道，口气斩钉截铁。“我相信，疯狂的妒忌心使您迷失了方向，您不仅动手打了始终善待您的朋友和恩人、一位年迈力衰的显贵，也使您的太太、您自己最珍贵的荣誉、您儿子将来的名声以及您本人的前程受到打击。”

“我来告诉您究竟发生了什么，”韦纳姆先生郑重其事地接着说；“今天上午斯泰因勋爵派人来叫我，我发现他处在十分糟糕的状况下——这一点即使我不说，克劳利中校也知道，任何一个衰弱的老人跟您这样强壮的汉子直接发生冲突会有怎样的后果。我要当面向您指出：您仗着自己身强力壮做出了残忍的举动，克劳利中校。我那位尊贵的朋友不仅肉体受到伤害，他的心也在流血，先生。一个身受他诸般恩惠并得到他好感的人，竟对他施加再狠心不过的侮辱。今天各报刊登的任命消息，难道不是他对您一片好意的明证吗？上午我去见他时，他的惨状简直令人不忍卒睹；而且他和您一样复仇心切，非要用血来洗雪他所蒙受的耻辱不可。他向来是说到做到的人，我想您不会不知道吧，克劳利中校？”

“他确实很有胆量，”中校说。“这一点谁也不否认。”

“他命我做的第一件事就是写一封挑战信并且把它交给克劳利中校。他说：‘发生了昨夜的暴行以后，他和我两人中必有一个不能再活在世上。’”

“这话才算说到点子上了，韦纳姆，”克劳利点点头表示同意。

“我尽最大的努力让斯泰因勋爵平静下来。我说：‘天哪，勋爵大人，我真后悔韦纳姆太太和我自己没有接受克劳利太太的邀请去她家吃宵夜。’”

“她请你们上她家去吃宵夜了?”麦克默多说。

“是的，要我们在歌剧院散场后前往。那张便条还在我这儿——等一下——不，不是这一张——我以为我带在身边，不过这并不重要，我向您保证确实有这回事。韦纳姆太太有头痛病，经常给折腾得够呛，尤其是春天，这回也是因为头疼我们才没去。要是我们去了，您回到家里就不会发生争吵、侮辱、猜疑。所以完全是由于我可怜的太太头痛病又犯了，才导致您打算让两位受人尊敬的绅士横遭死亡的威胁，还打算陷英国最卓越、最古老的两大家族于耻辱和悲痛。”

麦克默多给闹得稀里糊涂，望着中校直发愣。罗登感到猎物快要从他手中滑脱，心里有些发毛。对方讲的故事他半句也不信，可又怎么能揭穿这番谎话呢?

韦纳姆先生依然口若悬河地说着，这一套本领他在议会中已练得十分到家——

“我在斯泰因勋爵床边坐了一个多小时，竭力劝说、再三恳求他打消要求决斗的念头。我向他指出，当时的情形说到底是有些可疑——难怪他人起疑心。这一点我承认，任何人处在您的位置上都可能产生误会。我说：一个人妒火中烧的时候，实际上是个十足的疯子，也应当被看作一个疯子；你们如果举行决斗，必定使有关各方全都蒙受耻辱；如今一些危言耸听的革命高调和用心极其险恶的平等谬论在不明真相的百姓中间得到传播，身居高位的勋爵大人没有权利在这样的时候卷入一场会引起满城风雨的事件；虽然他是无辜的，但普通民众可能坚持认为是他的错。归根到底一句话，我恳求他不要发出挑战书。”

“您讲了长长一大篇，可我连一个字儿也不信，”罗登咬牙切齿道。“我认定这是狗屁不通的鬼话。要是您没有把他的挑战书带来，那么我一定让您把我的挑战书带去。”

听中校说得这般不留丝毫转圜的余地，韦纳姆先生的脸变成了死灰色，开始向门那边张望。

但是麦克默多上尉成了他的救兵。这位老军人发出一声诅咒站了起来，指责罗登不该使用这样的语言。

“你把这事交给了我，你就得听我的，不能由着自己的性子胡来。你没有权利用这种语言侮辱韦纳姆先生；天打雷劈的，我说韦纳姆先生，我向您表示歉意。至于给斯泰因勋爵下挑战书，克劳利，你可以另外找人送去，我不干。如果勋爵挨了揍愿意息事宁人，天打雷劈的，那是他的事。至于事关——事关克劳利太太这一层，我认为什么证据也没有。你老婆是清白的，就像韦纳姆先生所说的那样。总而言之，你要是不接受这个位置，不把你的嘴闭上，那你就是个要多浑有多浑的浑球儿。”

“麦克默多上尉，这才是明事理的人说的话，”韦纳姆立刻表示赞赏，同时大大地松了一口气。“克劳利中校在气头上用了什么样的语言，我早已忘得一干二净。”

“我想也是，”罗登冷笑道。

“闭上你的嘴，我的傻老弟，”上尉用打圆场的口气说。“韦纳姆先生可不会跟人打架；再说，他采取这样的态度完全正确。”

“我认为，”斯泰因的使者说，“这件事必须严守秘密，彻底忘掉。决不能有一句话从这道门里泄漏出去。我这样说是为我尊贵的朋友着想，也是为克劳利中校着想，虽然他坚持把我当作敌人看待。”

“我想斯泰因勋爵决不会多嘴多舌，”麦克默多道；“我们这边也没有理由张扬。无论从哪方面看，这种事总不太光彩；所以越少提起越好。挨揍的是你们一方，不是我们；既然你们愿意罢休，我想我们又何必不依不饶呢。”

到了这个份儿上，韦纳姆先生才拿起帽子告辞，麦克默多上尉跟在他后面往外走，他和斯泰因勋爵的代表出去后把门关上，让罗登在里边慢慢咽下这口气。两人到了门外，麦克默多盯着另一方的使者凝视良久，此时上尉乐呵呵的圆脸盘上也许什么表情都有，就是没有一丝半毫敬意。

“您倒是挺大度的，韦纳姆先生，不计较小过错，”上尉说。

“您过奖了，麦克默多上尉，”另一位笑吟吟答道。“我凭着人格和良心起誓，克劳利太太确实要我们歌剧院散戏后去吃宵夜。”

“当然，而且韦纳姆太太也确实头痛病又犯了。对了，我这儿有一张一千镑的本票要交给您，只是麻烦您给我一张收条。我会把本票放在信封里，请转交斯泰因勋爵。我的朋友不会跟他决斗。但这笔钱我们不愿收下。”

“这完全是一场误会，我亲爱的先生，完全是误会，”另一位现出再天真不过的样子说。在麦克默多上尉鞠躬相送下，韦纳姆先生走下俱乐部门前的台阶；与此同时，皮特爵士正好登上台阶。上尉与准男爵虽无深交，也算相识。于是两位绅士一起前往皮特爵士的弟弟所在的那个房间；一边走，上尉一边悄悄告诉准男爵：他已经把斯泰因勋爵和中校之间那档子事儿全摆平了。

皮特爵士闻讯当然非常高兴，并为此事得以和平解决向弟弟热烈祝贺，同时少不得相应地讲几句大道理，指出决斗的危害性，采用这种方式解决争端是多么不可取，云云。

在这篇开场白之后，他试图鼓动其如簧之舌促成罗登跟妻子和解。他把蓓姬的话归纳复述了其中的一些要点，认为她的说法是可信的，并表示自己坚信蓓姬清白无辜。

但这样的话罗登不愿意听。

“十年来，她一直瞒着我攒私房钱，”中校说。“昨晚她还发誓说没有拿过斯泰因的钱。可是我发现以后，她立刻明白一切都完了。即使她没有背叛我，她也够坏的了，跟背叛我没什么两样。我再也不想见她——永远不见。”说这话的时候，他的脑袋耷拉在胸前，神色沮丧，心情悲凉。

“可怜的老伙计，”麦克默多摇头叹息。

起初，罗登·克劳利愣是不愿考虑接受这份差事，因为替他谋得此职的后台实在令他恶心，另外他也想让儿子离开依仗斯泰因勋爵的势力才得以进去的那所学校。然而他哥哥和麦克默多上尉力劝他不要白白放过这样的好机会，尤其令他动心的一条理由是上尉向他指出：斯泰因想到恰恰是自己为他的仇家谋来的前程，肯定会窝着一肚子火——岂不妙哉？

斯泰因侯爵挨揍后恢复到能出门的时候，殖民部大臣遇见了他，特地走过来跟他打招呼，并以殖民部和他个人的名义向侯爵道谢，这次任命新总督多蒙侯爵推荐了如此出色的人选。斯泰因勋爵接受这番恭维时心里是什么滋味，也就可想而知了。

对于他和克劳利中校之间的冲突，正如韦纳姆先生所说的，做到了严守秘密，彻底忘掉。说得确切些，双方的当事人和助手都做到了。但是仅在星期日的晚上，名利场中就有五十个饭局的餐桌上都在谈论这件事。小凯克尔比一人先后去过七处晚会，在每一个地方讲这个故事都是新的增补修订版。沃辛顿·怀特太太听了以后拍手称快。伊林市主教的夫人震骇的程度简直难以形容；主教本人当天前往冈特府，在来客登记簿上写下自己的名字。小索思砀伯爵深表遗憾；他的妹妹简夫人无疑同样感到十分遗憾。老索思砀夫人写信把一切都告诉远在好望角的另一个女儿。此事作为伦敦街谈巷议的中心话题至少有三天，仅仅由于瓦格先生在韦纳姆先生的授意下使出了浑身解数，总算没有见报。

执达吏到柯曾街扣住了可怜虫雷格尔斯的财物开始着人估价，原先租住那栋多事小楼的漂亮太太此刻——又在何方？谁来操这份心？她究竟是不是清白的？数日之后，已经无人再问。我们都知道，当事情还存在疑点的时候，世人有多么仁慈，名利场对之会作何评说。有人说她追随斯泰因勋爵去了那不勒斯；另有人则称勋爵风闻蓓姬来到，立即离开那不勒斯逃往西西里岛的巴勒莫；也有人说克劳利太太目前居住在啤酒城当上了保加利亚王后的侍伴；一说她在法国的布洛涅；另一说又认为她住在切尔滕纳姆一处寄宿舍内。

罗登为她指定了一笔不算菲薄的年金；而我们完全可以相信，她是个如俗话所说一先令能当一镑花的女人。罗登离开英伦时本来可以还清一切债务，可惜没有一家保险公司愿受保他的寿险，因为考文垂岛的气候条件太坏，他用自己的薪俸作抵押借不到一文钱。不过，他倒是守信陆续汇款给兄长抵账，而且每一班邮船都会带来他写给儿子的信。麦克默多抽的雪茄一直由他供给；他给简夫人寄来大量贝壳、辣椒、泡菜、番石榴果冻等殖民地土产。他定期往兄嫂家中寄《斯旺普敦报》，该报对这位新上任的总督大加赞扬；然而《斯旺普敦卫报》（该报主编的太太没有收到总督府的请柬）却猛烈抨击总督残虐成性，与之相比，古罗马的暴君尼禄算得上一位十分开明的仁慈皇帝。小罗登常把报纸带到学校里去细读总督阁下的德政。

他母亲根本不想去看看孩子。每逢星期天和节假日，小罗登就到伯母家去；不久，他对钦设克劳利镇的每一个鸟巢都了如指掌，还随哈德尔斯顿爵士一起带狗出猎——在第一次难忘的汉普郡之行期间，那种壮观的场面曾使他欣喜若狂。

## 第五十六章

## 乔吉被调教成公子哥儿

乔吉·欧斯本如今已在拉塞尔广场他爷爷宅内站稳脚跟：他父亲的房间归了他；那儿所有的家财将来无疑由他继承。那孩子俊秀的相貌、潇洒的举止和上等人的气派，深得他祖父的欢心。老欧斯本先生为有这么个孙子感到非常自豪，恰似当年为自己的儿子乔治感到骄傲一样。

小乔吉享有的奢华和受到的娇纵比他父亲更甚。最近几年，老欧斯本的买卖做得十分得法，他的财富以及在市中心的影响有了很大增长。昔日他能把儿子乔治送进一所好的私立学校已经相当得意，后来为儿子在军队里捐得一个头衔，更成了一大笔骄傲的本钱。现在老头儿为小乔吉的未来设想的目标比以前高多了。他要把小家伙造就成一个不折不扣的上等人。他在想象中看到的乔吉已经是大学生、国会议员——没准儿还是位准男爵。老头儿要是能看到自己的孙子走上通往这般荣华的道路，那他死也瞑目了。他一定要延聘拔尖儿的大学毕业生给孙子施教——决不要那些骗子手和冒牌货，决不将就。不多几年以前，他往往破口大骂所有的教士、学者之类，称他们是一帮江湖骗子，除了会诌几句拉丁文和希腊文，没别的谋生手段，可他们偏偏狗眼看人低，瞧不起英国商人，其实那些做买卖的绅士能把他们成百成百地买下来。现今他会一本正经地叹息自己没有受过正规的教育，还不时大唱高调向乔吉反复指出，熟读经典是多么必要，希腊罗马时代的文明是何等了不起。

他们在晚餐桌上相遇时，爷爷每每问孙子这一天读了些什么，并且怀着浓厚的兴趣听他报告自己的学习情况，并且佯装完全理解小乔吉讲述的内容。其实他老是露馅儿，不知出过多少回洋相。冒充内行并没有加深孩子对他的敬意。孩子的头脑灵敏，而且在别处已经受过比较好的教育，所以很快就识破爷爷是个大草包，便开始牵着他的鼻子走，反而以居高临下的姿态看待老欧斯本。以前乔吉虽然家境清寒，各方面都受到条件的限制，但他接受的教育却比爷爷任何宏大的计划利多弊少，也有可能把乔吉造就成一个好得多的正人君子。他是由一个善良、柔弱而娴静的女人抚养长大的，母亲除了儿子没有什么可骄傲的，但她的心地是那么纯正，举止是那么婉顺、谦和，光凭这些就完全称得上是一位真正的淑女。她上有老下有小，整天不声不响地忙于尽自己的责任；诚然，她向来语不惊人，但她从不出言伤人，也从不萌生歹念。她循规蹈矩，朴实无华，有的是一颗纯洁的爱心。说实在的，我们可怜的小爱米莉亚怎么能不是一位真正的淑女呢?

小时候乔吉主宰着这个软弱好欺的女人。与她的单纯、纤柔形成鲜明对比的是，乔吉继而接触的那个老头儿颟顸粗蠢，死要面子——可是乔吉同样把他捏在自己手心里。即使他生在帝王之家，恐怕也不至于造成他如此唯我独尊的性格。

他母亲在家无时无刻不记挂他，凄凉孤寂的长夜大半宿醒着在想他，而这位小少爷有的是消闲解闷的诸般玩意儿，所以他离开爱米莉亚后过得挺自在。小孩子上学时又哭又闹，那是因为要他们去一个很不舒适的地方。纯粹因为留恋家人而哭鼻子的其实很少很少。只要想一想，在你们自己的孩提时代，看到一枚姜饼眼泪自然会干，一块葡萄干蛋糕足以补偿离开妈妈和姐姐的痛苦；哦，亲爱的朋友，可别过于相信你们自己的感情有多么高尚细腻。

且说小乔治·欧斯本少爷的享受阔绰极了，反正老爷爷有的是钱，尽可大把大把地花，他认为孙子该有的一件也不能缺。车夫马丁受命为小少爷物色到一匹小马，那是用钱所能买到的最漂亮的马驹，乔治骑着它先是在骑术学校练习，等到不踩马镫和腾越障碍及格后，才让人带领他经过新马路骑到摄政王林苑，再后来便盛装骑行在海德公园了，由马丁跟在他后头。老欧斯本现在对于市中心的业务也看淡了些，事情大都交给后辈合伙人处理，所以常和欧斯本小姐一起坐车朝同一方向去时髦的场所兜风。每当小乔吉学着公子哥儿的气派脚跟下捺、小跑上来时，他爷爷就会用臂肘轻轻碰一下他姑姑，说："欧斯本小姐，你瞧。"他开怀大笑，高兴得红光满面，并朝窗外冲着乔吉频频点头；与此同时，马丁向车上的东家行礼，马车的跟班则向乔吉小少爷致敬。这儿还有乔吉的另一位姑妈弗雷德里克 · 布洛克太太，她家漆着小金牛族徽的马车每天都可以在环路上看见，三个面色苍白的孩子帽子上有缀帽花的，有插羽毛的，睁大了眼睛朝窗外张望。当小乔吉一手叉腰、歪戴着帽子、像王孙公子一般骑马打旁边经过时，弗雷德里克 · 布洛克太太总要恶狠狠地冲这个小暴发户瞪上几眼。

虽然还不足十一周岁，可乔治少爷穿的裤子已经跟大人的一样有带子系住脚掌，一双小靴子漂亮极了。他的马刺是镀金的，马鞭子头上包金，围脖用一枚珍贵的别针扣住，一双羊皮小皮套是康杜伊特街磊姆铺子里最上等的货色。他母亲曾给他两条领巾，并且为他临行密密缝制了两件小衬衫；可是当撒母耳去看望寡母[①]的时候，那些东西已被料子讲究得多的内衣所取代。他的上等细麻布衬衫前襟上钉着宝石小扣子。凝聚着慈母春晖的廉价衣物给搁在一边——想必欧斯本小姐把它们赏给了马车夫的孩子。爱米莉亚努力使自己相信：她看到这样的变化心里很高兴。的确，她见小乔吉的仪容如此俊美秀逸，简直喜不自胜。

她花一个先令请人给儿子用黑纸剪过一张侧影；这帧剪影挂在她

① 见第 692 页注②。

床边墙上另一帧瓷像旁边。一天，孩子按常规来到布朗普顿，当他策马经过那条小巷时，照例把居民都吸引到窗边来争睹阔少爷的风采。他面带得意的笑容，郑重其事地从大衣兜里(那是一件带尖顶帽和丝绒领的白色外套，款式潇洒极了)取出一只红色纹皮盒儿，把它交给母亲。

“这是我用自己的钱定做的，妈妈，”他说，“我想你也许喜欢。”

爱米莉亚打开盒子，轻轻发出一声欣喜的惊叹，接着搂住儿子把他吻了个遍。那是乔吉自己的微型肖像，制作十分精美(不过做母亲的肯定觉得还不及儿子本人一半漂亮)。有一位画师的作品陈列在南安普敦路的橱窗里，吸引了老欧斯本先生的注意，他要那个画师给孙子画一幅肖像。乔吉自己有很多钱，他问画师画一帧微型瓷像要多少钱，还说要自己掏钱把它送给母亲。画师欣然答应照办，而且只收有限的费用。老欧斯本听说有这等事，高兴得不得了，反而给了孙子比他为瓷像付出的钱还多一倍的金镑。

然而，爷爷的高兴跟爱米莉亚的那份狂喜根本没法比！乔吉的礼物是他深爱母亲的明证，它使爱米莉亚相信世上没有一个孩子像她的儿子这样心地善良。此后有好多个星期，她一直陶醉在儿子的深情和自己的幸福之中。可怜的寡妇把瓷像放在枕头底下睡得更香，还对着它千遍万遍地亲吻、流泪和祈祷！她所爱的人只要作出一点点共鸣的表示，便能使这颗羞怯的心充满感激之情。自从她与乔治分别以来，还没有体会过偌大的欣慰。

乔治少爷在他的新家俨然是一派面南为王的架势。在筵席上他向女士们劝酒时显得沉稳老练，而他自己喝起香槟来的那股帅劲儿令他的老爷爷乐不可支。

“瞧他这模样，”老头儿会用臂肘碰一下坐在自己身旁的人说道，红彤彤的脸上洋溢着满心欢喜，“您见过这样的小大人吗？天哪，我的上帝！接下来他就会要梳妆盒和刮胡子的剃刀了；要是没这回事，我准是个老傻瓜！”

然而，欧斯本先生的朋友们对于这位孙少爷哗众取宠的表演，反应却不像他爷爷那样兴高采烈。法官考芬先生正在讲述一件事，乔吉插嘴进来煞了人家的风景，法官为之不悦。福吉上校见这孩子喝得似醉似癫的，颇不以为然。乔吉胳膊肘一扭，把一杯红葡萄酒全洒在托非律师太太的黄缎子衣服上，还哈哈大笑，高级律师的太太已经够恼火的；而她第三个儿子在伊林市梯克留斯博士的寄宿学校上学，凑巧回家度假，竟在拉塞尔广场被小他一岁的乔吉痛打一顿，尽管老欧斯本看得非常开心，律师太太的情绪却更坏了。做爷爷的特地给孙子两个金镑嘉奖他打得漂亮，并许诺，只要乔吉照这样把个头或年龄比他大的男孩“揍扁”，往后还可以领赏。很难说老头儿认为这种斗殴有什么好处；他朦朦胧胧地意识到，男孩子与人争斗能磨炼意志，而学会恃强凌弱将使他们受益匪浅。自古以来，英国青少年一直受到这样的教育，对于在孩子们中间屡见不鲜的蛮不讲理、欺侮弱小、心狠手辣的行为，我国有成千上万的人为之辩护乃至大加赞赏。

乔吉因打败托非少爷而受到夸奖和鼓励，自然想赢得更多的胜利。一天，他身穿花里胡哨的新衣服，在圣潘克拉斯附近招摇过市。一名面包铺的学徒冲他的装束挖苦了几句，小少爷气势汹汹地脱下华丽的上衣，交给当时和他做伴的朋友（拉塞尔广场大科伦街的托德少爷，他父亲是欧斯本商行里资历较浅的合伙人）。乔治想把那名烤面包的小师傅揍扁。但这一回他出师不利，结果是小师傅给了他结实的一顿打。乔治鼻青眼肿回到家里，他那高级衣料的衬衫绉边上沾了好多血，全是从他自己鼻子里淌下来的。他告诉爷爷，说跟一个彪形大汉打了一架；此后到了布朗普顿老家，他又编了一个长长的故事渲染这场血战（其中一句也信不得），把他可怜的母亲吓得半死。

拉塞尔广场科伦街的这位小托德，是乔治少爷的好朋友和崇拜者。两人都喜欢画戏中的人物，爱吃杏仁太妃糖和木莓蛋糕，在天气合适的时候往往一起到摄政王林苑和蛇塘去滑雪橇、溜冰。两人都是戏迷，老欧斯本先生时常吩咐乔治少爷的跟班保镖罗森陪他们去看戏——三人一起坐在剧场的正厅后座，好不快活。

在跟班保镖的陪同下，伦敦主要的戏园子他们都去过了——从德卢里街到赛德勒泉[1]所有的演员他们都叫得出名儿，甚至在自己简陋的小剧场里为托德一家和他们的小朋友表演许多看过的戏，包括韦斯特[2]塑造的一些著名角色。跟班罗森出手挺大方，只要手头有钱，常在散戏后请小少爷吃牡蛎，喝一杯果汁朗姆酒祝他晚安。可以肯定，罗森的钱不会白花，因为小少爷手面更阔，跟班陪他过得这么开心，乔吉必有回报。

为了把小乔吉打扮得像模像样，特地从西城请来一位有名的服装专家。老欧斯本先生坚决不要市中心或霍尔本一带的蹩脚裁缝，说他们笨手笨脚（不过给老绅士自己做衣服，市中心的裁缝已经够好的了）。康杜伊特街的伍尔西先生被告知不必节省费用，于是便让自己的想象力恣意驰骋。他送往小少爷家中的裤子、背心、夹克衫无不别具一格，匠心独运，足以装点整整一所学校的小花花公子。乔吉有赴晚会穿的白色小背心，餐桌上穿的立绒小背心，一件东方图案的薄纱晨袍非常可爱，价格也昂贵，总之在在皆是十足的大人气派。他每天正餐前都要更衣，他爷爷称之为“活像个纯种

① 这是当时伦敦剧场最集中的两个地方。

② 威廉·韦斯特（1796—1888），英国著名喜剧演员，10 岁前就登台演过不同类型的童角。他还能创作歌曲。

的西城公子哥儿”。有一名仆人被指定专门听候他差遣，伺候他梳洗穿戴，在他打铃时侍应，有他的信就一定得放在银盘里给他送去。

早餐后乔治会坐在饭厅里的扶手椅上读《晨邮报》，俨然是个成年人。

“他骂人的功夫够到家的，”仆人们对他的早熟又惊又喜。那些还记得他的上尉父亲音容的人，称乔治少爷跟他爸是同一副模子里脱出来的。自从小乔吉来到拉塞尔广场，他那好动、专横、动辄骂人，但嘻嘻哈哈、无忧无虑的性格，为这座宅子平添了蓬勃生气。

对乔治施教的重任托付给了附近的一位饱学之士，他办了一所私人学校，“对贵族及上等人家的子弟准备上大学、进议院、从事需要高深学识的职业进行培训；本校摒弃旧式学校至今仍在采用的有损人格尊严的体罚手段；本校实施家庭式教育，学生在此将接受上流社会高雅环境的熏陶，得到与在自己家中一样的关怀与呵护。”牧师劳伦斯·维尔先生和他的妻子维尔太太便是这样招徕学生的，他们的家庭学校设在布鲁姆斯伯里的哈特街，维尔先生还是贝拉克尔斯伯爵的家庭牧师。

通过这样的办法广事招揽和多方游说，这位家庭牧师和他的太太通常能募到几名学生，他们的家长付了高昂的费用，认为把孩子安置在十分理想的环境中。当乔治进入那所学校时，那儿有一名来自西印度群岛的大个子男孩，他的赤褐色皮肤像红木，一头鬈发像羊毛，偏偏特别爱打扮，从没见有谁来看他；另一个粗手笨脚的壮小伙儿已经二十三岁，过去没有人管过他的教育问题，如今维尔先生和维尔太太得设法让他进入上流社会；有两个是在东印度公司军队服役的班格尔斯上校的儿子——以上四名寄宿生由维尔太太提供品位高雅的膳食。

乔吉和其余十来名学生一样都是走读生。早晨他的朋友罗森先生护送他上学；要是天气好，下午乔吉就骑他的小马驹回去，由马夫一路跟在后面。学校里都知道乔吉的爷爷是个大富翁。牧师维尔先生不时就这个题目对乔吉说好话，指出他命中注定要飞黄腾达，应当趁年轻刻苦用功，为成年后居高位、任要职作准备；并说少时听话是长大后指挥他人的最好预习；因此维尔先生请乔吉不要带糖果到学校里来，以免损害两位班格尔斯少爷的健康——维尔太太的饭菜既精美又丰盛，凡是他们需要的，什么也不缺。

至于课程设置——维尔先生喜欢用拉丁文称之为curriculum——内容真是包罗万象，凡是已知的每一门学科，到哈特街来就读的这些少爷都可以学一点儿。牧师维尔先生备有太阳系仪、通电机、手摇车床、解剖台（设在洗衣房内）、化学实验仪器以及他称之为精选文库的图书室，据说自古至今用各种文字写下的所有最优秀著作那儿全有。他带领学生们参观大英博物馆，在那儿就陈列的古物和各种博物学标本大发宏论，引得其他参观者纷纷围拢来听他讲解，所以整个布鲁姆斯伯里区人人都崇敬这位学富五车的牧师。每当他说话的时候（他几乎整天说个不停），总是尽量使用词典提供给他的音节最长、最文绉绉的字眼，因为他持一种高明的见解：使用高雅、堂皇、听起来不同凡响的字眼，比使用小家子气的普通词语无需多花一文钱。

例如，他在学校里会这样对乔治说：

“昨晚，我那位卓越的朋友、真正的考古学家——诸位，他可不是什么冒牌货——真正的考古学家、巴尔德斯博士与我就若干学术问题促膝长谈，之后我在回家的路上注意到，拉塞尔广场德高望重的令祖那栋气概不亚于王府的宅第窗户灯火通明，好像有节庆盛会。如果我没有猜错的话，欧斯本先生昨晚想必在大张华筵招待高朋胜友吧？”

颇具幽默感的小乔吉，经常当面模仿维尔先生的举止谈吐，而且胆大包天，手法巧妙；他会回答说，维尔先生的推断完全正确，简直神了。

“既如此，诸位，我敢打赌，有幸得到欧斯本先生盛情款待的嘉宾，决计没有理由抱怨酒食不丰。我本人曾不止一次享有这份荣幸。（附带提一下，欧斯本君，今天上午您迟到了一小会儿，而且这样的犯规已经不止一次。）诸位，刚才我说到虽然谫陋如鄙人，多蒙欧斯本先生抬爱，亦曾亲承盛宴相待。尽管我参加过世上出类拔萃的大贵人举办的宴会（之所以如此说，因为我认为对我有知遇之恩的朋友、尊敬的乔治·贝拉克尔斯伯爵大人算得上是其中的一位）——尽管如此，我仍然认定，英国商人的宴请排场毫不逊色，接待同样体面。布拉克君，刚才念到《罗马史简编》那一段的时候，由于欧斯本君迟到被打断了，现在请继续往下念。”

在一个时期内负责对乔治施教的便是这样一位大人物。爱米莉亚被他刻意藻饰的出言吐语弄得莫名其妙，但认为他一定学识渊博。可怜的寡妇一力结交维尔太太，有她自己的理由。她喜欢到那所房子里去，为的是能在乔吉上学时看到儿子。她喜欢应邀去参加维尔太太用意大利语称为 conversazioni 的茶话会（粉色请柬就是这样写的，上面还印有希腊文雅典娜书院字样）。在每月一次的这种聚会上，牧师先生招待学生及其亲友的是淡茶和深奥的讲话。每次茶话会可怜的爱米莉亚有请必到，只要有乔吉坐在她旁边，做母亲的总是无比珍惜这样的机会。她风雨无阻地从布朗普顿步行前往；散会后，乔吉和随从罗森先生一起先行，可怜的欧斯本太太穿上大衣，系好围巾准备走回家去，这时她总要和维尔太太拥抱，对于女主人邀请她来度过一个愉快的晚上感激涕零。

乔吉每周都要把学业报告单带回家交给爷爷；根据报告单来判

断，他在这位无价的博学鸿儒指导下吸纳的知识可谓成绩斐然。印在表格上的各门课程的名目不下二十余项，学生的成绩在每一项内都由维尔先生打分。乔吉的希腊文得分为优等（用希腊文填写），拉丁文为最佳（用拉丁文填写），法语为甚佳（用法文填写），等等。到学年结束时，每个学生各门课程都能得到奖品。就连一头鬈发像羊毛的斯沃尔茨先生（他是麦克穆尔太太的同父异母弟弟）、布拉克先生（那个一直给撂在农村的二十三岁褦襶子）以及前面提到过的那个淘气包托德少爷，也都得到每本十八便士的小书，书里当然盖着雅典娜书院的希腊文印记，还有维尔先生用拉丁文写给那些年轻朋友的浮夸题词。

托德少爷一家可以说是仰仗欧斯本家发迹的。老欧斯本把托德从一名办事员提拔成为自己商号的合伙人，还给他儿子当教父（后来小托德毕其一生在名片上印的都是欧斯本·托德先生，并且登堂入室地跻身于上流社会）。简·欧斯本小姐则在玛丽亚·托德小姐受洗礼时到场监护，以后每年向她的教女赠送祈祷书、宗教小册子、非常低的低教会派①诗集或其他纪念品。欧斯本小姐不时带小托德兄妹乘她的马车出去兜风；要是他们生了病，欧斯本小姐有一名穿长毛绒齐膝肥腿裤和背心的听差会从拉塞尔广场送果冻等好吃的到科伦街去。科伦街对拉塞尔广场简直抱着诚惶诚恐的态度。托德太太有一双巧手，善用纸剪出条状花纹用作筵席上羊大腿肉的围边，或用萝卜和胡萝卜雕成栩栩如生的花儿、小鸭等等；逢到“广场”那边（他们一直这样称欧斯本先生的宅子）大宴宾客时，托德太太总会去帮忙准备，而从不存坐到筵席上去的奢望。如果十点多钟某一位客人还没来，托德会被邀请入席。托德太太和玛丽亚则在傍晚时分过来，轻轻叩门，悄悄进

① 英国圣公会有高教会派与低教会派之分。前者强调教会的权威，主张在教义、仪式和规章上较多地保持天主教的传统；后者主张简化仪式，反对过分强调教会的权威。

屋，等到欧斯本小姐带领女宾离席来到楼上客厅里，她们母女已经先在那儿，准备表演几首二重唱，直到男宾上来为止。可怜的玛丽亚·托德；可怜的姑娘！这几首二重唱、奏鸣曲，她得在家又弹又唱苦练不知多少时日，才能到广场为宾客助兴！

看来这是命中注定的：乔吉总是让自己周围的每一个人听他摆布，朋友也好，亲属也罢，佣人更不在话下，在这个小家伙面前统统只有遵命照办的份儿。应当指出，他自己非常乐于接受命运的这种安排。人们大都如此。乔吉也喜欢扮演人上人的角色，很可能他具备这方面的天赋。

在拉塞尔广场，人人都怕欧斯本先生，而欧斯本先生却怕乔吉。这孩子洒脱不羁的风度、谈起书本和学业来不假思索的才思、跟他父亲一般无二的模样，令老欧斯本在他面前总有几分情虚（乔吉的父亲长眠在遥远的布鲁塞尔，至死没有跟自己的老子和解），于是就让那位小少爷牵着鼻子走了。小乔吉有时无意间流露出某种得之于遗传的表情或语气，会把老绅士吓一大跳，以为大乔治又来到他的眼前。过去他对儿子心肠太狠，现在他试图娇纵孙子以赎前愆。他对欧斯本小姐没好声气和开口就骂一仍其旧；可是乔吉下楼吃早饭来晚了，他却笑眯眯地等候，从不发作。

乔吉的姑姑欧斯本小姐是个韶华已逝的老姑娘，在沉闷的氛围中忍受粗暴的对待四十多年，早已给磨灭了所有的胆气。要她俯首听命，对于一个有勇有谋的少年来说还不易如反掌？每当乔治向姑姑要任何东西，从她食品柜内的一罐罐果酱到她画具盒里干裂的旧颜料（那旧盒子是她跟思弥先生学画时的东西，想当年她还算得上风华正茂），乔吉总是能把想要的东西弄到手。目的达到后，他就不再把姑姑放在眼里。

他的朋友和知心人都有谁？崇尚浮夸、拍他马屁的老校长算是一个；比乔吉大几岁、但乔吉随时可以揍他的小托德也算一个。和蔼可亲的托德太太十分愿意乔吉跟她八岁的小女儿、招人疼的萝莎·洁脉玛一起玩。

“这俩孩子在一块儿简直是一对金童玉女，”托德太太如是说，不过这话当然没让“广场那边”的人听见。巴望女儿攀高枝的母亲未必没有这样的想法：“世上的事谁说得准？难道他们不是挺般配的小两口吗？”

乔吉的老外公腰杆子自然挺不起来，他同样被小霸王外孙收拾得服服帖帖。他不可能不尊敬一位衣着如此讲究、骑行时后面有马夫跟着的小少爷。而另一方面，乔吉也早已听惯了外公的老冤家欧斯本先生用粗鄙的语言无情地詈骂、讽刺约翰·塞德立。在欧斯本口中，他的名字不是老要饭的、卖煤老鬼，就是老穷光蛋，还有好多别的花样，反正极尽恶毒、贱视之能事。小乔吉能瞧得起这样一蹶不振的倒霉蛋吗？就在乔吉住到爷爷那儿去几个月以后，塞德立太太便死了。她和外孙之间没什么感情。乔吉甚至不愿装出一点悲戚的样子。他穿上一身十分讲究的新丧服到布朗普顿看望母亲，心中很是窝火，因为他本来非常想看一出戏却去不成了。

老太太这场病忙坏了爱米莉亚，但也可能救了她。女人吃的苦遭的罪，我们男人哪里知道？很多女人平日里逆来顺受的诸多烦恼，哪怕只让男人摊上其中的百分之一，我们就会发疯。没完没了而又无报酬地做牛做马；始终不变的体贴关心遇到的却是同样不变的铁石心肠；辛劳、深情、耐心、眷念甚至换不来一句感激的话——这一切许多女人都得默默地忍着，而在人前还得强颜欢笑，装作什么事儿也没有。她们都是柔顺的奴隶，不得不打肿脸儿充胖子，骨子里软弱得可怜。

爱米莉亚的母亲原先老是坐在椅子上，后来终于躺倒了，并且从此一病不起。欧斯本太太除了匆匆跑去看一下乔吉外，整天侍奉在病榻旁。即便她难得出去几回，老太太也是怨言不断。当年顺遂时，塞德立太太是个和善慈蔼、笑容可掬的母亲，然而贫病交迫的结果她垮了下来。爱米莉亚并不因母亲有病并且与她疏远而怨天尤人。相反，她本来处在另一件伤心事的阴影下，现在病床上的老母不断发出声声叫唤，使爱米莉亚的思绪不能老钻在这牛角尖里，倒是帮她熬过了最痛苦的那个时期。爱米莉亚遭到母亲的恶声恶气，总是无怨无悔，不断为病人把压实的枕头重新拍松垫好；无论总盯着她的老太太如何吹毛求疵，她的应答永远柔声细语；凭着一颗虔诚而纯朴的心，她一贯努力用自己感觉得到、说得出口的最好话语来安慰病人，驱散悲观绝望的情绪——如此直至替母亲合上那双曾经慈爱地瞧着她的眼睛。

嗣后，她又献出全部时间和一片孝心安抚和劝慰形单影只的老父，可怜他遭到这般打击都给震懵了，孤零零一个人茫然不知所措。他的妻子、他的名誉、他的财产——他最钟爱的一切都已永远离他而去。只有爱米莉亚还在他身边，用温柔的臂膀扶持这个心力交瘁、步履蹒跚的老人。笔者不打算絮絮叨叨再讲下去，这个故事实在太乏味、太无聊。我看到名利场上人们已经不耐烦，打起哈欠来了。

一天，那几位公子哥儿聚集在维尔先生书院的课室内，这位贝拉克尔斯伯爵大人的家庭牧师照例正在喋喋不休地大唱高调——这时，一辆华丽的马车来到用雅典娜雕像装饰起来的门前停下，只见两位绅士从车厢里跨出来。班格尔斯上校的两位少爷赶紧跑到窗口去，心中隐约在想： 会不会是他们的父亲从孟买来了？那个二十三岁的大个子学生，刚才还在为《罗马史简编》中某一段落偷偷掉眼泪来着，这会儿把他脏兮兮的鼻子贴在窗玻璃上瞅着门前的驷马高车，其时一名穿号衣的听差从驭者座上跳下来，放下活动台阶让两位绅士下车。

“一个胖子和一个瘦子，”布拉克先生话音未落，外面已传来打雷一般的敲门声。

从牧师校长到乔吉少爷，所有的人都急于知道来者是谁： 校长希望两位绅士会把他们的儿子送来就读；乔吉则盼着能得到一个借口撂下书本。

学校的一名小厮号衣上的铜扣子都退了色，样子够寒酸的，每当需要去开门的时候就把一件太窄的外套绷在身上。他走到课室里来说，有两位先生要见欧斯本少爷。校长和这位少爷今天上午曾斗过几句嘴，缘起于两人对上课时把薄脆饼拿出来请客一事持不同看法。但维尔先生脸上立刻恢复平时那种彬彬有礼的表情，说：

“欧斯本君，我允许您去会见坐马车来看您的朋友，同时请您代我和维尔太太向那两位绅士致意。”

乔吉走进会客室，见到两个陌生人；他照例摆出一副傲慢的架势昂着头打量来客。胖的一个蓄着八字胡髭；瘦高个儿身穿蓝色大衣，脸晒成了深棕色，头上已是白发斑斑。

“天哪，太像了！”瘦长的那位先生吃惊道。“你可猜得出我们是谁，乔治？”

孩子的脸刷地红了起来，每当他心情激动的时候总会这样，同时一双眼睛闪闪发亮。

“另一位我不认识，”他说，“可我想您一定是铎炳少校。”

没错，他正是我们的老朋友铎炳。少校跟乔吉打招呼时，高兴得声音有点儿发颤；他握住乔吉的两只手，把孩子拉到自己身边。

“你妈妈跟你说起过我没有，啊？”他问。

“她说起过，”乔吉答道，“说过好几百回呢。”

# 第五十七章
## 回国途中

老欧斯本趾高气扬确实有许多理由，其中之一便是他的老冤家、死对头、昔日的恩人塞德立，在土埋大半截的时候，居然落到这般丢人现眼的地步，不得不接受对他伤害最深、侮辱最甚的人施舍的钱财。商海得意的买卖人一方面嘴上不断骂老要饭的，另一方面也时不时地给他些接济。老欧斯本每次让乔治把钱给他母亲的时候，总要通过露骨而鄙俗的暗示告诉孙子：他外公是个潦倒不堪、靠别人养活的老穷鬼，约翰·塞德立已经欠下他许多钱，现在他还是慷慨大度地周济这穷光蛋，所以约翰·塞德立该感恩戴德才是。乔吉每次送交生活费时都把这番大道理转告他母亲和衰朽的外公——如今爱米莉亚生活中的主要事务就是照料和服侍丧妻的老父。在这个此生已无指望的糟老头面前，小外孙俨然以他的恩人自居。

爱米莉亚愿意接受她父亲的冤家布施的钱，这也许显示她缺乏“应有的自尊”。然而，应有的自尊和这位可怜的女士从来就没有结下过不解之缘。她禀性单纯，生就一副需要别人保护的性格；几乎从她长成一个女人时起，或者说从她与乔治·欧斯本结成这门连遭颠沛的亲事开始，就长期生活在困苦和屈辱之中，日子过得紧巴巴，老是捉襟见肘，听到的是冷言冷语，自己尽心尽力却得不到回报。有些人的品质在你之上，假如你看到他们日复一日地忍受这样的屈辱，温驯地顺从命运的虐待，任劳任怨却无人怜悯，就因为贫穷而遭到鄙视——试问，你会放下安富尊荣的架子，甘为这些心力交瘁的穷人洗脚吗？恐怕一想起他们，就能让你恶心。

“世上不可能没有阶级，人总有穷富之分，”富贵者边喝红葡萄酒，边咂着嘴说。（他要是吩咐把残羹剩饭拿出去给蹲在窗外的贫贱者——那就不错了。)这话很实在。但是，请想一想，人生犹如摇彩，有的人得到绫罗绸缎、羊羔美酒；有的人却衣不蔽体，食不果腹，只有狗与之做伴，慰其孤寂——冥冥之中主宰这一切的力量实在太神秘、太玄乎了！

所以我不得不承认，爱米莉亚接受她公爹时不时撒落的些许面包渣供养自己的父亲，并不觉得多么痛苦，相反怀着某种近乎感激的心情。一旦她认识到自己有这义务，这个少妇会自然而然地(女士们，她才三十岁，即使在这样的年龄我仍然认为可以称她少妇)——我是说，这个少妇会自然而然地牺牲自己，为所爱的人奉献出她所有的一切。儿子还没有离家的时候，多少个漫漫长夜她为小乔吉做针黹累得手酸指痛，有谁向她道过一声谢？为了父母，她忍受过多少打击、责难、困苦、贫穷？所有这些死心塌地的奉献和不是做给别人看的牺牲，构成了她的全部生活内容。久而久之，休道别人瞧不起她，连她也对自己没有多少敬意；我相信她在心底里认为自己是个没出息、不争气的小傻瓜，凭她的能耐过这种日子已经是她的造化。

哦，你们这些可怜的女人哪！哦，你们在暗中历尽苦难，充当牺牲，一辈子活受罪，夜间在卧室中被绑上刑凳，白天在客厅桌旁等着刽子手斫你们的脑袋；每一个男人只要看到你们的痛楚，或者往你们受折磨的幽暗角落瞥上一眼，一定会对你们深表同情，并且——并且感谢上帝让他自己生为须眉。在巴黎附近的比塞特尔，有一座看管白痴和疯子的监狱，我记得若干年前曾在那儿看到，一个可怜的患者已被囚禁生活和自身的疾病折磨得不成人样。我们一行中有人给了他一小包鼻烟，恐怕还值不到一便士。然而对于那个可怜的癫痫病人来说，这可是天高地厚的大恩大德。他喜不自胜，感激涕零，竟然放声大哭；即便有人赠予你我一千镑年金，或者救了我们的命，你我也不至于感动到这种程度。由此可见，如果对一个女人虐待到相当火候，你将发现，只要发那么一丁点儿微不足道的善心，就能使她激动不已，热泪盈眶，把你当作降瑞赐福的天使。

与此类似的小恩小惠，对于可怜的小爱米莉亚已经是命运给予的重赏。她的一生开始阶段相当幸福，后来竟落到这般田地——犹如身陷湫隘的黑牢，长期处于卑贱的被奴役状态。有时小乔吉来“探监”，算是带给她一点慰藉、几道微光。拉塞尔广场等于是她的监狱的界限；她可以偶尔走到那里为止，晚上总得返回自己的囚室睡觉，总得尽自己毫无乐趣、没有回报的义务，侍奉在病榻旁，忍受老人的怨怼——他们被厄运逼到了绝境，有的是满腹牢骚，只能把气撒在女儿身上。经年累月地这样做奴隶的可怜虫，其中女人居多，不知有几千几万！这些人是不拿报酬的护理工——要说是替天主行善的修女也可以，只是没有自觉的献身精神焕发出的那份浪漫主义激情；这些人累死累活，营养不良，睡眠不足，有谁怜悯？还不是默默无闻、窝窝囊囊地终其一生。

人类的休咎荣枯由威灵显赫的上帝在冥冥中派定，可是这位睿哲的圣父偏偏喜欢贬抑贤者、仁者和智者，让自私、愚顽或卑劣的小人得志。哦，奉劝诸位春风得意时切勿目无余子！要善待那些不那么幸运的人，没准儿他们更有资格享受你们的福祉。你们有何德何能？无非是没有历经什么磨难罢了。你们的成功也许是机遇，你们的地位也许是先人的余荫，你们的发迹很有可能只是造化在捉弄人——请问，你们有什么权利把别人看得一文不值？

爱米莉亚的母亲被葬在布朗普顿的教堂墓地里，那是个阴暗的雨天，爱米莉亚记得自己第一次来到这座教堂是跟乔治一起举行婚礼，那天也下着大雨，一样的满天乌云。她的儿子坐在她旁边，穿着一身簇新的丧服，十分惹人注目。爱米莉亚认出领座的老妇和教堂执事仍是原来的人。牧师诵经时，她的思绪回到了逝去的岁月中。要不是她握着乔吉的手，此刻她很想与棺中的母亲交换位置……但是，和往常一样，她马上就觉得这种自私的念头实在可耻，于是在心中默默祈求上苍赐给她力量继续尽自己的责任。

她决定竭尽全力设法让她的老父晚年心情舒畅。她不辞辛劳地干，缝补浆洗，烧菜做饭，为老塞德立唱歌读报，陪他玩巴加门，小心搀扶他上肯辛顿花园或布朗普顿的林荫道散步，始终强颜欢笑地听他讲故事，或让体弱力衰、却爱嘀咕的老头儿坐在花园长椅上晒太阳，絮叨他那些始终耿耿于怀的伤心事，爱米莉亚则坐在他身旁凝神默想，沉浸在自己的思绪和回忆中。萦绕在这寡妇脑际的尽是些幽怨悲愁。孩子们顺着土坡奔上跑下，或在宽阔的园径上追逐嬉戏，令爱米莉亚想起已经从她身边被夺走的乔治。头一个乔治也是被夺走的，——她对两个乔治的爱私心太重，太不应该，结果都遭到了报应。她竭力使自己相信这是罪有应得，因为她作孽太深，才落得孤孤单单好不凄凉。

我知道，叙述这类孤寂的幽囚生涯实在乏味透顶，让人受不了，除非有什么诙谐幽默的插曲活跃一下那里的气氛——比如让一名软心肠的看守或爱开玩笑的要塞守备登场，或者从什么地方蹿出来一只耗子逗弄拉蒂德[①]的胡子和鬓脚，或者特伦克[②]用指甲和牙签在城堡底下挖一条地道——然而笔者写不出这种轻松活泼的插曲来点缀爱米莉亚甘当囚犯的故事。请读者设想一下，这一时期爱米莉亚的心情是非常郁悒的，可是只要有人跟她说话，她随时准备笑颜相向；她的生活状况苦得很，即使不说沉沦，也实在寒酸得可以；为了老父，她唱

---

① 让·昂利·拉蒂德(1725—1805)，法国冒险家，写过一部书记述他被关在法国好几处监狱达35年之久的经过。

② 弗里德里希·冯·特伦克(1726—1794)，普鲁士冒险家，所写记述他被关在马格德堡监狱10年的一本书在英国广为流传。

歌，做布丁，玩纸牌，补袜子，什么都干。所以，请不必计较她是否了不起，也不必拘泥于你我是否像她父亲那样衰老、絮烦、破产——但愿到了风烛残年旁边有一个温柔绵和的肩膀能让你我靠一下，有一双梯己贴心的手能把枕头挪一下，让我们这把浑身酸痛的老骨头少受些罪，已属万幸。

老塞德立自丧妻以后，变得一刻也离不开爱米莉亚，父女俩相依为命。爱米莉亚则通过悉心侍奉老父获得精神上的安慰。

但笔者不打算听任他俩长期处于这种屈辱的不体面状态。从幸福的世俗意义上说，这父女俩都将有好日子过。聪明的读者也许已经猜到，和我们的老朋友铎炳少校一起去雅典娜书院看望乔吉的那位胖先生是谁。这是我们的另一位老相识，他这个时候回到英国，无异让他在国内的亲属于大旱中望见了云霓。

铎炳少校向好脾气的团长请假，说有紧急私事要去马德拉斯，从那里还可能搭船前往欧洲。他没费什么周折就获准动身，日夜兼程奔赴目的地，由于不顾一切地拚命赶路，结果抵达马德拉斯的时候竟发起高烧来了。他是处在谵妄状态下由随行的仆人送至友人家中的(铎炳原本打算在那儿一直待到搭上开往欧洲的船)。有好多好多天，人家总以为他这次旅行最远只能到达圣乔治教堂的墓地，那儿长眠着许多远离故国家园的勇武军官，部队也将在他的坟茔旁鸣枪齐射向他告别。

在马德拉斯，当可怜的铎炳发着高烧躺在床上不住抽风的时候，照看他的人可以听见他说胡话老是提到爱米莉亚。神志清醒的时候，他想到自己再也见不着爱米莉亚了，简直沮丧至极。他以为自己的大限已到，于是一本正经地准备撒手人寰，把自己今生未了之事一一作了安排，把属于自己的小小一份财产留给他最想照顾的人。他立下的遗嘱由当时留他住在自己家中的友人作证。他的脖子上一直套着一条由棕色头发编成的细链子，他希望死后带着这条链子一起下葬。如果实话实说，这东西还是从爱米莉亚在布鲁塞尔的女佣那儿得来的——乔治·欧斯本在圣约翰山高地阵亡以后，年轻的寡妇闻此噩耗，害了一场大病，这头发就在当时她发烧的情况下给剪下的。

铎炳的病情稍见好转又趋恶化，有过多次反复，他前前后后吃了大量甘汞，给放了无数回血，也只有他那样的体魄才受得了。当他被抬上从加尔各答开来停靠马德拉斯的东印度公司商船“拉姆昌德号”时（船长是卜雷格），跟一具骷髅相差无几。病中一直照料他的友人，见他如此虚弱，简直动弹不得，料定少校熬不到旅途的终点，迟早会在某一天早上给裹在国旗和吊床里扔出船舷，带着他挂在心坎上的纪念物沉入海底。但不知是海上清新的空气起了作用，还是重新燃起的希望给了他力量，打从“拉姆昌德号”扬起风帆沿着**回家**的航向驶去那天开始，我们的朋友便有了起色，在船到达好望角之前，他已完全康复（虽然像条猎狗那样精瘦细长）。

“这一回柯克可要大失所望了，”他面带微笑说；“他肯定指望在第——团回到英国时《公报》上会发表他已晋升为少校。”

这里必须交代一下，少校如此心急火燎地赶到马德拉斯，却在那儿病倒的时候，英勇的第——团接到了命令即将调防回国。该团原先已在海外驻扎多年；从西印度群岛回来后在国内没有久留，接着奉命出征参加了滑铁卢战役；嗣后又从佛兰德斯调往印度。这一回，铎炳如果愿意等候他们到达马德拉斯的话，倒是可以和同团的袍泽一起走了。

也许，他病成这副皮包骨的可怜相，不愿重又成为格露维娜眷顾护持的对象。

“要是咱们跟奥多德小姐坐同一条船，我这条命恐怕会送在她手里。等到她把我沉下海以后，我敢担保她会向你发动攻势，并把你作为战利品带到南安普敦，我的焦斯老兄。”

的确，和铎炳一起坐上“拉姆昌德号”的不是别人，正是我们的胖子朋友。他在孟加拉待了十年，经常大宴小宴，咖喱饭加水果算是午餐，还有浅色啤酒和红葡萄酒，公务忙得不可开交，他不得不用对水白兰地解乏提神——这一切对于“滑铁卢的塞德立”影响不小。医生宣布他有必要作一次欧洲之行换换环境——由于在印度工作已经满了规定的年限，加之丰厚的报酬帮他攒下了一笔可观的钱，他可以自由选择：或者告老回国享受优渥的退休金；或者重返印度继续担任凭他的资历和才干应该得到的职位。

与上次我们看到他时相比，焦斯稍稍苗条了些，可是举止气度更加神气、庄矜，此刻大摇大摆地在甲板上徜徉。他重又蓄起了八字胡髭，庶几不负他在滑铁卢大战中功不可没的身份；头戴滚金边的丝绒军便帽，看上去挺威风；浑身上下用了许多珠宝别针之类装饰他的贵体。他在自己舱内用过早餐，来到上层后甲板区之前，先要郑重其事地打扮一番，就像准备上伦敦邦德街或加尔各答跑马场那样毫不含糊。他有一名土著佣人随行，除了充当贴身听差，还为他提烟袋点纸媒，缠头上缀有塞德立的银色族徽。这名东方仆从侍候焦斯·塞德立这么个难缠的主儿，也真够倒霉的。焦斯像女人一样注重修饰自己的外表，他花在梳妆打扮上的时间，不少于任何一位眼瞅着红颜难驻的美人。船上比较年轻的乘客，如第一五〇团的切弗斯和可怜的小黎克淡（他因热病三度发作而回国），经常围着舱内的桌子逗塞德立讲他自己怎样打老虎、大战拿破仑的精彩故事。船停靠圣赫勒拿岛时，他们上岸到朗伍德凭吊皇帝墓[①]，焦斯趁铎

① 拿破仑1815年被放逐到圣赫勒拿岛至1821年病死，一直关在朗伍德庄上。他的遗体于1840年才迁葬法国。

炳少校不在一旁，向这两位绅士和一些青年船员讲述滑铁卢战役的全过程，一时间眉飞色舞，绘声绘影，只差公开声称：要是没有他焦斯·塞德立，拿破仑压根儿不可能给押往圣赫勒拿岛。

离开圣赫勒拿岛以后，他变得十分大方，不时请客招待大家吃喝船上贮存的红葡萄酒、腌腊熏肉以及他带来供自己享用的好几大桶苏打水。这艘船上没有女士。铎炳少校处处让他当头儿，所以他在桌上总是坐首席，凭他的身份得到卜雷格船长和“拉姆昌德号”的船员应予的尊敬。有两天海上风急浪高，他慌忙逃回自己舱内，命人用板条把舷窗钉死，自己待在斗室中读《芬奇利公地的洗衣妇》——那是埃米丽·霍恩布洛厄太太随她的丈夫赛拉斯·霍恩布洛厄牧师前往牧师先生被派去传教的好望角时留在“拉姆昌德号”上的。不过，焦斯自己带着准备解闷的却是一大摞小说和剧本。他把这些闲书借给船上其余的人，凭这份美意和随和赢得了大家的好感。

有好多个夜晚，船在黑暗的海上破浪前进，天空中星月交辉，每隔一定的时间有人打钟报时，塞德立先生和铎炳少校坐在后甲板区谈家事。少校抽的是方头雪茄；焦斯则由佣人侍候着吸水烟。

在这样的谈心过程中，令人纳闷的是铎炳少校始终锲而不舍地变着法儿把话题引向爱米莉亚和她的孩子。焦斯对他的父亲做买卖老是亏本，然后不断向他求援已经有些厌烦，但经过少校的劝解，指出老爷子年岁大了，运气不好，怪可怜的，焦斯渐渐地也就消了气。他多半不愿跟二老住在一起，他们的生活方式、寝食时间与儿子会格格不入，因为后者已经习惯于跟另一层次的人物交往（听了这样的恭维话，焦斯还欠身行礼）。但少校接着指出，焦斯·塞德立要是在伦敦自己拥有一座住宅，而不是像过去那样仅仅租一套单身汉的寓所，一定会有许许多多好处。他的妹妹爱米莉亚为他当这个家是再合适不过的人选：她是那么温文贤淑，举止优雅大方。铎炳反复念叨昔日在布鲁塞尔和伦敦时乔治·欧斯本太太人缘有多好，一些层次很高的人物对她大为赞赏。然后他又暗示，焦斯要是能把乔吉送进一所好学校培养成有用之材，来日做舅舅的脸上该多有光彩，否则那孩子非给他母亲和外公外婆惯坏不可。总而言之，这位用心良苦的少校设法让焦斯作出承诺照顾好他们孤儿寡母。他还不知道，那个三代四口的小家庭发生了什么样的变故，死神夺去了塞德立太太的生命，而财神则已把小乔吉从爱米莉亚身边带走。但有一个事实并未改变：这位害单相思的中年绅士每天每时念念不忘欧斯本太太，他的一颗心整个都在为爱米莉亚着想。他对焦斯·塞德立极尽花言巧语、阿谀奉承之能事，那份执着和诚恳八成连他自己也没有意识到。不过，男人中有妹妹乃至女儿尚未出嫁的，也许记得，属意于那些淑女的君子对她们的父兄会殷勤得异乎寻常；很可能铎炳这坏蛋也是在类似的背景下耍两面手法。

事实是：当铎炳少校病重如山登上"拉姆昌德号"时，以及在该船停泊马德拉斯的三天内，他的情况并没有开始好转，甚至少校认出了自己的老相识塞德立先生也在船上，也不见得十分欣喜，如此直至某一天他们作了一次关键的谈话。那天少校浑身乏力躺在甲板上，他向焦斯表示自己恐怕不行了；他在遗嘱中已给他的教子留下一笔小小的遗赠；他相信欧斯本太太会记得他的友情，并祝愿爱米这一回打算缔结的婚姻美满幸福。

"婚姻？压根儿没这回事，"焦斯接茬道；"她给我的信中从没提起过有再嫁的打算。这就怪了，倒是她信上写到铎炳少校快要结婚了，还希望**你**称心如意呢。"

铎炳急忙问塞德立收到来自欧洲的信是什么日期写的。焦斯把信带来了。信的日期比她写给少校的那封还要晚两个月。此后，船上的大夫非常得意，他发现自己对这名新病号采取的疗法开始明显奏效，而在马德拉斯为少校治病的医生把他送到船上时几乎已经不抱什么希望。从那天起(恰好是大夫换一种药给他吃的第一天),铎炳少校开始康复。而那位本应轮到提升的军官柯克上尉晋级少校的希望却由此落了空。

船过圣赫勒拿岛以后,铎炳少校的精神和体力恢复之快,令同船的乘客啧啧称奇。他跟见习船员们说笑打闹,跟大二三副对练单棍击剑,像个顽童似地攀着桅索往上爬;一天晚上,他还唱起一首滑稽歌曲,把晚餐后坐在一块儿喝对水烈性酒的人们全逗乐了。总之,他变得活跃开朗、和蔼可亲,以致卜雷格船长不得不承认,少校是个比较拘谨、但见多识广而且人品很好的军官,尽管船长觉得这名乘客蔫不唧儿的,因而最初不太瞧得起他。

“他的风度实在不怎么样,看上去屁也不值,”卜雷格对他的大副罗珀先生说;“他不适合在总督府里坐一把交椅,罗珀。记得有一回威廉勋爵和夫人在那儿对我就很客气;总督阁下当着好多人的面跟我握手,在宴会上还先邀我然后再请总司令和他一起喝啤酒。要说气质风度,铎炳差得太远了;不过他这人有那么一种——”卜雷格船长这番话,表明他不光能指挥驾驶一艘大船,在赏识人才方面也独具慧眼。

然而,当“拉姆昌德号”离英国剩下不到十天航程时,海上连一丝风也没有。铎炳变得焦躁不安,脾气很坏,令此前欣赏他有说有笑、性格随和的那些伙伴莫名其妙。直到海风重起,他的情绪才开始恢复;及至舵手在甲板上露面,他更是兴高采烈。当南安普敦两个熟悉的尖顶出现在视野里的时候,仁慈的上帝啊,他的心都快跳出来了!

# 第五十八章

## 我们的朋友少校

我们的少校在“拉姆昌德号”上颇有人缘，当他和塞德立先生盼到划子来接他们离开大船时，全体船员在卜雷格船长亲自率领下，从高级职员到普通水手，三次齐呼为铎炳少校送行，羞得他涨红了脸频频点头表示感谢。焦斯十之八九以为人家欢送的是他，所以脱下他的滚金边军便帽，煞有介事地向朋友们挥舞作别。划子靠岸后，他俩庄重地踏上码头，从那里前往乔治国王旅馆歇脚。

圆滚滚的烤牛腿肉色香撩人，大银杯令人想起真正英国风味的家酿浅色和黑色啤酒；海外归来的旅客无论什么季节走进乔治旅馆的咖啡厅，见此景象都会觉得眼前一亮，精神振奋。按说来到这样一家舒适、整洁、地地道道的英格兰客店，会乐于在那儿逗留几天；可是铎炳却马上要去坐驿车——刚刚到达南安普敦，已经想赶往伦敦。不过，对于当晚就动身这个主意，焦斯连听也不愿意听。在船上，这位从孟加拉来的胖绅士不得不挤在囚笼似的窄小铺位上，现在干吗放着被褥松软的羽绒大床不睡，又急着到驿车上去过夜？他表示，在他的行李通过海关检查之前不考虑动身，而且要走也得带上他的水烟袋。少校只得待上一宿，先发出一封信告诉家里自己已经上岸，并要焦斯也写信通知自己的亲属。焦斯口头上答应，可是并没有写。同船的上尉、医生和其他几位乘客，也到旅馆里来跟我们这两位绅士共进晚餐。焦斯做东，一个劲儿地摆阔，还答应第二天和少校一起去伦敦。店主说，瞧着塞德立先生的第一大杯黑啤酒喝得那么酣畅淋漓，他打心眼里感到高兴。笔者要是有时间而且不怕离题的话，真想用一章的篇幅专写在英伦土地上喝第一杯啤酒是什么滋味。啊，这味道好极了！仅仅为了品尝这第一口家乡啤酒，即使出门一年也值。

第二天上午，铎炳少校按自己的习惯穿戴整齐、胡子刮得干干净净走出客房。其实在这清晨时分，除了那一名旅店杂役(真奇怪，干这一行的好像从来不需要睡觉)，楼上楼下还没有一个人起床。少校在皮靴的嘎吱嘎吱声中沿着走廊踅来踅去，不断可以听到住在那里的各色人等打呼噜响得厉害。接着是那名永不犯困的杂役轻手轻脚地走到每一间客房门口，把脱在门外的靴子拿去擦亮，半统的、高统的和运动鞋都有。然后焦斯的印度仆人起来打点东家那一大套笨重的梳妆用具，并且把他的水烟袋准备好。这时旅店的女佣也陆续起身，她们在走廊里遇见肤色黝黑的印度人，以为碰上了魔鬼，吓得没命地尖叫。当女佣擦洗乔治国王旅馆的地板时，铎炳和印度仆人又把她们的水桶撞翻。等到第一名头发蓬乱的侍者露面，把旅馆的大门去闩拔销，少校认为出发的时刻已到，吩咐侍者立即去雇一辆驿车，以便他们随时可以动身。

于是他来到塞德立先生的房间里，撩开一张双人大床的帐子，这时焦斯还在里边打呼噜。

“快起来，塞德立！”少校说。“该动身了；驿车过半小时就到。”

焦斯从被窝里嘟哝着问现在是什么时候，少校红着脸告诉他此刻才早上几点(铎炳从不说无谓的谎话，即使对自己有利也不干)，焦斯立刻破口大骂。他的一串原话笔者在此就不重复了，但通过这番发泄，焦斯让少校明白：他宁可自己的灵魂永沉苦海，也不会这么一大早就起床；他可不愿跟该遭天打雷劈的少校一起去赶路；没见过像少校这样扰人清眠的，真是缺德，全然不顾绅士风度。挨了这一顿臭骂，少校只得讪讪地退出去，让焦斯继续做他被打断的好梦。

驿车不久便来到旅店门口，少校再也等不及了。

如果他是一位贪玩山水的英国贵族旅行家，或是为报社送急件的专差(政府的信差送文件通常要从容得多)，也不至于这样匆忙赶路。驿车的御者见他给小费出手这么大方，心中直纳罕。驿车跑得飞快，把一块又一块路标甩在后面；野外满目葱茏，令人心旷神怡。经过环境整洁的小镇，有客栈主人笑容可掬地出来行礼相邀；经过讨人喜欢的路旁歇脚店，只见榆树上挂着店招，马儿和赶大车的在黑一块白一块的树荫下各喝各的；经过年代久远的豪门宅第和林苑；经过挤在灰色古教堂周围的小村庄——一路饱览迷人的英格兰旖旎风光。世上哪儿有与此相似的景色？在归国的游子眼里，山水草木无不蔼然可亲——当你穿行其间之时，它们仿佛在跟你握手。然而，铎炳少校从南安普敦到伦敦经过这处处美景，除了道旁的路标以外，对其余的一切几乎一概视而不见。要知道，他是多么急于见到在坎伯威尔的二老双亲。

他恨不得插翅飞往心中的目的地，甚至觉得从毕卡第利大街到斯劳特老店这段路纯粹是浪费时间；不过他还是顺着一个老主顾的习惯先到这家旅馆下榻。他上次在这里住宿已经是好多年前的事了。那年月他和乔治都还年轻，在这里举行过不止一次宴饮狂欢。如今铎炳已进入老光棍的年龄。他的鬓发染上了一层霜，青年时代的好多激情和感觉在这一阶段中也逐渐趋于冷却。然而，站在门口的还是那名老侍者，仍穿着那一身油光光的黑色套装；下巴依旧两层重叠，脸上依旧皮肤松垂；和从前一样，表链上挂着一大嘟噜印戳子，兜里的钱叮当作声；他迎候少校的神态似乎后者离开那儿才一个星期。

“把少校的东西放在二十三号房内，那是他的屋子，”约翰说这话的时候没有丝毫惊讶的表情。“您的正餐还是烤鸡，对不？您没有结婚？据说您成了家——你们团的苏格兰军医来过这儿。不，那是三十三团的亨比上尉说的，他在印度第——团的驻地待过。要不要拿些热水来？您干吗雇驿车来伦敦——搭邮车不好吗？”这名忠于职守的侍者认识并且记得来此的每一位常客，对他来说十年前的事就和昨天一样；他边说边走，把铎炳带到昔日常住的那间客房。房内挂着帐幔的床上被褥整洁；那张旧地毯还在，只是色泽更暗淡了些；所有黑木旧家具的靠背坐垫都用印花布作面料，与少校记忆中自己年轻时的陈设一般无二。

铎炳记得乔治结婚前夕曾经咬着指甲在这间屋子里走来走去，发誓说他老子定能回心转意，即使父亲坚持反对，他也不在乎。乔治的房间和他紧挨着，少校有一种感觉，似乎此刻乔治随时都会砰的一声推开铎炳的房门走进来……

"您并不显得比以前年轻，"约翰安详地打量着昔日的老朋友说。

铎炳笑了起来。

"十年光阴和一场大病不可能使人变得年轻，约翰，"他说。"你倒是永远不老。不，应当说你从来不年轻。"

"欧斯本上尉撇下的太太后来怎样了？"约翰问。"上尉是个挺好的年轻人。天哪，他可真能花钱！自从他离开此地去结婚的那天以后，再也没有回来。他直到现在还欠我三英镑。您瞧，我的本子上记着这笔账。'一八一五年四月十日，欧斯本上尉借三镑。'不知他父亲会不会还给我，"说着，斯劳特老店的约翰取出一个皮面记事本，他借钱给上尉那笔账记在沾着油渍的一页上，字迹已有些退色，另外还歪歪斜斜地记着好几件与过去店里的常客有关的事。

约翰把老主顾带进客房后，十分平静地退了出去。铎炳少校意识到自己的行为迹近荒唐，不免有些脸红，现出一丝苦笑；他从行囊中取出最体面、最合身的一套便服，对着梳妆台上一面有些模糊的小镜子顾盼良久，看到自己晒黑的面孔和斑白的头发，不禁笑出声来。

"老约翰没有忘了我，我很高兴，"他心想。"但愿爱米也还能认出我来。”他出了旅店，再次迈步朝布朗普顿的方向走去。

就在这个痴心汉子前往爱米莉亚住处的路上，他俩上一次见面的细节又一一浮现，历历在目。自从铎炳远赴海外之前最后一次到过毕卡第利大街以来，那儿竖起了拱门和阿喀琉斯的塑像。仅以他粗略瞥见和隐约感觉到的变化而言，已多得不胜枚举。当他从布朗普顿折入通向爱米莉亚所住那条街的小巷时，不由自主地哆嗦起来。欧斯本太太究竟是不是打算改嫁？要是他和爱米莉亚母子俩不期而遇——老天爷，他该怎么办？这时，少校看见有个女人带着一个五六岁的孩子向他走来——那是她吗？一想到有此可能，少校便开始浑身打战。他终于来到那一排房子前，扶住爱米住的那一家小院前的栅栏门止步片刻。他听得见自己的心扑腾扑腾跳得厉害。

“不管发生什么事情，但愿万能的上帝会保佑她，”少校默默对自己说。“我真傻！她也许已经不在这儿住了，”他这样想着走进了栅栏门。

过去爱米常待在客厅里，那儿的窗开着，可是屋里没人。少校依稀认出了那架钢琴和挂在旁边墙上的一幅画(还是昔日的那幅画)，一阵难以抑制的激动又向他袭来。克拉普先生的铜牌仍在门上，铎炳叩动门环向里边发出召唤。

出来应门的是一个十六七岁的少女，眼睛亮闪闪，面颊红彤彤，长得挺丰满；她定睛注视着靠在台阶旁小柱子上的少校。铎炳面色惨白，像个幽灵，好不容易才结结巴巴说出一句话——

“欧斯本太太还在这儿住吗？”

少女盯着他端详片时，接着脸色也变白了。

“我的上帝啊，原来是铎炳少校！”她说着伸出双手。“您不记得我了吗？从前我经常管您叫小糖球少校。”

经她如此一说，少校抱住那姑娘吻了一下——我相信他还是生平第一遭做出这样的举动。姑娘激动得又哭又笑，一边扯开嗓子呼叫“妈！爸！”惊动了那两位好人。其实，克拉普夫妇从装饰雅致的厨房窗户内已经在观察少校，随后惊讶地发现，他们的女儿在小小的过道里竟被穿蓝色外套和白帆布裤子的瘦高个儿紧紧搂住。

“我是你们这儿的老朋友，”少校说，虽然不免有些难为情。“克拉普太太，您过去常常做很好吃的点心招待我喝茶，您还记得不？克拉普先生，您不认识我了吗？我是乔吉的教父，刚从印度回来。”接下来大家互相热烈握手；克拉普太太特别受感动，她高兴得在过道里不知多少遍呼唤上苍。

房东夫妇把好心的少校带到塞德立家的一间屋子里。这儿的每一件陈设他都记得。那架带铜饰的旧钢琴还是名厂出品，当初是件小巧精美的乐器；那几扇屏风也是旧物；雪花石膏制的微型墓碑中间嵌着塞德立先生的一块金表，还能滴答滴答走时。这时房客不在屋里，克拉普一家让少校在空着的一把扶手椅上坐下，父亲、母亲和女儿三人不断发出惊叹打断自己的叙述，把我们已经了解、但少校还一无所知的那些事情一五一十地告诉他，即：塞德立太太去世了；小乔吉已经跟他的爷爷欧斯本和解；爱米莉亚如何为儿子的离去而伤心，等等。铎炳有好几次想询问改嫁的事，可就是说不出口。他不能毫不掩饰地向这些人提这个问题。临了他获悉，欧斯本太太陪她爸爸到肯辛顿花园散步去了，逢到天气好的下午，饭后她总是和父亲一起去那个地方；老塞德立先生如今身体非常虚弱，还怨言不断，也太难为他的女儿了；不过爱米莉亚待他实在好，真像个天使。

“我的时间很紧，”少校说，“今晚还有要事。不过我想见见欧斯本太太。能不能让玛丽小姐和我一起去，给我指一下路？”

这一请求给玛丽小姐带来了意外的惊喜。她知道怎么走。她会给铎炳少校指路的。逢到欧斯本太太不在家、也就是上拉塞尔广场的时候，玛丽小姐曾经多次陪塞德立先生出去散步，知道他喜欢坐哪条长椅。姑娘跳跳蹦蹦回自己屋里去，不一会就系上她最漂亮的帽子重新出现，还借了她妈妈的黄披巾和水晶大胸针，认为这样才配得上与少校同行。

于是我们这位军官穿上蓝色外套，戴好鹿皮手套，让小姐挎着他的胳膊，两人兴致勃勃地走了。铎炳心里有些发怵，不知如何面对久别之后的重逢，所以很乐意有个人在旁边陪着。他向玛丽问了许许多多有关爱米莉亚的情况；想到做母亲的不得不让儿子离去，少校那颗仁厚的心极为难过。她怎么受得了呢？她能经常见到儿子吗？塞德立先生的基本生活还过得去吗？对于小糖球少校提出的所有这些问题，玛丽尽自己所能一一做了回答。

半道上有一件事就其本身而言极其稀松平常，却给铎炳少校带来莫大的欣慰。一位面色苍白的年轻男子，蓄着稀稀落落的连鬓胡子，系着上浆的白领饰从巷子里走来，左右两侧各有一位女士，他给夹在中间，像一份三明治。女士之一已届中年，身材高大，神情威严，迈着有力的步伐，面貌和肤色跟她旁边这位英国圣公会牧师很相似；另一位女士个子矮小，面色黝黑，头上一顶系白缎带的新帽子相当讲究，身上的披风也挺时髦，胸前挂着一块很值钱的金表。夹在两位女士中间的那位先生，还拿着一把伞、一条披巾和一只篮子，所以当玛丽·克拉普小姐向他行屈膝礼时，他自然无法腾出手来触帽还礼，只能弯弯腰、点点头算是答礼。两位女士答礼的神态则颇有几分屈尊俯就的味道；与此同时，她们还以严厉的目光打量着穿蓝外套、手持竹杖、与玛丽小姐同行的那个人。

少校闪到路旁，让他们仨从巷子里走过去。

“那人是谁？”他看到两女一男这样在一起走，觉得挺有趣，所以问道。玛丽带着调皮的表情瞅了他一眼。

“那是我们教区的助理牧师比尼先生(铎炳少校听到这个名字，面部的肌肉猛然抽动了一下)和他的姐姐比尼小姐。天哪，这位比尼小姐在主日学校里把我们整得够呛！另一位女士，就是眼睛有点儿斜视、胸前挂金表的那位，是比尼太太——娘家姓格里茨，她爸是个食品杂货商，在肯辛顿砂砾坑开设一家店名很长的字号。比尼先生上个月才结婚，他和太太刚从马盖特回来。比尼太太有五千镑陪嫁；不过她跟促成这门亲事的比尼小姐已经吵过架了。”

刚才少校面部的肌肉抽动了一下，现在他高兴得跳了起来，还用手杖在地上使劲打了一下。吓得玛丽小姐喊出一声“哦，上帝啊！”接着也笑了起来。在玛丽小姐讲这番话的时候，少校张开嘴巴望着渐渐走远的那一对新人，默默地站在那儿有一会儿工夫；但是，除了牧师先生已经结婚这条消息以外，他什么也没有听进去；他幸福得一下子有点儿晕头转向。这次路遇之后，他以加倍的速度向目的地走去；要知道，这十年来他无时无刻不在盼望这次重逢——一想到此，他就紧张得发抖。很快，少校和玛丽穿过布朗普顿的狭街小巷，来到肯辛顿花园墙外，从小小的旧铁门进去。

“他们在那儿，”玛丽小姐说，这时她通过自己的胳膊感觉到少校又吃了一惊。玛丽小姐顿时心里透亮。她了解这个故事的全部来龙去脉，就像是从她心爱的小说——如《失怙的范妮》或《苏格兰头领》——里边读到的一样。

“能不能请您跑过去告诉她一声？”少校说。玛丽当即向前跑去，她的黄披巾一帆风悬似的飘了起来。

老塞德立坐在长椅上，一方手帕铺在膝头上，按他的老习惯絮叨着往日的旧事，这样的故事爱米莉亚以前听过好多回，而且总是报之以耐心的微笑。近来她已学会一边想自己的心事，一边通过微笑或作出别的反应表示在注意聆听父亲讲的故事，其实老头儿的话一个字也

没有送进她的耳朵。在玛丽连蹦带跳跑过去的时候，爱米莉亚已看到了她，立刻从长椅上站起来。她的第一个念头是以为乔吉出了什么事；但一瞧这位信使脸上兴高采烈的表情，胆怯的母亲心中的忧惧当即烟消云散。

“好消息！好消息！”铎炳少校的使者一路喊道。“他来了！他来了！”

“谁来了？”爱米问，心里想的还是自己的儿子。

“瞧那儿，”克拉普小姐回答说，同时转过身去指给她看。

爱米莉亚顺着玛丽所指的方向望去，只见铎炳干瘦的身躯和长长的影子正穿过草坪越移越近。这回轮到爱米莉亚猛吃一惊，涨红了脸，当然还开始掉下眼泪。在这个纯洁无邪的小可怜一生中，一旦遇到什么值得庆贺的喜事，喷泉照例全部开足迸涌。

铎炳瞧着她——哦，多么深情地瞧着她向自己这边跑来，同时伸出双手急于和少校的手会合。她没有变样，只是有点儿苍白，体态较前略微丰满了些。她的眼睛还是老样子，充满善意和信任。她一头柔软的棕发里隐约可见几茎银丝。她把自己的双手放到少校手中，透过泪幕含笑仰视铎炳诚实、熟悉的脸。少校把那双小手握在自己手中，紧紧地握着，半晌说不出一句话。为什么不把她搂在怀里，发誓说再也不离开她？她一定会接受拥抱，一定会顺从的。

“我要告诉你们，还有一个人也来了，”过了一阵子少校才说。

“是铎炳太太？”爱米莉亚做了一个后退的动作问道。他干吗不早说？

“不，”铎炳说着让她把手抽回去；“你听了什么人的胡说八道？我是说你哥哥焦斯和我同船回来了，他回家来让你们都开心。”

“爸爸，爸爸！”爱米大声欢呼。“有好消息！我哥回英国来了。他回家照料你来了。这是铎炳少校。”

塞德立先生站起来，浑身哆嗦得厉害，一时百感交集，需要定一定神。然后他跨前两步，向少校行了个老派的鞠躬礼，称呼对方铎炳先生，还希望“令尊大人威廉爵士福体康宁”。他说蒙威廉爵士不弃，前不久曾“光临寒舍”，本想前往回拜。其实威廉爵士已有八年没到过他家——老塞德立所说的还是八年前的事。

“他受了太多刺激，大不如前了，”爱米莉亚趁铎炳走上前去跟老绅士亲切握手的时候悄悄对少校说。

虽则少校当晚在伦敦有要事须办，可还是接受塞德立先生的邀请去他家喝茶，宁可推迟办事。回家的路上，爱米莉亚和她那裹黄披巾的年轻女友互相挎着胳膊走在前头，把塞德立先生交给铎炳。老头儿走得很慢，一路讲了好几个故事，谈到他的老伴，谈到昔日的风光，谈到破产的经过。他的思想总是在逝去的岁月中盘旋，风烛残年的老人往往如此。对于眼前的现实，除了深有感触的一大不幸外，他几乎一无所知。反正少校乐于让他自言自语。铎炳的眼睛直盯着自己前面的那个身影——那个亲爱、娇小的身影总是占据着他的想象，出现在他的祈祷中，无论他醒着还是睡着的时候，都一样魂牵梦萦。

整个傍晚，爱米莉亚非常开心，笑容满面，兴致勃勃；铎炳认为，她在这次小型茶会中履行女主人的职责落落大方，十分得体。他们一起坐在暮霭沉沉的客厅里，少校目不转睛地望着她。在印度暑气逼人的热风下，在长途跋涉的行军中，他念念不忘地遥想着此刻在他眼前的这个人儿，多少回如饥似渴盼着的正是这一刻；他心目中的爱米莉亚总是娴静而幸福，悉心侍奉老人，以和婉孝顺使他们安度清寒的晚年——与他此刻看到的完全一样。我不是说铎炳已达到极高的思想境界，也不是鼓吹像我们这位老朋友那样大智若愚，怡然自得于粗茶淡饭的人间天堂。姑且不谈他的愿望要得还是要不得，反正他所追求的就是此种乐趣，这份闲适。只要有爱米莉亚把着茶壶，不管她斟多少杯，少校都乐意喝下去。

爱米莉亚看得出他的心思，便有说有笑地加以鼓励；她一杯又一杯地给少校斟茶，显得极其调皮。她不知道，其实少校还没有吃过正餐，斯劳特咖啡馆里已为他铺好台布，摆好刀叉表示这张桌子有客，在那个雅座里少校曾有好多回和乔治一起尽兴吃喝，彼时爱米莉亚还是个刚从平克顿女校出来的小姑娘。

欧斯本太太回到家里做的第一件事，便是跑上楼去把乔吉的瓷像拿给少校看。当然，跟孩子本人比起来，这瓷像还不及他一半漂亮；但是，难为他想到把这件礼物送给自己的母亲，实在令人感动。爱米莉亚在她父亲醒着的时候，不便多说乔吉的事。老头儿不愿意听到欧斯本先生和拉塞尔广场；其实他十之八九并不清楚，过去几个月他的生活费用主要来自他这个冤家财主的接济；如果有谁当着他的面提到那人，老先生就会大发脾气。

铎炳把在“拉姆昌德号”上与焦斯交谈的内容一一说给老绅士听，甚至有些言过其实：他夸大了焦斯对父亲的孝心，说焦斯如何下定决心要让父亲老来享福等等。实际情况是，少校在旅途中竭力开导焦斯，要他克尽人子之责，还迫使他保证照看好自己的妹妹和外甥。由于老先生开过好几份莫名其妙的账单让儿子付款，焦斯十分恼火；少校好言劝解才使焦斯消气。他不断笑着告诉焦斯，他自己也做过同样的冤大头——老先生曾给他寄去一批劣质酒，弄得他焦头烂额，狼狈不堪……焦斯绝不是一个狠心肠的人，经少校再三晓之以理，动之以情，再说几句好话，戴几顶高帽子，他总算对留在欧洲的亲属还颇有好感。

末了，我不得不惭愧地指出，少校在歪曲事实方面走得是远了点儿：他告诉老塞德立先生，说焦斯这次回家来，主要是思亲心切，想看看老人。

到了惯常的时间，老先生在椅子上打起盹儿来，可是爱米莉亚便有了机会劲头十足地说她想说的话——全都是有关乔吉的。她只字不提自己舍弃儿子时如何心痛如绞；尽管和儿子分离几乎送了她的命，然而这个贤淑的女人始终认为，她在这个问题上抱怨诉苦是极其恶劣的做法。另一方面，凡是涉及乔吉的每一件事，有关儿子的美德、才智和前程的任何细节，她都历历如数家珍，无一遗漏。她描述乔吉俊秀如天使；儿子还在她身边的时候，有无数事例说明这孩子心胸开阔，器量很大——这些情节她都说了。一位女公爵在肯辛顿花园见到他以后，觉得这孩子实在可爱，竟不想走了；如今他的生活条件十分优越，有一匹小马驹，还有马夫；他是多么聪明，头脑有多敏捷；乔治的校长劳伦斯·维尔牧师如何博学多才，如何平易近人。

“维尔牧师无所不知，”爱米莉亚说。“他家的晚会是再愉快不过的。你自己是个很有教养的人，读过那么多书，那么聪明，又见过世面(请别摇头说‘不’，**他**生前一直说你是那样的)，一定会喜欢维尔先生家的晚会。每月最后一个星期二。维尔先生说，无论是司法部门还是立法机关，没有哪一个职位对于乔吉是不可企及的。瞧，”她走到钢琴前，从抽屉里取出乔吉的一篇作文。他母亲始终珍藏着这一伟大的天才力作，其内容如下：

### 论 自 私

在一切使人类品德变得卑下的劣根性中，最可恶、可恨的要算自私。过分的唯我独尊会导致骇人听闻的罪恶，有时还会给国家和家庭造成极大的不幸。一个自私的人会使他的家庭受苦受穷，往往把一个家给毁了；同样，一个自私的国王会使他的国家民不聊生，往往把老百姓推入战争的深渊。

例如：据诗人荷马指出，阿喀琉斯的自私给希腊人民造成的灾难数不胜数(这里乔吉还用希腊文援引荷马的原诗并注明出处)。已故的拿破仑·波拿巴的自私在欧洲引发了无数次战乱，也导致他本人在一个荒岛即大西洋中的圣赫勒拿岛上的灭亡。

从以上这些例子可以看到，我们不应当只顾自己的利益和野心，也应当像考虑自己的利益一样考虑别人的利益。

乔治·塞·欧斯本

一八二七年四月二十四日于雅典娜书院

“想不到他小小年纪就写得这样一手好书法，还引了希腊文的原诗，”做母亲的不知有多高兴。“哦，威廉，”她向少校伸出一只手又说，“老天赐给我这孩子真是无价之宝！他是我此生的安慰，他跟——跟已经去世的那个人太像了！”

“她忠于死去的乔治，我怎么能因此生她的气？”威廉心想。“我怎能忌妒泉下的朋友，或者抱怨像爱米莉亚这样的人一旦爱上了谁就永不变心？哦，乔治啊，乔治，你太不了解自己拥有的是什么样的珍宝哇！”这些想法很快在威廉的脑海中掠过，与此同时，他仍握着用手绢捂住自己眼睛的爱米莉亚的一只手。

“亲爱的朋友，”她紧紧握住少校的手，“你一向都待我那么好，那么体贴！瞧！爸爸快醒了。你明天去看看乔吉，好吗？”

“明天不行，”可怜的铎炳说。“明天我抽不出空。”他不好意思承认还没有见过自己的父母和妹妹安妮——我相信，每一个明事理的人都会指责少校如此轻慢自己的亲属太不应该。不久，他起身告辞，并留下一个地址，以便焦斯到这里可知道他在哪儿。第一天便这样过去了，铎炳见到了她。

回到斯劳特老店，烤鸡自然早已成了冷菜，他将就着吃了下去算是晚饭。他知道家里人习惯于早起早睡，这么晚去吵醒他们实在没有必要。当晚铎炳少校到秣市剧场买半价票看戏去了。让我们祝愿他身心愉快。

## 第五十九章
### 旧 钢 琴

少校来访过后，老约翰·塞德立一直处于高度亢奋的状态。当晚，他女儿没法使他坐定下来做一些惯常的消遣。一晚上他都在翻箱倒箧，用颤颤巍巍的手解开一扎扎文件进行分类整理，等候焦斯来到。他的那些单据、卷宗，他和律师、客户的往来书信，有关各项买卖的发票文件——他都保存得井井有条。酒类买卖开始前景十分看好，后来出了一点不可思议的事故，就垮了。煤炭生意本是一次千载难逢的发财良机，仅仅由于资金短缺，计划才未能实现。获得专利的锯木机以及锯末利用计划，等等，等等。整个晚上直到深夜，他一直在准备这些文件，哆嗦的手举着一支颤悠的蜡烛，摇摇晃晃地从一间屋子走到另一间屋子。这是酒类文件；这是锯末文件；这是煤炭文件；这是他写往加尔各答和马德拉斯的信；这是最低级巴思爵士铎炳少校的回信；这是约瑟·塞德立先生的回信。

“**我**经手的事情每一件都清清楚楚，他决不会发现一点点疏忽遗漏的地方，爱米，”老绅士说。

“恐怕焦斯并不想看这些文件，爸爸，”爱米微微一笑后答道。

“你对于银钱往来的事一窍不通，我亲爱的，”她老子摇摇头，煞有介事地指出。必须承认，爱米在这方面的知识实在太贫乏，可遗憾的是有些人又精过了头。所有这些毫无用处的文件全都摆在靠墙一张边桌上，老塞德立用一方扎染印花大手帕(这是铎炳少校送的大批礼物中的一件)小心翼翼盖在上面，郑重其事地叮嘱女仆和房东太太切勿弄乱那些理好的文件，因为“享有盛誉的东印度公司孟加拉文职官员约瑟·塞德立先生”将在明天上午抵达。

翌晨，爱米莉亚发现他一大早就已起床，而且显得比任何时候更兴奋、更激动、更紧张。

“我只睡了一小会儿，爱米，我亲爱的，”他说。“我想你可怜的妈妈来着。要是她还活着，又可以坐焦斯的马车了，那该多好。从前她也有过自备马车，坐在里边很有气派。”说着，他的两眶老泪顺着皱纹纵横的面孔滴落下来。爱米莉亚给他抹去眼泪，含笑吻了他，把老头儿的领巾系成一个漂亮的结，再把他的胸针别在他最好的衬衫绉边上。就这样，他穿着体面的套装（也是悼念亡妻的丧服），从早晨六点钟开始，一直坐在那儿等儿子来。

不过，邮差送来一封焦斯写给妹妹的信，让家里人悬念顿释。焦斯在信中说，他经过这么多日子的航程，觉得有点儿疲劳，当天不能坐车动身，但明天一早他将离开南安普敦，傍晚就可以面见父母。爱米莉亚把信念给父亲听，在念到“面见父母”这一句末了那个字的时候顿了一下；显然，他哥哥还不知道家里的事情。他也不可能知道。少校的估计虽然正确，即认定他的旅伴二十四小时内动不了身，会找个借口耽搁下来；但铎炳也没有写信给焦斯向他通报塞德立家遭到的不幸，因为他跟爱米莉亚谈到很晚，回旅馆时早已错过了邮班。

同一天上午，铎炳少校在斯劳特咖啡馆也收到了他的朋友从南安普敦寄来的一封信。焦斯请求亲爱的铎布原谅他头天被叫醒时发了脾气（他头疼得要命，当时好不容易刚刚睡着），并且拜托铎布在斯劳特老店给他和他的仆人订几间舒服的客房。自从同船结伴以来，少校成了焦斯不可或缺的人。焦斯离不开他，凡事托赖少校。其余的旅伴都去了伦敦。年轻的黎克茨和切弗斯当天就搭邮车走了——黎克茨还爬上驭者座自己赶车。医生前往朴次茅斯所在的波特西岛与家人团聚。布雷格上伦敦去见他的合伙人。大副忙于卸“拉姆昌德号”上的货。焦斯先生一个人在南安普敦好不孤单，那天只得把乔治旅馆的店主找来陪他喝一杯。就在这同一时刻，铎炳少校在他父亲威廉爵士那儿吃饭，而少校的妹妹发现他已经先去见过了乔治·欧斯本太太，因为少校不会撒谎。①

在南安普敦的中心大街上，有几家富丽堂皇的时装店，那儿的橱窗里挂着各式各样绚烂夺目的背心，有绸缎和丝绒的，有金色和猩红的；还挂着几幅展示最新时装的图画，画中风度翩翩的男士夹着单片眼镜，搀着眼睛奇大的鬈发小男孩，在挤眉弄眼地瞅着身穿骑装、跃马经过厄普斯利府前阿喀琉斯塑像的一些女士。焦斯虽然已有好几件在加尔各答所能买到的最华美的背心，但他认为进伦敦前非得再添置几件不可。于是他定制了一件猩红缎子上绣金蝴蝶的，还有一件是红黑方格丝绒带白条和卷翻领的。穿上这样的背心，再系一条鲜艳的蓝缎子领带，加上一枚金别针（造型是一名粉红色瓷釉骑士正在腾越一道五根横档的栅栏），他觉得这样进入伦敦才有面子。焦斯以前忒怕羞，动辄心慌脸红，如今已让位于一种较为率直和大胆的愿望——确立自身价值的愿望。

“我不想否认，”滑铁卢的塞德立对他的朋友们如是说，“我是个讲究衣着的人。”

在总督府的舞会上，如果女士们对他上下打量，他会感到不自在，而且会在她们的目光下脸红心慌地转身逃走；虽然如此，他回避女士主要还是出于一种忧虑，生怕她们想跟他谈恋爱，因为他对结婚就是反感。可是我听说，在加尔各答就数滑铁卢的塞德立最出风头：

① 一个半世纪以来，本书所有的版本都把以上两个自然段（从“不过，邮差送来一封……”到这里为止）置于本章较后处（第 826 页以“焦斯在圣马丁路……”起始的一段之前）。研究萨克雷的专家戈登·雷，从本书作者与友人的通信中找到线索，才发现这两段文字被放错了位置。萨克雷习惯于在小纸片上写作，但在拼合时会发生差错。另外，萨克雷在叙述中又有超前提到后事和过后重提前事的特点，因而读者不容易把他的这种风格与前后误置区别开来。

他出入乘坐的马车是最豪华的；他作为一个单身汉请客吃饭，酒菜是最好的，使用的银餐具也是全城最讲究的。

给他这样身材和气派的人做那两件背心，至少要一天。他就用这一天时间雇了一名佣人伺候他和他的印度听差，关照代理人去海关办手续领取他的行李，包括他的大小箱包和从来不读的书；好几筐芒果、印度酸辣酱、咖喱粉；准备当礼物的披巾，可他还不知道送给谁；以及其他来自东方的奢侈品。

到了第三天，他才穿上新背心，不慌不忙动身前往伦敦。印度听差冷得上下牙不停地打架，他裹着披巾蜷缩在驭者座上新雇的欧洲仆人旁边。焦斯坐在车厢内，隔一阵子抽一袋水烟，气派着实不小，引得顽童们大声喝彩，好多人以为他准是一位总督。我可以担保，经过整洁的小镇客店，他不会拒绝店家的殷勤邀请下车喝一杯解解乏。在南安普敦，他一顿早餐吃得很饱，有鱼、米饭、煮鸡蛋。可是经过温彻斯特，他又来劲了，认为有必要来一杯雪利酒。到了奥尔顿，他应仆人之请跨出车厢，品尝了当地有名的浅色啤酒。在法纳姆他稍作逗留，看了一下主教的城堡，吃了一顿便餐，有炖鳗鱼、牛排、菜豆，加上一瓶红葡萄酒。途经巴格肖特荒原时，印度人哆嗦得越来越厉害，焦斯老爷又喝了些对水白兰地——因此，当他到达伦敦的时候，肚子里已装满了葡萄酒、啤酒、肉食、泡菜、樱桃白兰地和烟草，就跟轮船上的膳食舱差不多。马车轰隆隆驶抵布朗普顿那道小门外，已是傍晚时分。虽然铎炳先生已在斯劳特老店为他订好房间，有情有义的焦斯还是先到这里来。

那条街上的人纷纷挤到窗口来瞧热闹；那个爱尔兰女佣往栅栏门口跑去，克拉普太太和玛丽小姐从厨房里向窗外张望；爱米激动得手忙脚乱，在挂帽子和大衣的过道里团团转；老塞德立在客厅里边浑身哆嗦。从南安普敦新雇来的跟班和冷得直打战的印度听差，两人一起扶住焦斯踩着吱吱作响、摇摇晃晃的活动台阶从驿车上下来。那个印度人棕黑的脸此刻已冻得发青，跟火鸡嗉子的颜色有些仿佛。不一会，他就在过道里把克拉普母女吓了一大跳：她们到那儿可能是想在客厅门外听听里边说些什么，发现他坐在过道里的长凳上，裹着好几件大衣，露出两个黄眼球和一口白牙，还连声哼哼，样子很奇怪，也挺可怜。

正如诸位所见，笔者已经及时把客厅门关上，让焦斯和他的老父、温柔可怜的小妹在里边团聚。老头儿激动异常；他的女儿当然同样如此；焦斯也并非无动于中。阔别十年，即便最自私的人也会思亲想家。远隔万水千山，家乡和亲人也由寻常变得神圣起来。失去的欢乐经过长期的回味反而能使魅力和妙趣倍增。焦斯与父亲之间向来不大亲热，现在他见了父亲还是由衷地高兴，也打心眼里乐意跟老人握手。与此同时，焦斯痛感岁月、悲伤和不幸在衰颓的老人身上造成的变化之大。焦斯记忆中的小妹总是笑吟吟的招人喜爱，如今久别重逢高兴自在情理之中。身穿孝服的爱米曾走到门口，把母亲已经去世的事悄悄告诉哥哥，并要他在跟父亲见面时避开这个话题。然而她的叮嘱没起作用，因为老塞德立自己马上就开始说这件事，而且絮叨了很久，淌了不少眼泪。那名印度仆人在过道里听了颇受震动。这可怜的家伙平时一脑门子想的尽是自己的事，此时居然也为别人伤起心来。

这次见面的结果想必非常令人满意，因为在焦斯重新登上驿车给送往旅馆后，爱米温柔地搂住父亲，摆出“三年早知道”的架势对老头儿说：

“我哥是个有良心的好人——我不是一向这么说来着？”

的确，约瑟·塞德立目睹老父和小妹处境这么艰难，感触很深。

第一次团聚使他恻隐之心大动的结果是，他表示决不让他们再受苦受穷，他这次回来至少要待上一些日子，在这期间他的住宅和他所有的一切也就是他们的，爱米莉亚在他的餐桌上坐主妇的席位一定很体面——她可以一直待到拥有自己的宅子。

爱米莉亚悲哀地摇摇头，泪泉照例再次迸涌。她明白哥哥的话是什么意思。在少校来访的当晚，爱米已和她的知心小友玛丽小姐全面谈过此事。急性子的玛丽再也憋不住了，忙把自己的发现告诉爱米：当比尼先生和他的新娘走过时，少校获悉自己已不用担心有人会夺他所爱，情不自禁地作出强烈的反应。玛丽把少校如何高兴得跳了起来，如何因欣喜而战栗，作了细致的描述。

“您问他是不是已经有了铎炳太太，他说‘你听了什么人的胡说八道？’当时他气得全身发抖，您难道没瞧见？哦，我的好太太，”玛丽道，“他始终一眼不眨地瞧着您；我敢肯定，他的头发是因为想您才变白的。”

但是爱米莉亚举目望着挂在她床边墙上的两帧瓷像——一帧是她的丈夫，一帧是她的儿子；她告诫这位“晚辈”以后千万千万不要再触及这一话题；铎炳少校是她丈夫最要好的朋友，也是她自己以及乔吉最体贴、最热心的保护人；她像敬爱兄长一般敬爱少校，但作为一个曾嫁给那样一位天使的女人（说到这里，她指了一下墙上的瓷像），永远不可能考虑再与其他任何人结合。可怜的玛丽长叹一声。她想到，附近诊所里那个年轻的汤姆金斯先生在教堂里眼睛老盯着玛丽，光是这般热辣辣的目光已令她心头小鹿乱撞，马上就准备投降——那么，倘若汤姆金斯先生死了，她会怎样呢？玛丽知道汤姆金斯先生患有肺病，他的面颊红得异样，腰身又细得出奇。

自从爱米明白好心的少校对她一往情深之后，丝毫没有因此而冷淡或嫌弃铎炳。任何女人为这样一位敦厚至诚的君子所钟情，都不可能生他的气。《奥赛罗》中的苔丝德蒙娜并没有生卡西奥中尉的气，尽管几乎可以肯定苔丝德蒙娜明知中尉对她有意（依我看来，在这个悲惨的故事中，实际上还有许多情节是那位摩尔人将领根本不知道的）；再如，《暴风雨》中的米兰达甚至对卡利班也挺好，我敢说其理亦然如此（当然，她决不会给那个可怜的丑八怪任何一点点这样的鼓励）。同样，爱米莉亚也不会以任何方式鼓励对她情有独钟的少校追求自己。她会以友好和尊敬的态度对待少校，那是后者卓越的品德和无限的忠诚理应得到的回报；只要对方不开口提亲，爱米会跟他保持十分亲切、坦诚的关系；即使到了**那个时候**，爱米也还来得及告诉他，这种希望永远不可能实现，让他死了这条心。

所以，那天晚上跟玛丽小姐谈过以后，她睡得非常安稳；而且，尽管迟迟不见焦斯来到，她也仍然特别快活。

“我很高兴知道他并不打算娶奥多德小姐，”爱米莉亚忖道。“奥多德上校的妹妹肯定配不上像威廉少校这样的好人。”

那么，在她的熟人小圈子里，有谁可以成为铎炳的贤内助呢？比尼小姐不行，她年纪太大，而且脾气不好；简·欧斯本小姐——也太老。小玛丽又太年轻。欧斯本太太怎么也找不到一个跟少校般配的对象，便去上床睡觉。

焦斯在圣马丁路斯劳特老店住得十分称心，他可以在这里十分悠闲地抽他的水烟，有兴致的时候可以大摇大摆到剧场去看戏，真是优哉游哉，要不是少校在一旁钉着，他很可能在斯劳特咖啡馆一直待下去。但是铎炳不断催促他履行诺言给爱米莉亚和他的父亲安一个家，否则就不让这个孟加拉阔佬过安生日子。焦斯是任人捏弄的软柿子，而铎炳为别人的利益可以舍命出力，就是不为自己着想。这位好性子的调停高手并不要什么计谋，只是凭着一片赤忱揪住焦斯不放，那个胖子文官很容易就范，甘愿按他朋友的要求去干，去买，去租或者推倒重来。那名印度听差只要在街上一露他那黑黝黝的脸，圣马丁路的顽童们常常会对他恶作剧。他把做咖喱菜肴、鱼肉米饭和装水烟、点纸媒的诀窍传授给焦斯的欧洲仆人以后，坐东印度公司经营的“基克尔伯里夫人号”商船（威廉·铎炳爵士持有该船的股份）给送回加尔各答去了。焦斯和少校在附近的朗埃克尔定造一辆体面的四轮马车，对于焦斯来说，督造此车是件非常开心的事情，他在这上头打发了好多时间。两匹漂亮的马也已租定，于是焦斯神气活现地坐车到公园里兜风，或去拜访在印度结识的一些朋友。在这样的时刻，有不少次可以见到爱米莉亚坐在他旁边，还可以在马车的后座上看到铎炳少校。有时马车由老塞德立和他的女儿享用。克拉普小姐也经常陪爱米兜风；她裹着那条有名的黄披巾坐在车上，经过一家诊所时，往往可以看到汤姆金斯先生从窗帘上端朝外张望，玛丽小姐为自己被那位青年绅士认出而满心欢喜。

在焦斯到布朗普顿与家人第一次团聚之后不久，塞德立老夫妇度过一生中最后十几年的那栋简陋的小楼里出现了令人心酸的一幕。一天，焦斯的车（是临时雇用的，而不是当时正在打造的那辆四轮马车）来把老塞德立父女接走了——从此不再回来。房东太太和她的女儿在送别房客时流的伤心之泪，可算是本书中所流的眼泪中最真诚的。她们与爱米莉亚友好相处这么多年，从未听她说过一句刺耳的话。她是和善婉顺、亲切待人的典范，永远记住别人的好处，永远是那么温文娴静，即使在克拉普太太失去自持和逼交房租的时候依然如此。现在这个少有的好人要从这里搬走了，房东太太为冲她说过的每一句不礼貌的话而痛责自己。克拉普一家在窗上贴出一张纸，告示本宅一直有人住的数小间吉屋诚招房客；贴这张招租启事的时候，房东太太哭得可伤心了。他们再也招不到这样的房客——这是明摆着的。事实证明

这一悲观的预言是正确的；于是克拉普太太为了对世风日下、人心不古进行报复，便在茶叶和羊肉的价格上狠狠地敲房客的竹杠。大多数房客动不动就骂街，发牢骚，有的拒付房租；住长的一个也没有。房东太太当然要怀念离开她家的多年老友。

至于玛丽小姐，她因爱米莉亚要离去而感到的悲哀，我简直不忍加以描述。她从小时候起一直与爱米莉亚朝夕相处，对好心的欧斯本太太怀有很深的感情，以致当一辆大马车来把爱米莉亚接去享福时，竟晕倒在她的好友怀里；其实欧斯本太太动情的程度并不亚于这位性格开朗的姑娘。爱米莉亚爱她犹如爱自己的女儿。十一年间，姑娘一直是她的朋友和帮手。这次分手对她确实非常痛苦。不过，双方当然已经商定，玛丽将经常到欧斯本太太从此乔迁的轩敞新居去小住；然而玛丽确信，在那儿欧斯本太太决不会像在她们的“茅庐陋屋”时那样快活(克拉普小姐从她爱读的小说中借来这名称用以形容此地的旧居)。

但愿不要被她不幸而言中。可怜的爱米莉亚在茅庐陋屋中开心快活的日子实在太少。在这儿，她总是受到命运无情的压迫。一旦离开此地后，她再也不愿回到这栋小楼来，再也不想看房东太太的脸子：逢到她脾气不好和收不到房租的日子，就用冷言冷语冷面孔对待爱米莉亚；有时候她心境好、气儿顺，又对爱米莉亚亲热得令人肉麻，其实两副嘴脸同样可憎可厌。她拍否极泰来的欧斯本太太马屁，说过头的恭维话，也令爱米很不舒服。克拉普太太为塞德立新宅大唱颂歌，极口称赞每一件装潢陈设；她触摸着欧斯本太太的衣服，估计它们要值多少多少钱。她发誓声称，穿在这样一位十全十美的女士身上，件件都恰到好处。但是，爱米瞧着这个现在对她阿谀奉承的俗气女人，永远忘不了那个曾多次对她作威作福的房东太太；如果房租无法按时交付，爱米就不得不低声下气地求她宽限几天；爱米给老弱多病的父母买些好吃的，就会挨她大声责骂太浪费；总之，在爱米莉亚穷愁潦倒的日子里，房东太太没少作践她。

这样的罪我们的小可怜一生受过不少，但从来没有人听到她诉苦。她把这一切都瞒着父亲，尽管造成她吃苦受罪的原因正是父亲干的那些荒唐事。她不得不代父受过，为老头儿收拾烂摊子，不声不响，任劳任怨，仿佛生来就是当替罪羊的命。

但愿她再也不用忍受那样的欺凌了。不过，据说世上没有白受的罪，到时候自会苦尽甘来。我要提一下，玛丽在她的好友离去后，因伤心过度而处于一种歇斯底里的状态，由诊所里那个年轻人进行治疗，在后者的照料下经过一个短时期就复元了。爱米离开布朗普顿时，把家里的每一件家具陈设都给了玛丽，只带走床边墙上的两帧瓷像和她的钢琴。那架小型旧钢琴现已进入老年期，走调的声音怪可怜的，但爱米钟爱此琴有她自己的道理。那是父母送给她的礼物，她最初弹这架琴的时候还是个孩子。读者也许还记得，她父亲破产以后，这件乐器是从拍卖场的破烂堆里抢救出来又重新回到她身边的。

铎炳上校坚持要焦斯把新居装潢布置得非常漂亮而又舒适，他在监督那儿的各项扫尾工程时，一辆大篷车从布朗普顿拉来了乔迁者的箱笼盒箧，那架旧钢琴也在其中。爱米莉亚希望把它放在三楼一间小巧雅致的起坐室内，挨着她父亲的卧室，老绅士晚上通常坐在那儿打发时间。

搬运工们抬着这架旧琴，按爱米莉亚的吩咐放到那间屋子里去。铎炳见状喜出望外。

“我很高兴你还留着这琴，”他十分动情地说。“过去我以为你并不把它放在眼里。”

“我把它看得比我所有的任何东西都珍贵，”爱米莉亚说。

“真的吗，爱米莉亚？”少校激奋地问。事实是这样的：他自己买下了这架钢琴，虽然他从未提过此事，却也从未想到过爱米会以为是别人买的，他满以为爱米当然知道这是他送的礼物。[①]“你真是这样想的吗，爱米莉亚？”而他想问的另一句话，一切问题中最最要紧的大问题，已经在他舌尖颤动，呼之欲出，这时爱米答道：

“我当然是这样想的！这不是**他**买给我的吗？”

“哦，我倒不了解，”可怜的铎布说着，一脸欢喜顿时化为乌有。

当时爱米不太经心，也没有立即注意到老实的铎炳垂头丧气的表情。但事后她思考了这件事。于是她恍然大悟，原来送钢琴给她的人是铎炳，而不是她想当然认定的乔治。这一发现给她带来了难以言状的痛苦，也令她羞愧得无地自容。她原以为这是当初她接受爱人所赠的唯一礼物，她珍爱此琴超过其余所有的东西，视之为最可贵的纪念和无价之宝。她曾向钢琴讲述乔治的事情；在这架琴上弹唱乔治喜爱的曲调；虽说她的技艺不甚高明，但她还是尽自己所能，在漫长的晚上触摸着琴键奏出凄婉幽咽的心声，伴随着音乐默默洒下滴滴清泪。原来这不是乔治留下的纪念。现在它已毫无价值。此后，当老塞德立要她弹唱的时候，她说钢琴荒腔走调难听死了，加上她自己头疼，很抱歉。

接着她照例又责怪自己心浮气躁、忘恩负义，并决意对善良的威廉作某种补偿——因为她虽未当面表示轻慢，但已不像过去那样珍爱那架钢琴了。过了几天，他们坐在客厅里，焦斯饭后正在酣睡，爱米莉亚声音有些发颤地对铎炳少校说：

“有件事我要请你原谅。”

---

① 应当指出，第 18 章将近结束处，铎炳读过乔治给他看的信。爱米莉亚在信上写明，她相信钢琴是乔治送的。后又提到塞德立太太“料想那必定是乔治表示友好的做法。铎炳上尉不去纠正塞德立太太这一判断上的错误”。作者关于这件事的叙述，前后存在矛盾。

“什么事？”少校问。

“是有关那架方形小钢琴的事。好多好多年以前，那时我还没有结婚，你就把它买下来送给我，我从来没有向你道过谢。我以为是另一个人给的。谢谢你，威廉。”她伸出一只手，但这小可怜的心像被针扎了似地在渗血；至于她眼睛里的喷泉装置，自然不会闲着。

可是威廉再也沉不住气了。

“爱米莉亚，爱米莉亚，”他说，“那架琴我确实是为你买的。那时候我爱你，正像现在爱你一样。我必须告诉你。我大概从见到你的第一分钟起就喜欢你了，那时乔治带我上你们家，让我瞧瞧已经跟他订婚的爱米莉亚。你还是个小姑娘，穿着雪白的裙子，垂着长长的鬈发；你唱着歌儿从楼上下来——还记得不？——我们还一起去沃克斯霍尔乐园玩儿。打那时起，我心里想的女人世上只有一个，那个人就是你。十二年来，我恐怕没有一个钟点不在想你。去印度之前，我上布朗普顿和你见面，想把这一切告诉你。可是你心里根本没有我这个人，我没有勇气向你表白。我留也罢，走也罢，你都不在乎。”

“我太忘恩负义了，”爱米莉亚说。

“不，你只是无动于中，”铎炳继续说，这回他是豁出去了。“我确实没有任何能使女人动心的地方。我知道此刻你有什么感受。这次在钢琴问题上的发现伤了你的心，因为它是我送的，而不是乔治送的。都怪我一时忘情，否则我决不会说这番话。由于我一时昏了头，以为你也许能念及这么多年的痴心和忠诚，才说了这些不该说的话，我应当请你原谅才对。”

“现在狠心肠的是你，”爱米莉亚也有些上火儿了。“乔治是我的丈夫，在人间是，到了天国仍旧是。除了他，我怎么能爱别人？你第一次见到我的时候，我是属于他的；现在我还是他的人，亲爱的威廉。是他对我说你的心地有多好，气量有多大。是他教我要像爱一位兄长那样爱你。对于我和我的孩子来说，你是我们仅有的依靠——难道不是这样？你是我们最亲爱、最真诚、最体贴的朋友和保护人——难道不是这样？要是你早来几个月，我很可能不用喝下母子分离这杯可怕的苦酒。哦，这杯酒差点儿要了我的命，威廉。尽管我热切地祈祷，巴巴地盼望你来，可是你没有来，结果孩子从我身边给带走了。他是个有出息的孩子，威廉，你说对不？你要继续做他的朋友——和我的朋友——”说到这里，她已语不成声，把自己的脸埋在铎炳肩窝里。

少校把她抱住，当小孩一样搂着，吻她的脑袋。

“我将一如既往，亲爱的爱米莉亚，”他说。“我只要你不讨厌我，此外别无他求。否则的话，恐怕我连这一点也得不到。只要让我留在离你不远的地方，能常见到你。”

“行，能常见到，”爱米莉亚说。

就这样，威廉算是得到了望梅止渴的许可，好比学校里没钱的孩子，只能瞅着卖果馅饼的女人盘子里的点心叹穷气。

# 第六十章
## 重返上流社会

爱米莉亚现今时来运转了。我们很高兴能把她从迄今为止一直在那儿苦熬的下层环境中拉出来，引入上等人的圈子——尽管不如我们另一位女性朋友蓓姬太太打进的圈子那样出类拔萃，可是在追求贵族气派和赶上时代潮流方面也有着不小的抱负。焦斯的朋友都来自英属印度的三大管区，他的新公馆坐落在以莫伊拉道为中心的英印财主高级住宅区。明托广场、大克莱夫街、沃伦街、黑斯廷斯街、奥克特洛尼道、普拉西广场、埃塞坊（“花园”一词虽然贴切，可是一八二七年还没有用于门前铺沥青路面的拉毛粉刷宅院）——这些体面的地名谁人不知，哪个不晓？那儿大都是从印度回来的贵人享清福的安居之处，韦纳姆先生把那一带叫做“黑洞”①。焦斯的身价地位还没那么烜赫，不够资格入主莫伊拉道的某一栋房子，因为住在那里的必须是印度商行的退休理事或股东（他们先把十万镑划到妻子名下，然后宣告破产，退隐到郊区靠四千镑一年的收入过相对而言紧巴巴的日子）。焦斯在吉尔斯派街租了一栋属于二三流的华屋，从司开普先生的代理人那儿买下名贵的地毯、高档的镜子和名厂出品、设计得当的漂亮家具。顺便提一下，可怜的司开普把毕生积蓄七万镑都作了投资，不多几年之前才获准成为加尔各答赫赫有名的福格尔、费克及克拉克斯曼商行的合伙人，取代归隐到苏塞克斯郡一处行宫式林苑的费克的位子（福格尔家族早已退出，霍勒斯·福格尔爵士可望进入上议院，成为班丹纳男爵）。不料这家赫赫有名的福格尔·费克商行两年后就因亏空一百万而倒闭，坑苦了大批持有该行股票的印度公众。诚实的司开普在六十五岁上倾家荡产，伤心极了，还得去加尔各答料理商行的善后事宜。沃尔特·司开普从伊顿公学辍学后，进一家商号当练习生。弗萝伦斯·司开普、范妮·司开普和她们的妈妈悄悄移居到法国的布洛涅，从此销声匿迹。现在长话短说，焦斯正好在这个当口儿买下了司开普家的地毯、桌柜，对着曾经映出司开普一家人可亲可爱的面孔的镜子顾影自怜。过去给这户人家供货的商人们(司开普把所有的账单全部付清，分文不少)留下了名片，表示愿为新居主人竭诚效劳。过去司开普家宴客时穿白背心充当侍者的几个大汉，他们平日干自己的本行，或卖蔬菜，或送牛奶，或在银行当司阍，现在也留下了地址，还拚命跟管家套近乎。曾连续为住在这里的最近三户人家清扫烟囱的恰密先生，同样在拍管家和他一名下手的马屁；管家手下的那名小听差，还负责在爱米莉亚太太想外出散散步的时候，穿着上身钉有好多钮扣、裤子上镶有饰条的号衣，跟随女主人出门充当保镖。

新家的摊子并不铺得很大。管家就是焦斯的贴身跟班，他饮酒决不超过一个小公馆的管家应有的分寸，对东家的酒还是能做到手下留情。爱米给配备了一名女佣，那是在威廉·铎炳爵士的郊外庄院里长大的一个好姑娘，她的和善、柔顺终于消除了欧斯本太太的戒心，后者一想到要让一个佣人伺候自己，起初甚至吓了一大跳，因为她已经完全忘了怎样使唤女仆；对下人说话总是非常谦恭，彬彬有礼。不过这个姑娘在家里倒是派上了大用场，她勤快灵巧，服侍老塞德立先生很周到；老绅士如今几乎整天待在自己屋里，从不掺和到宅内举行的任何欢乐聚会中去。

来看望欧斯本太太的人不少。老铎炳夫人和她的女儿们为爱米交上好运感到高兴，她们到新居拜访了她。拉塞尔广场的欧斯

---

① 1756 年，在印度上层阶级反抗东印度公司控制的斗争中，据说孟加拉一土豪攻占加尔各答后，把 146 名英国人关在要塞的一间牢房内，一夜之间因闷热致死的达 123 人。那间 14 英尺 10 英寸 × 18 英尺(约 25 平方米)的囚室被称为“黑洞”。

本小姐是坐她的豪华四轮车来的，驭者座的布篷颜色火红鲜亮，上有利兹的欧斯本族徽。外界都说焦斯发了大财。老欧斯本并不反对乔吉将来除继承爷爷的遗产外，把他舅舅的家财也照单全收。

“这小子狗运亨通，咱们非得把他造就成个人物不可，”老欧斯本说；“在我咽气之前，我要见他进国会。虽然我决不愿意见他的母亲，不过，欧斯本小姐，你不妨去瞧瞧他的母亲。”

于是欧斯本小姐便来了。爱米十分乐意见她，那是不在话下的，何况现在跟乔吉离得也近了。那位小少爷被允许去看他母亲的次数比以前已大大增加。他每周在吉尔斯派街用餐一两次，在那儿的佣人和亲属面前也是小霸王一个，跟在拉塞尔广场一副德性。

不过，乔吉始终很尊敬铎炳少校，这位绅士在场时，乔吉的行为一般不至于太出格。他是个聪明的孩子，知道在少校面前不能胡来。铎炳为人敦厚纯朴，脾气极好，总是循循善诱地给他的教子灌输各方面的知识，而且一贯热爱真理，主持公道，这一切使乔吉不能不对他心悦诚服。这少年自出娘胎以来，还从未遇到过少校那样的人，而他偏偏本能地仰慕真正的绅士。他一有机会就缠住他的教父，特别喜欢到公园去散步，一边听铎炳谈天说地。威廉对他讲他父亲的事，讲印度和滑铁卢，什么都讲，就是不讲自己。逢到小乔治表现得过于骄横无礼的时候，少校便使他处于可笑的境地，欧斯本太太却往往觉得少校的做法过于狠心。一天，少校带小乔治去看戏，孩子不肯到后座去，认为那儿太蹩脚；少校便带他到包厢去，把他留在那儿，自己回到楼下坐在后排。过不多久，他就觉得有一只胳膊挎住他的胳膊，接着是一只戴时髦羊皮手套的小手紧紧捏着他的胳膊肘。小乔治认识到了自己的行为荒唐可笑，又从包厢回到楼下。铎炳瞧着这个知过回头的小浪子，脸上和眼睛里浮起温和慈祥的微笑。他喜欢这个孩子，因为凡是属于爱米莉亚的一切他都喜爱。做母亲的听说小乔治有这样良好的表现，那份儿高兴就甭提了！她瞧着铎炳的时候，眼神比过去任何时候更为亲切。少校觉得，爱米如此瞧他之后，脸上似乎泛起了红晕。

乔吉在母亲面前总是说不完道不尽他对少校的激赏。

“我喜欢他，妈妈，因为他懂得太多了，可他又不像老维尔那样老是吹嘘自己和搬弄很长很长的词儿，你明白吗？大伙儿在学校里管他叫‘长尾巴’。那是我给他起的绰号，妙不妙？可是铎布念拉丁文就跟念英文一样，他念法文等等也一样。我们一起出去的时候，他总是给我讲爸爸的故事，从不讲他自己；可我在爷爷那儿听巴克勒上校说过，要说军队里哪些军官最勇敢，少校就算是一个，说少校立下过好多战功。爷爷听了简直没法相信，说：‘**那个**家伙？我以为他连轰赶一只鹅都觉得不好意思！’——可我相信他会的，你说是不是，妈妈？”

爱米笑了；她心想，要少校轰赶一只鹅应该不成问题。

如果说乔治和少校之间存在着真诚的好感，那么必须承认，这孩子跟他的舅舅关系却不太亲密。乔治能惟妙惟肖地摹仿焦斯的神态，把两个大拇指插在背心小兜里，鼓着腮帮子说：“天打雷劈的，这绝不可能！”谁见了都忍不住哈哈大笑。吃饭的时候，乔吉要佣人递给他什么，而餐桌上并没有这道菜，于是他就做出那副模样，用上那句名言，引得佣人们把腰都笑弯了。就连铎炳看到这小家伙的表演如此逼真，也会突然间前俯后仰，乐不可支。只是由于铎炳再三警告和惊恐万状的爱米莉亚苦苦央求，这小淘气总算按捺住自己的性子，没有当着舅舅的面学他的样。可是有身价的胖官员老是有一种说不出来的感觉，怀疑那小子认为他是头蠢驴，总想出舅舅的洋相；正因为自己极度情虚，于是只要乔吉少爷在场，焦斯必定加倍摆谱儿，越发神气活现。如果事先知道那位小少爷要到吉尔斯派街来跟他母亲一起吃饭，焦斯先生通常会想起自己在俱乐部里有个约会。大概没有人会因他缺席而感到扫兴。逢到这样的日子，照例有人劝说老塞德立先生从他蛰居的三楼下来，跟女儿、外孙一起吃饭，像是一个小型的家庭聚会，而铎炳少校通常也算是一名成员。他跟这一家子都处得很好：他是老塞德立的朋友、爱米的朋友、乔吉的朋友，又是焦斯言听计从的顾问。

"**我们**几乎见不到哥哥的面，就像他压根儿没从马德拉斯回来，"安妮·铎炳小姐在坎伯威尔发牢骚。啊！安妮小姐，少校一心要娶的可不是**您**，难道您就没想到？

其时约瑟·塞德立正过着与他的身份相称的日子，即奉行一种高等有闲阶级的生活方式。他走的第一步自然是成为东方俱乐部的成员，上午在那儿和也是从印度回来的同行待在一起，正餐在那儿吃，或请那儿的朋友到自己家里吃饭。

爱米莉亚必须招待这些绅士和他们的太太。从他们的谈话中听到的无非是：某甲几时将当上理事；某乙从印度带回来多少财产；伦敦的汤姆森商行拒付汤姆森、基博布吉孟买支行开出的期票，估计加尔各答支行也快垮台了；丙太太(某丙属于阿默纳迦的非正规部队)跟警卫队的小丁在甲板上一直待到深夜，两人在好望角一道骑马外出，结果两人都不见了，说这种行为很不检点还算是客气的；哈迪曼太太的父亲是个乡村牧师，生了一大群女儿，哈迪曼太太把她的十三个妹妹接到印度去，把其中十一个嫁了出去(有七个妹夫职位相当高)；霍恩比因为妻子坚持留在欧洲而暴跳如雷；特洛特已被任命为安默拉朴拉的收税官，等等。焦斯请客的宴会上交谈的内容大同小异。话题是老一套，摆的照例是银餐具，上的菜不外乎羊脊肉、煮火鸡、开胃小碟之类。上甜食之后不久，男士们开始议论政治；女士们离开饭厅上楼去，不是发牢骚，就是谈孩子。

其实，这种情形别处也一样。律师太太们谈巡回审判；军人家属聊团里的家常；牧师太太们讨论主日学校的事情以及什么人的职务由什么人接替；哪怕最烜赫的贵妇谈话的范围也出不了她们自己所属的那个小圈子。既然如此，我们那些从印度回来的朋友，为什么就不能谈他们自己感兴趣的事情？不过我也承认，对于有时候坐在一旁不听也得听的局外人来说，那是够无聊的。

不久，爱米有了一本拜客备忘录①，经常坐车出去拜访布拉代尔夫人（孟加拉军少将、高级巴思勋骑士、罗杰·布拉代尔爵士之妻）、赫甫夫人（孟买军少将赫甫爵士之妻）、派斯太太（派斯局长之妻）等。人们用不着很长时间就能适应生活中的变化。那辆车每天在吉尔斯派街上进进出出；号衣上布满钮扣的小听差从驭者座上跳下去把爱米和焦斯的名片留在人家门房里；在约定的时间，爱米坐车到俱乐部去接焦斯呼吸一下新鲜空气；或者爱米带老塞德立坐车环绕摄政王林苑兜风。很快，爱米莉亚就像习惯于布朗普顿贫寒的日常生活一样适应了贴身女仆、四轮马车、拜客备忘录和号衣上有好多钮扣的小听差。即使命运安排她当公爵夫人，她也一定能恪尽厥职，在与焦斯有交往的那些人家的女眷中间，年纪较轻的爱米被公认为一位相当可爱的女士——虽说没有太多的特别之处，但为人不错，如此等等。

男士们照例都喜欢她待人亲切，举止文雅，不要手腕。从印度回来休假的一些年轻人拚命追求时髦，特别爱出风头；他们挂金表链，泡戏园子，蓄八字胡髭，坐豪华马车，住西城旅馆——居然也都欣赏朴实无华的欧斯本太太，喜欢在公园里遇见她的马车时鞠躬行礼，乐

① 记录哪些人曾经来访、自己拜访过和准备拜访哪些人的本子。

意获得上午去拜访她的荣幸。警卫队的斯旺基，在整个印度军队中算得上头号花花公子，是个危险的年轻人；一天，铎炳少校发现斯旺基单独和爱米莉亚在一起，正给她讲用长矛猎野猪的故事，凭着他的伶牙俐齿把骑猎的情形描述得妙趣横生。过后，斯旺基向别人谈起，有个讨厌的正规军军官有事没事老往吉尔斯派街那栋楼里跑——是个年纪已经很大、又高又瘦、模样挺古怪的家伙；别瞧他说话冷冰冰的，可是论起谈锋来，能让别人相形见绌。

少校如果稍有一点儿个人的虚荣心，他就会吃孟加拉上尉那样一个花花公子的醋，因为后者是个颇具吸引力的危险人物。但铎炳生性厚道，胸襟开阔，绝不可能对爱米莉亚起一丝半毫疑心。见到年轻的男士们尊敬她，其余的人都赞赏她，少校觉得很高兴。爱米莉亚几乎刚一成年就迭遭颠连，外界一直没有充分认识她的价值。如今，爱米莉亚待人接物的和蔼态度使她的许多优秀品质也显露出来了；随着境遇的好转，她的神采风韵悄然焕发；少校看在眼里，喜在心间。凡是赏识爱米莉亚的人，无不称赞少校有眼力——不过，一个痴恋中的男人是否谈得上有正确的判断力，这话本身就很难说。

焦斯作为忠于君主的一个臣民，无疑应当进宫朝觐。他穿好进宫的全副盛装先在俱乐部里亮相，由穿着一身寒酸的旧军服的铎炳去那儿接他。焦斯本来就是坚定的保皇派、乔治四世的崇拜者，自从进宫觐见君主以后，越发成了铁杆儿托利党人，支持国家政策不遗余力，他还力主爱米莉亚也进宫朝觐。天晓得他怎样设法使自己确立了一种信念：保持国家富强、人民幸福的重任就落在他的肩上；除非他焦斯·塞德立和他的家人簇拥着圣詹姆斯宫里的国王，否则就会君心不悦。

“我是不是该戴上家传的珠宝首饰，焦斯？”爱米听了哥哥的主张，笑着问道。

“我真希望你能让我买几件给你，”少校在一旁默想。“即使价值连城的首饰戴在你身上，你也不用担心自己不配。”

# 第六十一章

## 两盏灯相继熄灭

焦斯·塞德立一家寻找欢乐的方式循规蹈矩，不越雷池一步。到了某一天，就连这样的娱乐也被一桩会发生在大多数人家的事件所打断。当您从府上的客厅那一层沿着楼梯登上卧室那一层的时候，您会注意到您前面有个嵌在壁内的小小拱穹，它能为三楼至四楼那一段扶梯采光(四楼通常是育儿室和佣人的房间)，另外还有一种用途，丧葬承办商手下的人会告诉您的。他们抬棺材下楼时，只要把灵柩在拱穹上搁一下或穿过拱穹，就可以转向而不致以任何难堪的方式惊扰安卧在里边的冰凉遗体。

伦敦房屋三楼的拱穹为楼梯井上下两部分提供光线，又控制着住在里边的人上上下下的主要通道：厨娘天不亮就从这儿悄悄摸下楼去擦洗汤锅煎盘；少爷在俱乐部里通宵玩乐，黎明后才回家，先把靴子脱在门厅内，再经过此处蹑手蹑足上楼去；小姐晃动刚扎好的蝴蝶结簌簌作声，展开薄似蝉翼的纱裙光彩照人，准备到舞会上去颠倒众生，也是从这儿下楼；汤米小少爷宁可把扶栏当交通工具滑行，根本不把危险和梯级放在眼里；年轻的母亲坐满月子后，到了医生宣布可以下楼的那天，她强壮的丈夫踏着稳健的脚步，满怀爱心把笑吟吟的产妇托在手上抱到楼下去，后面跟着坐月子期间雇来的护工；仆人约翰拿着毕剥作声的油脂蜡烛，呵欠连连地由此上楼睡觉，明儿日出前还得把放在过道里等他擦拭的靴子集中起来；抱婴儿、扶老人上上下下，客人排好队进入舞会，牧师来给孩子施洗，大夫走向病房，抬棺材的人上楼，都得打这儿过。您要是坐在小平台上，抬头仰望、低首俯视楼梯井，细细想来，这拱穹和楼梯还真能发人深思，生老病死、浮华虚荣跟它都有关系。人生大舞台上穿彩衣戴小丑帽的朋友们，大夫也会上那儿来看你我最后一次。护工会撩开帐帷朝里张望，而咱们已不知不觉——于是她就会打开窗户换换空气。然后人们把房屋正面所有的窗帘都放下来，暂时住在后间，派人去把律师和另外一些穿黑衣的人叫来，等等。到那时，你我的这出戏就算唱完了，然后被搬走——搬多远？反正听不到号角和喧嚣，看不见装腔作势。如果你我是贵族，在我们生前的住处的大门外还会高挂有小天使和铭言的报丧板，说是可以“在天国得到安息”。令郎会把房子重新装修，或许把它出租，自己搬到比较摩登的街区去住；足下的大名会出现在次年俱乐部名册的“已故会员”一栏中。无论对您的哀悼多么沉痛，您的未亡人总要求把她的丧服做得十分讲究，厨子或派人或自己上来询问丧宴该怎么个办法，活着的人瞧着壁炉架上方您的遗像很快就不再悲恸欲绝，过不了太久便会把足下从荣誉席上取下来让位给令郎的肖像，因为今后是他当家。

那么，对死者中什么人的哀思最悲切、最伤心呢？依我看来，大概是那些对活着的人爱得最少的死者。一个儿童之死能造成强烈的悲痛，催人泪如雨下，那是足下您，亲爱的读者，弃世时绝对达不到的。一个小孩才认识您不久，只要离开您一个星期就能把您忘记，可是他的夭折给您带来的打击，却大于失去您最亲密的朋友或您的头生儿子——他都是跟您一样的大人了，甚至已有自己的孩子。我们也许会对犹大、西缅疾言厉色，但对小儿子便雅悯总是无限疼爱①。本书的读者可能已届或将届老年，或老而富，或老而贫，有朝一日您会这样想：“我周围这些人待我挺不错；不过我死了以后，他们不会太难过的。我有很多钱，他们都想得到我的遗产”；或者“我很穷，他们接济我都已经不耐烦了”。

---

① 犹大、西缅和便雅悯都是雅各的儿子。见《旧约·创世记》第35章第22—24节。

塞德立太太去世后的举丧期结束不久，焦斯刚刚脱下他的黑服，换上他爱穿的鲜艳背心，老塞德立先生周围的人都看得很清楚，另一场丧事已为期不远，老头儿即将到黄泉路上去寻找比他先行一步的老伴。

“我父亲的健康状况不妙，”焦斯·塞德立在俱乐部里神色凝重地说，“这阵子我不能大请客；不过，恰特尼老弟，你要是愿意在六点半悄没声儿地来跟咱们几个老朋友一起吃便饭，我总是竭诚欢迎的。”就这样，焦斯和他的熟人们只能悄悄地在一起吃饭，喝酒；其时楼上老头儿沙时计里的生命之沙也快漏完了。总管蹑着脚给他们端酒，宾主饭后玩玩纸牌；有时候铎炳少校也来凑一手；欧斯本太太在楼上给病人把过夜前的一切都料理停当，让他进入梦乡(不过老人的睡眠并不沉，通常是睡睡醒醒，醒醒睡睡)，然后自己偶尔下楼陪大家一会。

老头儿在病中太需要女儿了。他喝的汤、吃的药几乎全是女儿喂的。服侍老父差不多成了爱米莉亚生活中的唯一正事。她的床放在通向老父卧室的门口。只要这位很难伺候的老人病榻上有些微响动，她立刻起来。不过也得为病人说句公道话，他常常好几个小时不能入睡，但躺着不吱一声，也不动弹，不愿惊动善良而警醒的女儿。

他现在疼爱自己的女儿，很可能胜过爱米莉亚从小到大的任何时候。而这个淳朴的女人在尽孝道的过程中也显得特别容光焕发。

“她走进屋子一点声音也没有，就像一束阳光照进窗户，”铎炳少校瞧着她进出她父亲的房间，暗自想道。她步态优美、声息全无地走来走去，脸上洋溢着温馨的深情。当女人一心扑在孩子身上或侍候病人的时候，她们的容颜会像天使一般闪耀着仁爱和恻隐的光辉——这样的例子难道我们还见得少吗?

若干年来憋在心里的疙瘩解开了，父女俩达成了无声的和解。老头儿在生命的最后时刻为女儿的孝心所感动，忘却了自己对她的一切宿怨，忘却了他与老伴议论过好多个长夜的郁愤：她为了自己的孩子把一切都抛在脑后；她不关心年迈不幸的双亲，心里只有儿子；乔治被领走后，她悲伤到了荒唐、愚蠢的程度，简直目无神明。老塞德立在作最后的总结时把所有这些责难一笔勾销，还是给了这个逆来顺受的献身者一个公正的评价。一天晚上，爱米莉亚偷偷走进父亲屋里，发现他醒着，老头儿向女儿作了忏悔。

“哦，爱米，我一直在想，过去我们对你很不应该，很不公平，”说着，他向女儿伸出一只冰凉而衰弱的手。

爱米在他床前跪下来祈祷，老头儿也跟着诵念祈祷文，同时依然牢牢抓住女儿的手。朋友，将来轮到你我的时候，但愿能有这样的伴儿和我们一起祷告！

那会儿他醒着躺在病榻上，他的一生也许又在脑海中浮现：他早年踌躇满志的奋斗经历，成年后取得的成功和财富，暮年遭遇的身败名裂和目前这种无能为力的状态——不再有机会向打败了他的命运复仇，也没有清名或钱财可留给后代。这是虚度了的、无谓的一生，这是失败和希望落空的一生，路走到了尽头！读者朋友们，我在纳这个闷儿：春风得意、功成名就时溘然长逝与穷愁潦倒、万念俱灰才赍志而殁——两种命运究竟哪一种好些？拥有一切，可是不得不放弃一切和输得精光，玩完后退出人生舞台——更痛苦的是前者还是后者？

**“到明天，**成功和失败都已经无所谓；太阳照常升起，数以亿计的我的同类，人人照常干活的干活，玩儿的玩儿，而我将置身于这纷扰的旋涡之外，”有朝一日我们对自己说这话的时候，定会产生一种奇特的感受。

这样的一个早晨来到了，太阳照常升起，人们下床后开始从事各种工作，寻找各种乐趣，只有老约翰·塞德立除外——他再也用不着与命运搏斗，再也用不着抱什么希望，想什么点子，只消到布朗普顿教堂墓地去，安安静静、默默无闻地长眠在他的老妻旁边。

铎炳少校、焦斯和乔吉坐在一辆用黑布蒙起来的车上，把老绅士的遗体送至墓地。焦斯特地从里士满的“星章与绶带”旅馆赶来（自从新居又遭丁忧，他就住到那儿去了）。他不想在这种情况下守在家中跟——待在一起，这是不难理解的。但爱米留下来照旧尽自己的责任。她并没有被太大的悲痛压垮，与其说她哀毁骨立，倒不如说端庄凝重更恰当些。她祈求上苍保佑她自己的结局也能如此安稳平静，没有痛苦，并怀着诚心和敬意想到父亲在病中说过的话，这些话表明父亲还是有信仰的，对命运是顺从的，认为身后的未来是有希望的。

是的，说到底，两种结局比较起来还是这一种好些。

倘若您非常富有，生活宽裕，到最后一天说：“我很有钱，我也颇有些名气，我一辈子都在上流社会中度过，感谢老天让我出身在一个备受尊敬的家庭。我曾效忠于我的君王和国家。我担任过若干年的国会议员，可以说我的演说是有人听和受欢迎的。我不欠任何人一个先令；相反，我曾借给大学里的老同学穷光蛋杰克五十镑，我不会让我的遗嘱执行人追讨这笔欠款。我给我的女儿每人留下一万镑——这样的嫁妆可算得相当丰厚了；我把银餐具、家具陈设、我在倍克街的住宅连同一份不薄的寡妇授予产[1]统统留给我妻子终身享用；我的地产、债券、倍克街窖藏的名酒，都传给儿子。我给贴身跟班指定了一份二十镑的年金。我敢担保，在我身后没有任何人能对我的名声说三道四。”反之，倘若您的天鹅唱的挽歌与此大

---

① 结婚时丈夫指定在他死后给妻子的财产。

异其趣，您说："我是个运乖命苦的倒霉老头儿，一辈子什么都不顺利。老天既没有给我好使的脑袋瓜，也没让我发过财。我承认自己犯过许多错误，干了许多蠢事，也不止一次没有尽到自己的责任。我没能偿还自己所欠的债务。此刻我躺在床上快要咽气了，得不到救助，让人瞧不起；我为自己的意志薄弱祈求宽恕，我带着一颗悔罪的心匍匐在仁慈的上帝脚下。"

要是让您在自己的葬礼上发表演说，您觉得以上两篇中哪一篇比较合适？老塞德立用了后一篇。他就在这种谦卑的心情下，握住他女儿的手，离开了人世，把破灭的希望和虚幻的荣华抛在身后。

"看见没有？"老欧斯本对孙子说。"这就是本领、勤奋、明智的投资加上其他等等的结果。你瞧瞧我的银行账户。再瞧瞧你的穷外公塞德立。你瞧他到头来落得个一败涂地，可是二十年前他比我还富得多——超过我一万镑呢。"

除了这些人和从布朗普顿来吊唁的克拉普先生一家，没有一个活着的人对老约翰·塞德立感兴趣，或记得曾有这样一个人存在。

从小乔吉那儿我们已经了解到，当老欧斯本第一次听他的朋友巴克勒上校谈起铎炳少校是一名多么出色的军官时，曾对之表示极大的轻蔑和怀疑，他无法想象这么个家伙会变聪明和出名。但他从自己的另一些熟人那儿也听到了对少校的赞扬。威廉·铎炳爵士十分器重自己的儿子，讲了许多说明少校智勇双全的故事以及外界给他的高度评价。后来，铎炳的名字出现在几次贵人雅集的与会者名单上；这一情况对拉塞尔广场那个老富豪产生了巨大的效应。

由于少校是乔吉的监护人，而乔吉已交给他祖父抚养，少校与老欧斯本两人不可避免地要见几次面。在一次这样的会晤中，作为一个精明的商人，老欧斯本查看了少校经手涉及他的被监护人及其母亲的账目，一个惊人的发现使他既高兴又惭愧：原来这孤儿寡母赖以维持生活的那笔钱，一部分是威廉·铎炳从自己腰包里掏出来的。

老欧斯本就此事向少校追问，不会撒谎的铎炳涨红了脸，先是嗫嚅半天，最后只得据实相告。

“我那可怜的朋友这门亲事，在很大程度上是我撮合的，”他说（老欧斯本一听他提起此事，立刻沉下脸来）。“当时我认为，乔治订婚多年，如果到了那样的程度再毁约，这种做法将损害他的名誉，而且会送了欧斯本太太的命；后来乔治阵亡，欧斯本太太生活无着，我拿出能够省下的钱接济她，这是我应尽的最起码的义务。”

“铎炳少校，”欧斯本先生说时定睛注视着对方，同时自己的脸也转为深红色，“我感到受了极大的侮辱；但是请允许我告诉您，先生，您是一位至诚君子。我想跟您握握手，先生，过去我怎么也没料到，我的骨肉竟是靠您的——”于是，他们二人的手握在一起；铎炳少校觉得十分尴尬，因为他不愿别人知道的善举还是给抖搂出来了。

他力劝老头儿捐弃前嫌，在想起自己儿子时勿再耿耿于怀。

“乔治是个心地高尚的人，”铎炳说，“我们大伙都喜欢他，什么都愿意为他做。那时我还年轻，他不嫌弃我这个朋友已经使我受宠若惊；别人瞧见我跟他在一起，我简直比站在总司令身旁更得意。论勇气和胆量，论一名军人应具备的各种品质，我没见过第二个像他这样的人，”接着铎炳尽自己记忆所及，向老欧斯本讲了许多有关他儿子英勇杀敌的故事。“乔吉太像他父亲了，”临了少校添上一句。

“他跟乔治一模一样，有时候会使我蓦地打一个冷战，”做爷爷的说。

在塞德立先生卧病期间，少校曾有几次应邀到欧斯本家吃饭。傍晚他俩坐在一起，饭后的话题始终离不开逝去的英雄。老绅士照例夸耀他的儿子，在追述乔治武艺高强、胆识过人的同时，自己也觉得脸上有光。不管怎样，老头儿的心情已趋于好转，对待可怜的乔治也比迄今为止的态度有所缓和。古道热肠的少校注意到这些表明积怨旧恶正在逐步冰释的迹象，他那颗体现基督精神的心深感欣慰。第二次共进晚餐时，老欧斯本就像当年铎炳和乔治都还是孩子常在一起玩儿的时候那样称他威廉；忠厚的少校很高兴地把这看成对方愿意重归于好的一种姿态。

翌晨早餐时，说话刻薄的欧斯本小姐（那是她这种年龄和性格的特征），就铎炳的外貌和举止发表了若干看法，言语之中有些轻慢少校的意思；不料竟被一家之主打断话头。

“欧斯本小姐，我看你自己还相当乐意把他钓上钩呢。可是到不了口的葡萄总是酸的。哈哈！威廉少校这人不错。”

“说得对，爷爷，”乔吉附和道，然后走到老绅士跟前，一把捋住他的灰白络腮大胡子，笑呵呵地亲了一下爷爷的脸。当晚乔吉就把这件事告诉母亲；爱米莉亚和孩子的意见完全一致。

“他当然好喽，”欧斯本太太说。“你亲爱的爸爸一直是这样说的。他是所有的人中间最优秀、最正直的一个。”

才过了一会儿，铎炳就来到吉尔斯派街；爱米莉亚也许本来有些赧然，架不住这小淘气把那件事的另一半告诉了铎炳，她越发窘得要命。

“我说铎布，”乔吉道，“有那么一位非常可爱的小姐想要嫁给你。她有好多好多钱；她脑门上戴着假刘海，从早到晚只听见她在骂佣人。”

“你说的是谁？”铎炳问。

“就是简姑姑，”乔吉回答。“这是爷爷说的。听我说，铎布，你要是做我的姑丈，那可太棒了！”这时，隔壁屋里老塞德立沙哑的声音在呼唤爱米莉亚，于是笑声戛然而止。

老欧斯本的态度在逐渐发生变化，这一点已相当清楚。他曾数次向乔吉问起他的舅舅；瞧着小家伙模仿焦斯的神态说："天打雷劈的，这决不可能！"还戏拟焦斯大口大口喝汤的食相，老头儿忍不住发笑。笑过以后，他说：

"小孩子家学大人的样逗趣，这样对尊长可不够敬重。欧斯本小姐，你今天坐车出去的时候，把我的名片留一张在塞德立先生家，听见没有？不管怎么着，我跟他从没红过脸。"

对方很快也回了一张名片，不久焦斯和铎炳一起应邀到拉塞尔广场吃饭——这可能是欧斯本先生生平设宴请客最阔绰、也最无聊的一次：家里的金银餐具悉数搬出来展示，还邀请了不少最体面的陪客。塞德立先生搀扶着欧斯本小姐下楼入席，后者对他颇为殷勤，而跟铎炳却几乎没说一句话；少校则坐在离老小姐远远的欧斯本先生旁边，大有情怯心虚之概。焦斯一本正经地说，这是他生平吃过的海龟汤中最好的，还向欧斯本打听他从哪儿买来这么好的马德拉白葡萄酒。

"这些酒有些原本是塞德立家的，"管家向主人附耳低语。

"我是很久以前买的，还花了一大笔钱呢，"欧斯本先生大声回答焦斯；然后悄悄告诉坐在自己右侧的另一位客人，他是怎样"从老家伙的浮财拍卖会上"买下这批酒的。

他有好几次欲言又止，但还是向铎炳少校询问了乔治·欧斯本太太的情况。聊起这个话题来，只要少校愿意，可以口若悬河，说个没完。铎炳告诉老欧斯本先生，这些年乔治·欧斯本太太是怎样熬过来的：她对丈夫怀着炽热的爱，至今仍把这份深情神圣地珍藏于心；她尽心尽责地奉养双亲；当她觉得自己必须让孩子离开她的时候，又毅然决然地这样做了。

"您不知道她忍受了多大的痛苦，先生，"诚实的铎炳说到这里，声音有些发颤；“我希望并且相信，您会与她言归于好的。就算她把您的儿子从您身边夺走了，可她不是把自己的儿子给了您吗？您爱您的乔治无论有多深，我敢担保，她爱她的乔吉还要胜过十倍。”

“苍天在上，你真是个好人，威廉，”除此之外，欧斯本先生还能说什么呢？他从未想到过，自己的寡媳在让孩子离开的时候会有什么痛苦；也从未想到过，孩子有一个好前程竟会使他的母亲如此伤心。当时大家都认为，翁媳和解很快必将实现，此乃大势所趋。想到就要面见那位可怕的公爹，爱米莉亚的心已经开始跳得厉害。

然而，这一设想注定没能成为事实。先是老塞德立缠绵病榻，接下来又得办他的丧事，使拟议中的翁媳会晤在一段时间内不可能举行。也许是兔死狐悲吧，也许是别的事件给欧斯本先生带来精神上的剧烈震荡。近来他身心都很衰弱，一下子老了许多；他的头脑在紧张地工作，可是嘴上什么也不说。他曾着人把律师请来，可能对自己的遗嘱作了修改。医生来瞧过后，认为他神经紧张，情绪激动，建议稍稍放掉一些血，到海滨去休养一阵；但老头儿对这些医嘱一概加以拒绝。

一天，在他应该到楼下用早餐的时候，伺候他的仆人却不见他下来，便走进他的更衣室，发现他中了风倒在梳妆台下。佣人们把欧斯本小姐叫来，随即着人去请大夫，本来要去上学的乔吉也给留在家里。放血的、拔火罐的都来了。欧斯本的知觉部分得到恢复，但他始终没能再说一句话，尽管他有几次拚命想要开口。四天后他死了。大夫们从楼上下来，丧葬承办人从楼下上去；面向拉塞尔广场花园那一边的窗板全部关上。布洛克急匆匆从市中心赶来打听：“他给那孩子留下多少钱？有没有一半？还是三一三十一？”那可真是激动人心的时刻。

可怜的老头儿几次挣扎着要开口，究竟想说什么？我希望他是想跟爱米莉亚见上一面，在他离开这个世界之前与他儿子忠贞的爱妻言归于好。看来十之八九是这么回事，因为他的遗嘱表明，长期郁积于胸的宿怨已从他心中消散。

家人从他的晨袍兜里找到一封用红色封蜡缄口的信，那是乔治从滑铁卢写给父亲的。他也察看过与儿子有关的其他文件，因为保存这些材料的那只匣子上的钥匙也在他兜里，一些信封给拆开了，封蜡给撕破了，很可能就在他中风的前夜——那时管家送茶到他书房里去，发现他正在读那本红书皮的家用大《圣经》。

遗嘱由律师开读，里面指定财产的一半留给乔治，余下的分归两姐妹；为所有继承人的利益着想，商行的业务可由布洛克先生接管，他不愿意可以退出。有一笔五百镑的年金应从乔治的财产中提取，遗嘱指定给他的母亲、“我的爱子乔治 · 欧斯本的寡妻”——她将恢复行使对孩子的监护权。

“我的爱子的朋友威廉 · 铎炳少校”被指定为遗嘱执行人；“他出于善心和慷慨，自己出钱接济我的孙儿和我的寡媳，否则他们就会衣食无着”，立遗嘱人继续表示，“我在此衷心感谢他如此怜恤、照顾孤儿寡母，并请他接受我的一笔赠与，此款足够捐得中校军衔，或者他可按自己认为适当的任何方式移作他用。”

爱米莉亚听说公爹不再恨她，心早就软了，对遗嘱为她指定一笔年金亦表感激。但后来她获悉公爹把乔吉还给了她，而这又是何人作了何等努力的结果；获悉一直是慷慨的威廉雪中送炭帮助她，没有威廉哪儿有她的丈夫和她的儿子——哦，于是她双膝跪下，祈求上帝赐福予那颗忠诚而又仁慈的心；她五体投地，面对如此高洁的情怀和宽阔的胸襟自惭形秽。

人家这样赤胆忠心保护她，接济她，她能作出的回报全部加在一起总共才两个字——感激！除了感激还是感激！如果她考虑任何别的回报，乔治的形象就会从坟墓中站起来说：

“你是我的，只属于我一个人，现在如此，今后也永远如此。”

威廉知道她心中的感受；少校这辈子不是一直都在揣摩她的心思吗？

欧斯本先生所立遗嘱的内容为世人知晓以后，乔治·欧斯本太太在她所接触的熟人心目中地位有何变化，让大家了解一下倒是颇有裨益的。在焦斯的寓所里，欧斯本太太客客气气地吩咐佣人做什么事，他们往往还会质疑，说要“问问东家”是不是该照办；现在他们再也不会如此回话了。过去厨娘常常嗤笑欧斯本太太的旧衣裙（说实在的，每逢星期日傍晚厨娘穿戴齐整上教堂时，爱米莉亚的蹩脚服装相形之下简直太寒酸了），如今也把这一茬给忘了。其他仆人听到欧斯本太太打铃，再也不会叽叽咕咕或迟迟不应。以前车夫抱怨，为了老家伙和欧斯本太太要出去兜风，得把马上套，车里塞了好多毯子、靠垫，弄得跟医院似的，真麻烦；现今他提心吊胆，生怕自己这份差事被欧斯本先生的车夫取而代之，所以为爱米莉亚赶车特别卖劲，还说：

“拉塞尔广场那些车夫哪儿熟悉伦敦城里的路径，**他们**哪儿配给一位真正有身份的太太赶车？”

焦斯的朋友，包括男士和女士，一下子都关心起爱米来了，门厅里向她表示慰问的唁卡、名片堆满了一张桌子。焦斯本人原先只把她看做一个和气而无害的穷亲戚，自己负有管她吃管她住的责任；现在他对妹妹和那个富有的男孩即他的外甥器重得无以复加。焦斯关切地认为，“可怜这亲爱的小姑娘”吃了那么多的苦，历经那么多磨难，需要改变一下生活方式，找点儿乐趣；他开始较多地在早餐桌上露面，亲切地问妹妹这一天她有些什么安排。

爱米莉亚以乔吉的监护人这一身份，先征得共同监护人铎炳少校的同意，然后诚请欧斯本小姐继续住在拉塞尔广场，她愿住多久都可以；但欧斯本小姐道谢后表示，她决不考虑一个人留在那座死气沉沉的宅子里，接着就全身丧服，带上她的两名老仆到切尔滕纳姆去了。其余的下人在发给丰厚的酬金后予以遣散；欧斯本太太建议诚信可靠的老管家留任，可是他谢绝了，宁可用自己的积蓄去开一家酒馆，让我们祝愿他生意兴隆。

欧斯本小姐不愿住在拉塞尔广场，欧斯本太太在与亲友商量后，也不想住进那栋阴森森的旧楼。于是决定封宅：豪华的装潢陈设、给人压抑感的枝形吊灯和暗淡镜子一一包好后藏起来；客厅里名贵的红木成套家具均用稻草裹扎严实；地毯卷起来用绳子捆紧；一批精装精选的藏书填满了两只原先装瓶酒的空箱；所有的家什由好多辆大篷车拉往闲置家具仓库，存放在那儿直到乔吉成年。几大箱沉甸甸的金银餐具则运到著名的斯坦比和罗狄银行地下室去，同样要等到那个时期来临。

一天，爱米搀着乔治，两人身穿孝服前往拉塞尔广场凭吊空关的宅院，爱米上一次到这里来的时候还是个女孩子。正门前的空地上散落着稻草麦秆，大篷车曾在那儿满载后把家什拉走了。母子俩走进一间间很大的空屋子，墙上挂过画和镜子的部位有痕迹留下。然后他们沿着空荡荡的大石梯上楼，走进一个房间，乔治悄悄告诉母亲，爷爷就死在这屋里；接着他们更上一层楼，来到乔治自己的卧室。爱米莉亚仍拉着孩子的手，可她想的却是另一个乔治。她知道乔治的卧室很久以前也是他父亲的卧室。

她走到一扇开着的窗子旁边，小乔吉刚从她那儿被领走时，她常常大老远来到广场上，忍着心头的痛楚凝望这屋的窗户；现在她从这里望出去，隔着拉塞尔广场的树木看得见她自己出生的老房子，那儿也是她度过纯洁的少女时代许多好时光的地方。开心的假期、亲切的面容、昔日无忧无虑的快乐岁月以及此后压得她喘不过气来的无穷磨难——仿佛又一一回到她眼前。她想着这一切，也想到无时无刻不在关照她的那个人、她的守护神、她唯一的恩人、对她如此体贴而又慷慨的朋友。

“瞧这儿，妈妈，”乔吉说，“这是用金刚钻刻在玻璃上的G.O.两个字母；以前我从没见过，我也从来没有刻过。”

“在你出生以前很久，这是你父亲的房间，乔治，”她说，然后红着脸亲了一下孩子。

在坐车回里士满的路上，爱米莉亚很少开口。他们在里士满临时租了一所房子，那些满脸堆笑的律师不时上那儿去见她（费用无疑都会给她记在账单上）；那儿当然也有铎炳少校的一间屋子——有关受他监护的小乔吉有很多法律上的手续要办，所以他经常骑马去里士满。

这段时间家里为乔吉向维尔先生请了长假，没去雅典娜书院上学。他们请维尔先生拟一条铭文，准备刻在一块精美的大理石碑上，把它立在育婴堂附设教堂内纪念乔治·欧斯本上尉的碑雕下面。

乔吉的姑妈布洛克太太，她原先指望从父亲那儿得到的遗产虽然让那小鬼抢走了一半，可还是跟孩子的母亲和好如初，以显示自己胸襟豁达。罗罕普顿距离里士满并不远，一天，门上漆有金牛犊族徽的四轮马车，载着好几个面无血色的孩子来到里士满爱米莉亚家门前。布洛克一家闯进花园时，爱米莉亚正在那里看一本书，焦斯坐在亭子里悠闲地把一颗颗草莓浸入酒中，少校身穿一件印度褂子趴在地上，因为乔吉想到要玩跳背游戏。乔吉一个前滚翻，掉进了布洛克家的先锋队阵中——那些孩子帽上缀着巨大的黑色缎带结，身上系着奇阔的黑腰带，走在他们服丧的妈妈前头。

“他的年龄跟露莎正般配，”做母亲的已经在为女儿打如意算盘；她这样想着向心爱的露莎看了一眼——那位小千金才七岁，看样子不太健康。

“露莎，去亲亲你亲爱的表哥，”布洛克太太说。“乔治，你认不认得我？我是你的姑妈。”

“我当然认得您，”乔治说；“可我不喜欢别人亲我，对不起；”说着躲开了听话的表妹正要向他做出的亲昵姿态。

“带我去见你亲爱的妈妈，你这孩子真逗，”布洛克太太道。

两位太太在阔别十五年后又见面了。当爱米在贫困焦虑中挣扎的时候，另一位连一次也不曾想到过该去看看她；如今嫂子有了相当体面的地位，小姑子来看望她，自然是顺理成章的事。

像这样多年未曾见面的熟人来看她的还有好几位。我们的老朋友斯沃尔茨小姐，偕同她的丈夫，带着一群穿明黄色号衣的扈从，从罗罕普顿浩浩荡荡开来；这位混血儿女财主仍和在平克顿女校时一样对爱米莉亚非常亲热。应该说句公道话：斯沃尔茨小姐倘若有机会与爱米见面，倒是会始终喜欢她的。然而，有什么办法呢？生活在偌大一个都市里，哪有时间出去寻访故人。一旦行列中有人掉了队，这人从此就不见了，而队伍则继续行进。熙熙攘攘的名利场上，谁会在意身边缺了个什么人？

总之，为欧斯本先生举哀的服丧期还没有结束，爱米莉亚居然发现自己已处于一个层次颇高的社交圈的中心，它的成员确信其中人人都非常幸福。这个圈子里的女士几乎都有至少一位男爵以上的贵族亲戚，尽管她自己的丈夫也许是在市中心经营干咸货的[1]。有几位女士

① 干咸货包括原药、颜料、树胶及腌制食品等。

还颇有学问，而且消息灵通：她们读索默维尔太太的书[①]，常去皇家科学研究所听讲演[②]；另一些属于节操凛然一路，以福音书为言行规范，积极参加埃克斯特堂的宗教集会。必须承认，听她们喋喋不休聊得起劲，爱米在这样的环境中完全不知如何是好；有几次弗雷德里克·布洛克太太请客，爱米不忍拂主人的美意，可是去了以后实在尴尬得要命。布洛克太太一个劲儿地在她面前摆老资格，诚心诚意非要对她进行改造。她为爱米莉亚物色到几名裁缝，教爱米在家里怎样发号施令，在交际场中如何举手投足。她经常坐车从罗罕普顿去给嫂子讲一些无聊的上流社会琐事和不可征信的宫廷传闻。焦斯喜欢听这些闲言碎语，可是少校一见这位爱摆谱儿的空心贵妇人，往往嘀咕着走到别处去。有一回，弗雷德里克·布洛克大张华筵(这位银行家至今渴望欧斯本家的资金账户能从斯坦比和罗狄银行转到他们那儿去)，铎炳饭后竟在弗雷德的秃顶底下睡着了。爱米莉亚既不懂拉丁文，也不知道最近《爱丁堡评论》刊出的一篇警世好文章作者是谁；至于皮尔先生前不久在要命的解放天主教徒法案问题上突然转向[③]，与她更是不关痛痒。欧斯本太太坐在富丽堂皇的客厅里女士们中间，像个哑巴，只能望着窗外闪光的温室、如茵的绿草地和整洁的鹅卵石径。

“她看上去性情挺温和，可是乏味得很，”罗狄太太道。“那个少校好像对她特别钟情，”末尾那个词儿她说的是法语。

“她太缺乏品位，”霍里欧克太太说。“我亲爱的，想改造她根本

---

① 玛丽·索默维尔(1780—1872)，英国著名女科学家，写过许多普及自然科学知识的读物。

② 英国皇家科学研究所，1799 年成立于伦敦，以科学研究、普及科学知识为宗旨。

③ 罗伯特·皮尔(1788—1850)，英国保守党创始人，当时的内政大臣(后两度出任首相)。“转向”发生于 1829 年 3 月。皮尔原先宁可辞职也不赞成给天主教徒平等公民权的“解放法案”。后来，由于他发表了有名的转向演说，法案得以通过，成为“解放法令”。

不可能。”

“她无知得可怕，而且对什么都不感兴趣，”格劳里太太的声音仿佛是从坟墓里发出来的，她说话时，缠头巾随着脑袋一起晃动，似乎不胜悲哀之至。“我问过她：根据矫尔斯先生的预言，教皇将在一八三六年下台；根据沃普肖特的说法则在一八三九年；不知她对这个问题怎么看。结果她说：‘可怜的教皇！但愿不会发生这样的事。他究竟干了什么？’”

“我亲爱的朋友们，她是我哥哥的遗孀，”布洛克太太接茬道，“单凭这一点，我想咱们就有责任对她处处关照，在她刚踏入上流社会的时候多加指点。摊上这样一位嫂子，有什么办法？反正这事儿大家都明白，我可不存半点儿私心。”

“布洛克太太真是用心良苦，”罗狄太太在回家的路上向同车的霍里欧克太太说，“她的点子忒多，老是在耍手段。她要欧斯本太太把存在我家银行里的钱抽走，转到她家银行里去。她还拚命笼络小欧斯本，让他坐在那个害眼病的露莎旁边，实在可笑。”

“格劳里太太也够讨厌的，张口闭口不是大罪人[①]，就是善恶大决战，她也不怕呛着！”另一位气鼓鼓地说；其时马车已过了帕特尼桥。

然而这些人在爱米眼里简直高不可攀，跟她们交往委实是活受罪；因此，当家里有人提议到国外去旅游时，大家都高兴得跳了起来。

---

① 据《新约·帖撒罗尼迦后书》第2章，要先有大罪人出现，主耶稣才会第二次降临。另外，清教徒语中的“大罪人”通常指的是教皇。

# 第六十二章
## 在莱茵河上

在以上这些平凡琐事成为陈迹之后，过了不多几个星期，到某一天早晨，国会会期结束，时当盛夏，伦敦所有的体面人都准备离开这座都市，作一年一度的出游，去寻找快乐或健康。“八打威人号”轮船满载着大批英国避暑客从伦敦塔码头启碇。后甲板上张开了天篷，两侧的过道和长凳上挤满了数十名面色红润的儿童、忙忙碌碌的保姆和系着粉红色迷人软帽的夏装女士；男士们头戴旅游帽，身穿亚麻布上衣，八字胡髭是为这次出行刚蓄起来的；有些仪容整饬、比较富态的识途老马，系着上浆的领饰，礼帽刷得很干净——自战争结束以来，这些人不断涌向欧洲，把英国的国骂带到欧洲大陆的每一个城市。行李架上的帽盒、手提小保险箱、旅行梳妆匣多极了。剑桥大学一群朝气蓬勃的年轻人在一名导师带领下前往诺能威尔特或柯尼什文特[①]作教学考察；几位爱尔兰绅士留着极其潇洒的连鬓胡子，戴着耀眼的首饰，在不断地谈论马匹，看到船上的年轻小姐显得特别殷勤，而那群剑桥生和那位面容苍白的导师，却像大姑娘似地怕羞，总是躲着她们。有几名佩尔美尔大街的老牌街楦[②]，是去埃姆斯和威斯巴登的，以便用那里的矿泉清除整个社交季节到处赴宴积下的膏粱，再玩一阵轮盘赌之类以保持那份惬意的紧张。一老翁娶了一位年轻太太，由近卫团的帕比永上尉为她拿着遮阳伞和旅游指南。还有一位少夫带着新娶的老妇(昔年曾与少夫的奶奶同学)去度蜜月。约翰爵士与夫人携带十来个孩子，而保姆的人数也与孩子相等。曾经显赫一时的贝拉克尔斯一家坐在舵轮近旁，直愣愣地瞪着所有的人，跟谁也不搭话。他们带有冠冕族徽的马车堆满了亮闪闪的行李箱，和类似的其他十几辆车一起锁在前甲板上。在这些车辆之间进出穿行很不方便，前舱的旅客几乎没有任何走动的空间。他们中有几个犹太人是在估衣街做买卖的，衣着讲究，自带酒食，他们的财力能把大厅里吃喝玩乐的阔佬们半数家产买下来；几个蓄八字胡髭、随带公文包的勤谨人，上船才半个小时便动手写生；船一过格林尼治，少数充当上房女佣的法国人便晕得天昏地暗；几名马夫在他们看管的马槽附近转悠，或靠在明轮旁的船舷上议论哪几匹马有资格参加莱杰大赛，以及他们自己在古德伍德杯赛中的输赢如何。

导游们对全船作了一番巡视，把他们的雇主在舱内或甲板上安顿好以后，他们自己便集合在一起，开始抽烟聊天；那几个犹太人也加入他们一伙，一边相看那些马车。这里有约翰爵士那辆能容纳十三人的大型车；有一辆是那对老夫少妻的；贝拉克尔斯勋爵的一辆四轮车、一辆轻便车和一辆大篷车，任何人愿意都可以买走。令人费解的是勋爵大人哪来的现金做盘缠。不过那几个犹太人知道他是怎样弄到钱的。他们也知道：此刻勋爵兜里有多少钱；他出多少利息才借到这笔钱；借钱给他的人是谁。末了，这里还有一辆干干净净、漂漂亮亮的旅行车，引起了导游们的注意。

“这车是谁的？”一名背着羊皮大钱袋、戴耳环的导游用法语问另一名戴耳环、背着羊皮大钱袋的导游。

“大概是基尔什看管的，刚才我还瞧见他坐在车上吃三明治来着，”那导游操着一口流利的德国腔法语说。

基尔什不久便从底舱里钻出来，他是在那儿用夹着多国语言的詈骂训斥忙于堆放乘客行李的水手，现在来向译员同行们介绍他自己揽到的差使。他说这辆车的主人是从加尔各答和牙买加发了洋财回来的，富得

---

① 柯尼什文特，德国西部一市镇，当时属莱茵省。

② 街楦，我国江南方言，指老是泡在街上的游手好闲者，犹如鞋中的楦子，街市就靠这等人撑着。

不得了，他就是受雇给这位财主当向导。正在这个当口儿，有人告诫一位小少爷不要在明轮罩之间的桥楼上玩耍，他便从那儿跳到老新郎的马车顶上，再从那儿越过另外好多辆车和大行李箱，一直扒到自己的车上，然后从窗口一骨碌钻进车厢，赢得目睹这一幕的导游们一片喝彩声。

“看来这次定能平安渡海，乔治先生，”基尔什面带谄笑说着举起他那镶金边的帽子。

“去你的法国话！”小少爷道，“饼干在哪儿啊？”

基尔什回答时使用的英语，无非是他所掌握的某种冒牌儿英语。虽然这位仁兄号称通晓各国语言，其实都是半瓶子醋，真正懂得的一种也没有；他哪国话都说得很流利，可是哪国话都说不地道。

脾气挺大的小少爷正是我们的小朋友乔治·欧斯本；也难怪他需要补充体力，因为他还是三小时前在里士满用的早餐，所以现在狼吞虎咽地吃了不少饼干。他的妈妈和焦斯舅舅在后甲板上，那儿还有经常和他们在一起的一位绅士，这一行四人是去旅游消夏的。

焦斯此刻坐在甲板上的天篷下，跟贝拉克尔斯伯爵一家差不多处于面对面的位置，那一家的动静几乎吸引了这位孟加拉文官的全部注意力。伯爵夫妇比焦斯记忆中在布鲁塞尔曾见过他们的那个难忘的一八一五年好像反倒年轻了些（不言而喻，他在印度对别人则说自己跟他们相知有素）。当年贝拉克尔斯夫人的黑发，如今在赤褐中透出美丽的金黄色；贝拉克尔斯勋爵原先火红色的连鬓须，现在却成了又黑又密的大胡子，在光照下忽儿泛紫，忽儿变绿。尽管这对贵人外貌变了，他们的一举一动在焦斯眼里简直比什么都有意思。面前有一位勋爵在，焦斯就跟着了魔似的，没有心思看其余的一切。

“你好像对那些人很感兴趣，”铎炳见他如此全神贯注，忍不住笑道。爱米莉亚也笑了。她头戴一顶缀有黑色缎带结的草帽，身上仍穿孝服；但周围有些闹哄哄的气氛和外出游览的轻松心情，使她看上去显得格外高兴。

“天气好极了！”爱米说，接着添上富有特色的一句，“但愿渡海时风平浪静。”

焦斯摇摇手以示轻蔑，同时仍乜斜着眼睛窥视对面那一双大贵人。

“要是你有过和我们一样的海上经历，”他说，“就不会太在乎天气好坏了。”其实这位经常远航的海上漂，昨夜是在自己的车上度过的，他晕得死去活来，靠向导给他灌对水白兰地，飨之以种种美味，才勉强挨过这一宿。

到了预定的时间，他们一行欢欢喜喜地登上鹿特丹码头，再从那儿换乘另一艘轮船直至科隆城。这一家子和马车在此上岸，焦斯得意非凡地看到科隆的报纸刊出“塞德立伯爵阁下及其随从人员自伦敦抵达本市”的消息。他的行箧中有进宫朝觐时的一身盛装，他坚持要铎炳也带上全副戎装。他声称有意到若干外国宫廷去向他这次打算访问的这些国家的君主表示敬意。

在他们盘桓的任何地方，一有机会焦斯就把自己的和少校的名片留给“咱们的公使”。在自由市美因河畔的法兰克福，英国领事设宴招待他们一行时，焦斯死活要戴三角帽、穿紧身裤前往拜会这位好客的官员，别人费了好大的劲才劝得他放弃这身打扮。焦斯有一本旅行日记，其中详细记述他下榻的各家旅馆有哪些优缺点，哪儿的酒醇菜香，哪儿的简直不能下咽。

至于爱米，她已感到心满意足。她所到之处，经常由铎炳为她拿着折椅和写生册，欣赏这位性情温良的画家以前从未受到过赞誉的素描。爱米莉亚坐在轮船的甲板上画巉岩和城堡，在她的两名扈从——乔吉和铎炳——陪同下骑毛驴，登古代的强盗山寨。她瞧着少校骑在驴背上，两条长长的腿触到地面，模样很滑稽，禁不住笑出声来；铎炳自己也笑了。少校曾在钻研军事文献的过程中积累了不少德语知识，可以为这一家充当译员；他向乔治详细讲述发生在莱茵河和法耳茨的重大战役经过，听得那少年眉飞色舞。短短几个星期内，乔吉老是在马车驭者座上跟基尔什先生闲聊，在德语方面大有长进，居然可以跟旅馆的侍者和车夫煞有介事地交谈，令他的母亲喜在心里，令他的监护人忍俊不禁。

焦斯先生很少参加同伴们下午的游览活动。他饭后要睡上一大觉，或者懒洋洋地待在亭子里休憩，观赏旅馆花园的美景。莱茵河一带的花园真是秀色可餐！宁谧的环境，明媚的阳光，紫色的岗峦；气象万千的大江映出一座座巍峨的山峰——只要见过一回，任何人都将怀着感激的心情念念不忘那儿温馨、安适的旖旎风光。哪怕暂时搁笔，闭目冥想一下莱茵河沿岸的山川之美，也能令人心旷神怡。到了夏日近黄昏的这段时间，乳牛从山坡上结队而下，在响成一片的哞哞声和铃铛声中归宿古老的城市。这儿有年代久远的护城河、城门和尖顶；栗树把蓝幽幽的修长荫影覆盖在草地上，金灿灿、红艳艳的晚霞在天际和江面燃烧；月儿已经露脸，在如火如荼的夕照面前显得苍白惨淡。残阳落到顶上筑有堡垒的群山背后，夜幕倏然降下，河水越来越暗，从古城墙窗户里透出的光亮在江中颤动，对岸山坡下的村落里也开始闪起点点灯火，好一派宁静平和的景象。

却说焦斯惯于在饭后脸上盖一方印度大手帕美美地睡上一觉，醒来觉得通体舒适，便拿起加里尼亚尼那份生财有道的报纸，把上面有关英国的新闻一字不漏地读遍。（让所有到过国外的英国人为那张海盗报纸的创办人兼老板祝福吧！）①焦斯醒着也罢，睡着也罢，他的

① 英籍意大利人加里尼亚尼兄弟在巴黎出版的英文《加里尼亚尼信使报》，读者对象主要是在欧洲大陆的英国人，内容抄袭英国报刊上的文章，却不付稿酬，故而被萨克雷斥为“海盗报纸”。

朋友们都无所谓，少了他也不会特别想他。是的，他们都很快活。晚上他们常去歌剧院听戏——德国城市里那些老派的歌剧院并不追求堂皇的气派，却让人感到亲切、融洽；贵族妇女们坐一边，流着眼泪织袜子；布尔乔亚们坐另一边，与之遥遥相对；虽非至尊亦够尊贵的大公殿下及其全家，个个肥头胖耳，仁厚福相，光临时就占用正中的大包厢；正厅后座满是风流倜傥、腰身很细的军官，他们蓄着麦秆色的八字胡髭，一天的薪饷才两个便士。爱米在那儿头一回领略到莫扎特和契玛罗萨[①]的飘飘仙乐，如获至宝。少校的音乐品位笔者在前面曾经提及，也赞扬过他演奏长笛的技艺。但他在这些歌剧院里得到的主要乐趣，也许是欣赏爱米听戏时心醉神迷的表情。这些艺术瑰宝向爱米莉亚展示了一个爱和美的新世界；这位淑女拥有极其敏锐、极其高雅的感应力，她听了莫扎特的作品焉能无动于中？歌剧《唐·璜》中一些缠绵柔美的段落在她心头唤起的欣喜简直难以形容，以致她在跪下作临睡祷告时禁不住扪心自问：伴随着《唐·璜》中著名的咏叹调油然而生的那种荡气回肠的感觉，会不会是一种罪过？她就这个问题请教了她的神学顾问铎炳少校（少校本人是虔诚的信徒）。后者说，就他个人而言，任何艺术美或自然美在使他得到快乐的同时，也使他心中充满感激之情；听美妙的音乐时所产生的快感，犹如仰望天上的星星、观赏秀丽的风景或图画时所获得的愉悦，乃是一种天赐的享受，为之我们应当像蒙受其他任何物质恩惠一样真诚地感谢上苍。但欧斯本太太心里还不太踏实，便以在布朗普顿时别人塞给她的几本宗教小册子（诸如《芬奇利公地的洗衣妇》之类）中的大道理为依据向威廉质疑。为了开导爱米莉亚，少校给她讲了一则东方的寓言：猫头鹰认为，阳光太刺眼，夜莺的歌喉也被吹捧过了头。

① 多梅尼柯·契玛罗萨（1749—1801），意大利歌剧作曲家，代表作为《秘婚记》。

“有的鸟天生善啼能啭，有的鸟只会怪叫，”少校笑道。“凭你这样一副甜美悦耳的好嗓子，应当归入夜莺一类。”

我很乐意详述细说她一生的这个时期；想到她精神愉快，心情舒畅，我也高兴。这样的日子她过得还不太多，她也没有得到过机会培养情趣，增长见识。迄今为止，她一直受制于一些孤陋寡闻的俗物。这也是许多女人共同的命运。由于每一个女性都是她的同类中其余人的对手，按照她们“仁慈”的评判标准，腼腆被视为愚鲁，娴静等于冥顽；沉默按说只是对权势者飞扬跋扈表示无声的抗议，或持敢怒而不敢言的否定态度，可是落到那般宗教裁判所的女法官之手却最得不到宽容。这么说吧，我亲爱的、有教养的读者朋友，你我今晚如果有缘置身于一群卖蔬菜的中间，那么很可能你我不会才气横溢，语惊四座；反之，如果一个卖蔬菜的出现在府上高雅脱俗的茶桌旁，那儿每一个人说的话都富于机智，每一位名流女士都以无比精彩的方式把她的朋友说得一无是处，那么，这位卖蔬菜的外人大概不会有太多的话可说，他既不可能引起别人的兴趣，也不可能对别人感兴趣。

请不要忘记，我们这位可怜的淑女迄今为止一生还没有遇到过一位君子。而世上君子难得的程度也许超过我们某些人的估计。试问，哪位能从自己的熟人圈子里举出好多这样的君子来：他们的目标是崇高的，真诚是一贯的，非但为人方正，而且出类拔萃；由于胸怀坦荡，他们显得敦厚纯朴；他们敢于问心无愧地正视世界，面对大人物还是小人物，无不一视同仁——这样的君子能有多少？所穿的外套工料讲究的，我们认识的有一百人；举止落落大方的有一二十；能跻身所谓的内层圈子乃至一跃成为上流社会中心人物的幸运儿，也有那么一两个；然而，真正的君子有多少？我们不妨每人拿一张纸开出各自心目中的名单来。

在我心目中的名单上，我毫不犹豫地写下我的朋友铎炳少校。他的两条腿太长了些，脸皮黄黄的，发音略有点儿咬舌，乍一听来确实比较可笑。但他的见解是正确的，头脑非常管用；为人诚实，一生清白；既热心，又谦虚。当然，他的手和脚大得出奇，两代乔治·欧斯本都爱夸大并取笑他的这一特点。两个乔治的嘲弄可能阻碍了可怜的小爱米认识少校真正的价值。然而，我们都曾被误导而一时未能看清英雄本色，后来又改变了原先的看法——这样的事不是发生过无数次吗？爱米在这段幸福的时光发现，她对少校的评价起了巨大的变化。

也许，这对他们两人来说都是生平最幸福的时光，但他们自己未必意识到这一点——其实谁又不是这样的呢？我们中哪一个能指出何时何刻是自己一生欢乐登峰造极的最高点？不管怎样，他俩都很满意，从这次消夏旅行获得的愉快享受，绝不逊色于那年离开英国的任何一对男女。每次上戏园子乔治都去，不过散场时给爱米披上肩巾的是少校。散步和游览时，那少年总是走在头里，或拾级登塔，或爬上树去，其时举止沉稳的那一对待在下面；少校十分悠闲而且不动声色地抽他的雪茄；爱米则把眼前的废墟陈迹画下来。而每字每句都有根有据的本书作者，正是在这次旅游过程中有幸第一次见到他们并与之结识。

我第一次见到铎炳中校及其一行就在蓬佩尼克尔公国这个优雅舒适的小城[①]。那正是皮特·克劳利爵士当过参赞初露头角的地方。不过此事可有年月了，后来奥斯特里茨一役拿破仑大败奥军的消息传来，英国驻普鲁士的外交使节一齐打点行装走为上计。铎炳一行连同

① 蓬佩尼克尔，作者虚构的这个公国以德国城市、当时的魏玛大公国为原型。19 世纪 30 年代初，萨克雷游历欧洲的大部分时间是在魏玛度过的。他还拜访过在魏玛任大臣的大诗人歌德。

向导坐马车抵达全城首屈一指的储君旅馆，一起坐长桌吃套餐。人人都注意到了焦斯的气派之大，他品尝用餐时所要的约翰尼斯贝格[①]时摆出了十足的内行架势(与其说抿，不如说吸)。据我们观察，那男孩胃口也够大的，他吃下去的东西有火腿、煎肉、土豆、越橘果酱、沙拉、布丁、烤鸡、蜜饯，那份所向披靡的骁勇果然不辱其民族精神。大约十五道菜之后，他以甜食作为这一餐的收尾，甚至还把一部分甜食带出门；因为同桌的另一些年轻人见他吃得从容不迫、旁若无人，而且尚有余勇可贾，都觉得有趣，便怂恿他再抓一大把杏元饼干揣入兜里。在这个民风开朗的德意志小地方，几乎大家都上剧场看戏，乔吉一路吃着杏元饼干往剧场走。他那一身黑服的妈妈瞧着儿子进餐时的种种壮举和淘气行为，不时涨红了脸发笑，显得特别高兴，虽然有些不好意思。我记得，中校(此后不久他便得到晋升)当时频频跟孩子开玩笑，一本正经地指着他**还没有**尝过的几道菜，劝他不要缩手缩脚，尽管放开肚皮吃，某几道菜不妨再来一份。

蓬佩尼克尔大公国宫廷剧院那天晚上有所谓的巡回演出，由当时色艺双绝的施廖德-德弗里安[②]饰演出色的歌剧《菲德里奥》中的女主角[③]。我们坐在前排，看得见与我们同桌进餐的那四位朋友，他们坐在储君旅馆主人施文德勒专为他最阔绰的客人预订的包厢内。我不可能不注意到，女主角的精彩表演和不同凡响的音乐，对欧斯本太太产生的感染力竟如此深刻(我们是从蓄八字胡髭的胖绅士称呼她时听到这个名字的)。在令人击节的囚犯合唱中，女主角美妙的歌喉飘然扬起，翱翔于令人神往的和声之上，这时英国太太脸上惊喜的表情，连

① 约翰尼斯贝格，普鲁士一城堡及村庄，亦是当地名产莱茵白葡萄酒的品牌。

② 威廉米娜·施廖德-德弗里安(1804—1860)，德国著名女高音歌唱家。

③ 《菲德里奥》是贝多芬作曲的唯一歌剧。剧中女主角列奥诺拉为了营救身陷囹圄的丈夫，女扮男装化名菲德里奥闯入监狱，赢得狱吏女儿的青睐。

菲普斯这等玩世不恭的年轻外交官在望远镜里看到了也欷歔不已，感慨系之：

“上帝啊，看到一个女人竟会动情到这个份儿上，实在让人打心眼里往外高兴。”

台上演到狱中的一场戏，当菲德里奥唱着“没什么，没什么，我的弗洛列斯坦”扑向她的丈夫时，欧斯本太太激动得简直无法自持，以至用手帕掩面。此刻剧场里每一个女人都在抽泣，但恐怕是命中注定我要为这位女士立传的缘故吧，反正我的注意力完全集中在她一个人身上。

第二天上演的是贝多芬的另一部作品《维多利亚近郊之战》。作品的开头部分采用了颂扬英雄马尔布鲁的法国歌曲，表示法军长驱直入。接着是鼓声、号声、隆隆的炮声以及垂死者痛苦的呻吟；最后在气势恢宏、象征胜利的渐强乐段中响起了《天佑吾王》的主题。

剧场里大概有一二十个英国人，听到这熟悉而又喜欢的音乐，一个个都从座位上起立，站得笔直，以此表明自己是古老、亲爱的不列颠民族的一员，其中包括坐在前排的我们这些年轻人、约翰·布尔明斯特爵士夫妇（他们在蓬佩尼克尔租了所房子抚育他们的九个孩子）、蓄八字胡髭的胖绅士、穿白帆布裤的瘦长少校以及他满怀柔情照顾备至的欧斯本太太母子俩，就连向导基尔什也从顶层楼座站起来。公使馆临时代办泰普沃姆站在他的包厢里连连鞠躬假笑，似乎他就是整个大英帝国的化身。泰普沃姆是黑维托普老元帅的外甥和继承人；这位元帅曾作为黑维托普将军在本书上半部分滑铁卢之战爆发前登场，当时他任铎炳少校所属的第——团团长，直到今年，因为吃了用鸻鸟蛋做的肉冻才去世不久，身后哀荣显赫，而第——团也由国王陛下正式交给高级巴思勋爵士迈克尔·奥多德上校，后者曾指挥该团参加过许多光荣的战役。

想必泰普沃姆曾在他舅舅家里见到过铎炳中校，所以那天晚上在剧场里认出了他。这位代表英王陛下的外交官一点也不拿架子，特地从自己的包厢里走过来跟他刚刚发现的旧相识当众握手。

“瞧瞧泰普沃姆这个该死的滑头，”菲普斯从正厅前座冷眼旁观他的上司，一边悄悄地说。“只要哪儿有漂亮女人，他总是会削尖了脑袋往哪儿钻。”

我心想：外交官不就是干这个的吗？否则还要他们干什么？

“我有幸会见的该是铎炳太太吧？”这位公使馆的代办面带魅力无穷的谄笑问。

“这倒真是个好主意，太棒了！”乔吉突然放声大笑道。爱米和少校一下子满面通红；我们从座位上看到了这一幕。

“这位女士是乔治·欧斯本太太，”少校说，“这位是她的兄长塞德立先生，孟加拉民政部门的一位高级官员；请允许我把他介绍给您，勋爵阁下。”

勋爵极其迷人的微笑险些让受宠若惊的焦斯当场跌翻在地。

“你们打算在蓬佩尼克尔住一阵？”临时代办说。“这地方够沉闷的，我们倒是需要一些出色的人物活跃一下这儿的气氛，我们会设法使你们在此地过得愉快，”代办已经忘了铎炳作介绍时告诉他的姓氏，只得——“哈哈哈先生……呵呵呵太太。我明天会去旅馆拜访你们，这是我的荣幸。”说完，他告退回自己的包厢，临走还回首一笑，他相信这一瞥定然令欧斯本太太的一缕芳魂从此出窍。

演出结束后，我们这些年轻人喜欢在穿堂里稍作逗留，看有身份的观众一一离去。已故大公的遗孀坐的是一辆哐啷啷直响的旧车，由两名忠心耿耿、满脸皱纹的老侍女和一名嗅鼻烟成瘾、腿特别细长的小个儿武弁陪着，那武弁戴着最蹩脚的假发，绿色的外套上却挂着不少勋章，其中最醒目的要算蓬佩尼克尔的圣米迦勒勋章，由一颗星和一条挺神气的黄绶带构成。军鼓敲响，卫队敬礼，那辆旧车哐啷啷驶离剧场。

接着是尊贵的大公殿下及其宝眷在大臣和仆从的簇拥下出来。大公安详地向每一个人鞠躬还礼。卫队再次敬礼，穿大红制服的快腿扈从举着火炬一路照明，于是大公殿下的马车驶向什洛斯贝格山上有塔楼和尖柱矗立的大公古宫堡。在蓬佩尼克尔，人们彼此都认识。只要出现一张陌生的外国面孔，公国的外交大臣，也可能是其他或大或小的官员，马上会前往储君旅馆打听新来的客人姓甚名谁。

我们也在那儿观看这些要人离开剧场。泰普沃姆裹上他的大氅（他有一名异常魁梧的侍从随时为他拿着这件外衣）步行走了，那身影活像唐·璜。首相夫人费力地挤进轿厢，她可爱的女儿伊达则套上帽兜和木屐。紧接着，那四位英国人也走了出来：男孩无聊得直打哈欠；少校努力把披巾盖在欧斯本太太头上；塞德立先生歪戴着可折叠的大礼帽，一只手插在尺寸奇大的白背心腹部；仪表堂堂，气度不凡。我们脱帽向同桌的熟人致意，欧斯本太太微微一笑，还了我们一个屈膝礼——面对这般风韵，每个人的身心都将为之一爽。

旅馆派来的马车在咋咋呼呼的基尔什先生监督下已停在外面，准备接他们回去；可是胖先生说他想散散步，还可以在回旅馆的路上抽会儿雪茄；于是其余三人先行，向我们点点头微笑作别，留下塞德立先生安步当车，而基尔什则带着一盒雪茄紧随在雇主背后。

我们一起同行，路上跟胖绅士聊起这地方有些什么娱乐消遣。对于英国人来说，此地有不少活动可以参加。有专为旅游者哄赶野味的围猎；好客的宫廷经常举办舞会和其他游乐聚会；接触到的人一般都还不错；剧场相当出色；物价很便宜。

“咱们的公使看起来十分和蔼可亲，”我们的新朋友说。“有这样一位官方代表在，再——再加一位好医生，我想这地方完全适合居住。晚安，诸位。”言毕，焦斯把扶梯压得嘎吱嘎吱求饶，上楼准备就寝；基尔什举着一束涂蜡的粗灯芯为他照路。我们但愿那位可爱的女士能在这城里住上一段日子。

# 第六十三章

## 遇见了我们的一位老相识

泰普沃姆勋爵如此客气，自然给塞德立先生留下再好不过的印象。第二天上午，焦斯在早餐桌上立即声言，蓬佩尼克尔是他此行到过的地方中最可爱的一座小城。焦斯如果有什么意图，要什么花样，并不难识破；不动声色的铎炳一听就在心中窃笑，他从印度官员谈到泰普沃姆府以及这个家族的其他成员时那种煞有介事、不假思索的神态可以断定，焦斯今晨已经查阅过旅行指南中有关贵族世家的资料。据焦斯称，他见到过勋爵的父亲、尊敬的贝格威格伯爵阁下；没错，他肯定见到过，那是在——在朝觐的时候——难道铎布不记得了吗？

稍后，那位外交官果真如昨晚许诺的那样，到旅馆来拜访他们一行。焦斯接待贵客的礼仪规格之高，也是驻这个小国的使节难得遇到的。勋爵一到，焦斯便向基尔什使了个眼色，受命在先的密使立刻出去张罗，接着就有几色冷菜、果冻等美味用托盘端进客房，焦斯先生说什么也要请勋爵阁下品尝。

只要有机会暗暗叹赏欧斯本太太的那一双明眸，泰普沃姆打心眼里乐意接受邀请在塞德立先生的下榻处勾留；而爱米莉亚现在风姿绰约，气色正好，完全经得起日光的检验。勋爵很乖巧地向焦斯提了几个有关印度和印度舞女的问题，询问爱米莉亚一些涉及她身边那个漂亮男孩的事，然后盛赞欧斯本太太的光临轰动了整个剧场，爱米莉亚听了只觉得莫名其妙。为了给铎炳一个好印象，勋爵也谈到已经过去的那场战争，并且说当时的储君、目前的蓬佩尼克尔大公曾指挥一支部队建立战功，云云。

泰普沃姆勋爵继承了不少他那个家族固有的骑士风度，幸运的是他一贯深信大凡自己多情的目光所及，几乎每一个女人都为之倾倒。他向爱米告辞的时候，认定自己风趣的谈吐和非凡的魅力已经把这个女人彻底征服，所以准备回去就给她写一封辞意缠绵的情书。但爱米并没有着迷，只是弄不懂他殷勤的痴笑、香气袭人的麻纱手帕和擦得锃亮的高跟皮靴究竟瞄准什么目标。外交官说的恭维话，她连一半也没听懂；她在涉世不深的一生中，还从来没有遇见过以赢得美人芳心为己任的男士，所以与其说勋爵多么讨她喜欢，不如说在她眼里有点儿怪；她对泰普沃姆谈不上钦佩，但无疑感到困惑。相反，焦斯却喜上眉梢。

“勋爵太客气了！”他说。“勋爵说要把他的医生派到我这儿来，真是个热心人！基尔什，你马上把我们的名片送到施柳塞尔巴克伯爵那儿去，就说少校和我将十分高兴尽快进宫去拜会大公。基尔什，你把我的制服——不，把我们两个人的制服都拿出来。每一个英国绅士来到别的国家，既应当拜会本国的驻外使节，也应当拜会那些国家的君主，这是礼节。”

泰普沃姆派来的冯·格劳伯大夫，也就是大公殿下的太医，很快使焦斯相信，蓬佩尼克尔的矿泉加上大夫采用的独特疗法，管保孟加拉官员恢复青春，重现苗条。

“去年这里来了一位英国将军巴尔克利，”他说，“有您两倍那么大，先生。两个月下来，他就能够和格劳伯太太跳舞；三个月以后，我送他回国时已经十分苗条。”

焦斯主意已定。矿泉、大夫、宫廷和代办对他产生的说服力可谓大矣，他提议今秋就待在这个安乐之乡。代办说话算数，第二天把焦斯和少校介绍给维克多·奥瑞留斯十七世，带领他们面见那位君主的是宫廷典礼官施柳塞尔巴克伯爵。

他们当即被邀请参加宫廷宴会。他们打算在本城逗留一个时期的消息刚一传开，当地最有身份的女士立刻都来拜访欧斯本太太；尽管她们也许穷得叮当响，可爵位最低也得是个男爵夫人，所以焦斯高兴得简直无法用语言来形容。他写信给东方俱乐部的恰特尼，说从印度回来的官员在德国吃香得很，表示自己准备向他的朋友施柳塞尔巴克伯爵演示印度人用长矛刺野猪的方法，还说他尊贵的朋友大公及大公夫人堪称温良恭谨的典范。

爱米经引见也拜会了尊贵的大公一家，由于某些日子宫中是不准穿丧服的，她就换了一件妃色绉纱连衣裙，胸前戴上哥哥送给她的钻石搭扣；这样一打扮，她显得雍容娴雅，大公和宫廷上下无不极口称赞她的动人丰采。至于少校的反应，就更不在话下了；以前铎炳几乎从未见过爱米莉亚穿晚礼服，这一回竟发誓说她看上去绝不会超过二十五岁。

爱米莉亚穿着这身服装，在宫廷舞会上与铎炳少校共走了一曲波罗乃兹①；当这首节拍比较容易跟上的舞曲奏响时，焦斯先生有幸带领施柳塞尔巴克伯爵夫人步入行列——切莫小看了这位背有点儿驼的老太太，她的纹章上需要分成十六块才够标明与之有世系渊源的贵族之家，德国的大小君主有半数与她沾亲。

蓬佩尼克尔位于一个得天独厚的谷地中部，滋养大地、水光潋滟的蓬普河流经此谷，到某处与莱茵河汇合(我手头没有地图，不能准确说出汇合点在何处)。在某些地方，蓬普河水深，面宽，可通渡船；在另一些地方，却只够转动磨坊的水车轮。在蓬佩尼克尔城中，往上倒数第四代尊贵的大公殿下、赫赫有名的维克多·奥瑞留斯十四世修建了一座蔚为壮观的桥梁，他自己的塑像由水仙女和象征胜利、和平

---

① 波罗乃兹，一种 3/4 拍的宫廷行列舞，源自波兰民间舞蹈。一般速度较慢，庄重典雅，所以作者故意不说“共舞”，而说“共走”。19 世纪中叶以后渐渐有了速度较快的波罗乃兹。

与富饶的标志簇拥着矗立在桥上，一只脚踩住被打倒的土耳其人的脖子——据历史记载，当索别斯基[1]解救维也纳之围的时候，维克多·奥瑞留斯十四世曾与一名土耳其士兵格斗并捅穿了后者的身体。他丝毫不为那个回教徒在他脚下垂死挣扎的惨状所动，笑吟吟地用权杖指着奥瑞留斯广场的方向，他已开始在那里建造一座新的宫殿，可惜英武盖世的大公因资金短缺而未能竟其业。这座名为蒙普莱齐尔的宫殿（方正的德国人称之为蒙布莱齐尔），本该成为他那个时代的一大奇观；如今那里连同林苑和花园却是一派荒芜景象，其规模也仅为当今国君宫廷所需的十倍。当初规划之时是想与凡尔赛宫一比高下的，在它的回廊和树丛中间至今保存着一些具有讽刺意味的巨大喷泉装置，逢到节日庆典又是喷水，又是冒泡，声势浩大，犹如翻江倒海，能把人吓个半死。那里有个特洛浮尼乌斯岩穴[2]，通过某种奇特的装置，岩穴里的几尊铅铸小海神不但能喷水，还能从铅铸海螺中吹出令人毛骨悚然的凄厉之音；那里有水仙女的浴场和尼亚加拉大瀑布，被附近的民众叹为观止，一年一度议院开会都有集市，历代国君诞辰和婚礼纪念照例要庆祝一番，逢到这样的日子，这片小国乐土的百姓就跟大过节似的。

整个公国绵延近十英里，位于西部边界的波尔库姆敢于傲视普鲁士，而大公拥有一所猎舍的格罗格维兹则与邻国波岑塔尔公爵的领地隔蓬普河相望；除了以上两个市镇加上蓬佩尼克尔本城外，还有许多小村庄星罗棋布于这个幸福的小国。从所有的市镇、农场和蓬普河畔的磨坊，女的身穿红色短裙，头戴丝绒帽子，男的头戴三角帽，嘴里叼着烟斗，成群结队涌向蓬佩尼克尔城，去共享赶集过节的欢乐。那

---

① 索别斯基（1624—1696），波兰国王（1674—1694年在位），与神圣罗马帝国结盟，于1683年击败土耳其军队，为维也纳解围。

② 特洛浮尼乌斯，相传为德尔斐第一座阿波罗神庙的建造者。在他死后，为纪念他而建造的神庙附近有一岩穴，以神谕灵验著称。

时剧场免费开放，蒙布莱齐尔的人工泉水开始喷涌（好在观赏喷泉的人多，要是独自游览怪吓人的）；那时走江湖卖假药的和玩杂耍的也来了（尊贵的大公殿下迷上马戏班一名女骑师的故事尽人皆知，据信那个绰号“随军小贩”的女子是为法国刺探情报的间谍）；喜形于色的百姓可以进入大公金碧辉煌的宫殿，在无数间屋子里随意穿行，对于溜光溜滑的地板、富丽的帐幔和放在每个房间门口的痰盂赞叹不已。维克多·奥瑞留斯十五世是一位伟大的君主，但过于追求享乐，他在蒙布莱齐尔布置了一个密室，听说那地方的撩人春色堪称一绝。壁上画的都是酒神巴克斯和妻子阿里阿德涅的香艳故事，餐桌搬进或搬出密室由绞盘操作，这样宾主可不受侍者的干扰。但这个去处被奥瑞留斯十五世的遗孀巴巴拉关闭了，她原是波尔库姆家族的女公爵，严守节操，笃信上帝；她的丈夫在寻欢作乐兴致正浓的盛年溘然长逝后，她的儿子虽然聪颖，毕竟年纪太小，巴巴拉曾有一个时期自任公国摄政。

蓬佩尼克尔的剧场在德国的那一区域颇有些名气。后来它的声誉有些衰落，因为当今的大公年轻时坚持在那里上演他自己创作的歌剧，据说有一天大公参加排练时，嫌指挥的速度太慢，竟从乐队中自己的位子上把一支大管向指挥的脑袋砸去；在那个时期，大公夫人索菲娅还写一些看起来想必非常乏味的家庭喜剧。不过如今大公只在非公开场合上演他的音乐作品，大公夫人的剧作也只演给访问小朝廷的外国贵宾观看。

宫廷排场不小，讲究舒服和气派。如果要举行舞会，哪怕晚宴有四百人出席，照样每四位来宾必有一名穿滚边红色号衣的仆人伺候，而且人人都使用银餐具。各种节庆和娱乐活动几乎接连不断；大公有自己的内侍和掌马官，大公夫人也有自己的宫女和女官，跟其他任何权势更大的君主比起来，真可谓麻雀虽小，五脏俱全。

该国实行或曾经实行一种温和的专制政体，起调节作用的议院其实也可有可无。在我居留蓬佩尼克尔的这段时间内，从未听说议院在开会。首相赁居在茨维巴克糕饼糖果店的三楼，外务大臣则租用上下方便的二楼。军队由一支出色的军乐团组成，他们也在舞台上执行演出任务；我们在奥瑞留斯广场对面的咖啡馆吃早餐，听他们在广场上演奏了一整个上午，可晚上往往又看到这些棒小伙子身穿土耳其服装，脸上搽了胭脂，手执木制的道具弯刀列队行进，或扮成罗马战士吹低音号或长号，真是件赏心乐事。除了军乐团，还有一批服装华丽、人数可观的军官和大概少得可怜的士兵。除固定的岗哨外，常有三四名穿轻骑兵服装的军人在宫中值勤，但我从未看见过他们骑在马背上。本来嘛，在这四海升平的时代要骑兵干什么？有什么地方需要轻骑兵跃马扬鞭去冲锋陷阵？

这里的人们——当然，我指的是贵族，而不是布尔乔亚，因为众所周知我们向来不把布尔乔亚当回事儿——这里的人们都互相往来。布尔斯特夫人阁下每周有一天在家待客；史努尔巴尔特夫人阁下的会客时间定在另一天晚上；剧场一星期演出两场；宫中每星期有一个接见日；因此，生活实际上会成为一连串周而复始的娱乐，尽管蓬佩尼克尔式的娱乐朴实无华，不事争奇斗胜。

在这么个小地方同样存在派别，这一点谁也不否认。蓬佩尼克尔搞政治的劲头足得很，党派之间互相敌视十分厉害。那里有施特伦普甫派，有雷德尔伦格党；一方得到英国使馆支持，另一方的后台是法国代办马加波先生。我们的公使认为，在两位歌唱家中，施特伦普甫女士显然更伟大，她的音域比其对手雷德尔伦格女士多出三个音。只要我们的公使发表**不论什么样的**看法，立刻会遭到法国外交官的反对。

城里每个人必定属于某一党派，非此即彼。不可否认，雷德尔伦格天生娇小可爱，她的嗓子音域诚然不宽，却非常悦耳，而施特伦普甫无疑芳华已逝，而且太胖。例如，在演到《梦游女》[①]最后一场时，她必须穿着睡衣提灯爬出窗户，从一块跳板上越过磨坊外的小河；她好不容易才从窗户里挤出去，而跳板又被她的重量所压弯，吱吱嘎嘎直讨饶。但她把歌剧终场那一段唱得酣畅淋漓！当她投入埃尔维诺的怀抱时，炽烈的感情犹如火山喷发，埃尔维诺被她搂得那么紧，差点儿窒息致死！至于那位娇小的雷德尔伦格——还是别再说三道四，就此打住吧。总之，这两个女人乃是蓬佩尼克尔的两面旗帜，分别代表亲法派和亲英派，整个上流社会以忠于这两个大国中的哪一个为界一分为二。

站在我们这一边的有内务大臣、掌马官、大公的私人秘书和储君太傅；亲法派则有外务大臣、曾在拿破仑麾下服役的总司令的夫人、宫廷典礼官及其夫人，后者只要弄到巴黎时装就开心，法国代办马卡波先生的专差一直为她定购最新款式的衣着和帽子。公使馆秘书格里尼亚克是个狡狯如魔鬼的年轻人，他在当地所有人的纪念册里都给画上讽刺泰普沃姆的漫画。

亲法派的总部和聚餐会设在本城另一家旅馆“巴黎宫”。两大派别在公开场合自然不得不客客气气，但背地里互相辱骂的词锋之犀利却不亚于剃刀。我在德文郡曾见过两名摔跤手拚命踢对方的小腿，可是脸上不动声色，没有一条肌肉会显示自己的痛苦。泰普沃姆也好，马卡波也好，在发往本国政府的快报中，总是用最激烈的语言攻讦自己的对手。例如，我方这样写道：

“现任法国公使的活动，对于大英帝国在本地乃至在整个德国的利益构成威胁；此人品格恶劣，为了达到目的，即使造谣做假、作奸

---

① 《梦游女》，意大利作曲家贝里尼（1801—1835）谱写的一部歌剧。但此剧于1831年方始在米兰首演。

犯科亦在所不惜。他蛊惑人心，挑拨宫廷与英国公使的关系，把大英帝国的所作所为描绘得极其残暴，十分可恶。不幸的是有一个颟顸昏庸出了名的大臣支持他，该大臣又偏偏权倾朝野。”

另一方可能会这样写：

“泰普沃姆先生那种愚蠢的岛民自大狂至今一仍旧贯，他不断以卑劣的手法造谣中伤世界上最伟大的国家。昨天有人听到他以轻慢的口气提到贝里公爵夫人殿下；以前他曾经侮辱英勇的昂古莱姆公爵，甚至敢含沙射影地诬蔑奥尔良公爵殿下阴谋篡夺法国王位[①]。凡是他用愚蠢的恫吓手段不能奏效的地方，他便用金钱进行收买。通过威胁与利诱，他把本地宫廷中一些无耻小人拉到自己一边。总之，如果不把这条毒蛇打死踩烂，蓬佩尼克尔将永无宁日，德国也没法太平，法国不可能受到尊敬，欧洲休想在一个祥和的环境中生活，”如此等等。

每当某一方发回特别尖刻的快报时，总会有消息泄露出去。

冬季刚刚来临，爱米居然也定下了自己的会客日，在寓居的住所招待朋友，这样的晚会不事铺张，又十分得体。她请了一位法语老师，那位老师称赞她发音纯正，很有天分。其实她很久以前学过，后来又在语法上下过一番功夫以便辅导乔治。施特伦普甫女士来给她上声乐课，爱米把练声曲唱得音准腔圆，以致住在街对面首相楼下的少校总是把窗户打开，为的是听得更加真切。有几位德国女士很重感情，又不是那等刻意讲究品位的主儿，她们认识爱米后如获至宝，马上抛开繁文缛节把她当自己人对待。这些事情虽然琐屑，却与幸福的时光互相关联。少校当起了乔治的导师，教他数学，和他一起读恺撒

---

① 这里提到的事情应当发生在 1830 年七月革命之前。贝里公爵夫人(1798—1870)是 1824—1830 年在位的法国国王查理十世的寡媳(她的丈夫于 1820 年被一个马具匠所暗杀)。昂古莱姆公爵(1775—1844)是查理十世长子。奥尔良公爵即路易-菲力普(1775—1850)，1830 年七月革命后取得法国王位。

的语录；他们还有一位德语老师；傍晚两人出去骑马，陪伴坐在车上的爱米——她向来胆儿小，骑在马背上稍有些颠晃就会吓得哇哇叫，所以往往和一位德国好友一起坐四轮车兜风，焦斯则在后座上打盹儿。

近来焦斯十分钟情于女伯爵范妮·布特布罗德，那是一位温和文静的非正式年轻修女，心肠很软，不拿架子；虽然出身高贵，但她的财产恐怕年金还不足十镑。范妮也曾表示，要是能有爱米莉亚这样的姐姐，那是老天所能赐给她的最大幸福。焦斯大有把一位女伯爵的族徽、冠冕置于他自己车门和餐叉上的纹章旁边之势，这时——这时却发生了几件事情，为祝贺蓬佩尼克尔的储君与可爱的阿梅丽亚·珲堡-施立彭施洛彭公爵小姐结婚，盛大的喜庆正在热火朝天地举行。

这次喜事的排场之大，打从爱好摆阔的维克多十四世以来在这个德国小地方还从未有过。邻邦所有的公爵、公爵夫人、公爵小姐、达官贵人都应邀来贺。蓬佩尼克尔每张床位的租金上涨到半克朗一夜，而军队则为派不出那么多仪仗队向从四面八方莅临的殿下、阁下、大人致敬而伤透了脑筋。婚礼仪式是在女家举行的，由施柳塞尔巴克伯爵代表新郎前往迎娶。当时分送宾客的鼻烟壶不计其数（我们从为宫廷提供珠宝古玩的商人那儿了解到，他把卖掉的鼻烟壶买回来以后再卖出去），蓬佩尼克尔的米迦勒勋章发给贵族廷臣的有好几口袋，英国公使馆收到了成筐的施立彭施洛彭的圣卡特琳棘轮绶带和勋章。法国公使馆两种都收到了。

“马卡波身上挂满了绶带，简直像一匹获奖的拉大车种马，”泰普沃姆说，按外交使节的规矩他是不能接受任何勋章奖章的。“就由他去挂吧；可是这一回胜利究竟属于哪一方呢？”

的确，这是英国外交的一次胜利：亲法派曾建议并千方百计力促储君与波兹陶森德-董内威特家族的一位公爵小姐联姻，这门亲事自然遭到英方的反对。

所有的人都被邀请参加喜庆活动。为了欢迎新娘，横跨马路扎起了彩牌楼和凯旋门。圣米迦勒喷泉涌出的酒酸得厉害，而炮兵广场的喷泉往外冒的却是啤酒泡沫。各处的喷泉全都开足，林苑和花园里竖了好多根杆子，快乐的农民可以尽情地爬上杆顶摘取用粉红缎带系在上面的表、银叉、特大香肠等等。乔吉也爬到杆顶摘到一件奖品，瞧热闹的都乐了，然后他以瀑布一样的速度滑下来。有个农民只差一点儿就到手了，因为运气不好，这会儿站在杆下哭鼻子。乔吉并不在乎奖品，只是为了争光，见状就把摘下的香肠给了他。

法国使馆的彩灯比英国使馆多了六盏；但我们挂出的透明图画表现一对新人在行进，仓皇逃遁的制造不和者画得酷似法国公使，滑稽极了。这一招彻底压倒了法国人；我敢肯定，泰普沃姆后来得到提升和一枚巴思十字章，原因就在于此。

大批外国人来到蓬佩尼克尔共庆同乐，当然也有英国人。除了宫廷舞会，在市政厅和大礼堂还有向公众开放的舞会，市政厅还专门辟出场所玩一种名叫“红与黑”的纸牌戏和轮盘赌，由来自埃姆斯或亚琛的一家德国大公司出资经营，但仅以一周的节庆期为限。本城公职人员和居民均不得参与这类赌博，但外地来客、农民和女士，只要输赢自己乐意，要玩是可以的。

乔吉·欧斯本这个小浪子便在被允许之列。不论什么时候，反正他兜里有的是钱，亲属们又都赴宫廷盛会玩儿去了，于是他和舅舅的向导基尔什先生一起来到市政厅。以前在巴登巴登，乔吉曾跟随铎炳到那儿的赌场里转过一圈，少校当然不准他耍钱；现在他并不是对舞会感兴趣，而且一下子就往耍钱的地方跑，围着有庄家和赌客在博输赢的几张桌子转悠。赌客中不少是女人，有几个戴着面具——在那段狂欢的节日里，这点儿自由也是许可的。

一个浅棕色头发的女人，身穿露肩领开得相当低的连衫裙，但衣服已远不如新时那般鲜艳；一双眼睛透过黑色面具的目孔闪耀着异样的光芒；她坐在一张玩轮盘赌的桌旁，面前放着一张卡片、一枚针和几个弗罗林金币。每当庄家报叫开出的颜色和号码时，她就用针在卡片上刺孔，一丝不苟地做记号，要等报开红色或黑色达到一定次数后，才往某一种颜色上下注。她给人以一种奇特的印象。

尽管她谨慎细心，却总是猜错，当庄家用冰冷无情的语调报出赢钱的颜色和号码时，她最后的两个弗罗林也接连给庄家的耙子扒走了。她长叹一声，耸了耸已经露出太多的肩膀，把针刺入桌上的卡片，坐着用手指在桌面上弹了一会儿。然后她四下环顾，发现一脸好奇的乔吉正目不转睛地注视着当时的情景。这小鬼！他到这种地方来干吗？

她看到乔吉后，一双亮闪闪的眼睛透过面具直盯着那男孩，接着用法语问：

“先生不玩吗？”

“不，太太，”乔吉也用法语回答。

但是，那女人想必从他的口音听出他是哪国人，因为女客继而用英语跟乔吉交谈：

“您还从来没玩过，能不能请您帮我一个小忙？”

“帮什么忙？”乔吉说时脸又红了。其时基尔什先生自己也在赌红与黑，没有留意他的小少爷。

“请代我玩一把；随您把它押在什么号码上，任何号码都可以，”说着，她从胸前取出钱包，又从钱包里取出里边仅剩的一枚金币，把它放到乔吉手中。孩子笑了笑照办。

他押的号码果然赢了。据说这是冥冥之中有一股力量作出的安排让新手尝到甜头。

“谢谢您，”那女人把赢得的钱扒到自己面前，说；“谢谢您。您叫什么名字？”

“欧斯本，”乔吉答道，一边把手伸到自己兜里准备掏钱试试运气，这时全副戎装的少校和打扮成侯爵的焦斯来了。有些人觉得宫里的娱乐没意思，认为还是市政厅的赌局好玩，所以早早离开了宫廷舞会。但少校和焦斯可能回到家里发现孩子不在，因为铎炳一进来立刻走到乔吉跟前，抓住他的肩头猛地往后一扯，先脱离眼前的诱惑再说。接着，少校环顾室内，见基尔什如前面所述正全神贯注于赌博，便走过去责问他好大的胆子，竟敢把乔治少爷带到这种地方来。

“别来管我，”基尔什先生赌兴正浓，又逞着几分酒性，当即用法语顶撞少校。“人总得找点儿乐子吧，真是见鬼！我又不是给尊驾当差的。”

少校看到他处于这样的状态，也就不打算与他理论，只把乔吉拉走，并问焦斯去还是留。焦斯紧挨那个戴面具的女赌客站着，后者现在手气好多了，她正兴致勃勃地关注着赌局。

“焦斯，你还是跟我和乔治一起回去吧，”少校说。

“我在这儿待一会，回头跟基尔什那个混账东西一块儿走，”焦斯说；铎炳出于同样的原因，没有苦劝焦斯，觉得当着孩子的面这样做不妥当，就带着乔吉回去。

“你赌了没有？”少校问乔吉，这时他们已走出市政厅踏上回家的路。

“没有，”孩子说。

“你要以一位君子的人格向我保证决不赌钱。”

“为什么？”孩子说；“这事儿好像有趣得很。”

于是，少校非常雄辩地向乔吉解释，为什么他不应该赌钱。铎炳本可以乔吉自己的父亲为例使这番训诫更具说服力，然而他不愿让孩子心中美好的纪念蒙上阴影。把乔吉送回家后，少校到自己寓所准备就寝，并且看见街对面他小房间(那是爱米莉亚卧室的外屋)里的灯火不久便灭了。半小时后，爱米莉亚屋里的光亮也随之熄去。不知少校为什么把这些细节看得如此真切。

焦斯却仍留在赌桌附近。他不是赌徒，但偶尔也不反对感受一下这种游戏会带来的那点儿刺激，何况他进宫穿的背心绣花口袋里有几个金拿破仑在叮当作响。他隔着那位娇小的女赌客袒露的玉肩押下一个金币，结果他俩都赢了。女客挪了一下身子，把搁在旁边空椅子上的裙裾移开，腾出地方好让站在她背后的人坐。

“请坐，希望您给我带来好运气，”她的口音依旧带着外国腔，这跟她感谢乔吉替她下注赢钱时说的话大不一样，刚才那一声“谢谢您”可是地地道道的英国味。

胖绅士四下环顾，没发现有什么体面人物在注意他，这才坐下，并且嗫嚅道：

“啊，我的老天爷，说真的，我的手气好得很。我相信一定能给您带来好运气，”另外还不好意思地说了些恭维话。

“您是赌大的还是玩小的？”戴面具的外国女人问。

“一两个拿破仑闹着玩儿，”焦斯气度不凡地说着，又扔下一个金币。

“对，逢场作戏，不伤元气，”套着面具的女客跟他打趣。但这时焦斯一下子大惊失色，女客带着挺可爱的法国口音继续说。“您不是真为了赢钱。我也一样。我是为了忘记过去，可是忘不了。我忘不了久远的岁月，先生。您的外甥跟他父亲像极了；而您——您还是老样子——不过，您还是有了些变化。每个人都在变，每个人都那么健忘；人人都那样没心肝。”

“上帝啊，您究竟是谁？”焦斯激动地问。

“您猜不出来吗，约瑟·塞德立？”娇小的女客语调颇有几分凄凉，她摘下面具望着焦斯。“您已经把我给忘了。”

“我的老天爷！克劳利太太！”焦斯半晌才吐出一句话来。

“叫我瑞蓓卡，”对方说着把一只手按在焦斯手上；不过在她端详故人的同时，始终关注着赌局的进程。“我住在大象旅馆，”她接着说。“只要问罗登太太就行。今天我看见了我亲爱的爱米莉亚；她的气色好极了，看上去十分幸福！您也是！人人都幸福，只有我这个苦命人除外，约瑟·塞德立。”她用一方花边已经残破的手帕抹一下眼睛时，手似乎做了个不经意的动作，把她押在红区的注移到了黑区。

不料这回开出的还是红，结果她输了。

“咱们走吧，”她说。“陪我散会儿步——咱们是老朋友了，可不是吗，亲爱的塞德立先生？”

其时基尔什先生的钱也输光了，他便跟随雇主走出市政厅。外面月光如水，灯彩眨巴着眼睛行将熄灭，挂在英国使馆门外的透明画几乎已看不清楚。

# 第六十四章
## 飘零的落花

瑞蓓卡·克劳利太太的传记中有那么一部分，笔者只得知趣地轻轻带过，这是世道的要求，更确切地说是世上那些道德家的要求；他们很可能并不特别反对劣迹丑行，但要是听别人直言不讳地谈到这类行径，那种反感之强烈简直无以复加。名利场上有不少事情我们都在干，而且尽人皆知，虽则我们从来不说，犹如祆教徒崇拜恶之神，却绝口不提魔鬼。一位真正高雅的英国或美国淑女不允许"裤子"这个词儿玷辱她们贞洁的清听；上流社会的读者同样不能容忍一篇描述堕落行为的翔实报道。然而，尊敬的女士，裤子我们天天要穿，天天看见；堕落天天在我们鼻子底下发生——我们并不见得如何羞愧难当。您若是每次遇到此物此事都要脸红，那您会是怎样一副面容？仅仅在提到此物大俗不雅的名称或述及此等有伤风化的丑行时，您娴淑的操守才认为必须表示震骇或愤慨，因而作者在写此书的过程中，自始至终抱着恪遵当今时尚的愿望，只是蜻蜓点水一般适可而止地暗示邪恶的存在，不让任何人细腻的感情受到伤害。蓓姬当然有一些劣迹，但笔者把她呈现在读者面前的时候绝无片言只字出格越轨；我倒要瞧瞧何人能说事实并非如此。笔者怀着几分自豪的心情敢问所有的读者：在描写蓓姬这个能歌善笑、惯用花言巧语和虚情假意迷惑人的塞壬[①]方面，笔者有没有哪怕是一次忘记过礼数规矩，让那妖怪丑恶的尾巴露出了水面？没有！谁要是愿意，可以向清澈透明的波浪下面张望，瞧瞧那条黏黏糊糊、让人恶心的尾巴如何扭来扭去，在白骨中间拍打，在尸体周围盘旋。但在水面以上，一切都中规中矩，合格得体；我敢说，哪怕是名利场上最挑剔的道德家也没有任何理由吹毛求疵！诚然，当塞壬消失在水下，潜入海底去找死人的时候，她上面的水自然会被搅浑，想要往里边看个究竟纯属徒劳。塞壬们坐在礁石上拨弄竖琴的弦索，梳理她们的长发时，用歌声招引你过去给她们拿着镜子——那时她们的模样挺可爱；然而一旦她们钻入水中，请相信我，跟这些海妖打交道绝没有你的好果子吃，最好还是别去窥探那些食人的女水怪如何大啖其可怜的盐渍牺牲品纵情狂欢。所以，当蓓姬不在我们视野之内的时候，可以肯定她不在干什么正事，也就是说，有关她的情况谈得越少越好。

自从柯曾街出了乱子以后大约两年过去了，如果我把这段时间内瑞蓓卡的所作所为无一遗漏地如实报道的话，人们恐怕有理由说本书路子不正。虚荣心重、寡廉鲜耻、追求享乐的人所做的事情往往路子不正（其实，我的朋友，就拿您来说吧，看上去道貌岸然，清名远扬，您的行为又何尝不如此？——不过此话我只是顺便说说罢了）；那么，我们又能要求一个无所谓信仰、无所谓爱、也无所谓清白的女人做出什么行为来呢？我倾向于作如是观：蓓姬生活中有那么一个时期，她并没有愧悔不及，而是近乎破罐破摔，彻底自暴自弃，根本不在乎她的名声。

这种颓废和沉沦并非形成于一朝一夕；那是她遭难后多次挣扎着试图浮起来连连失败，才逐步逐步落到这般田地的——就像落水的人只要心中还存一线希望，就会抓住一根木条不放；等到发现任何努力全都落了空，这才扔掉木头沉下去。

当罗登·克劳利在为走马上任去当殖民地总督作准备的时候，蓓姬尚在伦敦，据信还曾不止一次谋求见到她的大伯子皮特·克劳利爵士，企图动之以情，而她原先几乎已经赢得夫兄的支持。一天，皮特爵士与韦纳姆先生一起向下议院走去，后者眼尖，发现罗

① 塞壬，希腊神话中人身鸟足的女海妖。她们住在地中海的一个小岛上，常用美妙的歌声引诱航海者触礁丧生。

登太太套着黑色面纱在堂堂立法机构附近探头探脑。当她和韦纳姆目光相遇时，就悄悄溜走了，始终未能实现她在准男爵身上打主意的设想。

可能是简夫人进行了干预。我听说，简夫人在那场争吵中所表现的勇气和拒不承认蓓姬的决心，令自己的丈夫大为惊讶。她自行决定邀请罗登在动身赴考文垂岛之前住在冈特街，因为简夫人知道，有罗登守卫在此，蓓姬不敢闯入她家。她还对寄到皮特爵士名下的邮件信封一一仔细察看，唯恐丈夫和他的弟媳有书简往来。瑞蓓卡如果想要写信的话，其实还是有办法的；但她不再试图与皮特见面，也没有写信寄到他家。经过几次尝试之后，蓓姬同意了皮特的要求，即事关她与罗登夫妻失和的问题一概通过律师进行联系。

实际情况是皮特受了别人的影响，已对她产生极大的反感。在斯泰因勋爵事件后不久，韦纳姆曾去找过准男爵，向他提供了蓓姬的一份详细履历，令代表钦设克劳利镇的国会议员吃惊不小。韦纳姆对她的情况了如指掌：她父亲是谁；她母亲哪年在歌剧院当舞蹈演员；蓓姬的过去是怎么回事；她婚后的行为又如何。我可以肯定，韦纳姆所讲的故事大部分是别有用心的谎言，所以这里就不重复了。然而蓓姬在一位曾经相当偏袒她的乡绅和亲戚心目中，却留下了非常非常可悲的印象。

考文垂岛总督的俸禄并不丰厚。总督阁下从中划出一部分用于偿还某些未了的债务，而他身居高位的花销又相当浩大；最后发现他顶多只能给妻子匀出三百镑一年，罗登打算向她支付这笔钱的条件是她永远不找丈夫的麻烦。否则的话就打离婚，让丑事外扬。但韦纳姆也好，斯泰因勋爵也好，罗登也好，人人关心的是设法使她离开英国，把这档子极不光彩的事儿遮盖过去。

瑞蓓卡可能一门心思在跟她丈夫的律师们一起办种种手续，以致忘了为自己的儿子小罗登采取任何步骤，甚至一次也没有打算去看看他。那位小少爷已完全交给他的伯父伯母监护，而后者向来深得侄儿的喜爱。他母亲离开英国后，从布洛涅给儿子写了一封字迹娟秀的信，要他好好念书，说自己准备去周游欧洲大陆，在这个过程中将很高兴再给他写信。但是蓓姬过了一年才写信，而且还是由于皮特爵士唯一的儿子，那个老是病病歪歪的小皮特死于百日咳和麻疹的缘故。小罗登的妈妈于是写了这封洋溢着母爱的信给她的爱子，小罗登则因堂弟之死成了克劳利庄的继承人，从而比以往任何时候更亲近那位仁厚的夫人，尽管在她慈爱的心中已经把侄儿当亲子看待。其时长成了一个英俊挺拔小伙子的罗登·克劳利，接信后涨红了脸说：

“哦，伯母，我的母亲是您！”他说；“不是——不是那个人！”

可他还是写了一封亲切而恭敬的回信给当时住在佛罗伦萨一家寄宿舍里的瑞蓓卡。不过这是后话，暂且按下不表。

我们亲爱的蓓姬第一程飞得并不太远。她的落脚点是法国沿海的布洛涅，有好多无辜被逼离开本土的英国人在那儿栖身；她住在该地一家旅馆里，有两间房，雇了个女仆，生活方式像一位有教养的寡妇。她在客饭桌上用餐，同桌的人们觉得她挺不错，她给他们讲关于夫兄皮特爵士的故事，还谈到她在伦敦结识的一些大人物，那种语调轻松的上流社会神聊，往往能给不知就里的人留下很深的印象。在其中不少人眼里，她是个有身份的人；她在自己房间里举行小型茶会，参加当地一些无伤大雅的娱乐活动——洗海水浴；坐敞篷车兜风；在沙滩上漫步；去剧场看戏。一位印刷业老板娘伯椒伊斯太太，带着孩子到此度夏，食宿在旅馆里，她的丈夫周六和周日来和妻儿团聚。她认为罗登太太非常可爱，孰料那个伯椒伊斯真不是东西，竟对蓓姬开始大献殷勤。其实这样的事情稀松平常，只不过蓓姬一贯平易近人，善于交际——尤其擅长跟男人们交往罢了。

社交季节过后，照例有不少人来到国外，于是蓓姬有的是机会通过观察来自伦敦富豪圈内的熟人，从他们的态度中琢磨“上流社会”对她的行为持什么看法。一天，蓓姬在布洛涅码头的突堤上踽踽闲步，远处英国海岸的巉岩隔着蔚蓝的海峡在阳光下闪亮；无意间，她和帕特雷特夫人及其女儿们打了个照面。帕特雷特夫人赶紧挥动阳伞把所有的女儿都召回到自己身边，匆匆离开码头，还向可怜的小蓓姬恶狠狠地瞪了几眼，撇下她孤零零一个人站在那儿。

另一天，一艘邮船进了港。当时风很大，蓓姬很喜欢瞧饱受颠簸之苦的人们上岸时的一脸狼狈相。司林斯通夫人恰好在那趟班船上。她在自己的车里晕得天旋地转，精疲力竭，勉勉强强走跳板离船登上码头。但是她一见系着粉红色帽子的蓓姬嬉皮笑脸的样子，原先的委顿相竟倏然而逝；她向瑞蓓卡投了轻蔑的一瞥（这一瞥足以使任何女人抬不起头来），然后不用人搀扶，自己走进海关。蓓姬莞尔一笑，但我估计她不会喜欢遭人这样的白眼。她觉得很孤独，形单影只，无比凄凉，而远处亮闪闪的英国巉岩对她来说已成为不可企及的禁区。

男人们的态度也发生了很难用言语形容的变化。格林斯通冲她龇牙咧嘴地发笑，那种迹近放肆的随便令她很不舒服。小鲍勃·萨克林三个月前还唯恐拍不上她的马屁，甚至会冒雨走一英里从冈特府门外的车水马龙中去找她的马车。一天，蓓姬沿着布洛涅的堤岸散步，小鲍勃正在那儿和近卫团的费促甫交谈（后者是希豪勋爵的儿子），见了蓓姬只是扭过脸来冲她点点头，连帽子也不脱，一边继续跟希豪家的继承人说话。在旅馆里，汤姆·雷克斯叼着雪茄企图走进她的起坐室，但蓓姬请他吃了闭门羹，要不是汤姆的手夹在门缝里，她还想把门锁起来呢。瑞蓓卡开始感到自己确实举目无亲。

“要是**他**在这儿，那些胆小鬼绝不敢对我如此无礼。”

想起了“他”，蓓姬心中充满悲哀，甚至深深地怀念他的诚实、憨厚和忠心，怀念他始终如一的无条件服从，怀念他的好性情，怀念他的勇气和胆量。她很可能哭过一场，因为她下楼吃饭时似乎故意显得特别愉快，还额外薄施脂粉。

现在她经常要抹一些胭脂口红；而且——而且女仆不时给她去买白兰地，这还不算记在旅馆账单上的酒类。

不过，与男人的无礼相比，某些女人的同情也许才真的叫她受不了。克雷肯伯里太太和沃辛顿·怀特太太在去瑞士途中经过布洛涅。（这一行的领队乃是霍纳上校，另外还有年轻的博莫里，当然少不了老克雷肯伯里和怀特太太的小女儿。）**她们**倒没有躲着她。她们吃吃地笑，叽叽喳喳地聊，又是同情，又是安慰，完全是一派居高临下、怜悯弱者的架势，直至把她气得差点儿发疯。当她们吻别蓓姬后皮笑肉不笑地离去时，她心中感到一阵悲凉："连**她们**也在我面前端起来了！"她听见从楼梯上传来博莫里的笑声，也完全明白个中的含义。

蓓姬每周总是如数付账，在旅馆里跟任何人都客客气气，见了老板娘笑脸相迎，对侍者称"先生"，在清洁女工面前也以礼相待；凡此种种，在很大程度上弥补了她手面比较紧的弱点（蓓姬从不大手大脚乱花钱）。可是，就在那几个熟人来访之后，蓓姬竟接到旅馆老板的通知，要她结账离开此地。有人告诉店主，说让这样的人住在旅馆里极不合适，因为正派的英国女士不愿意跟她同桌而坐。于是蓓姬只得搬到公寓去住，而在这以前那种地方沉闷孤寂的生活环境对她来说是再讨厌不过的。

尽管处处遭到冷遇，她还是没有趴下，千方百计想为自己树立一个好名声，消除闲言碎语的不良影响。上教堂做礼拜她一回也不缺，在那儿唱赞美诗数她最响。她参与赈济遇难渔民的寡妻遗孤，向传教团捐献手工制品和画送给夸什布人部落；慈善舞会的门票她愿意认购，但自己不跳舞。总之，凡是受人尊敬的事她都干，所以笔者叙述她生平的这一阶段比随后那些不太光彩的行径要乐意得多。她明明看到人家躲着她，可照样竭力用笑颜对人；从她脸上的表情绝对猜不出，她内心忍受着何等的屈辱和痛苦。

她的往事始终是一个谜。不同的人群对她的议论各不相同。一些好事者声称她是祸水、罪人；而另一些人则坚持说她清白无辜，不亚于一只羔羊，过错都在她那个可恶的丈夫身上。蓓姬一提起自己的儿子，立刻泪如泉涌；看到哪个男孩与他相像，也会露出极其真诚的忧伤之情——这一招着实为她赢得不少恻隐之心。善良的奥尔德尼太太在寓居布洛涅的英国人中间威望之高赛过女王，侨民中她请客吃饭和举办舞会的次数最多；当奥尔德尼少爷从绥希泰尔博士的寄宿学校来到他母亲这里度假时，蓓姬抽抽搭搭伤心地说："我的小罗登也是他这年龄，两个人长得像极了！"一时泣不成声，竟把奥尔德尼太太感动得鼻酸眼红。其实两个男孩年龄几乎相差五岁，而相貌也毫无共同之处，正如尊敬的读者与鄙人一样大相径庭。后来韦纳姆在前往德国的矿泉城基辛根与斯泰因勋爵会合之前途经法国，曾就这一点向奥尔德尼太太作了解释：如果要描述小罗登的模样，韦纳姆远比孩子的妈妈更能胜任，因为蓓姬讨厌而且从来不去看望自己的儿子，这是出了名的；小罗登已经十三岁，而小奥尔德尼还不足九岁；两人中一个金发，一个黑发。听了这番话以后，奥尔德尼太太这才后悔自己表错了情。

蓓姬好不容易交上屈指可数几个朋友，可是只要某人一来，立刻把她惨淡经营的成果彻底摧毁，于是一切又得重新开始。做人真难，简直太难了；她越来越感到孤独、寒心。

有一位纽布赖特太太，在教堂里被她甜美的歌声所吸引，又认为她在一些宗教问题上的观点颇有见地（昔日在克劳利庄上，蓓姬曾聆听过不少这方面的教诲），一度对她青眼有加。蓓姬不光接受一本本宗教小册子，还愣是读了。她为夸什布人缝制法兰绒短裙，为椰树之乡的西印度群岛土著做棉布睡帽，画纸扇以期教皇和犹太教徒改宗；每周三听劳尔斯先生布道，每周四听哈格尔顿先生讲经，周日上教堂做两次礼拜，这还不包括晚上去听普里茅斯兄弟会的鲍勒先生说教——然而一切都是枉费心机。纽布赖特太太与索思砀伯爵夫人通信商讨为斐济岛民购买暖床器的基金会问题（她俩都是这一值得称道的慈善团体妇女委员会委员），信中提到了她“可爱的朋友”罗登·克劳利太太；老伯爵的遗孀在回信中写了那么多有关蓓姬的细节、暗示、事实和谣言，甚至预测将有种种神罚天谴降临，纽布赖特太太和克劳利太太之间的亲密关系就此告终。这件不幸的事发生在法国西部城市图尔，那里的宗教界人士立即跟那个堕落的女人断绝往来。凡是熟谙英国侨民风俗的人都知道，我们的同胞无论到哪儿，总会把本乡本土的傲慢、偏见、药丸、调味品、红辣椒以及其他生活习惯带去，在自己定居的地方营造一个小不列颠。

蓓姬在法国艰难地从一个英侨聚居点迁移到另一个聚居点。从布洛涅到迪埃普，从迪埃普到冈市，从冈市到图尔——她努力尽其所能赢得别人的尊敬，不幸的是到了某一天，总有人发现鱼目混在珍珠一起，然后把她剔出去。

蓓姬逃到迪埃普，在那里曾得到胡克·伊格尔斯太太的善待。这位清名无瑕的女人在波特曼广场有自己的住宅；她在蓓姬所住的旅馆下榻，两人先是一起在海滨游泳，后来又在旅馆同桌用餐，由此互相认识。伊格尔斯太太对于斯泰因勋爵挨揍那件事亦有所闻（难道还有什么人从未听说过？）；但是通过与蓓姬的一番交谈，她便声称克劳利太太是位天使，她的丈夫是个恶棍，斯泰因勋爵则正如尽人皆知的那样寡廉鲜耻，而矛头指向克劳利太太的谣言攻势定是韦纳姆那个坏蛋一手策划的恶毒阴谋。

“如果您是一条血性汉子，伊格尔斯先生，”她对自己的丈夫说，“下回在俱乐部里见到那个混账东西，您就该扇他两个耳刮子。”但伊格尔斯先生只是一位心平气和的老绅士、模范丈夫，对地质学颇有兴趣，再说个子也太矮，够不到任何人的耳朵。

且说伊格尔斯太太彼时成了罗登太太的保护人，把她带到巴黎自己家里去住，还跟大使夫人反目失和，因为后者不愿接待蓓姬。总之，她做了一个女人所能做的一切，竭力想让蓓姬走正道，有个好名声。

起初蓓姬确实很守规矩，然而一个正经女人枯燥单调的生活不久便令她腻味透了。每天都是那样千篇一律，在死气沉沉的氛围中饱食终日，无非是上布洛涅树林兜风，晚上见面的老是那几个人，星期日总是恭听布雷尔的晚间布道——总而言之，就像是同一部歌剧看了一遍又一遍；蓓姬都快无聊死了。还算她运气，小伊格尔斯先生从剑桥来了，他母亲见自己的年轻朋友对儿子的吸引力如此巨大，就直截了当地向蓓姬下了逐客令。

此后蓓姬尝试和一个女友合租一套住房；但两人共同当家开始发生龃龉，并且陷入了债务堆。于是蓓姬决定搬到寄宿舍去，并且在巴黎皇家大道圣阿穆尔太太经营的一家著名公寓里住过一个时期；在那儿，她开始向一些经常泡在房东太太客厅里的落泊花花公子和不正经美人儿施展魅力。蓓姬喜欢与人交往，要是离群索居她简直活不成，恰似不让鸦片鬼吞云吐雾一般，所以她住在寄宿舍的那段时间倒是相当快活的。

“这里的女人跟五月市的女人一样逗，”她告诉偶然遇见的一个伦敦老朋友，“只不过衣着不太光鲜。男人们的手套用旧了洗过以后再戴，他们当然都不是好东西，但也不比别处的更坏。房东太太有点儿俗气，可是我看也不像——夫人那么俗气，”此处蓓姬提到了一位社交界的领袖人物，她的大名我是死也不会披露的。的确，晚上您要是在圣阿穆尔太太那一间间灯火通明的屋子里见到男人们佩着勋绶坐在牌桌旁，并从略略保持一段距离的地方看那儿的女人们，您一时会觉得自己仿佛置身于相当高雅的社交场合，以为房东太太是位真正的伯爵夫人呢。很多人产生过这样的错觉，蓓姬一度成为伯爵夫人沙龙里最最光彩照人的女士之一。

但是，可能她一八一五年的旧债主们发现了她的下落，迫使她离开巴黎，反正这个小妇人相当仓皇地逃出花都后去了布鲁塞尔。

哦，这个地方她记得太清楚了！她抬头望见自己住过的一楼半小客房，想起当年贝拉克尔斯一家高价征求马匹准备逃难，而他们的车在旅馆院子里搁浅的情景，脸上浮起意味深长的微笑。她还去凭吊了滑铁卢和拉凯公墓，看到乔治·欧斯本的墓碑，不胜感慨系之。她在那儿画了一小幅素描。

“可怜的小爱神！”她默默自语；“他太爱我了，真是个痴汉！不知小爱米是不是还活着。她是个好姑娘；还有她的胖哥哥。我的旧文件里至今还保存着他的一幅画像，胖乎乎的真逗。他们都是些缺心眼的好人。”

蓓姬来到布鲁塞尔时，带着圣阿穆尔太太的介绍信去找她的朋友鲍罗丁诺伯爵夫人，后者是拿破仑手下的名将鲍罗丁诺伯爵的遗孀，已故的英雄留给她的资金仅够开一家提供包饭和牌桌的寄宿舍。在鲍罗丁诺夫人的桌旁玩纸牌或吃包饭的，大都是些二三流的花花公子和混混儿，老是有讼事缠身的未亡人，还有自以为在这等地方见到了“大陆名流”的英国二百五。初出茅庐的年轻人往往请包饭的桌友喝香槟，和女人一起坐车外出，或骑租来的马去作郊游，凑钱定包厢看话剧、听歌剧，从女赌客的香肩后面下注；他们在写往德文郡的信中会得意洋洋地告诉父母，说自己在国外结识的都是社会名流。

到了布鲁塞尔，蓓姬和在巴黎时一样成为寄宿舍中一枝花，在那个圈子里大出风头。她从不拒绝香槟、花束、去乡下兜风或坐包厢看戏，但她更热中于晚上的牌局，而且赌注越来越大。最初只是微不足道的小输赢，接着是五法郎一局，其后论拿破仑金币，后来赌起了本票，再往后连每月的房饭钱也付不出了，然后向年轻的男士们告贷；一旦又有了现钱，她便对鲍罗丁诺夫人耍威风，而以前在房东太太面前总是说好话、赔小心；最穷的时候就玩十个苏[①]一局，那种窘况真有点儿惨不忍睹。等到一季度的生活费到手时，她才能把欠鲍罗丁诺夫人的账付清，于是又跟罗西尼奥先生或德拉夫骑士对局斗牌。

蓓姬离开布鲁塞尔的时候，欠下了鲍罗丁诺夫人三个月的膳宿费。关于这一不光彩的事实，关于她嗜赌、酗酒、跪在英国圣公会牧师穆甫先生面前借钱，关于她用花言巧语哄骗、勾引努德尔爵士的儿子、穆甫牧师的学生一节(蓓姬常把他带到自己房间里去打牌，赢了他好多钱)——有关以上种种以及其他无数丑恶行径，鲍罗丁诺伯爵夫人一一说给每一个在她那儿逗留的英国人听，并称罗登太太简直是一条毒蛇。

我们那朵飘零的落花就这样在欧洲各大都会东游西荡，如同浪迹天涯的尤利西斯或班普菲尔德·摩尔·卡鲁[②]。她欣赏下三滥的倾向愈来愈明显。过不多久，她完全变成了一个流浪者，与之为伍的那些人您要是遇到了，管叫您毛发直立。

欧洲大陆任何一座较大的城市都有那么一小撮英国流氓，他们的

---

① 100 苏＝1 法郎。

② 尤利西斯即荷马史诗中的奥德修；班普菲尔德·摩尔·卡鲁(1693—1770)，随吉卜赛人到处漂泊的流浪汉，被称为“英国的吉卜赛国王”或“乞丐大王”。

名字会被警官亨普先生在治安法庭上定期宣读。他们中不乏出身很好的公子哥儿，只是家里已不承认他们；有的成日价泡弹子房、咖啡馆、小酒吧；有的给外国的赛马业和赌场“抱台脚”。他们蹲债务监狱，酗酒滋事，寻衅斗殴；欠了账逃之夭夭，跟法国和德国军官决斗；玩牌做手脚欺骗不知有诈者，弄到了钱坐敞篷四轮车招摇过市去巴登巴登，用加倍下注的手法稳操胜券；囊空如洗时便在赌台周围踅来踅去，成为衣冠不整的泼皮、虚张声势的囮子，直至钓到某个犹太人为之兑换一张假本票，或者找到另一个不知有诈者当冤大头。这等人的荣枯盛衰不断变换，令旁观者啧啧称奇。他们的生活想必充满了刺激。

蓓姬过起了这种日子，而且过得有滋有味——难道这有必要加以承认吗？她和这帮流浪者一起从一个城市来到另一个城市。在德国每一处设赌局的地方，都知道有个幸运的罗登太太。在佛罗伦萨，她和克留什卡塞太太合住一套房。据说她曾被勒令离开慕尼黑。而我的友人弗雷德里克·皮金先生坚称，自己在瑞士洛桑她家吃晚饭时，一定有人在酒里下了药，他才迷迷糊糊输了八百镑给洛德少校和德西斯少爷。瞧，笔者有义务交代蓓姬的经历；然而，关于这一阶段的情况，还是少说为妙。

据说，逢到克劳利太太特别背运的时候，她在一些地方开过演唱会，并以教音乐为生。当时确实有位姓氏拼法像法国人的罗登太太，曾在维尔德巴德[①]举行一场上午音乐会，由瓦拉几亚大公[②]的首席钢琴家施坡夫先生伴奏。我的朋友依夫斯先生熟悉好多人的底细，到过好多地方；他时常提到自己一八三〇年在法国斯特拉斯堡的时候，有

---

① 维尔德巴德，德国一城市，在今符腾堡州内。

② 瓦拉几亚，罗马尼亚南部一地区名，当时为隶属于奥斯曼帝国的一个公国。

一位瑞蓓克女士登台出演歌剧《白色幽灵女》①，在当地的剧场里引起轩然大波。她被观众的嘘声从台上轰了下去，这固然与她自己唱得不好有关，但主要还是由于池座里某些人狂热捧场激起了公愤（警卫部队的军官有进入池座的许可）。依夫斯断定那个在当地初次献艺的倒霉女歌唱家不是别人，正是罗登·克劳利太太。

的确，她成了个浪迹江湖的漂泊者。她拿到了生活费就去赌；钱输光后好赖也能凑合着过；至于她究竟是靠什么办法对付过来的，谁知道？据说有人在圣彼得堡见到过她，但立刻被警方驱逐出俄国京城，由此可见另一种说法——说她后来在特普里策②和维也纳为俄国当过间谍——完全不足信。还有人告诉我，说蓓姬在巴黎找到了自己的一位亲戚，而且是她的亲外婆，可她压根儿不姓蒙莫朗西，而是林荫道某剧场的包厢清洁工，一个丑老婆子。后文将要提到，她们祖孙相会时大概还有别人在场，那情景想必十分感人。笔者无法提供有关这件事的确切细节。

有一次在罗马，罗登太太半年的生活费刚刚汇到那儿的一家大银行，由于凡在该银行账户上的存款超过五百斯库多③的，都被邀请参加那位亲王银行家举办的冬令舞会，蓓姬也有幸收到一份请柬，出现在商界巨子坡洛尼亚亲王和王妃的盛大晚会上。王妃出身庞皮利家族，其谱系可上溯至第二代罗马王和奥林匹斯家族的埃格丽亚，而亲王的祖父亚历山德罗·坡洛尼亚则卖过肥皂球、香精、烟草和手帕，为绅士们跑过腿，放过小额贷款。诸方要人、各界名流——亲王、公爵、大使、画家、提琴家、高级神职人员、未成年的公子哥儿以及他

---

①《白色幽灵女》，法国作曲家布瓦尔迪厄谱曲的一部喜歌剧，脚本由斯克立布根据英国作家司各特的两部小说情节改编。

② 特普里策，当时在奥地利版图内的捷克西北部一城市。

③ 斯库多，16—19 世纪流通于意大利的货币名称。

们的家庭教师——整个罗马上流社会纷纷聚集到这位银行家的客厅里来。所有的厅堂灯烛辉煌，布置陈设满目琳琅——到处是镀金的镜框(有画或像)和真假难辨的古董。巨大的金冠、亲王的族徽(深红底色上一颗金色的蘑菇，深红是主人的祖父当年卖过的手帕颜色)和庞皮利家族的银色喷泉，闪耀在整个宅第的房顶、门户、护壁板以及为迎接教皇和皇帝准备的丝绒大帐幕上。

蓓姬坐公共马车从佛罗伦萨抵达罗马，住进一家档次不高的旅店客房，收到坡洛尼亚亲王的请柬后，她的女仆给她精心梳妆打扮，于是她挎着当时的旅伴洛德少校的胳膊去赴这次富丽堂皇的舞会。(这正是次年在那不勒斯开枪打死拉维奥利亲王的洛德少校；在玩牌时除了所用的牌，另外在帽子里藏有四张K，因而被约翰·巴克斯金爵士用手杖痛打一顿的也是他。)他们双双走进大厅，蓓姬看到了在自己比较幸福的日子里认识的一些熟面孔，那时候她虽不清白，但还没有被揭露。跟洛德少校打招呼的好多是外国人，他们看上去都很机敏，蓄着连鬓胡子，钮孔里扣着不太洁净的条纹绶带，尽可能少让衬衫露在外面；但是看得出来，少校的英国同胞却对他视而不见。同样，蓓姬时而在这里，时而在那里也认出了几位女客——有法国寡妇，有经不起查证的意大利伯爵夫人，她们大都曾受到丈夫的虐待……算了，算了，既然我们漫步在名利场上拔尖儿的人群中间，又何必去提那些可憎可厌的垃圾和沉渣？要玩就玩干干净净的牌，别去用那副脏兮兮的。然而，组成浩浩荡荡的旅行者大军的每一个人，都见到过这些以打劫为生的杂牌军，他们像尼姆和皮斯脱尔[①]那样附丽于主力军，穿着皇家部队的制服，炫耀国王授予的头衔，干的却是打家劫舍的勾当，间或也有被吊死在大路

① 尼姆和皮斯脱尔，莎士比亚喜剧《温莎的风流娘们》和历史剧《亨利四世》中依附于贪婪、怯懦的胖子福斯塔夫的两名食客。

旁的。

却说瑞蓓卡挎着洛德少校的胳膊，两人一起在各间屋子里穿行，在小酌柜前喝了大量香槟，那儿有些人——特别是少校一路的杂牌军——为了争吃争喝竟大动肝火。他俩吃够了，喝足了，又继续到处转悠，一直来到一排相通的房间末端、用粉红色丝绒布置起来的王妃私人客厅。这里有维纳斯的塑像和几面镶银框的威尼斯大镜子，亲王一家正在一张摆着晚宴的圆桌上款待他们最尊贵的嘉宾。蓓姬不禁想起自己在斯泰因勋爵家中也受过这样的款待，那是客人经过精心挑选的小型宴会——想不到此刻斯泰因勋爵就坐在坡洛尼亚的餐桌旁，蓓姬看见了他。

在他又白又秃、锃光瓦亮的前额上，被钻石划破留下的疤痕成了一块火辣辣的红色标记；他的红色络腮胡子染过以后泛着紫色的光泽，使他本来没有血色的脸显得越发苍白。他佩戴着项绶和勋章，包括他的蓝色缎带和嘉德星章。在座的公侯显贵中数他身价最高，尽管席上有一位身为国君的大公、一位王子殿下（分别带着夫人和王妃），勋爵身旁坐着美丽的贝拉多纳伯爵夫人——她娘家姓格兰迪埃，她的丈夫保罗·贝拉多纳伯爵因收藏了不起的昆虫标本而驰名，目下正衔命出使去见摩洛哥皇帝，离开欧洲已有很久。

当蓓姬看到这位名人熟悉的面容时，突然觉得洛德少校是那么粗俗，而卢克上尉一身的烟草味又是那么讨厌！顷刻间，她重新把自己想象成一位上流社会的贵妇人，试图从外表到内心感受都恢复昔日的光景，仿佛又回到了五月市一般。

“坐在他身旁的那个女人看上去又蠢又凶，”她忖道；“我敢肯定那女人不懂得怎样使他开心。他在那儿一定乏味得很，他和我在一起从不觉得无聊。”此时此刻，无数如这般感人的希望、忧虑和回忆在她心头悸动，而她那双闪闪发光的眼睛一直注视着这个权重一时的大人物；由于胭脂一直搽到了眼睑上，她的眼睛似乎更亮了。

出席如此隆盛的晚会，斯泰因勋爵照例也要显得特别庄重，举止谈吐都得与他烜赫的身份相当。蓓姬特别欣赏他的微笑，他笑得那么有气派，那么自然、高雅、大方。啊，老天爷，跟他待在一起真是愉快！他机智过人，语言俏皮，谈锋极健，还有那无与伦比的风度！可是——她居然把这么一个偶像换成浑身散发烟卷和对水白兰地味儿的洛德少校、满口马车夫粗话和拳击手俚语的卢克上尉以及与他们一路的货色！

“不知道他是不是还认得我，”她这样思量着的时候，斯泰因勋爵正与他旁边一位贵妇人有说有笑，无意间抬起头来看见了蓓姬。

就在他们目光相遇的一刹那，蓓姬不禁大大地激动起来，当即尽其所能现出最讨人喜欢的笑容，向他行了一个楚楚可怜的屈膝礼。勋爵大惊失色地向她谛视片刻，那种震骇之状简直就像麦克佩斯见到被他害死的班柯突然在王宫盛宴上显灵。就在斯泰因张口瞠目望着她的当儿，可憎的洛德少校把蓓姬拉走了。

“咱们上晚宴厅去，罗登太太，”少校说；“看到这帮臭贵族吃香的喝辣的，我的胃口也给吊了起来。咱们去尝尝主人的香槟酒。”

蓓姬认为少校已经喝得太多了。

第二天，她到平乔山——罗马有闲阶级的海德公园——去散步，可能抱着再看一眼斯泰因勋爵的希望。但她在那儿遇见了另一个熟人——勋爵的心腹菲奇先生。后者走过来很不经意地冲她点点头，只用一个指头碰了一下帽子。

“我知道您在此地，太太，”菲奇说；“我从您住的旅馆一直跟踪到此。我想给您一个忠告，太太。”

“是斯泰因侯爵要您转告的吗？”蓓姬问，同时把所有残余的尊严统统调集起来摆到脸上，希望和期待着实令她心跳加快。

“不，”勋爵的贴身跟班答道；“是我要奉劝您一句。罗马这地方对健康十分有害。”

“那是在别的季节，菲奇先生。复活节以前还凑合。”

“我要告诉您：罗马现在就不卫生，太太。这里经常有人害疟疾。从沼泽地吹来的风非常可恶，一年四季都有不少人送命。听我说，克劳利太太，您向来好说话儿，我是为您好，您可以相信我的话。请多保重。听我一句，快离开罗马，否则您会得病死去的。”

蓓姬放声大笑，尽管她怒火中烧。

“什么？！要暗杀我这么个可怜的小人物？”她说。“真够浪漫的！难道勋爵大人养着扮成向导的杀手，行李车里还藏着匕首？笑话！单是为了让他不痛快，我也要留下来。这儿有人会保护我的。”

现在轮到菲奇先生发笑了。

“让谁来保护您？”他说；“少校？上尉？您瞧见的这帮赌棍中任何一人为了一百个金路易都会要您的命，太太。我们了解洛德少校的底细，这些事足够把他送上绞架，也许还不止。再说，他根本不是什么少校，正像我不是侯爵一样。我们什么都知道，哪儿都有我们的朋友。我们知道太太在巴黎跟哪些人见过面，找到了什么亲戚。对，您觉得很奇怪，但我们确实知道。为什么大陆上没有一位英国公使愿意接待太太？因为太太得罪了什么人；此人决不会宽恕太太；见到您以后，他更是火冒三丈。昨晚他回去后都快气疯了。为了您，贝拉多纳太太跟他大吵了一场，简直闹得天翻地覆。”

“好哇！原来是贝拉多纳太太在作怪，对不对？”蓓姬说，同时稍稍舒了一口气，因为菲奇开头那番话把她吓得够呛。

“不，这跟她不相干；她不论什么时候都是个醋坛子。我告诉您，这是大人自己的意思。您就不该出现在他面前。您要是留在此地，您会后悔的。请记住我的话。还是走吧。勋爵大人的车来了，”

他抓住蓓姬的胳膊，赶紧躲进园中一条小径，只见几匹价值连城的宝马拉着斯泰因勋爵的敞篷四轮车在大路上驶过，车门上的纹章图案熠熠生辉；贝拉多纳太太斜倚在靠垫上，头发乌黑，虽当绮年玉貌，却是一脸的不高兴，一条小狗蜷伏在她两膝之间，一把白色阳伞在她头顶上方晃动；老斯泰因仿佛瘫倒在她旁边，面如死灰，眼神呆滞。仇恨、愤怒或欲望间或还能使这双眼睛闪光发亮，但通常都是暗淡无神，似乎已看腻了这个世界，人间所有的乐事、最美的一切，对于这个身心疲惫的老油子几乎全都失去了吸引力。

“那晚的事给大人的刺激太深，他直到现在没能恢复过来，”菲奇先生低声对克劳利太太说，此时马车已经一闪而过，蓓姬从藏身的灌木丛后面探头张望。

“至少这一点听来还算解气，”蓓姬心想。

难道勋爵大人果真如菲奇所说的那样意欲置瑞蓓卡于死地，只是他的心腹跟班不主张采取暗杀手段？（来日勋爵死后，菲奇回到自己的祖国，成为备受尊敬的人物，并向当地的小国君主捐了个菲奇男爵的头衔[①]。）也许菲奇只是奉命恫吓克劳利太太，目的在于把她撵出罗马城，好让勋爵按原来的打算在此过冬，因为大贵人一见蓓姬，气就不打一处来？——这个问题始终没能弄清楚；但威胁对这个小妇人还是起了作用，她从此不再谋求跟过去的靠山觌面。

一八三〇年法国发生革命[②]后两个月，这位权贵在那不勒斯郁悒而终。公众获悉，最尊敬的乔治·古斯塔夫斯·斯泰因侯爵，冈特城

① 菲奇是意大利人，他的本姓 Fiche（近似的译音为“菲凯”）在英国被读成“菲奇”。后来他回意大利享清福，所捐的爵位索性称 Ficci（意大利语读音为“菲力奇”），大概算是对英国的怀念吧。

② 1830 年 7 月，查理十世宣布解散新议会，限制选举权，禁止一切反政府报刊。巴黎市民举行起义，占领王宫。查理十世逃亡国外，波旁王朝被推翻，由路易·菲力普建立的奥尔良王朝（1830—1848）所取代。史称“七月革命”。

堡的冈特伯爵(据爱尔兰贵族谱系)，赫尔巴勒子爵，皮奇利暨格立尔斯比男爵，最高贵的嘉德勋位、西班牙金羊毛勋位、俄国圣尼古拉一级勋章、土耳其新月勋章获得者，首席侍妆大臣兼首席机要侍从官，冈特或摄政王殿下义勇团团长，大英博物馆董事，领港协会主持会员，白衣修士公学校董，教会法规博士，在发生一系列卒中后去世；按报纸的说法，古老的法国波旁王室被推翻，使勋爵大人在感情上受到剧烈震荡，遂引发这些病变。

一家周报刊出一份颇具说服力的专评，其中列举了侯爵的美德、豪举、才干和善行。他太重感情，对烜赫的波旁王族爱得太深(他声称自己与之有联姻之谊)，以致未能从至尊亲戚的不幸中熬过来。他的遗体埋葬在那不勒斯，他的心——它始终随着每一种高尚大度的感情一起搏动——被盛在银瓮中运回冈特城堡。

“由于他的逝世，”瓦格先生在文章中写道，“穷人和艺术界失去了一位乐善好施的保护人，社会失去了最耀眼的精华之一，英国失去了一位最了不起的爱国者和政治家，”等等，等等。

他的遗嘱颇多争议，有人曾试图迫使贝拉多纳太太交出被称为“犹太人眼睛”的一颗著名钻石，勋爵一贯把它戴在食指上，据说被贝拉多纳太太在勋爵死后从他手指上取走了。但死者的亲信兼侍从菲奇先生证明，这枚戒指侯爵在去世之前两天已赠给贝拉多纳太太；遗产继承人还要那个名誉无端受损的女人交出在勋爵写字台里发现的钞票、珠宝、那不勒斯和法国的债券等等，菲奇先生同样证明这些财物也是勋爵送给她的。

# 第六十五章

## 正事很多，乐子也不少

在赌台旁巧遇故人的次日，焦斯把自己打扮得异常讲究，特别体面，既不认为有必要把昨晚的事告诉任何人，也不问家里谁愿意和他一起散步，很早就独自出门，不久便在大象旅馆门口问讯找人。由于这些日子正值举国欢庆，旅馆上下客满，摆在街上的桌子已经围着许多人在抽烟，喝德国人喜欢的淡啤酒，大堂里烟雾缭绕。焦斯先生架子十足地操着蹩脚的德语打听到了自己要找的人，被指向旅馆的最高一层：二楼的客人是一些流动商贩，正在展销珠宝首饰和锦缎织物；三楼被一家赌博公司租用作为办事处；四楼住着一个有名的走江湖杂技班；顶层几间斗室里则有大学生、行商、小贩、来赶节的乡下人，而蓓姬就在他们中间找了一个小窝栖息——美人藏身的地方如此肮脏、逼仄，恐怕也是绝无仅有的了。

蓓姬喜欢这种生活。她跟这儿所有的人——卖杂货的、翻跟斗的、赌钱的、求学的——都合得来。她有来自遗传的狂放性格，惯于四海为家，她的父母从气质上、境遇上讲都属于流浪艺人。如果萍水相逢的体面旅客不在近旁，她也十分乐意跟人家的跟班向导交谈。刺鼻的烟酒味、犹太商贩的吆喝声、杂耍艺人虽穷犹傲的神气、赌台管事之间诡秘的谈话、大学生们唱歌吹牛的劲头——这等地方闹嚷嚷、乱哄哄的氛围总是令瑞蓓卡开心、兴奋，即便运气不佳、没钱付账的时候也照样来劲。现在她钱包里装满了昨晚小乔吉替她赢来的金币，可想而知她在这种嘈杂喧嚣的环境中更是如鱼得水！

在嘎吱嘎吱的步履声和呼哧呼哧的喘息声中，焦斯走完最后一段楼梯登上平台时，已经上气不接下气。他先擦了擦脸上的汗，然后开始寻找九十二号——他被告知自己要见的人所住的房间。对面九十号的门开着，一个身穿脏兮兮的睡袍、足蹬马靴的大学生躺在床上抽一支长长的烟斗；而另一个学生蓄着长长的黄头发，一件带流苏的外套非常时髦，却也脏得够呛，他竟跪在九十二号门口，透过钥匙孔向里边的人大声哀求。

“走开，”说话的是一个熟悉的声音，焦斯一听就打起战来，“我在等人；我的爷爷快来了。别让他看见你在那儿。”

“哦，英国来的天使！”跪在地上的大学生号叫着，他的头发呈米黄色，手上戴着一枚大戒指，“您行行好，可怜可怜我们吧！您就约个时间，跟我和弗里茨在公园饭店一起吃顿饭。我们请您吃烤山鸡、葡萄干布丁，喝黑啤、法国酒。您要是不答应，我们可就活不成了。”

“我们非死不可，”躺在九十号床上的那位少爷说。

焦斯虽然听见了他们的话，却什么也不懂，因为他从没正正规规学过那种语言。

“请问，哪间是九十二号？”焦斯缓过气来以后，尽可能摆出气度不凡的架势，用法语咬着一个个音节费力地说。

“九十二号！”大学生用带着德国口音的法语跟着重复一遍，随即跳起身来，溜进自己的房间把门锁上；焦斯听见他跟床上的同伴一起放声大笑。

来自孟加拉的胖绅士对于刚才的一幕完全莫名其妙，正站着发愣；这时九十二号的房门自行打开，蓓姬的小脑袋探了出来，带着一脸的淘气相。一见是焦斯，她走到门外说：

“是您！我等得您好苦哇！慢着，先别急——过一会儿再进来。”转瞬间，她把一小罐胭脂、一只白兰地瓶子和一盘冷香肠藏到床上，用床罩盖起来，又匆匆掠了一下头发，这才让客人进屋。

她把一件参加化装舞会的带帽兜粉色外衣当晨袍穿，衣服已有些退色，还沾着几处油渍和口红的痕迹；但两条雪白的胳臂露在宽松的袖外，煞是好看。她的杨柳腰用一条衣带束了起来，越发衬托出体态风流，婀娜多姿。她搀着焦斯的手，两人一起走进只能算是顶层阁楼的客房。

“进来，”她说。“来跟我谈谈。就坐在这把椅子上；”她在焦斯手上轻轻捏了一把，笑着把他按到椅子上。那么她自己呢，她就坐在床沿上——请放心，她不会坐在酒瓶和盘子上；不过要是焦斯想坐在那儿的话，倒很有可能出现这样的情况。现在蓓姬留神坐好了，便跟她昔日的崇拜者聊起来。

“过了这么多年，您还是老样子，”她说时眼神显得既温柔又关切。“您到哪儿我都一眼就能认出来。在异乡客地又看到老朋友坦荡、诚实的面容，太让人高兴了！”

说真话，此刻这张坦荡、诚实的脸上独缺坦荡、诚实的表情。相反，他的神色非常慌张，显得不知所措。他四下环顾，不明白他的旧情人怎会住在这样一间奇特的斗室之中。蓓姬的一件连衣裙搭在床架上，另一件挂在门内钩子上；她的一顶帽子撂在镜子上，把镜面遮去一半，上面还搁着一双极漂亮的古铜色小鞋；床边桌上放着一本法文小说，烛台里插的也不是真正的蜡烛。蓓姬本想把它一起塞到床上去，但仅把入睡前用以灭烛的小纸罩儿藏了起来。

“在哪儿我都认得出您，”她继续说；“有些事情女人永远不会忘记。您是我——是我见到的第一个男人。”

“是吗？”焦斯道。“哎呀，我的老天爷，您——您一定在取笑我。”

“我跟您妹妹从契绥克到府上的时候，我差不多还是个小孩子，”蓓姬说。“我那亲爱的小可怜儿近来好吗？哦，她的丈夫是个不可救药的坏东西，亲爱的小可怜儿自然要为他吃我的醋喽。我可没把他当回事儿，哼！那时候我心里另有个人儿——得了，得了，咱们别提那些陈谷子烂芝麻吧；”她用一方残破的花边手帕抹了一下眼圈。“我有过另一种生活经历，那简直是在另一个世界；如今让人发现住在这么个地方，难道不奇怪吗？我遭受的不幸和冤屈实在太多，约瑟·塞德立，我的命实在太苦，有时候我几乎要给逼疯了。我没法在任何地方过太平日子，只能到处漂泊，永远不得安定，永远活受罪。朋友对我全都变了心——没一个例外。世上没有一个人是诚实的——没这回事儿。从古到今，没有一个做妻子的像我这样忠贞，尽管我是一气之下才嫁给了我的丈夫，因为那另一个人……那件事不提也罢。我是个忠诚的妻子，可丈夫作践我，抛弃我。我是个最有爱心的母亲，我只有一个孩子，他是我唯一的宝贝、唯一的希望、唯一的欢乐，我以全部母爱把他搂在怀里，当做自己的命根子，无时无刻不为他祈祷，为他祝福，可是他们——他们竟生生地把他从我心上夺走了，”说着，她做了个悲怆绝望的动作把一只手按在心口，把脸埋在床上有一会儿工夫。

床罩下的白兰地瓶子和剩下些冷香肠的盘子发出碰击的声音。它们无疑都被如此伤心的表演所感动。九十号房的汉斯和弗里茨在门外怀着诧异的心情偷听罗登太太的抽噎和哭声。焦斯见他的旧情人这般光景，也吓得要命，而且大大为之动容。接着蓓姬便开始讲她的故事——讲得头头是道，明白易懂，听了她的叙述就完全清楚：如果有一位白袍天使逃出天国后，却在人间成为恶毒阴谋和魍魉奸计的牺牲品，那么这个冰清玉洁的谪仙、无辜蒙难的苦命女，此刻就在焦斯眼前，正坐在床罩下的白兰地瓶子旁边。

他们在那儿亲切友好地密谈了很长时间，在此过程中焦斯了解到：蓓姬情窦初开正是在见到焦斯的一表人才并对他着迷之后；乔治·欧斯本确实追求过她，这件本不应该发生的事情可能引起了爱米莉亚的妒意以及她们之间的小小误会；但蓓姬从未作出丝毫反应鼓励那个不幸的军官对她存非分之想，因为从遇见焦斯的第一天起，蓓姬始终未能忘情于他；当然，她把一个已婚女人应尽的义务看得高于一切，而且一贯恪守妇道，至死不渝，除非克劳利中校所处的恶劣气候环境，有朝一日也许会使她摆脱桎梏——她已经受够了这个狠心丈夫的虐待。（蓓姬十分注意不让自己的话吓着焦斯或伤害他的自尊。）

焦斯在告辞前已经确信瑞蓓卡是个十分贤德、同时也极具魅力的女人，并开始在自己头脑里酝酿种种设想给予慷慨的资助。对她的迫害必须加以制止；她应该重返曾为之生色增辉的上流社会。焦斯准备认真考虑应该做些什么。她必须从那地方搬出去，找一个清静的寓所。爱米莉亚必须去看她，和她重叙友情。焦斯这就去着手安排一切，并且跟少校商量一下。蓓姬与他分手时，流下了真诚感激的眼泪；当那位侠义心肠的胖绅士俯身吻她的手时，蓓姬紧紧握了一下焦斯的手。

蓓姬送焦斯走出她的顶楼斗室时，照样气度雍容，如果此地是她拥有的一座瑰丽宫殿，恐怕也不过如此。等身躯肥硕的客人消失在楼下以后，汉斯与弗里茨叼着烟斗走出了他们的耗子洞。蓓姬吃着面包和冷香肠，喝着心爱的对水白兰地，同时向他们表演焦斯的姿态神情自娱自乐。

焦斯郑重其事地来到铎炳的住所，把自己刚刚听到的动人故事告诉他，不过略去了昨晚赌场里那一节。两位绅士在一起商量，采取什么措施帮助克劳利太太最为合适；与此同时，瑞蓓卡则在把被打断的简单早餐继续吃完。

她怎么会来到这么个小城市？她怎么会落得举目无亲、只身飘零？小学生在拉丁文入门课本中就读到：阿维尔诺下地狱的路好走得很[①]。我们还是把她那部沉沦史的这一段跳过去算了。反正她现在和自己踌躇满志的日子相比并不逊色——只是运气差点儿罢了。

爱米莉亚天生是个软心肠、笨脑瓜的女人，只要一听说某人陷入不幸的境地，她的心马上就会酥软，对受苦的人深表同情。她自己从未起过歹念，更没有干过任何缺德的勾当，所以不像老练得多的道德家们那样嫉恶如仇。她待人接物蔼然可亲，毫无架子，已经惯坏了她身边的每一个人；她每次打铃叫来佣人，总是先向对方道歉；她让铺子里的伙计把一块绸子拿给她瞧瞧，从不忘记说声对不起；甚至看到街头路口环境整洁，她也会向清道夫行个屈膝礼，道一声辛苦。既然她是这样一个人，以上这些蠢事每一件都干得出来，那么，一旦得悉她的一个老朋友处境可悲，她的心不消说已经软化；至于有人倒霉是自作自受这样的话，她根本听不进去。要是让爱米莉亚这样的人来制定法律，这世界非乱套不可。好在像她那样的女人为数不多，至少像她那样的治人者只是凤毛麟角。我相信这位太太定会取缔世上所有的牢狱、惩罚、手铐、笞刑、贫穷、疾病、饥饿；而且她这人窝囊到了极点，即便受过别人致命的伤害，她也能忘得一干二净——我们不得不承认这是事实。

当少校听焦斯讲完后者刚刚经历的浪漫奇遇时，应该说，他并不像孟加拉绅士那样心里热辣辣的。相反，铎炳的激动绝不是兴奋；他发表了简短的意见，对一个走背运的可怜女人其实是很不客气的：

“那个小妖精又探头了？”

---

① 阿维尔诺是意大利一个很深的小湖，含硫的湖水蒸发出来的气体能使飞鸟坠落死去，因而在古代被视为下地狱的入口。罗马诗人维吉尔有一段话通常被选入拉丁文课本，大意如下：“下地狱毫不费事；但要从下往上爬出去，谈何容易。”作者信手拈来的比喻用在蓓姬的堕落和焦斯登楼这两件事上相当贴切。

他对蓓姬从来没有一点点好感，从后者的绿眼睛第一次与他目光相交，接着蓓姬扭头不理他的一刹那起，他就信不过这个女人。

“那个鬼婆娘到哪儿，哪儿就会出乱子，”少校的口气极不恭敬。“谁知道她以前过什么样的日子来着？谁知道她单身一人离开英国到此地来干什么？别对我说有人迫害她，跟她作对之类的话；一个正派女人永远不会失去朋友，永远不会与家人分离。她为何离开自己的丈夫？她的丈夫也许名声很坏，品行不端，就像你所说的那样。那人一贯如此。我记得那个该死的骗子经常欺诈、蒙蔽可怜的乔治。他们夫妻分离会不会是一桩丑闻呢？我好像听到过一些风声，”铎炳少校对流言蜚语向来不大理会，这时却若有所悟地说。不管焦斯如何努力说服他相信克劳利太太在一切方面都是一个饱受伤害的规矩女人，可还是白费唇舌。

“好吧，好吧，咱们去问问欧斯本太太，”少校要起高级外交手腕来了。“咱们去听听她怎么说，我想你至少不否认她是一位很好的仲裁者，她知道在这类事情上该怎么办。”

“嗯！爱米还可以，”焦斯勉强同意；要知道他迷上的可不是自己的妹妹。

“还可以？我敢发誓，老兄，欧斯本太太是我这辈子遇到的贤德女性中最高尚的，”少校当即作出强烈反应。“我说，咱们这就去问她：该不该跟那女人见面。不管爱米怎么说，我决无二话。”

这个一肚子坏水的少校满以为自己稳操胜券。他记得爱米有一个时期把瑞蓓卡看成不共戴天的情敌，这是有道理的；只要提起瑞蓓卡的名字，爱米就紧张，就发怵——铎炳认为一个女人永远不会宽恕自己的情敌。于是他和焦斯到街对面欧斯本太太的寓所去，爱米正在琴室里跟施特伦普甫女士愉快地练声学唱。

等那位歌唱家告辞后，焦斯按他的一贯作风张大其词地开始说明来意。

“我亲爱的爱米莉亚，”他说，“刚才我经历了一桩极不寻常的——对——千真万确！一桩极不寻常的奇遇——有位老朋友——对，可以说是当年你的一位十分有意思的老朋友，刚刚到达本地，我希望你去看看她。”

“她？”爱米莉亚一时感到费解，“她是谁？铎炳少校，请别把我的剪子给弄坏了。”

其时少校正抓住一根细链子转动一把有时候挂在爱米腰间的剪子，他这样挥舞摆弄，有可能伤着自己的眼睛。

“那是我非常讨厌的一个女人，”少校坚持自己的立场；“而且你也没有理由喜欢她。”

“那是瑞蓓卡。一定是瑞蓓卡，”爱米莉亚说时涨红了脸，显得非常激动。

“你猜对了，你总是对的，”铎炳答道。

布鲁塞尔、滑铁卢、很久很久以前的往事、悲哀、痛苦、回忆一下又在爱米莉亚脑海中浮起，搅得她心潮澎湃，方寸大乱。

“别让我看到她，”爱米接着说。“我不能跟她见面。”

“我早料到会这样，”铎炳对焦斯说。

“她非常不幸，而且——总之怪可怜的，”焦斯仍不死心。“她现在贫困潦倒，无依无靠；还生过一场病——病得很重很重——她的混蛋丈夫抛弃了她。”

“啊！”爱米莉亚发出一声惊呼。

“她一个亲人也没有，”焦斯相当机敏地继续说；“她说她认为你是可以信赖的。她真可怜，爱米。太多的伤心事差点儿没把她逼疯。听了她的叙述，我心里难受极了——我以人格担保真是这样——她像天使一般忍受着如此残酷的迫害，我敢说这是别人绝对做不到的。她的家人对她太狠心了。”

“可怜的女人！”爱米莉亚不禁为之慨叹。

“她说要是得不到朋友的关怀，她恐怕活不成了，”焦斯用低沉而微颤的音调往下说。“天哪，说来真吓死人！知道吗，她甚至想自杀！她随身带着鸦片酊——我在她屋子里看到一只瓶子——那屋子小得不能再小，寒酸极了——在一家三等的大象旅馆顶层阁楼上，我上那儿去过。”

这一细节并没有打动爱米。她甚至微微一笑。也许她想象中出现了焦斯登楼时气喘吁吁的狼狈相。

“她的心都碎了，”焦斯继续游说。“那个女人熬过的痛苦太可怕了，简直令人不忍卒听。她有个小男孩，跟乔吉年龄差不多。”

“是的，是的，这事儿我有点儿记得，”爱米道。“怎么样？”

“那是个极其漂亮的孩子，”焦斯说；他自己是个胖子，听了蓓姬的故事很容易动情。“蓓姬告诉我，那孩子是个真正的天使，爱母亲胜过世上的一切，可是那班恶棍竟不顾孩子尖声惨叫，生生地把他从母亲怀里拽走，从此不准他们母子见面。”

“亲爱的约瑟，”爱米霍地站起来大声说，“咱们马上去看她。”

她当即跑到隔壁自己的卧室里，匆匆系着帽子出来，臂上搭着一条披巾，她要铎炳一起去。

少校走上前来把披巾裹在她肩上——这条白色开司米披巾正是少校从印度寄赠给她的。铎炳见这情形，知道除了服从别无他法。爱米挎着他的胳膊，于是他们一起出门。

“她住在九十二号房，一共有八段楼梯，”焦斯说，大概不太愿意再次爬高。他坐在自己客厅窗户旁，从那儿能看到大象旅馆所在的一片广场，只见爱米和少校正迈步穿过市场。

同样，蓓姬从自己的顶层阁楼上也看得见他俩，因为她和两个大学生在屋里说笑闲聊。汉斯和弗里茨曾目睹蓓姬的“爷爷”来访和离去，此刻正就他的模样要贫嘴打趣；但蓓姬及时把他们打发走了，还把斗室整理了一下。不一会，大象旅馆的老板知道欧斯本太太在大公殿下宫中深受欢迎，因而相应地也对她礼遇有加，亲自为欧斯本太太和少校先生带路登楼，不断殷勤招呼他们放心跟着往上走，如此直达顶层。

“尊敬的夫人阁下，尊敬的夫人阁下！”店主敲着蓓姬的房门说；头天他对蓓姬的称呼还只是再简单不过的“太太”二字，而且态度很不客气。

“是谁？”蓓姬说着探头向外张望，随即轻轻发出一声尖叫。只见爱米站在门外直打战，陪她来的高个儿铎炳少校拄着手杖。

少校站在一旁默默观察，觉得眼前这一幕倒是很值得玩味的。但爱米张开双臂纵身向瑞蓓卡扑了过去，就在这一刹那宽恕了她，把她紧紧搂住，真心诚意地和她亲吻。啊，可怜的人哪，以前什么时候曾有过如此纯洁的吻印在你的嘴唇上？

# 第六十六章

## 恋人发怒[1]

在爱米莉亚那样的诚意和好心感召下，即便皮厚心黑、劣性难改之如蓓姬，也不禁为之动容。对爱米亲切的话语和深情的抚慰，她作出的反应非常近乎感激，这种感情虽不持久，但短时间内几乎是真挚的。她编造的“不顾孩子惨叫，生生地把他从母亲怀里拽走”那段情节，堪称神来之笔。正是凭着这撕心裂肺的一声惨叫，蓓姬把她本已失去的朋友又拽了回来。可怜这个缺心眼的小爱米，接下来开始跟重逢的故人叙旧，我敢肯定那是她首先要谈的话题之一。

“难道他们就这样把你心爱的孩子给夺走了？”天真的爱米惊骇地问道。“哦，可怜的瑞蓓卡，你受苦了，我亲爱的朋友，我知道失去自己的孩子是怎么回事，知道失去孩子的人有什么感受。老天保佑，你的孩子一定会还给你的，正像无比仁慈的上帝让我的孩子回到我身边一样。”

“孩子？我的孩子？哦，是的，当时我简直痛不欲生，”蓓姬稍稍愣了一下，旋即附和道，不过也许多少有点儿内疚。没想到人家对你如此深信不疑，毫无戒心，你却不得不立刻用谎话去糊弄人家，这使瑞蓓卡感到不自在。然而对于一开始就做假的人来说，这正是他们的悲哀。如果一句假话被信以为真，可以说是你得手了，你就必须造另一句假话使先前开出的期票不致露馅，如此你的谎言像滚雪球一般不可避免地越滚越大，而被揭穿的危险也随之一天天增长。

“他生生地从我身边给拽走的时候，我痛苦到了极点，”蓓姬接着说(但愿她别再坐到瓶子上去)；“我想自己一定活不成了；幸好当时我得了脑炎，大夫对我已经不存希望，可我——我还是挺过来了，如今——如今我仍然活着，虽然穷困潦倒，无依无靠。”

"他多大了？"爱米问。

"十一岁，"蓓姬说。

"十一岁！"爱米感到很惊讶。"他是和乔治同一年出生的，可乔治已经——"

"我知道，我知道，"蓓姬急忙接过话茬，小罗登的年龄其实她早已忘得一干二净。"因为伤心过度，我把好多事儿给忘了，最亲爱的爱米莉亚。我已经变了许多，有时候跟疯子差不多。我是说他从我身边给夺走的时候才十一岁。愿上帝保佑他可爱的面庞；此后我再也没有见到过他。"

"他的头发什么颜色？"胡涂透顶的小爱米还在钻牛角尖。"让我瞧瞧他的头发。"

蓓姬见她如此天真，险些笑出来。

"今天不行，亲爱的——我刚从莱比锡抵达此地，过些日子，等我的行李从莱比锡运到后，我给你瞧他的一幅画像，那是我在幸福的日子里画的。"

"可怜的蓓姬，可怜的蓓姬！"爱米说。"我真该好好感谢上帝，我太幸运了！"（尽管我们从小就接受来自女人的训诲，如果我们的处境比别人好，就应当感谢上苍；但这种虔诚的惯例究竟是否明智，我表示怀疑。）接着她照例开始这样想：我的儿子是普天下最优秀、最漂亮、最聪明的男孩。

"你将会看到我的乔吉，"爱米再也想不出更好的办法来安慰蓓姬。她以为如果有什么能宽解蓓姬的悲怀，那就是这一招。

于是两个女人谈了有一个小时甚至更长时间，在这过程中蓓姬有机会向她久别重逢的朋友就她本人的经历提供一个最完整的版

---

① 这个章题作者用的是拉丁文，引自公元前 2 世纪上半叶古罗马喜剧作家太伦斯的剧作《安德罗斯女子》。全句应为："恋人发怒，爱情复苏。"

本。她告诉爱米，她与罗登·克劳利的婚姻始终遭到夫家的敌视，她一直被夫家的人当作眼中钉，肉中刺；罗登的嫂子是个诡计多端的女人，在蓓姬的丈夫面前搬弄是非，离间他们夫妻的感情，致使罗登跟一些不三不四的女人勾勾搭搭，从而与蓓姬疏远；蓓姬不得不对一切逆来顺受，包括贫困、侮慢、自己爱得最深的人对她的冷淡，一切都看在她的孩子分上；最后，由于受到骇人听闻的侮辱，她在忍无可忍的情况下要求与丈夫分居。原来那个卑劣小人居然有脸要妻子牺牲自己的名节换取一个大人物的“提携”，好让他得到官职；而那个荒淫无耻的权贵不是别人，正是斯泰因侯爵——一个丧心病狂的恶魔！

蓓姬一边讲述她坎坷人生的这一部分，一边最大限度地注意女人应当讲究的委婉得体，同时又表现出重名节必然会导致的无比愤慨。当蓓姬无法忍受这种侮辱被迫离开夫家时，那个卑劣小人为了实施报复，竟把孩子从她身边夺走。蓓姬说，所以她成了个可怜的漂泊者，无依无靠，举目无亲，孤苦伶仃。

了解爱米性格的人不难想象，她听了这个冗长的故事，会把每一句话都当作事实接受下来。果然如此，蓓姬谈到罗登的行为多么可鄙，斯泰因的品性何等下流，爱米气得浑身发抖。蓓姬描述夫家的贵族亲戚如何迫害她，丈夫如何与她同床异梦，她的每一句话都会在爱米的眼睛里映出一个个“！”来。蓓姬倒并没有痛骂自己的丈夫。与其说她的语气怒不可遏，不如说哀怨悲切。只是过去她对罗登爱得太深；再说，罗登不是她孩子的父亲吗？及至蓓姬讲到母子分离那一幕，爱米索性用手帕掩面，不忍卒听，所以那位盖世无双的悲旦目睹自己完美的表演收到如此精彩的剧场效果，必定得意非凡。

两位女士在屋里谈话，爱米莉亚的忠实护卫铎炳少校当然不愿打搅她们，先是在狭窄的走廊里踱来踱去，后来听腻了楼板嘎吱嘎吱的声音，而且他的帽子老是蹭到屋顶，把绒毛都磨光了；于是他走到楼下底层大堂里去。这儿永远弥漫着浓烈的烟草味，啤酒洒得到处都是。在一张肮脏的长桌上摆着几十只一色的铜烛台(都是廉价的油脂烛)，供住店的客人使用，客房的钥匙一排排挂在桌旁墙上。待会儿爱米打这儿经过，不禁涨红了脸。大堂里麇集着各色人等：蒂罗尔①的手套贩子、多瑙河流域的细麻布商人(带着一捆捆货色)、吃黄油夹肉面包充饥的大学生、在满是油污又溅了不少啤酒的桌上玩纸牌或骨牌的闲汉，演出间歇中来此松散松散的杂耍艺人——总之，赶集市、逛庙会时节一家德国客栈里那种乌烟瘴气、喧嚣嘈杂的景象，这儿都齐了。跑堂的给少校拿来一大杯啤酒，这是不消说得的。铎炳掏出一支雪茄，决定用这种有害的植物制品和一张报纸打发时间，一直等到他负责保护的女士下楼来找他。

不久，汉斯和弗里茨从楼上下来，帽子歪戴着，靴刺铿锵作声，饰有纹章的烟袋垂下华丽的流苏；他们把九十号房的钥匙挂在钩牌上，然后要了一份黄油夹肉面包和啤酒。这一对儿在少校旁边坐下，所以后者不想听他们的谈话也不可能。他们谈的主要是附近硕本豪森大学②的一年级新生、市镇居民、决斗事件和纵酒胡闹之类，他俩正是从那所高等学府刚坐驿车到此地(大概和蓓姬同车)来参加蓬佩尼克尔的喜庆活动。

“那个英国小妇人好像人头挺熟，”算是懂点儿法语的汉斯对他的同伴弗里茨说，用的是夹杂蹩脚法语的德国话。“刚走了一个胖爷爷，又来了一个漂亮的女同胞。我听见她们在小妇人屋里一会儿叽叽喳喳交谈，一会儿抽抽搭搭在哭。”

---

① 蒂罗尔，位于奥地利西南部和意大利北部的一地区。

② 这是作者假托的大学校名。魏玛附近有耶拿和埃尔富特两所大学。

“咱们得弄到她的音乐会门票，”弗里茨说。“你还有钱吗，汉斯？”

“扯淡！”另一位说，“音乐会是子虚乌有的。有人说她在莱比锡也登过要开一场音乐会的广告，好多大学生买了门票，结果她没唱就走了。昨天她在车上说，因为给她伴奏的钢琴手在德累斯顿病倒了。不过据我看来，她是唱不了；她的嗓子跟你一样沙哑。哦，你这个大明星不是整天灌啤酒才这样的吗？”

“对，她是一条破嗓子；我听到她在窗边声嘶力竭地练唱一首糟糕透顶的英国叙事曲，名叫《阳台上的玫瑰》。”

“醉鬼和歌唱家不能集于一身，”红鼻子弗里茨说，他自己显然宁愿当前者。“不，根本不用买什么票。昨晚她赌红与黑赢了钱，我亲眼得见；她让一个英国男孩替她押宝。咱们把你的钱也在那儿或戏园子里花了吧，要不就请她上奥瑞留斯花园喝法国葡萄酒或白兰地，但音乐会的门票不必买。你意下如何？要不要再来一杯啤酒？”两人轮番把他们的金黄色胡髭在这种淡而无味的饮料中浸湿后反复捻弄；过了一会儿，他们就大摇大摆地逛庙会去了。

少校看见他们把九十号房的钥匙挂在钩子上，听到了这两名浮滑放浪的大学仔对话，一下子就明白他们在说蓓姬。“这小妖精又要起她那套鬼把戏来了，”他思量着面带微笑回忆起，当初他曾目睹蓓姬拚命跟焦斯吊膀子，那段风流韵事的结局也够滑稽的。他和乔治后来时常当笑话谈起此事，直至乔治婚后才过了几个星期，自己也坠入这女巫彀中，跟她眉来眼去——个中暧昧铎炳已有所怀疑，只是假装一无所知罢了。要是威廉设法刺探这一不光彩的秘密，他会感到非常痛苦或羞愧，不过有一天乔治显然带着内疚的心情自己提到了这件事。那是滑铁卢之战的早晨，天下着雨，他俩一起站在前沿阵地上，望着对面被黑压压一大片法国军队所控制的高地。

“我跟一个女人卷进了一桩愚蠢的感情纠葛，”乔治说。“还好咱们的部队奉命出发了。要是我倒了下去，但愿那桩事儿永远别让爱米知道。真希望这一切压根儿没有发生就好了！”

这是令威廉感到宽慰的一段回忆，他也曾不止一次抚慰欧斯本可怜的寡妻，告诉她说，乔治告别爱米以后，在卡特布拉一仗的次日，曾经严肃而动情地向铎炳谈到自己的父亲和妻子。威廉在与老欧斯本的谈话中，总是再三强调这些事实，最后还是促使老人在生命行将告终之时捐弃前嫌，与死去的儿子和解。

“看来，这个小妖精还想玩弄她的迷魂骗术，”威廉忖道。“但愿她离这儿愈远愈好。她到哪儿都会惹是生非。”他双手紧按在两侧太阳穴上，眼睛盯着鼻子底下一份上星期的《蓬佩尼克尔周报》，却什么也没读进去；这时有人用伞尖触了一下他的肩膀，他抬起头来，看见了爱米莉亚。

这位太太有任意摆布铎炳少校的习惯（要知道，即便是最懦弱的人也乐意骑在别人头上），对他发号施令，使唤他取这个拿那个，然后说几句好话给些甜头，就好像他是一条纽芬兰大狗。少校呢，这么说吧，只要爱米莉亚叫一声：“嗨，铎炳！”他就心甘情愿地纵身跳入水中，或把女主人的网兜叼在嘴里跟在后面。要是读者不明白少校是个死心塌地的痴情汉，那么这本书几乎等于白写了。

“你为什么不等我，先生，让我一个人深一脚浅一脚下楼来？”她一甩脑袋埋怨道，还冲他蹲了一下身子作屈膝状以示挖苦。

“我在走廊里站也站不直，”铎炳涎着脸儿辩解说，然后高高兴兴让她挎着胳膊，准备带她离开这乌烟瘴气的场所，若不是跑堂的小伙子追出来在大象旅馆门口把他拦住，要他付啤酒钱，他把那杯一口也没喝过的啤酒完全给忘了，差点儿就这样一走了之。

爱米笑了，说他真不害臊，想要逃账；其实她是借题发挥说笑打趣。爱米今天兴致很高，心境挺好，穿过集市广场时健步如飞。她想立马见到焦斯。少校瞧着她这副火烧火燎的焦灼相，忍不住发笑，因为爱米莉亚“立马”要见她哥哥——这样的情况实属稀罕。

他们发现焦斯在二楼客厅里。原来在过去的一小时内，这位民政官员在屋里走来走去，不断地咬指甲，隔着集市广场朝大象旅馆那边遥望少说有一百回。当爱米和蓓姬关在顶楼斗室里叙旧，少校在楼下大堂内黏糊糊的桌上用手指弹个不停的时候，焦斯一直急煎煎地想见到欧斯本太太。

“怎么样？”他问。

“可怜的蓓姬，想不到她吃了那么多的苦！”爱米说。

“千真万确，太可怜了！”焦斯摇头叹道，他的腮帮子随之像两大块果冻似地抖动起来。

“让蓓姬住佩恩那间屋子，佩恩可以搬到楼上去，”爱米继续说。

佩恩是欧斯本太太身边一名古板的英国女仆，跟班向导基尔什认为自己责无旁贷地应该向她献殷勤，而小乔吉则喜欢拿她开心——经常绘声绘影地用故事里的德国强盗和鬼魅幽灵把她吓得魂不附体。这名女仆成日价牢骚不断，把女主人呼来喝去，动不动扬言第二天一早就回克拉彭村她的老家去。

“让蓓姬住佩恩那间屋子，”爱米说。

“什么？！莫非你要让那个女人住到**家里**来？”少校一下子跳了起来。

“当然，”爱米莉亚回答的口气天真到了极点。“别生气，也不要拍桌子摔椅子，铎炳少校。我们当然要让她住到这里来。”

“当然应该，我亲爱的，”焦斯在一旁附和。

“她的遭遇实在太可怜，”爱米又说，“她存钱的银行倒闭了，银行家逃得无影无踪；她的无赖丈夫抛弃了她，把孩子从她身边抢走，”说到这里，她攥紧两个小拳头，摆出一副最吓人的架势；少校瞧着这样一位天不怕地不怕的女中豪杰，觉得十分有趣。“人家那么可怜而又可爱，孤孤单单，不得不靠教唱歌糊口，我们岂有不让她住到这儿来的道理！”

“你可以请她教你唱歌，我亲爱的欧斯本太太，”少校急忙说，“但别让她住到家里来。我求你了，千万别这样做。”

“哼！”焦斯大不以为然。

“你向来心地善良、待人宽厚；至少过去总是那样；但现在你太令我惊讶了，威廉少校，”爱米莉亚激动地叫嚷。“在她落到这般悲惨境地的时候见死不救，请问该到什么时候再帮她？现在正是她最需要帮助的时候。她是我最早的一位老朋友，我怎么能不——”

“她并非一直是你的朋友，爱米莉亚，”少校说，这下他真的生气了。

这一暗示超过了爱米所能忍受的限度，她瞪着少校的脸，眼睛里几乎要冒出火来；她说：

“真丢脸，铎炳少校！”

此言一出，犹如枪弹出膛；接着，她昂然走出客厅，砰的一声把自己关在隔壁她的卧室里，以示其自尊心受到严重侵犯。

“居然扯到**那一桩**上头去！”房门关上后，她气犹未平。“哦，他也太狠心了，不该触及我的痛处，”她抬头望着照例挂在墙上的乔治的瓷像，下面则是小乔吉的瓷像。“他太狠心了。既然我已经不咎既往，他凭什么还要旧事重提？毫无道理嘛！我恰恰是从他的话里了解到，过去我的妒忌毫无根据，完全是小肚鸡肠！他还说你是纯洁的——对，正是这样，你是我圣洁的亲人；哦，让上帝保佑你的在天之灵！”

她气得浑身发抖，在屋里来回踱步。然后走到挂瓷像的那面墙边一张五斗柜前，手撑在柜子上凝神望着瓷像。乔治的眼睛透出责备的意味俯视着她，当他们的视线交接时，那层责备的意味似乎比先前加深了。他俩的爱情之花盛开期何其短暂，关于那段日子的珍贵回忆一齐兜上她的心头。好不容易被岁月治愈的创伤重又迸裂流血，哦，太痛苦了！她受不了墙上丈夫责备的眼神。她受不了。无论如何受不了！

可怜的铎炳；可怜的威廉！那句不合时宜的话使多少年的心血毁于一旦——那是用毕生的爱和忠诚惨淡经营垒起的一座大厦，它建立在隐秘的基础之上，其中有的是深埋心底的热情、没完没了的苦恼、无人知晓的牺牲。就说了那么一句话，瑰丽的希望宫殿顿告倾覆。就那么一句话，他一辈子始终在设法诱捕的鸟儿，翅膀一扑棱飞走了。

尽管威廉从爱米莉亚的表情看出，一场严重的危机已经来临，他仍继续殷殷告诫塞德立要提防瑞蓓卡；恳切地、近乎狂热地哀求焦斯千万不要把她接来。他敦请塞德立先生至少该去打听一下瑞蓓卡是何许样人，并且告诉焦斯，他曾听说瑞蓓卡跟一帮赌棍和声名狼藉的人混在一起，指出这个女人从前干过哪些坏事，她和克劳利一搭一档如何坑骗可怜的乔治。据她自己说，目前她和丈夫各自单过，也许其中另有原因。焦斯的妹妹根本不谙世事，对她来说瑞蓓卡这样一个同伴该有多危险！威廉运用全部口才说得舌敝唇焦，热心大大超过这位沉稳的绅士通常表现的程度，苦劝焦斯别让瑞蓓卡进他家的门。

倘若铎炳不那么心急如焚，或者方式上策略一些，他向焦斯发出的呼吁或许能收到效果；然而民政官员总觉得少校处处要显得比他高明，焦斯对此着实忌妒(他甚至把自己的看法与跟班向导基尔什先生谈过，而铎炳少校在旅行过程中一直负责核查后者报的账，所以基尔什站在自己的雇主这一边)。焦斯开始大言不惭地宣称自己有能力捍卫自己的荣誉，他的事情希望别人少掺和；总之，这回他存心要造少校的反。这次持续很久而又十分激烈的对话，却被一件再简单不过的事情打断了，那就是：克劳利太太已经从大象旅馆来到此地，她的行李够寒酸的，也由旅馆的一名脚夫带来了。

她恭敬而亲热地向主人问好，对少校则比较拘谨、但还算友好地打了个招呼——她凭直觉立刻断定铎炳是她的敌人，而且刚才还说她的坏话来着。瑞蓓卡的到来不免引起一阵忙乱，爱米莉亚闻声跨出自己的卧室。她走上前去和她的客人无比热烈地互相拥抱，对少校不理不睬，只是气呼呼地瞪了他一眼——这个柔弱可怜的女人有生以来，脸上的表情最轻蔑、实质上却最理亏的，恐怕要数这一回。但她自有这样做的个人理由，她打算继续跟少校赌气。铎炳悻悻而去，倒不是为前功尽弃的缘故，他是因好心被当作恶意而愤怒；临走向爱米莉亚鞠了一躬，后者故意行了个冷冷的屈膝礼与他作别，双方所表现的倨傲程度可谓旗鼓相当，铢两悉称。

少校走后，爱米显得格外活跃，对瑞蓓卡特别亲热，忙里忙外地张罗着把客人安顿在为她腾出的屋子里，那股风风火火的劲儿在我们这位娴静的朋友身上是难得看到的。当需要做一件亏心事的时候，尤其是性格软弱的人，往往觉得这事儿做得越快越好；何况爱米认为自己目前的所作所为充分显示她坚决果断，也是对死去的欧斯本上尉表示歉意和尊敬。

到了正餐时分，乔吉从外面逛节回来，发现饭桌上和往常一样摆着四副餐具，但铎炳少校的位子上却坐着一位女士。

“哈啰！铎布呢？”小少爷问，他的语言照例简洁明快。

“铎炳少校大概外出吃饭去了，”母亲说着把儿子拉到自己身边，亲了好一阵子，把他的头发从额前掠开，然后向克劳利太太作介绍。“瑞蓓卡，这就是我的儿子，”欧斯本太太的表情好像在说：“这样天使一般的孩子世上哪还有第二个？”

蓓姬用欣喜惊叹的目光望着乔吉，亲昵地紧紧握住他的手。

“多可爱的孩子！”她说，“他真像我的——”一阵哽咽把后面的话堵在她嗓子眼儿里了；但爱米莉亚同样能理解，蓓姬想到了自己心爱的儿子。不过，如今和她的好朋友在一起，克劳利太太感到宽慰多了，所以她这一餐照样吃得有滋有味。

在饭桌上她说了好几次话，乔吉一边端详着她，一边听她说。上甜食的时候，爱米走开去安排一些家里的事务；焦斯坐在大圈椅里对着一份《加里尼亚尼信使报》打盹儿；乔吉和新来的女客的座位互相挨着；他不止一次意味深长地观察来客，后来终于放下手中夹核桃的钳子。

“我说，”乔吉开腔了。

“你想说什么？”蓓姬笑问。

“我看到过您，您就是那位戴面具、赌红与黑的太太。”

“嘘！你这个小淘气，”蓓姬说着把他的手拿起来亲了一下。“你舅舅当时也在那儿；这事不能让妈妈知道。”

“哦，那当然——绝对不能，”小家伙表示领会。

“你瞧，我们俩已经成了好朋友，”蓓姬对回到饭桌旁的爱米莉亚说。必须承认，欧斯本太太把一个能说会道、十分讨人喜欢的女伴引入了自己的家。

尽管威廉对于别人正在如何策划叛离他还不甚了了，可已经窝着一肚子火，怒气冲冲地满城乱转，直至跟公使馆的代办泰普沃姆不期而遇。后者邀请他吃饭。在他们品尝饭菜的当口儿，少校顺便问代办先生是否了解某一位罗登·克劳利太太的情况，少校好像风闻她在伦敦曾引起不少议论。泰普沃姆熟悉伦敦的种种传闻，加之他跟冈特夫人还是亲戚，于是便把蓓姬和她丈夫的故事一五一十告诉少校，听得询问者惊诧不置，也为本书提供了所有主要的情节，因为好多年前笔者正好也在那儿用餐，有幸听到代办讲的故事。塔夫托、斯泰因、克劳利家族以及他们的历史背景，凡是与蓓姬及其过去的生活有关的每一件事，都是从这位言辞尖刻的外交家活档案中收集来的。他对社会上有头有脸的人物真是无所不知，甚至比实际情况详细得多。总之，他向方正厚道的少校揭示了许多惊世骇俗的幕后秘闻。铎炳告诉代办，欧斯本太太和塞德立先生已经让她住进了他们的家。泰普沃姆听了纵声狂笑(这使少校相当反感)，并且说，这兄妹俩何不干脆派人到监狱里去，弄几名囚犯到家里来管吃管住，请这些剃光头、穿黄上衣的绅士给调皮捣蛋的小乔吉当老师，免得他们两个两个用链条拴在一起天天给押去扫蓬佩尼克尔的街道。

听了公使馆代办的一番介绍，少校的惊愕和恐慌非同小可。这天上午(遇见瑞蓓卡之前)曾经约好，爱米莉亚当晚要去参加宫廷舞会。铎炳决定在那儿把一切都告诉她。少校回家去穿上军装，来到宫中指望跟欧斯本太太见面。但她始终没有来。少校返回寓所时，见塞德立他们赁居的屋子里灯都灭了。铎炳在明天上午之前是见不到她了。我不知道，少校获悉如此可怕的秘密后，这一夜在床上是怎么过的。

翌晨，在不失礼数的最早时间，少校就打发自己的仆人弗兰西斯送一封便简到街对面去，说有非同寻常的事要跟她谈。讵料仆人带回来的口信竟说，欧斯本太太身体很不舒服，不能离开卧室。

她也彻夜未眠。她在思量以前曾令她无数次心潮澎湃的一件事。爱米莉亚曾无数次眼看着就要顺水推舟，可每次都觉得牺牲太大而缩了回来。虽然他情深意殷，忠心不渝，爱米自己分明也很器重他，尊敬他，感激他，但还是做不到。做好事算得了什么？忠心和美德又算得了什么？只要姑娘的一绺秀发或男士的一根胡须，霎时间天平就会向另一边倾斜。爱米和别的女士一样，在她心目中，这一切并没有特别重的分量。她曾对之进行考验，也想要网开三面，结果做不到；现在这无情的女人找到了借口，决定挣脱束缚。

下午，少校总算见到了爱米莉亚；这么多日子以来他已习惯于接受诚挚热情的欢迎，但这一回他面对的竟是一个客客气气的屈膝礼和一只戴着手套的小手，这只手紧接着马上被抽了回去。

瑞蓓卡也在客厅里，而且笑容可掬地伸出一只手迎着少校走过来。铎炳赶紧退后一步，神情有些尴尬。

“我——我得请您原谅，太太，”他说；“我必须告诉您：现在我不是作为您的朋友到此地来的。”

“去你的，真该死！可千万别来这一套！”焦斯惊慌地嚷了起来，他最关心的是不要出现脸红脖子粗的场面。

“我真不明白，铎炳少校跟瑞蓓卡究竟有什么过不去？”爱米莉亚说，声音低沉而清晰，稍稍有点儿发颤，但眼神非常坚定。

“我可不允许在我家里来这一套，”焦斯再次插话。“我再说一遍，我讨厌这种场面；铎炳，我求求你，还是算了吧，老弟。”他面红耳赤，气喘吁吁，哆嗦着东张西望，然后向自己的房门那边走去。

“亲爱的朋友！”瑞蓓卡说，她的声情依然柔美如天使，“应该听听铎炳少校说我到底有哪些不是。”

“我可不想听，我已经说了，”焦斯用他的最高音尖叫一声，同时把身上的晨袍重新裹好，走了出去。

“此地只剩我们两个女人，”爱米莉亚说。“现在您可以说了，先生。”

“您用这样的态度对待我恐怕不太妥当，爱米莉亚，”少校傲然指出；“再说，我对待女人好像并没有态度一贯粗暴这种毛病。我是来尽自己的责任，尽管对我来说这不是一件愉快的事情。”

“请吧，那就快快尽您的责任，如果您愿意的话，铎炳少校，”爱米莉亚的火气越来越大。在她用这种下命令的口气说话时，铎炳的脸色相当难看。

“我是来说——克劳利太太，既然您留在这儿，我只能当着您的面说——我认为您……您不应成为我这几位朋友的家庭一员。一位与丈夫分居的女士，又不用自己的真名在外旅行，还到赌场里去……”

“我是去参加舞会的，”蓓姬急忙辩解。

“……这样一位女士待在欧斯本太太和她的儿子身边是不合适的，”铎炳继续说；“我还可以告诉您：本地有人知道您的底细，有人明白表示对您的所作所为相当了解，其中有些事情在……在欧斯本太太面前我甚至不愿意说出口。”

“您这是诽谤，不过这种诽谤表面上很有分寸，而且进退自如，铎炳少校，”瑞蓓卡说。“您让我背上沉重的罪名，可到底是什么罪名，又不明说。难道我对丈夫不忠？我蔑视这样的指控；谁要是这样说，我要他拿出证据来——如果您这样说，也请您拿出证据来。我是清白的，一点也不比所有对我怀恨在心的敌人差，那些人必欲置我于死地而后快。莫非因为我穷，我不幸，被抛弃，您就认为我有罪？是的，我的确犯有这些罪过，而且天天在受惩罚。还是让我走吧，爱米。就当我没有遇见你，今天的我也并不比昨天更痛苦。就当是一宿已过，穷苦的流浪者又上路了。还记得在昔日的好时光你我经常唱的那首歌吗？打那以后，我一直东漂西泊——到处遭排斥、受鄙视、被侮辱，就因为我命苦、孤身无依。让我走吧；我待在这儿会碍这位先生的事。”

“的确如此，太太，”少校说。“如果我的话在这户人家多少还有些影响……”

“什么影响也没有！”爱米莉亚立刻打断他的话头。“瑞蓓卡，你就待在我这儿。我可不会因为你受迫害而抛弃你，也不会因为铎炳少校莫名其妙地侮辱你而跟着这样做。咱们走，亲爱的。”于是两个女人朝门那边走去。威廉把门打开。不过，当她们正要跨出客厅之际，威廉拉住了爱米莉亚的手。

“能不能请您稍留片刻？我有几句话要说，”他说。

“他希望在我走开后单独跟你说话，”蓓姬说着装出一副舍身赴难的姿态。爱米莉亚把她的手握得更紧，以示安慰。

“我以人格担保，我要说的话与您无关，”铎炳向蓓姬表示。“回来，爱米莉亚，”爱米退进门内，克劳利太太刚走出去，铎炳便向后者鞠了一躬，随即把门关上。爱米莉亚背靠镜子望着少校，她的脸和嘴唇没有一丝血色。

“刚才我说话过于激动，”少校顿了一下后说；“我不该使用‘影响’这个词儿。”

“确实如此，”爱米莉亚的牙齿在打战。

“至少我有权利要求让我把话说完，”铎炳继续说。

“承蒙提醒，免得我忘记我们欠了您那么多，您真是慷慨大度！”女人答道。

“所谓权利我指的是乔吉的父亲托付我照料你们的意思。”

“而您恰恰侮辱了死去的乔治。昨天您就做了对不起他的事。这您自己心里明白。我绝对不会原谅您的。决不！”在一阵感情冲动下，爱米莉亚每说一句话都像射出一支箭。

“我不相信这是你的真心话，爱米莉亚，”威廉凄然道。“难道你真的为了冲口说出的那几句话全盘否定一辈子的深情吗？我认为自己处理这个问题的方式并没有损害死去的乔治，如果你我互相指摘对方，那么，乔治的寡妻、他孩子的母亲没有任何站得住脚的理由责备我，至少我认为没有。以后，等到——等到你有空的时候，你再好好想想，你的良知将撤回对我的指责。其实此刻你的良知已经有所觉悟。”爱米莉亚的脑袋渐渐耷拉下来。“并不是昨天我的那一番话触怒了你，”铎炳接着又说。“那不过是个借口，爱米莉亚；要不然，我爱了你十五年，对你观察了十五年，岂不是白耽误工夫？十五年来，我已经学会从你的脸上揣摩你的所有感受，从你的眼神看透你的一切想法。我知道你的心有所能有所不能。这颗心能忠于一段回忆而且矢志不渝，能把一个幻想珍藏起来视为至宝。但是，我的一片真情应当引起共鸣，你的心却不知不觉；我从一个比你慷慨的女人那儿可以赢得回报，你的心却毫无反应。算了，你配不上我痴心地奉献给你的那份爱。其实我早就知道，我毕生孜孜以求的奖赏根本不值得争取；我也知道，我是个单相思的傻瓜，用我的全部忠诚和热情换你那么一点儿脆弱的爱情下脚。到此为止吧，这交易我再也不干了。我不认为你有什么过错。你的禀性十分善良，你已经尽力了；但是你没能达到我对你怀有的那种感情的高度，而一个比你高尚的心灵会产生同样的感情并以此为荣。再见了，爱米莉亚！我一直在观察你内心的矛盾和斗争。该结束了。你我对这种局面都已经厌倦。”

爱米莉亚给吓坏了，站在那儿一言不发，没想到威廉竟会突然扯断锁链挣脱她的控制，宣布独立并且表明自己站得比她高。长期以来，威廉一直拜倒在她脚下，以致爱米莉亚已经习惯于想踹就踹，要踩就踩。她不想嫁给威廉，却希望留住威廉。她什么也不想给威廉，却要威廉把一切都给她。这样的不公平交易在情场中并不罕见。

威廉的奇兵一出，完全打乱了她的预想，把她彻底给震懵了。由她发动的攻势早已被击退，而且溃不成军。

“这么说，我是否应该理解：你打算离开我们，威廉？”她问。

他发出一阵苦笑。

“以前我离开过一次，”他说，“十二年后我又回来了。当时你我还年轻，爱米莉亚。再见吧。我的生命在这场游戏中消耗得已经够多了。”

在他们交谈过程中，欧斯本太太的卧室门一直虚掩着；实际上是蓓姬握住了门把，适才铎炳刚推上此门，蓓姬立刻转动把手打开一条缝，所以少校和爱米两人的谈话全让蓓姬听见了。“男的胸怀多么磊落！”她暗暗慨叹。“女的这样玩弄人家的感情太不像话！”她十分赏识铎炳，并不因后者跟她过不去而怀恨在心。铎炳在这场较量中采取的做法光明正大，完全合乎竞赛规则。“啊！”她心想，“要是我有这样一个既有良心、又有头脑的男人该有多好！即使他有一双难看的大脚我也不在乎；”蓓姬跑到自己屋里，居然想出一个办法，马上给铎炳写了一封便简，务请少校暂留数日切勿动身，表示她能为少校和爱米的事出一点力。

谈话已经结束，两人就此分手。威廉再次走到门口，毅然离去。掀起这场轩然大波的小寡妇终于如愿以偿，尽可痛饮庆功酒。让女士们对她的胜利啧啧称羡吧。

到了平素温馨浪漫的正餐时分，乔吉少爷出现在饭桌旁，他再次发现“老铎布”没来。用餐时大家都不说话；焦斯食欲不减，但爱米什么也吃不下。

饭后，乔吉靠在沙发上从古色古香的大窗口向外闲望；这个凸在山墙外的灯笼式窗楼，三面俯临大象旅馆所在的集市广场。他母亲坐在一旁埋头做针黹，这时乔吉注意到街对面少校的寓所那边有动静。

“嗨！”他说，“那不是铎布的破车吗？——有人正从院子里把它往外倒腾。”“破车”指的是少校花六英镑买下的一辆双轮车，他们经常拿这玩意儿取笑他。

爱米略微有些吃惊，但什么也没说。

“嗨！”乔吉又说了，“弗兰西斯提着箱包出来了，那个独眼龙驿车夫昆茨牵着三匹灰色马从市场上走过来。瞧他的靴子和黄上衣，真逗！怎么着？！他们在把马套上少校的破车。他是不是要到什么地方去？”

“是的，”爱米说，“他要出一趟远门。”

“出远门？！什么时候回来？”

“他——他不回来了，”爱米答道。

“不回来了？！”乔吉惊呼一声跳了起来。

“待在这儿，别去，小家伙！”焦斯喝道。

“别去，乔吉，”他母亲也说，神色非常忧郁。乔吉留了下来，在屋里东踢西踹；一会儿跪在窗口沙发上，一会儿又跳到地板上，显得焦躁不安，急于解惑释疑。

马已套好，箱包也都扣扎停当，弗兰西斯拿着主人的佩刀、手杖和伞走出来，把捆在一起的这些东西放进车上的行李箱，把少校的便携文具柜和旧铁皮三角帽盒搁在座位底下。弗兰西斯把那件蓝呢面料、红色羽纱里子的旧大氅也拿出来了，十五年来，这件污渍斑斑的大氅不分季节裹在它的主人身上，就像当时一首德国流行歌曲中所唱的那样“历经不知几番风雨”。滑铁卢大战那阵子，大氅还是新的；那夜在卡特布拉一仗打下来，它曾经给乔治和威廉多少提供一些遮蔽。

寓所的老房东布尔凯先出来，接着是弗兰西斯拿着最后几件小行李，然后才是威廉少校。布尔凯想跟他吻别。凡是与少校相处的人，都特别喜欢他。他好不容易才躲过了老房东这种表示好感的方式。

“这回我非去不可！”乔吉嚷道。

“把这个给他，”密切注意事态发展的蓓姬说着把一张纸塞在孩子手中。乔吉三脚两步冲下楼去，转眼就穿过马路——这时穿黄上衣的驿车夫已在不太使劲地试着抽响他的鞭子。

威廉挣脱了房东的拥抱，跨进车厢。乔吉紧跟着跳上去搂住少校的脖子(楼上的人从窗户里看见了)，向他提出一连串问题。然后乔吉摸了摸背心的小兜，把纸条交给少校。威廉急忙抓过来哆嗦着把它展开，但霎时间脸色就变了；他把那张纸撕成两片扔到车外。他在乔吉脑袋上亲了一下，然后孩子用两个拳头揉着眼睛由弗兰西斯扶下马车。他抓住车门，仍不肯走开。

“出发吧，车夫！”少校用德语一声吩咐。穿黄上衣的驿车夫着力把鞭子抽得噼啪响；弗兰西斯纵身跳上驭者座，三匹灰色马撒开了蹄子，而铎炳的脑袋却耷拉在胸前。马车在爱米莉亚窗下经过时，他始终没有举目抬头。乔吉一个人被撇在街上，当着一大群人放声号哭。

当天夜里，爱米的女仆佩恩又听见乔吉大哭大叫，便拿了些杏脯去安慰他。佩恩也陪着小少爷伤心了一阵子。所有的穷人、下人、老实人、好人，凡是认识少校的，都喜欢这位心地忠厚、和蔼可亲的绅士。

至于爱米嘛，她已经尽到了自己的责任。反正有乔治的瓷像会给她慰藉。

# 第六十七章

## 嫁娶的嫁娶，出生的出生，去世的去世

不管蓓姬有什么妙策能使铎炳忠贞的爱情获得圆满成功，这个小妇人认为秘密暂时不能公开。何况别人的休戚总不如自己的切身利益更关痛痒，她还有一大堆涉及她本人的问题需要考虑，它们远比铎炳少校这辈子的幸福更令她操心。

她怎么也想不到自己一下子来到了整洁、舒适的住所，周围的朋友对她关心体贴，她已经有日子没遇上这样天真和气的好人了。尽管她漂泊无定一方面出于无奈，另一方面也是天性使然，可有时候获得消停的机会她还是很乐意的。哪怕是一贯骑骆驼穿越沙漠的阿拉伯强盗，再怎么贼性难改，有时候也喜欢在傍水的枣椰树下歇歇脚，或者进城去赶一趟巴扎，上澡堂子松松筋骨，到清真寺做做祈祷，然后再去干抢劫商队的勾当。我们这朵飘零的落花在焦斯的帐篷里吃鱼肉什锦饭颇觉受用，也是同样道理。她把坐骑拴在木桩上，挂好武器，在主人的火堆旁舒舒服服暖暖身子。能在恓恓惶惶的流浪生涯中稍事休整，她感到那份儿熨帖和安适真是妙不可言。

她自己心情舒畅，于是她就尽其所能使别人也都开开心心，而我们知道，若论取悦于人这门艺术，蓓姬有过辉煌的成就，堪称一把高手。对付焦斯那样的人，即使在大象旅馆顶层阁楼上那次短暂的晤谈中，蓓姬略施小技就着实赢回了不少他的好感。不出一个星期，民政官员已经成了她忠实的奴隶和狂热的崇拜者。以前只有爱米莉亚和他做伴，哪来这么多乐趣，所以焦斯正餐后有打盹的习惯；现在饭后他也不睡了。他带蓓姬坐他的敞篷车出去兜风，不时请三五知己到家里来小叙，巧立名目向蓓姬今天搞欢迎，明天表示祝贺什么的。

公使馆代办泰普沃姆在背后把蓓姬骂得那么厉害，有一天来赴焦

斯的饭局后，却每天来向欧斯本太太问候致意。可怜的爱米向来不擅辞令，自从铎炳走后，更是郁郁寡欢，很少开口；更何况家里又来了如此出类拔萃的一位交际明星，相形之下爱米就完全被遗忘了，法国公使馆代办对蓓姬倾倒的程度也不下于他的英国对手。德国女士在道德问题上从不苛求，对英国人尤其宽容，她们发现欧斯本太太的女友既漂亮又聪明，而且机智风趣，对她十分欣赏；虽然她没要求进宫觐见，可是一些公侯显贵听说她优雅迷人，都想和她认识一下。及至了解到她还是贵族，属于英国一个古老的家族，丈夫有近卫团中校军衔，是海外某岛的总督大人，只不过因有些小摩擦，目下与太太分居，这在歌德的《少年维特的烦恼》仍拥有不少读者、同是歌德的《亲和力》被视为一本道德教育好书的国家根本算不了什么——在这个小公国的社会最上层，谁也不会考虑对她拒不接待，而愿对她称“你”不称“您”以示亲昵，誓保友谊地久天长的女士却大有人在——比她们向爱米莉亚表示这类无价的好感时更加热情。那些天真的德国人对爱情和自由的诠释，是约克郡和萨默塞特郡的正派英国人难以理解的；在一些看问题比较豁达和开明的城市里，一个女人即使嫁过好多个受人尊敬的丈夫都离了婚，也无损于她在社会上的名声。自从焦斯有了自己的家，这个家从来没有像现在这样温馨，那都得归功于瑞蓓卡。她又唱歌，又弹琴，笑声不断；她能说两三国语言，所以人们都乐意到这所房子里来，可是蓓姬却让主人相信是焦斯个人了不起的社交天赋和诙谐性格把当地的社会精英吸引到自己周围。

至于爱米，除了需要付账单的时候以外，她丝毫没有在自己家里当家做主的感觉。蓓姬很快就发现了帮她解心宽的办法。她没完没了地跟爱米谈铎炳少校，毫无顾忌地盛赞他襟怀坦荡，认为爱米要他别管闲事从而气走了那位卓然超群的高尚绅士，这样的做法对他实在太绝情了。爱米为自己的行为辩解，表示她这样做完全出于最纯正的宗教观念，说什么一个女人一旦结过婚了……等等，何况嫁给乔治这样一个天使般的丈夫已经是她的造化，就得永远做他的妻子；不过，听蓓姬夸少校怎么怎么好，她倒不以为忤，甚至自己每天少说也有十几次会把话题引向铎炳。

讨好乔吉和佣人的门径很容易找到。前面已经说过，爱米莉亚的女仆佩恩全心全意热爱宽厚待人的少校。起初她对蓓姬挺反感，认为后者是造成少校与女主人分道扬镳的根子；可后来她改变了对克劳利太太的看法，因为克劳利太太成了威廉最积极的崇拜者和捍卫者。每逢两位太太晚会上应酬下来，总喜欢在一起说说体己话，佩恩太太一边为她们刷头发(她总是把“头发”hair说成air)——一个是金黄色的波浪条，另一个是柔软的浅棕色长辫子，——一边从不忘记插嘴为真正的绅士、亲爱的铎炳少校说句公道话。佩恩处处向着少校，与瑞蓓卡对少校赞不绝口一样，并没有令爱米莉亚着恼。爱米经常让乔吉给少校写信，而且坚持要在附言中加上妈妈亲切的问候。夜晚，她望着丈夫的瓷像，觉得瓷像再也没有责备她的意思——如今威廉一走，很可能她反倒责备起瓷像来了。

爱米自从作出悲壮的牺牲之后，说不上很开心。她神不守舍，阢陧不安，沉默寡言，这也不顺心，那也不满意。家里人从没见过她这样别别扭扭的。她变得面容苍白，精神委靡。她常常试着唱几首歌(其中之一是威伯[①]作曲的缠绵情歌《我一个人并不孤独》，在老派的往昔，年轻的小姐们，那时你们恐怕还没有出生，或者刚刚呱呱坠地，这首歌表明，早于你们活在世上的人也懂得爱情和歌唱)；——那都是少校爱听的。她在暮霭沉沉的客厅里唱这些歌的时候，往往唱到一半突然中断，然后走到隔壁卧室里去，无疑又在她丈夫的瓷像前面

① 卡尔·马里亚·威伯(1786—1826)，德国作曲家，其代表作为歌剧《自由射手》(一译《魔弹射手》)。

寻找心灵的避风港。

铎炳走后，有他名字的几本书还在：例如一本德语词典的扉页上写着“威廉·铎炳，第——团”；一本旅行指南标有他姓名的第一个字母；还有另外几本也是少校的。爱米把它们统统挪到两个乔治的瓷像下面的五斗柜里去，那儿也放着她的针线匣、小文具箱、《圣经》和祈祷书。少校走的时候把自己的手套遗忘在此；过了一些日子，乔吉在母亲的文具箱内找什么东西，发现手套折叠齐整地收藏在箱子的所谓秘密抽屉里。

爱米对社交生活兴趣不大，置身于人多的场合着实觉得无聊；在夏天的傍晚，带着乔吉散步走上很长一段路，乃是她的一大赏心乐事（瑞蓓卡留在家里与约瑟先生做伴）。散步的时候他俩总要谈起少校，母亲的口气往往令儿子忍俊不禁。爱米莉亚对乔吉说，她认为威廉少校是世上第一大好人：不但最高尚、最仁厚，也是最勇敢、最谦和的。她一遍又一遍告诉乔吉，他们母子拥有的一切，无不托赖这位好心朋友慷慨的照应：在他们受苦受穷的时候，他一直接济他们；在谁也不管他们的时候，他始终关心他们；他的袍泽个个称崇他，他却从不谈自己的功勋壮举；乔吉的父亲信任他胜过其他所有的人，而忠厚的威廉也不愧为他的至交好友。

“你爸爸告诉我，”她说，“他小时候学校里有个小霸王欺负他，是威廉挺身而出保护你爸爸；从那天起，直到你亲爱的爸爸在战场上为国牺牲，他们的友谊从来没有间断过。”

“铎炳有没有把杀死爸爸的人杀了？”乔吉问。“我想一定已经杀了，或者一定会杀了他，只要铎炳把他抓住，妈妈，你说对不？等我成了军人，瞧我不狠狠地收拾那些法国人——你放心！”

母子俩在这样的交谈中一起度过了好多时光。这个不工心计的女人把一个孩子当作倾吐心曲的对象。乔吉也是威廉的朋友，正像每一个熟悉少校的人一样。

这里附带交代一下，为了显示自己也是有情有义的血肉之躯，克劳利太太在自己房间里挂起了一帧小型肖像，此举令许多人感到意外而又滑稽，同时喜煞了画中人——原来此人正是我们的朋友焦斯。小妇人刚搬到塞德立兄妹家来的时候，可能觉得自己的箱笼纸盒如此简陋有失体面，所以常说她准备把留在莱比锡的行李要来，口气似乎十分看重那些家当。如果一位远游在外的旅人不断念叨自己的行李多么贵重，可那些行李又偏偏不在身边——那么，我的儿子，可千万要提防那个旅行者！我敢以十比一的赔率打赌，那人是个骗子。

焦斯和爱米却都不知道这条金科玉律。挂在蓓姬嘴上的那些看不见的行李中究竟有没有大量贵重的衣物，他们觉得无所谓；但由于她身上的穿戴实在寒酸得不行，爱米便把自己的拿出来给她，或带她到城里最好的时装店去现买和定做。我可以向你们担保，如今她领子上残破的花边看不见了，再也没有褪色的丝绸衣衫从她肩上耷拉下来。随着境遇的变迁，蓓姬改掉了原先的一些习惯：胭脂口红被束之高阁；她染上的另一种刺激性癖好也给撂在一边，只有在爱米母子出去散步的夏日向晚，拗不过焦斯劝之再三，才凑趣儿喝一小杯对水的烈酒。如果说她已能约束自己，那个跟班向导却一点也不见收敛。基尔什真是个混账东西，谁也不能把酒瓶子从他手里拿走，也休想弄清楚他究竟喝了多少。有时候他自己都在纳闷儿：塞德立先生的法国白兰地怎么消耗得如此之快？行了，行了，这是个难以启齿的话题，不说也罢。总之，蓓姬比她住进这户体面人家以前喝得少多了。

后来，念叨已久的行李终于从莱比锡运来了。总共三只箱子既不大，又不华丽，送到以后蓓姬好像也没有从中取出什么穿戴之物来。

但三只箱子里有一只装着她的一大堆文件（罗登·克劳利那一回正是在这只箱子里怒气冲冲地翻寻蓓姬藏匿的私房钱），她得意洋洋地打那儿找出了一幅画用针把它钉在自己屋里的墙上，然后请焦斯来看。这是一帧小型肖像铅笔画，画中那位绅士的脸部因为抹上了一层粉红色显得容光焕发。他骑在一头大象背上，正渐渐离开几棵椰树和一座佛塔。分明是一幅东方风情画。①

“老天可以作证，这不是我吗？！”焦斯惊叹道。画上的绅士果然是他，穿着一八〇四年款式的白色紫花布上装。这幅旧画过去一直挂在拉塞尔广场老家。

“我把它买了下来，”蓓姬抑止不住激动的心情，声音有些发颤；“当时我到拉塞尔广场去瞧瞧能不能为我好心的朋友们出点儿力。买下这幅画以后，我一直把它珍藏着；将来也跟它永不分离。”

“真的吗？”焦斯喜出望外地欢呼起来，那种高兴和得意的神态简直无法形诸笔墨。“您现在还那么看重这张画，果真是为了我的缘故？”

“您明明知道我有多么敬重您，”蓓姬说；“不过现在何必再提这些，何必追忆往事，何必回首前尘！一切都太晚了！”

那天傍晚的谈话对于焦斯来说简直如饮甘醇，如食珍馐。爱米一回到家里就觉得很累，身子不爽，早早上了床。客厅里只有焦斯和他美丽的客人，正好倾心交谈，而他妹妹躺在隔壁屋里睡不着，听见瑞蓓卡在给焦斯唱几首一八一五年的老歌。说来也怪，那天夜里焦斯居然也和爱米一样睡不着。

时当六月，伦敦正处于社交活动的旺季；焦斯每天都要从头至尾

---

① 这就是老塞德立破产后家财被拍卖时由瑞蓓卡买走的那幅画（见第 17 章）。但背景的印度榕树变成了椰树；作者自己为拍卖此画的那段文字作过一幅插图，插图上肖像画相当大，这里却缩成了“小型肖像”。

阅读无与伦比的《加里尼亚尼信使报》（英国侨民最好的朋友），并在早餐桌上复述其中的摘要以飨两位女士。该报每周都有关于军界动态的详细报道，作为一个与部队和战争有过接触的人，焦斯对这方面的消息特别感兴趣。有一次他读到：

> **第——团奉调回国。**格雷夫森德[①]六月二十日电。东印度公司的商船"拉姆昌德号"今晨驶入泰晤士河口，船上载有这支劲旅的军官十四人及士兵一百三十二人。他们离开英国已有一十四年，在该团积极参与光荣的滑铁卢之战那年即被派往海外，后又在缅甸战争中战功卓著。老团长迈克尔·奥多德高级巴思勋爵士偕同夫人及胞妹于昨日在此上岸。同船抵达的有坡斯基、斯塔布尔、麦克罗、马洛尼上尉；史密斯、琼斯、汤普森中尉；希克斯及格雷迪少尉。军乐队在码头上高奏国歌；当这些能征善战的宿将走进韦特饭店时，群众向他们热烈欢呼，那里已摆好丰盛的筵席款待古老英国的卫士。不用说，宴会显示了韦特的最高水准；席间，饭店外面的群众继续频频发出热情的欢呼，于是奥多德夫人及团长本人走到阳台上每人干了一杯韦特饭店最好的红酒，祝他们的同胞幸福健康。

另一次，焦斯读到一则短讯，说铎炳少校已回柴忒姆第——团报到。后来，焦斯又念了高级巴思勋爵士迈克尔·奥多德上校进宫朝觐的报道，同时面君的还有奥多德夫人（由贝里马洛尼的莫洛伊·马洛尼太太引见）和格露维娜·奥多德小姐（由奥多德夫人引见）。几乎紧接在这以后，铎炳就出现在中校军官的名单中；因为黑维托普老元帅

---

① 格雷夫森德，英国东南部肯特郡一港市，泰晤士河在此注入多佛海峡。

已在第——团从马德拉斯回国途中去世，国王有意在上校迈克尔·奥多德爵士返英后把他擢升为少将，同时谕知奥多德继续担任他卓越地指挥了那么多年的该团团长。

爱米莉亚对于其中的一些情况已有所了解。乔吉与他的监护人之间的信件往来从未中断过；威廉走后也曾给爱米写过几封信，但语气冷淡而不做作，从而轮到这可怜的女人觉得自己失去了对他的控制，正如铎炳所说的那样，现在他自由了。威廉离开她以后，她陷于落寞凄凉的境地。威廉所做的好事简直数不清，现在回想起他的高尚情操和热诚关怀，爱米莉亚的良心日日夜夜受到责备。她按自己的习惯沉浸在这些回忆之中，越发看清遭她冷落的那份爱情是何等纯真、高洁，于是她埋怨自己不该把这样的稀世珍宝弃之如敝屣。

珍宝没有了。威廉已倾其所有。威廉认为自己不再像过去那样爱她，而且再也不可能爱了。多年来威廉奉献给她的深情，不是那种可以随便扔掉、砸碎、然后加以修补得看不出裂痕的东西。暴虐的女皇却满不在乎地这样把它给毁了。

"不，"威廉一而再、再而三地对自己说，"我一直在欺骗自己，还执迷不悟；如果她配得上我给她的那份爱，她早就给了我回报。我干了一件愚不可及的蠢事。整个人生难道不全是由这样的谬误构成的吗？设若我赢得了她，难道不会在获胜的次日就发现幻想已告破灭？何必徒自伤悲或者为失败感到羞愧？"他对自己一生中这个漫长的阶段反思越深，就越是清楚地看到自己迷了路。"我还是回团里去继续拉我的套吧，"他心想，"既然老天指派我干这一行，我就在那儿尽自己的责任。我仍将检查新兵制服上的扣子是否锃亮，要求军士在报告中做到准确无误。我仍将在军官食堂用餐，听苏格兰军医讲他的故事。等我老得不中用了，就退役领减半薪饷，那时让我那些也已老了的妹妹骂我吧。正像《华伦斯坦》中一个姑娘所唱的那样，'我爱过了，我活过了’[1]。我算是完了。弗兰西斯，把账单一一付清，给我一支雪茄；瞧瞧今晚上演什么戏；明天咱们坐‘八打威人号’过海回英国去。”

以上一番话是他沿着鹿特丹码头区踱来踱去时在心中对自己说的，弗兰西斯只听到最后几句。“八打威人号”停泊在内港。他看得见后甲板上他和爱米在这次幸福的旅行之初坐过的地方。克劳利太太想要对他说些什么？扯淡！还想这些干吗？明天就要跨海返回英国去了。回家，回去干自己的本行！

六月一过，按照德国人的惯例，蓬佩尼克尔小朝廷圈子里的人往往作鸟兽散，分赴无数处疗养胜地，喝矿泉水，骑驴子，上赌场（如果有钱又有兴趣的话），跟数以百计的同类一起在旅馆里吃包饭，品美味，如此打发夏天。英国外交官们去了特普里策和基辛根，他们的法国对手则关闭了办事处，一溜烟直奔心爱的根特林荫道。大公一家有去矿泉地的，也有去自己的封邑打猎避嚣的。凡是跻身于上流社会的人都走了，其中当然也包括太医格劳伯大夫和他的男爵夫人。浴场的旺季也是大夫收入最可观的时节，他能做到赚钱、享乐两不误，所以选择比利时的奥斯坦德作为主要休养地，那是很多德国人爱去的地方，而大夫又能让自己和太太享受他所谓在海水中“蘸一下”的乐趣。

他那位相当有趣的病家焦斯，端的是大夫的一棵摇钱树。他轻而易举地说服了民政官员，为他本人和他可爱的妹妹恢复健康着想，到那座其实很糟糕的海港城市去度夏。爱米近来身体的确很不好，去什么地方她都无所谓。乔吉听说有机会换换环境，高兴得跳

① 这是德国诗人席勒的诗剧三部曲《华伦斯坦》第二部中泰克拉所唱一首小曲的结尾。

了起来。至于蓓姬，在焦斯先生购置的漂亮大马车里，第四个座位自然是属于她的；两名仆人将就挤在前面驭者座上。瑞蓓卡多少有些担心在奥斯坦德会遇到熟人，他们很可能讲她的坏话。不过再一想——管它呢！她也不是任人宰割的羔羊。如今她傍上了焦斯这样牢靠的大铁锚，除非狂风大作，骇浪滔天，否则是奈何她不得的。焦斯在她屋里见到自己的肖像以后，已经彻头彻尾成了她的俘虏。蓓姬把大象从墙上取下来，放进好多年以前爱米莉亚送给她的那只匣子里。爱米也把她的"家神"——两个乔治的瓷像——带走。于是，他们一行终于在奥斯坦德一所租金贵得令人咋舌、可是并不舒适的房子里住了下来。

到了那里，爱米莉亚开始洗海水浴健身；虽然蓓姬有几十个熟人打她身旁经过时故意不理她，但和蓓姬走在一起的欧斯本太太反正不认识其中任何人，所以并不察觉她的朋友遭人白眼心中是什么滋味，倒是认为自己挑选蓓姬做伴实属明智之举。蓓姬当然决不会把发生在不知就里的爱米眼皮底下的事情真相告诉她。

然而，罗登·克劳利太太也有几个熟人相当乐意跟她打招呼——蓓姬甚至觉得那股热乎劲儿有点儿过分。这些人里头就有洛德少校（不属于任何一个团）和卢克上尉（曾经隶属于某步枪队），他们天天在海滨吸烟、瞅女人，很快便挤进约瑟·塞德立先生人数不多的至交圈子，成为他家的座上常客。他们钝皮老脸，谁也挡不住，不管蓓姬在不在家都往屋里闯，径直走进欧斯本太太的客厅，使那里充满他们身上衣服和八字胡髭的气味；他们管焦斯叫"老伙计"，不时对他的餐桌实行扫荡，可以一连几个小时开怀畅饮，纵声大笑。

"他们这是什么意思？"乔吉问；他讨厌那两位不速之客。"昨天我听见洛德少校对克劳利太太说：'不，不，蓓姬，你不能一个人独吞老伙计。你得让我们也捞点儿油水，要不休怪我们不仁义，把你的老底统统给抖搂出来，妈的！’少校这话到底是什么意思，妈妈？”

“什么少校！不许你称他少校！”爱米喝道。“说真的，我也不明白他是什么意思。”

此人及其同伴的存在使可怜的爱米产生难以忍受的恐怖和反感。他们借着几分醉意向她说些不三不四的恭维话，在餐桌上乜斜着眼睛瞅她。那个上尉向她做出种种挑逗性的举动，简直令她作呕；要不是乔吉在她身边，她怎么也不想见这个人。

应该为瑞蓓卡说句公道话，她决不愿意让这两人中任何一个单独跟爱米莉亚待在一块儿，何况洛德少校这一时期孤身独处，他发誓要赢得爱米的青睐。两名恶棍为了这个纯洁的女人竟在她自己家里争风吃醋；尽管爱米并不洞悉这一对活宝在打她的主意，但只要有他们在场，她就提心吊胆浑身不自在，恨不得逃走。

她恳请，她哀求焦斯快快离开奥斯坦德。讵料焦斯却磨磨蹭蹭懒得动身，像是给大夫拴住在这里了，也可能还受到别的牵制，至少蓓姬并不急于返回英国。

后来爱米终于痛下决心——豁出去了。她给海峡对岸的一位朋友写了一封信；此事她对任何人都只字不提，信是她藏在披巾里面自己到邮局去寄的，没让别人发现，只是遇见乔吉的时候脸涨得通红，神情很紧张。这天晚上她一直守在儿子身边，不断亲他。蓓姬以为是洛德少校和上尉把她吓成这样。

“不能让她留在此地，”蓓姬自思自量。“她必须离开，可怜的小傻瓜。她至今念念不忘已经死了十五年的宝贝丈夫（那小子死得活该！）。她决不能嫁给这两个家伙中任何一人。洛德太不是玩意儿。不；她必须嫁给竹杖。这事儿我今晚就给办妥。”

于是蓓姬给爱米莉亚送了一杯茶到她的卧室里去，发现她孤灯独对两帧瓷像，愁眉紧锁，忐忑不安。蓓姬把茶杯放下。

“谢谢你，”爱米莉亚说。

“听我说，爱米莉亚，”蓓姬一边说，一边在她面前来回走动，不时用交织着鄙夷和怜悯的目光看她一眼。“我想跟你谈谈。你必须离开此地，离开这两个人的无礼纠缠。我不想让你受他们的滋扰；你要是留在此地，他们会对你越来越放肆。我告诉你吧，他们是亡命之徒，完全有资格流放到海外去服苦役。你不用管我是怎么了解的。我了解所有的人。焦斯不能保护你，他太软弱，自己还要别人保护。你对世道人心一无所知，简直跟抱在怀里的婴孩一样缺乏独立生活的能力。你必须结婚，否则你和你的宝贝儿子都会给毁了。你必须有一个丈夫，你这傻瓜蛋；有位数一数二的君子向你求过无数次婚，你还是拒绝了他，你这没心没肝、忘恩负义的糊涂虫！”

“我努力过——我作了最大的努力，我真的尽力了，瑞蓓卡，”爱米莉亚申辩道，“可我就是忘不了——”她抬头望着墙上的瓷像来代替没说出的后半句话。

“忘不了**他**？！”蓓姬表示极为惊讶。“他是个自私的滑头、缺乏教养的市井俗物、地地道道的草包，既没有机智，又没有风度，更没有良心，跟你那位手执竹杖的朋友根本没法比，正像你跟伊丽莎白女王没法比一样。那人原先已经对你感到厌倦，要不是铎炳强迫他履行婚约，他会把你给甩了。这是他自己向我承认的。他从来没把你放在眼里，搁在心上。他时不时地在我面前嗤笑你，跟你结婚才一个星期就向我求爱。”

“这是捏造！这不是真的，瑞蓓卡，”爱米莉亚嚷着霍地站起来。

“你拿去看吧，你这傻蛋！”蓓姬依然用带有刺激意味的半玩笑口吻说，同时从腰带里取出一张小纸片，展开后扔在爱米身上。“你认得出他的笔迹。这是他写给我的——要我跟他一起私奔——而且是在你的眼皮底下把它塞给了我，一昼夜以后他就被打死了——活该！”蓓姬说出了刚才在自己头脑里盘旋的话。

爱米已不在听她说，而是在看那张纸条。在里士满公爵夫人举办的舞会上，乔治把它塞入花束给了蓓姬。上面所写的与蓓姬所说的相符：荒唐的年轻人要蓓姬和他一起私奔。

爱米低下头来，眼泪开始扑簌簌往下掉——这恐怕是笔者让她在本书中最后一次干这活了。她的脑袋一直垂到胸前，双手捂住眼睛，让感情在一段时间内得以宣泄，其时蓓姬站在一旁瞧着她。谁会去解析这些眼泪的含义，谁又能判定它们是甜还是苦？她是不是因为自己一生的偶像给推倒在她脚边化成了齑粉而伤心？或者因为她的真情遭到这般嘲弄而愤怒？还是因为她的优柔寡断在自己和另一次真正的爱情之间设置的障碍已被清除而高兴？“如今我再也不受什么禁条束缚了，”她这样想。“现在我可以用整个心去爱他。哦，我会的，我一定全心全意爱他，只要他给我机会，宽恕我。”此刻她百感交集，但在激荡着她芳心柔肠的千头万绪中压倒一切的，恐怕就是这种感受。

实际上，她并没有如蓓姬预料的那样痛哭流涕，后者仍然对她又是安慰，又是亲吻——克劳利太太难得这样同情他人。她把爱米当小孩对待，拍着爱米的脑袋说：

“现在把笔和墨水拿出来，写信叫他马上就来。”

“今天上午我——我已经写了，”爱米说时脸红得厉害。

蓓姬先是笑着尖叫一声，接着唱起了萝西娜的咏叹调《便条吗？——这儿有现成的》[①]。清越的歌声旋即响彻整幢房屋。

---

① 意大利作曲家罗西尼（1792—1868）谱曲的喜歌剧《塞维利亚的理发师》（据法国剧作家博马舍的同名剧本改编）中有一唱段：理发师费加罗建议萝西娜给爱上了她的阿尔马维瓦伯爵写一便条，萝西娜把已经写好的便条拿了出来。

在以上那一小小场景之后的第三天，虽然风雨交加，而且爱米莉亚昨宵睡得很不好，几乎一宿都在听窗外狂风怒号，对所有此时在陆上和水上的旅人深表同情，可她还是一大早就起床，执意带着乔吉一起到海边去散步。她在码头上走来走去；雨点噼噼啪啪打在她脸上，巨浪冒着白沫轰隆隆冲击海岸；她隔着黑魆魆的海面遥望西方。母子俩很少开口，偶尔乔吉见胆怯的母亲怪可怜的，便说一两句话表示自己能保护她。

“但愿他不要在这样的坏天气动身渡海，”爱米说。

“我敢以十赔一跟你打赌，他会动身的，”乔吉接茬道。“瞧，妈妈，那儿有轮船在冒烟。”

远处果然隐约可见一缕黑烟。但轮船虽然向这边驶来，也有可能他不在船上；也许他没有收到信；也许他不想来。无数疑虑犹如涌向岸边的波涛，一个接着一个袭上她的心头。

继冒烟之后，渡轮本身也开始显现。乔吉带着一架时髦的望远镜，他十分熟练地把船身拢入镜头。随着渡轮越来越近，船头时浮时沉，他也使用相应的航海术语给母亲讲解。表示一艘英国轮船已经在望的信号，瑟瑟发抖升上竖在岸边的旗杆顶端。爱米莉亚的心这时恐怕也在瑟瑟发抖。

爱米试着从乔吉肩后向望远镜里张望，可是什么也看不清，只见黑糊糊的一片东西在她眼前上下摆动。

乔吉又举起望远镜，把它瞄向渡船。

“船颠簸得很凶！”他说。“一个浪头越过了船身。甲板上除了舵手只有两个人。一个趴了下来，另一个家伙裹着大氅——大氅的里子是……万岁！——那是铎布，没错！”他啪的一声收起了望远镜，把母亲紧紧搂住。至于爱米莉亚，我们不妨用一位备受欢迎的诗人的话来形容，那就是“含着眼泪微笑”①。她确信那是威廉，不可能是别人。先前她说但愿威廉不要动身的话纯属口是心非。威廉当然会来；他怎么会不来呢？爱米知道他准来。

轮船走得很快，离岸越来越近。母子俩向码头的旅客上岸处走过去迎候时，爱米的双膝哆嗦得厉害，几乎迈不开步子。她真想跪下来就地作一番感恩祷告。哦，她准备在有生之年永远感谢上苍！

天气坏极了，所以当船拢岸时，码头上连一个闲人也没有，船上的乘客寥若晨星，甚至几乎看不见为旅馆招揽生意的牙子。小淘气乔吉不知溜到哪儿去了；当那位裹着红色羽纱里子旧大氅的绅士上岸时，恐怕没有一个人看到那里出现的场景。简略说来，事情是这样的：

女士头上的白色帽子和肩上的披巾都已湿透，她伸出双手向绅士走去，转眼间她已消失在绅士的旧大氅衣襟里，拚命吻着绅士的一只手；而绅士的另一只手大概正忙于把女士的脑袋紧紧贴在自己心口上（高度刚刚够得到），防止她摔倒在地。女士口中念念有词，说的好像是——原谅我——亲爱的威廉——亲爱的、最亲爱的、最最亲爱的朋友——边说边吻，一回，二回，三回……如此等等，反正她给裹在大氅里语无伦次地喃喃自语。

爱米从大氅里钻出来时，仍牢牢攥着威廉的一只手，抬头瞧着他的脸。那是一张充满忧郁、柔情和怜悯的脸。爱米明白其中蕴含着责备的意味，只得低首垂目。

“你的信来得正是时候，亲爱的爱米莉亚，”他说。

“你再也不走了吧，威廉？”

“是的，不走了，”他应道，并且再次把亲爱的小心肝紧紧搂在

---

① 作者此处引用了荷马《伊利昂纪》（即《伊利亚特》）第 6 卷第 484 行刻画安德洛玛刻与丈夫赫克托耳分别时的古希腊文原诗。

怀里。

他们刚步出海关，乔吉就在他们面前不知从哪儿冒了出来，他把望远镜举到眼前，大声笑着欢迎教父。他环绕着这一对儿手舞足蹈，一路做出许多滑稽的动作把他们带到家里。焦斯还高卧未起，蓓姬也不见影儿(其实她躲在窗帘后面看他们进门来着)，乔吉跑去问早餐好了没有。爱米在过道里把披巾和帽子摘下来交给佩恩太太，然后走过去帮威廉脱去湿漉漉的大氅，接着——对不起，笔者还是跟乔吉一起去张罗中校的早餐为妙。船已进港。他得到了一辈子可望而不可即的宝贝。如今鸟儿终于飞了进来，把小脑袋搁在他肩膀上，抖开柔嫩、颤动的翅膀，依偎在他心头咕咕作声，喁喁私语。这就是十八年来他朝思暮想、苦苦追求的。这就是顶峰，这就是结局，这就是第三卷的最后一页。再见了，中校！愿上帝保佑您，正直的威廉！——再见了，亲爱的爱米莉亚！你，娇弱的寄生藤，攀附上了这么一棵苍劲粗壮的老橡树，那就再次吐碧绽绿，重新焕发青春吧！

或许是问心有愧，觉得对不起第一个挺身而出为她辩护的好心老实人，也可能是讨厌所有这类肉麻当有趣的场面，反正瑞蓓卡对于自己在这门亲事中扮演的角色已经感到很满意，所以再也没有跟铎炳中校和成了铎炳太太的爱米莉亚见面。她以有要事为由去了布鲁日，因而只有乔吉和他的舅舅出席婚礼仪式。事后，乔吉也随父母去了英国，蓓姬这才回来(仅逗留几天)安慰孤独的光棍约瑟·塞德立。焦斯说他宁可待在欧洲大陆，不愿跟妹妹和妹夫住在一起。

爱米想到自己写信给威廉是在读了乔治的那张字条明白真相之前，心中颇感欣慰。

“这事我早就知道，”威廉说；“可是我怎能用这件武器来对付九泉之下可怜的乔治呢？所以我感到特别痛苦，当你——”

“那天的事以后千万别再提了，”爱米急忙说，其真诚悔恨之状溢于言表，使威廉立即把话题转向格露维娜和他们亲爱的老朋友佩吉·奥多德——威廉收到召他回来的信时，正与她们姑嫂俩一起谈话来着。

“要不是你写信叫我，”他笑呵呵添上一句，“还不知如今格露维娜名字的后面会加上谁的姓呢！”

格露维娜现已成为坡斯基少校太太，那是在坡斯基的前妻去世之后，而格露维娜又立志非第——团的人不嫁。奥多德夫人对该团也是一往情深，她说万一米克有个好歹，她死活也要回来再嫁一名团里的军官。不过少将身体挺好，目下住在奥多德镇，尽享安富尊荣，豢养着一群猎狗，在郡里可算是首屈一指的人物（也许他的邻居、霍加蒂城堡的霍加蒂除外）。将军夫人至今还跳吉格舞，在爱尔兰总督府举行的最近一次舞会上坚持要跟掌马官见个高下。她们姑嫂二人一致声称铎炳对待格露维娜不仁不义；凑巧坡斯基新鳏，格露维娜也算收之桑榆，而从巴黎买来的一顶头巾式漂亮女帽也平息了奥多德夫人的怒气。

铎炳中校结婚后立即退役，并在汉普郡向他的朋友、携眷侨居国外的庞托少校租赁了一座小巧玲珑的乡间别墅，离钦设克劳利镇不远。自从修正案[①]通过后，现今皮特爵士和他的家眷经常住在乡下。准男爵的两个议席丢了，他想跻身上议院的梦想已彻底破灭。这次打击对他的钱包和心绪都有不利影响，在健康恶化的情况下，他预言帝国不久即将崩溃。

简夫人和铎炳太太成了莫逆之交，单匹小马拉的轻便二轮车在克

① 1832 年英国议会通过《选举法修正案》，撤销了选民很少、但仍由少数人控制议席的选区（称为“腐败选区”）。

劳利庄与中校赁居的常青别墅之间往来不断。准男爵夫人当上了铎炳太太千金的教母，小女孩也叫简，为她主持施洗命名仪式的是詹姆斯·克劳利牧师，他继承父业成了教区长。两个大男孩——乔治和罗登——友情甚笃，假期中他们在一块儿射猎，两人进了剑桥大学的同一所学院，后来又因为简夫人的女儿(他们当然都爱上了那位姑娘)彼此失和。乔治和玛蒂尔达的亲事早就是在双方母亲策划中的得意杰作，不过我听说克劳利小姐本人比较倾心于她的堂哥哥。

两家人都绝口不提罗登·克劳利太太的名字，这是有缘由的。因为约瑟·塞德立不论旅居何处，瑞蓓卡总是跟到哪儿；这位着了迷的胖绅士看来已完全成了她的奴隶。铎炳的律师告诉中校，他的妻兄为自己保了一笔高额寿险，由此可以推断他在筹款还债。他向东印度公司告了长假——他身上的病痛确实一天多似一天。

爱米莉亚听到了有关保险的消息，吃惊不小，她恳求丈夫去一趟当时焦斯所在的布鲁塞尔，了解一下他的情况。中校不大情愿地离家出门，因为他深深投入了《旁遮普史》一书的写作(这件工作至今仍占用他很多时间)，而且对他的掌上明珠、刚刚出过水痘的小女儿十分放心不下；到了布鲁塞尔，发现焦斯住在该城一家豪华大饭店里。克劳利太太住在同一家旅馆的另一套客房内，出入有自备马车，经常大宴宾客，生活非常阔绰。

中校当然不愿见那位女士，只把自己抵达布鲁塞尔之事让仆人悄悄送去一封信通知了焦斯。焦斯要求中校当晚去见他，那时克劳利太太将去参加一个晚会，他们可以**单独**会面。中校发现他的大舅子健康状况糟得可怜，而且对瑞蓓卡怕得要命，尽管口口声声夸她的种种好处。据焦斯称，在他患有一连串闻所未闻的怪病期间，瑞蓓卡一直以最值得称道的献身精神照料他，像女儿一样服侍他。

“可是——可是——哦，看在上帝分上，你们住到离我近一点的地方来吧，这样有时候可以——可以——来看看我，”可怜的人抽抽搭搭嘟哝道。

中校闻言皱起了眉头。

“我们做不到，焦斯，”他说。“考虑到目前的情况，爱米莉亚不能来看你。”

“我可以向你起誓——我可以凭着《圣经》向你起誓，”约瑟喘吁吁说着要去吻那本书，“她像婴儿一样无辜，和你自己的妻子一样清白。”

“也许如此，”中校阴郁地说；“可是爱米不能到你这儿来。拿出男子汉的勇气来，焦斯；断绝这种不名誉的关系。回到你的亲人身边去。我们听说你的财务状况一团糟。”

“一团糟？！”焦斯嚷道。“是谁这样造谣污蔑？我的钱存放和投资的方式都是最合算的。克劳利太太——不，不——我是说——钱都以最高的利率存出去了。”

“这么说，你没有欠债喽？那你为什么要保寿险？”

“我是想——给她一份小小的礼物——以防万一；你也知道，我的身体那么虚弱——只不过表示一点儿心意——我打算把所有的钱都留给你们——保险费我可以从自己的收入中省下来，我真的能省下来，”威廉的窝囊舅兄急于为自己辩解。

中校劝焦斯立刻走为上策——回印度去，克劳利太太总不能也跟到印度去；无论如何必须扯断这种瓜葛，否则后果不堪设想。

焦斯把双手紧紧握在一起，慌忙表示他愿意回印度，他什么都愿意做，只是需要时间。

“可是在克劳利太太面前什么也别说。万一让她知道了，她会——她会——杀了我的。你不知道，她是个多么可怕的女人，”这可怜虫惊恐地说。

“那你何不跟我走呢？”铎炳针对他的话提出建议。但焦斯没有胆量。他希望次日上午再和铎炳见面，并要铎炳别说到这儿来过。现在他必须马上离开。蓓姬随时可能回来。于是铎炳满怀不祥的预感辞别了他。

他再也没有见到焦斯。三个月后，约瑟·塞德立死于亚琛。事后发现，他的财产已在投机交易中倒腾殆尽，化成了一堆毫无价值的形形色色空头公司股权。他的全部遗物中唯一值钱的就是两千镑人寿保险，留给他亲爱的“妹妹爱米莉亚、铎炳中校之妻”和他无价的朋友、在他患病期间悉心照料他的瑞蓓卡、最低级巴思爵士罗登·克劳利中校的太太平分，后者还被指定为遗产管理人。

保险公司的律师声称这是他承办的案件中最可疑的一宗，案情一片漆黑；他说要派人到亚琛调查死因，公司拒绝理赔云云。但克劳利太太——她自称克劳利夫人——立即赶赴伦敦，在塞维斯律师学院的伯克先生、瑟泰尔先生和海伊斯先生[①]陪同下声势汹汹地责令保险公司付理赔款。他们同意进行调查，并称她是一项恶毒阴谋的攻击目标，一辈子饱受迫害；交涉的结果，克劳利太太一方终于胜诉。钱付了，她的名誉也恢复了，但铎炳中校把爱米莉亚所得的那一份退还给保险公司，并断然拒绝与瑞蓓卡保持任何形式的联系。

瑞蓓卡始终没能成为克劳利夫人，尽管她继续如此自称。总督大人、罗登·克劳利中校阁下在考文垂岛死于黄热病，他生前颇得民心，死后也有人深切哀悼。六个星期以后，他的胞兄皮特爵士也撒手人世。于是封地和爵位便由现在的罗登·克劳利准男爵承袭。

---

① 作者给这些律师取名时用的都是19世纪英国的绞刑犯、盗尸者、谋杀亲夫者的姓氏。

罗登爵士同样不愿见自己的母亲，不过还是付给她一笔可观的年金，其实她即使没有这笔钱看来也已经十分富有。准男爵一年到头跟简夫人母女一起住在钦设克劳利镇；瑞蓓卡，或克劳利夫人，则大部分时间泡在巴斯和切尔滕纳姆，那儿有为数不少的优秀人物认为她是一个遭到极不公平待遇的女人。也有人对她看不顺眼。这是不足为奇的，谁能担保自己不受他人中伤？她用自己的行动来回答敌人。她忙于行善积德，经常上教堂，每次都要带一名跟班保护。凡有慈善活动，她的名字总会出现在解囊相助者的名单上。为接济穷困的卖橘子女孩、生活无着的洗衣妇、祸不单行的卖松饼小贩筹款的善举，每次都能得到她迅速、慷慨的响应。在救助这些不幸者的义卖活动中，瑞蓓卡总是设摊叫卖。前不久，爱米带着两个孩子和中校一起来到伦敦，在这样的一个义卖场内突然与她不期而遇。瑞蓓卡假装不好意思地低下头去，其实在暗暗发笑。与此同时，他们一家却给吓得慌不择路：爱米扶住现已长成一位翩翩美少年的乔治的胳膊；中校则赶紧把小简妮抱起来——他爱自己的女儿胜过世上的一切，甚至胜过他的《旁遮普史》。

“甚至胜过爱我，”爱米想到这里，会发出一声叹息。但中校从未对爱米莉亚说过一句不中听、不体贴的话，而且总是尽一切可能满足她的每一个愿望。

啊！名利场，名利场，万事无非虚空一场①！在这个世界上，谁是幸福的呢？谁得到了自己所追求的呢？而得到了以后，谁又感到心满意足呢？来吧，孩子们，咱们把木偶收拾起来，把箱子关上，因为戏已经演完。

---

① 作者此处用的是拉丁文 Vanitas vanitatum——按字面直译为“虚空的虚空”，引自《旧约·传道书》第1章第2节：“传道者说：虚空的虚空，虚空的虚空，凡事都是虚空。”（另一种译法为：“虚而又虚，训道者说：虚而又虚，万事皆虚。”）